HEYNE <

Zum Buch
Die geheime CIA-Abteilung der Touristen ist nahezu ausgelöscht, als Milo Weaver von seinem ehemaligen Chef Alan Drummond kontaktiert wird. Drummond macht sich große Vorwürfe, die Morde an seinen Agenten nicht verhindert zu haben. Er fordert Weaver auf, ein letztes Mal für den Geheimdienst aktiv zu werden und bei der Suche nach den Tätern Unterstützung zu leisten. Weaver weigert sich zunächst. Zu oft schon wurde er gegen seinen Willen reaktiviert, und mehr als nur einmal stand dabei sein Leben auf dem Spiel. Doch Drummond bleibt hartnäckig, und so findet sich Weaver bald zurück im Kampf für eine Sache, an die er längst nicht mehr glaubt. Bis Milo Weavers Frau und seine kleine Tochter in die Hände des Feindes geraten und Weaver realisiert, dass er diesmal weit mehr als nur sein Leben verlieren kann.

Zum Autor
Olen Steinhauer ist in Virginia aufgewachsen, hat mehrere Jahre in Kroatien, Tschechien, Italien und Ungarn verbracht und lebt zurzeit mit seiner Familie in New York. Für seine Romane wurde er bereits zweimal für den Edgar Award nominiert. Nach *Der Tourist* und *Last Exit* ist *Die Spinne* das Finale der Milo-Weaver-Trilogie, das monatelang auf der KrimiZEIT-Bestenliste stand.

Lieferbare Titel
978-3-453-40650-6 – Der Tourist
978-3-453-43669-5 – Last Exit

OLEN STEINHAUER

DIE SPINNE

THRILLER

Aus dem Amerikanischen von Friedrich Mader

WILHELM HEYNE VERLAG
MÜNCHEN

Die Originalausgabe AN AMERICAN SPY
erschien bei St. Martin's Minotaur

MIX
Papier aus verantwortungsvollen Quellen
FSC® C014496

Verlagsgruppe Random House FSC® N001967
Das für dieses Buch verwendete FSC®-zertifizierte Papier *Holmen Book Cream*
liefert Holmen Paper, Hallstavik, Schweden.

Vollständige deutsche Taschenbuchausgabe 09/2014

Printed in Germany 2014
Umschlaggestaltung: Johannes Wiebel, punchdesign, München
Umschlagabbildung: © Johannes Wiebel unter Verwendung eines Motivs von
© dguetschow/photocase.com
Satz: Christine Roithner Verlagsservice, Breitenaich
Druck und Bindung: GGP Media GmbH, Pößneck

ISBN: 978-3-453-43775-3

www.heyne.de

Für Stephanie Cabot, eine amerikanische Agentin

Ordnung der Dinge

Dienstag, 22. April bis Donnerstag, 24. April 2008

Es hatte gewisse Anzeichen gegeben, und es war eher ein Ausdruck von Glück als von nachrichtendienstlichem Geschick, dass Erika Schwartz sie rechtzeitig zu einem Gesamtbild zusammenfügen konnte. Zum Beispiel war es keine Selbstverständlichkeit, dass der MAD sie auf die Verteilerliste für den Bericht vom 17. April über Anomalien im EU-Raum setzte – letztlich kam sie nur auf diese Liste, weil der Dienst die Absicht hatte, sie im Gegenzug um die Nutzung einer iranischen Quelle zu bitten. Punkt dreiundfünfzig auf dieser Liste, der sich um einen Vorfall in Budapest drehte, war so unscheinbar, dass man ihn leicht hätte übersehen können. Und tatsächlich übersah sie ihn und musste erst von ihrem Assistenten Oskar Leintz darauf aufmerksam gemacht werden. Er betrat ihr neues, mit großen Fenstern ausgestattetes Büro im ersten Stock des BND in Pullach und klatschte sich den Bericht auf die Handfläche. »Haben Sie die Meldung aus Budapest gelesen?«

Untypischerweise saß sie gerade mit einem Salat auf dem Schreibtisch da und starrte durchs Fenster hinaus, wo sich knapp über den Bäumen ferne Gewitterwolken zusammenballten. Seit ihrer Beförderung vor zwei Wochen hatte sie sich noch nicht an die Aussicht gewöhnt; davor hatte sie ihr Büro im Erdgeschoss gehabt. Auch an die Ressourcen, die ihr jetzt zur Verfügung standen, hatte sie sich noch nicht gewöhnt, genauso wenig wie an den Gesichtsausdruck der Leute, die beim Betreten ihres Büros erschauerten, weil jetzt plötzlich diese korpulente, griesgrämige Frau an Teddy Wertmüllers Schreibtisch saß. Während der arme Teddy im Gefängnis hockte. »Natürlich habe ich die Meldung aus Budapest gelesen«, antwortete sie. »Welche Meldung meinen Sie?«

»Sie haben den Salat nicht angerührt.«

»Welche Meldung aus Budapest, Oskar?«

»Über Henry Gray.«

Sicher hatte sie Punkt 53 gesehen, aber der Name hatte ihr nichts gesagt, weil er ihr davor erst einmal begegnet war – in einem anderen Bericht, der von demselben Informanten stammte: von dem Journalisten Johann Thüringer. Nach Oskars Hinweis dämmerte ihr etwas, und sie schlug ihr Exemplar des MAD-Berichts auf.

> 53. JT in Budapest. In der Nacht vom 15. April verschwand Henry Gray (amerikanischer Journalist, vgl. Berichte 8/2007 und 12/2007). Seine Geliebte Zsuzsa Papp (Ungarin) behauptet, dass er entführt wurde. Ihr Verdacht: Entweder USA oder China. Kann oder will sich nicht näher dazu äußern.

»Gray steht in Verbindung zu Milo Weaver.« Oskar strich sich über seinen dünnen Schnurrbart.

»Nur am Rand«, erwiderte sie. Dann merkte sie, dass sie Salatsoße auf den Bericht gekleckert hatte. Jetzt erinnerte sie sich wieder an Thüringers frühere Berichte. Im August 2007 hatte er gemeldet, dass Mr. Gray vom Balkon seiner Budapester Wohnung gestürzt (worden?) war und im Koma lag. In seinem Bericht vom Dezember 2007 hielt er fest, dass Gray im Krankenhaus aus dem Koma erwacht und kurz darauf verschwunden war. Als Nächstes tauchte ein AP-Korrespondent namens Milo Weaver auf und erkundigte sich nach ihm. Doch er konnte Gray nicht ausfindig machen … bis jetzt zumindest.

Sie rief einen Bekannten beim ungarischen Amt für Nationale Sicherheit an, dem NBH, doch es lagen keine Aufzeichnungen darüber vor, dass Gray das Land verlassen hatte. Allerdings gab es den Augenzeugenbericht einer alten Dame, die von ihrem Schlafzimmerfenster aus beobachtet hatte, wie eine Person, auf die Grays Beschreibung zutraf, in benommenem (vielleicht betäubtem) Zustand von einem Asiaten (Chinesen?) auf der fünf Minuten von Grays Wohnung entfernten Sas Utca hinten in einen BMW gestopft wurde. Die Zeugin verstand zwar kein Wort, erkannte aber, dass Englisch gesprochen wurde.

Von Adrien Lambert, ihrem Kontaktmann bei der DGSE, der Direction Générale de la Sécurité Extérieure, erfuhr Erika, dass am Terminal 1 des Budapester Flughafens Ferihegy in der Nacht der angeblichen Verschleppung jemand auf einer plexiglasgeschützten Trage in einen zweimotorigen Privatjet verladen worden war. Die Maschine war auf ein rumänisches Unternehmen mit dem Namen Transexpress SRI zugelassen, einer bekannten Tarnorganisation der CIA. Als Bestimmungsort des Flugs, für den keine Passagiere gelistet waren, war Prag Ruzyně angegeben, doch offenbar war die Maschine dort nie gelandet. Verwaltungstechnisch gesprochen war Henry Gray spurlos verschwunden.

Das kleine Rätsel nagte an ihr, daher rief sie in Köln an und bat um direkten Kontakt zu Johann Thüringer. Das sofortige Ja vom anderen Ende der Leitung traf sie wie ein Schock. Im Lauf ihrer Erdgeschossexistenz hatte sie sich daran gewöhnt, dass solche Anfragen nur schleppend bearbeitet und dann nach Wochen kommentarlos abgelehnt wurden. Problemlose Zustimmung gehörte einfach nicht zu ihrem Weltbild.

So sprach sie am Sonntag, den 20. April im Vollgefühl ihrer Macht über eine sichere Verbindung zur Budapester Botschaft mit Thüringer. Auf Anweisung des MAD hatte er den größten Teil der zurückliegenden Nacht in Gesellschaft von Zsuzsa Papp verbracht, die nach etlichen Drinks und verängstigten Tiraden darüber, dass sie *niemandem* trauen könne, schließlich doch noch ein wenig aus sich herausgegangen war. Sie gab zwar nicht allzu viel preis, wie er einräumte, doch immerhin ließ sie irgendwann einen Namen fallen: Rick. *Wahrscheinlich alles kein Geheimnis,* meinte Papp. *Nicht mehr. Henry hat mit einem chinesischen Spion namens Rick zusammengearbeitet. Einen ganzen Monat lang. Doch letztlich …*

»Letztlich was?«, fragte Erika.

»Na ja, letztlich ist sie eingeschlafen. Wenn ich es richtig verstanden habe, war die CIA wegen dieses Chinesen Rick tatsächlich hinter Henry her. Aber seit einem Monat haben sie ihn in Ruhe gelassen. Warum entführen sie ihn dann ausgerechnet jetzt? Das hat Zsuzsa so gewundert. Letztlich glaubt sie, dass die Chinesen dahinterstecken. Dieser Meinung bin ich auch.«

Wegen des Transexpress-Flugzeugs hatte Erika da ihre Zweifel, aber sie machte sich nicht die Mühe, ihn darauf hinzuweisen. Zum einen wollte sie nicht, dass er seine Erkenntnisse umgehend an einen anderen Dienst weitergab, zum anderen hatte ihr Zögern mit Andrei Stanescu zu tun.

Vor drei Wochen war Stanescu nach New York geflogen, um auf einen gewissen Milo Weaver zu schießen – als Vergeltung für den Tod seiner fünfzehnjährigen Tochter Adriana. Bei diesem Unternehmen war Andrei von einem Chinesen unterstützt worden, der sich Rick nannte, aber eigentlich Xin Zhu hieß.

Wenn Namen so hartnäckig in verschiedenen Zusammenhängen auftauchen, lohnt es sich, auf der Hut zu sein.

Auf eine direkte Frage hin hätte Erika Schwartz ihre Gedanken kaum in Worte fassen können, doch sie wies Oskar an, die Augen offen zu halten nach fragwürdigen amerikanischen Aktivitäten innerhalb der deutschen Grenzen und vor allem in der Region Berlin, wo Andrei Stanescu und seine Frau wohnten. Am Montagmorgen konnte sie einer E-Mail entnehmen, dass am Sonntag die amerikanischen Staatsbürger Gwendolyn Davis und

Hector Garza über Stuttgart beziehungsweise Frankfurt eingereist und anschließend beide im selben Berliner Hotel abgestiegen waren: im Radisson Blu. Keiner der beiden Namen sagte ihr oder Oskar etwas, doch als die Fotos hereinkamen, deutete Oskar sofort auf die schwarze Frau mit den großen Augen. »Scheiße, das ist doch Leticia Jones.«

Leticia Jones war eine von ganz wenigen bekannten Agenten, die einer eigenartigen CIA-Gruppierung mit der Bezeichnung Abteilung Tourismus angehörten. Jahrzehntelang hatten sich Legenden und Mythen um eine amerikanische Geheimorganisation mit ihren schattenhaften Agenten gerankt, die überall und nirgends auftauchten, ohne dass man sie dingfest machen konnte, und immer eine Spur der Verwüstung hinter sich herzogen. Gruselgeschichten vom schwarzen Mann für Spione. Dass es sich dabei keineswegs nur um eine Sage aus der Geheimdienstwelt handelte, hatte Erika Ende Februar erfahren, und zwar von besagtem Milo Weaver, den sie in ihrem Keller festgehalten hatte. Später hatte sie ein fünfköpfiges Team nach Amerika geschickt, um Weaver diskret zu überwachen. Sie wollte herausfinden, wo diese Abteilung ihren Sitz hatte und wer ihr angehörte.

Sie erhielt interessante Informationen. Weaver traf sich in einem Washingtoner Hotel mit dem Senator von Minnesota, Nathan Irwin, mehreren Mitarbeitern Irwins und Alan Drummond, dem Leiter der Abteilung Tourismus. Ebenfalls zugegen waren ein Mann und eine Frau, die sie später als Zachary Klein und Leticia Jones identifizierten. Nach einer langen Nacht flog die ganze Gruppe vom Reagan International Airport nach New York und fuhr zur 101 West Thirty-first Street in Manhattan. Im zweiundzwanzigsten Stock dieses Hauses, so erkannten sie, war die Zentrale der Abteilung Tourismus.

Doch dieser nachrichtendienstliche Erfolg war nur kurzlebig, denn eine Woche später tauchten gesicherte Umzugslastwagen auf, und große Kerle mit Schulterhalftern räumten unter dem Schutz von gleichfalls bewaffneten Zivilbeamten mindestens drei Etagen des Hauses aus. Inzwischen hausten im zweiundzwanzigsten Stock höchstens noch Kakerlaken.

Wie Weaver war Leticia Jones ein Mitglied der berüchtigten Abteilung Tourismus. Und jetzt befand sie sich in Berlin, zusammen mit einem Mann, der möglicherweise auch ein Tourist war. In Berlin, wo ein moldawischer Einwanderer wohnte, nach dem die CIA suchte, weil er einen ihrer Agenten angeschossen hatte. Dazu kam, dass letzte Woche ein Mann nach Amerika überführt worden war, der gleichfalls mit Milo Weaver und Xin Zhu in Verbindung stand. Eine Konstellation von Akteuren, die sie nicht ignorieren konnte.

Sie rieb sich fest übers Gesicht und blickte zu Oskar auf, der bereits schadenfroh grinste. »Am besten, Sie tanken schon mal den Wagen voll«, sagte sie.

»Sie sind jetzt der große Boss«, antwortete er. »Das heißt, auch ich bin kein kleiner Befehlsempfänger mehr. Auftanken kann jemand anders.«

Auf der Fahrt erinnerte sie sich an ihre letzte Unterhaltung mit Andrei Stanescu. Nachdem er Weaver niedergeschossen hatte, hatte sie ihn bei seiner Rückkehr nach Deutschland von Oskar und zwei anderen am Flughafen abholen und zu einem wartenden Auto bringen lassen. Oskar gab ihm ein Telefon, und sie bemühte sich, ihm seine Lage möglichst deutlich vor Augen zu stellen:

»Ich weiß, was Sie getan haben, Herr Stanescu, und ich finde es nicht gut. Aber wenn ich mich um alles kümmern würde, was ich nicht gut finde, wäre ich nicht mal zwanzig geworden. Von der anderen Seite des Atlantiks haben wir die Aufforderung bekommen, Sie zu verhaften und der amerikanischen Justiz auszuliefern.« Sie unterbrach sich kurz. »Ich werde nicht mit Ihnen schimpfen. Ich werde Ihnen nicht einmal sagen, dass Sie ein Trottel sind, weil Sie auf einen Mann geschossen haben, der Ihre Tochter nicht getötet hat, wie ich Ihnen bereits erklärt habe. Das ist alles Vergangenheit. Im Moment kann ich Ihnen versprechen, dass ich Ihnen die Amerikaner so lange wie möglich vom Hals halte, aber nur unter einer Bedingung, Herr Stanescu. Sie dürfen niemandem erzählen, was Sie getan haben. Ihrer Frau nicht und Ihrem Bruder nicht. Auch Ihrem Priester nicht. Sie müssen mit dieser Tat leben und allein mit ihr zurechtkommen. Wenn es Ihnen zu viel wird, wenn Sie glauben, dass Sie einfach nicht mehr schweigen können, dann rufen Sie mich sofort an. Denn ich bin der einzige Mensch auf der Welt, mit dem Sie darüber reden können.« Sie wartete kurz, um ihre Worte wirken zu lassen. »Wenn Sie diese Mahnung *nicht* befolgen, müssen Sie mit unmittelbaren Konsequenzen rechnen. Sie werden verschwinden und in Amerika wieder auftauchen. Ihr Leben wird in den Händen von Fremden sein, die kein Mitgefühl kennen und sich nicht dafür interessieren, was Sie durchgemacht haben. Wichtiger noch, Ihre Frau wird nach der Tochter auch noch den Mann verlieren. Und wir wissen beide, dass sie das nicht überstehen würde.«

Soweit sie wusste, hatte er ihre Anweisungen genau befolgt. Und trotzdem waren sie jetzt hier.

Sie und Oskar nahmen sich Zimmer im Berliner Radisson Blu, und als sie später von einem ihrer Agenten in der Lobby informiert wurde, dass Davis und Garza bei einem Drink an der Bar saßen, fuhr sie mit Oskar hinunter. Sie arbeitete nicht gern im Außendienst, aber die Möglichkeit, dass ein anderer die Sache versiebte, ging ihr noch mehr gegen den Strich. Also setzte sie sich persönlich an einen Tisch an der Wand und beobachtete, wie Oskar in Begleitung zweier Sachsen, die keineswegs so harmlos waren, wie sie aussahen, die Amerikaner zu einem Drink einlud. Es sprach für ihre Kaltblütigkeit, dass sie sich benahmen, als hätten sie damit gerechnet, was Erika bezweifelte. Bald darauf saßen Leticia Jones und der Mann namens Hector Garza vor ihr, sie mit einem Martini, er mit etwas rosig Fruchtigem.

Erika stellte sich vor, schenkte sich aber die Frage nach den richtigen Namen ihrer Gegenüber. Was hätte das auch für einen Sinn gehabt? Sie war nicht hier, um Tatsachen festzustellen, sondern um einen Rat zu geben. Mit gespieltem Ernst hörten sie ihrer langsamen, gemessenen Belehrung zu. Sie befanden sich auf deutschem Boden, und der Inhalt ihres Auftrags war bekannt. Daher war es keine Schande, wenn sie ihr Vorhaben aufgaben. »Das wird doch sicher auch Ihr Abteilungsleiter Alan Drummond einsehen, oder?« Mit ihrer Frage erntete sie verwirrte Blicke. »Entscheidend ist«, fuhr sie fort, »wenn Sie sich mit Mr. Stanescu unterhalten wollen, lässt sich das leicht arrangieren – aber in meinem Haus, und Sie müssen sich an meine Regeln halten. Auf keinen Fall können Sie ihn in ein kleines Flugzeug werfen, so wie Sie es mit Henry Gray gemacht haben.«

Es gab keinen Grund für die Annahme, dass einer der beiden an der Entführung Grays beteiligt gewesen war, doch die leichte Anspannung in Hector Garzas Gesicht entging ihr nicht.

Sie hätte noch mehr sagen und insbesondere darauf eingehen können, dass die Amerikaner am Morgen einen Kühlwagen mit der Aufschrift HIT VERBRAUCHERMARKT in einer Privatgarage in Zehlendorf abgestellt hatten. Aber wozu sollte sie? Dann hätten sie sich bloß etwas Neues einfallen lassen, und davon verstanden Touristen ja angeblich eine ganze Menge.

Als sie sich lächelnd für das informative Gespräch bedankten – allerdings mit der Einschränkung, dass sie keine Ahnung hatten, wovon die Rede war –, ließ sie sie ohne Widerspruch gehen. Erikas Agenten hatten an dem Kühlwagen zwei Sender angebracht, und im Augenblick waren in Berlin zwölf Männer und Frauen im Einsatz, die sich ausschließlich mit der Aufgabe befassten, dieses Paar im Auge zu behalten.

Am nächsten Morgen – Dienstag, den 22. April – beobachteten diese zwölf Leute, wie die beiden den HIT-Wagen vor dem Kreuzberger Wohnhaus parkten, in dem die Stanescus lebten, und Andrei in seinem Taxi auf dem Weg zum Schichtbeginn nachfuhren. Doch die Verfolgung seitens der Touristen fand ein jähes Ende, als zwei von Erikas Leuten an der Ecke Gneisenau- und Nostitzstraße mit ihren Autos den HIT-Wagen rammten. Gleich danach rief Erika Stanescu an und bat ihn zu einer kurzen Unterredung in das Restaurant Altes Zollhaus an der Spree. Bald darauf traf er dort ein, ein wenig verwirrt, da er gerade Zeuge eines verdächtigen Auffahrunfalls mit drei beteiligten Autos geworden war. Er wirkte ziemlich kleinlaut. Nachdem er in seinem gebrochenen Deutsch mit bedrückter Miene ihre Einladung zu Wein und Essen abgelehnt hatte, fragte sie ihn, ob er sich an einen Mann namens Rick erinnerte.

Andrei starrte sie an. »Kenne ich einen Mann, was heißt Rick.«

»Also, die Leute in dem Kühlwagen, der Ihnen gefolgt ist, wissen, dass Sie diesen Rick kennen. Sie nennen ihn Xin Zhu. Sie sind sehr daran interessiert, mehr über ihn zu erfahren, und sie meinen, dass Sie ihnen dabei helfen können.«

»Sind sie von CIA?«

Sie nickte mit bebenden Backen.

»Aber Sie haben angegriffen.«

»Diese Leute hatten einen Autounfall, Herr Stanescu.« Sie legte die füllige Hand auf die Tischkante. »Allerdings ist das nicht wichtig für Sie. Ich habe Ihnen versprochen, dass ich Ihnen diese Leute so lange wie möglich vom Hals halte, doch ich stoße wohl gerade an die Grenzen meiner Macht. Ich glaube nicht, dass sie Sie dafür vor Gericht stellen wollen, was Sie in Brooklyn getan haben. Anscheinend sind sie mehr auf

Informationen über diesen Chinesen aus, diesen Rick, weil sie glauben, dass er Sie losgeschickt hat, um auf den Mann zu schießen.«

Andrei lehnte sich zurück. Nach einer Weile brach er sein Schweigen. »Kann ich antworten. Kann ich antworten Fragen.«

»Natürlich können und werden Sie das. Aber ich will, dass es auf meine Art passiert, und nicht, wie die sich das vorstellen.«

»Wie stellen die sich vor?«

Sie räusperte sich, und ein Kellner sah herüber, ehe er merkte, dass das nicht ihm gegolten hatte. »Die hätten Sie gepackt und in diesen Wagen geworfen, wo es eine Pritsche und viele Drogen gibt. Sie wären irgendwo in der Luft in einem Flugzeug aufgewacht. Vielleicht mit Ziel USA, vielleicht mit Ziel Türkei – ich weiß es nicht. Und dann hätte man Sie mindestens eine Woche lang verhört, wahrscheinlich länger.«

»Und wie ist Ihre Art?«

Sie seufzte. »Ich mag es nicht, wenn Bewohner Deutschlands von anderen Staaten außer Landes geschleppt werden, vor allem wenn es sich um befreundete Staaten handelt. Sie und ich, wir fahren höchstens drei Tage lang in ein Haus außerhalb von Berlin. Keine Drogen, nur eine Unterhaltung. Und ich lasse von den Amerikanern nur einen einzigen zu Ihnen rein, um Fragen zu stellen.«

Zwei Stunden später brachte ihr Oskar sein Telefon. »Das Büro. Gwendolyn Davis ist am Apparat.«

In makellosem Deutsch fragte Leticia Jones: »Gilt das Angebot noch?«

Das Gespräch fand in einem Haus unweit der E51 Richtung Potsdam statt und dauerte eineinhalb Tage. Jones erschien jeweils früh am Morgen mit einem tragbaren Rekorder, während Hector Garza in seinem Hotelzimmer blieb oder durch die Einkaufsstraßen schlenderte und gelegentlich sogar ein Hemd erstand. Erika wunderte sich. Sie hatte eher mit Garza als mit

Jones gerechnet. Schließlich hatten sie keine Ahnung, wie Stanescu zu Farbigen stand und wie er damit zurechtkam, wenn ihn eine Frau vernahm. Doch Leticia Jones sprach nicht nur fließend Deutsch, sondern hatte obendrein eine erstaunlich herzliche Ausstrahlung, die den Befragten zu mehr als nur einsilbigen Antworten ermunterte.

Faszinierend war die Vernehmung auch deshalb, weil Andrei Stanescu nur ungefähr eine Stunde in der Gesellschaft des chinesischen Agenten verbracht hatte. Was *konnte* er schon über Xin Zhu wissen? Dieser Umstand war Leticia Jones vor Beginn des Gesprächs nicht bekannt gewesen. Sie war lediglich darüber informiert, dass Andrei in Brooklyn von einem Angehörigen der chinesischen Botschaft, der sich Li nannte, eine Pistole bekommen hatte und dass dieser Li die Waffe auf Anweisung von Xin Zhu weitergegeben hatte. Daraus ließ sich folgern, dass Xin Zhu oder einer seiner Vertreter aus dem chinesischen Auslandsgeheimdienst Guoanbu persönlich Kontakt mit Andrei aufgenommen hatte. Jones zeigte ihm eine ganze Reihe von Fotos, bis er Li schließlich als einen gewissen Sam Kuo identifizierte.

Nach wenigen Stunden hatten sie die Ereignisse abgehandelt, die zu dem Mordversuch an Milo Weaver führten. Danach konzentrierte sich Jones auf Xin Zhu persönlich. Die rein äußerliche Beschreibung begann mit dem unangenehmen Wort *fett* und wurde dann detaillierter: kleine Augen, Knollennase, volle Lippen, oben dünnes Haar und dichtere schwarze Locken über den Ohren. Seine stille Art, als wollte er mit seinem Schweigen jede Unentschlossenheit aus dem Gegenüber heraussaugen. »Ist er ganz überzeugend«, erklärte Andrei. »Wie ein Fels. Hart … nein, *fest.*«

Andrei war sich sicher, dass das Treffen mit ihm vorherbestimmt gewesen war. Er selbst hatte nicht danach gestrebt, es sich nicht einmal gewünscht. Bevor Rick in sein Leben trat, war er verbittert gewesen, voller Hass auf all seine Fahrgäste und alle Gesichter, die ihm auf der Straße begegneten. Erst Rick bot ihm völlig unerwartet eine Art Erlösung.

»Glaubt er an Ordnung.«

»Tut mir leid, das verstehe ich nicht.«

»Hat er gesagt, *glaube ich an Ordnung der Dinge.*«

»Er glaubt an die Ordnung der Dinge?«

»Ja, exakt.«

»Wann hat er das gesagt?«

»Wie ich frage, ob er ist religiös.«

Da er von Andrei Stanescus orthodoxem Glauben wusste, hatte Xin Zhu im Zuge seiner Argumentation aus der Bibel zitiert. Erika wusste aus Erfahrung, dass man so gut wie alles mit irgendeiner Stelle aus der Bibel rechtfertigen konnte. Zhu hatte sich allerdings keine große Mühe gegeben und sich auf einen alten Standardspruch beschränkt: *Kommt aber ein Schaden daraus, so sollst du geben Leben um Leben, Auge um Auge, Zahn um Zahn, Hand um Hand, Fuß um Fuß, Brand um Brand, Wunde um Wunde, Beule um Beule.*

»Ist er religiös?«

»Hat er nicht gesagt.«

»Und was meinen Sie?«

Andrei starrte Leticia Jones mit intensivem Ausdruck an, dann berührte er die vor ihm stehende Wasserflasche, ohne zu trinken. »Vielleicht.« Mehr war nicht aus ihm herauszubekommen.

Leticia Jones erwähnte nicht, dass der Mann, auf den er geschossen hatte, nicht der Mörder seiner Tochter war. Das gehörte nicht zu ihrem Auftrag, der – soweit Erika das erkennen konnte – allein darin bestand, von Leuten, die Xin Zhu persönlich begegnet waren, so viel wie nur möglich über diesen Menschen zu erfahren. Erika konnte daraus schließen, dass die CIA beschämend wenig über den Mann wusste und geradezu verzweifelt nach neuen Erkenntnissen suchte.

Die entscheidende Frage hob sich Leticia Jones für den zweiten Tag auf, doch sie sprach sie in genau dem Ton aus, den sie schon während der gesamten Vernehmung verwendet hatte: ruhig, herzlich, fast verführerisch.

»Warum hat er es wohl getan?« Pause. Ein sanftes Lächeln. »Was glauben Sie, warum er Ihnen – einem ihm Unbekannten – geholfen hat, sich für den Mord an Ihrer Tochter zu rächen?«

Andrei musste nicht lange nachdenken; diese Frage war ihm seit dem 28. März nicht mehr aus dem Kopf gegangen, dem Tag, an dem er den massigen Chinesen am Flughafen abgeholt und – manchmal ungehalten, manchmal gebannt – seiner Erzählung gelauscht hatte. »Rick, sein Sohn wurde ermordet. Weiß er, was es macht mit einem Vater. Weiß er, wenn zahlst du zurück zu dem Mörder, macht es gut für Vater, wenn es geht ihm schlecht. Nein, nicht gut. Besser.«

»Besser als gut?«

»Besser als schlecht. Weiß er, hat dieser Mann umgebracht meine Adriana. Sieht er Gerechtigkeit, will er Ordnung. Glaubt er an *Ordnung* der Dinge.«

»Rick ist also ein Mann, der Ordnung schafft, wenn es keine Ordnung gibt.«

»Exakt.«

»Anscheinend mögen Sie ihn.«

»Er macht mir Geschenk. Kennt er mich nicht, trotzdem macht er Geschenk.«

Ein Geschenk, dachte Erika, *das dir den Rest deines Lebens versauen wird, wenn erst einmal das wunderbare Hochgefühl abgeklungen ist.*

Bevor Leticia Jones die Vernehmung am Donnerstag, den 24. April um 13.18 Uhr beendete, legte sie die Hände auf den Eichentisch, der zwischen ihr und dem Moldawier stand, sodass ihre langen, rot lackierten Nägel im Deckenlicht schimmerten.

»Herr Stanescu, nachdem ich das alles gehört habe, habe ich das Gefühl, dass Sie Rick wirklich mögen. Stimmt das?«

Andrei nickte. »Ist er ganz guter Mann für mich.«

»Aber dann wundert es mich«, fuhr sie fort, »dass Sie so offen mit uns über ihn sprechen. Ihnen muss doch klar sein, dass wir Ihrem Rick nicht unbedingt wohlgesinnt sind. Wir sind nicht seine Freunde. Im Gegenteil, er hat uns furchtbaren Schaden zugefügt, und da sind wir sehr nachtragend.«

Andrei nickte.

»Macht es Ihnen nichts aus, ihn zu verraten?«

Lächelnd zitierte Andrei: »Gebt ihr dem Kaiser, was ist für den Kaiser, und Gott, was ist für Gott.«

Aus diesem Buch kann sich wirklich jeder was herauspicken, dachte Erika.

Hinter den Bäumen hörten sie den Verkehrslärm auf der Autobahn, als sie Leticia Jones hinaus zu ihrem Auto begleitete. »Und was ist das für ein Schaden, den er Ihnen zugefügt hat?« Als sie von Jones keine Antwort erhielt, wurde Erika deutlicher. »Xin Zhu, meine ich. Da muss doch was dahinterstecken. Im Ausland Leute auf offener Straße zu entführen ist schließlich keine Kleinigkeit.«

Jones lächelte nur stumm, während unter ihren Füßen knirschend Zweige brachen.

»Richten Sie Alan Drummond aus, wenn er ein bisschen weniger geheimniskrämerisch ist, könnte ich in unseren Akten nachschauen. Möglicherweise findet sich da was.«

»Drummond?«

»Ihr Chef.«

»Sie haben es also noch nicht gehört.« Jones schüttelte den Kopf. »Alan Drummond ist seinen Job los.«

»Deswegen wurden die Büros der Abteilung Tourismus leer geräumt?«

Jones zuckte nicht mit der Wimper. »Ich weiß nur, dass er

zurzeit arbeitslos ist. Alles andere ist nicht in meiner Gehaltsklasse.«

»Also auch, was Xin Zhu mit euch angestellt hat?«

Jones zuckte die Achseln. Sie schauten sich an.

Erika legte ihr die Hand auf den Ellbogen. Endlich hatte sie begriffen. »Er hat die Abteilung vernichtet, oder? Die ganze Abteilung. Das ist …« Erika holte tief Luft und überlegte, was das bedeutete und wie es geschehen sein konnte. Eine geradezu Ehrfurcht einflößende Vorstellung. Eine legendäre Abteilung, die mindestens ein halbes Jahrhundert lang Spione auf der ganzen Welt in Angst und Schrecken versetzt hatte – zu Fall gebracht von einem einzelnen zornigen Mann in China.

Leticia Jones wollte nichts bestätigen oder abstreiten. »Sie haben uns sehr geholfen, das amerikanische Volk wird es zu schätzen wissen.«

»Das bezweifle ich.«

Jones öffnete die Tür, dann legte sie Erika die Hand auf die Schulter, als wäre ihr noch etwas eingefallen. »Jedenfalls ich weiß es zu schätzen.«

»Aber nicht so sehr, dass Sie mir verraten, was Xin Zhu getan hat?«

Jones setzte sich ins Auto und ließ das Fenster herunter. »Xin Zhu hat alles und nichts getan. Wenn Sie verstehen, was ich meine.«

»Ich verstehe nicht.«

Ein Achselzucken, dann fuhr Leticia Jones weg.

Schon am Abend saßen sie und Hector Garza in Flugzeugen Richtung New York. Erika stellte ein Team zur Beobachtung ab, doch irgendwo auf der Straße zwischen New York und Washington verschwanden die beiden Agenten in der kühlen amerikanischen Nacht.

TEIL 1

Im Haus der sozialistischen Philosophie

Freitag, 16. Mai bis Dienstag, 20. Mai 2008

1

Die Zeit, die Xin Zhu dafür aufgewandt hatte, nicht belauscht zu werden, hätte sich zu einem ganzen Leben addieren lassen. Stundenlange Fahrten auf umständlichen Strecken durch eine Stadt, den Blick immer im Rückspiegel; endloses Starren auf Spiegelbilder in Straßenfenstern; Schlangestehen um Brot oder Suppe, die er gar nicht wollte, weil sein Magen ganz verkrampft war. Das Sitzen am Schreibtisch, um Tarnidentitäten und Ablenkungsmanöver zu ersinnen und zu überlegen, wann das Büro zum letzten Mal nach Wanzen durchkämmt worden war. Besuche auf Friedhöfen und in Kneipen, Kirchen, leeren Lagerhallen und Parkgaragen, nur um festzustellen, dass die andere Seite nicht erschienen war. All die beim Warten in dunklen Zimmern, auf Flughäfen, auf Bahnhöfen und auf feuchten öffentlichen Plätzen entgangenen Mahlzeiten.

Und heute die öde eineinhalbstündige Fahrt von Peking nach Nankai auf der G020, das Abstellen seines zehn Jahre alten Audis und weiter mit dem Taxi zum Bahnhof im baumumsäumten Xiqing. Das Warten auf dem Bahnsteig, bis sich der Zug nach Qingdao in Bewegung setzte, ehe er seinen massigen Körper und die kleine graue Reisetasche in den letzten Waggon wuchtete. Das Lauern an der Tür, während der Bahnhof vorbeizog, um nach Nachzüglern Ausschau zu halten. Und das alles, obwohl dieser Zug in Südpeking gestartet war, also nicht weit vom Ausgangspunkt seiner Reise. Das alles nur, um sich mit jemandem zu treffen, der wie er in Peking lebte und wohnte.

Die offizielle Version, die sein Assistent unter die Leute bringen sollte, lautete, dass Xin Zhu zu einem Wochenendtrip nach

Shanghai aufgebrochen war, um 1262 Kilometer Abstand zu gewinnen und seine schwindenden Optionen zu betrachten. Wenn die Herren in Peking merkten – falls sie es überhaupt merkten –, dass der korpulente Mann, der im Pudong Shangri-La in Shanghai abstieg, nicht Xin Zhu war, war es zu spät.

Als der Zug seine fünfstündige Reise nach Südosten antrat, bahnte er sich geduldig einen Weg nach vorn. Er war ein auffallend dicker Mann, und wenn er auf andere Fahrgäste stieß, mussten sich diese auf einen Notsitz zwängen, damit er vorbeikam. Zeitungen, auf denen Fotos der Vernichtung durch das Erdbeben in Sichuan prangten, wurden geräuschvoll zusammengefaltet, um ihm Platz zu machen. Gelegentlich, wenn er auf junge Frauen mit Kindern traf, hob er seine Tasche mit einem herzlichen Lächeln über den Kopf, und man quetschte sich aneinander vorbei. Schließlich fand er zwei freie Plätze nebeneinander in der ersten Reihe eines sauberen, beige getäfelten Wagens. Zhu schob die Armlehne dazwischen hoch und ließ sich dankbar nieder, ehe er wieder mit Zeitungsfotos von eingestürzten Häusern und weinenden Menschen konfrontiert wurde.

Im ganzen Land gab es kein anderes Thema, und er hatte fast Gewissensbisse wegen seines Ausflugs. Vor vier Tagen war Wenchuan im Osten der Provinz Sichuan von einem Erdbeben getroffen worden, dessen Ausläufer noch in der über tausendfünfhundert Kilometer entfernten Hauptstadt zu spüren waren. Aus dem ganzen Land waren Rettungskräfte entsandt worden. Nahezu hunderttausend Soldaten, zweitausend Mediziner und Sanitäter und hundertfünfzig Flugzeuge waren im Einsatz. Offiziell belief sich die Zahl der Toten auf zwanzigtausend, doch nach Schätzungen waren es mindestens fünfzigtausend, was wahrscheinlich immer noch zu niedrig gegriffen war. Was bedeutete im Gegensatz dazu das Schicksal eines einzigen dicken Spions?

Nichts.

Während sein keuchender Atem allmählich ruhiger wurde und die dünne Schweißschicht auf seinem pausbackigen Gesicht verdampfte, zogen draußen die aschefarbenen Vororte von Xiqing vorbei. Die Luft hier war besser und würde immer sauberer werden, je mehr sie sich der Küste näherten. Auch er fühlte sich außerhalb der Hauptstadt sauberer. Im Außeneinsatz fühlte er sich immer besser.

Die freundliche Miene der Schaffnerin in einer makellosen blauen Uniform verdüsterte sich, als er ihr erklärte, dass er bei ihr eine Fahrkarte erwerben wolle. »Sie sind ohne Fahrschein eingestiegen?«

»Meine Pläne haben sich in letzter Minute geändert. Ich hatte keine Wahl.«

»Wir haben immer eine Wahl.«

Er hätte seinen Guoanbu-Ausweis vorzeigen und die Diskussion damit sofort beenden können. Doch er sagte: »Ich hatte die Wahl, entweder einzusteigen oder meine Mutter sterben zu lassen.«

»Sie stirbt, wenn Sie nicht vor ihr stehen?«

»Das Krankenhaus in Qingdao hat zu wenig Blutreserven. Sie muss sterben, wenn ich ihr kein Blut spende.«

Ihren Augen war anzumerken, dass sie ihm nicht glaubte – oder ihm zumindest nicht glauben wollte. Schließlich fragte sie: »Können Sie bitte einen der zwei Sitze frei machen?«

Zhu breitete die Hände aus, um seinen Körperumfang vorzuführen. »Unmöglich.«

»Dann müssen Sie für zwei Plätze bezahlen.«

Ihre Frisur und Sprache waren modern, doch Zhu erkannte in ihr das Erbe von Millionen kleinlicher Diktatoren, die China während der Kulturrevolution hervorgebracht hatte. Vorschriften als Knüppel, Gesetze als Waffen. »Dann bezahle ich eben für zwei Plätze.« Er griff nach seiner Brieftasche.

Als die Stunden und die tiefe Landschaft vorüberzogen, versuchte er, alle Gedanken an Wenchuan und seine persönlichen Probleme zu verscheuchen, und beobachtete stattdessen die jungen Paare, die bei jeder Haltestelle ein- und ausstiegen. Sie sahen ganz anders aus als die bäuerlichen Menschen in seiner Jugend: Sie besaßen saubere Zähne, gute Kleidung, sogar ein wenig Schmuck, Handys und eine Aura von Lebendigkeit, als könnten sie unverzagt und voller Zuversicht in die Zukunft blicken. Er bewunderte diesen Optimismus, auch wenn die Zeitungen mit grausigen Bildern von eingestürzten Gebäuden und behelmten Arbeitern, die im Schutt nach Leichen gruben, etwas anderes erzählten. Die ganze Nation, ja vielleicht sogar die ganze Welt musste mit ansehen, wie von Tag zu Tag die Hoffnung schwand, und Xin Zhu saß in einem Zug, der zur Küste fuhr statt nach Westen, wo er zusammen mit den Freiwilligen hätte anpacken sollen. Doch wer anderen helfen will, so sagte er sich nur mit einem Anflug von Verlegenheit, muss zuerst dafür sorgen, dass er selbst nicht unter die Räder kommt.

Als sie Jinan verließen, klingelte eins seiner Handys. »Guten Tag, Shen An-ling.« Seine Stimme klang urlaubsmäßig entspannt. »Shanghai ist herrlich.«

»Das habe ich auch gehört, Xin Zhu«, antwortete sein Assistent. »Außerdem habe ich gehört, dass du dich seit deiner Ankunft im Hotel in deinem Zimmer eingeschlossen hast. Willst du nicht einen Blick auf die Sehenswürdigkeiten werfen?«

Shen An-ling trug ein bisschen dick auf mit der Tarnung. Das hieß, er war nicht allein. »Ich muss über so vieles nachdenken, da würde Ablenkung nur stören.«

»Natur, Zeit und Geduld sind die besten Ärzte.« Es war nicht gerade typisch für Shen An-ling, mit banalen Sprichwörtern um sich zu werfen. »Da lässt sich nichts beschleunigen. Du solltest lieber frische Luft schnappen.«

»Gut, ich öffne das Fenster. Und im Büro? Läuft alles glatt?«

»Ja. Und Yang Qing-Nian hat uns mit seinem Besuch beehrt.«

Natürlich: Yang Qing-Nian, die rechte Hand von Wu Liang. Wer sonst hätte sich danach erkundigt, warum Xin Zhu sein Hotelzimmer nicht verließ? »Bringt er gute Nachrichten vom Aufsichts- und Verbindungsausschuss?«

»Er bringt gute Wünsche – und die Aufforderung, dass du am Montagmorgen um neun vor dem Ausschuss erscheinst.«

»Ich freue mich schon darauf«, erwiderte Zhu mit möglichst viel Überzeugungskraft. »Sorg bitte dafür, dass sich Yang Qing-Nian bei uns wohlfühlt. Serviere ihm unseren besten Tee.«

Er beendete das Gespräch, das ihn aus seinen Gedanken gerissen hatte, und zog aus seiner Tasche eine kleine Dose mit Reisbällchen, die seine junge Frau zubereitet hatte. Eines nach dem anderen aß er sie auf, während er sich vorstellte, wie Yang Qing-Nian in seinem Büro im Bezirk Haidian alles beschnüffelte und betatschte, um sich jede Einzelheit für seinen Bericht an Wu Liang einzuprägen. *Alles ein einziger Saustall. Wie englische Buchhalter kleben sie mit der Nase an ihren Bildschirmen. Stickig, kein offenes Fenster, und es stinkt nach Zigaretten und Erdnusssoße. Da müsste mal ordentlich geputzt werden.*

Kurioserweise waren Yang Qing-Nian und sein Meister Wu Liang felsenfest davon überzeugt, dass allein schon ihr Name reichte, um Furcht und Schrecken zu verbreiten. Sie glaubten ernsthaft, dass ihn das Erscheinen von Yang Qing-Nian oder einem anderen Vertreter des Ministeriums für Öffentliche Sicherheit, das unter anderem auch für den Inlandsnachrichtendienst zuständig war, völlig aus der Bahn werfen und dazu bewegen würde, sich ein ganzes Wochenende lang über einen drohenden Rüffel am Montagmorgen den Kopf zu zerbrechen. Wenn das seine einzige Sorge wäre, säße er jetzt tatsächlich in Shanghai in einer Dachgartenbar und würde einen Kognak und einen Hamlet genießen. Im Augenblick aber konnte er nur bei einer jungen, uniformierten Frau eine überteuerte Flasche Wasser kaufen.

Kurz vor fünf fuhren sie in den Bahnhof Qingdao ein, der für die schon in wenigen Monaten anstehenden olympischen Ruderwettbewerbe renoviert worden war. Beim Schlendern über den Bahnsteig stieß er gelegentlich mit vorgebeugten Männern zusammen, die sich Zigaretten anzündeten. Sein Blick wanderte hinauf zu einer der seit jüngster Zeit allgegenwärtigen Spinnennetzdecken aus Stahl und Glas. Wie viel hatte das gekostet? Bei all den Bestechungsgeldern und Zwangsräumungen, die mit den teuren Schönheitsoperationen an den Großstädten einhergegangen waren, konnte das niemand so genau sagen. Dann bemerkte er auf der anderen Seite der Halle eine lange, aber ordentliche Warteschlange vor einem provisorischen Rotkreuzschalter, wo man Geld spenden konnte. Tags zuvor hatten die Zeitungen berichtet, dass die Spenden für die Erdbebenopfer sich bereits auf eine Summe von 1,3 Milliarden Yuan beliefen. Zhu strebte hinüber zu dem Schalter und trat nach kurzem Zögern zu einer alten Frau mit nassem Gesicht vorn in der Schlange. Er gab ihr zehn Hundertyuan-Scheine, etwa hundertfünfzig Dollar, um ihren Beitrag aufzustocken. Sie war sprachlos.

Draußen wurde die strahlende Sonne des späten Nachmittags gedämpft durch eine kühle Brise vom Gelben Meer. Er setzte seine Tasche ab und nahm einen Hamlet mit Filter aus einer Zigarilloschachtel, bevor er sich einer Gruppe junger Leute anschloss, die die Feixian Road überquerten. Auf dem Weg zum Badestrand 6 passierten sie zwei hell erleuchtete, brechend volle Restaurants – Kentucky Fried Chicken und McDonald's. Die Teenager riefen wild durcheinander und stürmten hinunter zum Wasser. Rauchend blieb er auf dem Gehsteig zurück und beobachtete, wie die mageren Gestalten über den Sand tänzelten und ins Meer tauchten.

Seine Eltern stammten zwar aus den Bergen, doch die Küstenbewohner waren ihm schon immer sympathisch gewesen. Sie teilten die pragmatische Objektivität ihrer Brüder aus den Bergen. Er schaute den Auswärtigen zu, die im Wasser herumturnten, während die Ortsansässigen alles stoisch über sich ergehen ließen und ihnen von dampfenden Karren gebratene Speisen verkauften.

Der Bus mit der Nummer 501 war halb leer, und er sicherte sich für die einstündige Reise zwei Sitze im hinteren Teil. Ein ganzes Leben ließ sich mit solchen Verrichtungen füllen.

Die Sonne stand schon tief im Westen, als er vor einem Hochhaus an einer breiten Straße in Laoshan am Fuß des gleichnamigen Gebirges ankam. Er war einer von fünf Fahrgästen, die ausstiegen: zwei alte Frauen, eine nervöse Schwangere und ein halbwüchsiger Junge in einem Tarn-T-Shirt. Die beiden Alten verließen die Haltestelle zusammen, und der Teenager wurde von seiner Mutter abgeholt. Nur die Schwangere blieb allein zurück. Sie setzte sich auf eine Bank, eine leere Plastiktüte an den dicken Bauch gepresst, und senkte den Blick zu Boden. Vermutlich weinte sie.

Hinter dem Hochhaus entdeckte er auf einem kleinen Parkplatz, den sich eine Vielfalt von Automarken in unterschiedlich gutem Zustand teilten, den unauffälligen schmutzig weißen Citroën Fukang. Am Steuer rauchte mit geschlossenen Augen ein sechsundfünfzigjähriger Mann.

»Aufwachen, Zhang Guo«, begrüßte ihn Zhu.

Zhang Guo fuhr nicht zusammen, dafür war er zu sehr von sich eingenommen. Das war eine seiner wunderbaren Eigenschaften. Stattdessen öffnete er die Augen einen Spalt weit. »Du hast Verspätung.«

»Nicht viel.«

»Das Ganze ist lächerlich, weißt du.«

»Es geht dir also gut, Zhang Guo?«

»Der Arzt meint, meine Prostata ist kurz vor dem Explodieren.«

Zhu warf seine Reisetasche durch das offene hintere Fenster und ging zur Beifahrerseite. Die Stoßdämpfer des Wagens ächzten, als er sich niederließ. »Sprich, alles normal bei dir.«

»Eigentlich sollte ich in Peking bei Chi Shanshan sein, um noch ein paar glückliche Tage mit ihr zu verbringen.«

»Einen Tag lang wird sie es schon ohne dich und deine liebevolle Betreuung aushalten. Wenn jemand leidet, dann höchstens deine Frau.«

»Und was ist mit Sung Hui? Ist sie noch genauso schön wie letzten Sommer?«

»Noch schöner. Sie schläft sehr viel.«

»Gut für sie, aber nicht für dich.«

»Vielleicht doch, meiner Prostata geht es glänzend.«

Zhang Guo schnippte seine Zigarette durchs Fenster und ließ den Wagen an. »Schon erstaunlich, wie jemand, dem noch weniger Zeit bleibt als mir, solche Witze machen kann.«

Durch einen Sprung in der Windschutzscheibe starrte Zhu auf wucherndes Gras und weitere Hochhäuser.

»Ich fahre nicht den Berg hinauf«, ließ sich Zhang Guo vernehmen.

»Es ist ein guter Ort zum Alleinsein.«

»Das Auto auch.«

»Dann fahren wir eben um den Berg herum.«

Seufzend legte Zhang Guo den Rückwärtsgang ein und fuhr los.

Noch in der Stadt fingen sie an zu reden, wenn sie hinter Lastwagen und Autos stoppten, die in noch schlechterem Zustand waren als ihr Citroën, oder im Qualm schwarzer Abgaswolken vor Ampeln warteten. Zhu erwähnte das Erdbeben, und sie verglichen düstere Schätzungen zu den Opferzahlen. Gemeinsam überlegten sie, wen sie in Sichuan kannten und von wem sie gehört hatten. Es war ein trostloses und dazu noch unkonstruktives Thema: mit ihrer Betroffenheit konnten sie die Toten nicht wiedererwecken. Daher fing Zhu an, persönliche Fragen zu stellen, um Zhang Guo die Gelegenheit zum Jammern über sein Leben in dem vornehmen Pekinger Bezirk Dongcheng, seine unerträgliche Frau, seine eifersüchtige Geliebte und die zunehmende Atmosphäre von Paranoia im Aufsichts- und Verbindungsausschuss zu geben. »Da jagt eine schlechte Nachricht die andere«, stellte er fest, als sie endlich die Stadt verließen und auf die Küstenautobahn um das Laoshan-Gebirge und seine berühmten Geister fuhren. Rechts von ihnen breitete sich das Gelbe Meer aus.

»Hast du das von Wu Liang gehört?«, fragte Zhang Guo.

»Dass er mich vernichten will?«

»Das andere.«

»Er übernimmt die Verantwortung für die Sicherheit bei den Olympischen Spielen.«

»Und?«

»Eine kluge Entscheidung. Jiang Luoke hat nicht genug Organisationstalent.«

»Jiang Luoke hat den Waffenstillstand mit Al Kaida erreicht.«

»Der nicht besser ist als das Papier, auf dem er geschrieben steht.«

»Er steht nicht auf Papier geschrieben.«

Zhu klatschte zweimal in die Hände.

Zhang Guo lehnte sich in eine Kurve, als sie in den Schatten des Bergs gelangten. »Vielleicht hätten wir deinen Namen lancieren sollen.« Dann schüttelte er den Kopf. »Ach so, stimmt. Du bist ja der, der einen Krieg mit der CIA vom Zaun gebrochen und dann das Ministerium für Öffentliche Sicherheit beschuldigt hat, dass es CIA-Nattern Unterschlupf gewährt. Hatte ich ganz vergessen.«

»Spar dir die Melodramatik.«

»Xin Zhu, du hast drei Dutzend CIA-Agenten umgebracht.«

»Nicht ganz. Ein paar sind entwischt.«

Zhang Guo zeigte ihm zwei hochgezogene Brauen und mattgelbe Zähne, ehe er sich wieder der Straße zuwandte. »Natürlich war dein Fehler nicht, dass du die CIA abgeschlachtet hast. Du hast bloß nicht verhindert, dass unsere Oberen was davon mitbekommen.«

»Ich habe niemandem was erzählt.«

Wieder die Brauen und Zähne. »Ich nehme an, dass dein Assistent, der mit dem Mädchennamen, nach zu vielen Gläsern Baijiu angegeben hat wie ein Pfau.«

»An-ling ist ein Name für beide Geschlechter. So einen Namen kriegt man, wenn man mit Eltern aus der Künstlerklasse geschlagen ist.«

»Und so was passiert, wenn man Leute aus der Künstlerklasse einstellt, Xin Zhu.«

»Shen An-ling hat nicht geplaudert.«

Zhang Guo nahm eine harte, schwere Hand vom Steuer und klopfte seine Hemdtaschen ab, bis er die nächste Zigarette gefunden hatte. Nachdem er sie sich zwischen die Lippen gesteckt hatte, redete er weiter. »Das Entscheidende ist, dass dich Wu Liang in die Enge getrieben hat. Er hat sein Ministerium und den ganzen Ausschuss in Panik versetzt. Yang Qing-Nian prahlt schon damit, dass sie dich rausschmeißen werden.«

»Yang Qing-Nian ist noch ein Kind und zittert vor der CIA.«

»Wir zittern alle vor der CIA. Außer dir natürlich. Die Leute glauben, dass du *verrückt* geworden bist. Das ist dir doch klar, oder?«

Mit zusammengekniffenen Augen fixierte Zhu den Bergschatten, der mit seiner weiten Ausdehnung Felsen, Segelboote und weiße, pinselstrichartige Meereswellen unter sich begrub. Würde er es merken, wenn er verrückt wäre? Oder brauchte es nur eine koordinierte Anstrengung all jener, die er im Lauf der

Jahre vor den Kopf gestoßen hatte, um ihm die richtige Diagnose zu stellen? Wu Liang und Yang Qing-Nian vom Ministerium für Öffentliche Sicherheit waren hochrangige Mitglieder im Aufsichts- und Verbindungsausschuss, dem Parteiorgan, das unter anderem über die Disziplin in seinem Berufsstand wachte. Zhang Guo gehörte ebenfalls diesem Ausschuss an und repräsentierte dort die Oberste Volksstaatsanwaltschaft. Xin Zhu hingegen war nur ein einfacher Guoanbu-Soldat. Konnten solche Männer etwas diagnostizieren, das er selbst niemals an sich erkennen würde?

»Der Ausschuss glaubt auch, dass die Zukunft der Spionage im Hacken von kalifornischen Technologieunternehmen liegt. Diese Leute haben doch Angst vor ihrem eigenen Schatten.«

»Schon möglich«, erwiderte Zhang Guo, »aber jetzt hast du mich hier raus bis zur Landesgrenze geschleppt, weil du Angst vor *ihnen* hast. Warum sind wir hier?«

»Ich muss am Montagmorgen vor dem Ausschuss antanzen.«

»Und wundert dich das?« Als von Zhu keine Erwiderung kam, setzte Zhang Guo hinzu: »Sie wollen dasselbe wissen wie wir alle, Xin Zhu. Sie wollen wissen, *warum*. Warum du in diese geheime Abteilung Tourismus einen Maulwurf eingeschleust hast und nach der Enttarnung dieses Maulwurfs in allen Teilen der Welt dreiunddreißig von ihren Agenten liquidiert hast. Sie glauben den Grund zu kennen: Rache. Für den Tod deines Sohnes Delun. Aber dafür war nicht die CIA verantwortlich. Verantwortlich war eine Horde sudanesischer Bauern mit Macheten und Sonnenstich.«

Rechts von ihnen erstreckte sich eine Halbinsel hinaus ins Wasser, die die Hälfte ihrer Reise um das Gebirge markierte und Richtung Südkorea deutete. Zhu schwieg.

»Also?«

Zhu wandte sich um. »Diese Unterhaltung führen wir doch nicht zum ersten Mal. Die Amerikaner tragen eine kausale Verantwortung. Sie haben einen wichtigen Oppositionsführer getötet, um den gesellschaftlichen Frieden im Sudan zu zerstören. Deshalb gehen auch alle Menschen auf ihr Konto, die bei den Unruhen ihr Leben verloren haben.«

»Du kannst doch eine Organisation nicht wie eine einzelne Person behandeln. Stell dir vor, sie würden das mit uns machen.«

»Von den Vätern unserer Opfer würde ich nichts anderes erwarten.« Als Zhu diese Worte aussprach, wurde ihm klar, dass sie alle längst tot wären, wenn so etwas wirklich eintreten würde. Er deutete zu einem Parkplatz weiter vorn, einem Aussichtspunkt. »Halt mal an.«

Als sie stoppten, fuhren zwei Autos vorbei. Eins hatte Kennzeichen von Laoshan, das andere von Peking. Zhang Guo wies mit dem Kinn auf die Fahrzeuge. »Du glaubst doch nicht …«

»Ich habe nicht die geringste Ahnung.« Zhu blickte durch das offene Fenster. Meer, Horizont. »Es war nicht nur Rache, weißt du. Alle glauben, dass das der Grund war: der Ausschuss, du, wahrscheinlich sogar die Amerikaner. Rache war ein Teil des Kalküls, aber es war auch eine praktische Entscheidung. Am Montag werde ich das genauer erklären. Mit der Auslöschung einer ihrer Geheimabteilungen haben wir ein ernst zu nehmendes Zeichen für die Amerikaner gesetzt. Das gleiche Zeichen, das wir auch mit den Olympischen Spielen setzen wollen. Wir sind eine wesentliche Kraft auf diesem Planeten. Unser Volk hat lang genug gelitten, das ist jetzt Vergangenheit. In der Gegenwart gilt: Wir sind eine unermesslich reiche Supermacht und lassen uns keine Einmischung von außen gefallen, vor allem nicht von einem Land auf der anderen Seite der Erde, das sich noch immer als die *einzige* Supermacht der Welt versteht.«

Zhang Guo ließ diese Worte eine Weile auf sich wirken, dann schüttelte er den Kopf. »Und dann sieht die ganze Welt, wie in Sichuan fünfzigtausend Leute sterben. Kann man da wirklich von einer Supermacht reden?«

Zhu antwortete nicht, weil genau dieser Gedanke auch ihm schon durch den Kopf geschossen war. Stattdessen drehte er sich auf seinem Sitz so weit wie möglich nach hinten, um nach seiner Reisetasche auf dem Rücksitz zu tasten, doch seine Hand patschte bloß wenige Zentimeter vom Griff entfernt durch die Luft. Unwillkürlich entfloh seinen Lippen ein Ächzen.

»Setz dich wieder hin.« Zhang Guo seufzte.

Zhu tat wie geheißen, Zhang Guo fasste mit seinem langen rechten Arm zielsicher nach hinten, ohne hinzusehen, und schnappte sich die Tasche. Er zog sie nach vorn und reichte sie Zhu.

»Danke.«

Nachdem ein weiteres Auto vorbeigerauscht war, stieg Zhang Guo aus und ging nach hinten, wo geneigte Bäume den Blick aufs Meer umrahmten. Im Wagen löste Zhu den Verschluss der Tasche und blätterte durch eine dünne Mappe, bis er auf die Vergrößerung eines Passfotos im Format zehn mal fünfzehn Zentimeter stieß. Das war der eigentliche Grund für dieses Treffen. Einen Moment lang starrte er auf das Bild der schwarzen Frau Mitte dreißig, ehe er die Tür aufstieß und seine Füße auf die Erde setzte. Nach dem verrauchten Dunst im Auto traf ihn die frische, salzige Brise wie ein Schock. Unten tobte die Brandung. »Komm, schau dir das mal an.«

Zhang Guo schlenderte heran und nahm das Foto in die Hand. »Hübsch«, stellte er fest. »Für so eine.« Er reichte es zurück.

»Du hast sie noch nie gesehen?«

»Sollte ich?«

Es hatte keinen Sinn, sich bei Zhang Guo zugeknöpft zu geben. »Sie ist eine von den Überlebenden.«

»Von den Touristen?«

»Sie nannte sich Leticia Jones. Ihren wahren Namen haben wir nie erfahren.«

»Und warum schleppst du ihr Foto mit dir rum?«

Zhu schniefte. »Vor einer Woche ist sie in Shanghai gelandet, mit einem Pass auf den Namen Rosa Munu aus dem Sudan.«

Scheppernd hämmerte Zhang Guo die Faust aufs Autodach, dann entfernte er sich wieder und nestelte an der Brust nach der nächsten Zigarette. Nachdem er sie angezündet hatte, wandte er sich um. »Wo ist sie jetzt?«

»Hat Peking letzte Woche Richtung Kairo verlassen. Wir sind gerade dabei, die Woche zu rekonstruieren, in der sie hier war.«

»Aber *warum* war sie hier? Auf eigene Faust kann eine Agentin doch nichts ausrichten, vor allem wenn sie bereits enttarnt ist.«

»Sie hat es eine Woche lang ganz allein geschafft, unbemerkt zu bleiben. Dass sie hier war, habe ich erst rausgefunden, nachdem sie schon wieder verschwunden war. Ein Grenzsoldat hat gehört, wie sie sich mit einem anderen Sudanesen auf Englisch unterhalten hat. Der Sudanese wollte Arabisch mit ihr sprechen, aber sie konnte es nicht. Kein Grund, sie festzuhalten, doch der Grenzposten hat sich ihren Namen notiert, um ihn später überprüfen zu können. Jemand aus Sun Bingjuns Abteilung hat ihn mir als Anfrage weitergeleitet. Ich habe das Foto aus meinen Tourismusakten wiedererkannt.«

Zhang Guo fluchte laut.

»Muss nichts Großartiges zu bedeuten haben.« Zhu war sich nicht sicher, ob seine Worte mehr an ihn selbst oder an Zhang Guo gerichtet waren. »Auf jeden Fall war sie nicht ohne Grund hier. Entweder was Operatives oder das Erkunden von Möglichkeiten.«

»Möglichkeiten wofür? Für einen Vergeltungsschlag gegen den großen Xin Zhu?«

Zhu ließ das Foto zurück in seine Tasche gleiten. »Keine Ahnung. Ich weiß nicht mal, ob sie noch für die CIA arbeitet.«

»Vielleicht arbeitet sie für Wu Liang«, warf Zhang Guo ein.

»Daran habe ich auch schon gedacht.«

»Das war ein Witz, Xin Zhu.«

Zhu setzte ein Lächeln auf, doch für ihn war es kein Witz. Nichts an dieser Geschichte war ein Witz für ihn. Wu Liang vom Aufsichts- und Verbindungsausschuss, die CIA oder irgendein anderer Dienst, dem er in den letzten Jahrzehnten Scherereien bereitet hatte, konnte hinter ihm her sein. Mit den Jahren wird die Vorstellung des *anderen* gesichts- und konturlos, und ihre allgegenwärtigen Tentakel lauern in jeder Ritze.

»Und was willst du jetzt von mir, Xin Zhu?«

»Ich möchte wissen, worauf genau ich am Montag gefasst sein muss. Die einzelnen Punkte, die man mir vorhalten wird.«

Zhang Guo nickte. »Kriegst du bis Sonntag.«

»Was die Frau angeht, muss ich wissen, ob das Ministerium für Öffentliche Sicherheit Informationen über sie hat.«

Diesmal zögerte Zhang Guo. Er machte einen tiefen Zug und atmete Rauch aus, der vom Wind sofort verweht wurde. »Xin Zhu, vor zwei Monaten hast du behauptet, dass im Ministerium für Öffentliche Sicherheit ein westlicher Maulwurf sitzt, und dem Ministerium daraufhin die Weitergabe deiner nachrichtendienstlichen Erkenntnisse verweigert. Als man dich aufgefordert hat, Beweise vorzulegen, hast du dem Ausschuss Notizen mit chinesischen Informationen aus dem Besitz der Abteilung Tourismus übergeben, die deiner Meinung nach nur ein Insider zusammengetragen haben konnte. Nichts davon war nachprüfbar, weil die CIA die Abteilung Tourismus nach deinem Angriff geschlossen hat. Aber hat dich das in irgendeiner Weise beeindruckt? Nein. Im Gegenteil, du hast verlangt, dass der Ausschuss die gesamte Verwaltung des Ministeriums einfriert, bis jemand verhaftet wird.«

»Meine Forderung wurde abgelehnt«, bemerkte Zhu.

»Aber nicht vergessen. Du hast nicht die Verantwortung für

den Guoanbu. Du bist nicht mal der Leiter einer Kernabteilung. Du warst immer nur am Rand tätig und hast dir dabei haufenweise Feinde gemacht. Meine Befürchtung ist, dass man dich am Montag zur Leitung eines Dorfkollektivs in der Nähe der Mongolei abstellen und deine Dienststelle schließen wird, um Platz für eine Grundschule zu gewinnen. Es lohnt sich nicht, für jemanden wie dich so viele Scherereien auf sich zu nehmen.«

»Heißt das, du wirst nicht fragen, ob sie Informationen über die Frau haben?«

Zhang Guo starrte ihn mit großen Augen an, dann warf er seine Zigarette weg und fing an zu lachen. »Na schön, ich rede mit dem Ministerium für Öffentliche Sicherheit. Ich kenne da jemanden, der mir vielleicht weiterhilft. Er darf bloß nicht wissen, dass es für dich ist.«

»Danke.«

»Und du hast keine Ahnung, was diese Jones in der einen Woche hier getrieben hat?«

»Wir kennen das Hotel. An einem Abend war sie im Hotelrestaurant.« Zhus Antwort war nicht unbedingt eine Lüge, höchstens eine irreführende Verkürzung. »Wir brauchen Hilfe.«

»Was du brauchst, ist eine gute Verteidigung am Montagmorgen.«

»Vor allem brauche ich was zu trinken. Du auch?«

Zhang Guo trat heran und legte die Hand auf Zhus schütteren Kopf. »Du bist ein hässlicher Fettsack. Sung Hui muss blind sein.«

»Endlich sind wir uns mal einig.«

2

Sung Hui stammte aus Xinyang, eine junge Pionierin, die später zum Jugendverband stieß und für ihre aufgeklärte proletarische Weltanschauung im Alter von dreiundzwanzig Jahren mit einer Reise nach Peking zur Nationalen Delegiertentagung 2003 belohnt wurde. Dort lernte der damals einundzwanzigjährige Delun sie kennen und war schon bald Feuer und Flamme für diese schöne junge Frau aus der Provinz, die so unerbittlich die Parteilinie vertrat. Weil seine Mutter schon vor über einem Jahrzehnt gestorben war, führte er die neue Freundin seinem Vater vor, und irgendwann in den darauffolgenden zwei Jahren verschwammen die Grenzen. Delun übersiedelte in den Sudan, um für Sinopec zu arbeiten. Bei gewalttätigen Unruhen wurde er von dunkelhäutigen Aufständischen mit Macheten zerstückelt. Das war im April 2007. Ein Vierteljahr später zog Sung Hui bei Xin Zhu ein, doch zuerst herrschte in der Wohnung nur gemeinsame Trauer. Dann bat sie ihn völlig überraschend, sie zu heiraten.

Seit dem Tod seiner Frau im Jahr 1989, einen Monat vor dem Zwischenfall auf dem Tian'anmen-Platz am 4. Juni, hatte Zhu die Nuancen des Lebens mit einer Frau aus den Augen verloren. Sung Hui brachte ihn auf eine Weise aus der Fassung, wie es ihm seit seiner Jugend nicht mehr passiert war. Über einfache Fragen von ihr musste er ausgiebig nachgrübeln, und in Läden rätselte er viel zu lange darüber, welche Armbanduhr ihr vielleicht gefallen könnte. Vor allem aber weckte sie den Beschützerinstinkt in ihm. Sung Hui war achtundzwanzig, dreißig Jahre jünger als er, und er sah sie unweigerlich als potenzielles Opfer. In den achtundfünfzig Jahren seines Lebens hatte er oft erlebt und manchmal sogar die Verantwortung dafür getragen, dass Unschuldige zu Opfern wurden, und besonders schwer wog das grausige Ende seines Sohnes in Afrika. Also schirmte er sie von möglichst vielen Aspekten seiner Arbeit ab, und nun hatte er, um sie zu beschützen, sogar seinem ältesten Freund Zhang Guo den Inhalt von Leticia Jones' Auftrag verschwiegen.

Am Mittwoch, zwei Tage vor dem Treffen mit Zhang Guo und fünf Tage nach der Abreise von Leticia Jones oder Rosa Munu aus China, tauchte Sung Huis Schneiderin in völlig aufgelöstem Zustand in der Wohnung auf. Sung Hui machte ihr Tee und ließ sie in der Küche Platz nehmen. Nach mehreren Fragen erfuhr sie schließlich, dass die Nichte der Schneiderin von einem Bekannten im Blim-Blam, einem unweit von Zhus Büro im Universitätsviertel von Haidian gelegenen Rockclub, ausgefragt worden war. Die Fragen drehten sich um Sung Hui und das Leben mit ihrem Mann, um ihre Alltagsverrichtungen und regelmäßigen Termine. Sung Hui rief Zhu in der Arbeit an, und er kam sofort nach Hause, um gleich anschließend mit der Schneiderin zu deren Nichte zu fahren; sie gab ihm eine Beschreibung des jungen Mannes, der sie ausgehorcht hatte: Dongfan Beisan, Anfang zwanzig, »sehr sexy«, Musiker. Er trat regelmäßig im Blim-Blam auf. Wo er wohnte, war allerdings ein Rätsel, da seine Adresse bei den Behörden nicht gemeldet war.

Statt sich mit diesem Wissen an das Ministerium für Öffentliche Sicherheit zu wenden und eine Akte über Dongfan Beisan anzufordern, besuchte er noch am gleichen Abend mit seinem Assistenten Shen An-ling den Club, einen schmuddeligen Keller an einem engen, mit Fahrrädern verstopften Hutong. Das Blim-Blam war voller Kinder, die verschmierte T-Shirts, Jeans und zerzauste Frisuren trugen und mit tödlich gelangweilter Miene Bier tranken. Aus den Lautsprechern dröhnten die Ramones. Beim Anblick der beiden Männer in Anzügen, die ihre Höhle betraten, geriet die gelangweilte Attitüde der Teenager kurz ins Wanken. Der ältere der zwei, der einen gewaltigen Körperumfang und eine angehende Glatze hatte, tat sein Bestes, um nichts zu berühren, der andere war schwabbelig und musterte alles mit einem Ausdruck völliger Verblüffung in seinen kurzsichtigen Augen. Die Rockfans hatten keine Ahnung, was das Erscheinen der Unbekannten zu bedeuten hatte.

Auf einem handgeschriebenen Schild gleich nach der Tür erfuhren Zhu und Shen An-ling, dass an diesem Abend die Pink Undergarments und Dongfan Beisans Band Just Teenage Rebels zum Andenken an die Toten von Sichuan auftreten würden. Sie traten zur Bar, einem langen Zinktresen, der nach dem Abriss der Yugon Yishan Bar – diese war wie so vieles dem olympischen Glamour zum Opfer gefallen – gerettet worden war. Dort erkundigten sie sich beim Barkeeper nach dem Umkleideraum der Bands. Ein Lachen war die Antwort. »Gleich da drüben.« Er deutete zur hinteren Seite des Clubs, wo Teenager durch eine schartige Öffnung in der Ziegelwand kamen und gingen.

Dahinter lag ein schummriger Korridor, der nach Pisse stank und zu einer Toilette für beide Geschlechter führte, wo die Mädels in gesprungenen Spiegeln ihren Lidstrich prüften und die Jungs qualmten und sich an den Urinalen gegenseitig mit Tritten bearbeiteten.

Durch eine offene Kabinentür erspähte Zhu drei magere Jünglinge mit langem Haar, einer in enger Lederhose, ein anderer mit Trommelstöcken in der hinteren Jeanstasche, die einen Joint kreisen ließen. Inzwischen waren die Eindringlinge entdeckt worden, und die Mädels packten ihre Stifte zusammen und huschten an ihnen vorbei. Die Jungs bei den Urinalen suchten mit noch halb offenem Hosenschlitz das Weite.

Der Schlagzeuger bemerkte Zhu und Shen An-ling als Erster und stupste den in der Lederkluft an. Der Dritte in T-Shirt und knielangen Shorts geriet in Panik und ließ den Joint hastig in die Toilette fallen.

»Just Teenage Rebels?«, fragte Zhu.

Der mit den Shorts flüsterte etwas, von dem er nur das Wort *Produzent* verstand.

»Ja«, antwortete der mit der Lederhose. Auch er hatte Kajal aufgetragen. »Wir sind Just Teenage Rebels.«

Shen An-ling klatschte in die Hände, um seinen Schock zu überspielen. »Und du bist bestimmt der große Dongfan Beisan.«

Ein träges, zugedröhntes Lächeln. »Richtig, Genosse.« Endlich wagte er sich aus der Kabine und stieß mit lässiger Geste die Finger in die Hosentaschen. »Seid ihr von Modern Sky?«

Modern Sky war eine große Independent-Plattenfirma. »Wie hast du das so schnell gemerkt?«, fragte Shen An-ling.

»Ich hab's *gewusst!*«, krähte der mit den Shorts.

Der Schlagzeuger widersprach mit leiser Stimme: »Die sind nicht von Modern Sky.«

Ein paar Sekunden lang herrschte Stille. Dann ergriff Zhu das Wort. »Dongfan Beisan, können wir uns kurz allein unterhalten?«

»Jeder Deal ist für uns alle.«

Von hinten hörte Zhu, wie sich eine lachende junge Frau näherte, schlagartig verstummte und sich wieder entfernte.

Shen An-ling wandte sich an Zhu. »Die meinen es nicht ernst. Ich hab dir gleich gesagt, das bringt nichts.«

»Du hast recht.« Zhu hob einen fülligen Finger und deutete auf Dongfan Beisan. »Ich dachte, dass ihr es ernst meint. Aber man kann sich täuschen.«

Der mit den Shorts stieß Dongfan Beisan an. »Mach schon, ist okay.«

Der Schlagzeuger schwieg mit düsterem Gesicht.

Dongfan Beisan leckte sich die trockenen Lippen und schaute sich kurz nach seinen Freunden um. »Einer für alle, verlasst euch auf mich.« Nach einem letzten High five steckte er die Finger wieder in die Hosentaschen und trat zu Zhu und Shen An-ling. »Also gut, wir können loslegen.«

Beim Weg zurück durch den Club und hinauf zur Straße wurden sie von hundert jungen Augen beobachtet, und Dongfan Beisan grüßte Freunde mit erhobenem Daumen. Irgendwie kam Zhu die ganze Sache etwas zu mühelos vor. Ein Mann, der neugierige Fragen nach seiner Frau gestellt hatte, ging einfach mit ihm hinaus, als hätte er nichts zu befürchten? Zeichen von Naivität oder Dummheit? Er neigte zu Letzterem.

Auf dem regennassen, schmutzigen Hutong drängten sich unzählige Leute, die Geschäfte oder Kneipen besuchten, und überall wimmelte es von Studenten in billigen Knopfhemden und gebügelten Jeans. Beim Anblick des schwarzen, viertürigen Audi A6, mit dem sie sich in die Gasse gezwängt hatten, zögerte Dongfan Beisan. Zhu öffnete die Beifahrertür und setzte sich, ohne die Füße ins Auto zu ziehen. Er war schon zu viel gelaufen an diesem Tag.

»Also, worum geht es?« Dongfan Beisan klang aufgekratzt. »Ein oder zwei Alben? Über die Besetzung können wir gern verhandeln. Ein Soloprojekt fände ich sowieso am besten. Mister Clean – das ist mein neuer Name.«

»Klappe.« In Shen An-lings Stimme lag ein drohender Unterton.

Zhu setzte nach: »Dongfan Beisan, weißt du, wer ich bin?«

Der Mund des Musikers kaute Luft. Dann schüttelte er den Kopf. »Auf jeden Fall nicht von Modern Sky, das steht fest.«

»Ich bin der Mann von Sung Hui.«

Dongfan Beisans Gesicht machte dicht. Jede Spur von Emotion wich aus Wangen, Augen und zuletzt aus den zuckenden

Lippen. Alles wurde schlaff, bis nur noch der leere Ausdruck übrig war, der schon so manchem Chinesen das Leben gerettet hatte. »Kenn ich nicht.«

»Warum hast du dann ein Mädchen nach ihr ausgefragt?« Zhus Stimme blieb locker und gelassen.

Shen An-ling schlug einen anderen Ton an. »Dongfan Beisan möchte deine Frau ficken. Das ist der Grund.« Er öffnete die hintere Tür. »Einsteigen.«

»Nein.« Die Miene des Jungen blieb unbewegt. »Ich weiß nicht, wovon Sie reden.«

Während zwei Männer auf Fahrrädern vorbeizogen, den Blick starr geradeaus gerichtet, atmete Zhu langsam aus und rieb sich mit den Händen übers Gesicht. »Reden wir im Büro weiter.«

Shen An-ling verstand ihn falsch. Er packte Dongfan Beisan am Hemdkragen und riss daran. Mit lautem Knall prallte die Stirn des Jungen gegen das Autodach. Schmerz huschte über Dongfan Beisans Gesicht, dann war wieder jeder Ausdruck weggewischt, und er ließ sich folgsam von Shen An-ling auf den Rücksitz verfrachten.

Dieser kurze Gewaltausbruch erwies sich als ausreichend. Auf dunklen Straßen bewegten sie sich in umständlichem Zickzackkurs allmählich in nördlicher Richtung durch den Bezirk Haidian. Plötzlich durchbrach Dongfan Beisan das Schweigen. »Sie ist Amerikanerin.«

»Ich kann dir nur raten, dass du damit nicht seine Frau meinst«, antwortete Shen An-ling.

»Nein, nein. Mary Caul. Sie arbeitet im amerikanischen Konsulat in Guangzhou.«

Zhu senkte seine Sonnenblende, um den Jungen in dem kleinen Spiegel zu beobachten. »Weiter.«

»Hab sie im New Get Lucky kennengelernt.«

»Im was?«

»Im Bezirk Chaoyang«, warf Shen An-ling ein. »Dort wird deutsches Bier serviert.«

»Wie lange ist das her?«

»Dass ich sie getroffen habe? Fünf, sechs Monate. Sie ist aus New York. Hübsch. Sie mag mich.«

»Hast du mit ihr geschlafen?«, fragte Zhu.

Erstaunlicherweise sickerte Verlegenheit durch die Maske des Jungen. »Wenn sie in der Stadt war.« Seine Stimme war fast nur noch ein Flüstern.

»In deiner Wohnung?«

Dongfan Beisan schüttelte den Kopf. »Nie. In ihrem Hotel.«

»Welches?«

»Crowne Plaza.«

Shen An-ling stieß einen Pfiff aus. »War bestimmt wie der Jackpot in der Lotterie für dich.«

Der Junge runzelte die Stirn, ohne sich zu äußern.

»Und sie hat dich gebeten, dich nach meiner Frau zu erkundigen?«

»Letzte Woche. Am Donnerstag. Mary sagte, dass Sung Hui eine alte Freundin von ihr ist. Sie hat sich Sorgen um sie gemacht, weil sie ...« Er verstummte.

»Raus damit«, blaffte Zhu.

»Sie sagte, dass Sung Hui einen brutalen Mann geheiratet hat, der sie gefangen hält. Sie hat keine Möglichkeit, Kontakt zu ihr aufzunehmen, außer sie läuft ihr zufällig über den Weg. Also wollte sie erfahren, wie ihr Tagesablauf aussieht.«

»Bai chi«, knurrte Shen An-ling.

»Er ist nicht schwachsinnig«, korrigierte Zhu. »Nur verliebt. Zugegebenermaßen ein ganz ähnlicher Zustand.«

Dongfan Beisan blieb stumm.

Zhu hakte nach: »Wie bist du draufgekommen, eine Verwandte der Schneiderin meiner Frau anzusprechen?«

»Mary hat mir den Tipp gegeben.«

»Sie weiß also nicht, wie sie meiner Frau zufällig begegnen soll, aber sie kennt den Namen und die Familie von der Schneiderin meiner Frau?«

»Ich … daran habe ich nicht gedacht.« Anscheinend war der Junge doch ein Idiot.

Trotz Shen An-lings Protesten fuhren sie zurück zum Blim-Blam und ließen den benommenen Dongfan Beisan mit wackligen Knien aussteigen. Kurz darauf im Büro konnten sie den Akten entnehmen, dass Mary Caul tatsächlich im Rahmen des Außenhandelsdienstes Angestellte des amerikanischen Konsulats in Guangzhou war – oder vielmehr bis zum vergangenen Freitag gewesen war, an dem sie für immer in die USA zurückgekehrt war. Einen Tag, wie Shen An-ling überflüssigerweise anmerkte, nachdem sie Dongfan Beisan gebeten hatte, Informationen über Sung Hui zu sammeln. Ebenfalls überflüssigerweise erinnerte er Zhu daran, dass sich Leticia Jones' Besuch mit Mary Cauls letzten Tagen in China überschnitt.

Inzwischen war es Mitternacht, also rief Zhu zu Hause an, um sich vom Dienstmädchen versichern zu lassen, dass Sung Hui friedlich schlief. Danach ließ er sich von seinem Assistenten zum Crowne Plaza fahren. Die nächsten drei Stunden verbrachte er mit dem Sicherheitschef, einem rundgesichtigen Uiguren, der sich immer wieder eine neue Kanne Longjing-Tee bringen ließ, während sie Tonaufzeichnungen aus den Zimmern und Filmaufnahmen aus den öffentlichen Bereichen durchgingen. Zhu kannte die ungefähren Tage, die interessant waren, und den Namen Mary Caul, deren Foto er auch aus der Akte hatte. Die andere – Rosa Munu alias Leticia Jones – war im Hua Thai abgestiegen, doch auch von ihr hatte er ein Bild. Auf einer Filmdatei vom Dienstag, den 6. Mai, mit dem Zeitcode 3.12 Uhr wurden sie schließlich fündig. Leticia Jones und Mary Caul auf einem Ledersofa in der Lobby, in ein lebhaftes, fast intim wirkendes Gespräch vertieft.

»Gibt es Ton?«

»Tut mir leid, Genosse«, antwortete der Uigure.

Obwohl er in diesen Angelegenheiten besondere Sorgfalt walten ließ, unterlief Zhu am nächsten Morgen ein Fehler, als sich Sung Hui nach dem Rockmusiker erkundigte. Nachdem er ungefähr vier Sekunden lang durch das Küchenfenster in den grauen Himmel gestarrt hatte, entschied er sich für Ehrlichkeit und teilte ihr mit, dass hinter Dongfan Beisans Fragen eine amerikanische Geheimagentin steckte.

Sung Hui wankte langsam zum Tisch und ließ sich auf einen Stuhl sinken. »Die wollen mich umbringen.«

»Warum sollten sie dich umbringen wollen?« Er griff nach ihrer Hand.

Statt einer Antwort fixierte sie nur stumm die große Hand, die ihre kleine umschloss.

»Wegen deiner beachtlichen Anstrengungen gegen sie?«

Lächelnd schüttelte sie den Kopf, weil sie wusste, wie komisch das klang. Seit ihrer Heirat hatte sie jede Parteiarbeit eingestellt. Inzwischen war sie, wie sie selbst einräumte, *eine kapitalistische Schlampe, die sich nach dem Leben in einer Modezeitschrift sehnt.* Schließlich sagte sie: »Ich weiß nicht, warum sie mich umbringen wollen.«

»Sie wollen es nicht.«

Doch als sie den Kopf hob, war das Lächeln verschwunden, und sie umklammerte mit der anderen Hand seine Finger. »Dann wollen sie dich umbringen.«

Das Problem war, dass sie die radikale Parteidoktrin einfach zu sehr verinnerlicht hatte. Für sie stand unverrückbar fest, dass westliche Geheimdienste nur nach einem strebten – der Zerstörung des chinesischen Kommunismus – und bereit waren, ohne jede Rücksicht Berge von chinesischen Leichen aufzutürmen, um dieses Ziel zu erreichen.

»Wahrscheinlich wollen sie gar niemanden umbringen«, erklärte Zhu. Sie machte nicht den Eindruck, als ob sie ihm glauben würde. Und auch er selbst wusste nicht, ob er es glauben sollte.

Zhang Guo hatte ein Separee mit Meerblick im Yijing Lou reserviert, einem der Spitzenrestaurants von Qingdao, doch bevor sie Platz nahmen, machten sie mit dem Kellner einen Rundgang durch die Aquarien, um ihre Wahl zu treffen.

»Der da sieht aus wie Wu Liang.« Zhang Guo wies mit dem Kinn auf einen müde wirkenden grauen Aal am Boden des Glastanks.

Zhu beugte sich vor, um dem Fisch scharf in die schwarzen Augen zu schauen, dann richtete er sich wieder auf. »Wie aus dem Gesicht geschnitten. Ich will ihn gebraten.«

Der Kellner verneigte sich in übertriebener Höflichkeit.

Als das Essen serviert wurde, war es neun, und auf dem Tisch standen bereits vier leere Bierflaschen, die der Kellner rasch wegräumte. Durch das offene Fenster beobachteten sie Schiffe, die die Wasseroberfläche beleuchteten, und oben die landeinwärts ziehenden Wolken, die die Sterne auslöschten.

»Wie hat es sich angefühlt?«, fragte Zhang Guo.

»Wie hat sich was angefühlt?«

»Die Vernichtung der Abteilung Tourismus. So heißt sie doch, oder?«

»Sie heißt gar nicht mehr.«

Zhang Guo schnaubte und nahm einen Bissen. »Die Forelle ist köstlich. Willst du probieren?«

Zhu antwortete nicht.

»Wie ist dein Aal?«

»Das waren die zwei schrecklichsten Tage meines Lebens. Danach habe ich zwölf Stunden durchgeschlafen.«

Bedächtig kauend wartete Zhang Guo ab.

»Nach dem Aufwachen«, fuhr Zhu fort, »hatte ich meine

Zweifel abgeschüttelt. Ich bin nicht wahnsinnig, verstehst du? Als ich den Befehl gab, war mir klar, dass ich für mein Vorgehen nicht nur Lob ernten werde. Ich wusste genau, warum ich nicht um Erlaubnis gebeten habe – man hätte sie mir nicht erteilt. Aber wir haben uns zu lange zurückgelehnt und uns zu unserem Wirtschaftswunder beglückwünscht, ohne seine Zukunft zu sichern. Wir dürfen nie vergessen, dass wir ein Übereinkommen mit dem chinesischen Volk haben. Die Menschen werden nur so lange den Mund halten und uns freie Hand lassen, wie sie einen Fortschritt erkennen können – stetigen Fortschritt in ihrem Alltagsleben. Und wenn es einer Organisation wie der CIA gelingt, mit ihren Intrigen unseren Fortschritt zu untergraben, müssen sich die chinesischen Bürger auf Stillstand oder schlimmstenfalls sogar auf eine Verschlechterung ihrer Lage gefasst machen. Im Gegensatz zu Jiang Luokes Abmachung mit Al Kaida ist unsere in Blut geschrieben. Ein paar magere Jahre, und es geht uns an den Kragen.«

»Du denkst also an die Zukunft. Tja, so geht es, wenn man eine junge Frau hat.«

»Da hast du verdammt recht!« Zum ersten Mal an diesem Abend wurde Zhu laut. Er atmete durch. »Überleg doch mal, Zhang Guo. Die Einkindpolitik. In zwanzig Jahren sieht die durchschnittliche Familienstruktur so aus, dass ein Kind sich um zwei Eltern und vier Großeltern zu kümmern hat. Wie sollen wir das aufrechterhalten, wenn die Amerikaner unsere Wirtschaft angreifen? Dazu kommt, dass in unserem Land sechzehn Prozent mehr Jungen als Mädchen zur Welt kommen. Wie viele Männer werden daher unverheiratet bleiben? Männer mit unbefriedigter Libido, behindert durch Armut. *So* sieht die nächste Generation aus, Zhang Guo. Das sind die enttäuschten Männer, die uns in zwanzig Jahren auf offener Straße aufhängen werden.«

Ein wortgewaltiger Vortrag, doch Zhang Guo brauchte nicht

viel Zeit, um ihn zu verarbeiten, denn das meiste davon kannte er schon. Er nahm einen Schluck Bier und stellte die Flasche wieder hin. »Diesen Streit hast du schon längst verloren, Xin Zhu. Vor zwölf Jahren hast du dir von Jia Chunwang einen halb öffentlichen Tadel eingefangen, weil du ihn davon abhalten wolltest, unsere Agenten aus dem Westen zurückzurufen. Das hast du nur mit knapper Not überlebt. Erst vor kurzer Zeit hast du dir mit deiner unbegründeten Maulwurftheorie den Unmut des gesamten Ministeriums für Öffentliche Sicherheit zugezogen. Und jetzt ignorierst du alle, die sich dir entgegenstellen könnten. Du tust so, als würden sie gar nicht existieren. Aber sie existieren, Xin Zhu. Und sie werden dir bei lebendigem Leib die Haut abziehen.«

Seufzend griff Zhu nach seiner Flasche. »Hast du gewusst, dass sich der neue CIA-Direktor persönlich dafür eingesetzt hat, die Abteilung Tourismus zu schließen? In Amerika gibt es genauso viele Hinterzimmerkontroversen wie bei uns. Was ich getan habe, mag Quentin Ascot beschämen, doch letztlich wird er nicht zurückschlagen, weil ich etwas erreicht habe, was er nicht geschafft hat.«

»Ich bezweifle, dass er die ganze Abteilung töten wollte.«

»Er spart sich immerhin einen Haufen Pensionszahlungen.«

»Und diese Touristin, die in Peking rumschleicht? Meinst du nicht, dass du mit deinen Überlegungen ein wenig schiefliegst?«

»Was ist gegen diese Überlegungen einzuwenden, Zhang Guo? Stell dir einfach mal vor, im Ministerium für Öffentliche Sicherheit sitzt tatsächlich ein Maulwurf, und er meldet der CIA am Montag, dass Xin Zhu in die Wüste geschickt wird. Die Amerikaner erfahren also, dass der einzige Mensch, der bereit war, ihnen ihr Vorgehen gegen uns im Sudan heimzuzahlen, gefeuert worden ist. Kannst du mir folgen? Dann zähl mal eins und eins zusammen. Wie lange wird es wohl dauern, bis sie sich die nächste Gemeinheit einfallen lassen?«

Zhang Guo nahm eine Zigarette heraus. »Wenn sie wissen, dass keiner mehr da ist, der sie bis aufs Blut bekämpft, versuchen sie vielleicht, Freundschaft zu schließen.«

Zhu ließ sich das durch den Kopf gehen und starrte auf die Reste seines gebratenen Aals. Er hatte doch keine Ähnlichkeit mit Wu Liang. »Wenn es jemand auf mich abgesehen hat, dann bestimmt nicht Quentin Ascot. Da bin ich mir völlig sicher.«

»Wer dann?«

Zhu rieb sich übers Gesicht und griff nach einem frischen Bier.

3

Die einzige Ähnlichkeit zwischen dem gebratenen Aal und Wu Liang war die Magenverstimmung, die ihn auf der langen Zugfahrt von Jinan nach Shanghai einholte und jeden Schlaf verhinderte. Daran konnte auch die luxuriöse Schlafkabine mit eigener Toilette und Blick auf die nächtlich dunkle Landschaft zwischen den Stationen nichts ändern. Nanjing war hell erleuchtet wie ein Landeplatz, obwohl inzwischen schon die Sonne aufgegangen war, und es war nach Mittag, als er endlich in Shanghai ankam. Wacklig vor Müdigkeit, schob er seine Tasche in ein Bahnhofsschließfach, dann nahm er den Bus hinüber zur Fucheng Road und suchte zwischen den steil aufragenden modernen Hochhäusern eine öffentliche Telefonzelle. Er rief im Pudong Shangri-La an und fragte in einem leicht drolligen Hokkien-Akzent nach Herrn Xin Zhu. Nach zwei Klingeltönen legte er auf und rief erneut an, um dem Hotelangestellten mitzuteilen, dass er unterbrochen worden war. Diesmal läutete es nur einmal, ehe sich ein Mann mit müder Stimme meldete, die der Xin Zhus nicht unähnlich war.

»Wei?«

»Herr Xin Zhu.« Zhu behielt den Akzent bei. »Sie haben wegen einer Verabredung heute Abend angerufen. Leider ist Ihre Bekannte verhindert, aber vielleicht dürfen wir jemand anders schicken.«

»Das wird sich einrichten lassen«, erwiderte der Hotelgast, der in Wirklichkeit He Qiang war, ein Agent, der schon zuvor zweimal in Xin Zhus Rolle geschlüpft war. Es war eine Seltenheit, dass jemand einen nur annähernd geeigneten Körperbau besaß, und auch in diesem Fall war noch eine dicke Polsterung nötig gewesen.

Zhu erstickte ein Gähnen. »Allerdings muss sie Ihre Zimmernummer wissen.«

»Natürlich, es ist Zimmer 1298. Aber vielleicht wäre es besser, wenn ich zuerst unten an der Hotelbar etwas mit ihr trinke.«

»Ausgezeichnete Idee«, sagte Zhu. »Darf ich also acht Uhr im Jade on 36 vorschlagen?«

Zhu ließ sich noch eine halbe Stunde Zeit, um hinunter zum Hafen zu schlendern. Dort fand er zu seiner Freude einen Häagen-Dazs-Laden und kaufte sich eine Kugel Choc Choc Chip, die er auf einer Bank am Fluss Huangpu aß. Wieder betrachtete er Gesichter, doch es handelte sich um eine weiter fortgeschrittene Version der neuen Chinesen, die ihm im Zug nach Qingdao begegnet waren. Auch in den Wolkenkratzern von Qingdao war die Wirtschaftselite zu Hause, aber Shanghai war ihr Nährboden. Die Männer trugen ihre Anzüge wie eine zweite Haut, die Frauen bewegten sich selbstbewusst in westlicher Modekleidung, und alle fühlten sich aufgehoben in dem Bewusstsein, dass ihre Stadt, die bevölkerungsreichste Stadt des bevölkerungsreichsten Landes der Welt, eine Reichweite hatte, die sich um den ganzen Globus erstreckte. Er hatte nicht gelogen mit seiner Äußerung gegenüber Zhang Guo, dass China eine nicht zu unterschätzende Supermacht war, und obwohl ihm nie ganz wohl war bei der Wirtschaftspolitik, für die Shanghai stand, bewies allein schon ihre Existenz, dass sich sein Land grundlegend verändert hatte. Die Ankunft hier war wie das Eintauchen in eine Zukunft permanenter Bewegung, und es gehörte zu seinen Aufgaben zu gewährleisten, dass diese nicht durch äußere Faktoren gebremst wurde. Permanente Bewegung, permanente Revolution. Während er langsam sein Eis genoss und spürte, wie es sich durch den Aal fraß, der ihm noch immer auf den Magen drückte, dachte er über Schnelligkeit nach.

Wie jeder x-beliebige Gast durchschritt er die gläsernen Eingangstüren, um in die überfüllte Marmorlobby zu gelangen, in dem Wissen, dass irgendwelche Beobachter – egal, ob sie von Wu Liang, vom Ausschuss oder von den Amerikanern geschickt worden waren, *irgendjemand* beobachtete ihn immer – denken mussten, dass sie nicht mitbekommen hatten, wie er das Hotel zuvor verlassen hatte, und das würde kein Aufpasser in einem Bericht zugeben. Er rauschte an einer Ansammlung japanischer Geschäftsleute vorbei und teilte sich den Aufzug mit einem kanadischen Paar, das offensichtlich sehr verliebt war. Ein seltener Anblick.

An der Tür zu Zimmer 1298 hing zwar ein Schild mit der Aufschrift BITTE NICHT STÖREN, doch sie war nur angelehnt. Als er sie aufschob, erblickte er einen sauberen, leeren Raum mit geschlossenen Jalousien und einem Magnetkartenschlüssel am Fuß des gemachten Betts. Er zog die Tür hinter sich zu und wandte sich zum Bad, von wo er Geräusche hörte. Dort entdeckte er He Qiang, einen stämmigen, breitschultrigen Mann über vierzig mit einem kleinen Muttermal auf der Wange, der grinsend auf der Toilette saß. An einer Vorhangstange hing tropfend nass eine Garnitur gepolsterte Unterwäsche – der »Fettanzug«, in dem He Qiang im Hotel abgestiegen war.

Sie schüttelten sich die Hand, und Zhu beugte sich weit vor, um ihm etwas ins Ohr zu flüstern. »Ich muss schlafen. Weck mich um sieben.«

He Qiang nickte.

»Schafft sie es bis acht?«

»Die wird dir bestimmt gefallen«, wisperte He Qiang. »Aus Xinyang. Wirklich nett, kennt sich gut aus in der Stadt. Wenn du magst, kann sie dir zeigen, was sie zu bieten hat.«

Zhu warf ihm einen scharfen Blick zu.

He Qiang hob die Hände. »Nur wenn du magst, wie gesagt.«

Zhu wusch sich, und kurz nach zwei lag er in dem großen, harten Bett. He Qiang stöpselte einen Kopfhörer in den Fernseher und legte eine DVD ein. Kurz vorm Einschlafen registrierte Zhu noch, dass es ein Bollywood-Film war. Anscheinend mochte He Qiang die Musik und das Melodramatische solcher Produktionen. Er hätte nie vermutet, dass der Mann ein Träumer war. Xin Zhu war jedenfalls keiner, was sein traumloser Schlaf bewies.

He Qiang schüttelte ihn sanft an der Schulter, um ihn zu wecken, und deutete auf eine Tasse heißen schwarzen Tee, die neben einem mit kindlichem Gekrakel beschriebenen Blatt Papier auf dem Nachttisch stand. Als er den Tee schlürfte, las er He Qiangs Bericht über die Zeit im Hotel. Wen er unten auf der Straße bemerkt hatte, wie oft und wann im Zimmer angerufen worden war (ohne dass er sich meldete natürlich), und das Benehmen des Personals beim Betreten des Raums. Nach seiner Ankunft hatte er ein anderes Zimmer genommen, dennoch hatte er eine Kamera in einer Deckenlampe und zwei Mikrofone gefunden. Die Kamera und ein Mikrofon beseitigte er, das andere Mikro ließ er unberührt. Niemand hatte versucht, etwas auszutauschen. Nach He Qiangs Einschätzung, die sich mit der Xin Zhus deckte, gab es eine Überwachung, die allerdings nicht mit großem Nachdruck durchgeführt wurde.

Dies bestätigte sich, als Zhu in einem der Anzüge, die He Qiang eingepackt hatte, mit dem Lift nach unten fuhr. Vor dem Jade on 36 lehnte ein athletisch wirkender junger Mann an der Wand und war in eine Ausgabe des *People's Daily* vertieft. Er war angezogen wie ein Fabrikarbeiter vom Land, der sich bei einer Gala unter die reichen Stadtbewohner mischen will, doch offenbar traf niemand vom Hotel Anstalten, ihn hinauszuwerfen. Zhu passierte ihn ohne einen Blick und suchte sich einen Platz am Ende der glitzernden Bar.

Die Frau war Mitte zwanzig, mit zierlichen Knochen, einer breiten, flachen Nase und leuchtenden Augen. Sie fand ihn, als er gerade sein zweites Glas leer trank, und stellte sich höflich als Liu Xiuxiu vor, ehe sie auf dem Hocker neben ihm Platz nahm. In der Ecke spielte ein Weißer Cool Jazz auf dem Piano. Zhu bestellte ihr ein Glas Chardonnay, während er selbst bei seinem Glenlivet blieb. Wie Sung Hui stammte sie aus Xinyang, doch damit endeten die Ähnlichkeiten bereits. Diese Frau wusste genau, was sie wollte.

Die Unterhaltung begann mit Äußerlichkeiten, und er bewunderte schon bald, wie geschickt sie es verstand, dem Themenfluss zu folgen und ihn in unauffälliger Weise zu lenken. Wie bei den meisten Gesprächen in dieser Woche rückten Wenchuan und die gesamte zerstörte Provinz Sichuan bald in den Mittelpunkt.

»Fünfzigtausend«, bemerkte Liu Xiuxiu. »So viele Menschen kann ich mir nicht einmal vorstellen. Wenn es unbedingt sein müsste, könnte ich vielleicht so weit zählen, aber meine Fantasie kommt da nicht mehr mit.«

»Ab einer bestimmten Zahl streikt einfach der Verstand«, bestätigte er.

»Genau.«

Er nahm einen Schluck Whisky. »Aber Erdbeben kratzen nur an der Oberfläche. Beim Großen Sprung nach vorn sind in drei Jahren mindestens zwanzig Millionen durch anhaltende Hungersnot ums Leben gekommen. Mit dieser Zahl schlage ich mich schon seit Jahrzehnten herum, doch ich werde sie wohl nie begreifen.«

Es war nur angemessen, dass Liu Xiuxiu still wurde und in ihr Glas blickte. Eine weniger kompetente Hostess hätte vielleicht gesagt: *Mit Politik kenne ich mich nicht aus.* Doch Liu Xiuxius Schweigen ließ darauf schließen, dass sie genug wusste, um lieber den Mund zu halten.

Xin Zhu hingegen hatte auf nüchternen Magen getrunken, und das trübte vorübergehend sein Urteilsvermögen. »Xinyang hat es damals schwer getroffen. Die politischen Phrasen sind wunderschön – damit sprechen wir einfach von den drei Jahren der Naturkatastrophen. Doch die Ereignisse damals waren alles andere als natürlich. Die Lebensmittel waren vorhanden, sie lagen in den Silos, bloß durfte niemand was davon essen, weil das Getreide zur Erfüllung von Quoten gebraucht wurde.« Lächelnd erhob er das Glas. »Auf den Großen Sprung nach vorn!« Es hätte ihn nicht gewundert, wenn sie auf seine deliriösen Worte hin das Glas abgestellt und ihn sitzen gelassen hätte. Oder wenn sie ihm gleich den Chardonnay ins Gesicht geschüttet hätte.

Doch sie behielt das Glas in der Hand und fragte: »Haben Sie schon gegessen?«

»Nein.«

»Vielleicht wäre ein Restaurant eine gute Idee?«

Sie nahm sich seiner an. He Qiang hatte eine gute Wahl getroffen.

Als sie ein Lokal oben an der Minsheng Road vorschlug, klopfte er sich auf den Bauch und teilte ihr mit, dass es jetzt vor allem auf Schnelligkeit ankam, also eilten sie ins Fook Lam Moon in einem anderen Flügel des Hotels. Zhu bestellte Haifischflosse, während sich Liu Xiuxiu für gebratenen Reis mit Huhn und Tintenfisch entschied. Während er sich zur Vorspeise mit gekühlten Krabben vollstopfte, blickten sie hinaus zum Bund, wo sich unter die Hochhäuser europäische Banken und Firmengebäude aus der Kolonialzeit mischten. Der Anblick erfüllte ihn mit dem Wunsch, über Geschichte zu reden, doch er erholte sich bereits wieder von seiner Idiotie und wollte sein Schicksal nicht weiter herausfordern. Seine nächste Frage stellte er auf Englisch. »Wie lange sind Sie schon in Shanghai?«

Sie lächelte bescheiden und legte die Hände unter dem

Tischrand in den Schoß. In dem veränderten Licht des Restaurants schimmerte ihre Haut wie trübes Glas, und er fragte sich, ob er wohl bei ausreichend heller Beleuchtung hindurchsehen könnte, bis zu ihren Organen und Blutgefäßen.

In durchaus kompetentem Englisch antwortete sie: »Ich bin vor sechs Jahren angekommen, um an der Jiaotong-Universität zu studieren, aber …« Sie verstummte. »Das Akademische liegt mir nicht.«

»Haben Sie eine Aufenthaltsgenehmigung?«

Sie nickte, ohne sich näher zu äußern.

»Und woher kennen Sie He Qiang?«

Wieder ein Lächeln. »Seine Cousine war meine Klassenkameradin in Xinyang, und nach meiner Ankunft hier habe ich mich bei ihm gemeldet. He Qiang war sehr freundlich zu mir.«

Zhu fragte sich, wie freundlich und über wie viele Vorschriften He Qiang sich für diese hübsche junge Frau hinweggesetzt hatte. Doch er hatte noch immer keine richtige Mahlzeit bekommen, und bis dahin konnte er weiter großherzig sein. »Es ist bestimmt sehr schwer.«

»Ja, das war es.« Sie neigte den Kopf. »Und ohne Freunde wie He Qiang wäre es noch viel schwerer gewesen. Aber jetzt habe ich …« Wieder stockte sie, dann blickte sie auf. »Ich habe mich arrangiert.«

Ihre schlichte Feststellung hatte etwas Ergreifendes, das Zhu fast die Tränen in die Augen trieb. Er verstand, warum He Qiang sie zu dieser fingierten Verabredung mit ihm bestellt hatte. Sie war entzückend und bereit, mit ihm ins Bett zu gehen, falls ihm der Sinn danach stand, doch ihr eigentlicher Wert lag in der Tatsache, dass sie sich mit dem harten Leben in Shanghai *arrangiert* hatte. Sie konnte sich mit allem arrangieren, auch mit der Arbeit für einen anstrengenden Mann wie Xin Zhu.

Neben ihren guten Kenntnissen in Englisch, das sie in der Schule gelernt und dann bei ihrer Arbeit perfektioniert hatte, konnte sie auch ein paar Brocken Deutsch. Als er sie über Shanghai ausfragte, stellte er fest, dass sie sich an die unbedeutendsten Einzelheiten erinnerte – die Farbkombinationen von Ladenschildern, die Namen der meisten Hotelportiers in der Stadt und auch die ihrer Gattinnen – und dass sie nichts von dem vergaß, was er sagte. Vor allem aber schaffte sie es, wahrscheinlich ebenfalls aufgrund ihrer Arbeit, mit geradezu unheimlicher Sicherheit dafür zu sorgen, dass er sich in ihrer Gegenwart wohl in seiner Haut fühlte, und das war keine Kleinigkeit.

Das Essen war köstlich und stärkend, nur sie rührte ihren Reis kaum an. Erst als er zum Nachtisch eine Obstplatte bestellte, machte sie sich mit Heißhunger darüber her. Sie zögerte keine Sekunde, als er sie in sein Zimmer einlud, doch im Aufzug schien sie nicht so recht zu wissen, was sie tun sollte, und ließ die Hände am Körper. Er sperrte auf und ließ sie vor sich eintreten. Sofort bemerkte sie He Qiang, der in der Badtür stand und sie mit Gesten zum Schweigen aufforderte. Auch das brachte sie erstaunlicherweise nicht aus der Fassung. Sie trat zur Kommode und wartete, die Hände vor dem Bauch gefaltet. He Qiang lächelte Zhu an.

Zhu nahm das Jackett ab. »Du bist wirklich eine wunderschöne Frau.«

Mit einem Lächeln antwortete Liu Xiuxiu: »Sie sind sehr freundlich.« Dann fügte sie hinzu: »Darf ich Ihnen mit den Schuhen helfen?«

»Danke.« Doch er winkte sie zurück und setzte sich aufs Bett, um die Schuhe selbst auszuziehen. »Das fühlt sich gut an.«

»Mmm«, gurrte sie.

»Komm her.« Er schob sich nach hinten aufs Bett, sodass es knarrte. Dann stöhnte er: »Mmm.«

Liu Xiuxiu verdeckte ihr Lächeln mit ihrer kleinen Hand.

Als wäre er allein, schüttelte Zhu ein Kissen auf, dann schloss er die Augen und öffnete sie wieder. Er zeigte nacheinander auf Liu Xiuxiu und auf seine Uhr, hob einen Finger und deutete eine Gehbewegung an. Sie nickte. Für He Qiang hielt er zwei Finger hoch, ehe er erneut die Augen schloss. He Qiang führte Liu Xiuxiu ins Bad und zog leise die Tür zu.

Wie er es ihr zu verstehen gegeben hatte, brach Liu Xiuxiu um ein Uhr früh auf und ließ ihre hochhackigen Schuhe gut sichtbar in der Hand baumeln, bis sie sich draußen vor der Tür bückte und sie anzog. In der Lobby, so berichtete sie später, bemerkte sie mehrere Männer, die ihr nachblickten, konnte aber nicht erkennen, wer von ihnen ein rein professionelles Interesse an ihr hatte.

Um zwei weckte He Qiang Zhu und machte ihm Tee. Danach setzten sie sich zusammen an den Schreibtisch. Beide hatten ein Blatt Papier und einen Stift, und sie unterhielten sich mit dem geschriebenen Wort. Und zwar auf Französisch. Zhu benutzte eine elegante Handschrift, He Qiang die großen Blockbuchstaben einer ungebildeten Person. Zhu begann:

Was tut man nicht alles, um nicht belauscht zu werden.

He Qiang nickte lächelnd.

Sie gefällt mir. Ist sie verfügbar?
AUF JEDEN FALL. HASST IHRE ARBEIT.
LIEBT IHR LAND.
Beziehungen?
EXMANN. KRIMINELLER. KEIN PROBLEM.
Berufsverbrecher?
GREEN GANG. SAMMELT SCHUTZGELD EIN.
DURCHTRENNT SEHNEN.
Scheidung?

He Qiang nickte.

> *Brauche sie morgen in Peking. Möglich?*

Wieder ein Nicken.

> *Sie kommt nicht zurück.*
> VERSTEHE.
> *Du begleitest sie.*

He Qiang lächelte erneut. Seit der Liquidierung der amerikanischen Agenten zwei Monate zuvor hatte er kein Ziel vor Augen gehabt. Das war nicht gut für ihn. Der Auftrag, in Shanghai wieder seinen Vorgesetzten zu spielen, war eine willkommene Abwechslung für ihn und hatte ihn aus seiner Lethargie geweckt. Jetzt wurde er zurück ins Zentrum des Geschehens beordert. GUT, schrieb er.

Nach einem flüchtigen Blick auf das Wort antwortete Zhu:

> *Morgen wird der Ausschuss versuchen, mich abzusägen. Ich werde sie hinhalten. Du arbeitest inzwischen mit Liu Xiuxiu an einem anderen Projekt. Die Amerikaner bereiten ihren Vergeltungsschlag vor.*

He Qiang las alles sorgfältig durch. Ehe er schrieb, sah er Zhu in die Augen.

> GEGEN DICH?
> *Vielleicht. Sie haben es auf meine Frau abgesehen.*

Abermals ein Blick. He Qiang war Sung Hui nur einmal bei einer offiziellen Versammlung begegnet, wo er im Sicherheitsdienst eingeteilt war, doch sie hatte es ihm sichtlich angetan.

ERGIBT KEINEN SINN.

Doch. Wir müssen nur herausfinden, welchen.

Als ihm Sung Hui am Sonntagnachmittag die Tür öffnete, lief der Fernseher, und nachdem er sich auf dem Sofa niedergelassen hatte, wurde er von Bildern einer eingestürzten Mittelschule in Juyan begrüßt, die neunhundert Schüler unter sich begraben hatte. Staatliche Suchmannschaften und vereinzelt auch örtliche Hilfskräfte klaubten in den zerklüfteten Trümmern herum, doch inzwischen war schon eine Woche vergangen, und die energischen Rettungsbemühungen, deren Zeuge das ganze Land unmittelbar nach dem Erdbeben geworden war, erlahmten allmählich.

Eine Kommentatorin pries die Widerstandsfähigkeit und Stärke der Bewohner von Sichuan.

Kurz darauf klingelte sein Telefon, es war Zhang Guo. »Xin Zhu, ich hoffe, du hattest einen erholsamen Aufenthalt in Shanghai.«

»Danke, den hatte ich.«

»Leider habe ich auf Granit gebissen. Wegen morgen, meine ich.«

»Nun, einen Versuch war es wert.« Doch auch diesem Misserfolg konnte Zhu etwas Wichtiges entnehmen. Wenn Zhang Guo keine Einzelheiten über eine Besprechung in Erfahrung bringen konnte, zu deren Teilnehmern er gehörte, bedeutete das, dass Wu Liang strengste Vorkehrungen zur Geheimhaltung getroffen hatte.

»Was die andere Sache angeht, da brauche ich noch ein paar Tage.« Zhang Guos Bemerkung bezog sich auf Leticia Jones.

»Dann sehen wir uns morgen früh.«

Sung Hui trat mit einer Platte Schweinefleischklößchen ein und entschuldigte sich, als sie den Fernseher mit den Bildern der Zerstörung abschaltete. »Ich weiß, dass es nichts hilft. Aber ich muss es mir einfach anschauen. Im Vergleich dazu erscheinen meine eigenen Sorgen so unbedeutend.«

Das hörte er nicht gern, auch wenn es seine eigenen Gedanken widerspiegelte. »Du hast doch keinen Grund zur Sorge.«

»Möchtest du hier essen?«

»Ich glaube, ich schaffe es nicht mehr ins Esszimmer.«

»War es anstrengend in Shanghai?«

Er schüttelte den Kopf. »Ein Wochenende der Besinnung ist nicht einfach für einen begriffsstutzigen Menschen wie mich.«

Sie ließ ein melodisches Lachen hören und setzte sich zu ihm.

»Das Problem war der Rückflug. Ich hätte zwei Plätze reservieren sollen.«

»Nächstes Mal machst du das. Du nimmst mich mit, und ich helfe dir bei deiner Besinnung.«

Wie andere hatte er der Zuneigung dieser jungen Frau zu einem alten, korpulenten Mann zunächst nicht recht getraut, doch mit der Zeit hatte er herausgefunden, dass das genau die Eigenschaften waren, die sie am meisten genoss. Sung Hui hasste prahlerische Männer ihres Alters, und seine Beleibtheit vermittelte ihr ein Gefühl von Geborgenheit. Bloß was hatte sie dann an Delun gefunden? Diesem Thema war sie so oft ausgewichen, dass er die Frage nicht mehr stellen konnte und auch nicht mehr stellen wollte. Manchmal war es besser, die Wahrheit nicht zu kennen.

Sie zog die Beine unter den Körper und hob die Platte. Mit zwei Porzellanstäbchen beförderte sie ein Klößchen in seinen Mund. Es schmeckte herrlich.

Während sie ihn fütterte, berichtete sie ihm von den zwei Tagen seiner Abwesenheit: Tanzen und Drinks mit zwei Freundinnen im Vics, der erfolglose Versuch, neue Teppiche für den Flur zu kaufen, und die Sorge um die Schulkinder aus Sichuan. Dazwischen hatte sie immer wieder in *The Boat to Redemption* von Su Tong gelesen, einem Bestseller über einen Parteifunktionär, der verstoßen wird, weil er sich als Kind revolutionärer Eltern ausgegeben hat.

»Weißt du, was er macht?«, fragte sie.

»Was?«

Pause. Sie bekam große Augen. »Er versucht, sich zu *kastrieren!*«

»Unglaublich!«

»Ich glaube es«, antwortete sie. »Du solltest es wirklich mal lesen.«

»Wenn ich Zeit habe.«

»Hast du überhaupt schon mal Zeit gehabt?«

Er atmete aus und wartete auf das Unvermeidliche.

»Zeit für dich«, fuhr sie fort. »An einem Ort mit frischer Luft und Liegestühlen. Wo du am Wasser sitzen und Su Tong lesen kannst.«

Er verkniff sich ein Grinsen. »Trier soll sehr nett sein.« Gleich darauf musste er husten, als sie ihn in die Rippen knuffte. Überall in Peking wurde für Pauschalreisen zum Geburtsort von Karl Marx geworben.

»Oh!« Mit einem Mal sprang sie auf und lief zum Schrank. »Das habe ich ganz vergessen. Im Laden ist mir Shen An-ling begegnet. Das soll ich dir von ihm geben.« Sie zog eine Schublade auf und nahm einen schlichten braunen Umschlag heraus. Shen An-ling hatte seine Unterschrift über das Siegel gekritzelt. Er war ungeöffnet.

Im hinteren Teil der Wohnung hatte Zhu ein kleines Büro. Nachdem er sich bei Sung Hui für das Essen bedankt hatte, zog er sich mit dem Umschlag dorthin zurück und setzte sich an den Schreibtisch, wo er aus dem dreißigsten Stock über die Stadt blicken konnte. Es war ihre Idee gewesen, in diesen Wolkenkratzer im Bezirk Chaoyang zu ziehen, und nur sie hatte ihn dazu überreden können, sich freiwillig derartig zu exponieren. Er hatte ihr eine ganz grundlegende Frage gestellt – *Was ist, wenn der Strom ausfällt?* –, und sie hatte ihn angestarrt, als hätte sie dergleichen noch nie erlebt, was in Peking völlig undenkbar war. Doch sie hatte sich einfach in die Wohnung verliebt und vor allem in die Vorstellung, dass sie zu zweit über der Stadt schwebten. Wie hätte er ihr diesen Wunsch abschlagen können?

Er riss den Umschlag auf einer Seite auf und schüttelte ein Blatt heraus. Der Brief war kurz und in einem obskuren Marinecode von 1940 verfasst. Nachdem er ihn entschlüsselt hatte, las er ihn zweimal durch. Er hielt kurz inne, um sich Shen An-lings Informationen durch den Kopf gehen zu lassen, und las das Schreiben noch einmal. Dann öffnete er das Fenster einen Spalt und zündete mit Streichhölzern den Umschlag, den Brief und die entschlüsselte Nachricht an. Während das Papier zu Asche schrumpfte, steckte er sich einen Hamlet an, und der starke Geruch breitete sich in dem kleinen Zimmer aus.

Nach Angaben von Shen An-lings Informanten hatte Leticia Jones nach der Landung in Kairo den Namen gewechselt und war weiter nach London geflogen, um eine Anschlussmaschine zum Dulles International Airport in Washington zu erreichen. Nach zwei Nächten im One Washington Circle Hotel fuhr sie am Montag, den 12. – dem Tag des Erdbebens – zu einem Haus im Ortsteil Georgetown, das einer Immobilienfirma namens Living Inc. gehörte, und traf sich dort mit vier Leuten:

Alan Drummond, ehemaliger Leiter der Abteilung Tourismus;
Nathan Irwin, republikanischer Senator von Minnesota;
Dorothy Collingwood, hochrangige Beamtin des zur CIA gehörigen National Clandestine Service, Abteilung unbekannt; und

STUART JACKSON, pensionierter CIA-Beamter vom Directorate of Operations (das 2005 im National Clandestine Service aufging), inzwischen selbstständiger Berater

Das Treffen dauerte fast sieben Stunden, und das Mittagessen wurde von einem Assistenten Dorothy Collingwoods gebracht. Shen An-lings Agenten konnten nichts von den Gesprächen mithören. Schließlich verließen sie in zwanzigminütigen Abständen nacheinander das Haus: zuerst Senator Irwin, dann Jackson, Collingwood, Jones und schließlich Alan Drummond – mit neununddreißig Jahren der jüngste der Rädelsführer –, der zwei Blocks weit ging und dann ein Taxi zur Union Station nahm, wo er in einen Zug nach Manhattan stieg, um nach Hause zu seiner Wohnung in der 200 East Eighty-ninth Street zu fahren.

Shen An-lings Einschätzung am Ende der Mitteilung war so unkompliziert und sachlich wie der Mann selbst: *Es muss sofort etwas unternommen werden. Ich erwarte deine Anweisungen.* Diese Art von Loyalität konnte man nicht kaufen – nicht mehr zumindest.

4

Eine Viertelstunde vor dem Treffen stieg Xin Zhu die Treppe zur Großen Halle des Volkes hinauf. Vor ihm ragten zwölf riesige Säulen auf, und an einem der Eingänge bemerkte er eine Schlange von Schulkindern mit Sonnenschutzkappen. Sechs von ihnen trugen zusätzlich Gesichtsmasken gegen den vom Wetterbericht angekündigten starken Sandsturm. An der Hauptpforte standen grün gekleidete Soldaten und beobachteten, wie er eintrat.

Schwer schnaufend wartete er, bis er in der marmornen Vorhalle war, um sich mit einem Taschentuch den Schweiß von den Wangen zu wischen.

»Xin Zhu!« Es war Shen An-ling, der Mann mit der schlaffen Haut und der dicken Brille, die seine verschwollenen Augen vergrößerte. Im Gegensatz zu Zhu trug Shen An-ling eine mit überquellenden Mappen vollgestopfte Schultertasche.

»Was hast du da?«, fragte Zhu.

»Die Hintergrundinformationen. Wenn du ihnen das vorlegst, rücken sie dir nicht mehr auf die Pelle.«

»Zumindest so lange, wie sie mit Lesen beschäftigt sind. Wie viele Seiten?«

Auch Shen An-ling lief der Schweiß übers Gesicht, doch bei ihm war die Ursache Angst; das konnte man riechen. »Keine Ahnung. Tausend vielleicht?«

»Mehr wahrscheinlich. Ich weiß nicht, ob es was bringt, wenn sie sich das alles ansehen.«

»Gut«, antwortete Shen An-ling. »Aber ich nehme es trotzdem mit, falls du es dir anders überlegst.«

Ein vernünftiger Vorschlag, den Zhu akzeptierte. »Wo müssen wir uns unserem Verhängnis stellen?«

Die Peking-Halle lag nicht weit entfernt an einem langen Korridor mit Basreliefs aus glorreichen Zeiten, die entweder geschichtliche Ereignisse zeigten, die Zhu nicht miterlebt hatte, oder Zukunftshoffnungen darstellten. Vor dem Saal stand ein Wachposten, der aber nicht ihre Ausweise überprüfte. Drinnen bildeten vierzehn Polsterstühle ein Halboval, sodass sich die beiden Enden gegenüberstanden. Dahinter befanden sich wie eine Art Klammer acht weitere Holzstühle. Auf dem Boden lagen dicke Teppiche, die vom morgendlichen Staubsauger in diese und jene Richtung geschoben worden waren, und die Wände waren zwar sorgfältig gereinigt worden, doch die grüne Farbe war an einigen Stellen verblasst. Da musste sich jemand auf Ärger gefasst machen.

Sun Bingjun saß bereits auf einem Stuhl auf der linken Seite. Das war eine Überraschung. Normalerweise kam der gebrechliche, dürre alte Mann, dessen Alkoholsucht allgemein bekannt war, zu spät zu Besprechungen – wenn er überhaupt erschien. Zhu trat auf ihn zu, und sie schüttelten sich die Hände.

»Wie war es in Shanghai?« Sun Bingjuns rotes Gesicht machte einen hilflosen Eindruck.

»Meine Geheimnisse sprechen sich anscheinend schnell herum.«

Sun Bingjun lächelte. Wenn man ihn so sah, konnte man leicht vergessen, dass er ein Generalleutnant, ein hochdekorierter Vietnamveteran und ein Held der Kulturrevolution war. Die Jahre und die Laster hatten ihm zugesetzt, doch seine illustre Vergangenheit und auch seine kurze, aber erfolgreiche Amtszeit als Minister für Staatssicherheit schützten ihn und seine derzeitige Stellung im Politbüro vor den meisten Angriffen.

»Shanghai war der richtige Ort, um einen klaren Kopf zu bekommen.«

»Das wird heute nützlich sein.«

»Auf jeden Fall.«

Zhu verneigte sich kurz und zog sich nach rechts zurück, um sich auf dem mittleren Stuhl niederzulassen. Shen An-ling nahm auf einem Holzstuhl hinter ihm Platz und fing an, in seiner Tasche herumzuwühlen.

Der Aufsichts- und Verbindungsausschuss war 1992 als Ableger des Zentralkomitees für Politik und Recht gegründet worden, dessen sechs Mitglieder sich mit der Aufgabe überfordert sahen, das gesamte Spektrum des chinesischen Gesetzesvollzugs zu überwachen. Das führte zur Gründung eines getrennten Ausschusses mit sechsundzwanzig Mitgliedern, die sich vorwiegend mit Konflikten zwischen den Ministerien befassten, die in den Neunzigerjahren sprunghaft zugenommen hatten. Der diesjährige Sekretär war ein Zentralkomitee-Aufsteiger namens Yang Xiaoming aus Sichuan, der aber mehr Interesse an seinen Ölkonzernen hatte als an Treffen des Ausschusses. Den größten Teil seiner Pflichten nahm sein Stellvertreter Wu Liang vom Ministerium für Öffentliche Sicherheit wahr. Xin Zhu war zwar schon viele Male vor dem Ausschuss erschienen, um dessen Fragen zu beantworten, aber man hatte ihn nie eingeladen, dem Gremium beizutreten.

Yang Qing-Nian, das jüngste Mitglied des Ausschusses, schlenderte zusammen mit dem hochgewachsenen Wu Liang herein, der genauso alt war wie Xin Zhu. Beide kamen herüber, um ihm die Hand zu reichen, und Zhu war überrascht, dass Wu Liang keinerlei Schadenfreude anzumerken war. Der stellvertretende Sekretär hatte sich große Mühe gegeben, dieses Treffen in die Wege zu leiten und seine Tagesordnung geheim zu halten, doch nach seinem Benehmen zu urteilen, hätte es auch eine Konferenz zur Erörterung von Verkehrsampeln in Lhasa sein können.

»Wie geht es Sung Hui?«, fragte Wu Liang.

»Danke, sehr gut.«

»Das freut mich. Eine wunderschöne Frau.«

»Und Chu Liawa?«

Wu Liangs Frau war älter als er und eine Nachhut-Tigerin wie aus dem Bilderbuch, so hieß es zumindest. Sie hatte ihren Mann in immer höhere Ränge lanciert und dafür gesorgt, dass er sich gegen Konkurrenten in Yunnan, Nanning und zuletzt Peking durchsetzte, wo er im letzten Jahrzehnt bis zur Spitze aufgestiegen war, während unerträgliche Autokraten wie Xin Zhu in ihren staubigen Büros blieben und dort ihre Zeit mit dem Sammeln von Informationen verplemperten.

»Sie ist sehr gesund«, antwortete Wu Liang schließlich. Von seinen Lippen klang es wie eine Drohung.

Yang Qing-Nian sagte gar nichts, und das musste er auch nicht. In seinem Gesicht spiegelte sich die Schadenfreude, die sein kultivierter Patron nicht zeigte.

Als Nächster trat Feng Yi ein und schüttelte allen in der korrekten Reihenfolge ihrer politischen Bedeutung die Hand: zuerst Wu Liang, zuletzt Xin Zhu. Im Gegensatz zu den anderen war er ein Politiker durch und durch, der sich den Weg in den Ausschuss durch Schmeichelei und Verschwiegenheit geebnet hatte und feste Meinungen um jeden Preis vermied. In jüngerer Zeit hatte er einen hohen Posten im Zweiten Büro des Guoanbu ergattert, doch noch immer legte er bei wichtigeren Themen größte Zurückhaltung an den Tag.

Zhang Guo hingegen schüttelte niemandem die Hand. Er trat mit einer Mappe ein, die er an die Brust drückte wie ein Schulmädchen, suchte sich einen freien Platz und packte seine Zigaretten aus. Er wirkte müder als die anderen, vielleicht war es auch Angst. Als ein Kellner Tee servierte, wanderte Zhang Guos Tasse zitternd zu den Lippen. Anders als bei dem Treffen am Freitag waren seine Augen blutunterlaufen, und Zhu begriff plötzlich, dass das nichts mit dem Ausschuss zu tun hatte; nein,

Zhang Guo machte wohl gerade die Erfahrung, dass eine junge Geliebte – vor allem die bekannte Chi Shanshan – einem Mann in seinem Alter ziemlich zusetzen konnte. Anscheinend hatte seine Begeisterung einen empfindlichen Dämpfer erhalten.

Aus unerfindlichen Gründen hatte Wu Liang die Besprechung nicht im üblichen Gebäude anberaumt, sondern diesen freien Saal des Zentralkomitees reserviert. Da es sich um ein inoffizielles Treffen handelte, nahmen nur diese fünf Ausschussmitglieder teil. Zhu hatte keine Ahnung, wie viele eingeladen worden waren, doch er bezweifelte, dass Yang Xiaoming, der abwesende Leiter des Ausschusses, Bescheid wusste. Selbst wenn man ihn informiert hätte, hätte er sicher die Katastrophe in seiner Heimat Sichuan vorgeschützt, um sein Fernbleiben zu entschuldigen.

Als der Kellner verschwunden war und der Wachposten die Tür geschlossen hatte, stand Wu Liang müde auf und stellte ein digitales Aufnahmegerät in gleicher Entfernung von allen Anwesenden auf den Boden. »Für alle Fälle«, bemerkte er, als er zu seinem Platz zurückkehrte.

»Für welchen Fall?«, fragte Zhu.

»Für den Fall, dass es später Diskussionen gibt«, antwortete Wu Liang. »Wir sind alle nicht mehr die Jüngsten, außer Yang Qing-Nian vielleicht.« Er lächelte. »Ich würde mich bei sicherheitsrelevanten Themen ungern ausschließlich auf unser Gedächtnis verlassen.«

»Sehr vernünftig«, bestätigte Zhu. »Und ich möchte mich beim Ausschuss für die heutige Einladung bedanken. Es ist mir eine große Ehre.«

»Quatsch«, ging Yang Qing-Nian dazwischen. »Ich schlage vor, wir schenken uns die Formalitäten. Können wir uns darauf einigen?«

»Yang Qing-Nian spricht mit der Stimme der Jugend.« Wu Liangs Ruhe bewies, dass sie diesen Ausbruch geplant hatten.

»Ich bin bereit, auf Formalitäten zu verzichten, da es sich hier um ein inoffizielles Treffen handelt, das dem Informationsaustausch dient. Doch es ist nicht an mir, dieses Boot zu lenken. Wie ist die Meinung der anderen?«

»Waren die besseren Räume besetzt?« Die Frage kam von Sun Bingjun, der an einem Mundwinkel kaute.

Wu Liang blinzelte ihn erstaunt an. »Ja, Genosse Generalleutnant. Um diese Zeit ist viel Betrieb, und ich habe erst in letzter Minute angefragt.«

Sun Bingjun stellte seine Teetasse ab und nickte. Feng Yi sagte: »Von mir aus können wir auf Formalitäten verzichten.« Auch Zhang Guo neigte den Kopf, um sein Einverständnis zu bekunden.

Mit hochgezogenen Brauen blickte Wu Liang durch den Saal. »Xin Zhu?«

»Ich schließe mich immer der breiten Masse an«, erwiderte Zhu. Von hinten hörte er Shen An-lings belustigtes Hüsteln.

Wu Liang zog ein Blatt Papier aus einer Aktentasche, die an seinem Stuhl lehnte. »Es ist der 19. Mai 2008 …« Er schielte auf sein Handgelenk. »9.14 Uhr.« Nachdem er die Anwesenden aufgezählt hatte, fuhr er fort: »Bevor wir beginnen, möchte ich alle daran erinnern, dass um 14.28 Uhr ein dreiminütiges Schweigen für die Opfer der Erdbebenkatastrophe in Wenchuan beginnt.«

Diese Bemerkung war vollkommen überflüssig, doch die Gelegenheit eines laufenden Aufnahmegeräts wollte sich Wu Liang einfach nicht entgehen lassen.

Feng Yi setzte noch eins drauf: »Vielleicht können wir gleich jetzt zehn Sekunden schweigen?«

Zhu blickte sich um. Er bemerkte, dass Sun Bingjun die Augen verdrehte.

Yang Qing-Nian sagte: »Ich unterstütze den Antrag. Abstimmung?«

Natürlich hoben alle die Hand.

Zehn Sekunden später räusperte sich Wu Liang. »Vielen Dank, Feng Yi.« Er griff nach seinen Notizen, um endlich zur Sache zu kommen. »Wir sind hier, um bestimmte Handlungen von Genosse Oberst Xin Zhu vom Sechsten Büro des Guojia Anquan Bu zu erörtern. Insbesondere sind dies zwei Handlungen. Zunächst Xin Zhus Mitteilung vom 15. April an diesen Ausschuss, in der er seine Absicht verkündete, keine nachrichtendienstlichen Erkenntnisse mehr an das Ministerium für Öffentliche Sicherheit weiterzugeben. Zur Begründung gab er in derselben Mitteilung an, dass das Ministerium nicht mehr sicher genug sei, um derart hochsensible Informationen aufzubewahren.«

Yang Qing-Nian schüttelte vor Widerwillen den Kopf.

»Der zweite Punkt«, fuhr Wu Liang fort, »der vielleicht sogar noch problematischer ist, betrifft die Auswirkungen von Xin Zhus unüberlegtem Vorgehen im März gegen eine kleine Abteilung der amerikanischen Central Intelligence Agency. Für diesen verheerenden Fehler wurde Xin Zhu bereits getadelt, und die Tatsache, dass er seine Position im Sechsten Büro noch immer innehat, ist sicher ein Beweis für sein politisches Stehvermögen.«

»Darf ich etwas sagen?«, fragte Zhu.

»Selbstverständlich, wir wollten ja keine Formalitäten.«

Zhu blickte von seinen Händen im Schoß auf zu Wu Liang. »Mein unüberlegtes Vorgehen im März wurde von diesem Ausschuss eingehend dokumentiert. Jetzt sprechen Sie von Auswirkungen. Mir ist nichts bekannt von irgendwelchen nachteiligen Folgen.«

»Ja.« Wu Liang wandte sich seinem Assistenten zu. »Yang Qing-Nian, ich glaube, diese Informationen haben Sie.«

Leuchtend vor Stolz setzte sich Yang Qing-Nian in seinem Stuhl auf. Offenbar hatte er wirklich etwas. »Genossen.« Er leckte sich die Lippen. »Das Ministerium für Öffentliche Sicherheit hat Kenntnis davon erhalten, dass ein früheres Mitglied der Abteilung Tourismus – die Xin Zhu praktisch vernichtet hat –, vor zwei Wochen auf chinesischem Boden war. Sie hat Verbindung zu einer amerikanischen Botschaftsangestellten aufgenommen, die inzwischen in die USA zurückgekehrt ist. Diese Botschaftsangestellte hat einen Dritten angestiftet, Erkundigungen über Xin Zhus Privatleben einzuziehen. Genauer gesagt über seine Frau Sung Hui.«

Damit war die Bombe geplatzt, und Xin Zhu las das Unheil in ihren Gesichtern. Sun Bingjun rieb sich die müden Augen. Feng Yi drehte sich mit dem ganzen Oberkörper zu Yang Qing-Nian um. Und Zhang Guo, der noch erschöpfter wirkte als vorhin, starrte Zhu scharf an. Sein Blick sprach Bände: *Jetzt bist du auf dich selbst gestellt.*

Wu Liang blieb natürlich ganz gelassen. Er und Yang Qing-Nian hatten garantiert das ganze Wochenende an ihrem Plan gefeilt. Hatten sie Dongfan Beisan vernommen? Wussten sie, dass Zhu ihn bereits im Blim-Blam aufgesucht hatte?

Yang Qing-Nian griff in seine eigene Ledertasche und förderte eine Mappe zutage. »Hier ist das Dossier. Den echten Namen der amerikanischen Agentin kennen wir zwar nicht, dafür aber zwei andere. Den alten Decknamen Leticia Jones haben wir in Akten gefunden, die Xin Zhu freigegeben hat, bevor er uns den Informationshahn zugedreht hat. Der Pass, mit dem sie eingereist ist, war sudanesisch und lautete auf den Namen Rosa Munu. Abgesehen von ihren Nachforschungen über Xin Zhus Leben hat sie sich auch einmal mit Abdul Khalik getroffen, einem bekannten Führer der Islamischen Partei Ostturkestans, die danach strebt, die Provinz Xinjiang in einen islamischen Sumpf zu verwandeln und alle chinesischen Bürger zu köpfen, die ihren Gott ablehnen.«

Diese Neuigkeit traf Zhu wie ein Faustschlag in den Magen

und drohte das liebevoll von Sung Hui für ihn zubereitete Frühstück aus Weizennudeln und Schweinefleisch in Zement zu verwandeln. Hinter ihm lastete das schwere Schweigen von Shen An-ling. Er machte sich Sorgen, dass der junge Mann vielleicht ohnmächtig geworden war, doch in diesem Augenblick wäre es nicht angemessen gewesen, sich nach ihm umzudrehen.

Der alte Sun Bingjun ergriff als Erster das Wort. »Wollen Sie damit andeuten, Yang Qing-Nian, dass die USA jetzt die Islamisierung von Westchina unterstützen, weil Xin Zhu ein paar von ihren Leuten getötet hat?« Er drückte die Handflächen aneinander. »Das kommt mir ausgesprochen irrsinnig vor.«

Nun schaltete sich Feng Yi ein, der ewige Moderator. »Ich verstehe, was Sie meinen, Sun Bingjun, und es leuchtet mir auch ein. Doch wir reden hier nicht über die Regierung der Vereinigten Staaten, sondern über die Central Intelligence Agency, für die irrsinniges Verhalten in der Vergangenheit durchaus nichts Ungewöhnliches war. Außerdem geht es wahrscheinlich nicht einmal um die gesamte CIA, sondern um eine einzige kleine Abteilung, die möglicherweise darauf aus ist, ihr Gesicht zu wahren.«

»Eine Abteilung, die durch Xin Zhus Handeln aufgelöst wurde«, gab Sun Bingjun zu bedenken. »Sie existiert nicht mehr und erhält keine Gelder.«

Wu Liang meldete sich zu Wort. »Aus Xin Zhus Dokumenten geht hervor, dass die Abteilung Tourismus in ihrer langen Geschichte immer in der Lage war, Finanzmittel zu erschließen, wenn die Zahlmeister aus Langley den Geldhahn zugedreht haben. Erst vor zwei Monaten hat sie eine Kunstgalerie in Zürich ausgeraubt, um die Kosten für ihr schändliches Tun zu bestreiten.« Er hielt inne. »Eine Abteilung existiert, sobald und solange sich ihre Mitglieder darüber einig sind, dass sie existiert. Eine Abteilung, die imstande ist, sich zu finanzieren, kann praktisch für immer existieren.«

Die Köpfe wandten sich um – nicht nach Zhu, sondern nach Guo, der auf seine Knie starrte. Nach allgemeinem Konsens besaß Zhang Guo in Finanzierungsfragen die größte Kompetenz in der Runde. Obwohl er den Blick nicht hob, wusste er, was das Schweigen bedeutete. Schließlich fasste er zitternd nach der Teetasse. »Wu Liang hat recht. Ein Beispiel ist ein Mann, den wir alle kennen: Jewgeni Primakow von den Vereinten Nationen. Er hat es nicht nur geschafft, innerhalb der UN einen geheimen Nachrichtendienst ohne offizielles Budget zu betreiben, sondern er hat diesen Dienst auch ohne Wissen des UN-Sekretariats und der Öffentlichkeit geschaffen und aufgebaut. Wenn ein einziger Mann dazu in der Lage ist, dann kann auch eine Handvoll Leute eine Abteilung aufrechterhalten, die bereits existiert.«

Zhu fixierte Zhang Guo, doch sein Freund schaute niemandem in die Augen.

Sun Bingjun räusperte sich. »Nun gut. Die Abteilung Tourismus ist also wiederauferstanden. Und als erstes Lebenszeichen nimmt sie Rache an Xin Zhu und demzufolge auch an der gesamten Volksrepublik. Ist das die vorherrschende Theorie?«

»Haben Sie eine andere, Genosse Generalleutnant?«, antwortete Yang Qing-Nian. »Das sind die Fakten. Eine Agentin schnüffelt in Xin Zhus Privatleben herum und trifft sich anschließend mit einem der großen Feinde der Republik. Dann verschwindet sie wieder.«

»Wohin?«

»Nach Kairo. Danach haben wir sie aus den Augen verloren.«

Zhu behielt Yang Qing-Nian im Auge, um vielleicht ergründen zu können, ob er die Wahrheit gesagt hatte. Wenn ja, dann hatte Zhu zumindest in diesem einen Punkt einen Wissensvorsprung. Doch mit der Mitteilung, dass sich Leticia Jones mit dem ehemaligen Tourismusleiter getroffen hatte, hätte er sich bestimmt keinen Gefallen getan.

Sun Bingjun nippte an seinem Tee und sann über die Fakten nach. Er war zwar der Älteste, aber nicht unbedingt der Bedeutendste in der Runde. Von der Macht seiner glorreichen Vergangenheit war nicht viel übrig geblieben. Das lag nicht nur am Alkohol, sondern an seinem anfänglichen Widerstand gegen Hu Jintaos Präsidentschaft, die ihn während der SARS-Krise 2003 zu allzu freimütigen Äußerungen verleitet hatte. Seither wahrten sämtliche öffentlichen Aussagen des alten Veteranen eine meisterhafte Balance zwischen viel Rhetorik und wenig Inhalt. Doch jetzt tagten sie hinter geschlossenen Türen, und er machte einen erstaunlich nüchternen Eindruck. Schließlich atmete er tief durch. »Nach meinen Erfahrungen mit der Central Intelligence Agency sind die Motive für ihr Vorgehen nie so simpel gestrickt. Rache als Selbstzweck gehört einfach nicht zur Denkweise der Amerikaner. Sie sind weder der Mossad noch fanatische Jugendliche.«

Yang Qing-Nian, der besagter Altersklasse in diesem Raum am Nächsten kam, entgegnete: »Die Rache ist kein Selbstzweck, Sun Bingjun, sondern eine Botschaft. Sie soll zum Ausdruck bringen, dass sie sich eine Behandlung wie die von Xin Zhu nicht gefallen lassen. Das ist das eine Motiv. Das andere ist der zeitliche Rahmen, das heißt die unmittelbar bevorstehenden Olympischen Spiele. Jedes Störmanöver, das sie inszenieren können – ob hier in Peking oder in Xinjiang –, wird uns vor den Augen der ganzen Welt blamieren. Auch wenn sie letztlich nichts ausrichten – sie werden es versuchen, weil die Gelegenheit einfach zu günstig ist.«

»Natürlich müssen Sie das so sehen, Yang Qing-Nian.« Sun Bingjuns Stimme klang gelangweilt. »Sie gehen eben immer noch von Ihrer Rachetheorie aus. Aber wenn so ein Vorhaben fehlschlägt, heißt das nicht nur, dass die Amerikaner unsere Spiele nicht stören. Es heißt, dass sie mit ihren Plänen vor der gesamten Welt bloßgestellt werden, und das wäre ein viel größerer Schaden für sie als alles, was sie gegen uns unternehmen könnten. Erinnern Sie sich noch an letztes Jahr? Die CIA wurde dabei ertappt, dass sie diese brutalen Agitatoren in den Bergen finanziert hat, die sich Jugendliga nennen – in Anspielung auf unseren kommunistischen Jugendverband. Der Skandal führte zum Sturz eines CIA-Direktors und zu großen Einschnitten bei der Finanzierung des Dienstes. Es ist eher unwahrscheinlich, dass sie jetzt anfangen, islamistische Terroristen zu unterstützen – schon gar nicht aus Rache. Die Risiken dabei sind einfach zu groß. Wenn sich die Amerikaner also wirklich auf so ein unglaubliches Abenteuer einlassen, muss etwas viel Bedeutenderes dahinterstecken als Vergeltung oder irgendeine *Botschaft*. Nicht einmal eine kleine, unabhängig finanzierte Abteilung würde so kurzsichtig handeln.«

»Was schlagen Sie also vor, Sun Bingjun?«, fragte Wu Liang.

»Ich schlage gar nichts vor. Ich weise nur auf etwas hin: Wenn der Besuch dieser Agentin wirklich ein Zeichen für eine Operation einer CIA-Abteilung auf chinesischem Boden ist, dann gibt es dafür viel kompliziertere Gründe als reinen Hass auf Xin Zhu oder den chinesischen Geheimdienst insgesamt.«

Wieder trat Stille ein. Angesichts von Sun Bingjuns makelloser Logik konnte Wu Liang eine gewisse Ratlosigkeit nicht verhehlen. Auch Yang Qing-Nian machte einen verlegenen Eindruck. Schließlich meldete sich Zhang Guo zu Wort. »Können wir da jemanden zurate ziehen? Jemanden bei den Amerikanern?«

»Das Zweite Büro hat ein paar Quellen bei der CIA«, antwortete Feng Yi, »aber ihr Rang ist zu niedrig, um davon zu wissen. Wu Liang?«

Wu Liang setzte die Teetasse ab. »Möglicherweise. Ich habe einen Informanten, der unter Umständen mehr herausfinden könnte.« Er holte tief Luft. »Doch letztlich ist das wohl eher eine Sache für Xin Zhu.«

Endlich sahen sie ihn an. Er kaute an der Innenseite seiner Wange. Bis vor Kurzem hatte er in der Tat eine wunderbare Quelle gehabt: James Pearson, einen Berater von Senator Nathan Irwin. Aber das war Vergangenheit. »Ich werde mich erkundigen.« Zhu verneigte sich. »Ich danke dem Ausschuss, dass er mich auf diesen beunruhigenden Sachverhalt aufmerksam gemacht hat. Ich werde alles daransetzen, die Angelegenheit zur allgemeinen Zufriedenheit aufzuklären.«

»Davon bin ich überzeugt«, erwiderte Wu Liang. »Allerdings hoffe ich auch, dass Sie Ihre Informationen an alle Mitglieder des Ausschusses weitergeben. Und damit wären wir beim zweiten Punkt der heutigen Tagesordnung.«

Yang Qing-Nian bewegte sich auf seinem Stuhl und traf Anstalten, das Wort zu ergreifen, doch Wu Liang warf ihm einen kurzen Blick zu. Den ersten Angriff hatte der junge Mann bereits versiebt; den zweiten wollte sein Vorgesetzter nun lieber selbst vortragen.

»Ich glaube«, begann Wu Liang schließlich, »allen Anwesenden ist Xin Zhus Mitteilung vom 15. April bekannt, von der ich hier eine Kopie in Händen halte.« Er wedelte mit einem Blatt Papier. »Darin hat er seine Absicht angekündigt, aus seinem Büro keine Informationen mehr an das Ministerium für Öffentliche Sicherheit weiterzuleiten, weil im Ministerium die Geheimhaltung nicht gewährleistet sei. Natürlich forderte der Ausschuss – der gesamte Ausschuss – weitere Erklärungen. Daraufhin erhielt der Ausschuss am Freitag, den 18. April eine zwölfseitige Aufstellung von Einzelinformationen, die, so hieß es, aus den Akten der Abteilung Tourismus stammten. Anhand der Auswertung dieser Informationen gelangte Xin Zhu, wie er uns eröffnete, zu dem zwingenden Schluss, dass die Abteilung Tourismus eine hochrangige Quelle im Ministerium für Öffentliche Sicherheit unterhält. Daher wird er seine nachrichtendienstlichen Erkenntnisse so lange zurückhalten, bis das Leck gestopft ist.«

Alle Augen hingen an Wu Liang, der nach einer Pause fortfuhr. »Ich bekenne, dass ich nach Erhalt der ursprünglichen Mitteilung skeptisch war. Xin Zhu und ich hatten im Haus der sozialistischen Philosophie schon oft verschiedene Positionen eingenommen. Ich wertete seine Nachricht als weiteren Beweis für seine Paranoia. Doch als ich den zwölfseitigen Bericht durchsah, wurde ich unsicher. Wie Sie alle wissen, liegt mir das Ministerium sehr am Herzen, und die geballte Wucht der von Xin Zhu zusammengetragenen Fakten hat mich zutiefst erschüttert. Ein ganzes Wochenende lang führte ich äußerst schwierige Gespräche mit Genossen aus dem Ministerium, und einigen davon begegnete ich sogar mit Misstrauen. Wir stellten Nachforschungen an. Ich gebe es nur ungern zu, aber ich war in Panik. Und wenn Xin Zhu doch recht hatte und Informationen von uns zu den Amerikanern durchsickern? Ein Fiasko!«

Zhu schloss die Augen, um besser zuhören zu können. Er spürte bereits, in welche Richtung die Argumentation ging, hörte es in Wu Liangs übertriebener Unschuld und Ergriffenheit. Schicht um Schicht errichtete Wu Liang einen riesigen Turm, nur um ihn umso effektvoller niederreißen zu können.

»Am Montag vor vier Wochen hatte ich eine Liste von Verdächtigen. Neunzehn Namen. Meine Sorge war so groß, dass einen praktisch alles auf diese Liste bringen konnte. Yang Qing-Nian und ich begannen mit intensiveren Befragungen. Vorher hatten wir die Verdächtigen zu Hause abgeholt und jeweils in eine Einzelzelle an der East Chang'an Avenue geschafft. Zu diesem Zeitpunkt gab es keinen Grund, sie als Gefangene zu behandeln. Sie konnten ihre Kleider behalten, bekamen normales Essen und wurden gut behandelt. Nur ihre Telefone wurden beschlagnahmt.

Aber die Vernehmungen liefen nicht erfolgreich. Am Mittwoch hatten wir mit jedem zweimal gesprochen, ohne irgendein Ergebnis. Daher beschloss ich, Xin Zhu in seinem Büro in

Haidian aufzusuchen und ihm das Wenige mitzuteilen, was ich erfahren hatte. Ich dachte, dass wir als gute Genossen zusammenarbeiten können. Wie ich inzwischen weiß, war das ein Irrtum.«

Zhu erinnerte sich noch gut an diesen Besuch. Mittwoch, der 23. April, 14.00 Uhr. Wu Liang und ein abgebrüht wirkender Sekretär füllten das Büro mit stinkendem russischem Zigarettenrauch und gingen Zeile für Zeile seine zwölf Seiten durch. Sie zogen die Richtigkeit jedes einzelnen Punktes in Zweifel und verlangten nach den Beweisen für Zhus Verdacht gegen das Ministerium für Öffentliche Sicherheit.

»Nachdem ich stundenlang systematisch alles mit Xin Zhu durchgegangen war und mir seine Erklärungen angehört hatte, kristallisierte sich eine Tatsache heraus. Jeder dieser Punkte – und es sind insgesamt hundertdreizehn – ist einfach nur das: ein Punkt auf einem Blatt Papier. Jeder dieser Punkte geht zurück auf eine Information, die sein Agent, der amerikanische Senatorenberater James Pearson, gesammelt hat. Jeden Punkt kann er entweder mit einem E-Mail-Bericht samt Anhängen oder einem handschriftlichen Bericht und gelegentlich einem USB-Stick belegen – alles von James Pearson. Aber wo, so fragte ich mich nach einiger Zeit, ist diese goldene Quelle abgeblieben? Die Antwort kennen wir. Er wurde von der CIA verhaftet, als er aus den USA fliehen wollte. Er steht nicht mehr zur Verfügung. Und der Ort, wo James Pearson diese sogenannten Wahrheiten entdeckt hat? Natürlich das Büro der Abteilung Tourismus an der West Thirty-first Street in Manhattan. Die Abteilung, die Xin Zhu so überstürzt vernichtet hat und deren Büro inzwischen von der CIA ausgeräumt wurde. Ich habe Fotos von diesem Büro, wenn jemand von Ihnen das nachprüfen will.«

Er hatte lange geredet, aber reden war schon immer Wu Liangs Stärke gewesen. Er jonglierte mit den Fakten und drehte sie so hin, dass sie seine Bescheidenheit und Gelehrtheit unterstrichen. Mit so einem Mundwerk und einer Frau wie Chu Liawa waren seinem Ehrgeiz keinerlei Grenzen gesetzt.

Doch er war noch nicht fertig. »Wie gesagt, als ich Xin Zhus Büro betrat, war ich von seiner Ehrlichkeit überzeugt und bereit, unser Ministerium wieder sicher zu machen. Ich kam zerknirscht, doch als ich ging, war ich verärgert. Wütend sogar. In den vergangenen Tagen hatte ich treue Genossen einem strengen Verhör unterzogen, und alles nur, wie sich jetzt herausstellte, weil ich auf ein egoistisches Täuschungsmanöver hereingefallen war. Doch mein Zorn hatte noch nicht seinen Höhepunkt erreicht, denn bei meiner Rückkehr in die East Chang'an Avenue musste ich erfahren, das Bo Gaoli tot war, dessen kompetente Arbeit in der Abteilung Terrorismusabwehr einigen von Ihnen wohl bekannt ist. Konfrontiert mit der Schande dieses unbegründeten Verdachts, hat er sich in seiner Zelle mit dem Gürtel aufgehängt.«

Wu Liang schwieg, um seine Worte wirken zu lassen. Der Ausschuss wusste von Bo Gaolis Selbstmord, doch die genauen Einzelheiten waren nie bekannt gegeben worden. Gerüchte hatten sich um sexuelle Neigungen und um finanzielle Unbesonnenheiten gerankt. Niemand – und Zhu ganz bestimmt nicht – hatte erfahren, dass er sich in einer Zelle des Ministeriums das Leben genommen hatte.

Jetzt, nachdem Wu Liang dieses Geheimnis gelüftet hatte, wandten sich alle um, um Zhus Reaktion zu sehen. Er tat sein Bestes, um sich zu beherrschen. Doch er war sich nicht sicher, ob es ihm gelang. Er dachte daran, später Shen An-ling zu fragen, allerdings konnte sein Assistent nur seinen Hinterkopf sehen.

Xin Zhu wartete darauf, dass jemand die naheliegende und zwangsläufige Frage stellte: War Bo Gaolis Selbstmord möglicherweise ein Schuldeingeständnis? Er selbst konnte diese Frage nicht stellen – das musste jemand anders übernehmen, vielleicht Zhang Guo. Doch niemand traf Anstalten dazu, und Zhang Guo erstickte nur mit der gewölbten Hand ein Gähnen.

Da sich anscheinend niemand äußern wollte, ergriff Zhu schließlich das Wort. »Selbstverständlich bedaure ich Bo Gaolis Tod, doch das ändert nichts an meiner Auslegung der Tatsachen. Die in meinem Bericht aufgelisteten Erkenntnisse haben ihren Ursprung in der Abteilung Tourismus, daher kann ich nur zu dem Schluss gelangen, dass ihre Quelle im Ministerium für Öffentliche Sicherheit sitzt.«

Wu Liang seufzte hörbar. »Das ist, als würde man das Haus eines Mannes niederbrennen und ihm *dann* vorwerfen, illegale Waren darin aufzubewahren. Sie haben das Haus der Touristen niedergebrannt, Xin Zhu. Und dabei haben Sie gleich noch sich selbst abgefackelt.«

»Ich möchte hoffen, dass meine langjährige Arbeit im Dienst der Partei ein gewisses Maß an Vertrauen rechtfertigt.«

Sun Bingjun stellte seine Tasse hin. »Ich würde gern eine Frage an Wu Liang richten, wenn es erlaubt ist.«

Wu Liang nickte.

Der Alte lehnte sich vor. »Warum hören wir ausgerechnet jetzt von dieser Sache? Der Selbstmord von Bo Gaoli liegt fast vier Wochen zurück. Wenn Xin Zhu eine derartige Gefahr darstellt, warum durfte er dann einen Monat lang ungehindert seine Seuche verbreiten?«

Zhang Guo lächelte in seine Faust. Feng Yi hob die Hand. »Ich finde, das ist eine gute Frage.«

Wu Liang verlor nichts von seiner Gelassenheit. Erneut ließ er ein Seufzen hören. »Der Grund ist der, den Xin Zhu erwähnt hat: seine Dienste für die Partei und die Volksrepublik. Obwohl ich verärgert war – obwohl ich mit einem heimtückischen Angriff auf eine konkurrierende Organisation oder sogar mit einem Angriff auf mich persönlich rechnete –, wollte ich keine Disziplinarmaßnahmen einleiten, solange ich nicht beweisen konnte, dass Xin Zhus Anschuldigungen falsch sind. Das hat sich erst geändert, als wir von der Anwesenheit der besagten Agentin, dieser Leticia Jones, auf chinesischem Boden erfahren haben.«

»Da kann ich nicht ganz folgen«, entgegnete Sun Bingjun geduldig.

»Das lässt sich ganz leicht beantworten, Genosse. Dazu möchte ich Xin Zhu eine einfache Frage stellen, eine Frage, die sich erst jetzt ergeben hat.«

Zhu schaute ihn an.

Wu Liangs Gesicht war wie Stein, als er weitersprach. »Wenn die CIA eine Quelle im Ministerium für Öffentliche Sicherheit hat, warum sollte sie dann eigens jemanden schicken, um Erkundigungen über den Alltag Ihrer Frau einzuziehen?«

Zhu wusste, dass das nicht das Ende der Frage war.

»Warum sollte sie riskieren, einen eigenen Agenten zu schicken – was ein großes Risiko für sie darstellt, da sind wir uns wohl einig –, wenn einer von uns in ihren Diensten steht? Der Alltag Ihrer Frau unterliegt nicht der Geheimhaltung. Jeder im Ministerium könnte sich mit einem einzigen Anruf darüber informieren. Wenn die CIA, wie Sie behaupten, eine Quelle im Ministerium hat, dann wäre es nicht nur dumm, sondern auch völlig überflüssig, einen Agenten zu entsenden, der mitten in Peking neugierige Fragen stellt.«

Zhu biss sich auf die Innenseite des Mundes, um ein Lächeln zu unterdrücken. Die Logik war bestechend, zumal er auch nicht auf ihren einzigen Fehler hinweisen konnte: Die Konsulatsangestellte Mary Caul, die Dongfan Beisan dazu überredet hatte, Fragen nach Sung Hui zu stellen, hatte das Land verlassen, ehe sie auf Antworten hoffen konnte. Auf die Antworten war es ihr gar nicht angekommen. Doch wenn er das erwähnt hätte, hätte er zugeben müssen, dass er nicht erst bei diesem Treffen von Leticia Jones' Anwesenheit in China erfahren hatte. Daher sagte er nur: »Ich weiß es nicht, Genosse. Doch aufgrund der von mir vorgelegten Beweise bin ich auch weiterhin davon überzeugt, dass die Amerikaner einen Maulwurf im Ministerium haben.«

»Ich kann mich nur wundern über so viel Halsstarrigkeit«, erwiderte Wu Liang. »Sie sind angetreten, das Ministerium zu verleumden, und jetzt, nachdem man Sie ertappt hat, tun Sie, als wäre nichts gewesen. Das ärgert mich, doch mehr noch enttäuscht es mich, dass jemand mit derartigen Verdiensten um die sozialistische Sache so tief sinken kann. Wenn Ju Jintao von den acht Tugenden und Schanden spricht, mahnt er uns, einig zu sein, einander zu helfen und nicht nach Gewinn auf Kosten anderer zu streben. Über dieses Gebot, fürchte ich, hat sich Xin Zhu mit der Gier und dem Ehrgeiz eines Börsenhändlers aus Hongkong hinweggesetzt, und wir sollten ernsthaft in Betracht ziehen, sämtliche Mitglieder des Ausschusses über seine Abberufung abstimmen zu lassen.«

Zhu merkte, wie feucht seine Handflächen auf einmal waren. Dennoch konnte er nicht umhin, Wu Liangs Mundwerk zu bewundern. Um sich an die Bedeutungslosigkeit des Geschehens in diesem Raum zu erinnern, dachte er: *Fünfzigtausend Tote. Was zähle ich da im Vergleich?*

5

Zwei Stunden später öffnete ihm Shen An-ling an einer Wohnstraße nördlich des Haidian-Theaters die Tür, und er kletterte aus dem Wagen. Beide hatten während der Fahrt geschwiegen, da sein Assistent das Auto den Wachposten vor der Großen Halle anvertraut hatte und man nie wissen konnte, ob nicht jemand ein Mikrofon zwischen die Polster geschmuggelt hatte. *Das wird allmählich lächerlich*, dachte Zhu.

Die erste Barriere vor ihren Büros war eine unscheinbare Tür, hinter der eine alte Frau, die wie eine Toilettenfrau aussah, an einem Klapptisch rauchte. Vor ihr lagen eine Zeitung mit weiteren Sichuan-Schlagzeilen und ein offenes Sudoku-Rätselheft, doch unter dem Tisch befanden sich eine Sprechanlage, ein Handy und eine 77B-Pistole, die mit neun Hohlspitzpatronen geladen war. Es war nicht einfach gewesen, diese Waffe aufzutreiben, da sie nur für den Export hergestellt wurde. Seine offiziellen Bestellungen hatten kein Gehör gefunden, doch letztlich war He Qiang in Südkorea fündig geworden. Die Alte drückte ihre Zigarette aus und lächelte mit unfreiwillig zwinkernden Augen. Sie griff nach der Sprechanlage. »Sieben und Achtundachtzig hier.«

Von innen schlossen zwei Wachen die nächste Tür auf, die aus schwerem Stahl gefertigt war und zur Tarnung einen rostig wirkenden Anstrich hatte. In dem Raum dahinter standen ein Röntgenapparat und ein Metalldetektor, um die Zhu und Shen An-ling einen Bogen machten. Schließlich öffnete ein weiterer Wachmann die letzte Tür, die sie in ein langes, halb unter der Erde befindliches Büro mit Schreibtischen und

Computern führte, von denen sich wie Rettungsleinen die Ethernetkabel in schmalen Säulen zur abgehängten Holzdecke hinaufwanden. An den Schreibtischen saßen die sechsundzwanzig Sachbearbeiter seiner Abteilung und sichteten die Nachrichtenmeldungen des Tages, Agentenberichte und abgehörte Mitteilungen aus dem Vierten und Siebten Büro. Zhus Abteilung, die offiziell den Namen Transportagentur (und inoffiziell die Bezeichnung Zhus Höhle) trug, war ein Außenposten des Sechsten Büros, der seinen Aufgabenbereich immer mehr ausgebaut hatte, bis er sich mit den Tätigkeitsfeldern von mindestens vier Guoanbu-Büros überschnitt. Wie das Zweite rekrutierte seine Abteilung ausländische Agenten und entwickelte Beziehungen zu bestimmten ausländischen Nachrichtendiensten; wie das Siebte erstellte sie auf der Grundlage gewonnener Erkenntnisse Politikberichte. Und als Teil des Sechsten Büros behielt sie außerdem ausländische Aktivitäten im Auge, die darauf zielten, die Stabilität der Volksrepublik zu untergraben.

Diese Ausdehnung hatte sich allmählich und bewusst leise vollzogen, und als sie 2002 – von keinem anderen als Wu Liang – bemerkt wurde, hatte Zhu bereits so viele wesentliche Berichte erstellt, dass er nicht mehr entbehrlich war. Das war nicht Wu Liangs erster Versuch gewesen, Zhus zunehmenden Einfluss mithilfe des Aufsichts- und Überwachungsausschusses einzudämmen, doch er hatte die größte Brisanz, weil Mitglieder aller Guoanbu-Büros hineingezogen wurden in einen Konflikt, der erst beigelegt werden konnte, als der Leiter des Zentralkomitees für Politik und Recht persönlich eingriff und beiden Kontrahenten mit einem offiziellen Tadel drohte.

Seit 2002 hatte Zhu die Zahl seiner Stabsmitarbeiter verdoppelt und die der Agenten verdreifacht. Bis zum Massaker an den Touristen hatte er sich für nahezu unbezwingbar gehalten.

»Wir sind tot«, sagte Shen An-ling, als sie endlich die Tür

von Zhus Büro am Ende des Gangs hinter sich schlossen. »Wu Liang hat diesen Schlag lange vorbereitet.«

»Noch ist nichts entschieden.« Zhu zündete sich einen Hamlet an und ließ sich an seinem Schreibtisch nieder.

Das stimmte. Sun Bingjun hatte sich geweigert, sich auf ein Vorgehen festzulegen, und Feng Yi hatte ihm zugestimmt. Zhang Guo hatte enttäuschenderweise während der gesamten Diskussion eine neutrale Haltung bewahrt, vielleicht in dem Bemühen, sich als entscheidende Stimme für das Votum zu positionieren, oder einfach, um seine Beziehung zu Zhu zu verschleiern. So entstand in diesem Mikrokosmos von fünf Ausschussmitgliedern eine vollkommene Balance der Unentschiedenheit, was Feng Yi zu der Anregung veranlasste, Zhu etwas Zeit zu lassen, damit er zu den Vorwürfen Stellung nehmen konnte.

»Fünf Tage«, hatte Wu Liang sofort vorgeschlagen.

Daraufhin hatte Sun Bingjun gelacht und einmal mehr bewiesen, dass die Gerüchte über seinen alkoholbedingten Niedergang stark übertrieben waren. »Eine kleine Chance sollten wir Xin Zhu schon geben.«

»Wir haben nur zwei Wochen.« Shen An-ling ließ sich auf einen Stuhl fallen. »Zwei Wochen, in denen wir uns abstrampeln können. Wir haben unseren besten amerikanischen Informanten verloren, und wenn das Ministerium für Öffentliche Sicherheit was erfährt, kriegen wir davon bestimmt nichts mit. Wir sitzen in der Scheiße.«

Rauchend blickte Zhu an ihm vorbei durch die Jalousien, hinter denen seine Mitarbeiter an ihren Bergen von Fakten, Halbwahrheiten und Lügen herumpusselten. Nicht einmal auf die für Shen An-ling untypische derbe Ausdrucksweise reagierte er, denn sie bewies lediglich, dass der Jüngere die Situation genau richtig einschätzte: als Katastrophe. Zu der lächerlichen Galgenfrist von zwei Wochen kam, dass man ihnen auf Wu

Liangs Betreiben hin tägliche Fortschrittsberichte an alle fünf Ausschussmitglieder aufgehalst hatte. Ja, es war eine Katastrophe, doch für emotionalen Unfug war keine Zeit. Er gab Shen An-ling noch genau fünf Minuten, um die Fassung wiederzugewinnen.

Währenddessen versuchte er, sich die Situation zu vergegenwärtigen und ihre ineinandergreifenden Teile aus verschiedenen Blickwinkeln zu betrachten. Die Extouristin, die sich sinnloserweise mit Sung Hui und demonstrativ mit einem islamischen Terroristen beschäftigte. Das unverkennbare Leck im Ministerium für Öffentliche Sicherheit. Die Tatsache, dass Wu Liang nur darauf gewartet hatte, ihn zu Fall zu bringen wie einen Papiertiger. Und was war mit Bo Gaoli? Hatte ihn wirklich die Scham über ein unbewiesenes Vergehen übermannt? Zhu kannte ihn zwar nicht näher, doch er war Bo Gaoli bei vielen Anlässen begegnet, und ihn hatte die geschäftsmäßige Nüchternheit beeindruckt, mit der der Mann seine Arbeit im Bereich Terrorismusbekämpfung für das Ministerium für Öffentliche Sicherheit anging. Wenn Zhu jemanden im Ministerium um Hilfe hätte bitten müssen, dann hätte es Bo Gaoli auf die sehr kurze Kandidatenliste geschafft. Und dieser Mann – angesehen in der Verwaltung und seit vierzig Jahren verheiratet – sollte sich wegen einer Sache das Leben genommen haben, für die er nicht verantwortlich war?

Oder hatte er sich doch etwas zuschulden kommen lassen? Hatte er Informationen an die Amerikaner weitergegeben oder ein anderes Verbrechen begangen, dessen Enthüllung er während der Vernehmung befürchtete?

Shen An-ling fand eine Packung Hongtashan und wedelte den beißenden Rauch beiseite, nachdem er sich eine angezündet hatte. »Und wenn wir uns getäuscht haben? Wenn es keinen Maulwurf im Ministerium gibt?«

»Wenn es stattdessen zwei sind oder fünf?« Zhu sah ihn nicht an. »Irgendwie sind die Amerikaner an diese Informationen gekommen. Die Sachen können nicht nur aus abgehörten Gesprächen oder aus einer Quelle mit niedrigem Rang stammen, dazu sind sie zu unterschiedlich. Da waren wir uns doch einig.«

»Wie oft hast du mir eingeschärft, dass das Festhalten an Überzeugungen der Ruin jeder geheimdienstlichen Tätigkeit ist.« Einer von Shen An-lings schönsten Zügen war, dass er Zhu seine Äußerungen einfach wieder zurückwarf.

»Wenn unsere Überzeugung falsch war, lag der Fehler in der Annahme, dass alle Informationen aus einer einzigen Quelle stammen; daher unsere Folgerung, dass die undichte Stelle irgendwo weiter oben in der Verwaltung ist. Natürlich könnten fünf niedrigrangige Quellen theoretisch die gleichen Informationen liefern.«

»Trotzdem fühlt es sich so an, als würden wir uns an etwas klammern, nur weil wir es glauben wollen.« Auch darin lag ein großer Wert des jungen Assistenten: sein ständiges Rütteln an Zhus Annahmen. So blieb die Dialektik in Bewegung, und Zhu konnte sich nicht auf seinen Lorbeeren ausruhen. Darin schlug sich die größte Maxime des Vorsitzenden Mao nieder: die Notwendigkeit permanenter Revolution.

»Also gut.« Widerwillig legte Zhu die Hände auf den Schreibtisch. »Was ist, wenn wir uns tatsächlich getäuscht haben? Wenn es keine undichte Stelle im Ministerium gibt? Was folgt daraus?«

»Daraus folgt, dass wir in der Scheiße sitzen.« Shen An-ling verschwand hinter einer Rauchwolke. »Daraus folgt, dass wir ohne handfesten Grund eine ganze staatliche Verwaltung in Verruf gebracht und vielleicht sogar einen Mann in den Selbstmord getrieben haben. Daraus folgt, dass man dich aus der Höhle entfernen und den Rest der Abteilung entweder kastrieren und in das Sechste Büro eingliedern wird oder dass ein Freund von Wu Liang ans Ruder kommt.«

Geduldig hakte Zhu nach. »Wenn es also zutrifft und wir uns getäuscht haben, wie sind wir dann dazu gekommen? Welche fehlerhafte Logik hat uns in diese furchtbare Situation hineinmanövriert?«

Shen An-ling fuchtelte den Rauch zur Seite. »Wahrscheinlich hast du dich blenden lassen.«

»Von wem?«

»Von deiner Abneigung gegen Wu Liang.«

»Das erklärt aber nicht, wie die Amerikaner die Informationen erhalten haben. Woher stammen sie?«

»Keine Ahnung.«

»Ist das das Einzige, was wir nicht wissen?«

Verblüfft runzelte Shen An-ling die Stirn. »Es gibt eine Menge Dinge, die wir nicht wissen.«

»Zum Beispiel?«

»Zum Beispiel die Gründe für Bo Gaolis Selbstmord.«

Zhu nickte nachdenklich. »Stimmt.«

»Wir wissen auch nicht, warum die Amerikanerin deiner Frau hinterhergeschnüffelt hat.«

»Aber wir wissen, dass sie sich mit Alan Drummond und seinen Freunden getroffen hat. Dieses Detail ist Wu Liang nicht bekannt.«

»Aber Wu Liangs Frage ist berechtigt, und ich schäme mich, dass sie mir nicht eingefallen ist: *Wenn* sie eine Quelle im Ministerium haben, warum kommt die Frau dann her, um Fragen zu stellen?«

»Es gibt noch wichtigere Fragen.« Endlich kam Zhu dazu, laut auszusprechen, was ihn während Wu Liangs langem Monolog beschäftigt hatte. »Warum ist Leticia Jones nach Hause geflogen, bevor sie ihre Antworten gekriegt hat? Und wichtiger noch, warum hat sie ihre Erkundigungen derart plump eingezogen?«

Langsam ließ Shen An-ling die Zigarette auf Kniehöhe sinken. »Redet mit einer Botschaftsangestellten ohne nachrichtendienstliche Anbindung, die mit einem kaputten Rockmusiker redet, der mit der Nichte einer Schneiderin redet. Ihr war klar, dass wir die Spur zu ihr zurückverfolgen.«

»Auf jeden Fall.«

»Sie wollte also, dass wir es erfahren. Aber sollten wir auch mitkriegen, dass ihr die Antwort egal war? Sollten wir *wissen*, dass es nur eine List war?«

Sie ließen das so stehen und starrten auf verschiedene Punkte im Raum.

Schließlich fiel Shen An-ling wieder eine von Zhus Sentenzen ein. »Man darf nicht immer Motive unterstellen, wo auch ein menschlicher Irrtum genügt.«

Das Telefon auf Zhus Schreibtisch klingelte, und als er danach griff, fiel sein Blick auf die weiße Dose mit Reisbällchen, die Sung Hui für ihn zubereitet hatte. »Wei«, meldete er sich.

He Qiangs wohlklingende Stimme drang an sein Ohr. »Genosse Oberst Xin Zhu, ich bin aus Xinyang zurückgekehrt.«

»Ist Ihre Familie wohlauf?«

»Ja, Genosse Oberst.«

»Sie wollten eine Cousine mit nach Peking bringen. Hat das geklappt?«

»Ja, Genosse Oberst. Bis mit ihren Papieren alles geregelt ist, wohnt sie bei mir. Soll ich heute noch ins Büro kommen?«

»Nein.« Zhu zweifelte nicht daran, dass Wu Liang und Yang Qing-Nian vor dem Haus irgendwelche Straßenhändler postiert hatten oder es einfach über eine der dreihunderttausend Überwachungskameras beobachteten, die im Rahmen der olympischen Sicherheitsmaßnahmen in der ganzen Stadt installiert worden waren und eines Tages dafür sorgen würden, dass außerhalb einer Duschkabine niemand mehr eine Rückzugsmöglichkeit fand. »Kümmern Sie sich erst mal um Ihre Cousine, wir sprechen uns dann morgen.«

»Vielen Dank, Genosse Oberst.«

Als Zhu auflegte, öffnete Shen An-ling gerade die Bürotür, um eine neue Angestellte einzulassen, an deren Namen sich Zhu nicht erinnern konnte. Sie trug ein Teeservice, doch als sie einschenken wollte, schickte Zhu sie zerstreut weg. Shen An-ling bedankte sich bei ihr, als sie ging.

»Bevor wir etwas unternehmen«, erklärte Zhu, »müssen wir so viele Lücken in unserem Wissen wie nur möglich schließen. Am besten, wir machen eine Liste.«

Shen An-ling erhob sich halb von seinem Stuhl, um nach einem handgroßen Notizblock auf dem Schreibtisch zu greifen. »Aber uns bleiben nur zwei Wochen.«

»Panik ist ein Symptom des Glaubens, Shen An-ling. Wir dürfen nichts überstürzen.«

Er hatte überlegt, ob er das Auto eines seiner Mitarbeiter nehmen oder sich durch einen Seitenausgang aus dem Gebäude schleichen sollte, doch letztlich erschien ihm das ziemlich sinnlos, da sein Ziel in einem gut überwachten Teil der Hauptstadt lag. Daher stieg er kurz nach vier unten in der Tiefgarage in seinen Audi, den einer seiner Leute dankenswerterweise am Samstagmorgen in Nankai abgeholt hatte, und fuhr innerhalb der Fifth Ring Road nach Norden. Hoch droben wehte Sand aus den Wüsten der Inneren Mongolei heran, der die Nachmittagssonne trübte. Noch hatte er nicht der Schwerkraft nachgegeben, sondern schwebte durch die Luft wie eine stille Drohung.

Auf einem langen geraden Abschnitt verschwand plötzlich der Verkehr, doch erst als er die langen Schlangen stehender Autos zu beiden Seiten der Straße bemerkte, fiel ihm ein, dass es 14.28 Uhr war, exakt eine Woche nach dem Erdbeben. Seufzend steuerte er zum Straßenrand, parkte hinter einem Gemüsewagen und lehnte sich zurück.

Zunächst kämpfte er dagegen an, wie wahrscheinlich die meisten Leute. Sein Kopf war einfach zu voll mit Ängsten und Eigeninteresse. Doch drei Minuten sind eine lange Zeit, und in der letzten Minute waren seine Gedanken schließlich mitten in der Region, in den Bergen, bei den zerstörten Häusern, Schulen, Fabriken, Krankenhäusern, Läden, Straßen und Tunnels und bei den vielen, vielen Tausend Menschen, deren Leben vor einer Woche um 14.28 Uhr einen nicht wiedergutzumachenden Schaden erlitten hatte.

Das Ende der Stille wurde markiert von Hupen, die straßauf, straßab plärrten. Überall in der Stadt und im ganzen Land heulte es von Autos, Zügen, Schiffen und Alarmsirenen hinauf zum Himmel.

Er wartete, bis der Lärm nachließ und sich um ihn herum die Fahrzeuge in Bewegung setzten. Dann startete er den Audi und fuhr weiter.

Sein Ziel lag einen Kilometer nördlich des Komplexes, auf dem die Asienspiele von 1990 stattgefunden hatten, und trug den Namen Ziyu Shanzhuang, Purpurjadevillen: ein fünfundsechzig Hektar großes Gebiet aus grünen Wiesen, Teichen, Wäldern und wild lebenden Tieren für die Superreichen. Eines von dreißig solchen von Mauern umringten Arealen im oberen Teil der Hauptstadt, Welten entfernt von dem ihm vertrauten Peking. Auch die Wachen am Tor schienen seine Fremdheit zu spüren, oder vielleicht lag es an dem scheppernden Geräusch, das sein Wagen neuerdings von sich gab. Jedenfalls konnte sie nicht einmal sein Guoanbu-Ausweis wirklich einschüchtern, und das gab ihm doch zu denken.

Auf der langen Strecke zu den Villen, die er in gemächlichem Tempo zurücklegte, kurbelte er das Fenster nach unten und genoss die kühle Luft, die nach den perfekt kultivierten Baumreihen zu beiden Seiten duftete. Am hinteren Ende eines Feldes bemerkte er eine Frau mit Kindern, die wild zwischen verschreckten Ziegen und Pfauen herumtollten, und wenn er den Blick nicht über die Baumlinie hob und auf die Pekinger Skyline aus Wolkenkratzern unter dem nahenden Sandsturm richtete, fühlte er sich wie auf dem Land, fern von neugierigen Augen und Ohren. Es war eine magische Illusion.

Die Wachen am Tor hatten ihn angekündigt, und als er ausstieg, öffnete Hua Yuan bereits die Eingangstür. Sie krampfte die Hände vor dem Bauch zusammen, ihr Haar war zu einem schlampigen Knoten geschlungen. Anscheinend hatte sie sich in aller Eile angezogen, was bei ihm sofort die Vorstellung einer alten Frau auslöste, die in einem klaustrophobischen, verstaubten Haus festsaß und unablässig um ihren Gatten trauerte, der sich das Leben genommen hatte. Doch als sie sich näherte, lächelte sie.

»Guten Tag, Hua Yuan. Danke, dass Sie mich empfangen. Ich bin Xin Zhu.«

»*Oberst* Xin Zhu.« Sie streckte ihm eine zierliche Hand entgegen, die er schüttelte.

»Sie wissen von mir?«

»Wir haben uns bei einer Veranstaltung zum Tag der Arbeit kennengelernt. Flüchtig.«

»Es ehrt mich, dass Sie sich daran erinnern.«

Sie setzte zu einer Erwiderung an, doch dann überlegte sie es sich anders und bat ihn hinein.

Was das Klaustrophobische und den Staub betraf, hatte er sich geirrt. Das makellose Haus, das zweifellos von einem Heer von Putzkräften gereinigt wurde, war offen in seiner Architektur – modern, fast amerikanisch. Sie geleitete ihn durch ein Foyer in ein Wohnzimmer mit wuchtigen, aber bequemen Sofas, einem geschlossenen Fernsehschrank, langen, tiefen Regalen voller Pflanzen und Bücher und einem großen, rechteckigen Fenster, das über die Wiesen blickte. Das Fenster war umrahmt von Efeu, dessen wildes Wuchern die Aussicht behinderte.

»Ein schönes Heim.« Er setzte sich.

»Tee?«

»Gern, vielen Dank.«

Sie ließ ihn kurz allein, dann kam sie zurück und ließ sich ihm gegenüber in einem Sessel nieder. »Wir haben das Haus nicht sehr viel benutzt. Wir haben es für einen Freund meines Mannes gekauft, einen der ursprünglichen Investoren. Wir waren normalerweise in der Stadt oder auf dem Land – dem richtigen Land. Ich bin hierhergezogen, weil es bequem ist. Das weiß ich inzwischen zu schätzen. Bequemlichkeit.«

Eine junge Frau unter zwanzig in weißem Kostüm erschien mit einem Tablett und schenkte beiden Chrysanthementee ein. Neben Hua Yuans Tasse bemerkte er einen weißen Plastikstrohhalm.

Nachdem die Hausangestellte gegangen war, eröffnete Zhu das Gespräch. »Hua Yuan, ich wollte mit Ihnen über den Tod Ihres Mannes reden.«

»Über seinen Selbstmord.«

»Genau. In den letzten Wochen hat mir die Frage nach dem Grund keine Ruhe gelassen. Wenn es sich um etwas Persönliches zwischen Ihnen beiden handelt, dann geht es mich natürlich nichts an, doch wenn es etwas mit seiner Arbeit zu tun hatte, dann würde ich es gern besser verstehen.«

Sie musterte ihn wie einen Hausierer, der ihr etwas andrehen wollte. Dann tauchte sie ein Ende des Strohhalms in den Tee und nahm einen Schluck. »Xin Zhu, darüber wissen Sie doch sowieso Bescheid.«

»Worüber?«

»Über Bo Gaolis Arbeit. Er war sehr aufgeregt.«

Zhu starrte ihre feuchten Lippen an. »Verzeihen Sie, Hua Yuan, aber ich weiß sehr wenig über die Arbeit Ihres Mannes.«

»Er hat doch mit Ihnen darüber gesprochen.«

»Nein, Hua Yuan, das hat er nicht.«

Mit schräg geneigtem Kopf sann sie über seine Worte nach. »Auf jeden Fall *wollte* er mit Ihnen sprechen.«

»Worüber?«

»Über seine Arbeit. Wissen Sie, er war so aufgeregt, dass ich schon glaubte, dass er eine Geliebte hat. An diesem Tag hat er sich sogar die Schultern rasiert. Er war nämlich stark behaart. Ich dachte, er rasiert sich für so ein junges Ding. Komisch, nicht?«

Zhu fixierte sie. »Bo Gaoli war also aufgeregt wegen etwas im Zusammenhang mit seiner Arbeit, und er wollte mit mir reden?«

»Habe ich mich unklar ausgedrückt?«

»Na ja, wir kannten uns ja kaum. Wir waren uns nur bei offiziellen Anlässen begegnet, hatten aber sonst nichts miteinander zu tun. Ein Anruf von ihm hätte mich auf jeden Fall überrascht.«

»Trotzdem, er hat sich auf ein Treffen mit Ihnen vorbereitet, Xin Zhu.«

»Wann war das?«

»Bevor er … gegangen ist.« Sie runzelte die Stirn. »Er hat Sie also nicht aufgesucht?«

»Ich habe kein Wort von ihm gehört. Sprechen wir hier von der Woche des 14. April?«

Nachdenklich sog sie an ihrem Strohhalm. »Wir sprechen von Sonntag, dem 20. April, Xin Zhu. An diesem Tag hat er sich die Schultern rasiert und ist aufgebrochen, um sich mit Ihnen zu treffen.«

»Aber er ist nicht mehr zurückgekommen?«

»Doch, er ist zurückgekommen. Hat mir befohlen, ich soll zu meiner Mutter fahren. Das ist auf dem richtigen Land. Am nächsten Morgen bin ich abgereist. Am Montag.«

Montag, der 21. April. An diesem Tag hatte Wu Liang Bo Gaoli und achtzehn andere zur Vernehmung abgeholt. Zhu fragte: »Warum hat er Sie aufgefordert, das Haus zu verlassen?«

»Das hat er manchmal gemacht. Er hat mich zu meiner Mutter geschickt, wenn er viel Arbeit hatte. Ich bin eine gute Frau, Xin Zhu. Ich habe ihn nicht nach dem Grund gefragt. Er war ein praktisch denkender Mann; er hat mir nie etwas erklärt.« Abermals legte sie die Stirn in Falten. »Er hat Sie nicht aufgesucht?«

»Nein.«

»Warum hat er sich dann die Schultern rasiert?«

»Da bin ich überfragt, Hua Yuan.«

Das schien sie mehr zu verstören als alles andere, und Zhu bekam allmählich Zweifel an ihrer Zurechnungsfähigkeit. Konnte er ihren Angaben trauen? Ihr Mann hatte sie zu ihrer Mutter geschickt, und als sie zurückkehrte, war er tot. Die Reaktionen auf so einen Schicksalsschlag waren so verschieden wie Fischgattungen.

»Das Mädchen musste das Bad dreimal putzen, um alle Haare zu entfernen.«

»Vielleicht wollte er mich anrufen, hat mich aber nicht erreicht.« Plötzlich erinnerte er sich wieder an den 20. April, den Sonntag. »Ja, jetzt fällt es mir ein. An dem Wochenende war ich nicht in Peking. Ich war in Xi'an, und mein Telefon hatte keinen Empfang.« Das war eine Lüge, denn er war in Peking gewesen, zusammen mit seiner Frau im Bett, und hatte vergessen, den Akku seines Handys nachzuladen. Er versuchte, nicht daran zu denken, wie die Sache wohl ausgegangen wäre, wenn er nicht so abgelenkt gewesen wäre.

Doch Hua Yuan hatte sich an einem bestimmten Gedankengang festgebissen, und um sie davon abzubringen, brauchte es mehr als nur diese kleine Lüge. »Ich frage mich, wie alt sie ist.« Ihre Stimme war wie Blei. »Könnten Sie das herausfinden?«

»Hua Yuan, ich möchte mich da nicht einmischen.«

»Erzählen Sie mir nichts von Einmischen, Sie ungehobelter Bauer.« Ihr Ton blieb so gleichmäßig ruhig, dass er kaum seinen Ohren traute. Dann riss sie die Augen weit auf und presste die Faust an den Mund. »Oh. Verzeihen Sie mir, Genosse Oberst.«

»Keine Ursache.« Zhu stützte die Hände auf die Knie. »Ich will nur helfen, das Rätsel um den Selbstmord Ihres Mannes zu lösen.«

»Eine Geliebte wäre eine Erklärung«, bemerkte sie.

»Nur wenn er die Enthüllung einer Affäre nicht ertragen hätte.« Er zögerte kurz. »Hätte er sie ertragen?«

An diese Frage hatte sie noch nicht gedacht. Sie überlegte und schloss erneut ihre runzligen Lippen um den Strohhalm. Schließlich gab sie ihn mit einem tiefen Atemzug frei. »Xin Zhu, ich habe einmal einen Mann kennengelernt, den mein Gatte drei Tage lang verhört hatte. Dieser Mann war wahnsinnig, verstehen Sie. Wahrscheinlich von dem Verhör. Ich war damals hier, und er war auf irgendeine Weise den Wachen entkommen. Er hat sich auf unser Fenster gestürzt, da drüben.« Sie deutete auf das große, efeuumrankte Viereck. »Immer wieder ist er dagegengerannt, bis seine Nase und Lippen geblutet haben. Als die Wachleute kamen, bin ich rausgegangen. Die Knöchel seiner linken Hand waren völlig zerquetscht, und die Finger hingen einfach schlaff herunter, als er mir zugewinkt hat. An einem seiner nackten Füße fehlten drei Zehen. Als sie ihn weggeschleppt haben, hat er gerufen, dass mein Mann an seinem Zustand schuld sei und dass er jetzt nur noch sterben wolle. Am Abend nach der Arbeit habe ich Bo Gaoli gefragt, was dieser Mann Schreckliches getan hatte. Er hat nur seine Suppe geschlürft und geantwortet: *Er hat nichts getan. Es war ein Irrtum.* Ein Irrtum?« Sie räusperte sich und starrte durch die klare Fensterscheibe. »Nein, aus Scham hätte er sich nicht umgebracht. Und wegen einer kleinen Geliebten schon zweimal nicht.«

Zhus Hände fühlten sich auf einmal zu groß an. Er presste

sie zwischen den Knien zusammen, dann legte er eine auf die Sofalehne. »Verstehe. Dann wissen Sie also nicht, warum er sich umgebracht haben könnte.«

Sie schüttelte heftig den Kopf. Dann fiel ihr offenbar etwas ein. »Natürlich war da das Geld.«

»Geld?«

»Ungefähr dreihunderttausend Yuan. In einer Schuhschachtel hier im Haus. Ich habe sie gefunden, als ich seine Kleider aussortiert habe.«

Fast fünfzigtausend Dollar in einem Karton. »Und Sie haben keine Ahnung, woher er es hatte?«

Sie schüttelte den Kopf.

»Ist er viel gereist?«

»Natürlich.«

»Allein?«

»Manchmal.«

»Hier in der Gegend oder weiter weg? In den Westen vielleicht?«

Ihr Blick löste sich von dem Fenster und richtete sich wieder auf Zhu. »Diese Informationen liegen Ihnen doch sicher vor.«

»Es würde einige Zeit dauern, sie zu bekommen.« Das entsprach nicht ganz der Wahrheit. Vor allem waren dafür Anfragen bei anderen Büros nötig, die vielleicht nicht mehr bereit waren, einem Ertrinkenden zu helfen.

»Im November ist er zu einer Konferenz nach Chicago geflogen. Im Juni waren wir zusammen in Paris. So viel zum Westen. Natürlich kam er durch die Arbeit auch oft nach Hongkong.«

Für einen Mann in Bo Gaolis Position klang das ganz normal, sogar eher konservativ. »Hat Wu Liang mit Ihnen über die Ereignisse gesprochen?«

Sie lächelte traurig. »Er hat gesagt, dass mein Mann zu den fähigsten Verwaltungskräften Chinas gehörte.«

»Das kann durchaus sein.«

Sie ignorierte seine Bemerkung. »Er hat mir erzählt, dass sie Bo Gaoli am Mittwoch gefunden haben. Er hing in einer Zelle im Ministerium. Ein Kollege wollte nach ihm sehen, und Wu Liang ist kurz darauf dort erschienen – er war der erste Staatsbeamte, der zur Stelle war.«

»Noch vor der Polizei?«

Gereizt schüttelte sie den Kopf. »Die Polizei ist überhaupt nicht gekommen. Für jemanden wie meinen Mann gibt es keinen Selbstmord. In der Zeitung wurde etwas von einem Herzinfarkt berichtet. Inzwischen gerate ich jedes Mal ins Grübeln, wenn ich von jemandem höre, der an einer Herzkrankheit gestorben ist. Sie nicht?«

»Auf jeden Fall.« Zhu seufzte.

»Es heißt ja, dass es die Ehefrauen immer wissen wollen«, fuhr sie nach einer Weile fort. »Natürlich wollen wir das. Jede von uns liebt ihren Mann oder glaubt zumindest, ihn zu verstehen, und wenn er sich das Leben nimmt, möchten wir den Grund kennen. Wir bekommen Schuldgefühle und denken irgendwann, dass es an *uns* liegt. Aber in meinem Fall stimmt das nicht, Xin Zhu. Ich war Bo Gaoli nie so wichtig, dass er sich wegen etwas umgebracht hätte, das ich getan oder nicht getan habe. Es macht mich traurig, dass er fort ist, aber ich kann mich an Zeiten erinnern, als wir uns in Shanghai nicht in die Nähe von Hochhäusern wagten, aus Angst, ein Selbstmörder könnte auf uns landen. Sie haben diese Jahre des Vorsitzenden nicht mehr erlebt, dafür sind Sie zu jung. Damals konnte man allein aus Angst sterben. Die Menschen waren erschreckend zerbrechlich, und man hat nicht gefragt, warum jemand sich von einem Gebäude gestürzt hat. Es war einfach so, und wir mussten eben aufpassen, dass wir ihnen nicht in die Quere kamen.«

Zhu kaute an der Innenseite des Mundes, um sich eine Antwort zu verkneifen. Wenn er damit angefangen hätte, hätte die

Unterhaltung kein Ende mehr genommen. Er neigte den Kopf und erhob sich langsam. »Vielen Dank, Hua Yuan. Ich bin fast alt genug, um mich daran zu erinnern. Doch die Zeiten haben sich geändert, und manchmal führen Fragen auch zu Antworten – oder wenigstens zu besseren Fragen.«

»Oder ins Grab.« Hua Yuan hielt ihm die schlaffe Hand hin wie eine Französin in Erwartung eines Küsschens auf die Knöchel. Er schüttelte die Hand kurz und ließ sie wieder los. An der Tür deutete sie über die Wiese. »Wir leben in einer Stadt mit mehr als fünfzehn Millionen Einwohnern. Aber sehen Sie, wie leer alles ist!«

»Ja.«

»Unser Volk wusste schon immer den Wert einer guten Wand zu schätzen.«

Er schaute kurz nach dem Rechten im Büro, wo alles reibungslos lief, dann fuhr er durch den wirbelnden Sand des zunehmenden Sturms nach Hause und parkte vor dem Hochhaus. Die meisten Bewohner benutzten die Tiefgarage, aber er hatte sie seit letztem Montag gemieden, in der irrationalen Befürchtung, dass sein Auto unter all diesen Stockwerken begraben werden könnte. Er stellte den Motor ab, doch statt auszusteigen, wählte er eine lange Nummer auf seinem verschlüsselten Telefon. Der Sandsturm wurde immer dichter, und er konnte kaum noch etwas sehen – was bedeutete, dass man ihn von draußen auch nicht richtig erkennen konnte.

Es war kurz vor sieben, und passenderweise war Peking Washington zwölf Stunden voraus. Sein Mann in der Botschaft machte sich also gerade bereit für den Arbeitsbeginn. Nach drei Klingeltönen hörte er ein trällerndes »Wei«.

»Schon eine Weile her, Genosse Sam Kuo«, sagte er.

Schweigen. »Ja, Genosse …« Sam Kuos Ton wurde schwächer, vielleicht war er in Gesellschaft seiner Frau. »Schön, von Ihnen zu hören.«

»Hoffentlich sind Sie und Ihre Familie wohlauf.«

»Ja, uns geht es gut. Und Ihnen – Ihnen hoffentlich auch, Genosse.«

Zhu kam zur Sache. »Sam Kuo, ich brauche ein wenig Unterstützung. Meinen Sie, Sie könnten mir helfen?«

Später, als ihm Sung Hui von einer schwangeren Cousine mütterlicherseits erzählte, stand er vom Sofa auf und küsste sie, ergriffen von einem Gefühl, das sich bei einem Mann von achtundfünfzig Jahren nur noch selten einstellte, auf den Hals und die Lippen. Sie schenkte ihm ein sanftes Lächeln und führte ihn ins Schlafzimmer. Als sie auf ihm kauerte und die Nägel in seine weiche, weite Brust bohrte, fragte er sich, ob Hua Yuans eigentümliche Traurigkeit dieses Verlangen in ihm geweckt hatte oder die letzte Schweigeminute für die Opfer von Sichuan.

Weder das eine noch das andere, erkannte er, gekitzelt vom langen Haar seiner Frau. Nein, es lag daran, dass er wieder um sein Leben kämpfte, dass er Agenten losschickte und Schachzüge auf der anderen Seite des Planeten plante. Er war mit der einzigen Sache beschäftigt, für die er je Talent bewiesen hatte, und das erfüllte ihn mit Angst, Wut, Trauer und Liebe – dem ganzen Spektrum menschlicher Erfahrungen.

6

Am Morgen benachrichtigte er He Qiang, dass Liu Xiuxiu einen Passfotoautomaten besuchen sollte, dann beauftragte er Shen An-ling persönlich, Tickets für zwei getrennte Flüge nach Washington zu kaufen, und zwar auf Namen in Pässen, die in Bodensafes des Büros aufbewahrt wurden. Im weiteren Verlauf des Vormittags besprachen sie, was Zhu von Hua Yuan erfahren und was Shen An-ling über Leticia Jones herausgefunden hatte. Das Treffen zwischen Jones und Abdul Khalik konnte von keiner ihrer Quellen verifiziert werden, doch freundlicherweise hatte Wu Liang seine von einem Informanten niedrigeren Ranges stammenden Erkenntnisse über diese Begegnung in einer kahlen Arbeiterkneipe zur Verfügung gestellt: eine dunkelhäutige Frau, die sich in ausländisch klingendem Mandarin mit einem langhaarigen, Tee trinkenden Mann unterhielt. Später konnte der Informant den Mann nach Fotos des Ministeriums identifizieren.

Nach der Zusammenkunft in Georgetown hatte Leticia Jones sich zwar ihren Beschattern entzogen, aber Zhus Agenten war es gelungen, Alan Drummond ab Freitag kontinuierlich zu überwachen. Allerdings gab es wenig zu berichten. Am Freitag hatte Drummond einen Block entfernt von seiner Eigentumswohnung in Manhattan im Parlor Steakhouse mit einem gewissen Hector Garza zu Mittag gegessen (diesen Namen hatte er dem Oberkellner des Restaurants genannt). Beim Verlassen des Lokals war ein einziges, scharfes Bild von Garza gemacht worden, doch eine Identifizierung stand noch aus.

»Am selben Abend«, erzählte Shen An-ling, »ist er mit seiner Frau Penelope zum 203 Garfield Place gegangen.«

Zhu kaute unwillkürlich an der Unterlippe. Zum letzten Mal war ihm diese Adresse in Berlin untergekommen, als er sie einem Moldawier weitergab, dessen Tochter von der Central Intelligence Agency getötet worden war. »Du meinst, er hat sich mit Milo Weaver getroffen.«

»Es war ein gemeinsames Abendessen der beiden Paare, doch die Männer haben sich zu einem Gespräch unter vier Augen aufs Dach zurückgezogen. Wir haben keine Ahnung, worüber sie gesprochen haben.«

»Und Weaver?«, fragte Zhu. »Wie geht es ihm?«

»Bemerkenswert gut. Andrei Stanescu ist ein miserabler Schütze. Er hat Weavers Dünndarm verletzt, aber nicht schwerwiegend. Eine Woche Krankenhaus. Bald ist er wieder völlig hergestellt.«

Zhu sann kurz nach, ehe er seine Gedanken in Worte fasste. »Wir können davon ausgehen, dass Alan Drummond sich mit seinen Plänen Milo Weaver anvertraut hat, aber ich glaube nicht, dass wir uns wegen Weaver Sorgen machen müssen. Zumindest im Moment noch nicht. Wenn ich ihn richtig verstehe, interessiert er sich derzeit nur für eine friedliche Genesung. Außerdem glaube ich nicht, dass er auf seinen alten Arbeitgeber besonders gut zu sprechen ist.«

»Trotzdem sollten wir ihn im Auge behalten.«

»Selbstverständlich! Allerdings nicht auf Kosten von Drummond und seinen Mitverschwörern. Was hat Weaver in den letzten Tagen getrieben?«

Shen An-ling überflog das vor ihm liegende Blatt. »Anscheinend ist er auf Arbeitssuche.«

»Guter Mann«, bemerkte Zhu. »Bestimmt will er was Ruhiges.«

Kurz nach zehn Uhr morgens verließ Xin Zhu das Büro im Wagen eines Angestellten und fuhr auf der Fourth Ring Road nach Süden zur G106 in den Bezirk Daxing. Unterwegs wandte er einige grundlegende Manöver an, um mögliche Überwacher abzuschütteln: Er ratterte über rissige Mittelstreifen, um die Richtung zu wechseln, und wich auf alternative Strecken aus, ehe er wieder zu den Hauptrouten zurückkehrte, sodass die eigentlich halbstündige Fahrt über eine Stunde dauerte. Schließlich erreichte er eine Straße mit sechsstöckigen Mittelschichtwohnhäusern. He Qiangs Apartment lag in der obersten Etage eines Gebäudes in der Mitte. Im Aufzug versuchte Zhu, zwei dicke Filzstiftkrakeleien an der Wand zu entziffern. Graffiti waren ein relativ neues Phänomen in Peking, über das er schon viele Klagen gehört hatte, doch hier hatte er das Gefühl, dass sie die Stimmung in dem rostigen Fahrstuhl aufhellten.

Als ihn He Qiang in die Wohnung führte, lief im Fernseher wieder eine Bollywood-Schnulze, und Liu Xiuxiu saß an einer Schreibmaschine, um einen Code zu üben, den ihr He Qiang beigebracht hatte. Es herrschte ausschließlich künstliche Beleuchtung, da He Qiang alle Jalousien geschlossen hatte.

Liu Xiuxiu, die Jeans und eine dünne weiße Bluse trug, hörte auf zu tippen und kam mit geneigtem Kopf herüber. Sie wirkte überrascht, als ihr Zhu die Hand schüttelte. Dann entspannte sie sich und verschwand, um Tee zu kochen. Als He Qiang den Fernseher ausschaltete, deutete Zhu fragend zur Decke.

»Unsere erste Lektion.« He Qiang reichte ihm vier Passfotos von Liu Xiuxiu. »Wir haben die ganze Wohnung durchkämmt.«

»Irgendwas?«

Kopfschütteln.

»Gut.« Zhu ließ sich auf dem Sofa nieder und wartete, bis der Tee kam, den Liu Xiuxiu mit der Anmut einer Kurtisane servierte. »Bitte«, sagte er, als er merkte, dass sie sich nicht zu ihnen setzen wollte, und klopfte auf das Sofa. Sie setzte sich neben ihn, und er sprach sie mit bedächtiger Stimme an: »Liu Xiuxiu, als Erstes sollten Sie begreifen, dass Sie hier sind, weil Sie den gleichen Wert haben wie alle meine Agenten. Zumindest wird dies der Fall sein, sobald Sie ein wenig Erfahrung gesammelt haben. Vielen Dank für den Tee, aber denken Sie nicht, dass Sie uns hier bedienen müssen. Das ist nicht mein Führungsstil.«

Bescheiden nickte sie.

Zhu wandte sich an He Qiang. »Du folgst ihr nach Washington und hältst ihr den Rücken frei. Vor Ort wird sie Entscheidungen treffen müssen, und wenn du nicht absolut sicher bist, dass diese Entscheidungen auf falschen Überlegungen fußen, wirst du sie rückhaltlos unterstützen. Verstanden?«

He Qiang hatte verstanden.

»Ich fliege nach Amerika?«, platzte Liu Xiuxiu heraus, dann biss sie sich verlegen auf die Lippen.

»Sie und He Qiang nehmen heute Abend getrennte Flüge. Nach Washington. Ein Kontaktmann wird Ihnen ein Quartier beschaffen.«

»Sam Kuo?«, fragte He Qiang.

Zhu nickte. »Er ist nicht ideal, aber wir stehen unter Zeitdruck.« Als er den Blick wieder auf Liu Xiuxiu richtete, stellte er erfreut fest, dass der Zweifel aus ihrem Gesicht verschwunden war. Sein Instinkt hatte ihn nicht getrogen. »Sobald Sie sich eingerichtet haben, reist He Qiang weiter nach New York, um den zweiten Teil der Operation zu beginnen, aber Sie können ihn immer anrufen, um ihn um Rat zu fragen, und nach einigen Tagen kehrt er sowieso nach Washington zurück. Bis dahin sollten Sie allerdings bereits Fortschritte bei Ihrer eigenen Operation erzielt haben, die darin besteht, einen von zwei Männern – oder wenn möglich beide – zu verführen und Informationen von ihm oder ihnen zu erhalten.«

Sie nickte, stellte aber keine Fragen.

Das störte ihn, weil ihm neugierige Agenten lieber waren, die umfassend unterrichtet sein wollten, auch wenn es ihm nicht möglich war, sie in alles einzuweihen. Er wandte sich wieder an He Qiang. »Erinnerst du dich an den Therapeuten?«

»Natürlich.«

»Du wirst ihn für diese Aufgabe einsetzen. Sag ihm, es gibt mindestens zwei Wochen lang Arbeit bei normaler Bezahlung, dazu eine Prämie, wenn alles glattgeht.«

»Das gefällt ihm bestimmt. Geld ist die einzige Sprache, die der Therapeut versteht.«

»Vor dem Abflug kriegst du weitere Details.«

He Qiang nickte zufrieden.

»Genosse Oberst«, meldete sich Liu Xiuxiu.

»Ja?«

»Darf ich nach dem Zweck der Operation fragen?«

»Nach dem Zweck?«

Ihre Lippen spannten sich. »Ich kenne jetzt meinen Auftrag, aber darf ich erfahren, wie er zu Ihren größeren Zielen passt – und was diese größeren Ziele sind?«

»Nein.« Trotz seiner Antwort war er erfreut über ihren Eifer. »Sie konzentrieren sich ausschließlich auf Ihre Operation. Wenn He Qiang aus New York zurückkehrt, werden Sie nicht danach fragen, was er dort getan hat. Haben Sie verstanden?«

Sie zeigte keinerlei Kränkung. »Selbstverständlich, Genosse Oberst.«

Zhu öffnete seine Aktentasche und nahm eine Mappe mit Fotografien heraus, die er auf dem Tisch ausbreitete. Alle waren mit einem Namen versehen, einige mit mehreren. »Das sind die uns bekannten Akteure. Prägen Sie sich bitte die Gesichter und Namen ein, dazu die biografischen Einzelheiten auf der Rückseite. Und bevor Sie hier um sieben aufbrechen, verbrennen Sie alles.«

Liu Xiuxiu vertiefte sich in die Fotos und verharrte bei dem von Leticia Jones/Rosa Munu. Zhu mahnte: »Diese Frau ist äußerst gefährlich. Wenn Sie sie sehen, halten Sie sich zurück. Melden Sie ihre Anwesenheit an He Qiang.«

Die andere Frau, Dorothy Collingwood, hatte sich auf ihrem

offiziellen Bild die leichten Falten wegretuschieren lassen, die sie sich in den Jahren ihres Staatsdienstes zugelegt hatte. Die beiden Männer, Stuart Jackson und Nathan Irwin, trugen ein breites, falsches Lächeln zur Schau.

»Sie konzentrieren sich natürlich auf die Männer. Vor einer Woche haben sich diese drei mit Jones und diesem Mann getroffen.« Er schob ihr ein weiteres Foto hin. »Alan Drummond. Er ist der frühere Leiter einer geheimen CIA-Abteilung, an deren Zerstörung wir beteiligt waren. Ich will das Thema dieses Gesprächs herausfinden. Ich weiß, dass es um China ging, weil Jones gerade von einer Reise hierher zurückgekehrt war, aber die Einzelheiten sind mir nicht bekannt. Es ist unbedingt erforderlich, dass wir mehr darüber erfahren.«

Obwohl sie die Schwierigkeit des Auftrags offenkundig begriffen hatte, war Liu Xiuxiu kein Zögern anzumerken. »Sind die beiden Männer verheiratet?«

»Ja.«

»Gut«, erklärte sie. »Verheiratete Männer sind in der Regel leichter zu verführen als alleinstehende.«

He Qiangs Lächeln in Zhus Richtung war nicht schwer zu deuten: *Was hab ich dir gesagt?*

Als Nächstes tippte Zhu auf die Straßenaufnahme einer Überwachungskamera, die Hector Garza zeigte. Er war dunkelhäutiger als die anderen Zielpersonen, mit schmalem Gesicht, dünnem Schnurrbart und schwarzen Augen. »Hinter diesem Mann steht ein Fragezeichen. Wir wissen, dass er sich in New York mit Alan Drummond getroffen hat, aber wir haben keine Ahnung, wer er ist und ob er in irgendeinem Zusammenhang mit dieser ganzen Sache steht.«

»Er könnte ein Tourist sein«, gab He Qiang zu bedenken. »Wir hatten keine Bilder von ihnen, nur ihre Codes.«

»Ein Tourist?«, fragte Liu Xiuxiu.

Zhu wäre es lieber gewesen, wenn He Qiang den Mund gehalten hätte, doch jetzt war es zu spät. »Agenten. Agenten aus Alan Drummonds früherer Abteilung. Sie hießen Touristen und hatten lange Zeit einen legendären Ruf.«

Liu Xiuxiu benahm sich, als würde sie jeden Tag solche Unterhaltungen führen. »Darf ich fragen, was mit der Abteilung passiert ist?«

»Wir haben sie vernichtet.« Zhu wollte keine Einzelheiten nennen, die vielleicht ihr Vertrauen in ihren neuen Auftraggeber erschüttert hätten. Schließlich suchte er He Qiangs Blick. »Du konzentrierst dich auf Drummond, und dafür greifst du auf den Therapeuten zurück. Wir vermuten, dass Drummond im Mittelpunkt steht. Sobald du rausgefunden hast, was er vorhat, musst du bereit sein zum Zuschlagen. Du bekommst fünf zusätzliche Leute zur Unterstützung.«

»Ist Xu Guanzhong frei?«

»Ich erkundige mich.«

»Danke.«

Erneut griff Xin Zhu in seine Aktentasche und förderte zwei Flugtickets mit neuen Namen zutage. »Am Flughafen wartet jemand mit euren Pässen auf euch.«

»Wer ist das?« Liu Xiuxiu streckte die Hand nach einem Foto aus, das kurz davor war, vom Tisch zu rutschen. Es zeigte einen ungefähr vierzigjährigen Mann mit schwerlidrigen Augen, und darunter standen die Namen Milo Weaver, Sebastian Hall und Charles Alexander.

»Ein weiteres Fragezeichen«, antwortete Zhu. »Milo Weaver hat freundschaftlichen Kontakt zu Alan Drummond und war ebenfalls Agent der Abteilung. Er wurde vor Kurzem schwer verletzt und ist wohl nicht an der Sache beteiligt, doch angesichts seines vertrauten Umgangs mit Drummond können wir uns nicht sicher sein. Auch um ihn muss sich He Qiang kümmern.«

Liu Xiuxiu legte das Foto wieder zurück.

»Sind Sie aufgeregt?«, fragte Zhu.

Mit nachdenklicher Miene starrte sie auf Milo Weavers düsteres Gesicht. »Ich bin noch dabei, meine Gefühle zu sortieren, Genosse Oberst.«

»Und wohin neigen diese Gefühle?«

Lächelnd schaute sie zu ihm auf. »In einem Punkt bin ich mir ganz sicher.«

»Und der wäre?«

»Dass es gut für mich war, den Beruf zu wechseln.«

»Warum?«

»Weil ich es satthatte, nur mir selbst zu dienen.« Sie wandte den Blick ab.

Nach einem Moment des Schweigens senkte Zhu die Stimme zu einem Flüstern. »Liu Xiuxiu, wenn ganz China solche dichterischen Worte finden könnte, wären wir das größte Land der Geschichte.«

Im Büro stellten er und Shen An-ling eine Liste von fünf Agenten zusammen, die He Qiang in Manhattan unterstützen sollten. Xu Guanzhong war zwar mit einer Langzeitoperation in Toronto befasst, doch Zhu beschloss, ihn ebenfalls hinzuzuziehen. Nachdem Shen An-ling mit den fertigen Pässen zum Flughafen aufgebrochen war, ging Zhu noch einmal die Akten durch. Er begann mit den Überwachungsberichten über Alan Drummond und arbeitete sich langsam zurück, bis er das chronologisch umgekehrte Profil des Mannes vor sich hatte. Ein Arbeitsloser, der wieder sein Büro im zweiundzwanzigsten Stock der 101 West Thirty-first Street bezog und auf Computermonitoren die systematische Tötung von dreiunddreißig Agenten, seinen Touristen, in allen Winkeln der Erde verfolgte. In diesem umgedrehten Leben verblasste Drummonds Elend beim Blick auf den Bildschirm, und nach dem Massaker war er ein neuer Mensch, voller Zuversicht und Lebenslust. Wie Zhu war er verheiratet und liebte seine Frau. Doch im Gegensatz zu Zhu hatte er nie Kinder gehabt, und das war wahrscheinlich der entscheidende Unterschied.

Vor einem Jahr hatte Xin Zhu erfahren, dass sein Sohn Delun zusammen mit anderen chinesischen Arbeitern bei Reparaturen an der sudanesischen Pipeline von Leal zum Roten Meer getötet worden war. Er war kaum in der Lage, seine Emotionen zu begreifen, und so überließ er es seinem Instinkt, Ziele vorzugeben. Zuerst richtete er sein Augenmerk auf die Horde von Wüstenbewohnern, die den Lastwagen seines Sohnes angegriffen hatten. Fragen wurden ihnen gestellt, vor allem nach dem Warum. Ihre Antwort: Wegen des Mordes an ihrem geliebten Geistlichen, dem Mullah Salih Ahmad; er hatte gegen chinesische Firmen gewettert, die im sudanesischen Sand herumgruben und das sudanesische Öl raubten. Zhu wusste aus erster Hand, dass China nicht an diesem Mord beteiligt war. Aber wer steckte dann dahinter? Sicher nicht die Regierung al-Bashir, die genau wusste, welchen Zorn der Tod des Geistlichen auslösen würde. Durch Informationen von einer Quelle, die er schon vor Jahren im Büro von Senator Nathan Irwin angelegt hatte, erfuhr er schließlich, dass der Mord auf das Konto einer besonders heimtückischen CIA-Abteilung ging, die die Tat China in die Schuhe schieben wollte, um die Bevölkerung gegen die chinesische Ölförderung aufzubringen. Das also war die unmittelbare Ursache für den Tod von Delun, Zhus einzigem Kind.

Obwohl er Monate mit den Vorbereitungen zubrachte, war er wie so oft im Leben nicht Zeuge, als der eigentliche Schlag geführt wurde. Er erinnerte sich noch, wie er im Büro saß, in diesem Büro, direkt unter dem Bild von Hu Jintao, eingehüllt in den Rauch seiner Hamlets, und auf eine Nachricht wartete. Auf irgendetwas. Die erste Meldung kam von Sam Kuo: *James Pearson wurde festgenommen.* Dieser Satz bedeutete, dass nun alle Karten auf dem Tisch lagen und dass es keinen Grund mehr zur Zurückhaltung gab. Da kannte er bereits das gesamte Kommunikationsverfahren der Touristen und nutzte dieses Wissen zu seinem Vorteil. Die meisten seiner Angestellten schickte er nach Hause, und in dem fast stillen Büro forderte er die verbliebenen Mitarbeiter auf, die erste Welle von SMS abzusenden. Insgesamt siebenunddreißig, an jeden sogenannten Touristen eine. Ein Code, gefolgt von der Anweisung, an einen bestimmten Ort zu reisen und jemanden zu töten – in jedem einzelnen Fall einen anderen Touristen – und bis zur Erledigung des Auftrags vollständiges Schweigen zu bewahren.

Doch er konnte sich nicht darauf verlassen, dass sich die Touristen einfach gegenseitig auslöschten, daher ging eine zweite Welle von SMS an Zhus Agenten, die schon seit Tagen in ihren jeweiligen Städten auf ihren Einsatzbefehl warteten. Auf der ganzen Welt setzten sich Männer und Frauen in Bewegung, die für die Transportagentur arbeiteten.

Später erhielt er Berichte, die er tagelang wieder und wieder las; seine Leute hatte er gebeten, alle Einzelheiten aufzuführen, damit ihm seine Fantasie keine Lügen vorgaukelte. Neubewertung und Selbstkritik waren ein unabdingbarer Teil der permanenten Revolution.

Nach fast zwei Monaten kannte Zhu die Berichte praktisch auswendig. Er sah eine Straße in Phnom Penh, wo auf dem Sisowath-Kai der achtundzwanzigjährige He Peng wartete, dessen Eltern kurz nach seiner Geburt bei einem Erdbeben in Dawu von einem Betondach erschlagen worden waren. Der Säugling wurde aus den Trümmern geborgen und in staatliche Obhut gegeben. In einem anderen Leben wäre er wohl zum Bauern aufgewachsen und hätte die tektonisch bewegte Provinz Sichuan wahrscheinlich nie verlassen. Jetzt aber war er ein weit gereister junger Mann mit guter Ausbildung und scharfem Verstand, ein Mann von Welt mit dem Magnetkartenschlüssel eines kambodschanischen Hotels in der Tasche und einer Pistole, die hinten am Rücken an einem Schnürsenkel hing und ihn mit ihrem langen Schalldämpfer an der Taille kitzelte.

Den Angaben aus seiner SMS folgend konnte He Peng den Amerikaner identifizieren, den sie als Nr. 1 bezeichneten, als er das Amajaya Pancam Hotel betrat, und folgte ihm hinein. He Pengs sekundäre Zielperson – Nr. 2 – war im ersten Stock und wartete darauf, Nr. 1 zu töten.

Zhu hatte sich bemüht, es allen so leicht wie möglich zu machen. Jeder hatte eine Nr. 1 und eine Nr. 2. Jeder wusste, dass seine beiden Zielpersonen zunächst versuchen würden, sich gegenseitig zu liquidieren. Und jeder hatte nur die eine Aufgabe, dafür zu sorgen, dass beide Amerikaner ihr Ziel erreichten. »Wir vollziehen die Tat nicht selbst, wir verhelfen ihr nur zur Geburt« – so hatte er es einigen erklärt.

In He Pengs Fall erwies sich die Geburtshilfe als unzureichend. Als er zu dem Zimmer im ersten Stock gelangte, nahm er hinter der verschlossenen Tür Stimmen wahr, die sich auf Englisch unterhielten. Einer der beiden war anscheinend verletzt, während sich der andere um die Wunde kümmerte. He Peng wartete. Als eine Männerstimme sagte: »Ich hole noch mal Wasser« und kurz darauf das Zischen eines Hahns zu hören war, zog er die Pistole unter dem Hemd hervor und benutzte den Kartenschlüssel, um die Tür zu öffnen. Drinnen fand er eine Frau, die mit dem Rücken zum Bett auf dem Boden saß – eine Japanerin, vermutete er nach ihren Gesichtszügen, obwohl all diese Leute Amerikaner waren – und aus einer Schulterverletzung auf den Teppich blutete. Noch bevor sie richtig überrascht sein konnte, schoss er ihr einmal in den Hals und dann ins Herz.

Der Hahn wurde zugedreht, und der Mann, dem er ins Hotel gefolgt war, erschien mit einem dampfenden Glaskrug Wasser. Dieser ging zuerst zu Bruch, durchschlagen von He Pengs schlecht gezieltem Schuss, der in die Leber des Agenten eindrang. Der Mann taumelte zurück ins Bad, und He Peng huschte ihm sofort nach. Gerade noch rechtzeitig, um zu sehen, wie der Mann nach einer Pistole auf dem feuchten Waschtisch griff. Doch ein Schuss in die Brust schleuderte ihn nach hinten auf die Toilette. Nach einem weiteren in den Kopf war es vorbei mit ihm.

Was ging in diesem Moment in He Peng vor? Dachte er nur an seinen Dienst für das Volk, oder standen ihm im Angesicht eines Mannes und einer Frau, die von seiner Hand gestorben waren, die Felder von Sichuan vor Augen, die er hätte bestellen können?

Nein, He Peng war ein guter Junge, und dieser Nachmittag war der Höhepunkt seines bisherigen Lebens. Weniger überzeugt war Zhu in dieser Hinsicht von Liang Jia in Vancouver, die einen Mann im West End blutend zurückgelassen und einem mitfühlenden Unbekannten Gelegenheit gegeben hatte, ihr Opfer ins General Hospital zu bringen. Erst mit einem strengen Anruf hatte er sie dazu bewegen können, vom Flughafen ins Krankenhaus zu fahren und ihren Auftrag zu Ende zu führen.

Ein Agent verlor bei der Aktion sein Leben: Wang Shi in Buenos Aires. Zhu war sich noch immer nicht sicher, ob der Fehler bei ihm oder bei Wang Shi gelegen hatte. Er wusste nur, dass einer der Amerikaner, Wang Shis Nr. 1, tot in einem Hotelzimmer aufgefunden wurde, während die Nr. 2 mit dem Decknamen José Santiago aus Argentinien entkommen konnte. Wang Shis Leiche wurde von der Polizei entdeckt, das Gesicht entstellt von Schlägen, ein Einschussloch im linken Auge.

Jetzt, zwei Monate später, musste er sich alles erneut ausmalen, Hotelzimmer und Pistolen in Phnom Penh, in Jerusalem und Buenos Aires, in Bern, Johannesburg und Delhi. Er sah einen Ertrunkenen in Teheran, ein Krankenhausbett in Vancouver, ein weiteres in Brasília und Leichen auf Feldern in

Taschkent, Kairo und Moskau. Er sah Stürze aus großer Höhe in Mexiko-Stadt, Seoul und Dhaka. Er sah Hunde, die in Tallinn an Leichen nagten, und eine aufgedunsene Tote in einem Sushirestaurant in Tokio. Er sah eine Explosion in Afghanistan. Jeder Tote hatte eine eigene Geschichte, und sein Fluch war es, sie alle zu kennen. Zusammen wurden sie zu einem großen, blutrünstigen Epos über dreiunddreißig von ihm geplante Morde in aller Welt.

Als er sich schließlich vom Schreibtisch erhob, um nach Hause zu Sung Hui zu fahren, fürchtete er, dass ihn der Gedanke an all diese Toten vielleicht nie mehr loslassen könnte. Trotzdem fühlte er sich lebendig wie schon seit Monaten nicht mehr.

TEIL 2

Sandsteindschungel

Freitag, 6. Juni bis Samstag, 28. Juni 2008

1

»Wenn die Welt untergeht, wird es niemand merken, Milo.«

»Du bist betrunken.«

Alan stellte sein Heineken auf das flache Kiesdach, dann streckte er gähnend die Hände und die glühende Zigarette über den Kopf. »Noch nicht. Ich sage nur, wenn das alles zusammenbricht, wird es süß riechen. Kein Terror in den Straßen. Kein Blut, keine Hungersnot – nichts in dieser Richtung. Nur der Duft von Pfefferminze.«

»Pfefferminze?«

»Zitrone, Karamell, Jasmin, Pfefferminze – du darfst es dir aussuchen. Der nächste Tag wird aussehen wie immer, vielleicht sogar besser. Die Leute werden keine Ahnung haben, dass alles Wichtige gerade den Bach runtergegangen ist.«

Milo trank Tonicwater, sein Glas war bereits leer. Er stellte sich an die niedrige Dachumrandung des Wohnhauses, als wäre ein Sturz aus drei Stock Höhe nichts, was man fürchten müsste. »Falls du hier versuchst, besonders schlau zu klingen, dann scheiterst du kläglich damit.«

Eine seltene Brise wehte über sie hinweg. Alan saugte unbeholfen an seiner Marlboro wie der neue Raucher, der er war.

»Lass mich mal.« Milo streckte die Hand aus.

Alan gab die Zigarette weiter, und während Milo einen tiefen Zug machte, blickten sie über die Dächer hinweg zum Prospect Park. Obwohl es schon kurz vor Mitternacht war, waren sie in Hemdsärmeln. Im Verlauf des Abends hatte Alans Frau Penelope ganze fünf Mal den Begriff *Erderwärmung* hervorgekramt.

Drei Wochen waren vergangen, seit Xin Zhu nach Qingdao

gereist war, doch davon wussten sie beide nichts. Sie wussten auch nicht, dass ihre Frauen unten in der Wohnung der Weavers über die Ehe sprachen. Erst später am Abend sollte Milos Frau ihm die gesamte Unterhaltung wiedergeben, während Penelope ihrem Mann gar nichts erzählte, zumindest nicht in den nächsten Tagen.

»Hör lieber wieder damit auf.« Milo gab ihm die Zigarette zurück und zog eine Blisterpackung Nicorette aus der Brusttasche. Er drückte einen Kaugummi heraus und schnippte ihn sich in den Mund. »Du bist noch nicht mal süchtig. Lass es.«

»Da habe ich wenigstens ein Gefühl von Kontrolle. Das hatte ich schon lange nicht mehr.«

»Und Pen? Was meint sie zum neuen Alan?«

»Sie hält ihn für einen Schwachkopf.«

»Habt ihr irgendwie Probleme?«

»Nein, nein. Das ist das Einzige, was noch gut läuft.«

Milo glaubte ihm nicht so recht. Das langsame Fortschreiten von Alan Drummonds Depression war Milo nicht entgangen, denn seit seiner Heimkehr aus dem Krankenhaus trafen sich die Ehepaare regelmäßig zum Abendessen. Alan behauptete, dass seine Frau auf die Idee zur ersten Einladung gekommen war, doch als sie mit Stephanie im Schlepptau in Drummonds Apartment in der Upper East Side eintrafen, wurde Milo bald klar, dass die Initiative von Alan ausgegangen war, und schon da konnte er in dem jungen, aber bedrückten Gesicht seines Exchefs die Themen ihrer zukünftigen Gespräche lesen: das Ende der beruflichen Karriere, der blutige Schlussstrich unter die Abteilung Tourismus und irgendwo am fernen Horizont auch ihre eigene Sterblichkeit.

In Wahrheit hatte Alan diese gemeinsamen Diners angestoßen, weil er gemeinsam Wunden lecken wollte, doch Milo hatte nur körperlich eine schwere Verletzung davongetragen. Nach neun Wochen hatte der Arzt den Genesungsprozess als »bemerkenswert« beschrieben, nur Alkohol durfte er noch nicht trinken. Allerdings hätte er mit etwas Gin in seinem Tonic diese Unterhaltung vielleicht besser ertragen.

Im Gegensatz zu Milo sah der betrunkene Alan, der auf dem Dach herumschlenderte, seine Zukunft immer noch unweigerlich in der Welt des Nachrichtendienstes. Im Gegensatz zu Milo war er nicht aus kürzester Distanz von dem weinenden Vater eines Mädchens niedergeschossen worden, das durch die Welt des Nachrichtendienstes sein Leben verloren hatte – ein Ereignis, das ihm auch noch die letzten Illusionen über diesen Berufsstand geraubt hatte. Und eigentlich hatte Milo nicht vorgehabt, seinerseits eine Einladung zum Essen folgen zu lassen, doch als sie an diesem ersten Abend nach Hause kamen, schwärmte Tina geradezu von Penelope: *Sie ist witzig. Und verdammt intelligent. Genau solche Freunde habe ich mir schon immer gewünscht.*

Alan ging in die Hocke und griff nach seinem Bier. »Hast du gewusst, dass ihm seine eigenen Leute Scherereien machen?«

»Wem?«

»Na, wem wohl? Wie sich herausstellt, war sein kleines Massaker nicht mal von oben genehmigt. Inzwischen ist er geschwächt.«

»Wer hat dir das erzählt?«

»Ich hab immer noch Freunde, Milo. Ich bin zwar draußen, aber die Freundschaften gehen weiter.«

Milo fragte sich, wer in der Company so blöd sein konnte, einem verbitterten Mann wie Alan Drummond Geheimnisse anzuvertrauen. Oder er war doch nicht so weit draußen. »Bist du noch immer arbeitslos, Alan?«

»Arbeitslos, ja. Tot, nein. Ich hatte eine wunderbare Idee.«

»Du hattest schon mal Ideen, weißt du noch? Ich war dagegen.«

»Abgewandelt. Radikal abgewandelt.«

Milo erinnerte sich noch gut an Alans fieberhaften Redeschwall vor zwei Wochen, der sich darum drehte, Xin Zhu nach Japan zu locken und ihn in seinem Hotelzimmer zu ermorden. Dann ein anderes, noch ehrgeizigeres Projekt mit Terroristen von der Jugendliga, die während der Olympischen Spiele mit Sprengstoff und Präzisionsgewehren auf Peking vorrücken sollten. Wie Milo war er noch relativ jung, doch wenn er ins Schwadronieren geriet, klang er wie ein zwanzig Jahre älterer Mann am Rand des Wahnsinns. »Das waren schlechte Pläne, Alan. So schlecht, dass man sie nicht mal abwandeln kann.«

»Dann nennen wir es eben einen neuen Plan.« Alan erhob sich wieder aus der Hocke. »Leticia findet den Plan hervorragend.«

»Um die solltest du besser einen Bogen machen.«

»Ich sag dir doch, sie findet ihn gut.«

»Wen hast du sonst noch damit belämmert? Zachary?«

Alan schüttelte den Kopf. »Zachary Klein hat sich anscheinend im Zivilleben eingerichtet. Aber er war ja nicht der einzige andere Überlebende.«

»José …«

Alan unterbrach ihn. »Bitte keine Namen. Außerdem gibt es einen Dritten, der in den Listen der Abteilung nicht geführt wurde, als die Lichter ausgegangen sind. Du kannst dich bestimmt noch an ihn erinnern. Aber das Entscheidende ist, sie sind alle der Meinung, dass es ein ausgezeichneter Plan ist.«

Milo wandte sich zu ihm um. »Und wenn er noch so gut ist, ich mache nicht mit. Ich denke, das habe ich klargestellt.«

»Hast du gewusst, dass er geheiratet hat?«

»Zachary?«

»Xin Zhu. Letzten Sommer hat er ein süßes, junges Ding geheiratet und …«

»Schluss.«

Alan starrte ihn an, dann wischte er sich mit einem roten

Handrücken über den Mund; er sah aus wie ein Säufer. Milo fielen die straffen Muskeln an seinem nackten Arm auf. Offenbar hatte er in letzter Zeit fleißig trainiert. »Sechzig Jahre.«

»Was?«

»Sechzig gottverdammte Jahre lang tuckert die Abteilung problemlos dahin. Vollkommen geheim. Vollkommen frei.« Alan atmete tief durch. »Dann übernehme ich für zwei Monate die Leitung – für sechzig *Tage* –, und der ganze Laden wird plattgemacht.« Er fixierte seine Bierdose, als enthielte sie die Lösung. »Hast du überhaupt eine Ahnung, wie ich mich fühle?«

Milo hatte tatsächlich keine Ahnung, wie sein Exchef sich fühlte, also hielt er den Mund. Abgesehen davon hätte ihm Alan gar nicht zugehört.

»Immer sehe ich diese Punkte vor mir. Rote Punkte, die blau werden. Ich habe Albträume von diesen Punkten. Du nicht?«

»Doch, manchmal«, log Milo. Seine Albträume bezogen sich auf andere Dinge.

»Aber ich hab sie die ganze Zeit. Fast schon jede Nacht.«

Eine Weile schwiegen sie und wandten sich wieder der Aussicht auf das nächtliche Brooklyn zu. Über die Seventh Avenue knatterten Autos, aus Bars drangen Musikfetzen, und irgendwo auf der Straße stritt sich ein Paar. Heftig kauend erwischte Milo zu viel Nikotin und versuchte erfolglos, seinen Schluckauf zu unterdrücken. Alan schaute ihn an, als ob er ihn beschimpft hätte. »Versteh doch«, sagte Milo, »es ist nicht mehr dein Problem. Zhu war der bessere Spieler, das ist alles.«

»Du findest, das war ein Spiel?« Alan schnippte seine Zigarette vom Dach, und sie segelte in einem rot glühenden Bogen hinunter zum Garfield Place. »Dreiunddreißig Tote – ein *Spiel?*«

»So haben wir das zumindest bei unseren Operationen immer betrachtet.«

»Du willst sein Vorgehen also rechtfertigen?« Alan klatschte sich eine rote Hand an die Hüfte. »Wenn wir Operationen durchgeführt haben, hatten wir Gründe dafür. Sicherheitsgründe. Xin Zhu hat dreiunddreißig Amerikaner aus *Rache* umgebracht. Das ist ein Riesenunterschied!«

»Wir wissen doch gar nicht, warum er es getan hat.« Milo sprach leise, um den Mann zu beruhigen. »Wir glauben, dass sein Motiv Rache war, aber im Grunde haben wir keine Ahnung.«

»Du kennst nicht mal ihre Namen, oder? Sandra Harrison, Pak Eun, Lorenzo Pelligrini, Andy Geriev, Mia Salazar, John …«

Gereizt schnitt ihm Milo das Wort ab. »Es ist nicht dein Problem. Nicht mehr. Weißt du, was dein Problem im Moment ist? Die Frau da unten. Du musst dir einen Job suchen, damit dein Leben weitergeht.«

»Das sagst du als Arbeitsloser?«

»Ich habe nächste Woche ein Vorstellungsgespräch. Und du? Du siehst total fertig aus, ist dir das nicht klar? Willst du ab jetzt nur noch in Unterhosen rumsitzen und irgendwelche Pläne ausbrüten, um … Ja, was eigentlich? Um all seine Agenten zu liquidieren? Seine Frau zu töten? Ihm eine Bombe ins Büro zu schmeißen? Nein, Alan. Ich helfe dir nicht bei deinen Racheplänen.«

»Wer sagt, dass ich seine Frau …«

»Nein!« Milo hob die Hand. »Es reicht. Ich will es nicht wissen. Das hab ich dir doch alles längst erklärt: Ich habe schon viel zu viel von meinem Leben und vom Leben meiner Familie für aussichtslose Kämpfe verschwendet. Ich habe Andrei Stanescu in die Augen geschaut, bevor er auf mich geschossen hat. Ich habe sein verworrenes Gestammel gehört – der Mann ist total kaputt, und ich will nicht Teil einer Maschinerie sein, die Menschen so zugrunde richtet. Nicht mehr.«

»Aber Xin Zhu hat ihn dir auf den Hals gehetzt. Wir können den Scheißkerl abservieren!«

Alan hatte nichts begriffen. Milo rieb sich über die Augen und holte tief Luft, ehe er antwortete. »Du hörst mir nicht zu, Alan. Das Massaker an den Touristen hat Xin Zhus Sohn nicht zurückgebracht, und wenn Xin Zhu erledigt wird, bringt das deine Agenten auch nicht zurück. Das sind Moralvorstellungen aus dem Kindergarten. Du solltest dir mal Gedanken über deine Prioritäten machen.«

Alan wirkte unschlüssig.

»Komm«, setzte Milo hinzu, »gehen wir runter und reden wir über die Vorwahlen. Oder über unseren glorreichen Präsidenten. Von mir aus auch über den Baseballer Barry Bonds. Und falls jemand China erwähnt, musst du nur überzeugend deine Trauer über die vielen Toten bei dem Erdbeben zum Ausdruck bringen.«

»Wie viele nach dem letzten Stand?«

»Über sechzigtausend.«

»Eine Menge«, knurrte Alan.

»Allerdings.«

Einen Moment lang starrten sie einander wortlos an. Milo spürte ein dumpfes Pochen im Bauch, das ihn daran erinnerte, wie verzweifelt er nach einem Maulwurf gesucht, wie Xin Zhu sie alle überlistet und wie der trauernde, völlig aufgelöste Moldawier ihn hier mit einer Pistole gestellt hatte.

Alan wischte sich erneut über die Lippen. »Vielleicht hast du recht.«

»Zumindest bin ich nicht weit davon entfernt.«

»Hör zu.« Alan senkte ein wenig die Stimme. »Ich überlege mir, ob ich nicht einfach Urlaub mache.«

»Und wie nennst du das, was gerade hinter dir liegt?«

Alan blinzelte leicht, als müsste er seinen Ärger unterdrücken, doch dann wirkte er wieder normal. »Damit ich mit Pen ein bisschen aus der Stadt rauskomme. In Colorado gibt es ein schönes Plätzchen mit Blockhütten am Grand Lake. Ganz abgeschieden, weitab vom Schuss. Heißt Grand Estes Cabins.«

»Möchtest du denn weitab vom Schuss sein?«

»Kann manchmal ganz nützlich sein.« Alan zwinkerte.

Milo klopfte ihm auf die harte, muskulöse Schulter. »Komm, wir wollen runter.«

Nach dem ersten Schritt hielt Alan inne. »Aber wenn du es dir anders überlegst – wenn dich plötzlich der Rachedurst packt –, dann gibst du mir Bescheid.«

»Vergiss es.«

»Und wenn ich nicht erreichbar bin, nimmst du Kontakt zu Leticia auf. Wie das geht, weißt du ja sicher noch.«

Milo musterte ihn erneut. »Ich überlege es mir bestimmt nicht anders, also kann ich auch auf Leticias vertracktes Kontaktverfahren verzichten.«

»Nur für alle Fälle.«

»Klar, ich erinnere mich noch. Aber jetzt gehen wir runter und machen unseren Frauen vor, dass wir nette Jungs sind.«

Er brachte Alan zur Dachtür, und als sie mit eingezogenen Köpfen nach unten stiegen, hörten sie Musik, die durch das enge Treppenhaus heraufdrang.

»Was ist das?«, fragte Penelope.

»Ich weiß nicht, ich …« Tina beugte sich vor, um auf das Display von Milos iPod zu spähen, der an die Stereoanlage angeschlossen war. »Françoise Hardy. Klingt nett.«

»Die Musik ist von Milo, sagst du?«

Tina kehrte zur Couch zurück und griff nach ihrem Wein. »Ja. Komisch, oder?«

Penelope wiegte den Kopf hin und her, als wollte sie sich nicht auf eine Meinung festnageln lassen. »Du hast recht, es ist nett, aber ich hab das Gefühl, du hast es angemacht, um das

Thema zu wechseln.« Sie setzte ein feines Lächeln auf und lehnte sich mit ihrem Glas zurück.

»Nein, nein – ich wollte nur kurz überlegen. Die Antwort lautet ja. Wir kommen gut miteinander klar, obwohl wir mit der Eheberatung eine Pause eingelegt haben.«

»War die Idee von ihm oder von dir?«

»Von uns beiden. Stephanie hat ihren Vater in einer Blutlache gesehen. Wir müssen uns jetzt auf sie konzentrieren. Sie geht einmal pro Woche zu einem Therapeuten, und anscheinend läuft es ganz gut. Bestimmt machen wir bald weiter mit der Eheberatung, obwohl ich gar nicht weiß, ob wir sie noch brauchen.«

»Aber …?«

»Kein Aber. Nicht wirklich. Sobald er einen Job gefunden hat, ist er auch wieder zufriedener. Wenn man überall auf der Welt in Hotels gelebt hat und dann auf einmal ohne Arbeit in so einem kleinen, schäbigen Apartment sitzt, geht das nicht ohne Spannungen ab. Ich weiß, das klingt naiv und optimistisch, aber ich habe meine Gründe.«

Penelope schüttelte den Kopf. »Ich sage gar nichts. Du kennst mich ja, ich bin diskret wie eine Buddhistin.«

Beide lachten. »Es ist einfach diese Wohnung.« Mit einer ausholenden Geste wies Tina auf ihre Umgebung. »Ich glaube, ich würde gern umziehen. Immer wenn ich die Treppe runtergehe, schnürt es mir die Kehle zu.«

»Du rechnest damit, dass unten ein Typ mit einer Waffe lauert.«

»Schon merkwürdig. Letztes Jahr wollte Milo mit uns nach Europa abhauen. Ich war dagegen. Jetzt finde ich die Idee abzuhauen super, und er ist derjenige, der nie wieder in ein Flugzeug steigen will, wie er es ausdrückt.«

»Ja, komisch.« Penelope wirkte zerstreut.

»Und wie sieht es bei euch aus?«

Penelope legte auch die zweite Hand an ihr Glas. Wieder erschien dieses dünne Lächeln. »Ich denke an Scheidung.«

Die Worte klangen so vergnügt, dass Tina glaubte, sich verhört zu haben. Doch als Penelopes Lächeln verblasste, wusste sie, dass es nicht so war. »Seit wann?«

»Wer weiß? Man weiß ja nie, wann so was angefangen hat. Aber in den letzten zwei Monaten ist die Sache immer ernster geworden.«

»Seit der Schließung der Abteilung.«

Penelope nickte und schaute in ihr leeres Glas. »Hast du noch einen Schluck?«

Es war die gleiche Verzögerungstaktik, die Tina vorhin angewandt hatte, da konnte sie ihr keinen Vorwurf machen. Sie ging in die Küche, und als sie eine zweite Flasche Beaujolais öffnete, tauchte Stephanie in ihrem rosa Pyjama auf, unterm Arm die PlayStation, die ihr Milo unvernünftigerweise vor einer Woche gekauft hatte. »Was ist, kleine Miss?«

Stephanie schien erstaunt und blickte über die Schulter Richtung Wohnzimmer. »Stimmt ...«

»Was, Schätzchen?«

Stephanies Neigung, beim Sprechen ins Stocken zu geraten, war vermutlich eine Nachwirkung der Ereignisse, die zu Milos Schussverletzung geführt hatten. *Egal, was Sie tun*, hatte der Therapeut gesagt, *lenken Sie nicht die Aufmerksamkeit darauf*. Nach kurzem Schweigen brachte Stephanie die Frage heraus. »Stimmt was nicht mit Pen?«

»Alles in Ordnung. Wieso bist du überhaupt auf?«

»Ich hab Durst. Was ist mit ihr?«

»Warum fragst du?«

»Sie weint.«

Tina schaute ihre Tochter an. Manchmal fürchtete sie, dass die Kleine in ihren knapp sieben Lebensjahren schon viel zu viel gesehen hatte. »Sie weint?«

»Ich glaub schon.« Pause. »Weiß nicht.«

»Mach dir keine Sorgen um sie. Sie hat bloß ein paar Probleme.«

»Und du hilfst ihr dabei?«

»Genau, kleine Miss. Ich helfe ihr. Du hast Hunger, sagst du?«

»Durst.«

»Und deswegen bist du wach?«

»Ja.«

»Und die PlayStation war rein zufällig in deiner Hand, als du aufgewacht bist?«

Stephanie drehte das Gerät um und inspizierte es, als wäre sie von seiner Gegenwart völlig überrascht. In ihrem Kopf ratterten die Rädchen. »Ich bin aufgewacht, und sie war plötzlich da!«

Tina gab ihr ein Glas Wasser und schickte sie zurück ins Bett. Dann trug sie den Beaujolais hinüber.

Auf Penelopes zartem, sinnlichem Gesicht waren keine Spuren von Tränen zu erkennen, nur um die Mundwinkel zuckte es leicht. »Ich glaube, ich habe Stephanie erschreckt.«

»Sie hat mich schon oft weinen sehen.« Tina schenkte beiden nach und stellte die Flasche auf den Tisch. Einer plötzlichen Regung folgend, setzte sie sich zu Penelope auf die Couch. »Raus damit.«

»Womit?« Penelope machte eine fahrige Bewegung. »Ich kann nur sagen, dass es schlimmer geworden ist. Männer sind ... na ja, sie *sind* ihre Arbeit, oder? Ist das jetzt sexistisch?«

»Glaub nicht. Höchstens herablassend.«

»Was ich meine ... Du bist doch Bibliothekarin. Aber bestimmt das auch, *wer* du bist?«

»Nein. Ich verstehe, worauf du rauswillst.«

Penelope trank einen Schluck. »Mmm, sehr fein.« Mit neuer Kraft blickte sie Tina an. »Jedenfalls, kaum ist der Job weg, wird er zu einem anderen Menschen. Fängt an zu rauchen. Trainiert wie ein Irrer. Wenn er trinkt, dann bis zum Exzess. Er bricht ohne Grund Streits vom Zaun. Führt sich auf wie ein gestrandeter Soldat, und das ist er wohl auch. Er – und jetzt wird's wirklich seltsam – hängt *ewig* im Bad rum. Marschiert los, um ein Ei zu legen, und irgendwann sehr viel später seh ich ihn dann wieder. Und nein, er ist nicht krank, und er masturbiert auch nicht. Wenn er nicht beim Kacken ist, verbarrikadiert er sich in seinem Büro. Als ob er es nicht ertragen könnte, mit mir im selben Zimmer zu sein.«

Während Penelope redete, verglich Tina ihre Schilderung instinktiv damit, wie Milo sich seit Beginn seiner Arbeitslosigkeit benahm. Seit seiner Schussverletzung. Sie suchte nach Ähnlichkeiten, um auf sie verweisen und sagen zu können: *Siehst du? Das machen sie alle.* Aber sie wurde nicht fündig. »Und was hat er dazu zu sagen?«

»Dass ihm nichts fehlt. Angeblich ist er bloß zerstreut. Weil er an einem Projekt arbeitet. Aha, und an was für einem Projekt? Tut mir leid – streng geheim. Wenn ich einwende, dass er nicht mehr an streng geheimen Sachen arbeitet, rudert er zurück und behauptet, es ist für irgendwelche Freunde.«

»Freunde wie Milo?«

Penelope zuckte die Achseln. »Da musst du ihn schon selbst fragen.«

Tina schwieg. Konnte es sein, dass Milo trotz seiner Beteuerung, dass diese Art von Arbeit hinter ihm lag, Alan bei unabgeschlossenen Projekten aus der Abteilung Tourismus unterstützte? »Ist es wirklich so schlimm? Für mich klingt das eher wie eine vorübergehende Phase. Und eine Scheidung ist was Permanentes.«

Penelope hob das Glas an die Lippen, doch bevor sie trank, entschlüpften ihr vier Worte. »Er hat mich geschlagen.«

»Was?«

Sie schluckte und stellte das Glas ab. »Vor ein paar Tagen. Nur einmal. Bei einem Streit. Hier.« Sie tippte sich auf den Wangenknochen unter dem linken Auge. Erst jetzt fiel Tina die zusätzliche Schicht Schminke an dieser Stelle auf. »Natürlich hat er sich entschuldigt. Sogar geweint hat er. Da ist bei mir irgendwie der Groschen gefallen.«

»Okay«, erwiderte Tina. »Jetzt versteh ich. Wenn ein Mann zuschlägt, ist es Zeit zu gehen.«

»Nein.« Penelope schüttelte den Kopf. »Du verstehst es *nicht*. Ich mach mir keine Sorgen, dass er mich verprügelt. So einer ist er nicht, auch wenn es anders aussieht. Nein, es war danach, als er weinend auf dem Boden rumgerobbt ist. Als er mich angefleht hat, dass ich ihn nicht verlassen soll. Da wurde es mir klar.«

»Was wurde dir klar?«

»Dass ich ihn nicht mehr liebe. Nicht weil er mich geschlagen hat. Sondern weil er bloß noch ein Häufchen Elend ist. Ich hab gemerkt, dass es mir egal ist, wenn er in Bier ersäuft und auf der Straße endet. Wenn er einen Herzinfarkt hat und auf der Stelle stirbt. Nein, das war keine Wut. Es war Apathie. Das völlige Fehlen der Gefühle, die ich bei unserer Hochzeit hatte.«

Wieder wurde es still zwischen ihnen. Tina erinnerte sich, dass auch sie schon manchmal so gedacht hatte – dass sie keine Liebe mehr für Milo empfunden hatte. Ja, diese Momente hatte es gegeben, aber nicht als Feststellung, sondern immer als Frage: *Liebe ich ihn noch?* Gerade als sie Penelope darauf ansprechen wollte, ob sie sich vielleicht nur eine Frage stellte, statt schon eine Antwort gefunden zu haben, fiel ihr ein, wie es war, als Milo vor neun Wochen unten vor dem Haus angeschossen worden war. Als es passierte, wollte sie nur eins: dass er wieder gesund wurde. Sogar Stephanie hatte sie in diesen grausamen Minuten aus den Augen verloren. Wenn etwas sie davon überzeugt hatte, dass sie ihre Eheprobleme überwinden konnten, dann war es dieses Ereignis. Und vielleicht war es das, was sie Penelope voraushatte.

Schließlich fand Tina doch noch Worte. »Im Grunde kann ich es nicht einschätzen, aber wenn du mich fragst, würde ich sagen, du *willst* glauben, dass eure Ehe tot ist, obwohl es nicht stimmt.«

»Wie kommst du darauf?« In Penelopes Augen funkelte echtes Interesse.

»Du bist noch immer mit ihm zusammen, und du bist hier erschienen, um mir davon zu erzählen. Du suchst nach einem Ausweg aus der verfahrenen Situation.«

Statt einer Antwort schaute Penelope sie nur an, und wieder spielte dieses dünne, traurige Lächeln um ihre Lippen. Eigentlich hatte Tina keine Ahnung, wer diese Frau war. Dann öffnete sich die Tür, und die Männer traten ein.

Beide Seiten waren in ihr jeweiliges Schweigen versunken, das so schmerzlich und peinlich war, dass sie sich nicht einmal hinter dem gehauchten Gesang von Françoise Hardy verstecken konnten. Also gingen sie in die Offensive, und bald darauf gaben vier verlegene Stimmen lachend Banalitäten von sich. Doch in Wirklichkeit waren sie nur darauf aus, die Stille zu übertönen, eine Stille, die in ihren Ohren gellte.

2

Während Xin Zhu ohne Träume lebte oder sie zumindest vergessen hatte, wenn er am Morgen erwachte, wurde Milo seit einem Monat von einem wiederkehrenden Albtraum heimgesucht. Im Gegensatz zu Alan Drummonds Traum von Punkten auf einem Monitor, die die Farbe wechselten, um den Tod von Menschen anzuzeigen, hatte er keine klare Verbindung zu den jüngsten Ereignissen.

Er spielte in einem Park, der von einer Seite aussah wie der Prospect Park, aber von einer anderen Seite her Ähnlichkeit mit der Gegend um Lake Devin in Oxford, North Carolina, hatte, wo er aufgewachsen war. Er war mit Stephanie zusammen, die nur zwei oder drei Jahre alt war, aber trotzdem mit ihm über den Film *Der Zauberer von Oz* redete. Um sie herum wurde das Laub dichter, und ein näher kommender Mann sah Milo mit hochgezogener Augenbraue an und gab ihm im Vorbeigehen ein Handzeichen: drei flache Finger auf dem Herzen. Milo kannte dieses Zeichen und wusste, dass er ihm damit eine Anweisung erteilte, doch er konnte sich nicht mehr erinnern, was von ihm erwartet wurde. Er griff nach Stephanies Hand, die sagte: »Nicht weggehen, Daddy!« Er wollte schneller vorankommen, doch sie ließ die Beine einknicken und rutschte lachend neben einer Parkbank auf den Boden. Sie spielte mit ihm. Ihre Aufsässigkeit versetzte ihn in Schrecken und Wut, denn jetzt fiel ihm endlich ein, was sein Auftrag war. Also hob er sie hoch und rannte mit ihr durch die Bäume, um möglichst ohne Umweg zum Ausgang zu gelangen, doch jedes Mal wenn sie die niedrigen Hecken hinter sich ließen, befanden sie sich wieder auf dem gleichen Abschnitt eines Pfades, und jedes Mal saß ein anderer Mann auf der Bank. Diese Männer trugen immer zu große Trenchcoats, während die Gegenstände in ihren Händen wechselten. Einer las eine Zeitung, der nächste redete am Handy, und der letzte schälte mit einem Messer einen Apfel. Obwohl sie kein Wort sagten, forderten sie alle das Gleiche – drei Finger ans Herz gedrückt –, und Milo lief die Zeit davon. Unausgesprochen hing die Drohung in der Luft, dass weder er noch Stephanie den Park lebend verlassen würden, wenn er ihre Forderung nicht erfüllte.

Die Hecken zu beiden Seiten des Pfades bildeten niedrige Mauern, und er kauerte sich hinter eine, um Stephanie abzusetzen und ein wenig zu verschnaufen. Inzwischen weinte er und wollte es vor ihr verbergen, doch er wusste, dass es ihm nicht gelang. Trotzdem tat sie, als wäre alles in Ordnung. Sie stellte eine Frage nach Dorothys Kleidern, doch er verstand nicht, worauf sie hinauswollte. Dann sagte er: »Daddy muss mal kurz weg, kleine Miss.« Sie wiederholte ihre Frage nach Dorothy, doch die Worte drangen nur lückenhaft und unterbrochen von unbeholfenen Pausen aus ihrem Mund, und er begriff noch immer nichts. Mit tränenerstickter Stimme sagte er: »Du wartest hier. Bin gleich wieder da.« Sie machte große Augen und nickte voller Vertrauen. Er küsste sie verzweifelt, bis sie ihn lachend wegschob. Als er sich erhob, bemerkte er Bewegung im Gebüsch, und die Bank am Pfad war leer. Er flüsterte: »Bleib hier, kleine Miss, okay?« Mit ihren rundlichen Fingern warf sie ihm eine Kusshand zu.

Er trat um die Hecke wieder auf den Pfad und steuerte auf die Bank zu, doch dann überlegte er es sich anders und kehrte zurück, um sich daneben hinzukauern. Hätte er durch das undurchdringliche Strauchwerk greifen können, hätte er Stephanie berührt. Die Hände ans Gesicht gedrückt, wartete er. Er hörte ein leises Wispern: »Daddy?« Dann, beunruhigt: »Daddy?«

Bewegungen. Schwere Schritte. Flüstern in einer unverständlichen Sprache, die wie Lateinisch mit slawischem Akzent klang.

»Daddy?«

Hemmungslos weinend, hörte und fühlte er, wie sich der Kreis der Männer um sie schloss, und ihr wiederholtes Wort wurde lauter und hysterischer, ein hohes Wimmern der Angst oder des Schmerzes, das anschwoll, bis er nach vorn stürzte. Er stürzte immer nach vorn in diesem Traum, stürzte krachend durch die stechenden Dornen der Hecke und landete auf dem feuchten Boden. Auf dem Gras war noch ihr Abdruck zu sehen, doch er war allein und wand sich vor Qual, zerrte an Brust und Bauch, um sich alle Organe herauszureißen.

Wenn er aus diesen Träumen hochfuhr, war sein Kissen nass, und manchmal fragte Tina gereizt, warum er sie aufgeweckt hatte. Dann tappte er mit einer gemurmelten Entschuldigung in die Küche, um sich ein Glas Wasser einzugießen, und danach fand er meistens keinen Schlaf mehr. Stattdessen zerpflückte er wie besessen den Traum, um eine Antwort auf die grundlegende Frage zu finden: *Warum* überließ er seine Tochter diesen namenlosen Schurken im Park? Natürlich war ihm klar, dass die Alternative der Tod für sie beide war, doch was wollten sie überhaupt von ihr? Er forderte Logik von seinem Traum, doch egal, wie oft der Traum sich einstellte, eine logische Erklärung hatte er nicht zu bieten.

Die angemessenere Frage war: *Warum träume ich das?* Sich darauf einen Reim zu machen fiel ihm nicht schwer. Im Februar, als er noch als Tourist arbeitete, hatte er den Auftrag erhalten, eine fünfzehnjährige Moldawierin zu töten, und Gewissensbisse bekommen. Er hatte versucht, sie zu retten, doch das war ihm nicht gelungen. Als ihm der Vater des ermordeten Mädchens vor neun Wochen eine Kugel in den Leib jagte, hatte Milo das überhaupt nicht als ungerecht empfunden. Zwar hatte nicht er das Mädchen getötet, aber es wäre noch am Leben gewesen, wenn Leute wie er nicht existiert hätten. Das war die unleugbare Wahrheit. Letztlich war Milo genauso schuldig wie der Mann, der ihr das Genick gebrochen hatte, und in seinem Traum übten die Männer, deren Sprache dem Moldawischen ähnelte, gerechte Vergeltung. Auge um Auge, Zahn um Zahn. Wie sehr er diesen Traum auch hasste, er wusste, dass er ihn wahrscheinlich sein ganzes Leben lang heimsuchen würde.

Eine Woche nach dem gemeinsamen Abend, am Freitag, den 13., hinterließ Penelope eine Nachricht auf Tinas Telefon. Alan war nicht in der Stadt, deswegen musste sie das geplante Diner in der Wohnung der Drummonds absagen. Als Tina zurückrief, ging Penelope nicht hin, daher probierte es Milo mit Alans Handynummer. Als sich sein ehemaliger Chef meldete, klang er fahrig, wie jemand, der seine innere Unruhe überspielen will.

»Wo bist du?«, fragte Milo.

»Jedenfalls nicht in Manhattan. Erzähl mir nicht, dass ihr zwei so auf dieses Essen angewiesen seid.«

»Übersee?«

»Du wolltest nichts damit zu tun haben, weißt du noch?«

»Daran hat sich auch nichts geändert.« Dennoch spürte Milo plötzlich den Drang zu erfahren, was Drummond beabsichtigte. Das Gespräch letzte Woche auf dem Dach hatte ihm nicht gefallen. Er war besorgt, dass sich Alan in Schwierigkeiten bringen könnte, und Tinas Bericht über die kriselnde Ehe der Drummonds hatte seinen Befürchtungen neue Nahrung gegeben. Es war fast mit Händen zu greifen, dass Alan Drummond im Begriff stand, sich in ein Abenteuer mit ungewissem Ausgang zu stürzen. »Alles in Ordnung bei dir?«

»Natürlich.«

»Wie sieht es nächste Woche aus?«

»Warum ladet ihr nicht einfach Pen zu euch ein? Ich bin … also, wir sind nicht mehr zusammen.«

»Seit wann?«

»Alles halb so wild. Sobald ich ein paar Dinge geregelt habe, sehen wir zu, dass wir das wieder hinkriegen.«

Obwohl ihn Tina auf so eine Entwicklung vorbereitet hatte, war Milo überrascht. »Wann ist das passiert?«

»Zwei Tage nach dem Abend bei euch.«

»Und?«

»Und am Telefon rede ich nicht über mein Eheleben. Kapiert? Frag einfach Pen. Sie hat deiner Frau sowieso schon alles erzählt.«

»Aber ich möchte gern deine Seite hören.« Milo fragte nicht aus Neugier nach, sondern aus Furcht. Er hatte schon erlebt, dass sich Eheprobleme wie fallende Dominosteine fortpflanzen und die verborgenen Verwerfungen in allen Beziehungen eines Bekanntenkreises an die Oberfläche treiben konnten.

»Wie ist dein Bewerbungsgespräch gelaufen?« Offenbar hatte Alan keine Lust, sich ihm anzuvertrauen.

»Was?«

»Du wolltest dich doch ins Arbeitsleben eingliedern.«

»Ich habe das dumpfe Gefühl, sie haben meine Referenzen tatsächlich überprüft.«

»Wenn die Abteilung noch beisammen wäre, hätten wir dir ein ausgezeichnetes Zeugnis ausstellen können.«

»Pass auf dich auf, Alan.«

»Ladet Pen zu euch ein, sie ist wahrscheinlich einsam.«

Übers Wochenende war Penelope nicht in der Stadt, weil sie zu ihrem Bruder nach Boston gefahren war, daher kam sie erst am Montagabend zu ihnen. Milo fiel auf, dass sie tatsächlich einsam und bedrückt wirkte und sich ganz offensichtlich nach Gesellschaft sehnte. Es war nicht unbedingt hilfreich, dass Stephanie beim Essen dabei war, und Penelope reagierte nur mit

Verwirrung, als die Kleine das Fehlen von Tomaten in Tinas Salat auf ziemlich eigenwillige Weise deutete.

»Mom meint, wir sterben alle, wenn wir Tomaten essen. Weil da Fische drin sind.«

»Fische?«

»Salmonen«, konstatierte Stephanie.

»Salmon*ellen*«, verbesserte Tina. »Und ich hab nicht gesagt, dass wir davon sterben. Aber es ist besser, kein Risiko einzugehen. Schon über zweihundert Leute sind erkrankt – hast du das gewusst?«

»Nein«, murmelte Penelope in ihren Kopfsalat. »Davon hab ich nichts gehört.«

Solange Stephanie dabei war, war keine richtige Unterhaltung möglich. Doch als sie endlich ins Bett gebracht worden war, nahmen sie strategische Positionen um ihren Gast ein. Tina ließ sich neben Pen auf der Couch nieder, und Milo setzte sich auf den Sessel gegenüber. Diese Anordnung erinnerte ihn auf klägliche Weise an das Bewerbungsgespräch von letzter Woche, das er bis zum Schluss durchgestanden hatte, um seine *Professionalität* zu beweisen, obwohl er schon nach der zweiten Frage gewusst hatte, dass sie ihn nicht anrufen würden. Er schob sich ein Nicorette in den Mund und fragte: »Wo ist Alan? Ich hab mit ihm geredet, aber er hat es mir nicht verraten.«

Penelope zuckte die Achseln und nippte an ihrem frisch gefüllten Glas Wein.

»Seid ihr nicht miteinander in Verbindung?«

»Er hat mich nicht angerufen, falls du das meinst. Vielleicht sucht er sich eine Freundin.« Sie schaute Tina an. »Das kann man jedenfalls nur hoffen.«

Milo war ein wenig ratlos und wartete darauf, dass Tina den Stab übernahm, doch sie erwiderte nur mit einem traurigen Lächeln Penelopes Blick. Er fühlte sich ausgeschlossen von der melancholischen Intimität der beiden Frauen und fragte sich, ob ihm Tina wirklich alles über das Gespräch mit Pen erzählt hatte. Vielleicht hatte Penelopes plötzlicher Mangel an Liebe zu ihrem Mann eine verwandte Saite in ihr berührt.

Schließlich wandte sich Penelope wieder ihm zu. »Tja, ich hab's getan. Hab ihn rausgeschmissen. Am ... Sonntag? Ja. Vor über einer Woche. Er hat mir erzählt, dass er wegfahren muss, und da hab ich ihm gesagt, dass er gar nicht zurückkommen braucht. Ich hatte es satt.«

»Was hattest du satt?«

»Die Geheimniskrämerei. Die Launen. Alles, was eine Frau nur dann aushalten kann, wenn sie ihren Mann wirklich liebt.«

Tina starrte ihn an. Ihr Gesichtsausdruck war undurchdringlich – wollte sie, dass er den Mund hielt? Doch dafür sah er keinen Grund. »Alan meint, dass er es in Ordnung bringen kann, sobald er wieder zurück ist. Das hat er mir gesagt.«

Penelope nickte.

»Wie denkst du darüber?«

Penelope hob das Glas an die Lippen.

Es war wie bei manchen Verhören, die er geleitet hatte. Verschämtes Schweigen, verlegenes Grinsen. In solchen Situationen hätte er sein Gegenüber am liebsten geohrfeigt, doch jetzt war er einfach nur verwirrt. Was wollten sie denn eigentlich aus ihr herauskitzeln? Den Schlüssel zu einer gescheiterten Ehe?

Später, als die Frauen die zweite Flasche Wein angebrochen hatten – Milo blieb bei Tonicwater –, drehte Penelope den Spieß um. »Vielleicht kannst du es mir erklären, Milo. Was ist im März passiert?«

»Das weißt du doch. Die Abteilung hat sich aufgelöst. Alan macht sich Vorwürfe deswegen.«

»Zu Recht?«

Klare Schuldzuweisungen waren Milo eher fremd, auf jeden Fall versuchte er, sie zu vermeiden. Jetzt musste er sich einen Moment Zeit nehmen, um noch einmal die Abfolge der Ereignisse durchzugehen, die zu den flackernden Punkten auf einem Computermonitor geführt hatten. Wenn man schon einem einzigen Menschen die Schuld daran geben musste, dann war das aus seiner Sicht Senator Nathan Irwin, doch er hielt es für besser, Penelope davon nichts zu erzählen. Er schüttelte den Kopf. »Nein. Die Fehler waren schon begangen worden, bevor er den Job übernommen hat. Als er kam, konnte er nichts mehr dagegen ausrichten. Aber in Langley hat man ihn dafür verantwortlich gemacht. Deswegen hat er jetzt Probleme, eine neue Stelle zu finden.«

»Nein«, antwortete Penelope. »Das ist ja gerade sein Fehler. Er hat es doch gar nicht probiert. Die ganze Zeit hat er in seinem Büro oder auf dem Klo gehockt und das Ende der Welt geplant. Deswegen frage ich dich: Was hat ihn so aus der Bahn geworfen? Seit er diesen verdammten Job übernommen hat, ist er nicht mehr derselbe.«

Milo war sich nicht sicher, wie viel Penelope wusste und wie viel sie wissen durfte. Er hatte Tina mehr erzählt, als angebracht oder gar legal war, aber Penelope … Tatsache war, dass sie sich von ihrem Company-Mann getrennt hatte, und wer konnte sagen, was sie im Lauf eines erbitterten Scheidungskriegs von sich geben würde? Er wusste einfach viel zu wenig über Penelope Drummond.

Also beschränkte er sich auf ein Minimum an Fakten. »Die Abteilung wurde nicht wegrationalisiert oder geschlossen. Sie wurde liquidiert. Im Verlauf von zwei Tagen wurden fast alle Agenten Alans getötet. Alan hat es so ausgedrückt: Die Abteilung ist sechzig Jahre lang gut gelaufen, dann hat er die Leitung übernommen, und sie wurde in sechzig Tagen ausgelöscht.«

Beim Sprechen beobachtete er sie genau, und als er zum Ende kam, war er sich sicher, dass sie nichts davon gewusst hatte.

»Wie viele?«

Er zögerte, sah aber keinen Grund für Ausflüchte mehr. »Dreiunddreißig.«

Ihr Gesicht erschlaffte. »Dreiunddreißig?«

»Ja.«

»O Gott.«

Tina zupfte schweigend an ihren Fingernägeln. Sie kannte die Geschichte bereits. Sie wusste auch, dass ein chinesischer Geheimdienstoffizier hinter der Liquidierung der amerikanischen Agenten steckte. Nur seinen Namen hatte er ihr nicht verraten.

Penelope trank ihr Glas leer und wischte sich mit einer unbewussten Geste über die Lippen, die ihn an ihren Mann erinnerte. »Deswegen ist er so besessen.«

»Ja.«

»Und …« Stirnrunzelnd hob sie den Blick vom Tisch und schaute Milo in die Augen. »Und hilfst du ihm?«

Auch Tina musterte ihn jetzt voller Erwartung.

»Ich würde ihn gern dazu bringen, die Sache auf sich beruhen zu lassen.«

»Dreiunddreißig Leute? Kann man so was denn überhaupt auf sich beruhen lassen? Könntest du das?«

Er schüttelte den Kopf. »Da ist einfach nichts zu machen. Alan kann nichts tun. Und ich auch nicht.«

»Da müsste doch jemand verhaftet werden«, entgegnete Penelope.

»So läuft das nicht.«

»Sag es ihr«, forderte Tina.

Milo blinzelte. »Was?«

Mit einem Seufzen griff Tina nach der offenen Flasche Wein und schenkte nach. »Was du mir erzählt hast. Über China.«

»Ich weiß nicht …«

»Bitte«, unterbrach ihn Penelope. »Erzähl mir von China.«

Tina war klar, dass sie ihn in Bedrängnis brachte, aber das

war ihr egal. Für sie waren Dinge wie nationale Geheimnisse und staatliche Behörden nebensächlich im Vergleich zu einer Frau, die neben ihr auf der Couch saß und unter dem Verfall ihres Mannes zu leiden hatte. Er fragte sich, was Alan Drummond wohl an seiner Stelle getan hätte, und dann fiel es ihm ein: Alan wäre missmutig und unhöflich geworden, er wäre aufgestanden und gegangen. Doch hätte Milo so gehandelt, hätte Tina Penelope einfach alles erzählt, was sie wusste. So konnte er wenigstens sicher sein, dass sie keine Fakten durcheinanderwarf.

Er erhob sich. »Komm mit, Pen. Gehen wir rauf aufs Dach.«

»Aufs Dach?«

»Das musste ich auch«, sagte Tina.

Penelope rührte sich nicht von der Stelle. »Wozu?«

»Wanzen«, antwortete Tina. »Mein Mann leidet an Verfolgungswahn.«

3

»Wo sehen Sie sich in zehn Jahren?«

Milo kratzte sich an der frisch rasierten Wange und bedachte William J. Morales, den Personalsachbearbeiter von Redman Transcontinental – *nennen Sie mich einfach Billy wie alle meine Freunde* – mit einem bohrenden Blick, ehe er ein Fußgelenk aufs Knie legte. Hinter seiner Stirn tobte ein nachmittäglicher Kopfschmerz wie eine mahnende Erinnerung an den Wein vom Vorabend mit Penelope – obwohl er gar nichts davon getrunken hatte. »Wie meinen Sie das?«

»Sie wissen schon.« Morales fuhrwerkte mit der Hand herum, um ein Wort zu umreißen, das ihm nicht einfiel. »Wo Sie stehen werden. Familie, Beruf, finanzielle Absicherung.«

»Bin ich ein Prophet?«

Morales blinzelte ihn an. »Sie sollen sich nur was vorstellen, Milo. Niemand wird das in zehn Jahren nachprüfen. Erzählen Sie mir einfach, wo Sie dann gern wären.«

Es war nicht Morales' Schuld. Solche Fragen waren vorgeschrieben. Im letzten Monat hatte er sie bei vielen privaten Sicherheitsfirmen gehört und sogar eine Antwort nach Schema F darauf gegeben – *Ich sehe mich in einer gesicherten Position, mit einer Arbeit, die ich mag, aber mit Freizeit am Wochenende, die ich mit meiner Familie verbringe* –, doch bisher hatte sich das nicht spürbar auf seine Einstellungschancen ausgewirkt.

Daher versuchte er es jetzt mit einer neuen Taktik: Aufrichtigkeit. »Man kann nie wissen. Vielleicht kreuzt in zehn Jahren ja doch jemand auf und fragt, wie mein Leben abschneidet im Vergleich zu meinen Plänen. Solche Tests kommen immer wieder vor. Und wenn man durchfällt, kriegt man die Zähne eingeschlagen und zwei Kugeln in den Hinterkopf.«

Über William J. Morales' Gesicht zuckte ein kurzes Lächeln, das gleich wieder erlosch. Er verschob Papiere auf dem Schreibtisch und warf einen Blick auf sein offenes Notebook. »Hören Sie, wenn Sie keine Antwort haben, ist das auch okay.«

»Ich habe haufenweise Antworten, Billy. Aber meistens halte ich mich nicht damit auf, weil ich weiß, wie leicht sie sich in Luft auflösen. Zurzeit kümmere ich mich nur um den nächsten Schritt. Das ist schwer genug, da muss ich nicht auch noch an die nächsten zehn Schritte oder Jahre denken.«

Als er sich einige Minuten später nach dem Verlassen des Firmengebäudes ein Nicorette in den Mund schob und auf der Brooklyner Seite um die Ecke unter der Manhattan Bridge bog, bemerkte er auf dem gegenüberliegenden Gehsteig einen kleinen Mann mit Jeanshemd. Der Mann schielte kurz in Milos Richtung und steckte sein Telefon weg. Milo lockerte seine Krawatte und dachte über die vielen Fehler nach, die ihm bei dem Bewerbungsgespräch unterlaufen waren. Er versuchte, sowohl den Mann als auch die Blähungen in seinem verletzten Darm zu ignorieren; er musste dringend eine Toilette aufsuchen.

Milo rechnete damit, dass der Mann im Jeanshemd die Straße überqueren würde, um sich mit ihm zu treffen, doch er ging parallel zu ihm weiter und mimte den Unbeteiligten. Möglicherweise hatte er tatsächlich kein Interesse an ihm, und es lag wieder einmal an Milos berühmtem Verfolgungswahn. Doch in diesem Augenblick tauchte ein anderer Mann – dünn, dunkelhäutig, mit einem Anzug, der bei der Hitze sicher ungemütlich war – neben Milo auf und lief im Gleichschritt neben ihm her. »Milo Weaver?«

Milo verlangsamte sein Tempo nicht und wartete darauf, dass der Neuankömmling seine Frage wiederholte. »Ja?«

»Können wir kurz miteinander reden?«

»Ich habe einen Termin.«

»Dauert nur eine Minute.«

»Bin schon zu spät dran.«

Der Mann machte einen kleinen Hopser, um Schritt zu halten. »Es ist wichtig, Mr. Weaver.«

»Mein Termin auch.«

»Es geht um Ihren Freund Alan Drummond.«

Milo bremste etwas ab, um seinen Schatten genauer zu mustern. Jung, dreißig oder knapp darüber. Südasiatische Vorfahren, vielleicht Inder. Koteletten. Modische Streberbrille. »Was ist mit ihm?«

»Wahrscheinlich besser, wir sprechen nicht in der Öffentlichkeit.«

Milo stoppte. In der Ferne erblickte er die U-Bahn-Station York Street, von der aus er nach Hause fahren konnte. »Ich hab keine Zeit, Sie zu Ihrem Büro zu begleiten. Sie können hier mit mir reden. Als Erstes erzählen Sie mir mal, wer Sie sind.«

»Ach so, natürlich.« Mit einer knochigen Hand klopfte sich der Mann ab, bis er auf eine Lederbrieftasche stieß. Er schlug sie auf wie ein Buch. Auf einer Seite dokumentierte ein Abzeichen mit Adler, dass dieser Mann ein Special Agent war, und auf der anderen gab ein laminierter Heimatschutzausweis mit Foto den Namen des Inhabers als Dennis Chaudhury an, Beamter der Immigration and Customs Enforcement. »Reicht das?« Chaudhury klappte die Brieftasche wieder zu.

»So was kann man doch im Internet kaufen.«

Nach kurzer Verwirrung lächelte Chaudhury. »Mann, euer Verein ist wirklich misstrauisch.«

»Was für ein Verein?«

»Die Company.«

Während sie sich unterhielten, überquerte der Mann im Jeanshemd die Straße und blieb vor einer Apotheke stehen.

Milo deutete nach vorn. »Sie haben noch Zeit bis zur U-Bahn-Station.«

»Aber Mr. …«

»Ich gehe langsam.« Er setzte sich in Bewegung.

Dennis Chaudhury trabte los, um ihn einzuholen. »Ihr Freund hat sich in Luft aufgelöst.«

Erneut blieb Milo stehen. Die Sonne knallte ihm auf den Kopf. »In Luft aufgelöst?«

»Ist verschwunden. In London. Aus dem Rathbone Hotel.«

»Seit wann?«

»Seit Samstag.«

Milos Magen knurrte, und er fragte sich, ob der Typ es auch gehört hatte. »Ihr verliert Alan aus den Augen … Okay, nicht ihr. Der MI5?«

Chaudhury zuckte die Achseln.

»Er entwischt seinen Aufpassern, und nach drei läppischen Tagen behauptet ihr, dass er *verschwunden* ist?« Milo stapfte wieder los. »Sie haben wohl nichts Vernünftiges zu tun.«

Chaudhurys Stimme folgte ihm. »Wir glauben, dass er entführt wurde.«

»Wie kommen Sie denn auf diese Idee?« Milo blickte sich nicht um.

»Ich weiß nicht. Vielleicht weil jemand die Überwachungskameras im Hotel abgeschaltet hat. Als sie wieder funktionierten, war er weg.«

Wieder bremste Milo ab und wandte sich um.

Chaudhury stand ein Stück hinter ihm, die Hände in den Hüften, und achtete nicht auf die Fußgänger, die an ihm vorbeiliefen. »Wir warten noch auf weitere Informationen vom MI5, aber es ist schwer, was aus denen rauszubekommen.«

»Warum?«

»Weil das Arschlöcher sind, Mr. Weaver.«

Die Antwort kam unerwartet, und Milo musste grinsen.

Chaudhury fuhr fort. »Eigentlich waren es die Leute von Scotland Yard, die gemerkt haben, dass da was nicht stimmt. Wenn einer spurlos verschwindet, schön und gut, aber er hat auch einen falschen Namen benutzt, der bereits im Zusammenhang mit einem Verbrechen aufgetaucht ist. Irgendwie lächerlich, einen enttarnten Namen zu benutzen. Eigentlich sogar verrückt.«

»Und was war das für ein Name?«

»Sebastian Hall.«

Milo biss sich auf die Zunge, damit seine Lippen nicht ins Zittern gerieten. Am liebsten hätte er laut geschrien. »Und wer hat ihn Ihrer Meinung nach geschnappt?«

»Das wissen wir nicht.« Chaudhury trat auf Milo zu. »Aber vielleicht haben Sie eine Idee – Sie sind doch ein Freund von ihm.«

»Wie kommen Sie darauf?«

Chaudhury war jetzt so nah, dass er nur noch zu flüstern brauchte. »Treffen zum Abendessen.«

Milo biss noch etwas fester zu. »Sie haben mich überwacht?«

»Ihn, nicht Sie.« Eine Pause. »Müssten wir Sie auch überwachen?«

»Was ist mit Penelope?«

»Die Frau?« Er schüttelte den Kopf. »Sie sind der Erste, an den wir uns gewandt haben. Ich hatte gehofft, dass Sie vielleicht eine einfache Erklärung für uns haben.«

Milo schaute an ihm vorbei zu dem Jeanshemdträger, der zu einem Zeitungskasten weitergeschlendert war. »Hören Sie. Ich habe einen Termin, den ich einhalten muss. Können wir uns heute Abend weiterunterhalten?«

»Wie Sie möchten, Mr. Weaver.«

Als er mit grummelndem Bauch eingekeilt zwischen schwitzenden Leibern in der U-Bahn stand und sich an einer Metallschlaufe festhielt, ließ er seine wunde Zunge endlich los und stieß einen wüsten Fluch aus. Dass sich Alan hatte entführen lassen, war eine Sache – es war schlimm, aber angesichts seines Zustands fast unvermeidlich. Aber dass er dabei den Namen Sebastian Hall benutzt hatte, eröffnete eine völlig andere Dimension. Er hatte Milos alten Decknamen verwendet, um Milo zum Mitmachen zu zwingen.

Das war also der endgültige Beweis. Alan hatte wirklich den Verstand verloren, ein Prozess, der mit Punkten auf einem Computerbildschirm begonnen hatte, die Morde auf der ganzen Welt anzeigten. Rote Punkte, die blau wurden. Dreiunddreißig Touristen, das Ende einer Ära.

Als er Alan dabei unterstützt hatte, Dokumente für den Abschlussbericht zusammenzutragen, erfuhr er, dass die meisten erstaunlich schnell und vielleicht sogar schmerzlos gestorben waren: durch einen unerwarteten Schuss ins Gesicht, durch einen überraschenden Messerstich, durch Drähte, die durch Luftröhren und Schlagadern schnitten, oder durch einen Autounfall mit Fahrerflucht. Nur eine Agentin ging in Flammen auf, als ihr Wagen auf einer afghanischen Straße von einer Alcotán-C-100-Panzerabwehrrakete getroffen wurde.

Einige – sechs oder sieben vielleicht – hatten keinen schnellen Abgang. Sie lagen nach einem Bauchschuss stundenlang auf der Straße, bis sie endlich verblutet waren, oder wurden vergiftet und erstickten qualvoll in einem Hotelzimmer. Eine Frau in Mexiko-Stadt und ein Mann in Vancouver wurden von Unbeteiligten gefunden und ins Krankenhaus gebracht, doch binnen zwölf Stunden kamen Besucher, die ihrer Qual ein Ende setzten.

Von den vier Überlebenden hatten Leticia Jones und Zachary Klein in einem Geheimprojekt mit Milo zusammengearbeitet, außerhalb der Reichweite von Xin Zhus ausgeklügeltem Plan zur Selbstauslöschung der Abteilung Tourismus. José

Santiago in Buenos Aires kam ungeschoren davon, weil sein Telefon in das mit Rasierwasser gefüllte Waschbecken gefallen und dabei kaputtgegangen war und weil er so geistesgegenwärtig war, dass er seinen Angreifer töten konnte. In Hanoi lag Tran Hoang in einer Opiumhöhle in Long Bien. Er war der offiziell nicht erfasste Tourist, den Alan erwähnt und von dessen Existenz Xin Zhu nichts gewusst hatte.

Danach zog sich Milo aus der Abteilung zurück und konnte nach Hause, doch Alan musste die Reise nach Langley antreten. Quentin Ascot war zu beschäftigt, um an dem Treffen teilzunehmen, und sein Assistent George Erasmus Butler, die eiserne rechte Hand des Direktors, erschien mit einer dicken Mappe voller Mängel. Nicht nur Alan stand auf seiner Abschussliste, sondern die gesamte Abteilung Tourismus.

Dieser Sturz hatte Alan zu einem rachebesessenen Trottel gemacht. Jetzt war er verschleppt oder vielleicht sogar getötet worden. Und Milo wurde in eine Sache hineingezogen, mit der er überhaupt nichts zu tun haben wollte.

An der Haltestelle Seventh Avenue lief er die Treppe hinauf zum Gehsteig und wählte Alans Nummer. Sein Telefon, so hieß es, war außer Betrieb. Gleich darauf rief er seine einzige Kontaktperson beim Heimatschutz an und hinterließ eine Nachricht. Er setzte seinen Weg durch die Hitze fort und wartete unter einer Birke vor der Berkeley-Carroll School. In der Nähe unterhielten sich mehrere Kinderbetreuerinnen und warfen ihm ab und zu bedeutsame Blicke zu. Um diese Zeit war ein Vater ein eher seltener Anblick. Eine Schweizerin, die erst seit einigen Monaten hier war und schon das eine oder andere Mal mit ihm geflirtet hatte, schlenderte zu ihm herüber. Sie war Mitte zwanzig und hatte schmerzhaft blondes Haar und einen breiten Mund. Sie genoss es, Deutsch mit ihm reden zu können. »Hallo, Milo.«

»Hallo, Gabi.«

»Der letzte Tag, was?«

Er brauchte einen Moment, bis ihm einfiel, dass es tatsächlich der letzte Schultag war – Alan Drummond hatte sich bereits in sein Leben gedrängt.

Gabi kniff die Augen zusammen und lachte. »Du hast es *vergessen?*«

»Natürlich nicht«, knurrte er.

»Das einzige Problem ist, dass ich die Gofen jetzt den ganzen Tag am Hals habe. Ich weiß nicht, wie ich das überleben soll.«

»Feriencamp.« Jetzt fielen ihm wieder Details aus Stephanies Leben ein. »Ist nicht weit weg von hier, die Zeiten sind fast die gleichen. Du musst den Eltern nur sagen, dass alle Freunde von den Gofen auch dort sind.«

Ihre Miene hellte sich deutlich auf. In diesem Moment läutete Milos Telefon.

»Entschuldigung.« Er schaute nach der Nummer und nahm das Gespräch entgegen.

»Sitzen Sie wieder mal hinter Gittern, Milo?«, fragte Janet Simmons.

»Nein, bin auf Arbeitssuche.«

Verlegen wandte sich Gabi der Schule zu, allerdings ohne sich zu entfernen.

»Man muss auch für kleine Geschenke dankbar sein«, antwortete Simmons. »Stimmt es, dass Sie jemand angeschossen hat?«

»Sind das die Gerüchte über mich?«

»Kam vor zwei Monaten über den Ticker.«

»Bin schon fast wieder gesund.«

»Und was heißt *gesund* bei jemandem wie Milo Weaver?«

»Warum erzählen Sie mir nichts aus Ihrem Leben?«, fragte er. »Ist bestimmt viel aufregender als meines.«

Doch so war es nicht. Zum Teil wegen ihrer misslungenen Verfolgung von Milo Weaver vor einem Jahr war Janet Simmons nach Seattle zum Grenzdienst versetzt worden. Anfangs hatte ihr die Degradierung zwar zu schaffen gemacht, doch inzwischen hatte sie die Stadt ins Herz geschlossen.

»Sie klingen glücklich«, stellte er fest.

»Bei frisch Verlobten ist das meistens so.«

»Aha. Gratuliere.«

»Na gut, dann nehmen wir das mal als Grund für Ihren unerwarteten Anruf.« Sie machte eine kurze Pause. »Was *ist* der Grund für Ihren unerwarteten Anruf?«

»Ein Agent vom Heimatschutz hat mir Fragen gestellt. Können Sie seinen Namen überprüfen und rausfinden, ob er wirklich einer von euch ist?«

»Was hat er denn gesagt?«

»Dass er ein Special Agent ist, genau wie Sie.«

»Niemand ist genau wie ich, Milo. Das müssten Sie doch wissen. Wie heißt er?«

Sie versprach ihm, sich am folgenden Tag wieder zu melden, dann fragte sie nach Tina und Stephanie. Als er gerade zu einer Antwort ansetzte, strömten schwer mit Schulranzen beladene Kinder auf den Gehsteig. Mit langen Fingern winkte ihm Gabi zu und zwinkerte, als sie zu den zwei Jungen ging, die sie ihre Gofen nannte. Im Ohr hatte er Simmons' Stimme, die ihn warnte, Tina ja nicht das Herz zu brechen, weil sie sich sonst mit ihrer SIG Sauer ins nächste Flugzeug nach New York setzen musste. Er schwor ihr, sein Bestes zu geben. Dann winkte auch schon Stephanie.

Zu Hause bestellten er und seine Tochter Pizza und bewerteten kurz das vergangene Schuljahr – sie fand es »ganz okay«. Während sie online mit Unity Khama redete, einer Freundin aus Botsuana, die sie über ein Schulprojekt kennengelernt hatte (obwohl es in Gaborone schon zehn Uhr abends war), suchte Milo auf seinem Computer nach *Sebastian Hall.* Der erste Treffer war von gestern, Montag, den 16. Juni.

Ein anonymer Angestellter des Rathbone Hotel hatte einem Journalisten vom *Guardian* erzählt, dass am Samstag ein Amerikaner aus seinem Zimmer verschwunden sei. Eigentlich nichts Besonderes, doch man hatte Scotland Yard gerufen, was seltsam war. Weitere Fragen an die Hotelleitung hatten das Verschwinden bestätigt, aber laut Polizei wurde der Name zurückgehalten, bis die Angehörigen des Amerikaners verständigt waren. Doch am Montag sickerte bei Scotland Yard durch, dass der Vermisste Sebastian Hall hieß.

Ausgehend von diesem Namen war der *Guardian*-Journalist auf eine Goldmine gestoßen: ein internationaler Haftbefehl vom 25. Februar für einen gewissen Sebastian Hall, dem eine Beteiligung an dem berüchtigten Kunstraub im Kunstmuseum E. C. Bührle in Zürich vorgeworfen wurde.

Wie die Leser des *Guardian* wussten, war das Geheimnis um den Raub Anfang April geklärt worden, als die vermissten Gemälde in der Münchener Wohnung des hochrangigen BND-Beamten Theodor Wertmüller entdeckt wurden.

Aber was, so fragte der Journalist, machte Sebastian Hall – ein mutmaßlicher Komplize Wertmüllers – in London? Was war mit ihm passiert? Und warum wahrte Scotland Yard in dieser Angelegenheit striktes Stillschweigen?

Neben dem Artikel war eine Polizeizeichnung von der Interpol-Website zu sehen, die Sebastian Hall zeigte. Ein Gesicht, das beim direkten Vergleich nahezu vollständig mit dem Milos übereinstimmte. Ohne direkten Vergleich war es allerdings einfach ein Dutzendgesicht.

»Dieser Scheißer«, knurrte Milo.

»Was für ein Scheißer?« Stephanie stand mit einer Dose Sprite und einem Strohhalm in der Küchentür.

»Ach, niemand, Schätzchen, und sag dieses Wort bitte nie wieder.«

Stephanie sog an dem Halm und fixierte ihn.

»Stimmt was nicht?«

Mit großen Augen zuckte sie die Achseln.

Er klappte das Notebook zu und kauerte sich zu ihr nieder. Er strich ihr eine Haarsträhne aus dem Gesicht. »Was ist?«

»Nichts, ich …«

»Machst du dir wieder Sorgen um mich? Mir geht's gut.«

»Was ist mit Pen los?«

Er überlegte kurz. »Nichts Wichtiges. Alles in Ordnung.«

»Aber sie lässt sich scheiden, oder?«

»Wer hat was von Scheidung gesagt?«

»Hab gehört, wie sie gestern Abend geredet hat.«

»Ich dachte, du hast geschlafen.«

Sie klemmte die Lippen um den Strohhalm, bis sie weiß wurden. »Ich kann nichts dafür«, sagte sie schließlich. »Sie redet so laut.«

»Komm her.« Er zog sie an sich. »Pen und Alan haben Probleme, stimmt, aber das heißt nicht, dass sie sich scheiden lassen. Manchmal streiten sich die Leute eben. Wie du und Sarah Lawton. Und jetzt seid ihr die besten Freundinnen.«

Sie grinste ihn an, dann senkte sie die Stimme. »Ich weiß nicht, Daddy. Sarah ist schon wieder so doof. Vielleicht lass ich mich von ihr scheiden.«

4

Kurz nach acht fand er Dennis Chaudhury an einem Fenstertisch im Bar & Grill an der Twelfth Street, einem einigermaßen schmuddeligen Lokal. »Wo haben Sie Ihren Freund gelassen?« Milo setzte sich.

Auf Chaudhurys Teller lagen die Überreste von einem Hamburger mit Pommes, und er tupfte sich die Mundwinkel mit einer Serviette ab. »Hatte schon was anderes vor. Wollen Sie was trinken?«

Milo blickte durch das Fenster auf die abendlich belebte Straße; er hatte keine Möglichkeit zu erkennen, ob inzwischen ein anderer Beschatter im Spiel war, und es hatte auch keinen Zweck, danach zu fragen. Er spürte den starken Wunsch nach einem Wodka Martini und fragte sich, ob das seinen Eingeweiden wirklich so sehr schaden würde. »Tonicwater.«

»Pur?«

Milo zuckte die Achseln.

Die richtige Unterhaltung begann erst, als der Kellner Chaudhurys Teller abgeräumt und das Tonicwater und ein Beck's serviert hatte. Davor erkundigte sich Chaudhury nach dem Viertel. Er war noch nie in Park Slope gewesen und überrascht von dem vornehmen Flair. »Bestimmt ziemlich teuer, oder?«

»Ohne Ende.«

»Leben im Sandsteindschungel.«

Milo lächelte.

»Aber Sie kommen über die Runden.«

»Meine Frau verdient gut.«

»Glück muss man haben.«

Obwohl Milo dafür keinen echten Grund hatte, war ihm Chaudhury unsympathisch. Vielleicht lag es nur daran, dass er ihm schlechte Nachrichten überbracht hatte, Nachrichten, die er selbst nach dem Abendessen an Tina weitergegeben hatte und die er auch Penelope eröffnen musste, damit ihm dieser Kerl nicht zuvorkam. Oder es lag daran, dass er angesichts von Alans Wahnsinn überall um sich herum Omen wahrnahm. Er hatte das dumpfe Gefühl, dass ihn die Ereignisse schon bald aus seiner endlich erreichten sesshaften Existenz herausreißen würden.

Als sie ihre Drinks dann in der Hand hatten, lehnte sich Chaudhury vor. »Wir gehen davon aus, dass sein Trip nach London in Zusammenhang steht mit allem, was er im letzten Monat gemacht hat. Richtig?«

»Keine Ahnung. Was hat er denn im letzten Monat gemacht?«

Chaudhury lehnte sich wieder zurück und fixierte Milo. »Sie wollen also mauern?«

»Alan hat mir nichts erzählt.«

»Sie sind der einzige Freund in der Stadt, mit dem er sich regelmäßig getroffen hat.«

»Anscheinend hat er sich davor gehütet, Freunden sein Herz auszuschütten.«

Erneut musterte ihn Chaudhury. »Wir reden hier von einem unberechenbaren Mann, der versucht, sich an den Chinesen zu rächen. Können Sie mir wenigstens was über seine Gefühle erzählen?«

Milo ließ sich das Gehörte durch den Kopf gehen. »Wie kommt es, dass sich der Heimatschutz für so was interessiert, Dennis? Alan ist in England verschwunden, und jetzt bringen Sie auch noch die Chinesen ins Spiel. Offen gestanden kommen Sie mir eher vor wie ein Company-Agent.«

Chaudhury schüttelte den Kopf über Milos Begriffsstutzigkeit. »Glauben Sie denn wirklich alles, was in irgendwelchen Kongressdokumenten steht? Sicher, das ist nicht unser Schwerpunkt, aber in diesem Fall geht es darum, Freunden auszuhelfen.«

»Freunden?«

»Ihrem früheren Arbeitgeber.«

»Seit wann sind Heimatschutz und CIA miteinander befreundet?«

Chaudhury hob die Hände. »Schon immer.« Er ließ sie wieder sinken. »Die Company hält es für keine besonders gute Idee, offensiv Nachforschungen zum Verschwinden eines Mannes anzustellen, den sie so gründlich abserviert hat, dass er durchgedreht ist.«

Ein durchaus nachvollziehbares Argument. Ob er Chaudhury nun mochte oder nicht, letztlich wollten sie beide das Gleiche herausfinden. Also lenkte Milo ein. »Manche Leute blühen außerhalb der Company auf. Andere stürzen ab. Ich glaube, Alan ist abgestürzt. Damit er die Schuld nicht bei sich selbst suchen muss, sucht er sie bei den Chinesen – und nicht ohne Grund.«

»Er will Xin Zhu an den Kragen.«

Das kam überraschend. »Der Heimatschutz weiß von Xin Zhu?«

»Ja, wir wissen von Xin Zhu. Wir wissen von der Abteilung Tourismus. Wir wissen, dass der eine die andere abgeschossen hat.«

»Bin beeindruckt.«

»Nicht alle Steuergelder sind verschwendet.«

Milo grinste.

»Wie gut kennen Sie Gwendolyn Davis?«, fragte Chaudhury.

»Gar nicht. Wer ist das?«

Chaudhury zog einen Stoß von ungefähr fünf Fotos aus der Innentasche seines Blazers. Schnell blätterte er sie durch und drehte dann ein Passbild um, damit Milo es sehen konnte. Eine sinnlich wirkende Schwarze blickte ihn an.

»Gwendolyn? Wirklich?«

»Sie kennen sie also.« Chaudhury steckte die Fotos wieder weg. »Gwendolyn Davis ist der Name, den sie in London benutzt hat. Letzten Monat in China hatte sie einen sudanesischen Pass auf den Namen Rosa Munu. Manchmal nennt sie sich auch Leticia Jones.«

»Jones war ihr Deckname. Früher.«

»Touristin?«

Milo zuckte unverbindlich die Achseln. Ihm war noch immer nicht wohl dabei, diese Dinge laut auszusprechen.

»Also gut. Wir wissen, dass Alan sich in Washington mit ihr getroffen hat. Dann finden wir raus, dass sie zur gleichen Zeit wie er im Rathbone Hotel ist. Doch als die Hotelleitung mitgekriegt hat, dass Alan nicht mehr da war, um seine Rechnung zu bezahlen, war sie schon nicht mehr im Land.«

»Sie meinen aber nicht, dass sie dahintersteckt?«

»Wie gesagt, Weaver, wir haben keine Ahnung.«

»Und was wollte sie in China?«

Chaudhury atmete geräuschvoll ein. Anscheinend überlegte er, wie viel er verraten konnte. »Wir wissen nicht viel, nur dass sie sich mit Leuten getroffen hat. Sie hat mit einer Botschaftsangestellten geredet und mit einem bekannten Terroristen, der mit der Islamischen Partei Ostturkestans in Verbindung steht.«

»Wirklich?«

»Ich lüge nicht, falls Sie das meinen.«

Keines dieser Details gab Anlass zu großen Hoffnungen. Hatte Alan Leticia darauf angesetzt, uigurische Rebellen zu unterstützen, die die Chinesen aus Ostturkestan vertreiben und einen islamischen Staat gründen wollten? Letztes Jahr hatten diese

Typen in Pakistan mit Chinesen besetzte Autos zusammengeschossen und die Videoaufnahmen nach Peking geschickt. In Dubai wurde eine ihrer Zellen bei der Planung eines Anschlags auf ein Einkaufszentrum ertappt, das chinesische Produkte anbot. Und ständig kursierten Gerüchte, dass sie bei den Olympischen Spielen in Peking Gräueltaten begehen könnten, was die Chinesen natürlich in höchste Alarmbereitschaft versetzte.

Und das alles nur als Vergeltung gegen Xin Zhu? Was für ein Schwachsinn. Was für ein Irrsinn.

Chaudhury fuhr fort. »Wenn Sie wissen, wie man Kontakt zu Jones aufnimmt …«

»Ich weiß es nicht«, log Milo.

»Auf jeden Fall würde ich bei Gelegenheit gern ein bisschen mit ihr plaudern.«

»Tja, ich auch.« Milo spürte eine Welle der Verzweiflung angesichts der düsteren Erkenntnis, die sich allmählich in ihm festsetzte. Er konnte nicht mehr die Augen davor verschließen, worauf das Ganze hinauslief und was er nach dem Verlassen dieses Restaurants tun musste. »Hören Sie, Dennis, ich weiß nicht, was Alan vorhat und warum er mit Leticia in London war. Dass er *irgendwas* plant, überrascht mich nicht. Aber das ist … na ja, schon ein bisschen extrem.«

»Vielleicht möchten Sie uns helfen, es rauszufinden.«

»Sie brauchen meine Hilfe nicht.«

»Sie dürfen uns nicht überschätzen und sich selbst nicht unterschätzen. Sie kannten die Abteilung besser als die meisten. Wenn er auf alte Kräfte zurückgreift, haben Sie einen Ansatzpunkt. Möglicherweise könnten Sie sie sogar aufspüren. Jemand wie Gwendolyn zum Beispiel … Leticia, meine ich. Ich glaube nicht, dass sie mich mit offenen Armen empfängt, wenn ich mit Fragen zu ihr komme. Bei Ihnen wäre das vielleicht was anderes.«

Milo nippte an seinem Glas. Er hatte das unangenehme Gefühl, dass dieser Mann seine Gedanken las. »Wie viele von Ihren Leuten arbeiten an der Sache?«

»Nicht viele. Ich halte die Verbindung mit jemandem vom MI5, und auch dort gibt es nur einen kleinen Stab. Zum jetzigen Zeitpunkt haben wir schließlich bloß ein paar Fragen, und niemand wird eine Riesenoperation absegnen, nur um rauszufinden, warum jemand aus einem Hotel verschwunden ist, ohne die Rechnung zu bezahlen. Ich könnte Ihre Hilfe also wirklich gebrauchen.«

Milo überlegte, wie ehrlich Chaudhurys Bescheidenheit war. Vielleicht war in Wirklichkeit alles ganz anders, und der Mann stocherte allein im Dunkeln herum, ohne über irgendwelche Ressourcen zu verfügen. »Ich kann ein paar Anrufe machen, aber mehr nicht.«

»Immerhin ein Anfang.«

»Und auch schon das Ende. Ich muss mich um meine eigenen Angelegenheiten kümmern.«

»Jobsuche zum Beispiel.« Chaudhury lächelte. »Damit Sie sich weiter den tollen Lebensstil hier leisten können.«

Milo legte Wert darauf, dieses Lächeln nicht zu erwidern. »Nein, Dennis. Ich muss mich darum kümmern, dass meine Familie nicht in Alans Scheiße reingezogen wird, und Sie machen es mir nicht unbedingt leichter.«

Das war die Wahrheit. Trotzdem rief er noch auf der Seventh Avenue, nachdem er Chaudhury die Rechnung überlassen hatte, die Manhattaner Nummer an, die ihm Leticia Jones eine Woche nach dem Massaker gegeben hatte. Sie hatte einen Zettel in seine Jackentasche gleiten lassen und ihm zugeflüstert: »Ruf mich an, Baby, dann machen wir es uns schön.« Er war sich nicht sicher, ob die Nummer noch gültig war, doch nach fünf Klingeltönen klickte es, und eine weibliche Computerstimme sagte: »Bitte hinterlassen Sie eine Nachricht nach dem Signalton.« Noch immer war er sich nicht sicher.

Dennoch sagte er: »Hi, hier Milo Weaver, ich versuche, Alan Drummond zu erreichen. Ich weiß nicht, ob ich die richtige Nummer habe, aber wenn ja, soll er mich sofort zurückrufen.« Er schaltete ab und sah nach der Uhrzeit auf dem Display.

Die Nachricht selbst war unerheblich für das Kontaktverfahren; nur der Zeitpunkt und das Telefon, von dem aus er anrief, zählten.

Um die nächste Stunde irgendwie herumzubringen, schlenderte er hinüber zur Flatbush Avenue in Richtung Grand Army Plaza und setzte sich an einen Tisch vor der Burrito Bar & Kitchen. Er fühlte sich fehl am Platz zwischen dem gemischten Publikum aus jungen Fachkräften, die überlegten, ob sie sich an einem Dienstagabend wirklich betrinken sollten. Nachdenklich schlürfte er an der Cola, die ihm die hübsche, aber reservierte Kellnerin brachte. Von dem Zeug brannte ihm die Kehle.

Zwar wusste er genau, was er tat, doch er fand es quälend schwer, über den jetzigen Augenblick hinauszuschauen, denn sein Handeln wurde nicht von seinen eigenen Bedürfnissen bestimmt, sondern von einem Gefühl der Verpflichtung. Ja, er hatte Leticia angerufen, und ja, er hatte vor, Penelope die Nachricht zu überbringen – die diesen Namen allerdings kaum verdiente. Alles andere war reine Spekulation. Er wollte Alan und Leticia nicht bei ihren Plänen helfen, denn Alan wurde von seinem Stolz beherrscht, und das machte ihn – falls er überhaupt noch am Leben war – unberechenbar und gefährlich. Wenn er in London einfach Milos Decknamen benutzt hatte, ohne Rücksicht auf die damit verbundenen Kriminalermittlungen, bewies das, dass er geglaubt hatte, Milo in seine Machenschaften hineinziehen zu können.

Wie weit würde er Chaudhury unterstützen? Das konnte er noch nicht beantworten. Der Mann mochte ihm unsympathisch sein, aber wenn Heimatschutz und CIA lediglich herausfinden wollten, was Alan vorhatte, dann war das ein legitimes

Ziel. Zwar suchte er nach einem Grund dafür, seine Hilfe zu verweigern, doch vornehme Zurückhaltung war eigentlich nur dann möglich, wenn Alans Operation gescheitert und somit bereits Vergangenheit war. Es gab nur eine einzige Person, die ihm sagen konnte, ob es vorbei war, und genau darauf wartete er im Moment.

Gerade als er seine Cola leer trank, bemerkte er auf der anderen Straßenseite vor einer Duane-Reade-Filiale Chaudhurys Jeansfreund, der ihn beschattete. Es spielte keine Rolle.

Nachdem er gezahlt hatte, setzte er auf der belebten Straße seinen Weg zum Grand Army Plaza fort. Er blickte nicht zurück, sondern wartete nur am Randstein auf das Umschalten der Ampel. Er hielt sich auf der westlichen Seite des Ovals und querte hinüber zu einer dreieckigen Grasinsel zwischen dem Soldiers' and Sailors' Arch und der Brooklyn Public Library. Erneut schaute er auf sein Telefon – 11.04 Uhr – und drückte es ans Ohr, um ein Gespräch vorzutäuschen. Um ihn herum setzten die Autos ihre laute Stauparade fort, während er die drei erforderlichen Minuten abwartete und versuchte, an nichts zu denken.

Er ließ eine zusätzliche Minute verstreichen und kehrte um 11.08 Uhr zum Gehsteig zurück. Irgendwo über ihm war die – für ihn unsichtbare – öffentliche Webcam, und wenn Leticia ihre Mailbox so häufig überprüfte, wie sie behauptet hatte, beobachtete sie jetzt irgendwo auf der Welt mit einem Computer oder einem Smartphone, wie er aus dem Bild verschwand. Mehr musste sie nicht wissen: Er wollte mit ihr reden.

Zu Hause lag Tina auf der Couch und las eine Riesenschwarte, war aber noch nicht weit damit gekommen. »Und?«, fragte sie.

Er ließ sich neben ihr nieder und legte ihr eine Hand auf den Schenkel. »Sie wissen nichts.«

»Natürlich wissen sie was.«

Er beugte sich vor und küsste sie. »Dir kann man eben nichts vormachen.«

»Also?«

»Ich hab denen gesagt, dass ich ein paar Anrufe mache und sehe, was ich rausfinden kann, aber nicht mehr. Ihre Arbeit nehme ich ihnen bestimmt nicht ab.«

Sie starrte ihn nur stumm an, das Taschenbuch um den Zeigefinger geschlossen.

»Was ist?«

»Glaubst du, dass er tot ist?«

»Keine Ahnung.«

»Und was sagt dir dein Gefühl?«

»Ich habe ernste Zweifel.«

Schließlich legte sie den Roman auf den Tisch, und er sah, dass es *Unendlicher Spaß* von David Foster Wallace war. »Wie sollen wir das nur Penelope beibringen?«

»Es gibt nichts beizubringen. Noch nicht.«

»Wir können sie doch nicht einfach im Dunkeln lassen.«

»Und warum nicht?« Genau diese Frage hatte er sich auf dem Heimweg gestellt. Weshalb sollten sie mit Penelope reden, wenn nicht auszuschließen war, dass Alan morgen mit Blumen in der Hand auf ihrer Schwelle auftauchte?

»Weil ich das alles auch schon mal durchgemacht habe«, antwortete Tina. »Und ich lasse nicht zu, dass es ihr genauso geht.«

Sie meinte es ernst, und eigentlich hätte er damit rechnen müssen. Erst letztes Jahr hatte sie viele Dinge erfahren, die er ihr verheimlicht hatte, und diese Unaufrichtigkeit hätte um ein Haar das Ende ihrer Ehe bedeutet. Natürlich musste sie jetzt darauf bestehen, dass Penelope verständigt wurde. »Na gut, ich kümmere mich darum.«

Sie schüttelte den Kopf. »Nein. Sie vertraut dir nicht.«

»Wirklich?«

»Das darfst du nicht persönlich nehmen. Mir vertraut sie einfach mehr.«

»Dann sag du es ihr.«

»O Gott.« Sie seufzte, dann nickte sie resigniert.

Milo warf einen Blick in Stephanies Zimmer, die mit der leuchtenden PlayStation neben dem Kissen schlief. Nachdem er geduscht hatte, schlüpfte er zu seiner Frau ins Bett. Sie hatte das Licht ausgeschaltet, und als er unter der Decke lag, schlang sie ein nacktes Bein um ihn. »Vielleicht solltest du es doch machen.«

»Es Penelope beibringen?«

»Ihnen helfen. Alan war doch unser Freund.«

»Er *ist* unser Freund. Und er ist vollkommen durchgeknallt.« Er drehte sich zu ihr um, doch ihr Gesicht war in der Dunkelheit kaum zu erkennen. »Der Mann will es allein mit dem Guoanbu aufnehmen – dem gesamten chinesischen Auslandsnachrichtendienst. Klingt das vielleicht normal für dich? Ich habe keine Ahnung, was er in London getrieben hat, aber es kann durchaus sein, dass er die falschen Leute provoziert hat und umgebracht wurde. Willst du wirklich, dass ich seine Spur aufnehme?«

»Wenn du es so ausdrückst …«

Doch er kannte sie zu gut, um zu glauben, dass er sie in irgendeiner Weise überzeugt hatte.

5

Am nächsten Morgen telefonierte Tina mit Penelope, um sie mit Nachdruck zum Abendessen einzuladen, und dann mit Sarah Lawtons Mutter, um zu fragen, ob Stephanie bei ihnen übernachten konnte. Im vergangenen Jahr waren Stephanie und Sarah Erzfeindinnen gewesen, doch wie bei so vielen Beziehungen zwischen Kindern kannten sie nur Extreme, und als sie sich füreinander erwärmten, wurden sie – trotz gelegentlicher Scheidungsandeutungen – zu *besten Freundinnen für immer.*

Milo hatte nur die Aufgabe, sich um das Essen zu kümmern, und er entschied sich dummerweise dafür, selbst zu kochen. Hähnchenfajitas mit frischer Salsa, Guacamole und saurer Sahne. Als Tina von der Arbeit heimkam, stibitzte sie ein Stückchen Fleisch und verzog das Gesicht. »Hast du schon probiert?«

»Weiß nicht.«

»Du hast das Salz vergessen.«

Das war leider wahr, und sein imposant wirkendes Gericht hatte kaum Geschmack. Zwar bestreute er alles noch großzügig mit Salz, aber es war nicht das Gleiche, und wenig später konstatierte er die gemessene Verblüffung in Penelope Drummonds Gesicht, als sie eifrig den ersten Bissen in den Mund schob. Sie und ihr Mann waren bekannte Feinschmecker, die einen großen Teil ihres Einkommens in neuen Restaurants ausgaben und sogar den Werdegang bestimmter Köche verfolgten. Trotzdem aß sie schweigend weiter. Doch nach einer Weile runzelte sie schließlich die Stirn. »Ist irgendwas?«

»Was soll denn sein?«, erwiderte Tina.

»Irgendwas ist hier faul.« Pause. »Ihr habt euch doch nicht etwa einen flotten Dreier vorgestellt, oder? Ich bin zwar wieder Single, aber im Grunde meines Herzens immer noch anständig.«

Alle lachten ein wenig zu laut, und Milo fragte sich, wie Tina die Sache angehen wollte. Sie hatte darauf bestanden, Penelope selbst zu verständigen, aber wie bringt man einer Frau bei, dass ihr Mann verschwunden ist? Am besten wohl nicht beim Essen. Vielleicht vor dem Nachtisch? Plötzlich fiel ihm siedend heiß ein, dass er vergessen hatte, Eis einzukaufen.

»Nein, wirklich.« Penelopes mit Guacamole bekleckerte Gabel verharrte über ihrem Teller. »Ihr habt doch irgendwas.«

In diesem Moment traten Tina trotz des unschuldigen Lächelns auf ihrem Gesicht die Tränen in die Augen, und Milo war klar, dass ihre Pläne, wie sie auch ausgesehen haben mochten, jetzt Geschichte waren.

Penelope legte die Gabel weg und streichelte Tinas Handgelenk. »Wenn es euch so viel bedeutet, okay, dann schlafe ich mit euch.«

Tina lachte erneut, aber kläglich, und schüttelte den Kopf.

»Das ist es nicht«, warf Milo hilflos ein.

Ohne Tinas Arm loszulassen, hob Penelope den Blick zu ihm. »Also gut, Milo. Dann erklär es mir.« Sie blieb ganz kühl.

»Ja, gleich.« Er wischte sich die Lippen mit einer Serviette ab und ging in die Küche, um eine weitere Flasche Wein zu holen.

Während er mit dem Korken beschäftigt war, hörte er Flüstern aus dem Wohnzimmer und dann ein lautes *»Was?«*. Das war Penelope. Als er zurückkam, hatte Tina ihre Tränen getrocknet und hielt die Hand ihres Gastes.

Auch Penelope weinte nicht, sondern starrte bloß auf ihr fades Essen. Schließlich funkelte sie Milo an. »Raus damit.«

»Ich weiß nicht viel.« Milo blieb mit der Flasche in sicherem

Abstand vom Tisch stehen. »London, das Rathbone Hotel. Wenn er nur verschwunden wäre, wäre das eine Sache, aber jemand hat die Hotelkameras komplett abgeschaltet. Da ist alles möglich.«

»Alles?«

»Eine Entführung gilt als wahrscheinlich.«

»Oder Mord?«

Er zögerte.

»Also?«

»Möglich ist es, allerdings gibt es keine Anzeichen dafür.«

Sie hielt seinen Blick. »Wer?«

»Das weiß noch niemand. Sie arbeiten daran.«

»Du?«

»Ich werde nachforschen.«

Dann stand sie auf, und Tina, die sich immer noch nach vorn lehnte, beobachtete sie. Penelopes Wangen wurden rot, und sie schien etwas sagen zu wollen, doch nichts kam heraus. Sie steuerte auf den Flur zu und zögerte, doch dann, nachdem sie ihre Handtasche an sich genommen und die komplizierten Türschlösser aufgefummelt hatte, marschierte sie aus der Wohnung.

Eine Stunde später kam sie wieder. Inzwischen hatte Milo das Geschirr in die Spülmaschine und die Reste des Essens in den Kühlschrank geräumt, während Tina am Tisch sitzen geblieben war und allmählich eine halbe Flasche Wein trank. »Ich hab's total falsch gemacht«, wiederholte sie mehrfach, und jedes Mal versuchte Milo, sie zu trösten: »Da kann man nichts richtig machen.«

Dann klingelte Penelope unten und sagte nur: »Ich bin's.« Als sie vor der Schwelle stand, war ihre blonde Mähne auf der linken Seite eingedrückt, und es war klar, dass sie getrunken hatte.

»Kann ich reinkommen?« Ohne eine Antwort abzuwarten, stakste sie an Tina vorbei ins Wohnzimmer. Als sie Milo sah, sagte sie »Hi« und ließ sich auf die Couch sacken. Dann atmete sie geräuschvoll durch. »Ich hab keine anderen Freunde, mit denen ich darüber reden kann.«

Doch zuerst redete sie gar nicht. Sie warf nur die Handtasche auf den Boden und legte die Füße in den schmutzigen Stöckelschuhen auf ein Kissen.

»Dieses Viertel gefällt mir«, erzählte sie der Deckenlampe. »Ein Stück weiter vorn an der Straße ist eine tolle Bar. Den Namen hab ich vergessen. Kennt ihr die?«

»Ja, die ist klasse.« Milo steuerte auf einen Sessel zu.

Penelope blieb auf die Lampe fixiert. »Ich könnte unsere Wohnung verkaufen und mir hier was suchen. Wie viel würde ein Zweizimmerapartment kosten?«

»Viel.«

»Das müsste ich für unsere schon kriegen.«

»Weißt du«, sagte Milo, »es könnte auch sein, dass es ihm gut geht.«

»Ja, vielleicht. Aber er würde nicht zu mir zurückkommen. Ich hab ihn doch rausgeworfen.«

»Er hat mir gesagt, dass er das in Ordnung bringen will.«

»Das hast du schon mal erwähnt.«

In der folgenden Stille holte Tina frische Gläser und schenkte allen Wein ein, ohne daran zu denken, dass Milo keinen Alkohol trinken durfte.

Penelope stellte ihr Glas neben ihre Handtasche auf den Boden. »Milo, ich hab ganz vergessen zu fragen, warum.«

»Warum?«

»Warum hat jemand meinen Mann aus einem Hotelzimmer in London entführt?«

»Wenn wir rausfinden, wer es war, kennen wir auch den Grund. Und umgekehrt.«

»Das waren die Chinesen, stimmt's?«

»Vielleicht. Niemand weiß es.«

Langsam setzte sie sich auf. Sie wirkte benommen. »Die gelbe Gefahr. Ist das jetzt rassistisch, Tina?«

Tina schenkte sich die Antwort.

Erfolglos versuchte Penelope, ihren unsteten Blick auf Milo zu richten. »Fliegst du nach London?«

Milo schüttelte den Kopf. »Daran arbeiten schon bessere Leute.«

»Alan hat gesagt, du bist der Beste.«

Das klang überhaupt nicht nach Alan Drummond. »Da hat er übertrieben.«

Penelope kaute an der Unterlippe, dann schaute sie Tina an, als hätte sie sie gerade erst bemerkt. Nach einem dünnen Lächeln wandte sie sich wieder an Milo. »Du hast doch eine Vorstellung von der ganzen Geschichte. Das seh ich dir an, auch wenn ich sonst nicht mehr viel mitkriege.«

»Vielleicht«, räumte er ein, weil er eine kleine Chance witterte. Sie hatte den ersten Schock überwunden, und sie war beschwipst. »Und du kannst vielleicht helfen.«

»Ich?«

»Er hat doch an was gearbeitet. Erzähl mir alles, was du darüber weißt.«

Wieder blickte sie Tina an, als wollte sie sie um Beistand bitten, doch Tina blieb abwartend in ihrer Couchecke sitzen. Schließlich fragte Penelope: »Willst du nicht rauf aufs Dach?«

»Wenn die Company mithört, dann muss ich es später wenigstens nicht wiederholen.«

»Und die Chinesen? Was ist, wenn die Chinesen mithören?«

Als er nicht sofort antwortete, sprang Tina für ihn ein. »Paradoxerweise macht sich Milo nur wegen der CIA Sorgen.«

Penelope nickte. »Na ja, Tina hab ich es ja schon erzählt – hier in diesem Zimmer. *Also habt ihr es wahrscheinlich bereits gehört.*« Den letzten Satz richtete sie mit verschwörerischem Grinsen an die Wände. Dann seufzte sie. »Alan wollte mir nichts verraten – alles geheim. Er war besessen, das weiß ich. Er hat viel telefoniert und am Schreibtisch gearbeitet.«

»Über den Festnetzanschluss?«

Sie schüttelte den Kopf. »Mit einem Handy.«

»Kann ich mir seinen Computer ansehen?«

»Ich geb dir die Schlüssel, dann kannst du ihn sofort holen. Das Passwort ist *intrepid.* Bloß mit Einsen statt den I.«

»Aber von den Telefongesprächen hast du nichts mitbekommen?«

»Nur einmal. Da hat er Deutsch geredet. Ich kann kein Deutsch, das weiß er.«

Milo wartete.

»Außerdem ist er nach Washington gefahren. Tagesreisen.«

»Oft?«

»Sicher weiß ich es nur von einem Mal. Aber er hat es mir verheimlicht. Wenn ich also *eine* gebrauchte Zugfahrkarte entdeckt habe, waren es bestimmt mehr. Und Mitte April war er mal drei oder vier Tage weg. Wo, wollte er mir nicht verraten.«

»Sonst hast du nichts gehört von seinen Anrufen?«

»Er hat immer darauf geachtet, seine Bürotür zuzumachen. Bloß einmal hatte er Besuch.«

»Wann?«

»Anfang des Monats?« Zweifelnd schüttelte sie den Kopf, doch dann nickte sie. »Ja, an einem Mittwoch. Ich war einkaufen, aber unser üblicher Laden hatte geschlossen – Inventur oder Renovierung, kann mich nicht mehr erinnern. Ich kam zurück, und er hat Scotch mit einem lateinamerikanisch aussehenden Typen getrunken. Alan war durcheinander, das war ihm anzumerken, aber er hat ihn mir vorgestellt. Hector Garza.«

»Hatte er einen Akzent?«

Penelope schüttelte den Kopf. »Klang für mich nach Mittlerem Westen. Als er weg war, hat Alan gesagt, dass Hector ein Empfehlungsschreiben für die Arbeit von ihm wollte.«

»Hector hat also früher für die Abteilung gearbeitet?«

»Als Computertechniker, hat Alan erzählt.«

»Jung? Alt?«

»Anfang dreißig vielleicht. Eher klein.«

Milo rieb sich das Gesicht, als müsste er all diese Angaben verarbeiten, doch in Wirklichkeit ließ er seine Erinnerungen Revue passieren. Aus der alten Abteilung wusste er von keinem Hector Garza, obwohl er nach deren Auflösung mit Alan die Liste der Verwaltungsangestellten durchgegangen war, um Versetzungen zu planen. Am ehesten entsprach die Beschreibung José Santiago, einem der überlebenden Touristen. »Sonst noch jemand?«

»Er hat nicht viele Freunde. Nicht mehr. Nur dich.«

Dreißig Sekunden vergingen, dann fragte Tina: »Hast du Eis gekauft?«

»Was?«

»Nachtisch.«

»Hab ich vergessen.«

»Moment mal«, warf Penelope ein.

»Was ist?« Die Frage kam von Tina.

Penelope schüttelte den Kopf, dann zog ein schiefes Grinsen über ihr Gesicht. »Er hat es mir gesagt. Er hat es mir *gesagt.*«

Milo war auf einmal hellwach. »Was hat er dir gesagt?«

Sie legte die ineinandergeschlungenen Hände auf den Bauch. »Das hatte ich ganz vergessen. Na ja, ist ja auch schon zwei Monate her – gleich nachdem du angeschossen worden bist. Als er entlassen wurde. Er hat mich gefragt – o Gott, wie konnte ich das bloß vergessen?«

»Erzähl es uns einfach.«

»Er meinte, dass es eine Gefahr für das Land gibt, dass er aber weiß, wie er sie neutralisieren kann.«

»Und warum hat er dir das anvertraut?«

Um ihre Lippen spielte ein trauriges Lächeln. »Er hat mich

um Erlaubnis gebeten. Hat mich gefragt, ob er es machen soll oder nicht.«

»Was hast du geantwortet?«, fragte Tina.

Das Lächeln verschwand. »Dass ich ganz dafür bin.«

»Und du hast nie einen Zusammenhang zu seinem merkwürdigen Verhalten hergestellt?«

»Er hat es nie wieder erwähnt.« Abwehrend schaute sie ihm in die Augen. »Vor zwei Monaten hat er davon angefangen, mitten in der Nacht. Dann hat er kein Wort mehr darüber verloren. Er war aus einem schlechten Traum aufgewacht.« Sie schüttelte den Kopf. » Wir hatten Urlaub. Ich hab es einfach vergessen.«

Eine Weile blieben sie alle stumm, dann setzte Penelope hinzu: »Meinst du nicht, dass du ihm das schuldig bist?«

Beide schauten sie an, aber ihre Äußerung galt natürlich Milo.

»Du warst doch sein einziger Freund.«

Er strich sich über die Nase. »Ich tue, was ich kann.«

»Trotzdem bist du noch hier.«

Langsam erhob sich Milo. »Dann gib mir die Schlüssel.«

Während sie in ihrer Tasche herumkramte, meldete Milos Telefon mit einem Zirpen eine eingehende SMS. Er zog es aus der Hosentasche. Die Nachricht stammte von Janet Simmons, und nachdem er sie gelesen hatte, fluchte er leise vor sich hin.

KEINE SPUR VON IHREM FREUND IN UNSEREM ARCHIV.
SAGEN SIE BESCHEID, WENN SIE DIE KAVALLERIE BRAUCHEN.

»Stimmt was nicht?« Tina machte ein besorgtes Gesicht.

Schnell löschte er die Nachricht und lächelte ihr zu. »Ich frage mich nur, warum das Leben nicht einfacher sein kann.«

Penelope, die den Zeigefinger durch einen schwer mit Schlüsseln beladenen Ring geschoben hatte, schnaubte verächtlich. »Da hättest du dir vielleicht einen anderen Beruf aussuchen sollen.«

Auf dem Weg zur U-Bahn meldete sich sein Magen wieder, doch es war nicht die Schussverletzung, sondern die Furcht, dass die Chinesen, die bisher auf der anderen Seite des Planeten geblieben waren, jetzt *hier* waren, in seinem Terrain. Für wen sollte Dennis Chaudhury denn sonst arbeiten? Er war wütend auf sich. Was für eine Dummheit, mit einem wildfremden Kerl so offen zu reden! Mit einem Fremden, mit dem er sich nicht weit von seinem *Zuhause* getroffen hatte. So was passierte, wenn man sich zu sehr an das Leben außerhalb der Company gewöhnte. Man vergaß, dass man bei jedem mit Täuschung und Betrug rechnen musste. Man wurde genauso naiv wie jeder normale Zivilist. Alan hatte die Chinesen mitten in Milos Leben gelockt.

Doch während der rumpelnden Fahrt in einem halb vollen Wagen wurde ihm klar, dass er nicht einmal auf diese Schlussfolgerung bauen konnte. Ein Company-Agent konnte sich als Heimatschutzbeamter ausgeben, oder der Militärnachrichtendienst NSA ging Hinweisen nach, die er der CIA nicht anvertrauen wollte. Selbst das FBI konnte hinter Chaudhury stecken und sich als Heimatschutz ausgeben, um Spuren zu verwischen.

Und was war mit England? Schließlich stammte Alans letztes Lebenszeichen aus London, und der MI5 interessierte sich bestimmt dafür, warum ein ehemaliger CIA-Agent ausgerechnet im Zuständigkeitsbereich des britischen Geheimdienstes verschwunden war. Wenn sich die Company bedeckt hielt, dann konnte es gut sein, dass der MI5 jemanden herschickte oder den MI6 darum bat.

Nachdem er diese Möglichkeit erwogen hatte, fielen ihm

auch noch die Deutschen ein, die schon einmal nach Sebastian Hall gesucht hatten. Die rührige Erika Schwartz vom BND hatte schon vor Monaten herausgefunden, dass Hall in Wirklichkeit Weaver war, und sicher aufgehorcht, als er plötzlich in London wieder auftauchte. Und Drummond, so fiel ihm jetzt ein, hatte doch am Telefon Deutsch gesprochen …

Solange er nicht genau wusste, woran Alan gearbeitet hatte, konnte er auch nicht abschätzen, welche Länder er dieser Liste möglicherweise noch hinzufügen musste. Wenn er sich unter diesen Voraussetzungen den Kopf darüber zerbrach, für wen Chaudhury arbeitete, steigerte das nur seine Verwirrung.

Wegen der wöchentlichen Einladungen zum Abendessen erkannte der Pförtner des Hochhauses an der 200 East Eighty-ninth Street Milos Gesicht. Er tippte sich an den Schirm seiner Mütze und ließ Milo ein. »Tut mir leid, Sir, aber die Drummonds sind nicht da.«

Milo hielt den Schlüssel hoch. »Ich weiß. Ich soll was für Mrs. Drummond abholen.«

»Kann ich Ihnen helfen, Sir?«

»Wahrscheinlich nicht, aber trotzdem danke. Wenn ich was brauche, sag ich Bescheid.«

Er nahm den Aufzug zum sechzehnten Stock und stoppte dann in dem mit Teppichboden ausgelegten Korridor, weil er erst den richtigen der zehn Schlüssel finden musste, die Penelope überallhin mitschleppte. Schon beim dritten Versuch klappte es, und er schlüpfte hinein.

Die Wohnung war riesig, bestimmt dreimal so groß wie sein Apartment, und in einem vagen Retrostil eingerichtet, den Milo von Anfang an bewundert hatte. Er trat in die offene Küche und schenkte sich ein Glas schales Tonicwater ein. Dann stapfte er vorbei an dem Bauhaussofa zum Büro, einem mit viel Leder möblierten Raum mit einem alten, klobigen Dell-Computer unter dem Eichenschreibtisch.

Als Erstes fiel ihm auf, dass das Strom- und das Ethernetkabel des Computers ausgesteckt waren. Eine denkbar einfache Sicherheitsmaßnahme. Wenn keine Verbindung zum Internet bestand, konnte ihn auch niemand hacken, ohne zuvor in die Wohnung einzubrechen. Und ohne Elektrizität war wohl auch bei Penelope die Versuchung geringer, das Gerät zu benutzen. Er steckte alles ein, und während der PC hochfuhr, überflog er kurz das nächstgelegene Wandregal. Geschichtsbücher mit den Schwerpunkten Militär, Politik und Kultur. Amerikanische Außenpolitik. Napoleonische Kriegstaktik. Sowjetischer Expansionismus. Die Finanzierung des islamistischen Terrorismus. Mehrere Hundert Titel, sorgfältig nach Autoren geordnet. Auf dem untersten Bord gab es Designbände, die wegen ihrer Größe waagrecht lagerten.

Das Büro war erstaunlich aufgeräumt – vielleicht das Büro eines Arbeitslosen. An der gegenüberliegenden Wand hingen gerahmte Bilder. Alte Fotos, körnig, zum Teil eingerissen und zusammengeklebt, von Bostoner Prominenten, die bis in die 1920er-Jahre zurückreichten. Dazwischen Nahaufnahmen in Schwarz-Weiß von Blättern, Früchten und Grabsteinen. Milo erinnerte sich, dass Penelope Hobbyfotografin war. In der Ecke stand ein eleganter Barschrank voller Flaschen. Milo schlug jäh alle Bedenken in den Wind und schenkte sich einen Schuss Wodka in sein Tonicwater.

Als der Computer ein Passwort verlangte, tippte er 1ntrep1d, und die Festplatte setzte sich surrend und klackend in Bewegung. Er öffnete die Schreibtischschubladen, fand aber nur Stifte, einen Brieföffner aus Edelstahl, ein paar leere Post-it-Blöcke und eine Packung Druckpapier. Der Computer wurde still, und auf dem Bildschirm erschien eine leere blaue Arbeitsfläche. Er öffnete das Laufwerk C, stieß jedoch nur auf System-Ordner und einige Grundanwendungen. Entweder hatte Drummond vor seiner Abreise den Computer gesäubert, oder alles war zwar vorhanden, aber verborgen. Er schaltete wieder ab, steckte aus und zerrte das PC-Gehäuse unter dem Schreibtisch hervor. Nach drei Minuten schaffte er es, die Vorderseite aufzuklappen und die Festplatte herauszunehmen. In der Küche verstaute er sie in einem verschließbaren Plastikbeutel und legte sie auf die Arbeitsplatte.

In den nächsten zwei Stunden durchkämmte er systematisch das Büro und unterbrach sich nur, um einen Schluck aus seinem Glas zu nehmen. Eins nach dem anderen nahm er die Bücher in die Hand und schüttelte sie, doch es fielen nur Lesezeichen und als solche verwendete Quittungen heraus. Jedes einzelne Bild an der Wand drehte er um. Er tastete die Innenwände des Schreibtischs und die Unterseite der Schubladen ab. Er durchstöberte das Druckpapier, dann zerlegte er den Laserdrucker. Mit dem Brieföffner schraubte er die Rückseite des Computergehäuses ab und warf einen Blick hinein. Er zog den Teppich weg, untersuchte die Bodendielen und brach die Sitzfläche des Stuhls auf, dann machte er sich über die Leuchten in der Decke her. Er kehrte zu den Fotos zurück und öffnete jeden Rahmen. Nichts. Zuletzt nahm er sich alle drei Steckdosen vor.

Gerade als er begann, die Steckdose unter dem Fenster aufzuschrauben, entdeckte er einen haarfeinen Draht, der hinter der Holzverkleidung und den Vorhängen hinauf zu den Vorhangstangen führte und dort eine Kamera speiste. Ein kleines Gerät wie eine Webcam, aber speziell für diesen Zweck mit einer Antenne und einer Klammer zur Befestigung am Ende der Vorhangstange ausgerüstet. Sie trug weder Firmennamen noch Seriennummer. Aus ihrer Position hatte die Kamera das gesamte Zimmer im Blick, aber sie war nicht so klein, dass Alan sie nicht bemerkt hätte. Also musste er von ihrer Existenz gewusst haben. Milo nahm die Kamera ab und spähte in das Weitwinkelobjektiv. Dann zerrte er das Stromkabel heraus und steckte sie ein.

Obwohl er sich bemüht hatte, nach dem Auseinanderbauen alles wieder zusammenzusetzen, hatte das Büro um Mitternacht sein Aussehen verändert. Der Stuhl hing mit offener Sitzfläche durch, der Computer starrte ihn ohne Frontplatte an, die er nicht mehr befestigen konnte. Es war ein bisschen, als wäre der Raum durch seine mehrstündige Suchaktion vorzeitig gealtert. Inzwischen war er so müde, dass er einfach nicht mehr weitermachen konnte. Mit seinem leeren Glas kehrte er zurück ins Wohnzimmer. Dort blieb er wie angewurzelt stehen. Auf einem Stuhl ohne Lehnen, den laut Alan angeblich Mies van der Rohe entworfen hatte, saß Dennis Chaudhury mit dunklen Augenlidern und einem Lächeln im Gesicht. »Hallo, Milo.«

»Wie lange sind Sie schon hier?«

Chaudhury wiegte den Kopf von einer Seite zur anderen. »Eine halbe Stunde? Mehr vielleicht? Wollte Sie nicht unterbrechen. Immer eine angenehme Überraschung, wenn einem jemand die Arbeit abnimmt.«

»Sind Sie allein?«

»Ein Freund unten in der Eingangshalle, einer draußen im Gang. Ich dachte, wir zwei unterhalten uns am besten unter vier Augen.«

Als Milo nach vorn kam und sich auf das Sofa setzte, bemerkte er, dass die Festplatte nicht mehr auf der Küchentheke lag. »Ist das Ihr erster Besuch hier?«

»Penelope hat die Wohnung einfach nicht verlassen. Als wir gehört haben, dass sie zu Ihnen gefahren ist, war ich gerade auswärts. Hat ein bisschen gedauert, bis ich hier war. Bleibt sie über Nacht?«

»Ja, wahrscheinlich. Die Sache hat sie ziemlich mitgenommen.«

Chaudhury nickte, als würde ihn diese Auskunft bekümmern. »Und was haben Sie gefunden?«

»Die Festplatte haben Sie ja schon. Das war alles.«

»Irgendwas Interessantes drauf?«

»Entweder gelöscht oder verschlüsselt. Mit Computern kenne ich mich nicht besonders gut aus.«

»Keine Sorge – dafür haben wir unsere Spezialisten. Was meint Penelope?«

»Was er auch vorhatte, er hat es vor ihr geheim gehalten.«

Erneut ein Nicken. »Geht ihr bestimmt an die Nieren, das Ganze.«

»Haben sich die Briten bei Ihnen gemeldet?«

Chaudhury überlegte sich seine Antwort. »Sie sagen, dass sie vielleicht später was für uns haben.«

»Klingt, als wären sie nicht besonders kooperativ.«

»*Vorsichtig* wäre ein höflicheres Wort.«

»Sonst noch was?«

»Nichts von Bedeutung.« Chaudhury zupfte am Knie seiner Hose. »Wollen Sie hin?«

»Nach London? Nein.«

»Gut. Ich habe bereits jemanden hingeschickt, und ich möchte nicht, dass Sie ihm in die Quere kommen.«

»Überschreiten Sie da nicht Ihre Befugnisse? Wenn Sie Agenten nach London schicken?«

Chaudhurys selbstzufriedenes Lächeln verblasste, und er wackelte mit dem Kopf. »Glauben Sie wirklich, dass dem Heimatschutz Grenzen gesetzt sind, Weaver?«

»Vielleicht nicht, aber die bessere Frage wäre sowieso, ob *Ihnen* Grenzen gesetzt sind.«

»Wie das?«

»Sie sind nicht vom Heimatschutz. Da würde mich natürlich interessieren, wer Sie in Wirklichkeit sind.«

Chaudhurys Verblüffung dauerte nur kurz, dann legte er die Hände aneinander und seufzte. »Ich bin auf der Seite der Engel. Reicht Ihnen das nicht?«

»Da wären Sie der Erste.«

Chaudhury streifte mit dem Finger über ein Nasenloch, dann setzte er die Hände auf die Sitzfläche des Stuhls und stemmte sich hoch. Die nächsten Worte sprach er mit gesenkter Stimme. »Ich bin von der Company, Weaver. Mehr müssen Sie nicht wissen.«

»Wozu die Komödie?«

»Weil meine Vorgesetzten dachten, Sie wollen uns in dem Fall vielleicht nicht helfen. Sie sind anscheinend der Meinung, dass Sie was gegen die Company haben. Vielleicht weil wir Sie ein paar Wochen ins Gefängnis gesteckt haben. Dann haben wir Sie zwar wieder zurückgeholt, aber später haben Sie das Nest doch verlassen. Vielleicht mögen Sie uns jetzt nicht mehr.«

»Ich bin nicht nachtragend.«

»Sie freuen sich bestimmt, das zu hören.«

»Sektion?«

Chaudhury steckte die Hände in die Taschen. »Was?«

»Zu welcher Sektion gehören Sie?«

»Terrorismusbekämpfung.«

»Unter Bill Ferragamo.«

Wieder ein Zögern. »Nein.«

»Wer dann?«

»Wir veranstalten hier kein Quiz. Wenn Sie mir helfen wollen rauszufinden, wer Ihren Freund verschleppt hat, dann ist das super. Wenn nicht, dann hauen Sie ab. Mir ist das scheißegal.«

»Dann haue ich ab.« Milo stand auf und verließ die Wohnung. Auf dem Weg zum Aufzug kam er an einem untersetzten Schlägertypen vorbei, der weniger nach CIA als nach Balkan-Mafia aussah.

Zu Hause fand er Tina vor, die mit dem Kopf auf Penelopes Schoß vor sich hin döste. Penelope schaute sich eine Nacht-

Talkshow an, in der eine Schauspielerin über ihren neuen Film plauderte und dabei ihre Plateauschuhe vorzeigte. Als sich Milo auf einem Sessel niederließ, bedachte ihn Penelope mit einem müden Lächeln. »Jetzt bin ich wieder nüchtern.« In ihren Worten schwang so etwas wie Stolz mit.

»Schön.«

»Hast du was rausgefunden?«

Er schüttelte den Kopf. Plötzlich wurde ihm bewusst, dass sich Tina irrte: Penelope vertraute ihm. Sie hatte erfahren, dass ihr Mann vermisst wurde, doch sie war nicht zur Polizei gerannt, sondern hatte alles in Milos Hände gelegt. »Alan hat nichts hinterlassen. Er wusste genau, was er tut.«

»Das war schon immer so bei ihm.«

»Was für Sicherheitsvorkehrungen hatte er denn in seinem Büro?«

»Sicherheitsvorkehrungen?«

»Bewegungsmelder, Kameras, solche Dinge.«

»Hätte er was in dieser Richtung gebraucht?«

»Bloß eine Frage.«

Sie grinste. »Also, ich hoffe, dass er keine Kamera hatte. Du kennst doch den großen Ledersessel. Darauf hatten wir Sex, ziemlich oft.« Das Grinsen verblasste. »Bevor er sich verändert … bevor er mich nicht mehr an sich rangelassen hat.«

Nachdenklich starrte Milo sie an. »Wann war das letzte Mal?«

»Dass wir Sex hatten?«

»Im Büro.«

Zuerst machte sie nicht den Eindruck, als hätte sie Lust, ihm zu antworten, doch dann zog sie eine Braue hoch. »Vor knapp einem Monat. Sogar an das Datum kann ich mich erinnern. Am 23. Mai, einem Freitag. Wir wurden gerade noch rechtzeitig fertig, bevor ihr zwei zum Lammbraten gekommen seid. Sonst noch irgendwelche intimen Fragen?«

Milo schüttelte den Kopf. Dass Alan diese Kamera nicht bemerkt hatte, war ausgeschlossen. Das hieß, er wusste entweder, wer ihn überwachte, oder er hatte sie selber installiert. So oder so, vor dreieinhalb Wochen, am Abend des 23. Mai war sie noch nicht da gewesen, sie war erst danach angebracht worden.

6

Am Donnerstag duschte Penelope, ehe sie mit ihnen Kaffee trank und zusammen mit Tina aufbrach, die sich freigenommen hatte und Stephanie abholen wollte. Eine halbe Stunde später klingelte Milos Telefon.

Es war sein Vater, Jewgeni Primakow. »Mischa! Weißt du, was am Montag ist?«

Milo hatte keine Ahnung.

»Der Tag des öffentlichen Dienstes. Jeden 23. Juni feiern die Vereinten Nationen den Wert und den Nutzen des öffentlichen Dienstes für die Gemeinschaft. Ein echter Festtag.«

»Willst du mich auf den Arm nehmen?«

»Erspar mir deinen Zynismus, mein Junge. Die wahre Freude am Tag des öffentlichen Dienstes ist für mich, dass ich die seltene Gelegenheit habe, deine hinreißende Frau und deine bezaubernde Tochter zu sehen. Vielleicht sogar meinen nervtötenden Sohn.«

Milo hatte Mühe, ein Lächeln zu unterdrücken. »Okay, ich sag ihnen Bescheid. Dann können wir ja miteinander essen.«

»Nicht deine Küche. Wir gehen aus. Ich lade euch ein.«

»Natürlich, Jewgeni. Wie du willst.«

»Hör zu, Mischa. Ich hab eine Verabredung mit einem ausländischen Minister. Ich wollte nur wissen, ob ihr da seid.«

»Zurzeit reise ich eher ungern.«

»Nicht mal nach London?« Sein Vater verschwendete nur selten einen Anruf ausschließlich für Familienangelegenheiten.

»Du hast davon gehört?«

»Von diesem Sebastian Hall, der nicht du war? Natürlich hab

ich das gehört. Und ich hab mich sofort überzeugt, dass du wohlauf in Brooklyn bist, bevor ich das Ganze wieder vergessen habe.«

»Das war nicht ich, sondern ein Freund. Kannst du was darüber rausfinden?«

Jewgeni summte kurz, als er es sich durch den Kopf gehen ließ. »Welcher Freund?«

»Alan Drummond.«

»Verstehe.«

»Es ist wichtig, dass wir Einzelheiten erfahren.«

»Wer ist wir?«

»Ich. Seine Frau Penelope. Tina.«

Wieder ein Summen. »Sonst niemand?«

»Noch ein paar andere Leute.«

Schweigen, aber Milo brachte es nicht über sich, die Sache mit Dennis Chaudhury zu erklären. Aus der Leitung hörte er im Hintergrund französische Gesprächsfetzen.

»Also gut, Mischa. Am Montag bringe ich dir so viel wie möglich mit.«

»Danke, Jewgeni.«

Danach suchte Milo im Internet nach Miniaturkameras, in der Hoffnung, auf das Fabrikat aus Alans Büro zu stoßen. Doch es gab zwar viele Ähnlichkeiten, aber keine komplette Übereinstimmung.

Kurz darauf hörte er Stephanie die Treppe heraufstampfen und lief zur Tür, um ihr aufzumachen. Erstaunt stellte er fest, dass die oberen Augenlider seiner Tochter vollkommen schwarz waren. Im ersten Moment dachte er, sie sei geschlagen worden, und die Knie wurden ihm weich. Doch sie strahlte übers ganze Gesicht. »Wie findest du es, Daddy?«

»Du siehst aus wie der Punchingball von einem Boxer.«

Ihr Lächeln verebbte. »Auf jeden Fall ist es schön.« Sie ignorierte seinen Kussversuch und marschierte an ihm vorbei.

Hinter ihr stieg Tina langsam die Treppe herauf. »Hast du es gesehen?«

»Make-up?«

»Gottverdammter Magic Marker«, knurrte Tina.

Milo grinste. »Sarah auch?«

Oben angekommen, lehnte sich Tina an das Geländer und zog eine Augenbraue hoch. »Das sollte man eigentlich annehmen, oder? Aber Sarah war der Auffassung, dass bloß Stephanie ihre Augen mehr betonen muss.«

»Und was meint ihre Mutter dazu?«

»*Sieht doch süß aus*, hat sie gesagt. Und dann hat sie gelacht. Bei denen übernachtet Stef garantiert nie wieder.«

Während Tina erneut Kaffee zubereitete, trat er in Stephanies Zimmer, die sich gerade stolz im Spiegel bewunderte. Als Milo zu lange in ihrer Tür herumhing, fragte sie: »Findest du wirklich, ich sehe aus wie ein Punchingball?«

»Nein, jetzt nicht mehr. Irgendwie ist es sogar interessant.«

»Gut interessant?«

Milo fixierte sie, als müsste er nachdenken. Ihr zerzaustes Haar, ihre Stupsnase, ihre großen Ohren, ihre Gewohnheit, zweimal schnell hintereinander zu blinzeln, wenn sie eine ernste Antwort erwartete, ihre dünnen, gespitzten Lippen – für ihn war das alles ergreifend schön. Ein Gesicht, das er – wie das seiner Frau – nie objektiv betrachten konnte. »Gut, natürlich, aber vielleicht war es keine so tolle Idee, einen Marker herzunehmen.«

»Das kann man abwaschen.«

»Glaub ich nicht.«

Sie wandte sich vom Spiegel ab. Die kritische Miene, mit der sie ihn musterte, war nicht die einer Sechsjährigen. »Das ist auf *Wasser*basis. Das heißt, man kann es abwaschen.«

»Schön«, konstatierte er. »Warum wäschst du es dann nicht einfach ab, damit die Leute beim Abendessen im Restaurant nicht denken, dass wir dich verprügelt haben?«

Sie lachte nicht.

Er schlenderte zurück in die Küche und fand Tina, die missmutig mit ihrer Tasse in der Ecke stand. »Du hast also nichts gefunden bei Alan?«

»Nicht viel. Der Computer war leer, aber es gab eine Kamera.«

»Eine Kamera?«

»Sie war noch keinen Monat dort.« Er zeigte ihr das Gerät.

Sie drehte es in der Hand. »Bist du sicher, dass das nicht jemand anders installiert hat?«

»Sie war ein wenig verdeckt, aber nicht richtig versteckt. Wenn jemand anders sie installiert hat, dann war das für Alan kein Geheimnis.«

Sie reichte sie ihm zurück. »Also hat er sie selbst angebracht für den Fall, dass jemand sein Büro durchsucht?«

»Vielleicht, aber auch das macht nicht viel Sinn. Jeder, der seine Wohnung durchsucht, wäre genauso einfach wie ich darauf gestoßen.«

»Er hätte eine Kindermädchenkamera nehmen sollen. Die werden inzwischen in Uhren eingebaut, und die Babysitter kriegen nichts mit.«

»Wirklich?«

»Wie kann es sein, dass du so was nicht weißt?« Sie machte eine Geste mit ihrer Tasse.

»Was ist mit Penelope?«

Tina ging ins Wohnzimmer, und er folgte ihr. »Sie ist völlig am Ende. Bei ihrer letzten Begegnung hat sie ihn aus der Wohnung geworfen. Sie muss unbedingt erfahren, was da los ist.«

»Ich arbeite daran.«

»Heißt das, du fliegst nach London?«

»Nicht nötig. Jewgeni kommt am Montag nach New York, und er bringt Informationen mit.«

»Da wird sich die kleine Miss aber freuen. Sie mag ihn. Ich auch.«

»Aber rede nicht mit ihm über diese Geschichte. Ich mach das.«

»Warum kann ich ihn nicht fragen?«

»Weil er das alles eigentlich gar nicht wissen dürfte. Du würdest ihn damit nur zum Lügen zwingen, und dafür gibt es keinen Grund.«

»Ich würde ihn bestimmt zum Reden bringen.«

»Bestimmt. Aber lass es.«

Beide blickten auf, als Stephanie hereinkam, das Gesicht rot und feucht vom Waschen. Die schwarzen Münzen auf ihren Augenlidern waren keine Spur heller. »Sarah hat mich *angelogen*. Der Stift war gar nicht auf Wasserbasis.«

Beim Pizzaessen im Bruschetta bemerkte Milo Chaudhury auf der anderen Straßenseite der Seventh Avenue. Er stand unter der Markise von Rite Aid und starrte ihn durch die Scheibe an.

»Tut mir leid, Ladys.« Milo tupfte sich mit einer Serviette die Lippen ab. »Ich muss kurz mit jemandem reden. Bin gleich wieder da.«

Als er aufstand, reckte Stephanie den Hals. »Der Typ mit dem dunklen Gesicht?«

»Ja.«

»Der hat Augen genau wie ich.«

Es war bedeckt, aber immer noch warm; Milo wartete, bis der Verkehr nachließ, und trabte dann über die Straße.

Chaudhury empfing ihn mit der Frage: »Sie haben Ihre Kleine doch nicht etwa verprügelt?«

»Sie findet, Ihre Augen sehen aus wie ihre.«

»Liegt vielleicht daran, dass mich mein Dad wirklich verprügelt hat.«

Milo starrte ihn an. Für ihn war nicht zu erkennen, ob sich

der Mann einen Witz erlaubte. »Haben Sie was entdeckt auf der Festplatte?«

»Deswegen bin ich nicht hier. Ich will die Kamera, die Sie mitgenommen haben.«

»Gehört sie Ihnen?«

»Alles gehört mir.« Nach kurzem Zögern gab er nach. »Nein, Mann. Ich möchte nur, dass unsere Techniker einen Blick darauf werfen. Um rauszufinden, wer unserem Freund nachspioniert hat.«

»Wollen Sie mir verraten, woher Sie davon wussten?«

»Nein«, erwiderte Chaudhury. »Wie wär's um zwei? Dann bleibt Ihnen noch genug Zeit für Ihre Pizza. Ich hol sie bei Ihnen ab.«

»Sie halten sich von meiner Wohnung fern.« Milos Ton wurde eine Idee schärfer. »Wir treffen uns hier. Und in Zukunft rufen Sie an, wenn Sie was von mir wollen. Kreuzen Sie ja nicht wieder auf, wenn ich mit meiner Familie zusammen bin.«

Chaudhury öffnete die Hände und tätschelte die Luft. »Reg dich ab, Tiger.«

»Möchten Sie mir was über die Festplatte erzählen?«

Er rieb sich seitlich über die Nase – eins von diesen plumpen, durchschaubaren Signalen, die nur Amateure für natürlich halten –, und unmittelbar darauf bemerkte Milo Chaudhurys Jeansfreund, der die Straße in ihre Richtung überquerte. »Da gibt's nichts zu erzählen. Alles gelöscht. Blank geputzt.«

»Und was haben Sie jetzt vor?«

Chaudhury zuckte die Achseln. »Mal sehen, was mein Mann in London rausfindet.«

»Mit mir sind Sie also fertig?«

»Ja, Milo. Ich bin fertig mit Ihnen. Aber wenn Sie irgendwo auf eine heiße Spur stoßen, würde ich gern davon hören.«

»Dann bis um zwei.« Milo wandte sich ab.

Als er an seinen Platz zurückkehrte, waren Chaudhury und sein Freund verschwunden. Stephanie saugte mit einem Strohhalm an seiner Cola.

»Gib das sofort zurück, du kleine Kröte.«

Grinsend blies sie die Backen auf und pustete lärmend Blasen in sein Glas.

»Ach, vergiss es«, meinte er.

»War das der Typ vom Heimatschutz?«, fragte Tina.

»Bin mir nicht sicher.«

Sie musterte ihn.

»Jetzt behauptet er, er ist von der Company.«

Sie nickte mit einem leisen Stirnrunzeln. »Und? Irgendwas Neues?«

»Über wen?«, warf Stephanie ein.

»Nichts. Alan.« Milos erstes Wort galt Tina, das zweite Stephanie.

»Was ist mit Alan?«

Tina warf ihm einen Blick zu, und ihm fiel ein, dass sie nicht darüber geredet hatten, was sie Stephanie erzählen und was sie ihr nicht erzählen sollten. Tina setzte offenbar auf eine Hinhaltetaktik. Oder auf absolute Geheimhaltung. »Jemand klaut ihm ständig seine Cola«, antwortete er schließlich. »Ein großes Rätsel. Bald werden sie die Army alarmieren, die Stadt abriegeln und jedes Haus durchsuchen, bis sie den Täter gefasst haben.«

Mit großen Augen blinzelte ihn Stephanie an und sagte voller Ernst: »Ich war es nicht.«

Als er sich um zwei mit Chaudhury auf dem Gehsteig traf, war von seinem jeansbekleideten Freund nichts zu sehen. Milo übergab ihm die Kamera in einer Papiertüte. Chaudhury wollte sich anscheinend unterhalten, aber Milo hatte keine Lust darauf.

»Hier, für Sie.« Chaudhury griff in seine hintere Hosentasche. Er zog eine leere weiße Visitenkarte mit einer Washingtoner Telefonnummer heraus, auf der handschriftlich *Direktor Stephen Rollins* stand. »Das ist die Büronummer. Ich rate Ihnen dringend, die Finger davon zu lassen, aber wenn Sie feststellen, dass Sie Ihre Paranoia nicht in den Griff kriegen und sich unbedingt davon überzeugen müssen, dass ich wirklich für diesen Dienst arbeite, dann rufen Sie diese Nummer an.«

»Wer ist Direktor Rollins?«

»Mein Herr und Meister.« Chaudhury grinste. »Aber meistens nenne ich ihn bei seinem richtigen Namen: Gott.«

»Kriegen Sie Scherereien, wenn ich dort anrufe?«

»Ich? Ich bin ein Überlebenskünstler, Milo, keine Sorge. Ich dachte nur, Sie möchten lieber nicht auf dem Radarschirm meines Chefs landen.« Zum Abschied hob er die Hand.

Zu Hause machte Tina gerade das Wohnzimmer sauber. »Anscheinend kriegen wir jetzt einen Dauergast«, erklärte sie.

»Was?«

»Penelope. Jemand hat ihre Wohnung auseinandergenommen.«

»Ich hab alles wieder zurückgelegt«, antwortete er schnell.

»Schlafzimmer?«

»Was?«

»Hast du ihre Matratze aufgeschlitzt und die Federn rausgerissen?«

»Oh.«

»Ich hab ihr gesagt, sie soll eine Tasche packen und zu uns kommen.«

Penelope traf zwei Stunden später ein, und Milo trug ihren großen, schweren Koffer die enge Treppe hinauf. Sie wirkte eher ungehalten als verschreckt. Während Milo Hähnchenbrust für einen Cäsarsalat grillte, tranken die beiden Frauen in der Tür Wein und zogen über die Central Intelligence Agency her. »Die waren es doch, oder?«, fragte sie.

»Ich glaube schon.«

»Sie hätten mich doch einfach fragen können. Freundlich an die Tür klopfen und sagen: *Mrs. Drummond, dürfen wir uns bitte ein wenig bei Ihnen umsehen?* Ich hätte es Ihnen sofort erlaubt.«

»So geradlinig denken die nicht immer.«

»Was heißt das?« Tina schaute ihn an.

Zuerst war er sich nicht sicher. Dann wurde es ihm klar. »Die Company sammelt nicht nur geheimdienstliche Informationen, sie ist dabei auch immer auf den schlimmsten Fall vorbereitet. Wenn also einer vorschlägt, *fragen wir doch Mrs. Drummond, ob wir uns bei ihr umsehen können*, meint bestimmt ein anderer am Tisch: *Sie ist aufgeregt. Und könnte Nein sagen.* Dann überlegen sie gemeinsam, bis die Köpfe rauchen: Okay, wenn sie uns nicht reinlässt, was passiert als Nächstes? Beim operativen Planen muss man immer fünf Schritte vorausdenken. Wenn man das nicht tut, geht die Sache schief. Wenn Mrs. Drummond aufgeregt ist und Nein sagt, setzt sie vielleicht keinen Fuß mehr aus der Wohnung, damit niemand heimlich dort rumschnüffeln kann. Oder sie stellt jemanden ein, der das Apartment bewacht.«

»Aber so was würde ich doch nie machen. Schließlich hat Alan für die Company gearbeitet. Er hat diese Scheißkerle geliebt.«

»Du würdest es wahrscheinlich dann machen, wenn du was zu verbergen hättest. Oder wenn du glauben würdest, dass Alan etwas vor ihnen verbergen will. Jedenfalls denken sie so. Rein logisch gesehen bleibt ihnen also nichts anderes übrig, als einzubrechen, wenn du nicht da bist, und dann möglichst schnell wieder abzuhauen. Das heißt, sie hinterlassen einen Saustall.«

Es hatte keinen Zweck, den beiden Frauen zu verraten, dass ein Mann namens Dennis Chaudhury die Wohnung in der Nacht zerlegt hatte. Penelope wusste, was sie wissen musste:

Die Company steckte dahinter, und sie konnte sich nicht mehr vormachen, dass die Leute von der CIA ihre Freunde waren.

»Eigentlich sollte ich einen Brief schreiben«, sagte sie schließlich.

»Auf jeden Fall.« Milo wandte sich wieder dem zischenden Hähnchenfleisch zu. »Bloß eine elegante Entschuldigung darfst du nicht erwarten. Zumindest nicht auf Papier.«

7

Manche Familien schöpfen ihre Kraft aus der offenen Begegnung mit der Welt, und der Empfang von Besuch gehört für sie zum Alltag. Andere dagegen bleiben stets auf Abstand, im freiwilligen Exil, wie aus Furcht, die Anwesenheit Dritter könnte die besondere Freude ihres Zusammenlebens verderben. Zu Letzteren gehörten auch die Weavers. Bei Besuchen von Freunden und Verwandten benutzten sie die kleine Wohnung als Ausrede, um sie im nahe gelegenen Park Slope Inn unterzubringen. Auf diese Weise hielten sich die Störungen in einem berechenbaren und überschaubaren Rahmen.

Dass Penelope nun die Couch als Bett besetzte, fühlte sich an, als wäre ein Felsbrocken mitten ins Wohnzimmer gekracht. Für alle Beteiligten eine missliche Situation, nur für Stephanie nicht, die durch diese Abwechslung regelrecht aufblühte. Am Freitag fuhr Tina zur Arbeit und überließ es Milo und ihrer Tochter, sich mit dem Gast zu arrangieren. Vielleicht um nicht ständig im Weg zu sein, brach Penelope gegen Mittag zu irgendwelchen »Besorgungen« auf und kehrte erst nach fünf zurück – mit einer großen Tüte voller Metallbehälter mit dampfenden Thaigerichten aus einem Restaurant namens Sea. Milo und Stephanie hatten am Nachmittag zwei Stunden bei Book-Court herumgestöbert, Lebensmittel besorgt und Eintrittskarten für das internationale Marionettenfestival im Yeshiva University Museum am Sonntag gekauft.

Penelope hielt die Tüte in die Luft. »Heute kein ungesalzenes Essen von Daddy.« Stephanie jubelte.

Der Samstag begann mit einer Überraschung, denn Milo

hatte seinen achtunddreißigsten Geburtstag vergessen. Er wachte auf, als sich Tina und Stephanie mit Küssen und Glückwünschen auf ihn warfen. Zum Frühstück aßen alle Schokoladenkuchen, auch Penelope, die sich allerdings kritisch über die Qualität der von der Bäckerei verwendeten Schokolade äußerte. Stephanie überreichte ihm ein Aluminiumkästchen für Stifte, das sie mit ungewollt abstrakten Drachen bemalt hatte, während ihm Tina ein Set Waterman-Kugelschreiber schenkte. Anscheinend hatte sie Penelope von seinem Geburtstag erzählt, denn auch sie gab ihm ein schweres Päckchen, aus dem schließlich beide Bände von Julia Childs *Mastering the Art of French Cooking* zum Vorschein kamen. »Wie du feststellen wirst, ist Salz eine weitverbreitete Zutat.«

Den ganzen Samstag über waren alle guter Laune, unter anderem gingen sie zusammen ins Kino, um einen von Stephanie ausgewählten Streifen anzuschauen: *Kung Fu Panda* – der Titel sagte eigentlich schon alles. Doch am Sonntagmorgen sackte Penelopes Stimmung in den Keller. Als Stephanie um neun im Pyjama ins Wohnzimmer tapste, um sich Zeichentrickfilme anzusehen, zog sich Penelope stöhnend das Kissen über den Kopf. Beim Frühstück erklärte sie in Richtung der Erwachsenen: »Alan und ich waren uns immer einig, dass es eine Frage des Lebensstils ist, keine Kinder zu haben – wir wollten einfach, dass unser Leben weiterhin Stil hat.«

Tina, die sich am Sonntagvormittag gern in aller Ruhe mit dem Feuilleton der *New York Times* beschäftigte, wurde sichtlich ungehalten, als Penelope sie ständig mit Bemerkungen über Alans Tugenden und Schwächen unterbrach. Als Penelope gerade im Bad war, sagte sie: »Mann, die kann einem ganz schön auf die Nerven gehen.«

Alle zusammen drängten sie in die U-Bahn, um zum jüdischen, griechischen, tschechischen und chinesischen Marionettenfestival im Yeshiva University Museum an der West Sixteenth

Street zu fahren. Tina hatte am vergangenen Wochenende von der Veranstaltung gelesen, und Milo freute sich darauf, Stephanie etwas vorzuführen, das nicht in der Flimmerkiste lief. Doch angesichts ihrer wortkargen Reaktion auf das Bühnengeschehen machte er sich Sorgen, dass sie womöglich schon zu verbogen war. Weder die historische Kuriosität der Mitzvah-Maus noch die zuckende Beleuchtung über den griechischen Schattenpuppen noch die seltsam lebensechten tschechischen Marionetten konnten Stephanie begeistern. Das änderte sich erst mit den chinesischen Handpuppen.

Zwar weckte die erste Aufführung mit einem verheirateten Paar, das sich über die beste Zubereitung von Aal stritt, kaum ihr Interesse, doch als bei der zweiten Vorstellung Wu Song im roten Kimono vor schwarzem Hintergrund auftrat und dazu blecherne Musik erklang, starrte sie auf einmal gespannt zur Bühne. Dann kam der Tiger, ein kunstvolles Geschöpf mit großem Kopf und breiten, flachen Zähnen, das sich vor Zorn und Hunger wand. Milo kannte die Geschichte nicht, aber sie war anscheinend ziemlich schlicht: Beim Überqueren des Bergzugs Jingyang tötet Wu Song mit bloßen Händen einen Tiger und wird durch diese Tat berühmt. Trotzdem war es eine meisterhafte Darbietung, ein Tanz zwischen Wu Songs Kampfkünsten und den gerissenen Attacken des menschenfressenden Tigers. Als den Tiger schließlich sein Schicksal ereilte, saß Stephanie nach vorn gebeugt da und kniff vor Aufregung in den Stoff ihrer Jeans. Neben Tina flüsterte Penelope: »So läuft das bei denen.«

Erst später in einem Café am Union Square führte sie das bei einem Vanilleeis näher aus. »Den Rest der Geschichte haben sie nicht erzählt, und das wundert mich nicht. Der alte Wu Song war ein echter Killer. Um den Giftmord an seinem Bruder zu rächen, enthauptet er später dessen Frau und tötet ihren Geliebten.«

»*Wirklich?*«, entfuhr es Stephanie.

»Eine von diesen netten Geschichten über leichte Mädchen, die sich zu einem Mord verführen lassen und dann ihre gerechte Strafe bekommen.« Sie zwinkerte Stephanie zu. »Lass dir das eine Lehre sein.«

Auf dem Weg zurück nach Brooklyn zirpte Milos Telefon, und er entdeckte eine Einladung seines Vaters – RESTAURANT BYBLOS 11.00 –, die er gleich per SMS annahm.

»Wer war das?« Tinas Frage drang durch das Rumpeln der U-Bahn.

»Jewgeni. Wir gehen mit ihm essen.«

»Grandpa?« Stephanies Augen strahlten.

»Morgen oder Dienstag. Ich bin zuerst dran, am Abend könnt ihr ihn dann ganz für euch allein haben.«

»Und mich seid ihr dann auch wieder los«, bemerkte Penelope. »Das neue Bett und ein paar Möbel werden morgen geliefert.«

»Du kannst gern bleiben«, erwiderte Tina ein wenig zu schnell. »Wenn du willst. Ich meine, wenn du dich dort nicht wohlfühlst.«

»Danke.« Penelope schien ihr zu glauben.

In Wirklichkeit konnten es Tina und Milo gar nicht erwarten, dass sie endlich wieder verschwand.

Am Montagmorgen, dem Tag des öffentlichen Dienstes, fuhr Tina zur Arbeit, und Milo brachte Stephanie zum Feriencamp Friendship an der Ecke Sixth Avenue und Eighth Street. Auf dem Heimweg wählte Milo die Washingtoner Nummer, die ihm Chaudhury gegeben hatte. Zum Teil wollte er sich damit auf die Fragen seines Vaters vorbereiten – *Woher willst du überhaupt wissen, wer dieser Chaudhury ist?* –, doch vor allem wuchs seine Neugier, und er wollte einfach in Erfahrung bringen, wer da nach Alan Ausschau hielt.

Nach drei Klingeltönen meldete sich eine Frauenstimme. »Büro von Direktor Rollins.«

»Ich möchte mit Mr. Rollins sprechen.«

»Ihr Name?«

»Milo Weaver.«

»Und worum geht es?«

»Um einen seiner Mitarbeiter.«

»Name?«

»Dennis Chaudhury. Soll ich es buchstabieren?«

»Nein danke, Sir.« Sie machte eine Pause, vielleicht um alles einzutippen. »Direktor Rollins ist heute nicht im Büro. Kann er Sie unter dieser Nummer erreichen?«

»Ja. Sie haben sie notiert?«

»Ja, Sir. Ist Ihnen morgen Vormittag um elf Uhr recht?«

»Ich denke schon.« Er bemühte sich um einen freundlichen Ton. »Wie heißt die Sektion des Direktors?«

»Das wissen Sie nicht?«

Er zögerte. »Hab's vergessen.«

»Nun, Mr. Weaver. Diese Sektion ist wie ein teures Restaurant. Wenn Sie erst fragen müssen …«

Mit Verspätung traf er seinen Vater im Byblos, einem gehobenen, gut besuchten libanesischen Restaurant unweit der UN-Zentrale. Jewgeni wischte bereits mit einem gebackenen Stück Pitabrot Hummus und Pinienkerne auf einem öligen Tellerchen herum. Er leckte sich die Finger und rieb sie dann an der Hose sauber, als er aufstand, um seinen Sohn zu begrüßen. Ein ziemlich erstaunliches Benehmen für einen Mann, der in den Jahrzehnten, seit Milo ihn kannte, immer stolz auf sein vornehmes Auftreten gewesen war. Als er wieder saß, scharrte er sich über die Wange, wie um eine Fliege zu verscheuchen – ein alter Tick von ihm. Inzwischen war er einundsiebzig. Milo waren zwar schon früher Anzeichen eines allmählichen Niedergangs bei seinem Vater aufgefallen, aber das Alter hatte er ihm noch nie so angemerkt.

Um die Sache zu beschleunigen, hatte Jewgeni für sie beide Vorspeisen ausgesucht – für Milo ein würziges Kafta Koush Kash und ein Bratfischgericht namens Sultan Ibrahim für sich. Als der Kellner verschwunden war, bot er Milo den Hummus an. Milo lehnte ab, also tunkte Jewgeni weiter und biss ab. Dann sprach er mit halb vollem Mund auf Russisch – auch das war sehr ungewohnt. »Ich glaube nicht, dass dein Freund tot ist.«

»Ich auch nicht«, antwortete Milo. »Die Frage ist: Wo ist er?«

Jewgeni zuckte die Achseln. »Schwer zu sagen. Kurz vor vier Uhr morgens am Samstag, den 14. hat jemand die Überwachungskameras des Hotels sabotiert. Nach ungefähr fünfzehn Minuten haben die Angestellten sie wieder zum Laufen gebracht, dann sind sie erneut ausgefallen. Insgesamt waren sie ungefähr eine halbe Stunde außer Betrieb.«

»Da könnte also jeder reingegangen sein und ihn entführt haben.«

»Aber er wurde nicht entführt.«

»Was?«

Jewgeni lächelte. »Das Stadtgebiet von London ist genauso mit Kameras gespickt wie das Hotel.«

Milo strich sich über die Nasenwurzel. Er hatte ganz vergessen, dass Jewgeni oder seine Freunde Zugang zu den Kameras der Polizei hatten. »Er ist also allein weggegangen?«

»Hat das Hotel verlassen und ist mit den öffentlichen Verkehrsmitteln gefahren, bevor er zu einer Straße ohne Kameras kam. Dort hat er sich in Luft aufgelöst.«

Das war immerhin etwas, und Milo spürte das plötzliche Nachlassen einer Anspannung im Rücken, von der er gar nichts gemerkt hatte.

Jewgeni fuhr sich über die Wange. »Komischer Kauz, dein Freund.«

»Ich weiß.«

»Rat mal, wie er nach London gekommen ist.«

»Flugzeug.«

»Fünf Flugzeuge. Von New York nach Seattle. Von dort mit dem Auto nach Vancouver, dann mit einer Maschine nach Tokio. Dann weiter nach Mumbai. Von Mumbai nach Amman, von dort nach London. Bei jedem Flug ein anderer Name. Der eigene nur auf dem ersten nach Seattle.«

Alan hatte den ganzen Planeten umrundet, um nach London zu gelangen. »Wie lange hat das gedauert?«

»Vier Tage. In Mumbai und Amman hat er den Flughafen kurz verlassen. In Tokio hat er im International Terminal auf die nächste Maschine gewartet.«

»Hast du diese Informationen vom MI5?«

»Einiges davon. Sie wussten, dass er von Jordanien gekommen ist; den Rest habe ich ergänzt.«

»Was wissen sie sonst noch?«

»Er ist am Donnerstag, den 12. spätnachts in London eingetroffen. Ist im Rathbone Hotel abgestiegen und hat am Freitag von seinem Zimmer aus ein einziges Telefongespräch mit einem Zimmer im dritten Stock geführt, in dem ein gewisser Gephel Marpa angemeldet war. Soll ich es buchstabieren?«

»Ja bitte.« Nachdem er sich den Namen eingeprägt hatte, fragte Milo: »Tibeter?«

»Sehr gut. Langjähriges Mitglied der Bewegung Free Tibet. Wohnt in London, das heißt, Mr. Marpa hat das Hotel nicht ohne Grund besucht.«

»Sie haben sich also getroffen?«

»Vielleicht – niemand weiß es. Zumindest hat der MI5 noch nichts verlauten lassen. Am Samstagnachmittag, also nach Alan Drummonds Verschwinden, hat Marpa das Hotel verlassen und ist in sein Haus in Südlondon zurückgekehrt.«

»Wie hat sich Alan ernährt?«

»Zimmerservice.«

»Also kommt er am Donnerstag mit dem Flieger an, verbringt den Freitag auf seinem Zimmer. Redet vielleicht mit Marpa, vielleicht auch nicht. Dann legt jemand die Überwachungskamera lahm, und er spaziert raus.«

Sein Vater nickte.

»Aber wozu das Ding überhaupt sabotieren? Er wusste doch, dass ihn die Straßenkameras wieder ins Bild kriegen.«

Jewgeni atmete tief durch. »Schwer zu sagen.«

»Leticia Jones«, meinte Milo nach kurzer Überlegung. »Sie war auch in diesem Hotel; sie muss die Kameras abgeschaltet haben.«

Sein Vater schüttelte den Kopf. »Sie war es nicht.«

»Woher willst du das wissen?«

»Darf ich denn gar keine Geheimnisse mehr vor dir haben?« Jewgenis alter Charme blitzte wieder auf. »Glaub mir, mein Sohn. Diese verführerische Touristin hat sie nicht abgeschaltet.«

Milo musterte ihn stirnrunzelnd. Wusste sein Vater, wer die Kameras lahmgelegt hatte, und wollte es ihm nicht anvertrauen? Dieses Widerstreben konnte viele Gründe haben, Gründe, die nicht das Geringste mit Alans Situation zu tun hatten. »Wenn es nicht darum ging, Alan einen heimlichen Abgang aus dem Hotel zu verschaffen, dann sollte jemand getarnt werden, der zu ihm gekommen ist, um mit ihm zu reden. Alan ist vielleicht allein rausgegangen, aber ich wette, dass ihn jemand anders dazu gebracht hat, abzuhauen. Durch Drohungen vielleicht.«

Jewgeni wölbte die Augenbrauen. »Eine von vielen Möglichkeiten.«

Milo starrte kurz an seinem Vater vorbei zu einem Kellner, der hinten bei der Kasse stand und in ein Handy sprach. »Das kapier ich nicht«, resümierte er schließlich. »Alan fliegt um die ganze Welt, um nach London zu kommen, arrangiert ein Treffen mit einem tibetischen Dissidenten im Hotel, taucht aber nicht in dessen Zimmer auf. Dann macht er sich aus dem Staub. Ich möchte die Kamerabilder sehen.«

»Die musst du dir schon selbst besorgen. Mein Kontaktmann hat sie gesehen, kann aber keine Kopie rausschmuggeln.«

Angekündigt von einem angenehm kräftigen Aroma kam das Essen, und Milo bemerkte schon nach Kurzem voller Bestürzung, dass die Lippen seines Vaters klebrig von Fischkrümeln waren. Er spürte den Drang, sie ihm mit einer Serviette abzuwischen, doch das hätte sich Jewgeni bei aller Schrulligkeit nie gefallen lassen.

Milo wechselte das Thema. »Wie läuft's in der Arbeit?«

Kauend ließ sich Jewgeni die Frage durch den Kopf gehen. Mit einem angedeuteten Achselzucken hob er sein Esswerkzeug. »Nimmt kein Ende. Ich hab dir nie erzählt, wie mein Tagesablauf aussieht, oder?«

Milo schüttelte den Kopf. Er wusste zwar, dass sein Vater seit sechs Jahren eine inoffizielle Geheimdienstabteilung bei der UN leitete, aber er hatte keine Ahnung, was diese Arbeit konkret umfasste. Dass Jewgeni Agenten koordinierte, war klar, aber nicht, wie viele und wie oft.

»Auf jeden Fall muss ich häufig reisen. Nicht so oft wie ein Tourist natürlich, aber für mein Alter trotzdem viel. Inzwischen muss man sich ständig mit Sicherheitsmaßnahmen rumschlagen – mein UN-Ausweis ist längst nicht mehr so wertvoll wie früher. Und die Arbeit nimmt immer mehr zu. Ich musste sogar jemanden einstellen, damit mir der Organisationsaufwand nicht über den Kopf wächst. Ich würde ja gern in den Ruhestand gehen, aber ich weiß nicht, wem ich das Ganze übergeben soll.«

»Diesem neu eingestellten Assistenten«, schlug Milo vor. »Er soll das Ganze übernehmen, und du kannst den Kontakt halten, falls Probleme auftauchen.«

»*Sie*. Nein, ich weiß, dass sie den Job nicht will. Deswegen liege ich dir ja ständig in den Ohren damit, dass du deine idiotische Arbeitssuche aufgibst und einfach bei mir anfängst.«

»Ich hab die Nase voll vom Reisen«, erwiderte Milo. »Außerdem möchte ich nicht für meinen Vater arbeiten.«

Jewgeni faltete die Hände unter dem bekleckerten Kinn und starrte ihn an. »Vielleicht hast du recht, Milo. Ich weiß nicht, ob dein Stehvermögen für diese Aufgabe reichen würde.«

»Umgekehrte Psychologie hat bei mir schon mit sechzehn Jahren nicht mehr gezogen.«

Jewgeni tätschelte Milos Hand. »Man muss alles probieren.«

Bevor sie aufbrachen, bestellte Milo noch Baklava zum Mitnehmen und wartete am Eingang, während Jewgeni das Mittagessen mit seiner Karte bezahlte. Draußen wandten sie sich in östliche Richtung und vereinbarten für den nächsten Abend ein gemeinsames Essen mit Tina und Stephanie. Dann erzählte Milo ihm von dem vermeintlichen CIA-Agenten Dennis Chaudhury. Als er die Geschichte hörte, runzelte Jewgeni die Stirn. Er nahm ein Taschentuch heraus und wischte sich Fett von den Lippen. »Hört sich ziemlich unwissend an, dieser Mr. Chaudhury.«

»Er weiß bestimmt mehr, aber jetzt ist die Sache sowieso erledigt. Er glaubt, dass er alles aus mir rausgeholt hat, was rauszuholen ist.«

»Hast du nachgeprüft, ob er wirklich von der Company ist?«

»Ich hab die Nummer von seinem Chef.«

»Eine Nummer, die *er* dir gegeben hat?« Jewgeni klang zweifelnd.

»Ich rede morgen Vormittag mit dem Typen, dann sehe ich weiter. Aber es spielt sowieso keine Rolle. Die CIA stellt Nachforschungen an, und entweder gibt sie die Ergebnisse weiter oder nicht.«

Jewgeni zögerte und musterte seinen Sohn mit einem scharfen Blick, ehe er seinen Weg achselzuckend fortsetzte. »Mich überrascht, wie gelassen du das alles hinnimmst.«

Es war nicht ganz so mühelos, wie sein Vater zu glauben schien, aber auf jeden Fall fiel es ihm jetzt leichter. Alan war auf seinen eigenen zwei Beinen aus dem Hotel hinausmarschiert. Er hatte eine Operation geführt – führte sie vielleicht immer noch –, und das Geschehen in London stellte einen unbeholfenen Versuch dar, Milo in die Sache hineinzuziehen. Dieses Vorgehen war plump und dumm, und das allein sprach schon dafür, sich von Alan Drummond fernzuhalten.

»Ach, und übrigens, alles Gute zum Geburtstag.«

In der Bahn nach Hause musste er gegen einen neuen Schmerz im Bauch ankämpfen, der von einer Mischung aus dem Mittagessen, der alten Schussverletzung und Alan Drummond herrührte. Am besten, so beschloss er, kümmerte er sich gar nicht mehr um seinen ehemaligen Chef.

Doch wie so oft im Leben erwiesen sich seine Wünsche als fruchtlos. Die Erde dreht sich weiter, und niemand existiert allein, auch wenn er sich noch so anstrengt. Die Wünsche anderer kommen ins Spiel und wirken sich mit ihren dunklen Zielen auf unsere Stunden und Tage aus.

Dass dies so war, erkannte er, als er den Blick von der weißen Gebäckschachtel auf seinem Schoß hob und gegenüber eine sinnliche dunkelhäutige Frau mit einem breiten Lächeln auf den Lippen bemerkte. Sie schaute ihn nicht an, doch er war offensichtlich der einzige Mensch in dem Wagen, für den sie sich interessierte.

8

Einer instinktiven Regung folgend griff er in die Tasche und ließ den Akku aus seinem Handy schnappen. Auch dass er sie nicht ansah, war Instinkt, ebenso die plötzliche Aufmerksamkeit für das, was er aus dem Augenwinkel wahrnahm, als er sich erhob und am Union Square ausstieg. Als er die Fourth Avenue zum Park überquerte, stieß der gewaltige Metronome-Turm gerade weißen Dampf aus und zeigte die Zeit: 13.14 Uhr.

Sich umzusehen hatte keinen Sinn. Leticia – oder Gwendolyn oder Rosa – würde auf ihn zukommen, sobald sie sicher war, dass er nicht beschattet wurde. Also folgte er dem Saum des Parks nach Norden, vorbei an einer riesigen Freiluftparty mit vielen jungen Leuten und patrouillierenden Polizisten, zur East Seventeenth Street. Dort schob er sich ein Nicorette in den Mund und strebte hinunter in die Underbar des W Hotel. Nach dem Sonnenlicht brauchten seine Augen einen Moment, um sich an das Dunkel zu gewöhnen und die verstreuten Paare wahrzunehmen. Er steuerte direkt auf die Bar zu. Eine betörend attraktive Barfrau fragte, ob es ihm gut ginge, und er bejahte. Nach dem Wodka Tonic in Drummonds Wohnung am Mittwoch waren keine echten Probleme aufgetaucht, also entschied er sich für den nächsten Schritt. »Ketel One Martini, bitte. Trocken. Ohne Eis, zwei Oliven.«

»Ein Mann, der weiß, was er will.« Sie wandte sich ab, um nach einem Glas zu greifen.

»Machen Sie gleich zwei, ich erwarte eine Bekannte.«

Fünf Minuten später traf Leticia ein und setzte sich wortlos auf den Hocker neben ihm. Sie trug eine leichte indigoblaue Bluse, durch die man bei besserem Licht garantiert die Marke ihres BHs erkennen konnte, und ihr Haar kringelte sich in losen Locken bis zum Hals. Milo schob ihr einen Martini hin.

»Sie gehen aber ran, Mister.«

»Dein Haar gefällt mir, Gwendolyn.«

Sie beugte sich vor und küsste ihn auf die Wange. Sie roch nach Mandelöl. »Baby, für dich bin ich immer Leticia.«

Die Barfrau bedachte sie mit einem Lächeln, daher zogen sie sich an einen kleinen Tisch in der Nähe der Wand zurück und setzten sich eng zusammen. »Du hast niemanden gesehen, oder?«, fragte er.

Sie nahm einen Schluck und kräuselte die Nase. »Mhm, lecker.«

»War jemand hinter mir her?«

»Männlich. Eins achtundsechzig. Um die achtzig Kilo.«

»Was hast du mit ihm gemacht?«

»War er von der Company?«

»Wahrscheinlich.«

»Gut. Er wird es überstehen.«

Er hatte gute Lust, ihr einen Vortrag zu halten, aber es ließ sich sowieso nicht mehr ändern. Sie verhielt sich noch immer wie eine Touristin – rücksichtslos und entschlossen. »Willst du es mir verraten?«

»Es war ganz einfach.« Sie hob die linke Hand, die Finger flach. In ihren langen bemalten Nägeln spiegelte sich das schwache Licht. »Siehst du meine Handkante?«

»Alan. Erzähl mir von Alan.«

Leticia senkte die Hand wieder und ließ den Blick durch die schummerige Bar wandern, während sie den nächsten Schluck nahm. »Das war nicht meine Schuld. Es war nicht meine Aufgabe, Bodyguard für ihn zu spielen.«

»Leticia.«

Sie berührte den Stiel ihres Glases. »Er hat mir gesagt, dass du nicht dabei bist.«

»Ich war nie dabei.«

»Na ja, er dachte, er kann dich ins Boot holen.«

»Durch die Verwendung meines Namens? Da hat er sich getäuscht.«

»Aber jetzt willst du mitmachen.«

»Nein, ich will nicht mitmachen. Ich will nur erfahren, was los ist. Er ist nicht tot, so viel weiß ich.«

»Dann weißt du mehr als ich«, bemerkte sie.

»Was soll das heißen?«

»Das soll *heißen*, Baby, dass sein Verschwinden zu keinem mir bekannten Plan gehört.«

Milo dachte kurz nach und nippte an seinem Martini. »Warum erzählst du mir dann nicht einfach von dem Plan, der dir bekannt ist?«

Sie blinzelte ihn langsam an; vielleicht zum ersten Mal fiel ihm auf, wie groß ihre Augen waren. »Ungefähr eineinhalb Wochen nach dem Massaker kam er zu mir – ein paar Tage vor deiner Schussverletzung. Er hatte noch nicht alles zusammen, wollte ein paar Ideen mit mir durchspielen und sehen, ob ich was ergänzen kann.«

»Er wollte Rache.«

»*Was* er wollte, wusste er gar nicht so genau. Noch nicht. Dann bist du angeschossen worden, und er hat sich Vorwürfe gemacht. Danach wurde er in Langley zusammengestaucht und rausgeschmissen. Später hat er angefangen, sich mit seiner Frau zu streiten. Verstehst du? Dieser Chinese hat praktisch sein Leben abgewürgt. Nicht nur die Abteilung Tourismus, sondern auch den ganzen Rest. Also ja, er wollte Rache. Wäre das bei dir nicht so?«

»Es gibt einen Unterschied zwischen dem, was ich will, und dem, was ich tue.«

»Das musst du mir nicht erklären.« Unter dem Tisch streichelte sie mit einem Fingernagel sein Knie.

Er zog das Bein weg. »Weiter.«

»Du solltest dich entspannen.«

»Erzähl mir einfach, was Sache ist.«

Achselzuckend lehnte sie sich zurück. »In der zweiten Aprilwoche ruft er mich an. Hatte ein paar Neuigkeiten erfahren. Erstens: Xin Zhu hat letzten Sommer geheiratet. Zweitens: Was er mit uns gemacht hat, war von Peking überhaupt nicht abgesegnet. Drittens: Xin Zhu steht am Rand des Rauswurfs. *Er ist geschwächt*, meint Alan. *So angreifbar wird er nie mehr sein.*«

Sie nahm einen Schluck, und Milo wartete.

»Du kennst mich, ich bin kein Genie. Ich hab's nicht kapiert. Der Mann ist also geschwächt – na und? Also erklärt Alan mir es, geduldig wie einem Kind. Dass wir dank dieser Information wissen, was in Xin Zhus Kopf vorgeht. Und sobald man die Obsessionen der Leute kennt, weiß man, wie sie handeln werden.«

»Er dachte, das reicht als Ansatz?«

»Es war immerhin etwas.«

»Alan wollte also eine ganze Operation gegen ihn führen mit … womit? Ein paar Touristen? Du und wer noch? Zachary Klein ist nicht mehr dabei, wie ich höre. José Santiago? Er oder jemand, der ihm ähnelt, hat sich mit Alan getroffen, bevor er verschwunden ist.«

Leticia blinzelte erneut, aber langsamer. »Tran Hoang ist auch dazugestoßen.«

»Alan hatte also drei Leute, und mit denen wollte er einen Oberst mit einer eigenen Abteilung im Sechsten Büro des Guoanbu zu Fall bringen? Einen Mann, der trotz seiner Schwierigkeiten zu den mächtigsten Leuten des chinesischen Geheimdienstes zählt?«

»Er hat drei *Touristen*.«

»Ihr seid keine Touristen mehr.«

»Du solltest uns nicht unterschätzen, Milo. Gerade du müsstest es besser wissen.«

»Ich versuche nur, die Situation zu begreifen. Er hat kein Netzwerk, keine Signalaufklärung und vor allem kein endloses Budget.«

»Er hat mehr, als du denkst.«

»Zum Beispiel? Turkestanische Islamisten?«

Leticias Gesicht erstarrte. »Wo hast du das gehört?«

»Die Company-Typen, von denen du einen zusammengeschlagen hast.« Er beugte sich zu ihr. »Seid ihr wirklich so blöd?«

»Wir machen nichts zusammen mit den Uiguren.«

»Und was ist mit der Jugendliga? Für diesen Verein hat sich Alan doch auch interessiert. Schließlich hat die Company denen schon mal Waffen geliefert.«

»Da gibt es auch keine Gespräche.«

»Das kann ich nur hoffen. Die würden sich auf jeden Plan stürzen, und wenn er noch so unausgegoren ist, Hauptsache es wird geschossen und gebombt.« Milo wartete kurz, aber sie blieb stumm. »Also, wenn das nicht die Helfer sind, dann erzähl mir bitte, wie er Xin Zhu absägen wollte.«

Sie nahm einen größeren Schluck, bis nur noch ein kleiner Rest Wodka übrig war. Dann nahm sie das Holzspießchen heraus und biss eine Olive ab. Während sie kaute, schaute sie sich wieder in der Bar um. »Bist du nun dabei oder nicht?«

Er brauchte einen Moment, bis es klick machte. »Du meinst, die Sache läuft noch?«

Sie wölbte eine Braue. »Haben wir schon mal eine Operation abgebrochen, bloß weil jemand aus der Reihe tanzt?«

»Ihr wisst doch gar nicht, wo er momentan ist.«

»Erinnert mich an meinen Ex – als der abgehauen ist, dachten meine Freunde auch, ich muss mit allem aufhören.«

Diese Koketterie fand Milo verwirrend. Der Mann, der die Operation koordiniert hatte, war spurlos verschwunden, trotzdem machte sie munter weiter, als wäre nichts passiert. Blinde Loyalität war das bestimmt nicht – solchen Ballast schleppten Touristen nur selten mit sich herum, ganz abgesehen davon, dass ihre Abteilung gar nicht mehr existierte. »Alan hat die Sache überhaupt nicht geleitet, oder? Du vielleicht?«

Sie schüttelte den Kopf. Sie weidete sich an seiner Ratlosigkeit.

»Wer?«

»Dabei oder nicht?«

»Nicht dabei. Auf keinen Fall.«

Sie zuckte die Achseln, als hätte sie schon damit gerechnet, und aß ihre zweite Olive.

»Alan hat angedeutet, dass er noch Company-Kontakte hat. Heißt das, es ist eine richtige Operation?«

»Diese Informationen kriegst du nur, wenn du dabei bist und wir bei Bedarf auf dich zurückkommen können. Wenn nicht, dann nicht.«

»Er hat meinen Decknamen benutzt. Da habe ich wohl ein Recht auf ein paar Antworten.«

Den Blick auf die Lache in ihrem Glas gerichtet, dachte sie über seine Worte nach. Dann seufzte sie erneut. »Du weißt doch längst, warum er es getan hat.«

»Weil er mich zum Mitmachen zwingen wollte. Ziemlich abgebrühter Schachzug.«

»Ihm ist einfach klar, dass du Feuer unterm Arsch brauchst, um in die Gänge zu kommen.«

Milo merkte, wie ihm die gute Laune verging. »Er verwendet einen Namen, der auf der Fahndungsliste von Interpol steht, einen Namen, den sowohl die Deutschen als auch die Chinesen zu mir zurückverfolgen können. Damit bringt er meine Familie in Gefahr!«

»Du und deine verdammte Familie, Milo. Deine Frau und deine Tochter sind diesem Chinesen doch völlig egal. Deswegen hast schließlich *du* den Bauchschuss abgekriegt, und nicht sie.«

Milo rieb sich übers Gesicht. Tatsache war, dass die zurückliegenden Ereignisse – die ausgeklügelte Operation zur Liquidierung von dreiunddreißig Agenten in aller Welt – durch den Mord an Xin Zhus einzigem Sohn ausgelöst worden waren, für den die Abteilung Tourismus nur sehr indirekt verantwortlich war. In der Tat sollte sich Xin Zhu *eigentlich nicht* für Milos Familie interessieren – doch er hatte schon längst bewiesen, wie unberechenbar er war.

All das betraf Leticia nicht. Obwohl sie ihren Titel verloren hatte, handelte sie noch immer wie eine Touristin. Vermutlich würde sie bis an ihr Lebensende so denken – das angesichts ihrer momentanen Ausrichtung jederzeit eintreten konnte.

Er klappte seine Brieftasche auf und legte drei Zehndollarscheine auf den Tisch. »Schön, dich mal wieder getroffen zu haben, Leticia.«

Sie beobachtete, wie er aufstand und nach seiner Baklavaschachtel griff. »Du weißt ja, wie du mich erreichst.«

Ohne ein weiteres Wort verließ er die Bar.

Als er vor dem Feriencamp Friendship wartete, fühlte er den Martini in seinen Eingeweiden arbeiten und grübelte darüber nach, was er in der Underbar erfahren und nicht erfahren hatte.

Gabi löste sich aus einer Gruppe von Kinderbetreuerinnen und kam herüber. »Hallo.«

»Hallo, Gabi.«

Sie wirkte aufgekratzt. »Ich bin echt stolz auf mich. Einen ganzen Tag habe ich gebraucht, bis ich die Eltern so weit hatte, die Gofen in ein Ferienlager zu geben. Ich weiß nicht, ob ich es sonst den ganzen Sommer mit ihnen ausgehalten hätte.«

Er lächelte zur Antwort.

Sie deutete auf die Betreuerinnen, mit denen sie sich unterhalten hatte: »Malaysierin, Französin, Rumänin. Hätte nie gedacht, dass ich mal an einem Ort bin, wo es so international zugeht. Heute habe ich Sachen zum Reinigen bei einer Griechin abgeholt, bei einem Vietnamesen eingekauft, Rechnungen bei einem indischen Angestellten bezahlt, und gerade bin ich von einem chinesischen Vater angequasselt worden.«

»Angequasselt?«

»Ja.« Sie drehte sich um und ließ den Blick über die Leute auf dem Gehsteig wandern. »Oder es war doch kein Vater, vielleicht wollte er bloß … du weißt schon.«

Auch Milo hielt nun Ausschau nach einem Chinesen, der sich als Vater ausgegeben hatte, und versuchte, sich einzureden, dass er sich deswegen keine Sorgen machen musste. Die Vorstellung, dass sich der für seinen gewaltigen Körperumfang berühmte Xin Zhu in Brooklyn herumtrieb, war einfach völlig absurd.

Beim Abendessen beklagte sich Tina, dass Penelope seit ihrer Rückkehr nach Hause nicht mehr ans Telefon ging. »War ich zu du-weißt-schon-was zu ihr?«

»Aber *ich* weiß es nicht«, warf Stephanie ein, deren Augenlider inzwischen nur noch violett waren.

»Du warst ganz normal«, stellte Milo fest.

»Ich hab gesagt, ich *weiß* es nicht.«

Ohne Leticia Jones zu erwähnen, erzählte er Tina später im Bett, dass er weitere Informationen bekommen hatte, die ihn in seiner Überzeugung bestärkten, dass Alan nicht nur einen hirnrissigen und riskanten Plan verfolgte, sondern auch versucht hatte, Milo mit faulen Tricks zum Mitmachen zu bewegen. »Er hat einen alten Namen von mir benutzt«, gestand er ihr schließlich.

»Was soll das heißen, er hat ihn benutzt?«

»Er hat sich mit einem Pass unter einem früheren Decknamen von mir im Rathbone Hotel angemeldet.«

Mit einem Ausdruck gereizter Verwirrung schüttelte sie den Kopf, als hätte er rückwärts gesprochen. »Aber … wozu?«

»Ganz einfach. Um mich mit reinzuziehen.«

»Und er dachte, dass das klappt.«

»Fast hätte es ja geklappt.« Beim Anblick der verfärbten Augen seiner Tochter am Esstisch hatte ihn das Gefühl überwältigt, dass er noch mal mit knapper Not davongekommen war. »Jedenfalls war es rücksichtslos«, setzte er hinzu. »Was mich so sauer macht, ist, dass der Name zu mir zurückverfolgt werden kann und damit auch zu dir und Stef.«

»Wirklich?«

Er nickte.

»Die Chinesen?«

Erneut nickte er.

Sie wurde still und richtete den Blick aufs Fußende des Betts. »Ich könnte den Scheißkerl erwürgen.«

Eigentlich war das Thema damit erschöpft, doch das hielt Tina nicht davon ab, ihn die ganze Nacht mit irritierten Fragen zu bedrängen, die er zum größten Teil nicht beantworten konnte. Als er nach längerem Schweigen gerade wegdriftete, sagte sie plötzlich: »Das wird euch beigebracht, oder?«

»Was?« Stöhnend hob er den Kopf vom Kissen.

»Schlafen. Schlafen, obwohl um euch herum alles zusammenbricht.«

»Klar«, antwortete er nach kurzer Besinnung. »Das ist ja wichtig.«

»Nein, es ist unmenschlich.«

9

Am Morgen war er schon früh auf den Beinen, um Kaffee zu kochen. Dann half er Stephanie beim Waschen ihrer Augenlider. Inzwischen war die Tinte fast verschwunden, aber sie war noch immer geknickt. Gabi lief ihm vor dem Feriencamp zwar nicht über den Weg, doch als er sich entfernte, bemerkte er auf der anderen Straßenseite einen Chinesen ohne Begleitung – grobknochig, mit einem Muttermal auf der Wange –, der womöglich Gabis Verehrer war. Der Mann schaute nicht in Milos Richtung, sondern auf das Campgelände, wo sich Kinder um einen Lehrer scharten. Eine gewisse Ähnlichkeit war zwar vorhanden, aber Xin Zhu konnte es auf keinen Fall sein – dafür war der Mann zwanzig Jahre zu jung.

Obwohl er am liebsten gar nicht mehr an die Sache gedacht hätte, machte er sich zu Hause daran, Alans Weg über Seattle, Vancouver, Tokio, Mumbai und Amman nach London nachzuverfolgen. Ohne so recht zu wissen, wonach er eigentlich suchte, überprüfte er Drummonds Reise ab dem 9. Juni, doch nirgends auf der Strecke stieß er auf öffentliche Ereignisse, die vielleicht Aufschluss über seine Absichten hätten geben können. So blieb die einleuchtendste Theorie, dass Alans komplizierte Route nur dazu gedient hatte, mögliche Beschatter abzuschütteln.

Punkt elf riss ihn das Klingeln seines Telefons aus der klaustrophobischen Welt des Internets. Beim Blick auf das Display fiel ihm zunächst die Washingtoner Vorwahl auf, bevor er sich erinnerte, dass er diesen Anruf erwartet hatte.

Stephen Rollins' Sekretärin meldete sich. »Mr. Milo Weaver?«

»Ja. Ja, ich bin's.«

»Ich kann Sie jetzt mit Direktor Rollins verbinden.«

»Schön. Vielen Dank.«

Ein Surren, dann knackte es dreimal in der Leitung. Stille. Milo wartete, ohne etwas von Mr. Rollins zu hören. »Hallo?«

»Mr. Weaver.« Eine dunkle, müde klingende Männerstimme mit einem undeutlichen Akzent. »Sie wollten mit mir sprechen.«

»Ja, es geht um einen Mann namens Dennis Chaudhury. Können Sie mir bestätigen, dass er einer Ihrer Mitarbeiter ist?«

Kurzes Zögern. »Das kann ich Ihnen bestätigen. Mr. Chaudhury steht in meinen Diensten. Haben Sie sonst noch ein Anliegen?«

»Na ja. Ich hätte gern einen Nachweis, dass Sie, Mr. Rollins, tatsächlich für die Central Intelligence Agency tätig sind. Wo ist Ihr Büro?«

Wieder eine Pause. Milo fragte sich, ob der Mann jemand anders in seinem Zimmer hatte. »Eins null eins West Thirtyfirst Street, Manhattan.«

Jetzt war es Milo, der zögerte. Bis vor zwei Monaten war das die Adresse der Abteilung Tourismus gewesen – die inzwischen geschlossen war. War sie wiedereröffnet worden? War Dennis Chaudhury etwa ein neuer Tourist? Das konnte er sich nicht vorstellen. Praktisch niemand hatte sich für eine Fortsetzung der Abteilung ausgesprochen, und ihr Ende war mit allgemeiner Schadenfreude begrüßt worden. Vermutlich hatte das Gebäude einen neuen Nutzer gefunden. »Hat diese Sektion auch einen Namen?«

»Selbstverständlich, Mr. Weaver.« Rollins' Stimme hatte sich verändert, sie klang entspannt, und der Akzent trat jetzt klarer hervor. Als hätte er ein Stück seines Geheimnisses preisgegeben und wäre nun bereit, reinen Tisch zu machen. »Aber ich glaube nicht, dass Sie ihn aussprechen könnten.«

»Versuchen wir's.«

»Guojia Anquan Bu«, antwortete Stephen Rollins.

Um nicht vom Stuhl zu rutschen, musste sich Milo an der Tischkante abstützen. Guojia Anquan Bu, kurz Guoanbu: das chinesische Ministerium für Staatssicherheit. Nun konnte er auch den Akzent des Mannes zuordnen. Er brachte kein Wort heraus. Schließlich räusperte er sich mühsam. »Wer spricht da?«

»Ich denke, das wissen Sie bereits, Mr. Weaver. Möglicherweise sind Sie jedoch zu stolz, um es zuzugeben.«

In seine Hand kroch die Angst als Erstes. In einer Art Schutzreaktion zog sie das Telefon weg vom Ohr, und der Daumen streckte sich über das Tastenfeld, um auszuschalten. Gerade noch rechtzeitig bremste er sich und stellte eine Frage. »Was wollen Sie?«

Xin Zhu erklärte es ihm. »Mr. Chaudhury ist der Meinung, dass Sie nicht mehr über Alan Drummonds Pläne wissen, als Sie ihm erzählt haben, aber ich habe da meine Zweifel. Deshalb habe ich ihn gebeten, Ihnen meine Telefonnummer zu geben. Ich war mir sicher, dass Sie irgendwann anrufen.«

Milo erinnerte sich an Chaudhurys Worte: *Ich dachte nur, Sie möchten lieber nicht auf dem Radarschirm meines Chefs landen.*

Sein Mund war so trocken, dass ihm beim Sprechen die Kehle brannte. »Ich weiß tatsächlich nicht mehr.«

»Und was ist mit Leticia Jones? Sie weiß auf jeden Fall mehr als wir beide.«

»Sie hat mir nichts verraten.«

»Auf dem Weg zu dem Treffen mit Ihnen hat sie einen meiner Mitarbeiter bewusstlos geschlagen. Offenbar weiß sie genug, um dafür zu sorgen, dass niemand zuhört. Was hat sie Ihnen mitgeteilt?«

»Dass sie Ihnen Schaden zufügen wollen.«

Pause. »Wie?«

»Das hat sie mir nicht erzählt, weil ich nicht bei der Sache mitmache.«

»Aber sie würde es Ihnen erzählen, wenn Sie mitmachen würden.«

Milo sagte nichts. Es gab nichts zu sagen.

»Ich möchte Ihnen einen Vorschlag unterbreiten, Mr. Weaver. In der Vergangenheit haben Sie einmal Ihre Bewunderung für meine Arbeit kundgetan: Jetzt haben Sie die Gelegenheit, persönlich daran mitzuwirken.«

Tatsächlich hatte sich Milo einmal in dieser Richtung geäußert, aber in einem kleinen, vertrauten Kreis. Er versuchte sich zu erinnern, ob seine Bemerkung im Beisein von James Pearson gefallen war, der später als Xin Zhus Maulwurf enttarnt wurde, aber er konnte sich nicht konzentrieren. »Das waren Hirngespinste. Die habe ich inzwischen hinter mir.«

Der chinesische Oberst gab ein Geräusch von sich, ein Schnaufen oder Lachen, und Milo bemerkte ein schwaches digitales Echo, wie es manchmal bei transatlantischen Telefonaten auftritt. »Sie müssen meine Position verstehen«, bemerkte Xin Zhu. »Ich sitze hier und versuche, nach bestem Wissen und Gewissen meine Arbeit zu machen, aber dann muss ich zu meinem Bedauern erfahren, dass mir jemand Schaden zufügen will. Und nicht nur mir, sondern auch meinem Land – der Sicherheit meines Landes. Wie würden Sie an meiner Stelle handeln?«

Milo schenkte sich die Antwort.

»Sie würden genauso handeln wie ich. Sie würden versuchen herauszufinden, wer Ihnen Schaden zufügen will und wie.«

»Nicht warum?«

»Den Grund kenne ich. Alle Amerikaner sind besessen von Rache.«

»Das ist jetzt ein Witz, oder?«

»Meinen Sie?«

»*Sie* haben dreiunddreißig Menschen liquidiert, um den Tod Ihres Sohnes zu rächen. Das zeugt von einer erschreckenden Rachsucht.«

»Dass Amerikaner von Rache besessen sind, heißt nicht, dass ich es nicht bin. Das eine stellt keinen Widerspruch zum anderen dar.«

Milo stand auf und schüttelte das Bein aus, um das Kribbeln dort zu lindern. »Was meint Alan Drummond dazu? Er ist doch garantiert bei Ihnen.«

»Wenn es nur so wäre«, sagte Xin Zhu. »Und bei Ms. Jones ist er auch nicht?«

»Vielleicht ist er tot.«

»An diese Möglichkeit glauben wir wohl beide nicht. Zumindest Ihr Vater zieht sie anscheinend nicht in Betracht.«

Milo überlegte fieberhaft, ob sie ihn oder Jewgeni beschattet hatten. Oder hatten sie einfach die SMS seines Vaters mit der Einladung zum Mittagessen gelesen? Auf diese Weise hätten sie einen ganzen Tag Zeit gehabt, den Tisch im Byblos mit Wanzen zu präparieren und alle anderen Plätze mit falschen Gästen zu besetzen. »So oder so, ich weiß es nicht.«

»Auch das müssten Sie also herausfinden. Ich hatte nie die Absicht, Alan Drummond ein Haar zu krümmen.«

»Es fällt mir schwer, das zu glauben.«

»Es ist die Wahrheit, Mr. Weaver. Er hat gegen unsere Übereinkunft verstoßen. Wenn mir daran gelegen wäre, ihn dafür zu maßregeln, hätte ich nicht ihn getötet, sondern seine Frau.«

»Penelope?«

»Mit seinem Handeln hat er ihr Leben aufs Spiel gesetzt.«

»Was hat er denn getan?«

»Er hat meine Anweisungen nicht befolgt.«

»Ich verstehe nicht.«

»Bald werden Sie es verstehen. Im Moment möchte ich mit Ihnen lieber darüber sprechen, wie Sie die Fakten aufdecken können.«

»Nein«, entgegnete Milo. »Zuerst müssen Sie mir verraten, warum Sie der Meinung sind, dass ich Ihnen helfen werde.«

»Vielleicht weil Sie einmal einem Sterbenden, der zufällig auch Ihr Feind war, geholfen haben, die Identität seines Mörders aufzudecken. Mr. Sam Roth, auch bekannt als Tiger.«

»Wenn Sie sich umbringen lassen, bin ich gern bereit, nach dem Mörder zu suchen.«

»Ein ziemlich geschmackloser Scherz, Mr. Weaver.«

»Erzählen Sie mir von Ihrer Beziehung zu Alan.«

»Es ist ganz einfach. Ich habe entdeckt, dass er den Plan verfolgt hat, zumindest meinen Ruf zu beschmutzen. Ich konnte ihn davon überzeugen, seinen Fehler einzusehen. Daraufhin hat er zusammen mit mir daran gearbeitet, den Plan zu durchkreuzen.«

»Warum hat er ihn nicht einfach aufgegeben?«

»Weil er nicht der einzige Beteiligte war. Leticia Jones zum Beispiel war mit dabei. Senator Nathan Irwin.«

»Irwin hat die Finger im Spiel?« Die Geschichte wurde immer schlimmer. Vor einem Jahr hatte Irwin einen Mordversuch an Milo angezettelt.

»Wie bereits erwähnt, Amerikaner sind besessen von Rache, und für Politiker gilt das ganz besonders. Es gibt noch zwei weitere Verschwörer aus den Reihen Ihres früheren Arbeitgebers. Stuart Jackson, ein pensionierter Beamter vom Directorate of Operations, und Dorothy Collingwood, die für den National Clandestine Service arbeitet. Kennen Sie die beiden zufällig?«

Wahrheitsgemäß erwiderte Milo, dass er noch nie von diesen Leuten gehört hatte.

Xin Zhu ließ ein lautes Seufzen hören. »Sie begreifen jetzt sicher. Alan Drummond konnte diesen drei mächtigen Leuten nicht einfach mitteilen, dass der Plan abgeblasen ist. Somit bekam er die Aufgabe, für das Scheitern des Plans zu sorgen.«

»Aber er hat Sie hintergangen?«

»So könnte man es ausdrücken.«

»Die Kamera war von Ihnen. Die in Alans Büro.«

»Selbstverständlich. Nach unseren Instruktionen hat er sie dort persönlich angebracht. Wie sich herausstellte, hat er allerdings nur selten im Büro gearbeitet.«

Inzwischen war das Gliederzittern ein wenig abgeklungen, und Milo hatte nicht mehr das Gefühl, von einer schweren Last zu Boden gedrückt zu werden. »Hören Sie, Zhu.«

»Sie sprechen mich mit dem Vornamen an. Sehr vertraulich.«

Milo zögerte. Xin Zhu hatte natürlich recht. Im Chinesischen folgte der Rufname auf den Hauptnamen. Aber Milo, Alan, Nathan Irwin ... sie alle hatten sich einfach ohne besonderen Grund angewöhnt, ihn Zhu zu nennen. »Xin Zhu«, verbesserte er sich. »Ich hatte nicht vor, wegen Alan um die halbe Welt zu fliegen, und für Sie werde ich es auch nicht tun. Sie haben genügend Leute, die das übernehmen können.«

»Ich glaube nicht, dass Leticia Jones oder Nathan Irwin meinen Mitarbeitern vertrauen würden. Nein, Mr. Weaver. Ich kann leider nicht auf Sie verzichten.«

»Das werden Sie aber müssen.«

»Bitte«, erwiderte Xin Zhu, »schalten Sie Ihren Computer ein.«

Milos Notebook stand bereits aufgeklappt vor ihm. »Okay.«

»Gehen Sie in Ihren Browser und geben Sie folgende IP-Adresse ein.«

Milo tippte in die Adresszeile die durch Punkte unterbrochene Zahlenfolge, die ihm Zhu diktierte. Eine Sekunde lang zögerte der Computer bei weißem Monitor, um zwei Bilddateien zu laden. »Was ist das?«

»Dauert nur einen Moment.« Xin Zhu fügte noch etwas in einer anderen Sprache hinzu, bei der es sich wohl um Mandarin handelte.

Dann erschienen nacheinander Bilder, zwei Rechtecke im Format 4 zu 3, die sich horizontal aufbauten, und er erkannte, dass beides Livestreams waren. Endlich wurden sie fast gleichzeitig geladen und fingen an zu laufen.

Links folgte die Kamera den Bewegungen eines Körpers; sie war auf Brusthöhe an jemandem angebracht und filmte die Innenräume einer großen Bibliothek, die Milo bestens kannte: die Avery Architectural and Fine Arts Library der Columbia University, deren Leiterin Tina war. Die Person mit der Kamera ging vorbei am Ausgabeschalter und an von Studenten besetzten Computerarbeitsplätzen in einen kurzen Bürokorridor bis zur hintersten Tür auf der linken Seite. Die Hand des Kameramanns erschien und klopfte neben dem Schild mit dem Namen der Bibliotheksleiterin. Kein Geräusch, nur eine Sekunde lang Stille, dann öffnete die Hand die Tür, und drinnen kam Tina hinter ihrem Schreibtisch zum Vorschein, die mit der tief auf der Nase sitzenden Lesebrille über einen Stapel Formulare gebeugt dasaß und fragend zu dem Kameramann aufblickte.

Das Bild auf der rechten Seite war statisch. Offenbar hing die Kamera in der Ecke eines Zimmers. Auch hier gab es Bücher. Kinderbücher. Und Spielsachen. Im Kreis um eine Frau über vierzig, die in die Hände klatschte und sang, saßen fünfzehn Kinder und sangen eifrig mit. Erstaunlicherweise bemerkte er zuerst Sarah Lawton mit ihrem pedantischen blonden Haarschnitt und in Ballerinakluft, bevor er zwei Kinder weiter Stephanie sah. Sie wirkte gelangweilt und gereizt.

Xin Zhu meldete sich wieder: »Verstehen Sie jetzt?«

Milo fühlte nichts. Seine Hände und Beine, sogar sein Kopf waren ganz taub.

»Ich greife nicht gern zu solchen Methoden, aber behalten Sie es im Gedächtnis, wenn Sie Ihre Arbeit verrichten.«

»So haben Sie es auch mit Alan gemacht«, flüsterte Milo.

»Alan dachte, er kommt davon, wenn er seine Frau verlässt. Wenn er sie mit seinem Verhalten in den Wahnsinn treibt und sich dann aus dem Staub macht. Aber da hat er sich getäuscht.«

Milo fiel ein, dass Penelope nicht ans Telefon gegangen war. »Sie haben Penelope.«

»Nein«, erwiderte Xin Zhu sofort. »Alan Drummond wird nicht wieder auftauchen, auch wenn ihr etwas zustößt. Aber ich habe inzwischen gelernt, dass zu viel Großzügigkeit schädlich ist, und ich werde diesen Fehler bestimmt nicht noch einmal begehen. Bedenken Sie, dass Ihre Familie für uns jederzeit in Reichweite ist. Bitte zwingen Sie uns nicht zu radikalen Schritten.«

Milo erinnerte sich an eine weitere Bemerkung Chaudhurys: *Meistens nenne ich ihn bei seinem richtigen Namen: Gott.*

Nachdem er sich in der Toilette übergeben und sich den Mund ausgespült hatte, fühlte er sich, als wäre alles aus seinem Körper herausgeströmt: seine Organe, seine Panik, seine Seele und sogar seine Liebe. Doch seine Emotionen waren nicht weg, sie waren nur aufgeräumt und in ein kleines Kästchen in einem fernen Winkel seiner Psyche gesperrt worden, damit er sich zu einem geeigneteren Zeitpunkt mit ihnen befassen konnte. Das Verblüffende war, dass er das nach Monaten ohne Übung so schnell schaffte. *Auch das bringen sie uns bei*, hätte er am liebsten zu Tina gesagt, doch er hatte nicht vor, ihr irgendetwas zu erzählen. Er würde den Eid brechen, mit dem er ihr Aufrichtigkeit gelobt hatte, und auch wenn er dafür gute Gründe hatte, war ihm bewusst, dass er damit wieder auf die schiefe Bahn vollkommener Verlogenheit geriet.

Obwohl er nichts davon wahrnahm, zweifelte er keine Sekunde daran, dass er beobachtet oder belauscht wurde, als er Leticias spezielle Nummer wählte und nach den Worten »Hallo, hier ist Milo« wieder auflegte. Inzwischen war es 11.46 Uhr. Er schlüpfte in ein leichtes Jackett und verließ das Apartment.

Unterwegs auf der Seventh Avenue Richtung Flatbush Avenue versuchte er seinen Verfolger zu entdecken, aber um diese Tageszeit war viel los, die Geschäfte waren offen und voller Menschen, und er merkte, dass bei jedem asiatischen Gesicht seine Antennen ausschlugen. Doch es gab keinen Grund für die Annahme, dass Xin Zhu für diese Aktion Chinesen einsetzte; er konnte jeden x-Beliebigen anheuern. Jemanden wie Chaudhury oder den Schwarzen in der übermäßig schweren Jacke, der auf der anderen Straßenseite in Milos Richtung ging. Jeder konnte eine Kamera im Hemd oder in der Bluse tragen.

Hatte er Angst? Sicher, aber auch die war weggesperrt. War er ohne Hoffnung? Nein, doch er konnte nicht erkennen, ob es echte Hoffnung war oder die falsche, die Touristen in sich nähren, um am Drücker bleiben zu können. Er musste Puzzleteilchen zusammentragen und sie bei Licht hin und her wenden, um genau zu begreifen, wo er stand und welche Optionen er hatte. Seine Tätigkeit als Geheimagent lag schon Monate zurück, doch die schlichte Klarheit des Tourismus hatte ihn nicht verlassen.

Nach Lage der Dinge hatte er keine Wahl. Xin Zhu stieß keine leeren Drohungen aus, und er tat auch nichts, ohne die nächsten fünf Schritte vorauszudenken. Milo konnte nicht einfach abhauen, und es kam auch nicht infrage, Frau und Kind abzuholen und mit ihnen zu fliehen. Diese Möglichkeiten hatte Xin Zhu sicher eingeplant.

Das Handy in seiner Tasche piepte. Diesmal war es eine Privatnummer. »Ja?«

»Wohin gehen Sie?« Xin Zhu sprach mit leiser Stimme.

»Ich nehme Kontakt zu Leticia auf.«

»Können Sie das nicht von zu Hause?«

»Leider nein.«

»Wie funktioniert es?«

»Ihre Leute können zuschauen und was lernen.«

»Ich möchte es lieber sofort wissen.«

Milo erklärte es ihm.

»Wie neulich«, meinte Xin Zhu.

»Ja.«

»Sie haben eine Stunde Zeit«, sagte er. »Warum die Eile?«

»Ich brauch was zu trinken.«

Xin Zhu schaltete ab.

Auf der Flatbush Avenue hielt er Ausschau nach belebten Restaurants und Bars und sah, dass Mooney's Pub, das am Ende des Monats abgerissen werden sollte, brechend voll war. Am Mittag war so etwas eine Seltenheit, doch vermutlich waren einfach alle Gäste gleichzeitig von einer Welle der Nostalgie gepackt worden. Er zwängte sich hinein und nickte dem einen oder anderen bekannten Gesicht aus dem Viertel zu. An der Bar winkte er und rief nach einem Wodka Martini.

Auf den ersten Blick war das Mooney's nur eine Spelunke, doch inzwischen war es auch eine Institution, die der Luxussanierung zum Opfer gefallen war. Das Publikum setzte sich aus überwiegend weißen Stammgästen und Szenegestalten zusammen, und während er seinen Drink vorsichtig von der Bar wegtrug, tastete er mit der rechten Hand gleichzeitig unauffällig über Jacken. Als er zur Wand gelangte, hatte er das iPhone von jemandem in der Hand und ließ es in seine Tasche gleiten.

Das Glas an den Lippen, beobachtete er das Gedränge am Eingang und lauschte mit halbem Ohr auf Johnny Cash und June Carter mit ihrem Duett »Jackson«. Der Schwarze tauchte nicht mehr auf, doch eine weiße Frau über dreißig schlenderte herein. Sie war ohne Begleitung und passte irgendwie nicht ganz ins Bild. Vielleicht war sie es, vielleicht nicht. Er konnte es nicht wissen.

Im Widerspruch zu seiner Ausbildung dachte er viel zu lange über Schuldzuweisungen nach, bis ihm endlich dämmerte, dass er sich das Ganze selbst zuzuschreiben hatte. *Er* hatte Direktor Stephen Rollins angerufen. Chaudhury hatte ihn sogar noch aufgefordert, die Finger davon zu lassen. Er hatte ihn gewarnt, sich lieber nicht dem Radarschirm dieses Mannes zu nähern. Doch jetzt war es passiert.

Hätte er die Sache auf sich beruhen lassen können? Hätte er einfach akzeptieren können, dass Chaudhury von der CIA war? Nein, und Xin Zhu hatte das wahrscheinlich gewusst. Milo malte sich die Abfolge der Ereignisse aus. Er konfrontiert Chaudhury damit, dass er nicht vom Heimatschutz ist, und die nächste Schicht der Tarnung kommt zum Vorschein. Er arbeitet für die Company. Diese Information leitet Chaudhury an Xin Zhu weiter, der ihn anweist: *Wenn er weiterbohrt, geben Sie ihm diese Nummer.* Zu Xin Zhus Fähigkeiten gehörte es, dass er wusste, wann er sich strecken und dehnen musste, um auf unerwartete Wendungen wie Milos Neugier zu reagieren. Xin Zhu war der ultimative Pragmatiker. Er arrangierte es so, dass er nach Milos erstem Anruf einen ganzen Tag Zeit hatte, um seine Verfolger einzuteilen, und bei seinem Rückruf saß Milo bereits in der Falle.

Er konnte nicht sagen, ob ihn Xin Zhu in Ruhe gelassen hätte, wenn er nicht angerufen hätte, und genau dieser Punkt nährte seine Selbstzweifel. Deswegen war es bei Touristen verpönt, über Schuldfragen nachzugrübeln.

Als sein Glas halb leer war, stieß er sich von der Wand ab und bahnte sich mühsam einen Weg nach hinten zu den Toiletten. Er schaute sich nicht um und zögerte auch nicht, denn Zögern war wie ein lautes Alarmzeichen auf dem Rücken. Er drängte sich vor zu dem kleinen, schmutzigen Klo, aus dem exakt in diesem Moment ein Betrunkener torkelte. Drinnen lehnte er sich gegen die Tür und zückte das iPhone, um die Nummer zu wählen, die er seit dem Bestellen des Martini im Kopf ständig wiederholt hatte.

Nach drei Klingeltönen meldete sich Janet Simmons. »Ja?«

»Milo hier.«

»Sind Sie in einer Bar?«

»Sie müssen meine Familie verhaften.«

»Was?«

»Heute Abend noch, wenn möglich. Beide sind zu Hause, und ich will, dass Sie sie in Gewahrsam nehmen. Sie sind in Gefahr.«

»Durch wen?«

»Sie würden mir nicht glauben.«

»Wo sind Sie jetzt?«

Milo spürte einen Druck im Rücken; jemand wollte herein. »In Brooklyn. Kommen Sie her und holen Sie sie ab. Das ist alles. Ich gebe Bescheid, sobald sich die Situation beruhigt hat.« Eine Faust pochte heftig an die Tür. Milo rief: »Sekunde noch!«

»Sie haben eine übertriebene Vorstellung von meinen Befugnissen. Wissen Sie noch, was Sie mir für Streiche gespielt haben? Das hat mir nicht unbedingt einen Karrieresprung eingebracht.«

»Dann lassen Sie sich was einfallen. Wenn nicht, sterben Tina und Stef. Rufen Sie mich an, sobald sie in Sicherheit sind, aber nicht vorher.«

»Hat das was mit diesem Dennis Chaudhury zu tun?«, fragte sie.

»Ja.«

»Company?«

»Chinesen.« Als sie schwieg, setzte er hinzu: »Ich muss los. Tun Sie es einfach. Bitte.«

»Sie meinen es ernst.«

Nachdem er abgeschaltet hatte, öffnete er die Tür und entschuldigte sich bei einem baumlangen Kerl mit Schnurrbart. Dann arbeitete er sich wieder nach vorn und kam unterwegs an der Frau ohne Begleitung vorbei. Sein Drink war noch dort, wo er ihn abgestellt hatte. Um die Sache plausibel zu machen, zögerte er kurz, um seinen Hosenschlitz zu prüfen, und vielleicht war es diese Bewegung, die auffiel. Die Frau ohne Begleitung warf ihm einen Blick zu, so wie man sich kurz in einem Raum umsieht, aber das genügte.

Er leerte den Martini und deponierte das iPhone hinter dem Glas, ehe er das Lokal verließ. Jetzt um 12.44 Uhr floss der rege Verkehr auf der Grand Army Plaza an ihm vorbei. Ohne sich umzuwenden, wartete er auf das Fußgängersignal, dann überquerte er mehrere Straßen, bis er die dreieckige Grasinsel erreichte. Dort blieb er reglos stehen. Um ihn herum setzten die Autos ihre laute Stauparade fort, während er wartete und versuchte, an nichts zu denken.

10

Auf dem Heimweg kam er zu dem Schluss, dass er noch nicht genug getan hatte. Zwar vertraute er darauf, dass Janet Simmons ihn nach Kräften unterstützen würde, aber er wusste nicht, was eine Agentin in ihrer Position ausrichten konnte. Doch angesichts der Alternative beschlich ihn ein mulmiges Gefühl. Beim letzten Mal, als er seinen Vater gebeten hatte, jemanden zu verstecken, war die Betreffende – ein fünfzehnjähriges Mädchen – entkommen und später an einer abgelegenen Straße in den französischen Bergen ermordet worden.

Natürlich lagen die Dinge jetzt anders, trotzdem hatte er kein gutes Gefühl, als er seine zweite Strategie entwickelte, die mit einem Besuch im Lebensmittelgeschäft und dem Kauf von Zutaten für eine vietnamesische Nudelsuppe begann. Oben in der Wohnung schnitt er das Gemüse in Stifte, und bevor er es im Kühlschrank verstaute, ließ er unauffällig einen Kugelschreiber von der Arbeitsplatte in seine Tasche gleiten. Dann wickelte er die Hähnchenbrust aus der Papierverpackung, von der er ein Stück abriss und ebenfalls in die Tasche steckte, ehe er den Rest in den Müll warf. Nachdem er das Fleisch geklopft, gewürzt und es zum Grillen in den Ofen geschoben hatte, steuerte er auf das WC hinter der Eingangstür zu.

Als er die Hose öffnete, schaute er sich vorsichtig in dem kleinen Raum um: Toilette und Waschbecken, Spiegel und Deckenlampe. Er konnte keine Anzeichen von Überwachung erkennen, doch in Wirklichkeit baute er weniger auf seine Wahrnehmung als auf die Hoffnung, dass Xin Zhus Männer zwar womöglich die ganze Wohnung mit Kameras präpariert, aber kein Interesse an diesem Raum hatten. Auf der Toilette sitzend, zückte er Stift und Papier und schrieb eine Nachricht auf Russisch.

Mit gespielt fröhlicher Miene holte er Stephanie vom Ferien-camp ab und hörte sich ihre Beschwerden über Sarah Lawton an, die die Kühnheit besessen hatte, in Ballerinakleidung auf-zutauchen, ohne Stephanie vorher Bescheid zu sagen. Zu Hause fing sie an zu schnuppern. »Kochst du was?«

»Nudeln. Schmeckt dir bestimmt.«

»Ich dachte, Grandpa geht mit uns zum Essen.«

»Hier ist es gemütlicher.«

Seufzend verzog sie sich in ihr Zimmer.

Bei ihrer Ankunft um halb sechs stellte Tina die gleiche Frage und wirkte genauso frustriert. Als Milo schließlich hinunter zu Jewgeni ging, der sie in einer Limousine mit Chauffeur abholen wollte, war der Alte mehr als nur enttäuscht, er war sauer. »So eine Reservierung kriegt nicht jeder, weißt du.«

»Stell dich nicht so an.« Milo rang sich ein Lächeln ab. »Dein Fahrer kann uns gern Gesellschaft leisten, wenn er mag.«

»Francisco mag keine Hausmannskost.« Jewgeni beugte sich zu dem offenen Fenster. »Nicht wahr, Francisco?«

»Hausmannskost kann ich nicht ausstehen, Sir.« Francisco war ein bulliger Typ mit dunkler Haut und südamerikanischem Akzent. »Rufen Sie mich, wenn Sie mich brauchen?«

»Da werden Sie wohl nicht lange warten müssen, fürchte ich«, knurrte Jewgeni, ehe er sich abwandte, um seinem Sohn ins Haus zu folgen.

Weder auf der Straße noch im Treppenhaus gab Milo die Nachricht weiter. Zwar hatte er Bedenken wegen seiner Wohnung, aber den öffentlichen Bereich betrachtete er mit noch größerem Misstrauen. Aus diesem Grund hatte er auch den Restaurantbesuch abgeblasen. Erst als sie drinnen waren und

Stephanie angestürmt kam, packte Milo seinen Vater mit dem Ruf »Vorsicht, Irre im Anmarsch!« um die Hüfte und schob ihm den um den Ersatzschlüssel der Wohnung gewickelten Zettel in die Gesäßtasche der Hose. Der Alte spürte das Manöver natürlich, doch er bewies Geistesgegenwart und stieß einen lauten Schreckensschrei aus, als seine Enkelin mit ihm zusammenkrachte.

Milo klopfte ihm auf die Schulter. »Was zu trinken?«

»Sofort.« Jewgeni kniff Stephanie so fest in die Wange, dass sie aufjaulte.

Als das Gespräch allmählich in Gang kam, wurde Milo klar, dass er jetzt in der gleichen Situation war wie Alan vor zwei Wochen bei der Unterhaltung auf dem Dach: auf quälende Weise gefangen in einer Sache, bei der es um Leben und Tod ging, die er aber niemandem verraten durfte. Jetzt war es Milo, der so tun musste, als würde er Jewgeni zuhören, der voller Begeisterung die Feierlichkeiten der Vereinten Nationen zum Tag des öffentlichen Dienstes beschrieb. Warum, so fragte sich Milo, hatte ihm nicht auch Alan eine Nachricht zugesteckt? Warum war er dort oben auf dem Dach nicht deutlicher geworden? Weil Alan sich nur auf Menschen und Dinge verließ, die er persönlich kontrollierte, auch wenn das bedeutete, dass er Milo nicht vertraute. Weil Alan sich für den Einzigen hielt, der Penelope retten konnte.

Oder täuschte sich Milo? Hatte Alan irgendwelche Andeutungen fallen gelassen, die er in seiner Begriffsstutzigkeit nicht bemerkt hatte? Angestrengt dachte er zurück. *Immer sehe ich diese Punkte vor mir … er war nicht der einzige Überlebende … Blockhütten am Grand Lake … Grand Estes … hat ein süßes, junges Ding geheiratet … Wer sagt, dass ich seine Frau … Du kennst nicht mal ihre Namen, oder?*

Nichts deutete auf etwas Bestimmtes. Oder alles deutete auf alles.

Im Augenblick war das ohnehin nebensächlich. Wichtig waren nur der Heimatschutz und die Leute seines Vaters und das, was sie für ihn tun konnten. Bei jedem Schritt draußen im Treppenhaus wartete er auf das Pochen an der Tür und auf den Ansturm der Agenten. Wie würden sie vorgehen? Würde Simmons mitkommen? Würden sie auch Milo und Jewgeni festnehmen?

Jewgeni lehnte sich zu Stephanie, die unwillkürlich zurückwich, weil sie nicht wieder gekniffen werden wollte. »Du hast da was.«

»Das ist Magic Marker auf den Augenlidern«, erklärte Tina.

»Nein.« Er zog etwas hinter Stephanies rechtem Ohr hervor. Als er die Hand öffnete, kam ein funkelndes Armband mit fünf Reihen aus polierten Achatsteinen zum Vorschein. »Wie hast du damit überhaupt was hören können?«

»Wow.« Vorsichtig nahm sie es in die Hand. Sie war sprachlos.

»Ich hab von deiner Freundin in Botsuana gehört«, sagte er. »Also hab ich dem Botschafter erzählt, dass ich ein Mädchen kenne, das sich seit Kurzem für sein schönes Land interessiert. Ich wollte seinen Rat für ein Geschenk. Er hat ein paar Anrufe gemacht und sich das direkt aus Gaborone im Diplomatengepäck mitschicken lassen.«

»*Wow*«, machte Stephanie erneut. »Danke.«

Ich habe ihm nie von Stephanies Freundin in Botsuana erzählt, dachte Milo.

Sie legte sich das Armband ums Handgelenk, während Milo die Servierschüssel mit der Brühe und den Nudeln holte, in die er auch das Hähnchenfleisch gegeben hatte. Dazu kamen kleinere Schalen mit Gemüse und eine weitere mit einer selbst angerührten Fischsoße.

»Sieht gut aus«, räumte Jewgeni ein. Dann warf er einen Blick auf seine Hände. »Aber vorher sollte ich mir noch die Hände waschen.«

»Du kannst das kleine WC nehmen«, meinte Milo.

Während sein Vater draußen war, half ihm Tina mit dem Besteck und fragte, ob es ihm gut ging.

»Klar, warum nicht?«

»Du wirkst ein bisschen zerstreut.«

»Alles in Ordnung.« Er küsste sie auf den Mund und ertappte sich bei dem sentimentalen Gedanken, dass das vielleicht für längere Zeit ihr letzter Kuss war.

Als Jewgeni bei seiner Rückkehr mit einem bedeutsamen Nicken die Absicht bekundete, Tina und Stephanie morgen Abend gemäß den Anweisungen in der Notiz wegzubringen, fühlte sich Milo tatsächlich besser. Wieder rief er sich ins Gedächtnis, dass das Versagen des Alten bei Adriana nicht mit der jetzigen Situation zu vergleichen war. Diesmal war Milo klüger vorgegangen. Er hatte Jewgeni wissen lassen, dass er unter ständiger Überwachung stand, und ihn aufgefordert, absolutes Stillschweigen zu wahren, bis Tina und Stephanie in Sicherheit waren. Er hatte nur angedeutet, dass die Chinesen beteiligt waren, und nähere Einzelheiten erst für später in Aussicht gestellt, wenn keine Gefahr mehr bestand. Anscheinend hatte Jewgeni alles begriffen, doch das einzige Zeichen von Anspannung war das häufigere Scharren an seiner Wange.

Die Nudelsuppe kam erstaunlich gut an, und mitten in der Mahlzeit piepte Milos Handy – eine SMS. Ein einziges Wort von einer Privatnummer: DACH. Er löschte die Nachricht und tupfte sich mit einer Serviette den Mund ab. Dann stand er auf. »Tut mir leid, ich muss einen Anruf machen. Bin gleich wieder da.« Mit diesen Worten verließ er das Apartment.

Leticia Jones erwartete ihn im Zentrum des Dachs. Sie rauchte eine Mentholzigarette. Der Abend war angenehm kühl, und sie trug eine lange schwarze Leinenjacke, die bis zu den Waden reichte. Letztere steckten in Lederstiefeln. »Hi, Baby«, begrüßte sie ihn.

»Komm mit runter. Meine Nudeln sind der volle Hit.«

Mit einem Lächeln trat sie näher. »Tut mir leid. Bin schon mit einem anderen verabredet.«

»So ist es immer.«

»Du bist wirklich *niedlich*.« Mit ihren langen, bemalten Nägeln berührte sie seine Wange. Sie wusste genau, wie man einen Mann aus der Fassung brachte. Zumindest manche Männer. Milo fand sie eher ermüdend. »Aber jetzt mal ernsthaft, okay? Ich nehme an, du bist dabei, sonst hättest du nicht angerufen.«

»Ja.«

»Möchtest du mir den Grund verraten?«

»Weil ich keine andere Wahl habe.«

»Hoffentlich meinst du nicht, dass ich dich zu was zwinge, Milo.«

»Das musst du nicht«, erwiderte er. »Das hat Alan schon besorgt.«

Sie nickte, vielleicht weil sie verstanden hatte, dann atmete sie Rauch aus. »Also gut. Du fährst morgen um zwei nach Georgetown zu einem Treffen mit ein paar Leuten, die mit dir reden möchten.«

»Leute wie Nathan Irwin?« Er wusste nicht, ob es schlau war, seine Informationen von Xin Zhu ins Spiel zu bringen.

Leticia schien kurz davor, seine Frage zu ignorieren, doch dann neigte sie den Kopf. »Da hat wohl jemand nachgedacht.« Sie machte eine Pause. »Im Gegensatz zu mir zweifelt er an Bekehrungen. Und im Gegensatz zu mir mag er dich nicht. Verstehst du, was ich meine?«

»Klar.«

»Du fährst also hin?«

»In meinem besten Anzug.«

»Nette Vorstellung.« Sie nannte ihm eine Adresse. Dann machte sie einen Schritt auf ihn zu und küsste ihn auf die Wangen. »Pass auf dich auf.«

Milo wandte sich ab, um ihr die Tür zum Treppenhaus zu öffnen, aber sie war bereits auf die Umrandung getreten und sprang hinunter aufs Dach des Nachbarhauses. Er hatte keine Ahnung, über wie viele Gebäude sie laufen musste, bevor sie durch eine aufgehebelte Dachtür wieder hinunter zur Straße gelangte.

Als er an den Tisch zurückkehrte, versuchte Jewgeni gerade aus Tina herauszukitzeln, wo sie gern leben würde. »Egal, wo auf der Welt. Vergiss mal deine Arbeit. Und auch das Geld. Wo stellst du dir dein ideales Zuhause vor?«

Die Frage schien sie aus der Fassung zu bringen. »O Gott, was weiß ich.«

»Hawaii«, warf Stephanie ein.

»Hervorragende Wahl«, fand Jewgeni.

»Wie wär's mit …«, begann Milo.

»Du nicht«, unterbrach ihn Jewgeni. »Du hast schon viel zu viel gesehen. Ich möchte hören, wovon eine gebildete Amerikanerin träumt.«

Tina schenkte Wein ein, während sie ernsthaft darüber nachgrübelte. »Costa Rica? Angeblich ist es dort wunderschön.«

»Interessant«, meinte Jewgeni anerkennend.

»Oder nein.« Tina schüttelte den Kopf. »Genf.«

»Noch besser. Du warst noch nie in meinem Apartment dort. Höchste Zeit, dass sich das ändert.«

Stephanie machte große Augen. »Was, wir ziehen in die Schweiz?«

Lächelnd sah Jewgeni Milo an, der seine Begeisterung nicht teilte. Die Vorstellung, dass sie sich in Jewgenis Genfer Apartment versteckten, gefiel ihm überhaupt nicht. Es war *bekannt.*

Nach dem Essen stellte Tina eine Frage, auf die sie seltsamerweise noch nie gekommen war. »Was machst du eigentlich bei der UN?«

»Milo weiß das doch. Ich arbeite beim Generalstabsausschuss des Sicherheitsrats. In der Finanzabteilung.«

»Das heißt, er ist Buchhalter«, fügte Milo hinzu.

»Das heißt, ich bin Verwaltungsbeamter«, korrigierte Jewgeni. »Bei Zahlen bin ich eine Niete.«

»Hab ich das jetzt richtig verstanden?«, hakte Tina nach. »Du leitest ein Team von Buchhaltern?«

»So was in der Richtung, aber meine Leute arbeiten sehr selbstständig, ich muss mich kaum um sie kümmern. Deswegen habe ich jede Menge freie Zeit.«

»So läuft das also? Du kontrollierst sie ab und zu, und die übrige Zeit fliegst du in der Gegend rum?«

»Ja, mit so einem Job kann man sich wirklich glücklich schätzen.« Jewgeni richtete seine Worte an Milo.

»Beneidenswert«, stellte Tina fest.

Jewgeni lehnte sich über den Tisch und legte seine Hand auf die ihre. »Dann verlass diesen Trottel und brenn mit mir durch.«

»Kann ich Stef mitnehmen?«

Mit ihrem Armband am Handgelenk ging Stephanie schlafen, und alle drei Erwachsenen brachten sie ins Bett. Danach kochte Milo Kaffee, und Tina erzählte Jewgeni von Alan und Penelope. Sie berichtete ihm das wenige, was sie wusste, und fügte hinzu, dass sie in ihrer Mittagspause beim Apartment der Drummonds vorbeigeschaut hatte.

Milo wunderte sich. »Warum?«

»Sie meldet sich noch immer nicht am Telefon.« Dann wandte sie sich wieder an Jewgeni. »Aber das weißt du sowieso schon alles, oder?«

Nach einem kurzen Blick zu Milo zuckte Jewgeni die Achseln.

»Und?«

»Ich stehe in Verbindung mit Leuten in London, die die Sache untersuchen. Ich glaube nicht, dass er tot ist.«

»Milo auch nicht.«

»Er hat das Hotel allein verlassen.«

Sie überlegte kurz. »Er hat einen von Milos alten Decknamen benutzt. Warum macht er so was?«

»Keine Ahnung.«

»Vielleicht hat er wirklich den Verstand verloren.«

Jewgeni ließ sich Zeit mit der Antwort, als wäre das ein völlig neuer Gesichtspunkt für ihn. Schließlich schüttelte er den Kopf. »Nein, er ist einfach bloß Amerikaner.«

Als Milo die Tassen hinstellte, blinzelte Tina verwirrt. »Was soll das heißen?«

»Nichts weiter«, erwiderte er. »Amerikaner ... na ja, Amerikaner sind eben was Besonderes, auch in der entwickelten Welt.«

»Aha.«

Jewgeni lächelte. »Natürlich. Ihr glaubt noch immer an Utopien. Vielleicht weil es zu eurem Gründungsmythos gehört, diese Suche nach der vollkommenen Heimat. Auch im einundzwanzigsten Jahrhundert halten die Amerikaner an der Vorstellung einer Gesellschaft fest, in der ein konstantes Maß an Anstand herrscht und in der ein perfektes Gleichgewicht zwischen Kontrolle und Freiheit gewahrt bleibt. Einfach putzig. Ihr solltet mal sehen, was nach ein paar Hundert Jahren Kriegen und Unruhen von solchen Hoffnungen übrig bleibt.« Er schwieg, aber sie warteten noch immer auf eine Erklärung. »Alan Drummond hat eine böse Schlappe einstecken müssen, und das hat ihm die Schwachstellen in seinen utopischen Träumen vor Augen geführt. Das ist eine schreckliche Erfahrung. Traumatisch. Wenn Amerika so was zustößt – wenn zum Beispiel eine kleine Bande Irrer aus der Wüste zwei riesige Hochhäuser zum Einsturz bringt und damit beweist, dass Amerikas Sicherheitsgefühl trügerisch war –, dann schlägt das Land um sich. Es dreht durch. Dieses Verhalten hat etwas Irrationales an sich, etwas

Wildes. Niemand lässt sich gern in seinen Kernüberzeugungen widerlegen, vor allem wenn diese Illusionen die Grundlage für die einzigen Glücksträume sind, die man hat. Und wenn die amerikanischen Träume einen Dämpfer erhalten, geht das Land hoch wie eine Rakete. Wer im Weg steht, hat Pech gehabt.« Jewgeni wirkte auf einmal verlegen, als er nach seinem Glas griff.

Milo erinnerte sich noch gut an ähnliche Vorträge in seiner Teenagerzeit, als er bei Jewgeni und seiner Familie in Moskau gelebt hatte. Damals war er jung und wütend gewesen und hatte über jeden einzelnen Punkt heiß mit dem Alten diskutiert. Jetzt beließ er es bei: »Na ja.«

»Was Alan Drummond angeht …« Jewgeni räusperte sich. »Ich kann mir nur vorstellen, dass er auch so ähnlich um sich schlägt und dermaßen überzeugt ist von seinem Kampf, dass er bereit ist, andere wie Milo hineinzuziehen.«

Milo verkrampfte sich, als auf der Treppe trampelnde Schritte laut wurden, doch dann hörte er die Stimme seines Nachbarn Raymond, der offenbar betrunken nach Hause kam.

»Mann, der Kerl macht einen Lärm.« Tina hatte zumindest einen Teil seiner Gedanken gelesen. Dann wandte sie sich wieder Jewgeni zu. »Das klingt ziemlich hart.«

Jewgeni zog fragend die Brauen hoch.

»Das mit Amerika, meine ich. Hältst du uns wirklich für so naiv?«

»Vielleicht.« Er zuckte die Achseln. »Milos Schwester Alexandra findet die meisten Amerikaner fremdenfeindlich. Diese Einschätzung teile ich nicht.«

»Das ist das Dümmste, was ich je gehört habe«, stellte Tina kategorisch fest.

»Vielleicht solltest du sie mal hierher einladen und ihr zeigen, dass sie sich täuscht.«

Obwohl Tina Milos jüngere russische Schwestern nie kennengelernt hatte, gefiel ihr diese Idee anscheinend. Milo weniger. Er hatte dieses andere Leben so lange unter Verschluss gehalten, dass er sich auch jetzt, nachdem alles ans Licht gekommen war, noch unwohl fühlte bei der Vorstellung, Alexandra könnte in sein Zuhause hineinplatzen. Schon vor einigen Jahren hatte sie einen Anlauf gemacht und ihn bei einem Treffen in einem Restaurant aufgefordert, ihr Zutritt zu seinem Leben zu gewähren. Doch Milo hatte keinen Zweifel daran gelassen, dass sie zwar Teil seines alten, aber nicht seines neuen Lebens war. Sie hatte das erstaunlich humorvoll aufgenommen und sogar zugegeben, dass sie sich manchmal ebenfalls wünschte, einfach einen Schlussstrich unter die Familie ziehen zu können. *Glückwunsch.* Es gab keine Feindschaft – weder mit Alexandra noch mit der jüngeren Natalia hatte er sich zerstritten –, doch er hatte keine Lust darauf, sein Leben durch das Hinzufügen weiterer Verwandter noch komplizierter zu machen. Jewgeni reichte ihm völlig.

Doch nun nahm er Tinas Bedürfnis wahr: Sie wollte mehr über die Familie ihres Mannes erfahren. Daher sagte er: »Vielleicht ruf ich sie mal an.«

Später begleitete Milo seinen Vater hinunter zur Seventh Avenue, wo Francisco wartete.

Jewgeni schüttelte ihm die Hand. »Ich weiß, dass du das vorhin nicht ernst gemeint hast, aber du solltest deine Schwester wirklich anrufen. Sie würde sich bestimmt darüber freuen.«

Milo nickte nur.

Im Bett erklärte er Tina, dass er vorhatte, am Morgen nach Washington zu fahren, und dass sie Stephanie vom Feriencamp abholen musste. »Geht das?«

»Ich finde schon eine Möglichkeit«, antwortete sie ruhig. Dann legte sie ihm die Hand auf die Brust. »Warum nach Washington?«

Er hatte überlegt, ihr etwas von einem Vorstellungsgespräch

zu erzählen, was am leichtesten gewesen wäre, doch er hatte es satt, sie zu belügen. Wenn er jetzt teilweise ehrlich zu ihr war, milderte das seine Schuldgefühle wegen der größeren Lüge, auf die sie am kommenden Abend stoßen musste, sobald Janet Simmons oder Jewgeni auftauchte, um sie und Stephanie abzuholen. »Ich bin nur einen Tag weg, um mehr über Alan rauszufinden.«

»Jemand in Washington weiß was über ihn?«

»Ich glaube, ja.«

»Dann war er nicht bloß verrückt, oder? Er hat mit jemandem zusammengearbeitet.«

Er bewunderte zwar ihre intelligente Schlussfolgerung, doch in diesem Moment hätte er lieber darauf verzichtet. »Alles ist möglich.« Sicherheitshalber wechselte er das Thema. »Hat es dir gefallen mit Jewgeni?«

»Er ist ein komischer Kauz, aber ich mag ihn. Und die Idee mit dem Urlaub in Genf finde ich wirklich toll. Du nicht?«

»Wer fände das nicht toll?« Seine Frage war nicht ganz aufrichtig, denn bei seinem letzten Aufenthalt in Genf hatte er einen anderen Touristen überwältigt und ihn gefesselt in seinem Hotelzimmer zurückgelassen. Dieser Tourist tötete später die fünfzehnjährige Adriana Stanescu und kam bald darauf bei Xin Zhus Liquidierung der Abteilung ums Leben. Genf war so ziemlich der letzte Ort, wohin es ihn zog.

11

Milo nahm die U-Bahn zur Penn Station und stieg in den Acela Express, der um zehn Uhr nach Washington fuhr. Dabei dachte er nicht ans Ziel seiner Reise, sondern an die Straßenecke vor dem Feriencamp, wo er sich von Stephanie verabschiedet hatte. Hatte sie seine Unruhe gespürt? War ihr die lange Umarmung aufgefallen, aus der sie sich am Ende ungeduldig befreit hatte? Er hatte ihr etwas hinterlassen wollen, ein kleines Geschenk oder ein mahnendes Wort, doch alles Ungewöhnliche konnte zu einer Katastrophe führen, und so hatte er sie mit eingefrorenem Lächeln auf dem Gesicht geküsst und sie losgeschickt.

Die Fahrt, die eigentlich zwei Stunden und siebenundvierzig Minuten dauern sollte, verzögerte sich durch einen unvorhergesehenen Stau in der Gegend von Philadelphia, sodass er erst um halb zwei an der Union Station eintraf und sich hastig einen Weg durch die Menge zum Ausgang Massachusetts Avenue bahnen musste. Sein Taxi kam zunächst gut voran, war dann aber gezwungen, einen Umweg um eine Demonstration auf der Virginia Avenue zu nehmen, und erst um zehn nach zwei stieg er vor dem unauffälligen Kolonialbau an der Potomac Street aus.

Der Name am Eingang lautete Washington, und als er läutete, ertönte ohne ein Wort von drinnen der elektrische Türöffner. Durch einen verwilderten Vorgarten gelangte er zur Außentreppe und zögerte kurz, weil er sich fragte, ob er noch einmal klingeln musste. Doch das war nicht nötig. Es klickte, und die Tür wurde von einem kleinen, müde wirkenden Mann geöffnet, den er zum letzten Mal – zumindest persönlich – gesehen hatte, als er gerade die Tatsache verarbeiten musste, dass einer seiner Berater ein langjähriger Spion der Chinesen war und dass diese Unachtsamkeit zum Tod von dreiunddreißig Menschen geführt hatte – vierunddreißig, wenn man eine seiner anderen Beraterinnen mitzählte. Darüber hinaus war dieser Mann verantwortlich für den Mord an zwei von Milos Freunden: Angela Yates, die als CIA-Agentin in Paris gearbeitet hatte, und Tom Grainger, dem früheren Leiter der Abteilung Tourismus, der zugleich auch Stephanies Taufpate gewesen war. Außerdem hatte er versucht, Milo ermorden zu lassen. Dennoch stand der republikanische Senator Nathan Irwin nun gesund, wenn auch nicht unbedingt munter vor ihm. Vielleicht spürte er etwas von Milos Gedanken, denn er sagte: »Sie sehen erstaunlich gut erholt aus.«

»Zumindest bin ich nicht tot.«

»Kommen Sie rein.« Nervös spähte der Senator über Milos Schulter.

Die Innenausstattung war eher bescheiden, mit einer Treppe direkt vor ihnen und einem Wohnzimmer, das den Eindruck machte, als wäre es von älteren Damen mit einer Neigung zum Jugendstil eingerichtet worden, denen das Geld zur Verwirklichung ihrer Träume gefehlt hatte. »Sind wir allein?«

Irwin schloss die Tür. »Lassen Sie den Quatsch, Milo. Was wollen Sie?«

»Sind wir allein, Nathan? Oder schwirren hier ein paar von Ihren Beratern rum?« Es war eine kindische Stichelei und auch grausam, denn der Untergang der Abteilung Tourismus war dem Senator wirklich an die Nieren gegangen.

Irwin zuckte zusammen, doch er hatte sich schnell wieder im Griff. »Natürlich sind wir nicht allein. Wir sind nie allein. Also, was führen Sie im Schilde?«

Milo schlenderte ins Wohnzimmer und sammelte Staub an

den Fingerspitzen, als er über den kunstvoll bedruckten Stoff eines Stuhls strich. Ein nicht besonders sauberes sicheres Haus. »Ich will wissen, was mit Alan passiert ist, und Leticia meint, das kann ich nur erfahren, wenn ich Ihnen helfe.«

»Aber Sie haben doch Nein dazu gesagt.«

»Haben Sie noch nie Ihre Meinung geändert?«

»Nie«, antwortete Irwin mit einem Lächeln, das gleich wieder erlosch. »Mich würde interessieren, warum Sie Ihre Meinung geändert haben. Wir haben ein ziemlich genaues Profil von Ihnen, Milo. Sie sind ein schlicht gestrickter Durchschnittstyp. Sie haben es gern bequem, und Sie sind gern bei Ihrer Familie. Und jetzt, wo Sie beides wiederhaben, werden Sie das nicht einfach so wegwerfen. Denn genau das müssten Sie, zumindest eine Zeit lang.«

Milo blieb erst einmal stumm. Er war vor einen Porzellanschrank getreten, aus dem ihn eine Sammlung von Keramikschweinchen aus aller Welt mit einem breiten Spektrum von Gesichtsausdrücken anstarrte. »Warum soll das eine Rolle spielen?«, fragte er schließlich. »Ich bin hier, um zu helfen. Sie haben keine Armee mehr, auf die Sie bauen können. Unter diesen Umständen ist es bestimmt nicht leicht, so was Großes aufzuziehen.«

»Es spielt eine Rolle«, antwortete Irwin. »Außerdem haben Sie keine Ahnung, wie groß oder klein diese Operation ist. Vielleicht ist Leticia unsere einzige Agentin.«

»Sie haben auch noch José Santiago und Tran Hoang.«

Lautes Ausatmen. »Hat sie Ihnen das erzählt?«

»Sie haben drei Touristen, doch Alan ist abgetaucht. Sie stecken in der Klemme. Im Moment könnten Sie vor allem einen neuen Organisator brauchen, und auf dem Gebiet habe ich Erfahrung.«

»Jetzt wollen Sie also nicht mehr nur helfen, sondern die Leitung der Operation übernehmen.«

»Haben Sie jemand anders an der Hand? Haben Sie jemand anders, der Erfahrung im Umgang mit Xin Zhu hat?«

»Sie sind dem Mann doch noch nicht mal persönlich begegnet.«

»Arbeiten Sie mit jemandem, der ihn persönlich kennt?«

Irwin hatte den Eingangsbereich noch nicht verlassen; er lehnte am Treppengeländer, das hinauf zum ersten Stock führte. Er wirkte älter als im Fernsehen, aber das galt wahrscheinlich für jeden Menschen. Die Beleuchtung im Haus war nicht unbedingt vorteilhaft, und es gab keine Maskenbildner. Im Grunde sah Irwin verängstigt aus, und dazu hatte er wohl auch allen Grund.

Schließlich ließ sich der Senator zu einer Antwort herbei. »Das Problem ist: Um die Operation zu leiten, müssten wir Sie über ihren ganzen Umfang informieren. Und dazu bin ich nicht bereit.«

Milo hatte mit Widerstand gerechnet, eigentlich sogar mit stärkerem Widerstand. Doch von Xin Zhu wusste er, dass der Senator nur einer von drei Akteuren bei diesem Unternehmen war. Daher war Irwins Meinung vielleicht nicht unbedingt ausschlaggebend. »Na schön. Dann erklären Sie mir, welche Rolle Sie sich für mich vorgestellt haben.«

»Ich hab mir gar nichts vorgestellt. Leticia hat Sie dazugeholt. Und jetzt sind Sie hier, damit entsprechende Entscheidungen getroffen werden können.«

»Von Ihnen?«

Wieder huschte ein Lächeln über die Züge des Senators. Dann deutete er mit dem Kinn nach oben. »Kommen Sie.«

Die Treppe war eng, und an den Wänden hingen drei gerahmte Schwarz-Weiß-Fotos von kleinen Kindern aus den späten Fünfziger- oder frühen Sechzigerjahren. Milo hätte interessiert, wen sie zeigten, aber er schenkte sich die Frage, denn Irwin wusste es bestimmt auch nicht. Oben wandten sie sich nach links und traten in ein kleines Schlafzimmer im hinteren Teil des Hauses, in dem aber kein Bett stand, sondern nur ein Tisch und vier Stühle vor einem dicht verhängten Fenster. Von dem ehemaligen Vorhandensein eines Betts zeugten Abdrücke im Teppichboden, und es gab auch eine Kommode und einen alten Toilettentisch, die ihm allerdings erst später auffielen. Denn beim Eintreten richtete sich sein Augenmerk auf eine elegant gekleidete Frau in mittleren Jahren, die mit einer Plastikflasche Evian am Tisch saß. Ihre Hände lagen verschränkt im Schoß. Zunächst betrachtete sie Milo ruhig, dann stand sie auf und streckte ihm die Rechte entgegen: »Hallo, Mr. Weaver. Ich bin Dorothy Collingwood.«

Vom National Clandestine Service, dachte er, als er ihr die Hand schüttelte. »Sie sind aber keine Senatorin?«

Sie lachte unbeschwert. »Um Gottes willen! Nicht für alles Gold auf der Welt möchte ich Nathans Job haben.«

»Dann müssen Sie von der Company sein.«

»Das muss ich wohl.« Lächelnd kehrte sie zu ihrem Stuhl zurück. »Genauer gesagt bin ich vom NCS.«

Ein merkwürdiges Gefühl, mit einem angesehenen Politiker und einer Company-Beamtin in diesem Zimmer in Georgetown zu stehen. Irwin war schon seit fast fünfzehn Jahren in Washington, während Collingwood ihre Position wohl erst seit kurzer Zeit innehatte – ihr Name war Milo noch nie begegnet. Hatte sie sich vielleicht auf eine Sache eingelassen, der sie nicht gewachsen war?

»Ist das alles?«, fragte Milo. »Nur Sie beide?«

»Es gibt noch einen Dritten«, erwiderte Collingwood, »aber er konnte es nicht einrichten.«

Stuart Jackson, dachte Milo.

Collingwood winkte sie zu den Stühlen, und Milo nahm links von ihr Platz. Irwin ließ sich gegenüber von Milo nieder.

Milo ging in die Initiative. »Ich bin hier, um zu helfen. Alans

Verschwinden können Sie bestimmt nicht so leicht wegstecken.«

»Glauben Sie?« Collingwoods Blick ging zu Irwin, der den Kopf schüttelte. »Nathan findet, wir kommen alleine klar. Sie können also wieder heimfahren.«

Milo schaute zuerst sie und dann Irwin an, der ein unbeteiligtes Gesicht zur Schau stellte, bis völlig unerwartet sein linkes Auge zuckte. Doch das bestätigte nur, was Milo schon wusste: Der Mann stand unter großem Druck. »Leticia ist anderer Meinung.«

»Bei Agenten an der Front ist das ganz normal. Jemand mit Ihrer Erfahrung müsste das eigentlich wissen.« Sie nahm einen großen Schluck Wasser.

»Sie hat mich um Hilfe gebeten.«

»Ohne sich mit uns zu beraten«, warf Irwin ein.

Milo war sich nicht mehr sicher, warum er gekommen war. Oder vielmehr, er wusste zwar, warum *er* hier war, aber nicht, warum *sie* ihn zu diesem Treffen gebeten hatten. »Es ist Ihre Sache. Ich bin nur verwirrt, und ich verstehe Alan. Er wurde von Xin Zhu persönlich gedemütigt und ist jetzt besessen von Rache. Genau wie Sie bis zu einem gewissen Grad.« Seine letzten Worte galten Irwin. »Xin Zhu hat jemand in Ihr Büro eingeschmuggelt, davon waren Sie bestimmt nicht begeistert.« Nach einer Pause wandte er sich wieder an Collingwood. »Aber Sie … vielleicht täusche ich mich, aber ich glaube nicht, dass auch Sie einen persönlichen Groll gegen Xin Zhu hegen. Wahrscheinlich wurden Sie von Alan angesprochen, den sein Rachedurst aus der Bahn geworfen hat. Und was dann? Haben Sie einfach beschlossen mitzumachen?« Er schüttelte den Kopf, um zu zeigen, wie absurd er diese Vorstellung fand. »Ich verstehe nicht, was Sie hier überhaupt zu suchen haben.«

»So haben Sie sich das Ganze also zurechtgelegt?«, fragte sie nach kurzem Zögern. »Eine simple Retourkutsche – wie du mir, so ich dir?«

»Auge um Auge«, ergänzte Irwin.

Eine Weile blieb es stumm, bis Milo feststellte: »Dann ist es also mehr als nur Rache.«

»Selbstverständlich«, erwiderte Collingwood.

»Aber Sie wollen es mir nicht erklären.«

Sie schüttelte den Kopf. Irwin starrte einfach ins Leere.

»Hören Sie, Mr. Weaver«, erklärte Collingwood schließlich. »Was Sie hier sehen – zwei Bürokraten, die in einem verstaubten Zimmer sitzen und Agenten dirigieren –, ist nur ein Teil der Geschichte. Wir haben die Sache nicht angefangen, sondern nur geerbt. Und jetzt wollen wir sie zum Abschluss bringen. Verstehen Sie?«

»Nicht wirklich.« Milo wusste, dass Irwin durch seine Position im Senatsausschuss für Heimatschutz und Regierungsangelegenheiten in die Welt der Spionage geraten war. Aber Senatoren und hochrangige CIA-Beamte saßen nicht in sicheren Häusern herum – dafür heuerten sie andere Leute an. Die Benutzer von sicheren Häusern hatten die Aufgabe, die Identität von Politikern und hochrangigen CIA-Beamten zu schützen, die im Hintergrund die Fäden zogen. Doch in diesem Fall war es umgekehrt. Was auch immer hier lief, diese Gruppe war verzweifelt darauf bedacht, den Kreis der Eingeweihten möglichst klein zu halten.

»Tut mir leid«, fügte sie hinzu. »Aber mehr kann ich Ihnen nicht sagen. Und jetzt sind Sie dran mit Erklären.«

Milo hatte fast die ganze Zugfahrt damit verbracht, sich eine Geschichte zurechtzuklopfen, denn mehr war es nicht: eine Geschichte. Wie bei jeder Befragung oder Vernehmung brauchte es eine vordergründige und eine tiefer gehende Motivation. Im Idealfall gab es noch eine dritte, die die Sache noch überzeugender machte, doch er glaubte nicht, dass das hier nötig war. »Ich wollte gar nicht reingezogen werden«, begann er. »Das wissen Sie ja schon. Alan hat versucht, mich zu gewinnen, bevor er abgehauen ist. Und Leticia hat es bei unserem Gespräch auch probiert.«

»Und beide Male haben Sie Nein gesagt«, konstatierte Irwin.

»Natürlich. Ich mag diese Welt nicht. Schon lange nicht mehr. Aber ich habe nicht mit Alans Hartnäckigkeit gerechnet. Er hat dafür gesorgt, dass die Entscheidung nicht mehr bei mir lag.«

»Der Name«, bemerkte Collingwood.

Irwin runzelte die Stirn. »Welcher Name?«

»Der, den er vor seinem Verschwinden in London benutzt hat«, antwortete Milo. »Das war mein alter Deckname als Tourist.«

Irwin warf Collingwood einen Blick zu: Das war ihm offenbar neu.

Milo fuhr fort. »Sowohl die Deutschen als auch die Chinesen wissen, dass das mein Name ist. Es ist nur eine Frage der Zeit, bis eins von den beiden Ländern auf mich aufmerksam wird.«

»Dann nehmen Sie doch Urlaub«, meinte Collingwood sachlich. »Mieten Sie sich mit Ihrer Familie ein paar Wochen irgendwo in Florida ein, bis die Sache vorbei ist. Ich kann Ihnen ein paar Telefonnummern geben.«

Irwins Kopf pendelte. »Das wäre eine Idee, Milo.«

Milo setzte ein grimmiges Lächeln auf. »Klar. Ich mach die Fliege und überlasse das Ganze Ihnen. Leticia, José, Hoang. Bestimmt werden Sie sich in den nächsten zwei Wochen mächtig ins Zeug legen und alles dafür tun, dass ich ungeschoren davonkomme, wenn Sie mit Ihrem Plan auf die Schnauze fallen.«

Collingwood verzog den Mund. »Nathan, ich glaube, er vertraut uns nicht.«

»Wenn ich dabei bin«, fuhr Milo fort, »habe ich wenigstens

die Chance, meine Familie vor Schaden zu bewahren.« Fasziniert beobachtete Milo Irwins hüpfende Brauen.

Collingwood trank erneut Wasser. »Sie möchten also, dass wir Sie mitmachen lassen, nur damit Sie sich schützen können?«

»Und seine Familie«, ergänzte Irwin. »Seine Familie dürfen wir nicht vergessen.«

»Das ist einer der Gründe«, meinte Milo. »Der andere ist, dass ich Ihnen helfen kann.«

»Natürlich kann er uns helfen«, bestätigte Irwin ein wenig laut. »Der beste Tourist aller Zeiten! Ein Mann von unglaublichen Fähigkeiten!«

Nach einem bösen Blick wandte sich Milo wieder an Collingwood. »Ich kenne Xin Zhu besser als jeder in Ihrem Team. Ich hatte Zugang zu Berichten, die Sie nicht kennen. Ich weiß, wie er tickt.«

»Bloß den vielen Touristen hat das nicht das Leben gerettet«, stichelte Irwin.

»Das lag an einer Informationslücke. Ich hatte keine Ahnung, dass sein Sohn im Sudan getötet worden war. Andernfalls hätten wir sie retten können.«

»Was sind das für Berichte?«, fragte Collingwood. »Warum haben wir sie nicht zu Gesicht bekommen?«

»Weil es kein amerikanisches Material ist. Ich hatte sie von meinem Vater.«

»Jewgeni Primakow.« Collingwood sah Irwin an. »Er leitet diese UN-Abteilung, über die wir gesprochen haben.«

Milo bemühte sich um eine teilnahmslose Miene. Der Nachrichtendienst seines Vaters sollte eigentlich völlig geheim sein. Aber durfte es ihn wirklich überraschen, dass die beiden davon wussten? Er war sich nicht sicher.

»Können wir auf Ihren Vater zurückgreifen?«, erkundigte sich Collingwood.

»Ich könnte ihn fragen«, log Milo.

Irwin atmete zischend aus. »Das ist doch idiotisch. Wir wissen beide, dass Milo ein schwarzes Schaf ist.«

Collingwood lächelte. »Haben Sie gerade *schwarzes Schaf* gesagt?«

»Der Sohn eines KGB-Offiziers und einer marxistischen Terroristin. Der *Inbegriff* eines schwarzen Schafs.«

»So gesehen.« Collingwood lächelte noch immer.

Dass sie von seinem Vater wussten, war eine Sache, aber Milo war – wohl naiverweise – erstaunt, dass sie auch über seine Mutter im Bilde waren.

Anscheinend war sein Gesicht ein offenes Buch, denn Irwin sagte: »Ach, kommen Sie, Milo. Das war doch nie ein Geheimnis für die Company. Verdammt, es war sogar der Grund, warum Sie gleich nach dem College rekrutiert wurden. Ich habe Ihre Akte gelesen. Sie haben das Lügen in den Genen. Die Company wollte schlicht dafür sorgen, dass Sie für uns lügen und nicht für jemand anders. So ist es doch, Dorothy, oder?«

Collingwood zuckte die Achseln. »So steht's zumindest in der Akte.«

Milo hatte Mühe, seine wachsende Verblüffung zu verbergen. Er wollte nur noch das Thema wechseln. »Ob Lügner oder nicht, entscheidend ist doch, dass ich wirklich was zum Erfolg dieser Sache beitragen könnte. Aber dazu muss ich auch mehr darüber erfahren.«

Collingwood strich sich eine Haarsträhne hinters Ohr. »Gut, was wollen Sie hören?«

»Was mit Alan passiert ist.«

»Nathan?«

Irwin schüttelte den Kopf. In dem trüben Licht wirkten seine Wangen gerötet, und Milo begriff schließlich, dass der Senator nicht das Alphatier in diesem Zimmer war. Das Sagen hatte Collingwood. Bei den Plänen ging es tatsächlich nicht um Rache.

»Das ist ein Problem«, bekannte Irwin. »Wir wissen es nicht.«

»Sie wissen nicht, was mit Alan passiert ist?«

»Er ist weg vom Fenster. Verschwunden. Den Grund kennen wir nicht.«

»Was war denn seine Aufgabe?«

»Er sollte sich mit jemandem treffen und dann wieder mit Leticia Verbindung aufnehmen.«

»Mit wem sollte er sich treffen?« Milo kannte die Antwort natürlich: Gephel Marpa.

Irwin schaute Collingwood an. »Das erzähle ich ihm nicht. Noch nicht.«

»Alles klar«, erwiderte sie.

Milo gab sich nicht so schnell geschlagen. »Wenn ich meinen Vater um Informationen bitten soll, muss ich ihm eine Geschichte präsentieren. Sie können mich nicht völlig im Dunkeln lassen.«

»Sie haben Ihre Geschichte doch schon.« Sie musterte ihn. »Rache. Wäre nicht das erste Mal.«

»Ich kriege also nichts und soll blind arbeiten?«

»Betrachten Sie Leticia als Ihren Blindenhund. Ich würde Ihnen zwar gern glauben, aber ich weiß, was für unnachahmliche Lügner ihr Touristen seid. Es wäre fahrlässig, wenn ich Ihre Worte einfach für bare Münze nehmen würde. Leticia weiß so viel wie nötig und wird Sie nach Bedarf informieren. Sie treffen sie morgen am JFK-Flughafen. Terminal drei. Um acht Uhr morgens, und Sie kommen als unbeschriebenes Blatt. Ist das machbar?«

Er nickte.

Collingwood fuhr fort. »Heute Abend entscheiden wir über den Umfang Ihrer Mitarbeit, und morgen weiß Leticia, wie sie Sie einsetzen kann. Was sagen Sie Ihrer Frau und Tochter?«

»Dass ich zu einem Vorstellungsgespräch nach San Francisco fliege.«

Collingwood zog die Augenbrauen hoch. »Meinen Sie, Ihre Frau würde umziehen?«

»Sie ist da ganz offen.«

»Bis morgen, also.« Sie erhob sich und bot ihm wieder die Hand. Milo schlug ein.

Irwin brachte ihn schweigend hinunter zur Tür. »Versauen Sie das nicht, Milo. Sonst fallen Ihnen die Ziegel direkt auf den Kopf.«

Auf diese schrecklich verkorkste Metapher fielen ihm gleich mehrere Antworten ein, aber er schluckte sie allesamt hinunter und sperrte sie in das Kästchen im hintersten Winkel seiner Psyche. Er trabte die Außentreppe hinab und winkte einem Taxi, das gerade vorbeikam. Er stieg hinten ein und zog mit den Worten »Union Station« die Tür zu. Erst als das Taxi wieder rollte, bemerkte er das Gesicht des Fahrers. Es war Dennis Chaudhury.

»Scheiße«, zischte Milo.

»Bin heute nur für den Transport zuständig.« Chaudhury bog auf eine andere Straße. »Ich hab Sie doch davor gewarnt, ihn anzurufen.«

»Stimmt.«

»Dann tut es mir leid«, sagte er. »Aber Sie sollen mir erzählen, was bei dem Treffen passiert ist.«

Milo betrachtete die vorbeiziehenden Kolonialbauten. »Na ja, ich bin dabei. Morgen bin ich mit Leticia Jones am JFK verabredet.«

»Wohin geht es?«

»Weiß ich nicht.«

»Wirklich?« Er spähte in den Rückspiegel.

»Wirklich.«

»Erzählen Sie mir nicht, dass das alles ist, was Sie erfahren haben.«

»Ich weiß, was mit Alan passiert ist.«

»Aha!« Chaudhury klang erfreut. »Raus mit der Sprache!«

»Er sollte sich auf einem anderen Stockwerk mit Gephel Marpa treffen und später zu Leticia stoßen. Doch weder das eine noch das andere hat er getan. Er hat sich abgesetzt. Sie haben keine Ahnung, wo er ist.«

Stirnrunzelnd starrte Chaudhury auf die Straße. »Das ist merkwürdig.«

»Nein, ist es nicht.«

Erwartungsvoll fixierte ihn Chaudhury im Rückspiegel.

»Alan hatte nur zwei Möglichkeiten. Weiter für Xin Zhu arbeiten oder sich komplett aus der Gleichung verabschieden. Er ging davon aus, dass Xin Zhu nichts gegen seine Frau unternimmt, wenn er Alan nicht mehr in der Hand hat. Und nur darauf kam es ihm an.«

Chaudhury stoppte vor einer Ampel und blieb stumm, bis sie umschaltete. Auch als sie wieder fuhren, erkundigte er sich lediglich nach Einzelheiten des Treffens. Teilnehmer, der Raum, in dem es stattgefunden hatte, und ob das Gespräch mitgeschnitten worden war. Milo beantwortete alles wahrheitsgemäß – auch dass er von einem Mitschnitt nichts mitbekommen hatte und vermutete, dass nichts aufgenommen worden war. In der Nähe der Union Station fragte Chaudhury: »Was meinen Sie dazu?«

»Egal, was sie vorhaben, sie haben eine Scheißangst, dass es rauskommt. Es wird eine Weile dauern, bis sie mich einweihen – wenn überhaupt.«

Chaudhury warf ein iPhone nach hinten, das Milo auffing. »Tragen Sie das mit sich.« Er reichte ihm auch noch ein Ladekabel. »Und wenn er anruft, sollten Sie sich lieber melden.«

Milo erwischte den Zug zurück um vier Uhr, und kurz vor fünf, als sie sich Wilmington näherten, wählte er Tinas Nummer, die mit Stephanie zu Hause war. Sie hatten chinesisches Essen bestellt, und auch auf ihn wartete ein Gericht: Kung-Pao-Huhn. »Bis du heimkommst, ist es schon kalt und klebrig.«

»Genau wie ich es mag.«

»Hast du was über Alan rausgefunden?«

»Nicht viel. Zu Hause erzähle ich dir mehr.« Allerdings bezweifelte er, dass er ihr etwas erzählen konnte, denn sie und Stephanie waren dann schon weg. Entweder bei Janet Simmons oder – was ihm lieber wäre, wie er jetzt erkannte – bei Jewgeni. Jedenfalls in Sicherheit. Dann konnte er endlich frei handeln und alles Nötige unternehmen, damit ihnen auch weiterhin kein Haar gekrümmt wurde. Doch eins nach dem anderen. »Hast du Penelope erreicht?«

»Nein«, antwortete sie.

»Und die Augen?«

»Augen?«

»Du weißt schon.«

»Ach so. Spuren sind noch zu erkennen.« Aus dem Hintergrund kam Stephanies Stimme: »Schau nicht dauernd auf meine Augen!«

Er war darauf gefasst, dass das neue Telefon irgendwann auf der Fahrt läuten würde, doch stattdessen klingelte kurz nach sechs das alte und zeigte eine unterdrückte Nummer. Zögernd meldete er sich. »Hallo?«

»Milo! Hier ist Billy. Ich habe gute Nachrichten für Sie!«

»Billy?«

»Billy Morales. Von Redman Transcontinental.«

Er verkniff sich ein Lachen, weil er nicht wusste, wie es gewirkt hätte. »Ah, hallo, Billy.«

»Jetzt hat's klick gemacht. Hören Sie, wenn Sie noch auf Jobsuche sind, wir hätten da ein attraktives Angebot für Sie. Sie müssen vielleicht ein bisschen mehr reisen, als Sie ursprünglich wollten, aber wenn Sie sich das mal ansehen …«

»Billy«, unterbrach ihn Milo. »Könnte ich Sie vielleicht morgen zurückrufen? Im Moment bin ich gerade beschäftigt.«

»Ja, natürlich.« Morales klang irgendwie verwirrt. »Hören

Sie, wenn Sie von jemand anders Angebote kriegen, können Sie mir das ganz offen sagen. Wenn nötig, sind wir auch zu Verhandlungen bereit.«

»Das ist es nicht, Billy. Ehrlich. Also bis morgen?«

»Roger«, antwortete Morales, und Milo schaltete ab.

Um Viertel vor sieben kam Milo an der Penn Station an. Er nahm die U-Bahn nach Park Slope und schaukelte monoton zwischen den Passagieren aus aller Herren Länder hin und her. Er musste an Gabis Freude über das internationale Erscheinungsbild der Stadt denken. Ja, sie war zu Recht begeistert.

Am Garfield Place hielt er verstohlen Ausschau nach Beobachtern und stieg die Treppe hinauf, als er keine entdeckte. Aus Raymonds Wohnung hörte er das leise Gemurmel eines Fernsehers, doch hinter seiner Tür war alles still. Kein Fernseher, kein Reden, keine Schritte. Die Tür war unverschlossen. Er zog sie hinter sich zu. »Mädels?« Keine Antwort. Es war zwanzig vor acht.

Er holte tief Luft und lehnte sich von innen gegen die Tür, als er den Riegel vorschob. Er hatte es so gewollt, so geplant, aber er fühlte keine Befriedigung. Auch wenn sie den Eindringling kannten und wussten, dass Milo ihre Entführung arrangiert hatte, hatten sie bestimmt Angst gehabt. Das war normal, es war *menschlich*.

Jetzt konnte er an den nächsten Schritt denken. Er konnte Collingwood und Irwin die Wahrheit sagen. Er konnte – und das war wohl die einzig gangbare Option – ein doppeltes Spiel gegen Zhu spielen.

Diese rauschhafte Anwandlung von Optimismus war noch nicht völlig verklungen, als er plötzlich etwas roch. Vermischt mit dem Aroma der Sojasoße und seines Kung-Pao-Huhns ein kaum merklicher Hauch von Scheiße und Schwefel. Er löste sich von der Eingangstür und schlich langsam vorwärts. Als er den Gang hinter sich ließ, öffnete sich der Blick aufs Wohnzimmer. Alles war an seinem Platz – Fernseher, Tische, Sessel –, doch mitten auf dem grauen Teppich lag mit zur Seite gedrehtem Kopf und einem Ausdruck des Staunens auf dem Gesicht sein Vater in einer Blutlache.

Schlagartig schnürte es Milo die Kehle zusammen, und er konnte nicht mehr schlucken. Er musste die Luft gewaltsam in die Lunge pressen und sich an der Wand festhalten. Er schloss die Augen und öffnete sie wieder. Der Alte lag noch immer da.

Bevor er sich dem Toten näherte, huschte Milo lautlos zu den Schlafzimmern und zum Bad und spähte hinter Türen und unter Betten, um sich davon zu überzeugen, dass niemand hier war. Erst dann kehrte er zurück ins Wohnzimmer und berührte vorsichtig Jewgenis Hals. Ohne auf den Gestank der postmortalen Darmentleerung zu achten, ließ er die Hand über Jewgenis Rücken gleiten, um die Körpertemperatur zu prüfen: Es gab noch eine Spur von Wärme. Der Tourist in ihm dachte: *Das ist erst vor wenigen Minuten passiert.* Der Mensch in ihm befand sich wieder am Anfang seines Moskauer Aufenthalts in einem klaustrophobisch engen Wohnzimmer und hörte, wie ein KGB-Offizier über einen Witz lachte, den sein halbwüchsiger Sohn gerade in seinem unbeholfenen Russisch geradebrecht hatte.

Es gelang ihm nicht, sich abzuschotten; das Entsetzen drohte ihn zu überwältigen. Mühsam rappelte er sich hoch und lehnte sich an einen Türrahmen, wie um sich durch das Haus stützen zu lassen. Mit zitternden Fingern wischte er sich die Tränen weg. Er wollte sich nicht hinsetzen, aus Angst, nie wieder aufstehen zu können. Er zog sein Handy heraus, dessen Display er nur verschwommen erkennen konnte, dann steckte er es wieder weg. Es gab niemanden, den er anrufen konnte. Wenn Janet Simmons seine Frau und Tochter abgeholt hatte, würde sie sich melden, sobald sie in Sicherheit waren.

War Warten tatsächlich die einzige Möglichkeit?

Nein. Er konnte Fakten zusammentragen. Das machte man

in solchen Situationen – man holte Informationen bei Zeugen ein.

Vorsichtig trat er hinaus ins Treppenhaus und ging zu Raymonds Tür. Der Fernseher lief noch immer. Er klopfte dreimal, dann erneut, aber lauter. Er lauschte und fragte sich, ob sein Nachbar wieder einmal im Alkoholkoma lag. Dann probierte er es an der Tür, aber sie war verschlossen. Milo zog sich zurück. Selbst wenn Raymond etwas gehört hatte, konnte er Milo sicher nicht sagen, wer Tina und Stephanie abgeholt hatte.

Er schob sich zwei Nicorette-Tabletten in den Mund und stapfte heftig kauend zurück in sein Apartment. Er machte einen Bogen um Jewgenis Leiche und steuerte auf die Küche zu. Es gab Wodka, aber er beschränkte sich auf ein kleines Glas, um sich ein wenig abzustumpfen. Als er den Drink abstellte, waren seine Augen wieder nass. Er wischte sie ab und versuchte, sich an seine Ausbildung zu erinnern. Aber wenn er es erst lang versuchen musste, hatte es sowieso keinen Zweck.

Jewgeni war gekommen, um sie abzuholen. So viel war klar. Hatte er sie aufgesammelt und war dann von Zhus Leuten attackiert worden? Oder war er zu spät eingetroffen, nachdem Simmons sie weggeschafft hatte, und war dann über Zhus Agenten gestolpert, die gerade die Wohnung durchkämmten und sich fragten, was passiert war?

Er wählte Tinas Nummer. Eine Melodie durchschnitt die Stille, und kurz darauf fand er ihr Nokia auf der Sofalehne. Dann, ohne zu wissen, warum, rief er Penelope Drummond an. Ihr Telefon hatte entweder kein Netz, wie ihm eine anonyme Stimme mitteilte, oder es war abgestellt.

Plötzlich hörte er das Klingeln eines anderen Telefons, und zuerst dachte er, dass es das von Jewgeni war. Er machte zwei Schritte auf die Leiche zu, ehe er merkte, dass das Geräusch aus seiner eigenen Tasche kam. Er zog das iPhone heraus und meldete sich ohne einen Blick auf das Display. »Wo sind sie?«

Nach einer Pause antwortete Xin Zhus Stimme: »Aus dem Weg.«

»Sie haben sie also?«

»Im Moment sind sie nicht bei mir, falls Sie das meinen.«

Milo öffnete den Mund, doch es gelang ihm gerade noch, die Worte zu verschlucken, die sich bereits in seiner Kehle bildeten: *Jetzt bist du ein toter Mann.*

Xin Zhu schien ihn auch so verstanden zu haben. »Bitte sparen Sie sich Entrüstung, Drohungen und alles andere, was Sie später bedauern würden. Sie haben sich diese Entwicklung selbst zuzuschreiben, Mr. Weaver.«

Schwindel setzte ein, und die Übelkeit, die er bisher unterdrückt hatte, durchflutete seinen ganzen Körper. »Das war nicht nötig.«

»Doch, das war es, und Sie wissen es. Mr. Drummond hat es bewiesen. Inzwischen haben Sie sicher erkannt, dass Sie meine Anweisungen ohne Zögern zu befolgen haben. Ist das klar?«

»Ja.«

»Gut«, erwiderte Xin Zhu. »Dann entsorgen Sie jetzt das Telefon und machen sich an die Arbeit.«

12

Kurz vor acht Uhr morgens traf er am JFK-Terminal drei ein, dessen Dach auf unverkennbare Weise einer fliegenden Untertasse glich. Er war ein unbeschriebenes Blatt. Er hatte Papiere, Brieftasche und Telefon zurückgelassen und alle Etiketten aus seinem marineblauen Anzug herausgetrennt. Alles, was er dabeihatte, war ein gefaltetes Bündel Geldscheine und zwei Blisterpackungen Nicorette. Als er aus dem Taxi stieg, musste er erst einmal stehen bleiben, um nicht von Gepäckträgern, uniformierten Polizisten oder anderen Reisenden über den Haufen gerannt zu werden. Er brauchte einen Moment, bis er sich orientiert hatte, weil ihm die einst so vertrauten Flughäfen inzwischen verhasst waren.

Leticia Jones näherte sich bereits mit einem schwülen Lächeln. »Hi, Baby.« Sie küsste ihn auf beide Wangen. Sie sah flott aus in ihrem gestreiften Business-Rock, als sie ihn am Ellbogen durch die erste Sicherheitskontrolle in die weitläufige, stark belebte Halle führte.

»Wohin?« Alles ging so schnell, dass er kaum Luft bekam.

Sie stellte sich mit ihm vor eine Abfahrtstafel, auf der Städtenamen aus aller Welt blitzten. »Such's dir aus.«

»Was?«

»Wie wär's mit Las Vegas?« Sie deutete auf einen Flug um halb zehn.

Er starrte sie an. Er wusste, dass er furchtbar aussah – vor allem seine Augen –, doch das war ihm egal.

»Also lieber Boston?«, schlug sie vor. »Oder Cancún?«

»Was soll der Scheiß?«

»Nein«, meinte sie nach kurzer Überlegung. »Ich glaube, wir probieren es mit Mexiko-Stadt.«

Sie standen in der Schlange vor dem Delta-Schalter. Hinter ihnen plauderten Urlauber fröhlich über Terroristen, während vor ihnen drei mexikanische Geschäftsleute hin und wieder Worte auf Spanisch wechselten. Milo und Leticia hingegen schwiegen. Milo beobachtete Gesichter. Er brauchte nicht lange, um Chaudhury zu erspähen, der sich neben einer um ihr Gepäck gescharten Familie an einer Zeitung festhielt. Möglicherweise gab es noch mehr Beschatter, aber seine Augen tränten, und ihm verschwamm ständig der Blick. Das Gleiche galt für seine Gedanken, und irgendwann schoss ihm durch den Kopf, dass er Chaudhury in Washington umgebracht hätte, wenn er da schon gewusst hätte, was er jetzt wusste.

Als sie den Schalter erreichten, öffnete Leticia ihre kleine Handtasche und zog zwei abgegriffene Pässe heraus. »Zweimal um 9.35 Uhr nach Mexiko-Stadt.«

»Haben Sie reserviert?«, fragte die zierliche, braunhaarige Angestellte mit olivfarbener Haut.

»Auf den Namen Frederickson.« Leticia wies mit dem Kinn auf Milo. »Das ist er.« Sie beugte sich über den Schalter und fügte laut flüsternd hinzu: »Er hat schlechte Laune.«

Du hast keine Ahnung, wie schlecht, dachte er.

Mit mühsam unterdrücktem Grinsen überprüfte die Angestellte die Pässe – Gwendolyn Davis und Sam Frederickson – und druckte die Bordkarten aus. »Gepäck?«

»Nur wir beide.« Leticia nahm Milo am Arm. »Komm, Schatz.«

Als sie in der gewundenen Schlange auf die Kontrolle warteten, bemerkte er erneut Chaudhury mit einem Handy am Ohr, der seinen Lagebericht durchgab. Da Leticia sein Starren anscheinend mitbekommen hatte, sagte er: »Du hast Tickets reserviert.«

»Man muss reservieren«, antwortete sie. »Diese Maschine ist immer voll.«

»Und wenn ich mich für Cancún entschieden hätte?«

Sie lächelte. »Mr. Frederickson hat heute Vormittag für viele Flüge reserviert.«

Sie kamen reibungslos durch die Kontrolle, und als sie wieder in die Schuhe schlüpften, fragte Milo: »Soll ich jetzt verwirrt sein?«

»Das will ich hoffen.«

Kurz vor neun erreichten sie Gate 5, und weil keine Sitzplätze mehr frei waren, lehnten sie sich an eine Säule. Milos lädierter Darm meldete sich mit einem geronnenen Mahlen der Verzweiflung, und er konnte sich nicht vorstellen, wie er das schaffen sollte. Er konnte unmöglich neben Leticia Jones in einer Maschine sitzen und nach Mexiko fliegen. Im Grunde blieb ihm nichts anderes übrig, als sich auf den Boden zu legen, die Augen zu schließen und zu sterben. War das die Rettung? Er wusste es nicht, aber er hielt es für möglich.

»Beruhig dich, Baby«, mahnte Leticia. »Du benimmst dich, als hättest du noch nie in einem Flieger gesessen.«

»Ich würde bloß gern wissen, was los ist.«

»Damit du es deinen Vorgesetzten in Peking verraten kannst?«

Eine volle Sekunde lang starrte er sie schockiert an. Ein weiterer Beweis seiner kompletten Inkompetenz. In ihrem Gesicht las er einen leisen Stimmungswechsel, der darauf hindeutete, dass sie die Bemerkung nicht ernst gemeint hatte, aber jetzt kurz davor stand, ihre Meinung zu ändern. Möglicherweise überlegte sie schon, ob sie ihn liquidieren musste.

»Was soll dieses Gerede?«

»Entspann dich und spiel einfach mit.« Sie wandte ihre Aufmerksamkeit wieder dem belebten Korridor zu.

»Du wartest auf jemand.«

»Vielleicht kommt jemand, vielleicht auch nicht.«

Nach dem Signal zum Einsteigen ließen sie sich eingekeilt in der schwitzenden Horde vom allgemeinen Ansturm mitreißen, doch als nur noch zwei Passagiere vor ihnen waren, zupfte ihn Leticia am Ärmel. »Zeit zum Abschwirren.« Gehorsam folgte er ihr aus dem Gedränge zur anderen Seite des Terminals, wo sie sich vor dem Dunkin' Donuts in eine weitere Schlange einreihten und sich Kaffee mit belegten Croissants kauften. Er nahm nur ein paar winzige Bissen, weil er wusste, dass er das Essen nicht bei sich behalten würde; es erinnerte ihn einfach an das Aroma der chinesischen Gerichte in der Wohnung und damit an alles andere.

Am fast leeren Gate 12 setzten sie sich und ignorierten den Aufruf ihrer Pass-Namen über die Lautsprecher. Schließlich hob die Maschine nach Mexiko-Stadt ab, und sie gingen zurück durch die Sicherheitskontrolle. Von Chaudhury keine Spur. Nach kurzem Warten stiegen sie in ein Taxi, und Leticia nannte die Adresse Union Square Park. Der Chauffeur, ein hellhäutiger Nordafrikaner, schaltete die Anzeige ein und gab die Fahrt über sein Funkgerät durch, doch auf dem Queens Boulevard drückte ihm Leticia fünfzig Dollar in die Hand und bat ihn, sie stattdessen nach Port Morris in der Bronx zu bringen, ohne es bei der Zentrale zu melden. Er musste zwei Sekunden nachdenken, ehe er auf den Vorschlag einging.

Als nächstes Transportmittel wären nun vor allem Busse infrage gekommen, doch wie sich herausstellte, hatte Leticia zwei Straßen vom Meer entfernt einen Ford Escape abgestellt, ein Hybridmodell. Es war kurz nach elf.

Erst als sie unterwegs waren, hielt sie es für angezeigt, die Spannung abzubauen. »Unser Flug geht erst nach sieben, du kannst dich also abregen. Sicher sind dir die Beschatter am Flughafen aufgefallen. Oder etwa nicht?«

»Ein Inder«, antwortete Milo.

»Und …?«

Er blinzelte. »Ist das ein Test?«

»Er hatte eine weiße Tussi dabei. Kann mir nicht vorstellen, dass wir sie abgeschüttelt haben – zumindest hoffe ich, sie sind noch dran –, jedenfalls glaube ich, wir waren ziemlich überzeugend.«

»Was sind das für Leute?«

»Chinesische Agenten wahrscheinlich, aber vielleicht hat auch der Heimatschutz Wind davon bekommen.« Sie schnüffelte, und er fragte sich, ob das eine Anspielung war. Hatten denn alle seinen Anruf bei Janet Simmons mitgehört? Doch dann fügte sie hinzu: »Besser wir gehen davon aus, dass es die Chinesen sind.«

»Leticia?«

»Ja, Baby?«

»Wohin fahren wir, verdammt?«

»Zuerst essen und trinken wir mal was. Tut dir bestimmt gut.«

Sie rauschte über den Major Deegan Expressway und dann über die Hamilton und die Washington Bridge nach New Jersey, wo sie den Bergen Boulevard nach North Bergen mit seinen klobigen Backsteinbauten nahm. Sie bog von der Hauptstraße neben dem Park ab und stoppte schließlich an einer Ecke vor dem mexikanischen Restaurant Puerto Vallarta, in dem sich viele Mittagsgäste drängten. Sie hatte vorher angerufen und auf den Namen Jenny einen Tisch reserviert.

Als sie sich niedergelassen hatten, bestellte Leticia einen Krug Margarita. »Lächeln, Baby.«

Milo stand kurz vor der Explosion. Wenn sie noch einen Witz machte, würde er seinen Kopf gegen den Tisch rammen, bis er blutete. Vielleicht konnte er damit das schwarze, schwindelerregende Grauen durchbrechen, das ihn gepackt hatte, als er sich neben die Leiche seines Vaters im Wohnzimmer gesetzt hatte. Den Blick auf das zerdrückte Haar und die lose Haut an den Fingern des Alten gerichtet, hatte er zwei tiefe Schlucke Wodka aus der Flasche genommen, um den Erinnerungen und Schuldgefühlen zu entrinnen und sich darauf zu konzentrieren, was passiert war, was es bedeutete und was er als Nächstes tun musste.

Als der Krug serviert wurde, schenkte sie sein Glas voll. »Trink was. Wo wir hinmüssen, ist es trocken wie die Hölle.«

Er hob den Kopf. Immerhin ein kleiner Hinweis, aber er machte sich nicht die Mühe, seine Vermutungen laut auszusprechen. Wie ein frisch aus der Wüste Entflohener schüttete er sich die Margarita in den Hals, bis das Glas fast leer war. Entweder es half, oder es brachte ihn um. Eine Weltanschauung, die ihm immer mehr einleuchtete.

»Dein Arzt würde jetzt bestimmt die Stirn runzeln.« Sie schob einen Strohhalm in sein Glas.

Er fixierte sie mit dem ersten konstanten Blick, den er an diesem Tag zustande brachte. Er war selbst Tourist gewesen und wusste, dass alles, was sie ihm zeigte – das coole Auftreten, die makellose Schönheit, der Stil, der Humor –, nur Show war. Direkt unter der Oberfläche lauerte eine ganz andere Frau. Eine Mörderin, sicher, aber auch ein Mensch, der in eine Familie geboren worden, der ein Kind, ein Teenager und eine junge Erwachsene gewesen und schließlich in einer Welt gelandet war, vor der die meisten Leute schreiend davonlaufen würden. Nach dem Zusammenbruch der Abteilung hatte sie die Chance zum Absprung gehabt, aber sie hatte sie nicht genutzt.

»Warum bist du zurückgekommen?«

Sie musste nicht fragen, wovon er redete. »Was soll ich denn sonst machen?«

»Ich hab dich doch erlebt – du könntest viele Sachen machen«, antwortete er. »Und erzähl mir nicht, dass du nicht darüber nachgedacht hast. Jeder Tourist hat einen Fluchtplan in der Schublade. Irgendwo hast du einen anderen Namen und Bargeld gebunkert.«

Es wäre völlig sinnlos für sie gewesen, es abzustreiten. Ein Tourist ohne Rückzugsmöglichkeit verdiente den Namen nicht. »Vielleicht habe ich Angst vor der Langeweile«, sagte sie schließlich. »Weißt du, was ich früher gemacht habe?«

»Erzähl.«

»Ob du's glaubst oder nicht, ich habe Englisch unterrichtet. In Hongkong.«

»Daher kannst du also Mandarin.«

»Das hat wohl eine Rolle bei meiner Anwerbung gespielt.«

»Aber das reicht nicht.« Er fühlte sich ein wenig besser, weil er nicht mehr über sich selbst nachdachte. »Irgendwie sind sie auf dich aufmerksam geworden. Hast du jemand ermordet?«

»Fast.« In ihren Augen leuchtete etwas von der Geschichte auf, die hinter diesem kurzen Wort steckte. »Nein, keine Leichen, die meinen Weg pflastern. Aber ich hatte mit einigen … *Damen* in der Bay Area zu tun. Dabei habe ich wohl einen bestimmten Eindruck hinterlassen. Ich wollte sie dazu bringen, dass sie militanter werden. Und eine von ihnen war bei der Company, wie sich später herausstellte.«

Diese Antwort schrie förmlich nach weiteren Fragen, auf die er jedoch keine Lust hatte. »Du hast andere Talente. Du solltest das hinter dir lassen. Überleg dir einfach, was du wirklich machen möchtest.«

Sie schien ernsthaft nachzudenken. »Und was, wenn ich nach ein paar Monaten merke, dass *das* das Einzige ist, was ich machen möchte?«

»Dann solltest du dir dringend einen Psychiater suchen.«

»Hat dir das geholfen?«

Das war ein Seitenhieb auf seine und Tinas Paartherapie, und ihn wunderte, dass sie davon wusste. »Man kann sich damit die Zeit vertreiben.«

»Und sich die Ehefrau vom Hals halten.«

Wieder packte ihn der Drang, den Kopf an die Tischplatte zu knallen.

Von Anfang an war ihm klar gewesen, dass er seinen Vater wegschaffen musste. Eine Leiche mitten im Wohnzimmer konnte nicht lange unentdeckt bleiben, zumal bei der herrschenden Hitzewelle. Wie ein Tourist hatte er sich von den Gesichtspunkten Zeit und Verwesung lenken lassen und nicht vom Gedanken an den Verwandtschaftsgrad.

Zuerst hatte er den Toten durchsucht und war auf eine Brieftasche mit Kreditkarten, Vielfliegerkarten und mehreren Hundert Dollar und Euro gestoßen, die er einsteckte. Außerdem fand er einen Pass, zwei Telefone, Restaurantquittungen und einen kleinen Zettel, auf dem in Großbuchstaben getippt stand:

SIE SIND IN SICHERHEIT

Das war natürlich die Nachricht, die Jewgeni ihm hatte hinterlassen wollen, die Nachricht, die in seiner Tasche geblieben war.

Es dauerte eine Weile, denn obwohl Jewgeni Primakow in den letzten Jahren abgenommen hatte und aus den beiden Einschusslöchern im Herzen und im rechten Lungenflügel Blut ausgetreten war, war er kräftig gebaut und hatte eine breite Brust. Er war schwer. Ächzend lud ihn sich Milo schließlich auf die Arme und schleppte ihn wie ein Bräutigam seine Braut ins Schlafzimmer. Die Federn protestierten unter dem plötzlichen Gewicht. Milo setzte sich einen Moment auf den Bettrand, dann, ohne es sich erklären zu können, legte er sich neben die Leiche seines Vaters. Er wollte sich sammeln und alles Ablenkende verscheuchen, das Panik auslösen konnte, denn diese Panik nützte nur Xin Zhu. Diese Panik brachte sein Denken ins Stolpern und unterbrach es alle vierzig Sekunden mit dem Bild von zwei weiteren Leichen auf dem Bett, bis in seinem Kopf nur noch weißes Rauschen herrschte.

Und jetzt, als die Schweinefleisch-Enchiladas vor ihm standen, tauchte dieses Bild erneut auf, nur dass ihre verstümmelten und verdrehten Leichen nicht mehr im Bett lagen, sondern zwischen Ästen in einem Wald oder einem Park. Er schob den Teller weg.

Leticia hatte ihre mit gebackenen Bohnen und Käse gefüllten Enchiladas bereits zur Hälfte verspeist. Sie runzelte die Stirn. »Schmeckt's dir nicht?«

»Ich hatte ein ausgiebiges Frühstück.« Er schenkte sich Margarita nach.

Um halb vier brachen sie auf und nahmen die stark befahrene Route 1 zum Newark International Airport. Leticia stellte den Wagen in der Kurzparkzone von Terminal C ab und wischte mit einem T-Shirt über Sitze, Armaturenbrett und Steuer.

Milo seufzte. »Jemandem wurde das Auto geklaut, bloß damit wir mexikanisch essen gehen können?«

Sichtlich pikiert über seine Bemerkung, warf sie den Schlüssel neben das Gaspedal und stieg aus. Nachdem sie die Tür mit dem Ellbogen zugestoßen hatte, marschierte sie einfach los, ohne sich darum zu kümmern, ob er ihr folgte.

Drinnen wurde sie deutlicher, was ihren trockenen Bestimmungsort anging. »Wir fliegen nach Saudi-Arabien.«

»Okay«, erwiderte er. »Etwas genauer vielleicht?«

»Dschidda. Bist du jetzt zufrieden? Wir haben eine Verabredung. Mehr musst du nicht wissen.«

Sie stellten sich an, und erneut ergriff Leticia die Initiative und zeigte Pässe vor. Rosa Munu aus dem Sudan und John Nadler aus Kanada. Sie hatten bereits eine Reservierung für den Continental-Flug um 19.25 Uhr nach Frankfurt, der am nächsten Morgen um 9.15 Uhr landen sollte, und für den Lufthansa-

Flug um 12.30 Uhr nach Dschidda. Milo spürte ein leises Prickeln der Erregung. Drei Stunden Aufenthalt in Frankfurt konnten sehr nützlich sein.

In der Schlange vor der Sicherheitskontrolle tauschten sie ihre Eindrücke aus: keine Spur von Chaudhury und der »weißen Tussi«, die Leticia am JFK bemerkt hatte. Sie wirkte enttäuscht, und als er nachhakte, gab sie etwas mehr preis. »Na ja, das macht mir einfach Sorgen. Die Vorstellung, dass wir hier diese ganze Show abziehen, und diese Leute sind so blöd zu glauben, dass wir wirklich nach Mexiko geflogen sind.«

»Wenn sie vom Heimatschutz sind, müssen sie uns nicht folgen. Sie können uns über die Kameras zuschauen.«

»Ja. *Wenn.*« Sie verstummte. »Egal, wir haben Zeit. Sobald sie mitkriegen, dass wir nicht in der Maschine nach Mexiko-Stadt sitzen, haben sie noch vier Stunden, um rauszufinden, wo wir abgeblieben sind. Und wenn sie das nicht schaffen, dann lohnt es sich auch nicht, dass wir unsere Zeit mit ihnen vertrödeln.«

Er wartete auf weitere Informationen, aber sie fügte nichts mehr hinzu.

Erst als sie am Gate standen und Milo einer Ohnmacht nahe war, stieß sie ihn sachte mit dem Ellbogen in die Rippen. Sie lächelte. »Hast du gesehen?«

Tatsächlich. Dennis Chaudhury schlenderte mit seiner Zeitung durch den Gang. Wie ein völlig Fremder ließ er sich auf einem Platz vor dem Gate nieder und schlug seine *New York Times* auf.

»Mann«, knurrte sie, »der Kerl hat echt Cojones.«

»Soll ich ihn aus dem Verkehr ziehen?« Milo erstickte ein Gähnen.

»Natürlich nicht.« Sie warf ihm einen Blick zu. »Baby, ich glaube, du wärst gar nicht in der Lage, ihn aus dem Verkehr zu ziehen. Du hast ein paar Margaritas zu viel getrunken.«

»Wie du meinst.« Mühsam stand er auf. »Bin gleich wieder da.«

Ihm war klar, dass sie ihn beobachtete und halb damit rechnete, dass er auf Chaudhury zusteuern würde. Aber er musste sich dem Mann gar nicht nähern, um eine kleine Unterhaltung mit ihm zu führen. Ohne sich umzuschauen, marschierte er in die Toilette und wartete knapp hinter der Tür. Ein Glatzkopf wusch sich gerade die Hände und verschwand dann. Zehn Sekunden später trat Chaudhury mit der gefalteten Zeitung unter dem Arm ein.

Chaudhury hatte keine Ahnung, was ihn erwartete. Das war daran zu erkennen, dass ihn Milos Angriff völlig überraschte. Er legte seine ganze verbliebene Kraft in den Tritt und traf ihn voll in die Magengrube, vielleicht auch noch ein wenig darüber an den Rippen. Chaudhury wankte zurück, und Milo packte ihn an einer herumfuchtelnden Hand, um ihn tiefer in den Toilettenraum zu zerren, bis er stolperte und ächzend über den Boden rutschte. Auch Milo geriet ins Straucheln, behielt aber das Gleichgewicht und ließ sich mit ausgestreckten Ellbogen auf ihn fallen. Einer bohrte sich in Chaudhurys Magen, der andere erwischte ihn am Kinn. Der Agent blutete inzwischen und war orientierungslos. Obwohl ihm jeder Knochen im Leib wehtat, rappelte sich Milo hoch, setzte sich rittlings auf ihn und drosch ihm die Faust an die Schläfe. Dann wiederholte er das Ganze noch einmal, ehe Chaudhury ein Wort hervorquetschte: »Aufhören!«

In Milo selbst war kein Raum für dieses Wort gewesen, doch als es erst mal in der Luft hing, musste er sogar in seinem Adrenalinrausch einsehen, dass es zur rechten Zeit kam. Wenn er Chaudhury umbrachte, konnte er alles vergessen, auch seine Familie. Schwer atmend starrte Milo die gefliesten Wände an, als würde der Mann zwischen seinen Schenkeln gar nicht existieren. Sein Mund stand offen, Speichel sickerte ihm übers

Kinn. Schließlich erhob er sich mühsam und trat zur Wand, um sich anzulehnen. Von dort verfolgte er, wie sich Chaudhury langsam und unter Schmerzen hochrappelte und zu den Waschbecken hinkte. Erst als der Wasserhahn lief, zischte Chaudhury: »Das war ein böser Fehler, Milo Weaver.«

»Er wird es schon verstehen.«

»Auch noch eingebildet.«

Milo schaute zu, wie er sich Mund und Gesicht wusch und angewidert sein Spiegelbild betrachtete. »Sie haben keine Ahnung, oder?«

»Wovon?«, zischte Chaudhury wütend.

»Er hat sie entführt.«

Chaudhury hatte sich den Finger in den Mund gesteckt, um das Zahnfleisch zu massieren. Im Spiegel traf Milo sein verwirrter Blick. »Wen?«

»Und mein Vater ist tot.«

Chaudhury zog den Finger heraus; er war feucht und rosa. »Sie sprechen von Ihrer Familie.«

Milo schenkte sich die Antwort. Er trat vor ein Urinal, zog den Reißverschluss auf und pinkelte.

»Hören Sie, Milo, das war ich nicht. Vielleicht steckt He Qiang dahinter.«

Milo starrte auf seinen klaren Strahl. »Sie verraten mir einfach seinen Namen?«

»Mir doch scheißegal. Ich bin bloß ein Privatschnüffler. Er ist einer von Xins Leuten. Der Mann mit der Philosophie.«

»Und weiter?« Milo zog den Reißverschluss zu.

»Ich kann nichts erzählen, was ich nicht weiß.« Chaudhury beugte sich zum Spiegel vor und berührte eine Stelle über dem linken Wangenknochen. »He Qiang bringt mir die Befehle und zahlt das Honorar. Ich weiß, für wen ich arbeite – Xin Zhu –, aber ich bin ihm noch nie begegnet. Ist mir auch lieber so.«

Milo trat zum Becken neben Chaudhury und wusch sich die Hände. »Aussehen?«

»He Qiang? Großer Typ, massig, aber nicht fett. Wie beschreibt man ein chinesisches Gesicht? Rund, schlitzäugig. Muttermal auf der Wange, das er sich mal wegschneiden lassen sollte.«

Milo trocknete sich die Hände mit Papierhandtüchern ab und verließ die Toilette.

Als er zurück zum Gate schlenderte und mit dem Handrücken ein Gähnen verdeckte, behielt ihn Leticia genau im Auge. Die Wirkung des Adrenalins ließ nach, und er war nur noch Matsch. Schwer ließ er sich neben ihr auf den Stuhl sinken.

»Und?«, fragte sie.

»Ich hab gepinkelt. Wo ist der Typ?«

»Auf der Toilette, du Idiot!«

Milo riss die Augen auf und deutete in die Richtung, aus der er gekommen war. »Auf dieser Toilette?«

»Was treibst du für ein Spiel, verdammt?«

In gespielter Verblüffung schüttelte Milo den Kopf. Dann nickte er. »Ah, da ist er ja.«

Während über Lautsprecher angekündigt wurde, dass sich die Passagiere von Continental-Flug 50 zum Einsteigen bereithalten sollten, trat Chaudhury mit schnellen, entschlossenen Schritten aus der Toilette. Seine Haut war zwar dunkel, trotzdem war in der linken Gesichtshälfte eine deutliche Rötung zu erkennen. Seine Augen waren feucht und blutunterlaufen, und er drückte sich ein nasses Papierhandtuch an den Mund. Die roten Flecken auf dem weißen Papier waren sogar von ihrem Platz aus sichtbar. Dann machte er etwas, womit Milo nicht gerechnet hatte: Er ging. Er wandte sich vom Gate ab und verschwand.

»Komisch«, meinte Milo.

Blitzschnell packte Leticia ihn am rechten Arm, drehte seine

Hand um und starrte auf die leuchtend roten, leicht geschwollenen Knöchel. Mit einem angewiderten Ächzen ließ sie ihn los. »Idiot.«

»Du willst doch, dass sie uns folgen.«

»Das ist der Plan.«

»Na also. Jetzt werden sie sicher jemanden abkommandieren, der uns in Dschidda erwartet. Und bloß damit du Bescheid weißt, es sind die Chinesen.«

Sie warf ihm einen Blick zu, den er nicht genau zuordnen konnte. War sie beeindruckt? War sie drauf und dran, ihn umzulegen? Er hatte keine Ahnung, doch in der müden Euphorie nach seinem Gewaltausbruch war ihm das gleichgültig. Er hatte einen Namen erfahren, der zu einem Gesicht gehörte, das er vor dem Feriencamp seiner Tochter gesehen hatte, und in Frankfurt bot sich ihm eine neue Gelegenheit. Immer mehr fühlte er sich wie ein Tourist.

13

Er hatte acht Stunden zum Nachdenken. Objektiv betrachtet war das eine Menge Zeit, um Antworten zu finden oder um sich zumindest neu zu orientieren und die Dinge ins richtige Licht zu rücken. Doch als sie um zehn Uhr mit einer Dreiviertelstunde Verspätung in Frankfurt landeten, hatte er in keiner Hinsicht eine bessere Perspektive als vorher. Klarer vielleicht, aber bestimmt nicht besser.

Als sie sich über die Atlantikküste erhoben, machte Milo ein kurzes Nickerchen, weil es nicht mehr anders ging. Im Bett neben der Leiche seines Vaters hatte er keinen Schlaf gefunden, und die eintägige Irrfahrt durch den Großraum New York mit zu vielen Margaritas hatte ihn genauso erschöpft wie die letzte Kraftanstrengung, mit der er Dennis Chaudhury verprügelt hatte. Als sich Leticia in das Unterhaltungssystem der Fluglinie einstöpselte, schloss er die Augen und war bald darauf eingeschlafen. Und in einem Park. Er hielt die Hand seiner Tochter und lief mit ihr davon.

»Brauchst du vielleicht noch einen Drink, Baby?«, erkundigte sich Leticia, als er mit fuchtelnden Armen hochfuhr.

Flugzeug. Leticia. Tief unten der Atlantik. Ein Drink war mit Sicherheit das Letzte, was er brauchte. Er machte die Augen wieder zu und versuchte, vernünftig zu denken. Wie ein Tourist.

Sein dringlichstes Ziel war zunächst, die gesamte Situation danach zu sortieren, was er wusste, was er vermutete und wovon er keine Ahnung hatte. Auf dieser Basis konnte er dann hoffentlich einen brauchbaren Schlachtplan entwerfen.

Zum Beispiel wusste er, dass seine Frau und Tochter nicht

mehr unter seinem Schutz standen. Er vermutete, dass sie in Xin Zhus Gewalt waren, wofür er allerdings nur das Wort des Chinesen hatte – objektive Beweise waren ihm nicht vorgelegt worden. Andererseits konnte er es sich nicht leisten, davon auszugehen, dass es nicht stimmte, denn wenn er sich irrte, drohte eine Katastrophe.

Zu den Dingen, die sich Milos Kenntnis entzogen, gehörte die Antwort auf die Frage, wie weit Xin Zhu gehen würde, um Milo unter Kontrolle zu behalten. Natürlich konnte es nicht in seinem Interesse sein, Tina und Stephanie zu töten und Milo davon wissen zu lassen, denn in diesem Fall würde er jede Macht über Milo verlieren. Allerdings war der Tod nicht die einzige Bedrohung. Xin Zhu konnte ihnen ohne Weiteres Schmerzen zufügen oder sie sogar verstümmeln und Milo darüber informieren. In diesem Fall würde Milo nichts anderes übrig bleiben, als sich noch mehr für Zhu ins Zeug zu legen.

Unter dieser Voraussetzung kam im Hinblick auf seine Familie nur eine Vorgehensweise infrage: Er musste mitspielen, und wenn sich die Gelegenheit bot, Xin Zhu zu schwächen, musste das auf eine Weise geschehen, dass er nie davon erfuhr.

Dass er diesen Punkt damit als Allererstes geklärt hatte, war wichtig, weil ihn die Angst um seine Familie völlig blockiert hatte. Er konnte an nichts anderes denken. Selbst danach brauchte er eine Weile und musste noch ein Sandwich essen, ehe er weiterüberlegen konnte.

Schließlich wandte er sich an Leticia. »Sucht jemand nach Alan?«

»Die ganze Welt sucht nach Alan«, antwortete sie ohne Zögern.

»Fliegen wir deshalb nach Dschidda?«

Sie schüttelte den Kopf. »Wir haben Wichtigeres zu tun, als nach diesem Überläufer Ausschau zu halten.«

»Warum bezeichnest du ihn so?«

Seufzend beugte sich Leticia näher und senkte die Stimme. »Milo, Alan Drummond ist eine Bedrohung, seit er aus dem Hotel in London abgehauen ist. Das weiß er ganz genau. Und es ist ihm egal. Wir haben alle Antennen ausgefahren, um ihn aufzuspüren. Der MI5 hat seine gesamten Daten. In den Botschaften sind sie auf der Hut. Doch bis jetzt keine Spur. Wie sich rausstellt, hat er echt was drauf. Hast du gewusst, dass er in Afghanistan mit der Medal of Honor ausgezeichnet wurde?«

»Nein, das ist mir neu.«

»Der ist nicht bloß ein Verwaltungsspezialist«, fügte sie nach einer Weile hinzu. »Und er ist kein Trottel. Seine Spionagefähigkeiten genügen, um sich allen Nachforschungen zu entziehen.«

»Aber was will er damit erreichen?«

Sie zuckte die Achseln. »Ich weiß bloß, dass seine Operation im Gegensatz zu meiner steht, und das ist ein Problem.«

»Und was passiert, wenn er gefunden wird?«

»Das hängt ganz von ihm ab, denke ich.«

»Willst du ihn umbringen?«

»Du bist ein richtig sensibler Mensch, oder?« Sie lächelte. »Nein, ich will ihn nicht umbringen. Auch wenn ich den Befehl dazu bekomme, möchte ich vorher überzeugende Beweise sehen. Zum Beispiel, dass er tatsächlich gegen uns arbeitet. Oder für die Chinesen.«

»Glaube ich nicht«, sagte Milo.

»Man kann nie wissen.« Mit einem langen Nagel tippte sie ihm auf den Unterarm. »Jeder von uns könnte ein Maulwurf sein.«

Auch wenn Leticias Antworten ausweichend blieben, so bestätigten sie doch zumindest die Angaben, die Irwin und Collingwood gemacht hatten. Der erste Angriffsplan war vielleicht von Alan ausgegangen, doch danach hatte sich eine Art Spaltung zwischen ihm auf der einen und Collingwood, Irwin und

Jackson auf der anderen Seite vollzogen. Und offenbar war die Auseinandersetzung so heftig gewesen, dass sich Alan veranlasst sah, vollkommen von der Bildfläche zu verschwinden und dabei nicht nur die Operation der anderen aufs Spiel zu setzen, sondern auch das Leben seiner Frau und von Milos Familie.

Nachdem die Tabletts abgeräumt waren, fragte Milo weiter. »Woher weißt du, dass es besser ist, für Irwin zu arbeiten als für Alan?«

»Wie bitte?« Mit forschendem Blick wandte sie sich ihm zu.

»Anscheinend gibt es hier zwei Pläne. Den von Irwin und Collingwood und den von Alan. Du sagst, du kennst weder den einen noch den anderen in vollem Umfang. Woher willst du also wissen, dass es nicht besser wäre, sich auf Alans Seite zu schlagen?«

Sie leckte sich die Lippen und überlegte kurz. »Milo, hast du dir Alan in letzter Zeit näher angeschaut?«

»Er ist labil.«

»Freundlich ausgedrückt. Versteh mich bitte nicht falsch – ich mag Alan. Aber würde ich ihm mein Leben anvertrauen?« Sie schüttelte den Kopf. »Hör zu, Milo, zerbrich dir nicht so viel den Kopf. Schlaf lieber noch ein bisschen.«

Zwei Pläne, dachte er, als sie den Kopfhörer wieder aufsetzte. Er wusste – oder vermutete –, dass sich Alans Plan um Rache drehte, während die Gruppe um Collingwood einen anderen Zweck verfolgte, der vielleicht in den Abgründen der Außenpolitik verborgen lag. Was Alan auch vorhatte, es war auf jeden Fall so problematisch, dass Collingwood eine weltweite Suchaktion nach ihm angeleiert hatte.

An diesem Punkt kam es auch darauf an, sich von seinen Vorurteilen zu verabschieden. Egal, wie durchgeknallt Alan war, Milo tendierte natürlich zu seiner Seite, denn auf der anderen Seite stand Irwin. Milo versuchte zwar, einen Bogen um Begriffe wie *gut* und *böse* zu machen, aber ihm war klar, dass er die beiden Lager ganz automatisch in diese Schubladen einsortierte. Und dann gab es auch noch Xin Zhu.

Das generelle Problem an der Entscheidung für eine dieser Seiten war, dass ihn dieser Kampf eigentlich nichts anging. Für ihn war nur wichtig, seine Frau und Tochter zurückzubekommen, und darauf musste er all seine Kräfte konzentrieren. Das bedeutete, dass er nicht mehr für den amerikanischen Staat arbeitete.

Auf jeden Fall brauche ich Hilfe, überlegte er, als er einen blauen Kugelschreiber mit dem Logo der Fluglinie in die Tasche gleiten ließ. Er saß zwischen den Stühlen, zwischen Chinesen und Amerikanern, und beide Seiten verfolgten ihre eigenen Interessen, die ihn letztlich mehr kosten konnten, als er aufs Spiel setzen wollte. Bisher hatte er zwei Leute um Hilfe gebeten, und beide Male hatte es nicht geklappt, doch das hieß nicht, dass er es nicht weiter versuchen konnte.

Auf dem Frankfurter Flughafen hielt er Ausschau nach Überwachungskameras, die leicht zu erkennen waren. Sie waren überall. Er und Leticia steuerten durch das Gedränge von Reisenden, die Taschen und Kinder hinter sich herschleppten, bis sie zwischen den Läden in der Haupthalle die Toiletten entdeckten, deren Eingänge jeweils von einer Kamera überwacht wurden.

»Beeil dich.« Mit dieser Aufforderung verschwand sie im Damen-WC.

Auf der Herrentoilette zog er den Kugelschreiber der Fluggesellschaft heraus und riss ein Papierhandtuch von der Rolle ab. Er drückte es flach an die Wand und schrieb nach kurzer Überlegung in großen, gut erkennbaren Blockbuchstaben:

An Erika Schwartz, BND:
Wir müssen reden. Bitte Abstand halten.
– JOHN NADLER

Mit der Nachricht in der Tasche trat er aus dem WC. Leticia war noch drinnen, und er wandte sich rasch mit dem auseinandergefalteten Zettel in der Hand dem Objektiv der Kamera über der Tür zu. Fünf gezählte Sekunden lang hielt er die Nachricht in die Luft, danach zerriss er sie erst in zwei, dann in vier Teile und kehrte zurück in die Toilette. Dort riss er weiter, bis nur noch winzige Fetzen übrig waren, die er hinunterspülte.

Es war Leticias Idee, dass sie in der Maschine nach Dschidda auf getrennten Plätzen saßen. »Sie hatten genug Zeit, einen Beobachter hierherzuschicken, wir sollten also lieber so tun, als wollten wir uns tarnen.« Doch während des fünfeinhalbstündigen Flugs sah keiner von beiden eine auffällige Person zwischen den Thawbs, weißen Kufiyas, schwarzen Abayas und Hidschabs. Um 20.00 Uhr landeten sie und verließen das Flugzeug in einigem Abstand voneinander. Nach einer reibungslosen Passkontrolle, bei der er sich als Tourist bezeichnete, entdeckte er Leticia, die am hell erleuchteten Ring der Al Madinah Al Munawwarah Road mit einem Limousinenchauffeur feilschte. Der Abend war warm und erfüllt vom Geruch des Roten Meeres.

Nach einer fünfzehnminütigen Fahrt durch eine nächtliche Stadtlandschaft aus arabisch und englisch gekennzeichneten Banken, Einkaufszentren und neuen, sauberen Hotels wurden sie von der Limousine am Hilton abgeliefert. Er bemerkte ein illuminiertes Plakat, das einen wohlwollend lächelnden Mann mit roter Kufiya, Schnauzer und breitem schwarzem Ziegenbart zeigte: König Abdullah ibn Abd al-Aziz, den Hüter der zwei Heiligen Stätten. An der Küste ragten die Hoteltürme auf, und dazwischen erspähte er strahlend beleuchtete Strandabschnitte. Dschidda war der größte Hafen am Roten Meer, von allen saudischen Städten die weltoffenste und das ganze Jahr über ein beliebter Urlaubs- und Tagungsort. Die Religionspolizei hatte hier kaum etwas zu melden, obwohl sie nach der Ankunft im

Hilton die Abendgebete hörten, die in der Ferne mit Lautsprechern übertragen wurden.

Seines Wissens hatte Leticia im Flughafen keine Wechselstube aufgesucht, doch sie bezahlte die Fahrt mit Rials. Im Hotel zeigte sie neue Pässe vor und buchte ein Zimmer für Mr. und Mrs. Greene. Als sie mit dem Aufzug durch die luftige, bis zum Dach hinaufreichende Lobby in den zehnten Stock fuhren, sagte sie: »Mach's dir nicht zu gemütlich. Morgen früh reisen wir wieder ab.«

»Auf der Fahrt hierher hab ich niemanden gesehen.«

»Ich auch nicht.« Sie beugte sich vor, um hinunter ins Erdgeschoss zu spähen. »Aber am Flughafen war ein Paar. Die zwei haben mich auf jeden Fall bemerkt.«

Milo konnte sich an kein Paar erinnern, aber er war immer noch so angeschlagen, dass ihm praktisch alles entgehen konnte. »Einheimische?«

»Weiße.«

Er hoffte, dass es Leute von Erika Schwartz waren.

Das Zimmer hatte einen weiten Blick über den Strand, der sich tief und flach zum Meer erstreckte, und die Schiffslichter, die wie herabgestürzte Sterne zwischen ihnen und dem Sudan schwebten.

»Wann?«, fragte er.

»Bald.« Sie knöpfte ihre Bluse auf. »Ich brauche eine Dusche.«

Er nahm eine Dose Pepsi aus der Minibar.

»Kommst du mit?« Trotz der vierzehnstündigen Reise wirkte sie nicht im Geringsten erschöpft. Im Gegensatz zu ihm war sie an das Touristenleben gewöhnt, aber dieser Grad an Wachheit war einfach nicht normal.

»Was nimmst du?«

»Klingt nicht nach einem Ja.« Sie lächelte. Als er schwieg, fügte sie hinzu: »Warum? Willst du was?«

Er wollte. Früher, als er ihre Art von Leben führte, war Dexedrin der Muntermacher seiner Wahl gewesen, doch im Moment hätte er alles geschluckt, nur um nicht zusammenzubrechen. Mit offener Bluse, unter der ein schwarzer Spitzen-BH hervorlugte, kramte sie in ihrer Tasche. Der letzte Tourist, mit dem er Drogen genommen hatte, hatte ausgezeichnetes Kokain präsentiert. Leticia zog lediglich ein braunes Fläschchen heraus und warf es ihm zu. »Nur eine. Ich hab nicht mehr viel.«

Es handelte sich um Adderall, ein Amphetamin zur Behandlung von ADHS und Narkolepsie. Die Verschreibung lautete auf den Namen Gwendolyn Davis, den sie in London benutzt hatte. Als er eine Tablette mit einem Schluck Pepsi hinuntergespült hatte, trug sie nur noch Unterwäsche und faltete sorgfältig ihre Kleidung zusammen, als wäre er gar nicht da. Dann beugte sie sich ohne ersichtlichen Grund in der Taille nach vorn und schaute ihn lächelnd über die Schulter an.

»Ich bin in der Bar.« Er nahm die Cola-Dose mit zur Tür. »Wenn sie uns aus den Augen verloren haben, hilft ihnen mein Gesicht vielleicht weiter.«

Unbeeindruckt richtete sie sich wieder auf. »So ein Gesicht hat noch keinem geholfen.«

14

Im Aufzug drückte er die Stirn ans Glas und beobachtete, wie ihm der Boden der Lobby entgegenfuhr. Er bemerkte nach oben gewandte Gesichter, aber keines davon kam ihm vertraut vor. Nachdem er ausgestiegen war, bahnte er sich einen Weg durch Geschäftsleute in Roben und Anzügen, Hostessen in modisch westlicher Kleidung und Touristen aus allen Nationen, um sich auf einem Sofa niederzulassen. Er verzichtete auf den Versuch, jemanden zu entdecken, und versenkte sich stattdessen in einen Raumplan des Hotels, um von anderen entdeckt zu werden. Nach zwei Minuten machte er sich auf den Weg hinunter ins Manhattan Sport Diner. An der Tür stoppte er, um den Blick gemächlich über all die kitschigen amerikanischen Memorabilien und die drei Plasmafernseher gleiten zu lassen, in denen das gleiche Fußballspiel lief. Als ihn eine Kellnerin fragte, ob er allein essen wolle, antwortete er, dass er nur nach seiner Frau suche, die aber wohl in ein anderes Restaurant gegangen war.

Davon gab es einige: das Vienna, das Al Safina, das iranische Etablissement Al Khayam und die zwei Terrassenlokale La Terrace und die Bar am Pool. Erst nachdem er dort überall aufgetaucht war, kehrte er ins Untergeschoss zurück und begab sich in der Nähe des Manhattan Sport Diner auf eine Toilette, wo er sich in eine Kabine setzte.

Schon nach drei Minuten öffnete jemand die Tür und wählte schließlich die Kabine neben Milo, nachdem er alle anderen abgeschritten hatte. Er schloss die Tür und ließ sich mit einem unterdrückten Ächzen nieder. »Haben Sie mir was zu sagen?« Die leise Stimme hatte einen einheimischen Akzent.

»Ich weiß nicht, wer Sie sind.«

»Sie müssen mich nicht kennen, Sir. Wie ich höre, haben Sie Ihren letzten Bekannten auf einer Toilette beinahe umgebracht. Ich bin nur da, um Ihre Informationen weiterzugeben.«

Das reichte als Antwort. Der Mann arbeitete sicher für Xin Zhu. »Haben Sie eine Nachricht für mich?«

»Nur die Bitte, die Finger von unschuldigen Menschen wie mir zu lassen.«

»Richten Sie ihm aus«, erwiderte Milo, »dass ich heute Nacht jemanden treffe. Wen, weiß ich nicht.«

Kurzes Schweigen. »Darf ich fragen, wann Sie es wissen?«

»Nach dem Treffen.«

»Natürlich.« Pause. »Ach, fast hätte ich es vergessen. Ich soll Ihnen eine Frage stellen.«

»Ja?«

»Was war das für ein Zettel auf dem Frankfurter Flughafen?«

»Welcher Zettel?«

»Keine Ahnung. Aber so lautet die Frage.«

Milo atmete ungewollt laut. »Sagen Sie ihm, er kriegt seine Antwort, sobald ich mit Tina gesprochen habe.«

»Tina?«

»Er weiß, wen ich meine. Bestellen Sie ihm, dass ich verlange, in den nächsten vierundzwanzig Stunden mit ihr zu sprechen.«

»Mit dieser Tina.«

»Genau.«

Milo hörte das Kritzeln eines Stifts auf Papier. Schließlich fragte der Mann: »Ist das ein Ultimatum?«

»Ja.«

»Und was passiert dann? Wenn es nicht gemacht wird, dann …?«

»Das weiß ich jetzt noch nicht, aber ich habe eine reiche Fantasie.«

Kritzeln. »Ist das alles? Ich war auf einen längeren Bericht gefasst.«

»Tut mir leid, dass ich Sie enttäuschen muss. Sagen Sie ihm, dass man mir noch nicht vertraut.«

Der Mann blieb stumm, und Milo wartete auf weiteres Gekritzel, doch er betätigte nur die Spülung und verließ die Toilette.

Als Milo kurz darauf hinauf zur Poolbar ging, spürte er, wie das Adderall sein Blut in Wallung brachte und seinen Blick schärfte. Die frische Seeluft wirkte zusätzlich belebend. Er ließ sich auf einem Sessel abseits vom Pool nieder und bestellte Apfelsaft bei einem Kellner. Es war schon nach halb elf, und die Terrasse war nur dünn besetzt. Die meisten Gäste speisten entweder spät zu Abend oder hatten sich schon zurückgezogen. Deshalb fiel das europäische Paar auf, als es ankam. Er bemerkte, wie sie miteinander flüsterten und zur anderen Seite des Pools gingen, um nach einem kurzen Gespräch mit dem Kellner Platz zu nehmen. Die große blonde Frau trug ein Abendkleid und hatte sich zum Schutz vor der nächtlichen Brise ein Tuch um die nackten Schulter geschlungen. Der etwas kleinere dunkelhaarige Mann, der in einem legeren Anzug und Freizeitschuhen steckte, gab gar nicht erst vor, Milo nicht zu kennen, und beobachtete ihn genau, als er eine Schachtel Zigaretten aus der Tasche nahm und sich eine anzündete. Inzwischen tippte die Frau angestrengt auf ihrem BlackBerry. Schließlich schickte sie ihre Botschaft ab und legte das Telefon neben sich auf die Fliesen.

Er hatte es geschafft, hatte ein gewisses Maß an Kontrolle gewonnen, und dieser kleine Sieg stimmte ihn zufrieden. Er dachte an Alan, der ebenfalls unter Xin Zhus Joch gestanden und zu rauchen angefangen hatte, um die Kontrolle zurückzuerlangen. Das erinnerte ihn daran, dass er schon seit mehr als einem Tag kein Nicorette mehr genommen hatte, ohne irgendwelche Entzugserscheinungen zu spüren. Auch das war ein Stück Kontrolle.

Als er gerade aufstehen wollte, um die Toilette zum nächsten Treffen aufzusuchen, beugte sich Leticia über ihn, um ihn auf die Wange zu küssen. Sie trug ein langes Sommerkleid und flache Schuhe, dazu eine Umhängetasche aus schwarzem Stoff. Er war neidisch, denn seine Kleider fühlten sich steif und unsauber an. »Du hast eine herrliche Dusche verpasst«, bemerkte sie.

Er bot ihr sein Glas Apfelsaft an. Sie nahm einen Schluck aus dem geneigten Glas, das er ihr mit amphetaminzittriger Hand hinhielt. Sie richtete sich wieder auf und leckte sich über die Lippen. »Wir hätten sowieso höchstens Zeit für einen Quickie gehabt. Komm, gehen wir runter zum Wasser.«

Er nahm ihre ausgestreckte Hand und erhob sich aus dem Sessel. Zusammen verließen sie die Terrasse, und sie schlang ihm den Arm um die Schulter, um ihn an sich zu ziehen. »Hast du sie gesehen?«

»Ja.«

»Bloß gut, dass ich nicht weiß, was Angst bedeutet.«

Auf dem Weg aus dem Hotel verschwand sie kurz in der Lobby-Toilette und tauchte in eine lange Abaya und einen Hidschab gehüllt wieder auf, ganz in Schwarz. Sie zwinkerte ihm zu. Zusammen schlenderten sie hinunter zum Strand und dann nach Norden, vorbei an Paaren und Gruppen junger Männer, die in ihren Roben im Sand saßen, auf die hohe, von der Mondsichel beherrschte Lichterkuppel zu. Doch sie blieben an Land. Leticia zog aus den Falten ihres Gewandes ein Handy mit Touchscreen und verfolgte beim Gehen die vorbeiziehenden Zahlen. Ihr GPS führte sie zu einem Sandabschnitt über der Wassergrenze. Dort sagte sie: »Graben, Baby.«

Es dauerte nicht lang, bis das Plastikruder und die flach zusammengelegte Kunststoffplane freigelegt waren, bei der es sich um ein Schlauchboot handelte. Zu seiner Erleichterung gab es auch eine kleine, batteriebetriebene Pumpe. Er trug alles hinunter zum Wasser, und während Leticia Wache hielt, blies er das Boot so leise wie möglich auf und schob es schaukelnd hinaus aufs Meer. Die warmen Wellen saugten an seiner Hose. Ohne Schuhe und mit zu den Hüften hochgezogener Abaya trat Leticia ins Wasser und rollte sich auf dem Rücken ins Boot. Er schob es hinaus, bis ihm das Meer an die Brust reichte, dann kletterte er hinein und nahm das Ruder.

Als sie vierzig Minuten später auf einen abgedunkelten Fischerkahn trafen, war er schon wieder völlig erledigt. Es war ein leicht verrostetes, ungefähr zehn Meter langes Kajütboot. Der Kapitän war ein alter Ägypter namens Ibrahim Fekry, der die CIA zum ersten Mal 1956 bei der Sueskrise unterstützt hatte – das erfuhr Milo in den ersten Minuten ihrer Bekanntschaft, als er dem leiernden Französisch des Mannes lauschte. Der Ägypter hatte ein narbiges Gesicht, eine von vielen Sonnenbränden fast schwarze Haut und eine unglaublich lebhafte Mimik. Er sah jünger aus als seine Siebzig. Vor allem jedoch war er im Besitz von Papieren, die ihm gestatteten, in diesem Teil des Roten Meeres Fischfang zu betreiben.

Er war sofort Feuer und Flamme für Leticia, die er seine »nubische Prinzessin« nannte, und sie genoss die Aufmerksamkeit. Leise erkundigte sich Fekry bei Milo, ob er mit ihr geschlafen hatte, doch Leticia hatte gute Ohren. »Er wollte nicht«, rief sie vom Bug aus, »obwohl ich es ihm angeboten habe.«

In Fekrys Gesicht breitete sich erst Fassungslosigkeit aus, dann Abscheu. Im weiteren Verlauf der Reise sprach er kein Wort mehr mit Milo.

Abermals mithilfe von Leticias Telefon erreichten sie eine Stelle, wo sie in der allgemeinen Dunkelheit Lichter aus zwei Ländern erkennen konnten. In Saudi-Arabien waren es Myriaden von Farben, im Sudan nur gelegentliche Verdichtungen von Weiß. Im Norden und Süden erspähten sie gemächlich dahinziehende Boote. Anscheinend hatte es niemand besonders eilig. Während sie warteten, wies Leticia Milo an, den Mund zu halten. »Ich will es so hindrehen, dass sie dich für meinen Chef halten. Keine Ahnung, wie sie mit einer Frau allein umspringen würden, und ich hab auch keine Lust, es rauszufinden. Wir werden Englisch reden, aber du sagst kein Wort. Ibrahim?«

Fekry hebelte eine Kiste auf und reichte Milo eine Bernardelli-Pistole. Milo prüfte die Sicherung, lud durch und schob die Waffe in die Jackentasche.

Das leuchtend rote Boot, dessen Motor die friedliche Nacht erschütterte, kam erst kurz nach halb drei, mit einiger Verspätung. Drei Männer, zwei davon in schlichten Gewändern. Der Fahrer hatte eine Kalaschnikow über den Rücken geschnallt, während ein stämmiger Kerl weiter vorn seine Kalaschnikow im Anschlag hatte und auf Fekrys Kahn zielte. Zwischen ihnen saß ein Mann in dunkelbrauner sudanesischer Robe, einer Galabija, und wartete mit gefalteten Händen, bis der Motor abgestellt war.

Alle drei waren tiefschwarz, und selbst als sie näher heranglitten, konnte Milo nur Augen und das gelegentliche Aufblitzen von Zähnen erkennen, wenn sie miteinander sprachen. Dann rief der Fahrer sie auf Englisch an: »Sie sind in sudanesischem Gewässer!« Seine Worte hallten wie Hammerschläge.

Fekry stieß etwas aus, das nach einem arabischen Fluch klang, und zog sich zur anderen Seite des Kahns zurück. Auch Milo hatte kein gutes Gefühl.

»Ich bin auf sudanesischem Sand«, antwortete Leticia – offenbar ein Erkennungscode. »Nehmen Sie die Waffen runter.«

»Sie da.« Mit langem Finger deutete der Fahrer auf Milo. »Sie haben hier nichts zu suchen.«

»Er muss überzeugt werden«, rief Leticia, »sonst läuft gar nichts.«

Der Mann in der braunen Robe neigte den Kopf und redete auf Arabisch mit seinen Leuten, bis sie sich entspannten. Dann erhob er sich mühelos, obwohl unter seinen Füßen das Motorboot schwankte, und sagte mit einer Stimme, die ganz anders klang als die des Fahrers: »Assalamu Alaikum.«

»Wa-Alaikum Assalam«, erwiderte Leticia. Milo blieb stumm.

»Bleiben wir an unseren Plätzen?« Ein Hauch von London lag in dem Akzent des Mannes.

»Ich rühre mich nicht von der Stelle«, sagte Leticia.

»So sei es.« Er ließ sich wieder nieder. »Sie möchten uns helfen, die Chinesen zu vertreiben, die die Regierung unseres Feindes stützen. Ist das richtig?«

»Ja.« Leticia beugte sich vor zum Dollbord und sprach mit leiser Stimme.

»Ein interessanter Vorschlag. Wir haben darüber diskutiert, allerdings nur begrenzt. Unser Haupteinwand ist, dass es außerhalb unseres Landes stattfinden würde. Unser natürlicher Feind ist in Khartoum, nicht in Peking.«

Jetzt ist die Katze also aus dem Sack, dachte Milo.

Leticia zögerte keine Sekunde. »Peking versorgt Khartoum mit Waffen und Geld. Chinesische Berater bilden die Dschandschawid aus, die euer Volk töten. Das Waffen-Embargo der UN interessiert in Peking niemanden.«

Der Unterhändler starrte sie nur an und wartete.

»Ohne chinesische Unterstützung«, fuhr sie fort, »wird al-Bashir stürzen. Ein Angriff auf Khartoum würde ihm schaden, aber ihn nie vernichten. Auf diese Weise können Sie einen viel schwereren Schlag führen – ohne verheerende Folgen für das sudanesische Volk.«

»Genau das ist der entscheidende Punkt.« Er klang ein wenig gereizt. »Das wissen wir schon alles, und deswegen reden wir mit Ihnen. Aber die Risiken sind gewaltig.«

»Größer als das langfristige Risiko, den Krieg zu verlieren?«

»Wir kehren bald an den Verhandlungstisch zurück.«

»Nur ein Narr glaubt, was diese Regierung unterzeichnet.«

Der Mann senkte den Blick auf die Hände in den Falten seiner Robe. »Bevor wir uns entscheiden, muss ich noch eine Frage stellen.«

»Bitte.«

»Warum haben Sie mich zu diesem Treffen mitten im Roten Meer gebeten?«

»Das habe ich schon erklärt. Mein Verbündeter hier will das Gesicht des Mannes sehen, der an diesem Vorhaben mitwirkt. Er glaubt mehr an Gesichter als an Worte.«

»Ist das der Grund, warum er nicht spricht?« Der Mann schaute Milo scharf an.

»Er ist Politiker«, antwortete Leticia schnell, vielleicht zu schnell. »Er möchte im Hintergrund bleiben, und das kann er nur, wenn er nichts sagt.«

»Ich glaube Ihnen nicht.«

Der Fahrer und der zweite Mann hoben ihre Waffen, und Milo griff hektisch nach der Bernardelli in seiner Tasche.

Doch auch dieser Satz war offenbar ein verabredeter Code, und Leticia antwortete mit ruhiger Stimme: »Wenn Sie mir nicht glauben, dann kehren Sie um und fahren Sie. Wir finden jemand anders, der keine Angst hat.«

»Jemand, der dümmer ist.« Seine Bemerkung klang fast wie eine Frage. Ungefähr zehn Sekunden lang starrten sie einander an, dann zog der Unterhändler die Hand flach und mit geschlossenen Fingern aus der Robe, und die Männer senkten die Gewehre. Der Fahrer warf den Motor an, und Lärm erfüllte die Nacht. »Ma'a Salama«, rief der Unterhändler herüber, ohne die Hand erneut zu heben.

Sie verabschiedete sich mit dem gleichen Gruß.

Nachdem sie verschwunden waren und schaumige Wellen

hinterlassen hatten, gab Milo die Pistole an Fekry zurück und setzte sich zu Leticia an den Bug.

Sie starrte ins schwarze Wasser, dann hob sie den Blick. »Was ist?«

»Ihr wollt die Chinesen in Panik versetzen. Ihr wollt Xin Zhu in Panik versetzen.«

»Sieh an, der Musterschüler hat's kapiert.« Der Witz schien ihr keine Freude zu bereiten.

Da er sich erinnerte, dass sie sich auch in China mit militanten Islamisten getroffen hatte, hakte er nach. »Informationsüberflutung. Ihr wollt ihn von dem eigentlichen Angriff ablenken. Ein oder zwei Ablenkungsmanöver kann er ignorieren, aber bei fünf oder sechs bleibt ihm keine andere Wahl, als hinzuschauen.«

Sie wirkte zufrieden.

»Alans Idee?«

»Ursprünglich ja.«

»Möchtest du mir verraten, was der eigentliche Angriff ist?«

»Selbst wenn ich es wüsste, würde ich es dir nicht sagen.«

»Du weißt es wirklich nicht?«

Sie schüttelte den Kopf, und auf seine Frage, ob ihr das nichts ausmachte, antwortete sie: »Ich bin froh, dass ich nicht ausrangiert wurde. Wenn es Zeit ist, werden sie mich schon einweihen.«

»Irwin und Collingwood.«

»Das Finanzamt.« Sie grinste. »Allerdings hab ich das Gefühl, dass es nicht klappen wird.«

»Ob diese Leute auf den Vorschlag eingehen oder nicht, ist doch völlig egal. Hauptsache, die Chinesen wissen, dass ihr was vorhabt. Dass ihr mit Aufständischen aus Darfur redet.«

»Klar«, meinte sie. »Aber wir haben die Situation ziemlich falsch eingeschätzt. Ich habe mit den Uiguren gesprochen, und die waren nicht interessiert. Nach Alans Verschwinden habe ich mich mit den Tibetern getroffen – sie wollten mir nicht mal zuhören. Hoffentlich haben die anderen mehr Glück.«

»Du meinst die zwei anderen Touristen.«

»Einer.«

»Was?«

Sie seufzte laut. »In Frankfurt hab ich es erfahren. Tran Hoang ist von der Bildfläche verschwunden, in Südkorea. Wahrscheinlich hat es ihn erwischt. Die Sache ist wirklich ernst, Baby.«

Sie lehnte sich zurück auf die gestreckten Arme, und Fekry warf den Motor an. Milo fand ihren Mangel an Zuversicht beunruhigend, und er musste an seinen eigenen irrationalen Optimismus denken, der ihm sagte, dass er die Oberhand gewinnen und alles zum Guten lenken konnte. Als Tourist hatte Milo einmal geglaubt, dass es nur eine Möglichkeit gab, mit dem Scheitern umzugehen: Man behandelte es wie einen Erfolg. Für Touristen sind Erfolg und Misserfolg das Gleiche.

Als sie zurück zur Küste steuerten, brandeten über das Wasser seltsam eindringliche Laute heran, die vom Tuckern des Motors immer wieder übertönt wurden.

Leticia schaute auf ihre goldene Armbanduhr. »Vier Uhr vierzehn. Hedschragebete.«

Er war kein Tourist mehr, und er hatte keinen Grund für die Hoffnung, dass er in dieser Sache die Oberhand behalten konnte.

15

Leticia weckte ihn kurz nach Mittag mit einem Kuss auf die Nase, und schon wieder schwebten Gebetsrufe durch das offene Fenster. Nachdem er sich geduscht hatte, präsentierte sie ihm seine neue Kleidung. Nach drei Stunden Schlaf war sie zur Tahlia Street losgezogen und hatte dort einen leichten Anzug von Ralph Lauren mit einer grünen Seidenkrawatte gefunden. Als er angezogen war, bearbeitete sie sein Haar mit einem Hotelkamm. »Dieses Grau sollten wir wegmachen«, bemerkte sie pingelig.

»Ich mag mein Grau.«

Sie trat zurück, um sein Äußeres zu beurteilen. »Es heißt doch immer, dass graue Schläfen einem Mann gut stehen. Aber das trifft nur auf manche Männer zu. Bei dir sieht es einfach alt aus.«

»Ich bin erst achtunddreißig, Leticia.«

»Umso trauriger.«

Dann führte sie ihre eigenen Einkäufe vor: ein schwarzes, ärmelloses Pradakleid mit tiefer Taille, das viel Schenkel freiließ, und bis knapp unter die Knie reichende Lederstiefel. Er fragte sich, wo sie das Geld herhatte. Gehörten diese unerschöpflichen Touristenkreditkarten nicht der Vergangenheit an?

Doch das spielte keine Rolle. All diese Leute spielten keine Rolle mehr. Er hatte eine Nacht lang Zeit gehabt, um über alles nachzudenken und das wahre Ausmaß seiner Ohnmacht zu erfassen. Und er war zu einer Entscheidung gelangt. Sobald er mit den Deutschen geredet hatte, war die Sache für ihn erledigt, und Alan Drummond, Xin Zhu, Nathan Irwin und auch Leticia Jones konnten zur Hölle fahren.

»Und?«, fragte Leticia.

»Wirklich hübsch.«

»Wir haben noch Zeit, weißt du.«

Milo ließ es sich kurz durch den Kopf gehen, denn was hatten die alten Regeln jetzt noch zu bedeuten? Wenn man alle Brücken hinter sich abbricht, hat man nichts mehr zu verlieren, auch keinen Stolz. Schließlich zwinkerte er ihr zu und sammelte sein Geld zusammen. »Ich warte unten in der Lobby.«

»Keine Fragen?« Sie musterte ihn. »Willst du nicht wissen, wo es als Nächstes hingeht?«

»Irgendwann wirst du es mir schon sagen.« Er verließ das Zimmer.

Ihr Partner zeigte sich zwar nicht, doch die große Deutsche durchquerte kurz nach seiner Ankunft die Hotelhalle. Nach einem vielsagenden Blick in seine Richtung trat sie zu einer Zeile mit Haustelefonen und hob bei einem Apparat ab. Er folgte und griff nach dem übernächsten Telefon. Er legte den Hörer ans Ohr und hörte das Freizeichen, als sie sagte: »Treppe zum ersten Stock.« Sie hängte auf und verschwand.

Er folgte ihrer Anweisung und wartete in einem langen Korridor mit identischen Türen, bis sich auf halber Höhe eine öffnete, ohne dass sich jemand blicken ließ. Mit schnellen Schritten steuerte er darauf zu, weil Leticia sicher bald nach unten kommen würde, und drinnen entdeckte er den kleinen Mann mit Schnurrbart, der mit den Händen auf den Knien auf der Kante eines gemachten Betts saß. Es war Erika Schwartz' Assistent, den Milo nur als Oskar kannte und der vor wenigen Monaten fröhlich mitgemischt hatte, als Milo gefoltert wurde. Milo zog die Tür hinter sich zu.

Oskar legte sofort los. »Sagen Sie mir einen Grund, warum ich hier sitzen und mit Ihnen reden sollte.«

»Ich weiß auch nicht, Oskar. Sie sind doch derjenige, der hier sitzt.«

»Das hat meine Chefin entschieden. Seltsamerweise glaubt sie, dass sie Ihnen was schuldet.«

»Für die Zigarettenmale am Arm vielleicht?«

Oskar wischte sich über die Schnurrbartspitzen. »Nein, anscheinend für was anderes.« Dann stand er auf, doch der Versuch einer drohenden Haltung misslang ihm. »Sie hat Ihrem idiotischen Vater geholfen, und wir wären deswegen fast geschnappt worden.«

»Meinem Vater?«

Oskar starrte ihn an.

»Wann?«

Oskar zuckte die Achseln. »Er wollte Ihre Frau und Tochter in Sicherheit bringen und hat uns gebeten, ihm dabei zu helfen. Und wissen Sie was? Keine Frau und keine Tochter. Ich persönlich bin der Meinung, dass Sie Ihren Alten abgemurkst haben. Bin gespannt, ob Sie mich vom Gegenteil überzeugen können.«

Milo blinzelte verwirrt. Wenn das zutraf, handelte es sich um einen erstaunlichen Zufall. Sein Vater hatte sich ausgerechnet an die Frau gewandt, die auch er jetzt um Hilfe bat. Aber war das wirklich Zufall? Eher nicht. Das Auftauchen des Namens Sebastian Hall hatte Erika Schwartz sicher schon alarmiert und sie dazu veranlasst, mit Jewgeni zu sprechen. Wen hätte sein Vater denn sonst fragen sollen? Milo rieb sich übers Gesicht. »Die Chinesen haben sie. Meine Familie. Ein Oberst namens Xin Zhu.«

»Warum hat er sie entführt?«

»Er hat mich davor gewarnt«, antwortete Milo. »Es war mein Fehler. Ich dachte, ich kann ihn überlisten.«

Oskar nickte, als würde ihm die Erklärung einleuchten. »Aber Sie wollen doch sicher was von mir, sonst hätten Sie mich nicht hergeholt.«

»Suchen Sie meine Frau und Tochter. Und wenn Sie sie nicht finden, dann lassen Sie mich umbringen.«

Nach einem kurzen Stirnrunzeln lachte Oskar. »Umbringen?« Er legte die Hand vor den Mund und gestikulierte dann. »Wahnsinn! Ist heute mein Geburtstag?«

»Ich meine es ernst.«

Breit grinsend schüttelte Oskar den Kopf. »Das geht auf keinen Fall, Weaver, so gern ich persönlich auch abdrücken würde. Sie bringen uns garantiert nicht dazu, ins Killergeschäft einzusteigen. Da müssen Sie sich schon an den Mossad wenden. Oder von mir aus an die CIA.«

»Das ist sie mir schuldig.«

»Ich glaube nicht, dass sie Ihnen *so* viel schuldet, Weaver.«

»Sie verdankt mir ihren Job.«

Oskars Feixen verschwand. Nach dem Überfall auf das Kunstmuseum E. C. Bührle in Zürich hatte Milo zwei der gestohlenen Bilder Erika Schwartz überlassen, die sie in der Wohnung ihres Vorgängers versteckte. Natürlich wäre es einer drei Zentner schweren Frau schwergefallen, sich mit zwei großen Gemälden in eine Wohnung zu schleichen. Dazu hatte sie Hilfe benötigt – die Hilfe eines kleinen, wendigen Menschen wie Oskar.

»Es gibt da noch was, das Sie vielleicht nicht wissen, Weaver.« Oskar zögerte kurz. »An dem Abend, als Ihre Familie entführt wurde, wurde Ihr Nachbar in seiner Wohnung überfallen. Er wurde betäubt, gefesselt und geknebelt. Soweit wir das beurteilen können, hat er nichts gesehen, aber …«

Als ihm klar wurde, was diese Worte zu bedeuten hatten, machte Milo unwillkürlich einen Schritt zurück und stieß gegen eine Kommode. Raymond Lister, der Alkoholiker. »Tina und Stef waren dort.«

»Ja, Milo. Während Sie um Ihren Vater geweint haben, waren Ihre Frau und Tochter gleich nebenan. Man kann davon ausgehen, dass sie ebenfalls unter Drogen standen und deshalb nicht um Hilfe gerufen haben. Aber trotzdem …«

Blitzartig erinnerte sich Milo an die Nacht neben der Leiche seines Vaters und stellte sich in dem glühenden Wunsch, den Lauf der Ereignisse zu verändern, vor, wie er zu Raymond hinübermarschierte und mit brutaler Gewalt die Tür eintrat, hinter der …

»Und jetzt«, erklärte Oskar, »kommt die Überraschung.«

»Das war noch nicht alles?«, flüsterte Milo.

Oskar ging an ihm vorbei und öffnete die Tür zum Bad. Dort wartete offenbar jemand, den er ansprach. »Sie sind dran.« Dann wich er zurück.

Eine Frau trat heraus. Nicht Erika Schwartz, nicht Janet Simmons und auch nicht Tina Weaver. Sie war hochgewachsen und hatte eine lange Nase und dunkles Haar, das ihr bis über die Schultern reichte. Alles an ihr war lang, doch im Gegensatz zu früher, als sie nur aus Ellbogen und Knien bestanden hatte, wirkte nichts daran unproportioniert. Wie Milo und Jewgeni hatte sie schwerlidrige Augen mit einem ernsten, fast bekümmerten Ausdruck.

»Alexandra?« Ein schockiertes Lächeln huschte über seine Lippen.

Seine Schwester lächelte nicht. Sie trat auf ihn zu und stand vor ihm, fünf Zentimeter größer als er. »Mach lieber den Mund auf, Milo, sonst bring ich dich persönlich um, das schwör ich dir.«

TEIL 3

Im Haus der guten Taten

Samstag, 14. Juni bis Sonntag, 29. Juni 2008

1

Alexandra war zu müde und, obwohl sie erst zweiunddreißig war, ihrem Gefühl nach auch zu alt für so etwas. Es war halb vier an einem Samstagmorgen, sie hatte Freddy, den sie erst vor zwei Tagen kennengelernt hatte, in ihrem Bett zurückgelassen, und die abstrus teuren Kognaks vom Vorabend im Zebrano's unterspülten noch immer ihre zerstreuten Gedanken. Scheißfamilie.

An der Goodge Street stieg sie aus dem Taxi und nahm den Fußgängerweg am Charlotte Place vorbei an verrammelten Läden bis zum Bogen der Rathbone Street. Das Duke of York rechts von ihr hatte geschlossen und nur den Gestank nach verstreuten Zigarettenkippen und verschüttetem Bier auf dem Gehsteig zurückgelassen. Links drang aus der Lobby des Rathbone Hotel schummriges Licht. Sie hatte die Kapuze ihres grauen Sweatshirts tief in die Stirn gezogen und sah aus wie ein Prolo nach einer stürmischen Nacht – eine nützliche Illusion vor allem wegen der Überwachungskameras.

Zimmer 306, hatte er gesagt. *Schau nach, ob dein Bruder da ist.*

Halbbruder. Der Amerikaner Milo, der nie auf ihre E-Mails reagierte. Allerdings hatte seine Frau zu Weihnachten einen Brief geschickt – *Hallo, wir kennen uns noch nicht persönlich, aber* –, den wiederum Alexandra nicht beantwortet hatte.

Francisco wartete gleich hinter dem Hotel, traf allerdings keine Anstalten, sich ihr zu nähern. Sie vermutete, dass er einen toten Winkel gefunden hatte, also schlurfte sie zu ihm hinüber. Er hatte die Hände tief in die Jackentaschen gestopft, und sein spanisches Gesicht unter der schwarzen Baseballmütze wirkte benebelt und schläfrig. Unwillkürlich fühlte sie sich an seinen Decknamen erinnert: Basset. Ihr Vater benannte seine Agenten nach Hunderassen, wie um sich dadurch hündische Treue zu sichern. Als sie bei ihm war, fragte sie: »Hat er dich auch aufgeweckt?«

»Dein Vater meint, dass Schlaf überflüssig ist.«

»Wie lange brauchst du?«

»Fünf Minuten. Ich schick dir eine SMS.«

»Was mach ich in den fünf Minuten?«

»Nicht einschlafen.« Er ließ sie auf dem Gehsteig stehen und duckte sich unter einen überdachten Stellplatz neben dem Hotel. Nachdem er kurz mit seinem Werkzeug am verschlossenen Personaleingang herumgefummelt hatte, öffnete er ihn und verschwand im Haus.

Es war zu kühl, um einfach stillzuhalten, also lief sie vorbei am Newman Arms bis zu der Stelle, wo die gebogene Rathbone Street in die Percy Street mündete, und dann wieder zurück. Die ganze Zeit musste sie daran denken, welche Chancen sich ihr im Leben bieten würden, wenn sie endlich Schluss machen würde mit der Arbeit für ihren Vater. Seit zwei Jahren bezeichnete er sie jetzt schon als seine »Assistentin«, und sie wusste noch immer nicht, was das eigentlich bedeutete. Ein bisschen Kommunikation, ein bisschen Überwachung seiner Agenten und seiner Termine, ein bisschen Außendienst, wenn er es nicht schaffte oder – wie in diesem Fall – aus privaten Gründen beunruhigt war. Im Grunde die Aufgaben einer Sekretärin.

Sascha, ich weiß nur, dass jemand mit seinem alten Arbeitsnamen am Donnerstagabend dort abgestiegen ist. Ich habe selbst erst durch den Anruf eines deutschen Kollegen davon erfahren.

Erika Schwartz?

Er antwortete nicht.

Offenheit, Nana. Erinnerst du dich noch an unsere Vereinbarung?

Ja, Erika Schwartz.

Die, die Milo gefoltert hat.

Pause. *Sie glaubte, dass sie guten Grund dazu hat.*

Sie dachte, dass er ein junges Mädchen umgebracht hat, Nana. Ich hätte genauso gehandelt. Ich frage mich nur, warum sie dir davon erzählt hat.

Weil wir alte Gegner sind, Sascha. Das ist das Gleiche wie alte Freunde.

Ruf doch einfach in dem Zimmer an. Frag, wer dran ist.

Hab ich schon gemacht. Niemand ist hingegangen. Unsere einzigen Leute in London sind im Moment Basset … und du.

Ihr Telefon vibrierte. Sie nahm es heraus und las: ZU DIENSTEN – Franciscos Art von Humor.

Mit schnellen Schritten bog sie gegenüber dem Duke of York um die Ecke und huschte durch den Eingang des Rathbone Hotel. In der leeren Lobby waren keine *Steingärten* – ein Ausdruck ihres Vaters für ortsgebundene Beobachter, und auch der Empfang war unbesetzt. Um ihre Harmlosigkeit zu unterstreichen, streifte sie die Kapuze zurück und nickte freundlich einem Pagen zu, während sie auf den Aufzug zusteuerte. Drinnen drückte sie auf die Vier und spähte durch die sich schließenden Türen. Keine Steingärten und auch sonst keine Menschenseele.

Im vierten Stock war es leer, und dank Francisco war die Kamera am Ende des Gangs tot. Rasch strebte sie zur Treppe und trabte dann eine Etage tiefer, wo sie auf eine weitere tote Kamera stieß. Zimmer 306 lag auf halber Höhe des Korridors.

In ihrer Wohnung hatte sie zwar eine Pistole, hatte sie aber nicht mitgenommen, weil sie fest damit rechnete, in dem Zimmer ihren schnarchenden Bruder vorzufinden. Selbst wenn er es nicht war, ließ sich das problemlos regeln. Sie brauchte sich nur als eine nach Alkohol riechende Frau zu tarnen, die sich in den frühen Morgenstunden in der Tür geirrt hatte. Von dieser Sorte liefen in London einige herum.

Sie klopfte dreimal laut und wartete. »Charlie!« Obwohl sie in Russland aufgewachsen war, beherrschte sie ihren Yorkshire-Akzent perfekt. »Charlie, ich weiß, dass du da drin bist!«

Auf der anderen Seite der Tür entstand Bewegung, und sie pochte erneut. »Charlie, ich hör dich doch! Ich geh hier nicht weg, solang du mir nicht aufmachst!«

Wieder ein Rascheln, dann öffnete sich die Tür. Ein abgehetztes Gesicht erschien. Der Mann war groß, Ende dreißig und hatte etwas militärisch Attraktives an sich. Er trug Boxershorts und ein T-Shirt, das einen muskulösen Körper zeigte.

»Ach, Sie sind gar nicht Charlie.«

»Nein, ich bin nicht Charlie.« Sein Akzent war deutlich amerikanisch.

Eigentlich machte er einen harmlosen Eindruck, aber er benutzte einen von Milos Namen, und das hieß, dass von Harmlosigkeit nicht die Rede sein konnte. Mit einer Hand am Türrahmen beugte sie sich vor und legte die Yorkshire-Aussprache ab. »Aber Sebastian Hall sind Sie auch nicht, oder?«

Er blinzelte und hob eine auffallend rote Hand vor den Mund, um ein Gähnen zu unterdrücken. Eine blassere Stelle deutete auf einen fehlenden Ehering. »Wer sind Sie?«

Sie senkte die Stimme und ließ ihren russischen Akzent aufblitzen. »Mich interessiert nur, warum mir nicht Milo Weaver die Tür aufgemacht hat.«

Rechts von ihr bewegte sich etwas, und beide bemerkten Francisco, der mit den Händen in der Jacke im Korridor aufgetaucht war. Er hatte wohl eine Waffe dabei. Bestimmt hatte ihr Vater darauf bestanden.

»Wer ist das?«, fragte der Mann.

»Ein Freund. Kann ich reinkommen?«

Familie schützen. Seine Frau und Tochter, meine ich. Das ist bereits geplant.«

»Und wer schützt Ihre Familie, Mr. Drummond?«

Sie kannte solche Unterhaltungen, bei denen zentrale Themen im Vagen blieben oder völlig ausgeklammert wurden. Zunächst hatte sie als Anwältin auf diese Weise mit Tätern geredet, um sich dem Verbrechen behutsam anzunähern, und später bei der Arbeit für ihren Vater hatte sie gelernt, Gespräche zu führen, bei denen scheinbar gar nichts gesagt wurde. Das war nichts Neues. Doch es irritierte sie, wenn praktisch inhaltsleere Sätze zu radikalen Entscheidungen führten, denn ohne Kenntnis der Details konnte sie nicht sicher sein, wozu sie Alan Drummond da eigentlich überredete. Um sein verlegenes Schweigen zu durchbrechen, sagte sie: »Einen kleinen Anhaltspunkt müssen Sie mir schon geben, damit ich Ihnen helfen kann.«

»Warum sollten Sie mir helfen?«

»Weil es fast vier Uhr früh ist und die Bars alle zu sind. Ich habe Zeit.«

Drummond drehte sich langsam um und ließ den Blick durchs Zimmer wandern: eine offene Tasche, gefaltete Kleider und eine Zeitschrift – der *Economist* – auf dem Nachttisch. Unter der Überschrift AMERICA AT ITS BEST waren auf der Titelseite die beiden amerikanischen Präsidentschaftskandidaten John McCain und Barack Obama abgebildet.

»Ich würde alles hierlassen, außer Sie brauchen es unbedingt«, erklärte sie. »Auf diese Weise erregen Sie kein Aufsehen, wenn Sie aus dem Hotel marschieren.«

Er nickte, dann begann er sich anzuziehen. »Haben Sie ein Auto?«

»Mein Freund hat eins.«

»Ich gehe allein raus, und Sie können mich woanders abholen, wo es passt. Damit meine ich eine tote Zone.«

Sie überlegte kurz, welche Straßen in London noch nicht mit Überwachungskameras ausgestattet waren, und nannte ihm dann eine Kreuzung in Hammersmith.

Als sie später mit Francisco in dem kalten Toyota saß und auf den Mann wartete, der nicht kam, wurde ihr klar, dass Alan Drummond schon in diesem Moment gewusst hatte, dass sie sich nicht mehr sehen würden. Er hatte sich zu schnell breitschlagen lassen. Aber die eigentliche Frage war: Warum hatte er sich überhaupt breitschlagen lassen? Sie hatte ihn nicht bedroht und es auch nicht vorgehabt. Sie wollte nur herausfinden, ob Milo dort war oder nicht. Viel später, als sie den größten Teil der Geschichte kannte, begriff sie, dass sie einfach zu einem günstigen Zeitpunkt aufgetaucht war, den Alan Drummond genutzt hatte, um seine Pläne zu ändern. Dass er seine Entscheidung so schnell getroffen hatte, bewies Mut und Geistesgegenwart.

Sie schickte Francisco eine SMS und bat um weitere zehn Minuten Kameraausfall, dann verließ sie Drummond und durchquerte mit einem liebenswürdigen Lächeln für den müden Pagen die Lobby. Am Eingang streifte sie wieder die Kapuze über, um zurück zum Charlotte Place zu laufen.

Als sie gerade nach rechts in die Goodge Street bog, holte Francisco sie schwer schnaufend ein. »Und?«

»Wir fahren nach Hammersmith und warten auf ihn.«

»Es ist nicht dein Bruder.«

»Es ist jemand, dem mein Bruder scheißegal ist.«

Francisco schwieg eine Weile. »Mir war mein Bruder auch immer scheißegal, aber nach seinem Tod hat sich das auf einmal geändert. Das ist das Tragische an der menschlichen Liebe.«

Das machte er manchmal: Er benutzte eine flüchtige Bemerkung als Vorwand, um ein sentimentales Ereignis aus seiner Vergangenheit preiszugeben. Sie sah darin den Versuch, sie in eine engere Beziehung zu verstricken. Doch sie hütete sich, darauf einzugehen, auch weil Jewgeni sie eindringlich vor seinen Agenten gewarnt hatte. So fragte sie nur: »Wo hast du das Auto geparkt?«

Um fünf, als sie beide nahezu ununterbrochen gähnten und absolut klar war, dass Alan Drummond nicht mehr auftauchen würde, fuhr Francisco los, und sie rief Jewgeni in Genf an, um ihm von den Ereignissen zu berichten. »Zwei Möglichkeiten. Entweder ist er abgehauen, oder jemand hat ihn abgeholt. Ich bin mir ziemlich sicher, dass er abgehauen ist.«

»Aber was wollte er dort?«

»Hat er nicht verraten. Ihm ist klar, dass er Milo schadet, aber das interessiert ihn anscheinend nicht.«

»Ist er bescheuert?«

Auch sie hatte diese Möglichkeit in Betracht gezogen. »Er behauptet, dass ihn zwei Gruppen beobachten, aber mehr wollte er nicht sagen. Und dass die Fäden von anderen gezogen werden.«

»Was soll das heißen, verdammt?« Nana war anscheinend gereizt an diesem Morgen.

Sie schenkte sich die Antwort.

»Wir haben im Moment einen Haufen andere Sachen am Hals, aber wir sollten auf jeden Fall die Augen offen halten.«

»Rufst du Milo an?«

»Nicht nötig, ihn zu beunruhigen.«

»Aber er macht uns Ärger. Es wäre nur fair.«

»Fair?« Er klang, als hätte er das Wort noch nie gehört.

2

Erika Schwartz glaubte nicht, dass es sich bei dem Mann in London um Milo Weaver handelte – schließlich war es nur eine Identität. Doch diese Identität war von der aufgelösten Abteilung Tourismus benutzt worden und machte daher Nachforschungen notwendig. Schon vor einigen Monaten hatte sie den Namen als kritisch eingestuft, und so wurde sie am Freitag, einen Tag nach Sebastian Halls Ankunft im Rathbone Hotel, vom BND Berlin benachrichtigt, dass die betreffende Identität in London aufgetaucht war. Sie forderte ein Foto an und erhielt die Zusicherung, dass man sich darum bemühen würde.

Ihr erster Impuls war, Milo Weaver persönlich anzurufen und die Sache sofort zu klären. Wahrscheinlich kannte er nicht alle Antworten – wer konnte das schon von sich behaupten? –, doch vielleicht konnte sie ihn von der Liste möglicher Akteure streichen. Falls er überhaupt daran interessiert war, noch einmal mit ihr zu sprechen.

Mögliche Akteure in welchem Kontext eigentlich? Sie hatte keine Ahnung, doch nach ihrem Geplänkel mit Leticia Jones und Hector Garza im April hatte sie das sichere Gefühl, dass hier ein Zusammenhang bestand.

Statt mit Weaver telefonierte sie mit jemandem, zu dem sie so selten Kontakt hatte, dass sie erst in ihren Notizbüchern nach der Nummer kramen musste. Doch der alte Genfer Anschluss war nicht mehr gültig, also suchte sie in der Datenbank, bis sie die aktuelle Handynummer von Jewgeni Alexandrowitsch Primakow von den Vereinten Nationen gefunden hatte.

Auch das war eine Nummer aus Genf, und sie hatte Glück,

ihn anzutreffen – sie wusste, dass der Mann mehr unterwegs war als die meisten ihrer Agenten und nach den Launen der UN von Land zu Land reiste.

»Allo.« Er verzichtete darauf, seinen Namen zu nennen.

»Hier spricht Ihre älteste Freundin, Jewgeni«, antwortete sie.

»Meinen Sie die Zeit, seit der wir uns kennen, oder Ihr Geburtsjahr?«

»Beides.« Sie musste unwillkürlich lächeln. Obwohl sie während des Kalten Kriegs einige Male versucht hatte, ihn in eine Falle zu locken, war es bei ihren gelegentlichen Begegnungen in sicheren Häusern immer herzlich zugegangen. Später trafen sie sich regelmäßig bei deutsch-russischen Freundschaftskonferenzen, tranken Wein zusammen und tauschten Geschichten über alte Zeiten aus, die inzwischen nicht mehr ganz so geheim waren. Obwohl sie viel über ihn und seine geheimdienstlichen Aktivitäten wusste, fand sie ihn persönlich äußerst charmant. »Sie klingen ganz gesund«, fügte sie hinzu.

Er lachte. »Ja, meine Stimme ist mein einziges Plus. Der Rest ist für die Wissenschaft. Und Sie klingen noch immer wie ein süßes, kleines Mädchen.«

Schon seit ihrer ersten Begegnung neckte er sie wegen ihrer hohen Stimme, die nie mit der Entwicklung ihres Körperumfangs Schritt gehalten hatte. »Man darf nur nicht so genau hinschauen.«

»Übrigens, Glückwunsch zur Beförderung.«

»Können wir auf diesem Telefon reden?«

»Das möchte ich doch hoffen«, erwiderte er. »Meine Jungs haben einen ganzen Monat daran rumgebastelt.«

»Was für Jungs genau?«

»Aus der Nachbarschaft.«

»Haben Sie von diesem kleinen Rätsel in London gehört?« Sie machte eine kurze Pause. »Eine Person namens Sebastian Hall. Ich glaube, Sie kennen den Namen.«

»In meinem Alter sind doch alle Leute Bekannte.«

»Sie wissen natürlich, wer diesen Namen früher benutzt hat?«

»Ehrlich gesagt ist das nicht über meinen Schreibtisch gegangen.«

»Ihr Sohn«, erklärte sie.

»Mein Sohn?«

»Milo Weaver.«

Jewgeni schwieg. Vielleicht überlegte er, ob er es abstreiten sollte, denn sie hatten sich zwar über seine ermordete Frau Ekaterina und seine beiden Töchter Natalia und Alexandra unterhalten, doch Milo Weavers Name und auch der von Milos Mutter, Ellen Perkins, war zwischen ihnen nie gefallen. Doch ihm musste natürlich klar sein, dass sie eine derartige Bemerkung nie gemacht hätte, ohne die Fakten zu kennen. »Wie lange wissen Sie das schon?«

Seit 1979, lag ihr auf der Zunge, aber sie sprach es nicht aus. Sie hatte Milo Weaver im Lauf der Jahre nicht ohne Grund unerwähnt gelassen, denn auf diese Weise konnte sie verbergen, dass sie die letzte Person gewesen war, die seine Mutter vor ihrem Selbstmord in einem deutschen Hochsicherheitstrakt verhört hatte. Auch jetzt machte sie einen Bogen um das heikle Thema. »Ich rufe nicht an, um alte Geschichten aufzuwärmen, Jewgeni. Mich interessiert nur, ob Sie was darüber wissen. Sebastian Hall war einer von Milos bekannten Decknamen, und ich würde gern rausfinden, warum jemand diese enttarnte Identität benutzt, die unweigerlich auf Ihren Sohn verweist.« Sie hörte sein angestrengtes Schnaufen, und kurz streifte sie die irrationale Sorge, dass er womöglich einen Schlaganfall erlitten hatte.

Doch als er sprach, war seine Stimme klar und gefasst. »Tut mir leid, Erika. Im Moment kann ich nicht viel dazu sagen. Aber Sie haben recht. Die Verbindung zu Milo ist ... nun, zumindest kurios. Ich kann Ihnen Bescheid geben, sobald ich mehr erfahre.«

»Danke. Ich halte es genauso.«

»Das bezweifle ich, aber man soll die Hoffnung nie aufgeben.«

Erst am Samstagvormittag erhielt sie ein Foto von Sebastian Hall, doch da war er schon seit mehreren Stunden verschwunden. Als sie den E-Mail-Anhang aus Berlin öffnete, war sie erstaunt, auf ein Bild von Alan Drummond zu stoßen. Dann erfuhr sie, dass er nicht mehr da war und dass die Hotelkameras sabotiert worden waren.

Ab Montag war Sebastian Halls Verschwinden Gegenstand einer offiziellen Untersuchung in Großbritannien, und am Mittwoch flatterte ihr ein Bericht aus New York auf den Tisch. Wie sich herausstellte, hatte Alan Drummonds Frau Penelope bei Milo und Tina Weaver zu Abend gegessen. Anscheinend waren sie miteinander befreundet. Ebenfalls am Mittwoch erhielt Oskar von seiner englischen Kontaktperson endlich die Gästeliste des Rathbone Hotel. Erika bekam Zahnschmerzen, als sie von dieser Liste erfuhr. Gwendolyn Davis alias Leticia Jones hatte sich zur gleichen Zeit im Hotel aufgehalten. Und auch Gephel Marpa von Free Tibet. Die Tragweite dieser speziellen Information begriff sie allerdings erst, als Oskar hinzufügte: »Marpa *lebt* in London. Warum war er in einem Hotel?«

Als Jewgeni sie am späten Donnerstagnachmittag anrief, erwähnte sie die interessanten Hotelgäste, gewann jedoch den irritierenden Eindruck, dass ihm das alles nicht neu war. Dann berichtete sie, was sie über Alan Drummonds komplizierte Reiseroute rund um den Globus in Erfahrung gebracht hatte: von New York über Seattle, Vancouver, Tokio, Mumbai und Amman nach London. Zumindest von Mumbai hatte Jewgeni schon erfahren, denn er erzählte, dass Drummond beim Verlassen des dortigen Flughafens beobachtet worden, ihm aber niemand gefolgt war. Schließlich sagte er: »Ich habe heute mit Milo telefoniert. Er weiß nichts von der Sache.«

»Haben Sie ihn direkt gefragt?«

»Er hat mich gebeten, nachzuforschen. Ich habe ihm nicht erzählt, dass wir schon dabei sind.«

»Es schadet wahrscheinlich nicht, wenn Sie ihn ins Bild setzen.«

»Am Montag bin ich sowieso in New York. Dann rede ich mit ihm.«

»Jewgeni?«

»Ja?«

»Möchten Sie mir von Xin Zhu erzählen?«

Langes Schweigen. »Er ist Oberst beim Guoanbu, oder?«

»Die CIA ist hinter ihm her. Ich vermute, dass das auch der Grund für Alan Drummonds Londonbesuch war. Wenn der Feind unseres Feindes unser Freund ist, wäre Gephel Marpa vielleicht ein guter Verbündeter.«

»Anscheinend machen Sie sich ziemlich viele Gedanken über die Sache.«

»Ich sitze jetzt an der Spitze eines riesigen Verwaltungsapparats, Jewgeni. Sie wissen doch selbst, wie viel Zeit man da auf einmal hat.«

»Was wollen Sie denn erfahren über Xin Zhu?«

»Was hat er mit den Amerikanern angestellt? Vor allem mit der Abteilung Tourismus?«

Auch diese Abteilung war ein Thema, über das sie sich noch nie unterhalten hatten, doch sie war sich sicher, dass er einiges darüber wusste, zumal sein Sohn dort gearbeitet hatte. Seine Antwort war ausweichend. »Die Abteilung existiert nicht mehr, Sie müssen sich also keine Sorgen machen.«

»Ich mache mir keine Sorgen, Jewgeni. Ich habe eine einfache Frage gestellt.«

»Er hat sie ausgelöscht, Erika.«

»Buchstäblich oder metaphorisch?«

»Buchstäblich.«

Zischend atmete sie ein – ihr Gefühl im April hatte sie also nicht getrogen. »Warum?«

»Keine Ahnung.«

»Wissen Sie, wer die Vergeltungsaktion der USA leitet?«

»Von einer Vergeltungsaktion ist mir nichts bekannt.«

»Verschweigen Sie mir etwas, Jewgeni?«

»Natürlich, aber nichts, was Ihnen weiterhelfen könnte.«

»Vielleicht sollte ich das besser selbst beurteilen.«

Am Freitag schickten Erikas Leute in New York eine Reihe von Fotos, die Milo Weaver am Vortag in Park Slope im Gespräch mit einem Unbekannten zeigten. Er hatte einen Pizzeriabesuch mit seiner Familie kurz unterbrochen, um mit dem Mann zu sprechen, und sich zwei Stunden später an derselben Stelle erneut mit ihm getroffen. Dabei überreichte er ihm einen kleinen Gegenstand, und der Unbekannte gab ihm eine Visitenkarte oder etwas Ähnliches. Der Mann war dunkelhäutig (nach Einschätzung eines Experten Nordinder, vielleicht aus Kaschmir), doch sonst wussten sie nichts über ihn. Nach dem zweiten Treffen hatte er die U-Bahn benutzt, doch niemand war auf die Idee gekommen, ihn zu beschatten.

Am Montag las sie einen Bericht aus New York, der festhielt, dass Penelope Drummond das Wochenende bei den Weavers verbracht hatte – jemand war in ihr Apartment eingebrochen und hatte alles verwüstet, wahrscheinlich auf der Suche nach irgendetwas. Erika führte ein frustrierendes Gespräch mit einem Kontaktmann beim Zentrum für Spionageabwehr des National Clandestine Service, der sich dumm stellte, sobald sie sich dem Thema näherte, das ihr am Herzen lag. Letztlich kam sie allerdings zu der Auffassung, dass er gar nicht Theater spielte, sondern tatsächlich nicht eingeweiht war.

Am Dienstag war sie mit anderen Angelegenheiten beschäftigt, die mehr mit der Sicherheit der Bundesrepublik Deutschland zu tun hatten, und war ziemlich überrascht, als sie am nächsten Morgen vom Telefon aus dem Tiefschlaf gerissen wurde. Mittwoch, sechs Uhr früh – Mitternacht nach New Yorker Zeit.

»Hab ich Sie aufgeweckt?«

»Natürlich, Jewgeni.«

»Haben Sie jemanden in New York, der Milo beobachtet?«

Sie spielte mit dem Gedanken zu lügen, doch vermutlich war sie dafür noch zu benebelt. »Ja.«

»Wie viele Leute?«

»Fünf.«

»Das könnte reichen.«

»Sie klingen ja ganz hysterisch, Jewgeni. Alles in Ordnung?«

»Sie müssen mir einen Gefallen tun. Wenn Sie mir helfen, erzähle ich Ihnen alles, was Sie interessiert.«

»Alles?«

»Alles, Erika. Ich meine es ernst.«

Sie setzte sich im Bett auf und starrte durch einen Spalt in den Vorhängen auf eine Straßenlampe. »Es ist was passiert.«

»Ja, aber er hat mir nicht genug erzählt.«

»Milo?«

»Ich brauche Hilfe für eine Überführung morgen Abend. Nein, heute Abend – Mittwoch. Zwei Personen, vielleicht drei.«

»Mit oder ohne Einverständnis der Betroffenen?«

»Mit – ich muss dafür nur mit ihnen reden.«

»Dann benötige ich mehr Leute. Fünf reichen nicht. Haben Sie welche?«

Er überlegte. »Drei kann ich noch auftreiben.«

Sie schüttelte den Kopf, um ganz aufzuwachen, denn sie wollte auf keinen Fall eine überstürzte Entscheidung treffen. »Kann ich Sie später zurückrufen? Nach einer Tasse Kaffee?«

»Eine sofortige Antwort wäre mir lieber.« Seine Stimme klang hart, aber die Anspannung darin war unverkennbar.

Sie begriff, dass er emotional in die Angelegenheit verstrickt war. Gleich, worum es sich handelte, sie musste davon ausgehen, dass er die Sache nicht mit der nötigen Objektivität durchdacht hatte. Eigentlich war nur eine Antwort möglich, und eine Stimme in ihrem Kopf mahnte: *Das geht dich nichts an.*

Es lag wohl an ihrer anhaltenden Benommenheit, dass sie dieser Stimme keine Beachtung schenkte. »Und Sie erzählen mir alles?«

»Rückhaltlos.«

»Dann mach ich es natürlich.«

3

Worte haben die leidige Angewohnheit, die Fantasie zu beflügeln; sie breiten sich aus wie Hepatitis. Deswegen hatte ihr Vater von Beginn an jeden Versuch abgeblockt, seiner Geheimabteilung einen Namen zu geben. Die meisten Mitgliedsstaaten der Vereinten Nationen wussten – zumindest offiziell – nicht einmal von ihrer Existenz, vor allem Amerika und Russland, die beide 2002 mit einem Veto gegen seinen Vorschlag zur Einrichtung eines unabhängigen UN-Geheimdienstes gedroht hatten. Also hatte Jewgeni den Vorschlag erst gar nicht eingereicht und sich stattdessen gleich gesinnte Diplomaten aus Deutschland, Kenia, Luxemburg, Island, Bangladesch, Portugal und Ghana gesucht. Gemeinsam fanden sie bürokratische Schlupflöcher zur Finanzierung der anonymen Abteilung, und wenn er wichtige Erkenntnisse an sie weitergab, konnten sie entscheiden, ob sie sie der Generalversammlung vorlegen wollten oder nicht.

Nach Alexandras Rekrutierung gewährte er ihr Einblick in die Akten und antwortete ihr nach bestem Wissen und Gewissen auf all ihre Fragen. Beispielsweise erklärte er ihr, wie problematisch sich der Aufbau der Organisation gestaltet hatte. Der isländische UN-Botschafter drängte ihn zur Nutzung eines Büros in Brüssel, das sich sein Land gesichert hatte. Der portugiesische Vertreter konterte mit seinem Büro in Genf. Auch den Vorschlägen der anderen war deutlich anzumerken, dass jeder Diplomat nach persönlicher Kontrolle strebte und wahrscheinlich sogar plante, die entsprechenden Räumlichkeiten zu verwanzen. Also musste Jewgeni die Sache selber in die Hand nehmen.

Er hatte schon immer mehr Begeisterung und Verständnis für Technik an den Tag gelegt als seine Kinder, und diesem Umstand hatte er es zu verdanken, dass er die neu geschaffene Abteilung 2003 dezentralisieren konnte. Er stellte zwei Sekretärinnen ein und stattete sie mit Laptops aus. Innerhalb eines Netzwerks von sicheren Häusern in ganz Europa reisten sie getrennt mit dem Zug oder dem Auto von Wohnung zu Wohnung, die sie jeweils einen Monat lang nutzten, damit niemand mit dem Computer irgendwelche Sicherheitskontrollen über sich ergehen lassen musste. Über verschlüsselte Ferndatenbanken synchronisierten die beiden Sekretärinnen ihre Laptops täglich und tauschten Meldungen von Agenten aus, mit denen sie laufend in Kontakt standen. Jewgeni blieb räumlich getrennt von ihnen, erhielt aber über sein BlackBerry täglich Berichte und traf auf dieser Basis Entscheidungen, die er dann auf dem gleichen Weg übermittelte.

Nach Jewgenis Angaben war es eine Qual gewesen, das System einzurichten, doch sobald es stand, lief es reibungslos. Er wurde mit Berichten versorgt und entschied, was mit den Informationen geschah. Zum Beispiel wurde ein Dokument über den portugiesischen Anspruch auf die spanische Provinz Olivenza dem Vertreter Bangladeschs zur Vorlage in der Generalversammlung übergeben, während ein Bericht über die schwierige Grenzregion zwischen Bangladesch und Indien den Portugiesen zugespielt wurde. Im Idealfall konnten so alle Informationen öffentlich gemacht werden, wenn man sie einem Land anvertraute, für das durch die Verbreitung nichts auf dem Spiel stand.

Doch ab 2006 wurde die Datenlast erdrückend. Eine unvermeidliche Entwicklung, da sein Stab von Außendienstagenten von fünfzehn auf achtundzwanzig und die Zahl seiner Sekretärinnen auf vier angewachsen war. Den ganzen Tag über piepte sein BlackBerry, und bald sammelte sich ein Überhang von

Informationen an, den er nicht mehr aufarbeiten konnte. Aus diesem Grund wandte er sich an Alexandra.

Sie war zu dem Zeitpunkt seit vier Monaten geschieden, und obwohl sie in der Londoner Filiale der Anwaltskanzlei Berg & DeBurgh einen kometenhaften Aufstieg hingelegt hatte, machte sie nie ein Geheimnis daraus, dass sie in diesem Beruf genauso wenig Erfüllung fand wie in ihrer Ehe. *Ich trete seit fünf Jahren auf der Stelle, Nana.*

Dann arbeite für mich.

Sie hatte sich den Vorschlag eine Woche lang durch den Kopf gehen lassen und willigte schließlich ein, allerdings nur unter einer Bedingung: *Keine Manipulation, keine Unaufrichtigkeit. Entweder ich bin gleichberechtigte Partnerin, oder ich mache es nicht.*

Natürlich werde ich ehrlich zu dir sein, Sascha. Du wirst einmal alles übernehmen, wenn ich abtrete.

Sei dir da nicht so sicher, warnte sie, und dann stellte sie ihn auf die Probe: *Warum bist du zu den Vereinten Nationen gegangen?*

Auf diese Frage hin hatte er andere und auch sie früher stets mit idealistischen Ausflüchten abgespeist. *Es war das neue Millennium, verstehst du? Es war Zeit, nicht mehr nur einer Nation zu dienen, sondern der gesamten Welt.* Diese PR-Parole hatte ihm Alexandra noch nie abgenommen, dafür kannte sie ihn einfach zu gut. Jetzt blickte er sie traurig an. *Ich hab es getan, um mein Leben zu retten. Angst um mein Leben war der Grund. Und dein Bruder.* Nach kurzem Stocken erzählte er ihr die Geschichte.

Als Milo mit fünfzehn zu ihnen kam, war er durch und durch Amerikaner. Seine Pflegeeltern waren bei einem Verkehrsunfall ums Leben gekommen, und Jewgeni holte ihn zu sich nach Moskau, was zu wochenlangem Familienchaos führte. Alexandra und Natalia – und selbst ihre Mutter Ekaterina – hatten nichts von seiner Existenz gewusst. *Erinnerst du dich noch, wie er war? Ein echter Quälgeist. Doch wenn ich ehrlich bin, muss ich zugeben, dass die drei Jahre von 1985 bis 1988, die er bei uns war, für mich den Anfang meiner Entfernung von Mütterchen Russland markiert haben.*

Der bissige amerikanische Teenager hatte seinen Vater in perfektem Russisch, das er im Handumdrehen gelernt hatte, als KGB-Heuchler beschimpft. *Hast du Scheuklappen auf? Du bist ein Verbrecher. Redest vom Proletariat, aber in Wirklichkeit unterdrückst du das Proletariat doch nur. Du steckst in deiner selbstgefälligen, kleinbürgerlichen Welt fest und nimmst deine Verbrechen gar nicht wahr.*

Er klang genau wie seine Mutter, gestand ihr Jewgeni.

Doch erst als der Junge zum Studium nach Amerika zurückgekehrt war, konnte sich Jewgeni der Frage stellen, ob etwas Wahres daran war. Sogar Ekaterina gab zu, dass Milo nicht völlig unrecht hatte.

Du hast also dein Leben geändert, weil dir ein Teenager Heuchelei vorgeworfen hat? Alexandra musterte ihn skeptisch.

O nein. Dazu war viel mehr nötig, das war nur der Anfang.

Als der KGB in den Neunzigerjahren zum FSB umgebaut wurde, gelang es Jewgeni durch geschicktes Lavieren, seinen Rang und Sold als Oberst beizubehalten. Die Regierung Jelzin wollte ihn loswerden, aber die anderen lang gedienten Genossen waren dagegen, weil sie fürchteten, dass sie als Nächste dran glauben mussten. In einem Anfall von pragmatischem Egoismus traf er eine Vereinbarung mit der jungen Regierung und verriet seine alten Genossen wegen ihrer Teilnahme an dem Staatsstreich von 1991 gegen Gorbatschow. 1998 hatte er sich eine sichere Position im FSB erarbeitet, sich aber dabei eine Gruppe von Feinden gemacht, die ihm Anfang 2000 eine Bombe unters Auto legten. Es war der Tag, an dem Ekaterina allein zum Einkaufszentrum GUM fuhr.

Alexandra war zu dieser Zeit schon in London und als Anwältin tätig. Sie hörte die Nachricht am Telefon und las später einen ausführlichen Bericht auf der Webseite von BBC World News.

Du warst erschüttert, sagte sie.

Natürlich war ich das. Aber den folgenden Teil der Geschichte kennst du noch nicht, also hör zu.

Jewgeni brauchte vier Monate, um die fünf Männer aufzuspüren, die für Ekaterinas Ermordung verantwortlich waren. Zwei verhaftete er, die drei anderen tötete er mit seinen eigenen Händen.

Ihre erste Reaktion war Entsetzen, doch dann nahm sie sich zusammen. Sie hatte ihn selbst um Offenheit gebeten. *Ich hatte ja keine Ahnung.*

Dafür habe ich gesorgt.

Damit hätte die Angelegenheit beendet sein müssen, und eine Weile redete sich Jewgeni ein, dass es tatsächlich so war. Doch dann wurde er langsam, Woche für Woche, immer kränker. Außer seinem regelmäßigen Konsum von Wodka und Whisky hatten die Ärzte nichts zu bemängeln, dennoch konnte er Ende des Jahres kaum noch das Haus verlassen.

Wo war ich damals?, fragte sie.

Du warst beschäftigt. Und ich wollte dich nicht behelligen, weil ich etwas wusste, das meine Ärzte nicht wussten. Mein verlorener Sohn hatte recht gehabt: Du nimmst deine Verbrechen nicht mal wahr. *So war es. Ich habe nichts gemerkt, nur mein Körper hat rebelliert und Selbstmord auf Raten begangen.*

Der Wechsel zu den Vereinten Nationen verschaffte ihm tatsächlich Linderung, und auch wenn seine alten Kollegen über den diplomatischen Treibsand gluckst, in dem er unweigerlich versinken würde, spürte er, wie er mit jedem erfolgreichen Schritt wieder Kraft gewann.

Mit jeder guten Tat? Die boshafte Replik konnte sie sich nicht verkneifen.

Gute Taten sind eine Frage der Perspektive, Sascha. Wenn man von der Richtigkeit des eigenen Handels überzeugt ist, dann steht man auch dahinter, und es wird vielleicht wirklich zu was Gutem.

So kam es, dass Alexandra in das Haus der guten Taten ihres Vaters eintrat, eine Schattenorganisation, die nicht einmal einen Namen hatte – wenngleich sie sie aus praktischen Gründen manchmal als *Bibliothek* bezeichneten –, und teilte sich die Arbeit mit ihm. Ihre Zuständigkeit lag irgendwo im Schnittpunkt zwischen den vier Sekretärinnen, den mittlerweile zweiundvierzig Agenten und Jewgeni, denn manchmal half sie ihm zu entscheiden, an wen eine bestimmte Information weitergegeben werden sollte. Diese unscharfe Aufgabenbeschreibung war seine Idee gewesen, weil sie sich in alle Aspekte der Abteilung einarbeiten und später seine Nachfolge antreten sollte. Dass sie Letzteres gar nicht wollte, spielte offenbar keine Rolle.

An dem Montag, als in den Nachrichten über Sebastian Halls Verschwinden berichtet wurde, traf sich Alexandra mit der stellvertretenden Polizeipräsidentin Meredith Kaye in einem Pub in Hampstead. Anfang des Jahres hatte die Metropolitan Police von Jewgeni sensible Informationen über einen Schmugglerring erhalten, die die albanische Regierung nicht weitergeleitet hatte. Daher zögerte Kaye auf Alexandras Frage nach dem Vermissten hin nur kurz, ehe sie ihr erzählte, dass Gephel Marpa von Free Tibet in dem Hotel abgestiegen war, obwohl er in der Stadt wohnte.

»Was sagt er?«, erkundigte sich Alexandra.

»Dass er einem Streit mit seiner Frau aus dem Weg gehen wollte.«

»Glauben Sie, dass er vorhatte, sich mit Sebastian Hall zu treffen?«

»Vielleicht.« Kaye nippte an ihrer Cola mit Rum. »Allerdings spricht nichts dafür, dass tatsächlich eine Zusammenkunft stattgefunden hat. Dagegen spricht alles dafür, dass Sebastian Hall ein falscher Name ist.«

»Richtig, Meredith. Der Mann heißt Alan Drummond und ist Amerikaner.«

Die stellvertretende Polizeipräsidentin lehnte sich zurück und stemmte die Handballen gegen den Tresen. »Da bin ich froh, dass ich Ihrer Einladung zu einem Drink gefolgt bin.«

Alexandra mimte Überraschung über den Ausfall der Hotelkamera zur Zeit von Drummonds Flucht und lauschte ein wenig beklommen der Chronik seines Weges zu Fuß und mit der U-Bahn nach Hammersmith, doch Kaye erwähnte mit keinem Wort die junge Frau im Kapuzenshirt, die das Hotel betreten hatte. Vielleicht wusste sie, dass es sich dabei um Alexandra handelte, oder die Straßenkamera hatte gerade nicht funktioniert. Das passierte gar nicht so selten. Kaye sagte nur: »Wir überprüfen Kennzeichen – vermutlich hat er ein Auto gestohlen.«

Daraus schloss sie, dass Drummond sich an ihre Wegbeschreibung nach Hammersmith gehalten und sich dann selbstständig einen Weg aus der Stadt gesucht hatte.

Kaye war noch nicht fertig. »Noch was Merkwürdiges. Ein anderer Hotelgast, eine Frau namens Gwendolyn Davis, ist am Freitag angekommen und am Samstagmorgen schon wieder abgereist, obwohl sie drei Übernachtungen gebucht hatte. An sich ist das nichts Besonderes, aber wir haben natürlich ihre Papiere überprüft und … wir haben nichts gefunden. Ihr amerikanischer Pass sieht echt aus, aber es gibt keine Aufzeichnungen über ihre Einreise. Und falls sie einige Zeit hier gelebt hat, gibt es keine Daten darüber, dass sie eine Wohnung gemietet oder ein Auto gefahren hat. Einfach nichts.«

Freddy übernachtete nicht mehr bei ihr, sie sprachen nur regelmäßig miteinander, vermieden dabei allerdings sorgfältig verbindliche Zusagen. Doch als sie am Mittwoch die Stadt verließ, versprach sie ihm unvorsichtigerweise, sich nach ihrer Rückkehr bei ihm zu melden. »Wann wird das sein?«, fragte er. Sie konnte ihm keine Antwort geben.

In einem Apartment im Londoner Stadtteil Marylebone und ab Mittwoch in einem im vierten Stock gelegenen Studio in El Raval, Barcelona (wo sie mit einem Agenten sprach, der einem baskischen Verräter Informationen abgekauft hatte) sammelte sie Erkenntnisse aus der Ermittlungsarbeit von New Scotland Yard zum Verschwinden von Sebastian Hall. Außerdem hörte sie von ihrem Vater, was ihm seine alte Sparringspartnerin Erika Schwartz anvertraut hatte.

Am Samstagmorgen nahm sie den Expresszug nach Genf und betrat mithilfe eines Ersatzschlüssels das Apartment ihres Vaters mit Blick auf den Hafen, fünf Stockwerke über der BHI-Bank und dem Quai du Mont-Blanc. Sie verbrachte nur wenige Wochen im Jahr dort und pendelte meistens zwischen Wohnungen in London, Hongkong und Mexiko-Stadt, die der *Bibliothek* gehörten. Bevor sie ausging, duschte sie sich und zog sich um, dann erledigte sie noch etwas Arbeit: Sie instruierte zwei Agenten – einen in Tokio, einen in Kampala –, ihren Auftrag abzubrechen. Beide wurden von der örtlichen Polizei beobachtet. Sie schickte sie in sichere Häuser in Lissabon und Bologna, wo sie ihren Einsatzbericht für die Sekretärinnen verfassen konnten.

Sie war zum Abendessen mit einem Geheimagenten aus dem US-Konsulat verabredet, der ihr in der Vergangenheit mit Wohlwollen begegnet war. Doch bei Salat und *foie gras de canard* in der Brasserie Bâloise musste sie erleben, wie sein Wohlwollen versiegte.

»Ich hab rumgefragt«, meinte er zuletzt. »Dieser Drummond wurde vor ein paar Monaten gefeuert. Was er auch macht, uns kannst du es nicht anhängen.«

»Ich will euch nichts anhängen, Steve. Ich wundere mich

nur, dass Scotland Yard nach ihm sucht und dass er mit einem Pass reist, der im Zusammenhang mit einem Kunstraub steht.«

Steve schob sich einen mit Leberpastete bestrichenen Toast in den Mund und kaute geräuschvoll. Er gehörte zu den Amerikanern, die alles nur laut machen können. »Ich würde dir gern helfen, Alex. Wirklich.« Er lehnte sich zurück und legte sich einen Arm quer über den Bauch.

Sein Gesicht sagte ihr nichts, doch sein Körper drückte sich schon seit seiner Ankunft im Restaurant mit unmissverständlicher Deutlichkeit aus. Seine Worte entsprachen zwar vielleicht der Wahrheit – möglicherweise hätte er ihr wirklich gern geholfen –, doch im Grunde war klar, dass er krampfhaft versuchte, ein bestimmtes Thema zu vermeiden.

»Sie haben dir gesagt, du sollst die Finger davon lassen, stimmt's?«

Plötzlich schien ihm seine defensive Haltung aufzufallen, und er wandte die Handflächen nach oben. »Sie? Die *sie* aus der Verschwörungstheorie? Ich hab nach ihm gefragt und nichts rausgefunden. Das ist alles.« Da, die Haut an seinen Schläfen zog sich zurück. Er log.

»Okay, Steve. Vergiss es.«

Er lächelte, vielleicht aus Erleichterung, und griff nach dem nächsten Toast. »Alex, erzähl mir nicht, dass das was mit der Finanzaufsicht der UN zu tun hat. Immer wenn wir uns unterhalten, fragst du nach Dingen, die nichts mit deiner Arbeit zu tun haben.«

»Natürlich nicht.« Sie zwinkerte. »Ich stehe im Dienst von Al Kaida.«

Als sie später Jewgeni von dem Gespräch berichtete, meinte der Alte: »Es ist Zeit, mit Milo zu reden. Morgen fliege ich nach New York.«

»Wir hätten schon vor einer Woche mit Milo reden sollen. Ich verstehe nicht, warum du so lange gewartet hast.«

»Komm doch mit. Nur ein paar Tage. Tag des öffentlichen Dienstes und ein bisschen Zeit mit Milos Familie. Tina würde dich bestimmt gern kennenlernen.«

»Ein andermal.«

»Weißt du, dass er auf Arbeitssuche ist?«

»Nein, Nana. Hast du ihm denn dein Angebot schon unterbreitet?«

»Das müsste ich nicht, wenn du die Position übernehmen würdest.«

Wortlos legte sie auf.

4

Die Sache war von Anfang an ein Fiasko. Am Mittwochmorgen wachte Lester, ein Mitglied von Erikas fünfköpfigem Überwachungsteam für Weaver, mit Schüttelfrost auf – er hatte sich eine Sommergrippe eingefangen. Aus Sorge, dass sich das Virus verbreiten könnte, wies sie die anderen vier an, sich ohne ihn mit Jewgenis Leuten zu treffen, die nur zu zweit waren: der Spanier Francisco und der Tscheche Jan. Insgesamt also sechs, obwohl Erika mindestens acht gewollt hatte. Sie trug dafür Sorge, dass Gilen, ihr erfahrenster Agent, die Leitung des Teams übernahm, das sich in einem Doppelzimmer des Kings Hotel an der Thirty-ninth Street in Brooklyn zusammensetzte, um die Details zu besprechen.

Jewgeni kam und ging gleich wieder, weil er irgendwelche UN-Termine einhalten musste. Nach Gilens Bericht wirkte er wie versteinert vor Anspannung und richtig alt. Mehr als einmal wurde Erika von ihrem Agenten gefragt, ob sie sich wirklich auf die Intelligenz dieses gebrechlichen, zitternden Mannes verlassen wollte: »Wenn wir es vermasseln, fliegen wir garantiert auf.«

»Dann dürft ihr es eben nicht vermasseln.«

Lohnte sich dieses Risiko? Diese Frage stellte sie sich immer wieder, während die Stunden dahinkrochen. Was genau meinte Jewgeni mit *alles?* Sicherlich nicht die Definition aus dem Wörterbuch, aber dennoch sehr viel. Er meinte Antworten auf alte Rätsel, die Erika schon seit Jahrzehnten quälten, Antworten, die zu einigen schwarzen Schafen im BND führen konnten. Er würde ihr Einblick in seine UN-Abteilung und ihre geheimen Operationen geben. Und vielleicht sogar in das Rätsel Jewgeni Primakow.

Lohnte es sich, dafür eine gescheiterte Personenüberführung zu riskieren? Was, wenn sich Tina und Stephanie Weaver wehrten? Selbst wenn Jewgeni es ihnen erklärte, stellte sich die Frage, wie sehr sie Milos Vater vertrauten. Wie sehr vertraute ihm Milo?

Um 13.00 Uhr New Yorker Zeit berichtete Gilen, dass sie sich auf das Vorgehen beim Eindringen in die Wohnung der Weavers am Garfield Place und beim anschließenden Rückzug geeinigt hatten. Auch die Transportmethode stand fest: zuerst der Kofferraum eines Chevrolet Malibu, dann der Laderaum eines Wäschereilieferwagens. Jewgeni wollte, dass die Weavers in ein Haus im südlichen Connecticut gebracht wurden. Er hatte vor, die nächste Etappe ihrer Flucht selbst zu organisieren, und weigerte sich, Gilen Einzelheiten zu nennen. Erika wies ihren Agenten an, diese Entscheidung hinzunehmen.

Allerdings rief sie Jewgeni an, nachdem sie Gilens Zusammenfassung gehört hatte. Warum, so fragte sie den alten Russen, mussten die Weavers unbedingt unter Gewaltanwendung entführt werden?

»Weil es darauf ankommt, dass alles extrem schnell über die Bühne geht.«

»Dann gehen Sie rauf und sagen Sie ihnen, sie sollen Schuhe anziehen und Ihnen nach draußen folgen. So viel Einfluss haben Sie doch wohl auf sie.«

»Sie sind nicht allein. Sie werden beobachtet.«

»Von wem?«

Jewgeni zögerte. »Von den Chinesen.«

Es passierte nicht oft in ihrer Arbeit, dass sich Situationen parallel zueinander anordneten und dann allmählich annäherten, doch wenn es so war, empfand sie ein fast rauschhaftes ästhetisches Vergnügen, das sie daran erinnerte, weshalb sie diesem ansonsten nicht unbedingt erfüllenden Beruf ihr Leben gewidmet hatte. Sie war sich nicht ganz sicher, ob auch Patriotismus eine Rolle spielte, auf jeden Fall verblasste er im Vergleich zu der Freude daran zu erleben, wie sich Puzzleteilchen zu einem Ganzen zusammenfügten. Rasch kombinierte sie. »Alan Drummond war hinter Xin Zhu her, und jetzt ist Xin Zhu hinter Milo her. Wollen Sie mir noch immer weismachen, dass Milo völlig unbeteiligt ist?«

»Ich weiß nicht, was für eine Rolle er spielt, Erika. Wirklich. Aber er braucht meine Hilfe. Das bin ich ihm schuldig.«

»Wofür sind Sie ihm was schuldig?«

»Für meine Schwächen als Vater.« Sein Ton war ziemlich glaubwürdig.

»Geht es hier wirklich nur um Vergeltung, Jewgeni? Alan Drummond, der sich für den Verlust seiner Abteilung rächen will? Er zieht Milo in die Sache rein, und dann bleibt Xin Zhu nichts anderes übrig, als sich zu schützen … Und wie macht er das? Durch die Bedrohung von Milos Familie?«

Wieder blieb er stumm. Seine Art, *Ja* zu sagen. Oder *wahrscheinlich.*

»Ich würde genauso handeln wie Xin Zhu«, fügte sie hinzu. »Und Sie auch.«

Nun drückte sich in seinem Schweigen keine Zustimmung mehr aus, sondern Hilflosigkeit. Sie zielte auf ein moralisches Argument, das letztlich bedeutungslos war. Jewgeni interessierte nicht, wer im Recht oder im Unrecht war. Hätte man ihm die Pistole auf die Brust gesetzt, wäre er wahrscheinlich außerstande gewesen, die Frage zu beantworten. Jewgenis Handeln war nur von Loyalität bestimmt, und dergleichen brachte den Beteiligten nur selten Vorteile.

Ähnlich wie Xin Zhu, der auf Nachricht von seinen Agenten über die Liquidierung von dreiunddreißig Touristen gewartet hatte, blieb auch Erika Schwartz in ihrem Büro, lange nachdem alle anderen das Haus verlassen hatten. Voller Anspannung starrte sie auf das Telefon. Als es kurz nach Mitternacht endlich klingelte, hatte sie die allabendliche Flasche Riesling, einen bestellten Teller Gyros und zwei Snickers hinter sich. Zuerst redete Gilen mit ihr, dann Jewgeni.

Ab drei Uhr Nachmittag hatten zwei von Gilens Agenten die Wohnung der Weavers beobachtet. Sie sahen, wie Tina Weaver gegen halb fünf mit Stephanie eintraf. Um zwölf nach fünf kam ein Lieferant mit zwei Tüten chinesischem Essen. Als er bei den Weavers läutete, näherte sich ein zweiter Mann, und beide betraten gleichzeitig das Haus. Der Lieferant war Asiate, wahrscheinlich Chinese; der Bewohner, der zusammen mit ihm den Eingang passierte, war ebenfalls Asiate, Herkunft unbekannt. Natürlich hatten solche nationalen Zuordnungen wenig zu sagen, vor allem in dieser Stadt.

Nach weniger als fünf Minuten verließ der Lieferant das Haus. Erst um 17.48 Uhr stieg Jewgeni einen Block weiter aus Gilens Chevrolet und machte sich auf den Weg zu der Wohnung. Zu diesem Zeitpunkt hatten Jewgenis Leute Francisco und Jan bereits über eine drei Häuser entfernte Adresse das Dach des Apartments erreicht. Sollten verdächtige Aktivitäten auf der Straße gemeldet werden, stellte die Route übers Dach Plan B dar.

Jewgeni läutete nicht am Eingang, sondern benutzte den Schlüssel, den ihm Milo gegeben hatte. Er stieg die Treppe zum zweiten Stock hinauf und stellte fest, dass nicht abgesperrt war. Dann überlegte er es sich anders und ging weiter zur Dachtür, die er aufschloss. Ohne ein Wort näherten sich Jan und Francisco. »Es war alles ruhig«, erklärte Jewgeni, »nur bei einem Nachbarn lief der Fernseher.« Lautlos betraten sie das Apartment. Auf dem Tisch fanden sie Reste vom Abendessen, eine ungeöffnete Schachtel Kung-Pao-Huhn und daneben eine Nachricht:

SIE SIND IN SICHERHEIT

Die Wohnung war leer.

Jan und Francisco durchsuchten das Haus nach einem Wäscheraum oder einer Abstellkammer, wo die Weavers vielleicht stecken konnten. Doch sie waren spurlos verschwunden.

Zusammen verließen die drei Männer das Gebäude und setzten sich ins Auto zu Gilen, um ihm ihre Entdeckung mitzuteilen und Mutmaßungen darüber anzustellen, was passiert sein mochte. Gilen rief Erika in Pullach an, und sie hörte das Elend in Jewgenis Stimme, als er seine Befürchtung äußerte, dass die Weavers in Xin Zhus Gewalt waren. »Ich habe ihn wieder im Stich gelassen«, entfuhr es ihm sogar. Sie versuchte, ihn davon zu überzeugen, dass es auch andere Möglichkeiten gab, doch er blieb bei seiner Meinung. »Während wir rumgesessen und den Eingang beobachtet haben, sind sie übers Dach gekommen. Francisco und Jan müssen sie übersehen haben.«

Sie waren sich einig, dass es keinen Zweck hatte, noch weiter am Garfield Place zu bleiben. Erika forderte sie auf, die Operation zu beenden und den Ort auf getrennten Wegen zu verlassen. Jewgeni ging nicht mit. »Milo wird bald nach Hause kommen, und jemand muss es ihm erklären.«

»Ich kann Ihnen ein paar Leute dalassen«, bemerkte sie, doch er wollte niemanden dabeihaben – auch seine eigenen Agenten nicht –, wenn es zu der unvermeidlichen Konfrontation mit seinem Sohn kam.

»Xin Zhu hat seinen Trumpf ausgespielt«, konstatierte Jewgeni. »Er wird nie wieder zu dieser Adresse zurückkehren.«

Da hatte er höchstens noch eine halbe Stunde zu leben.

Dieser ungefähre Zeitrahmen war ihnen bekannt, weil Erika zuvor ihren kranken Agenten Lester angewiesen hatte, eine kräftige Dosis Tamiflu zu nehmen und an der Penn Station zu warten. Von dort folgte er Milo Weaver zum Garfield Place, wo er kurz nach halb acht eintraf und sich draußen hinsetzte, während Weaver nach oben ging. Weaver kam erst am nächsten

Morgen um sieben Uhr wieder heraus. In der Zwischenzeit hatte Gilen Lester abgelöst und drang nach Weavers Aufbruch in die Wohnung ein. Sobald er das übel riechende, kalte Schlafzimmer betreten hatte, rief er Erika an. In Deutschland war es schon nach ein Uhr Nachmittag, und sie saß wieder vor einem unberührten Salat, als er ihr die Nachricht mitteilte. Gilen glaubte genauso wenig wie Erika, dass Weaver es getan hatte, und das bedeutete, dass Jewgeni in der halben Stunde zwischen sieben und Milos Ankunft um halb acht getötet worden war. Milo hatte die Nacht bei der Leiche seines Vaters verbracht und war dann an diesem warmen Donnerstagmorgen mit unbekanntem Ziel verschwunden.

Das ist also das Ende, dachte sie. Sie erinnerte sich an die frühen Siebziger, als der KGB Kontakt zu diesen verbohrten jungen Leuten hielt, die mit zu viel Marx im Kopf und zu vielen Waffen in den Händen den dilettantischen Versuch unternahmen, den Kapitalismus in Westdeutschland zu stürzen. An der Peripherie dieses Geschehens war ihr auch Jewgeni Primakow begegnet. Später trafen sie sich schließlich in sicheren Häusern zu Gesprächen, die beiden Seiten dienten. Er brachte Weißwein mit und wartete mit genauen önologischen Beschreibungen auf, die völlig an ihr vorbeigingen. Damals bevorzugte sie Bier, doch Jewgeni beharrte darauf, dass Wein gesünder war. »Wir Russen bringen uns mit Wodka um, ihr Deutschen macht es mit Bier. Mit Wein lebt man länger.« Sie wusste noch, wie deprimiert sie gewesen war, als er plötzlich nach Moskau zurückgerufen wurde, wahrscheinlich wegen einer Affäre mit einer Amerikanerin, die sich den marxistischen Revolutionären angeschlossen hatte. Diese Niedergeschlagenheit verstärkte sich noch, als sie zum ersten Mal dem ungehobelten KGB-Offizier begegnete, der seinen Platz einnahm, ein Mann, der überhaupt kein Interesse an Wein, Bier, Wodka oder anderen Dingen hatte, die nicht den internationalen Kampf des Proletariats betrafen. Und jetzt war von all diesem Charme und all dieser Kultiviertheit nur noch eine verrottende Leiche in einem kleinen Apartment in Brooklyn übrig.

Sie überlegte, wie mit dem Toten zu verfahren war, und kam zu dem Ergebnis, dass ausschließlich das Notwendige zu tun war: Telefone und alle Identitätshinweise mussten entfernt werden. Umsichtigerweise hatte Weaver die Klimaanlage voll aufgedreht, um den Verwesungsprozess zu verlangsamen. Das Entscheidende war jetzt, dass ihre Leute New York verließen, ohne mit dem Mord in Verbindung gebracht zu werden. Nachdem dies geschehen war, durchsuchte sie ihre Akten, bis sie auf eine Nummer stieß, die sie noch nie gewählt hatte und die sie auch jetzt nicht wählen wollte. Doch es war wichtig, dass die Nachricht von jemandem kam, der zumindest eine Ahnung davon hatte, was geschehen war. In Pullach war es 18.00 Uhr.

»Ja?«

»Spreche ich mit Alexandra Primakow? Hallo, mein Name ist Erika Schwartz. Wir sind uns einmal vor Jahren begegnet, aber Sie erinnern sich wahrscheinlich nicht mehr.«

Pause. »Ich weiß, wer Sie sind, Frau Schwartz.«

»Gut. Wo sind Sie im Augenblick?« Sie hörte Wind in der Leitung rauschen.

»Am Flughafen Genf«, antwortete Alexandra.

»Sie fliegen aber nicht nach New York, oder?«

»Doch. Ich suche nach meinem Vater, und ich kann ihn nicht erreichen.«

»Deswegen rufe ich Sie an, Alexandra. Es geht um Ihren Vater.«

Alexandra änderte ihre Pläne und landete um halb neun am Flughafen München. Erika wartete vor dem Gebäude in ihrem grauen Volvo, und als sie vor ihrem Haus in einer grünen Gegend von Pullach parkte, hatte sie Alexandra die ganze Geschichte bereits erzählt.

»Und wo zum Teufel ist Milo abgeblieben?« Abgesehen von dieser Frage gab Alexandra kaum etwas von sich, und die Worte schienen all den Zorn zu beinhalten, der in ihr brodelte.

»Das wissen wir nicht.«

»Dann muss eben ich ihn finden.« Als sie ausgestiegen war, schritt sie durch die Bäume, die Erikas Haus vor der Straße verbargen, und zog ihr Handy heraus. Erika wurde plötzlich mulmig, doch ihre Sorge galt nicht Alexandra, sondern Milo. Dieser Frau war im Augenblick wirklich das Schlimmste zuzutrauen.

Drinnen aßen sie Brathähnchen und tranken Riesling. Allmählich entspannte sich Alexandra ein wenig. »Ich kenne ihn eigentlich gar nicht. Milo, meine ich. Als Teenager natürlich schon, aber dann ist er verschwunden, und die Begegnungen mit ihm in den letzten zwanzig Jahren kann ich an zwei Händen abzählen.«

Erika hatte Verwandte, von denen sie das Gleiche sagen konnte. »Er ist schwer zu fassen.«

»Was heißt das?«

Was hieß das? Das Wort war ihr einfach herausgerutscht, vielleicht wegen des Weins. »Er ist nie ganz so, wie es den Anschein hat. Und er ist unheimlich leicht zu unterschätzen.«

»Und was ist mit seiner Familie?«

Erika zuckte die Achseln.

»Alan Drummond war doch der Meinung, dass er sie schützen kann.«

»Wann hat er das gesagt?«

Alexandra antwortete nicht.

»Na ja«, bemerkte Erika schließlich. »Wäre nicht das erste Mal, dass sich ein Mitarbeiter der CIA täuscht.«

Dann geschah etwas Merkwürdiges. Gegen vier Uhr früh läutete Erikas Telefon, und Oskar gab eine Meldung durch, die über den Nachrichtenticker hereingekommen war. Am Donnerstagabend um acht Uhr New Yorker Zeit war ein Team von Heimatschutzagenten mit großem Getöse in das Haus 203 Garfield Place eingedrungen. Erschrockene Bewohner bestätigten, dass sie direkt in den zweiten Stock stürmten und nach lautem Rufen und Klopfen die Tür zum Apartment der Weavers aufbrachen. Die Agenten trugen einen Toten auf einer Bahre heraus, der allerdings bedeckt war, sodass niemand sagen konnte, wer da gestorben war und wie. Den Leuten vom Heimatschutz war kein Wort zu entlocken. Doch offenbar vernahmen sie die Bewohner und fragten sie nach den Ereignissen der zurückliegenden zwei Nächte. Niemand hatte etwas Ungewöhnliches bemerkt. Niemand außer einem Mann namens Raymond Lister, dem direkten Nachbarn der Weavers, der geknebelt und an sein Bett gefesselt aufgefunden wurde. Der Verfasser der Pressemeldung erfuhr nicht, was Mr. Lister den Agenten mitteilte, ehe er in einem Geländewagen weggebracht wurde, weil ihm die Leiterin des Heimatschutzteams, Special Agent Janet Simmons, unter Berufung auf die »nationale Sicherheit« den Zutritt verwehrte.

Francisco und Jan hatten die Kidnapper von Tina und Stephanie Weaver also doch nicht übersehen. Milos Familie hatte das Haus einfach erst nach dem Verschwinden von Primakows Agenten verlassen.

Sie weckte Alexandra im Gästezimmer, um sie ins Bild zu setzen, aber im Grunde erfuhren sie damit auch nicht viel Neues.

Am Morgen tranken sie zusammen Kaffee, und Erika bot ihr an, sie mit ins Büro zu nehmen.

»Ich würde lieber hierbleiben«, antwortete Alexandra. »Wenn es Ihnen nichts ausmacht. Ist Ihr Haus verwanzt?«

Erika schüttelte den Kopf. »Nicht dass ich wüsste.«

»Dann bleibe ich. Wir können uns am Mittag und dann noch mal um fünf austauschen. Ist Ihnen das recht?«

Eine Anwältin, fiel Erika ein. Und genauso redete sie auch.

Am Freitag kurz vor Mittag trat Oskar in ihr Büro. Sie telefonierte gerade mit Berlin, weil einer ihrer Agenten in Paris gestorben war. Frankreich hatte die Leiche überstellt, zeigte sich aber gereizt über die angebliche Verletzung seiner Hoheitsrechte. Erika war einige Zeit damit beschäftigt, dem Präsidenten des Bundesnachrichtendienstes auf sieben verschiedene Weisen zu versichern, dass sich der Mann im Urlaub befunden hatte. »Dürfen wir jetzt in unserer Freizeit nicht mehr ins Ausland fahren?«

Mit einem Wink versuchte sie, Oskar zu verscheuchen, doch er zog den Zeigefinger über den Hals, um sie dazu zu bewegen, das Gespräch zu beenden. Als sie nicht sofort reagierte, streckte er ihr ein ausgedrucktes Überwachungskamerabild von Milo Weaver hin, der direkt ins Objektiv blickte und ein Papierhandtuch mit einer Nachricht darauf hochhielt.

An Erika Schwartz, BND:
Wir müssen reden. Bitte Abstand halten.

Als der Präsident gerade lamentierte: »Das Problem ist, in ihren Augen …«, legte sie auf und wandte sich an Oskar. »Wo?«

»Flughafen Frankfurt. Gerade eben.«

Sie nahm den Ausdruck in die Hand und überflog die kurze Nachricht erneut. Dann blickte sie zu ihrem Assistenten auf. »Jetzt dreht er völlig durch.«

5

Was sie sah, als sie aus dem Bad trat, verblüffte sie. Es war jetzt vier Jahre her. Nein, *fünf* Jahre. Damals war sie zu einer Firmenklausur ihrer Kanzlei Berg & DeBurgh nach New York geflogen. Bei einem der geselligen Abende hatte einer der amerikanischen Anwälte, ein Großmaul namens Patrick Hardemann, nach mehreren Drinks seine Tochter Stephanie erwähnt und zerknirscht zugegeben: »Allerdings trägt sie nicht den Namen Hardemann, sondern den von ihrem Stiefarschloch – *Weaver.*« Neugierig geworden horchte ihn Alexandra vorsichtig nach dem Vornamen und der Adresse des Stiefvaters aus. So erfuhr sie, dass Milo mit seiner Familie in Park Slope wohnte.

Nachdem sie ihn so mühelos ausfindig gemacht hatte, rief sie ihn an und schlug vor, sich zum Abendessen zu treffen. »Ich würde so gern mal deine Frau und Tochter kennenlernen. Wirklich, Milo, ich bin doch deine Schwester.« Aber er kam allein ins Restaurant, und nachdem er anfangs irgendwelche Ausflüchte vorgebracht hatte, beichtete er ihr schließlich die Wahrheit: Seine Frau und seine Tochter wussten nicht, dass er zwei Halbschwestern hatte. Sie hatten keine Ahnung von Jewgeni und seiner russischen Verwandtschaft.

Sie begriff, dass sie unerwünscht war, und kam zu dem Schluss, dass die Welt dadurch eigentlich nicht kleiner geworden war, zumal er sowieso keinen Platz in ihrem Leben gehabt hatte. Nach Beginn seines Studiums in den USA hatte sich Milo praktisch aus der Sippe der Primakows verabschiedet. Sie gab sich damit zufrieden, dass er anscheinend relativ glücklich und gesund war – das musste genügen. Außerdem besaß das Ganze eine poetische Symmetrie: Jewgeni hatte seiner Frau und seinen Töchtern jahrelang die Existenz seines Sohnes verschwiegen, und jetzt hielt Milo seinen Vater und dessen Familie vor seiner Frau und Tochter geheim.

Doch jetzt stand er wieder vor ihr. Er war in irgendeine Sache hineingeschlittert, und diese Sache hatte ihren Vater das Leben gekostet.

Was sie verblüffte, war, dass Jewgeni überhaupt in Betracht gezogen hatte, ihm die Leitung der *Bibliothek* zu übertragen. Wer war dieser verängstigt wirkende Mann mit den eingefallenen Wangen und den grauen Stellen im Haar? Ein Mann, der in vollem Ernst zu Erikas Assistent gesagt hatte: *Wenn Sie sie nicht finden, dann lassen Sie mich umbringen.* Einer wie er wurde vielleicht benutzt, um an eine lohnende Persönlichkeit heranzukommen, aber er konnte nie selbst das Ziel sein.

Doch er war es. Ihr Bruder, Jewgenis »Quälgeist«.

Er ist unheimlich leicht zu unterschätzen, hatte Erika gesagt.

Sie trat auf ihn zu. Er war schuld an Jewgenis Tod. Bisher hatte sie nicht geweint, doch jetzt war sie den Tränen nah, und um sie zu unterdrücken, zischte sie: »Mach lieber den Mund auf, Milo, sonst bring ich dich persönlich um, das schwöre ich dir.«

Seine Hände hatten sich schon nach vorn bewegt, vielleicht zu einer Umarmung, doch jetzt zog er sie wieder zurück. »Okay.« Er machte einen Schritt nach hinten. »Aber warte, was machst du eigentlich hier? Du solltest lieber nicht davon ausgehen, dass diese Leute vertrauenswürdig sind.«

Eine seltsame Bemerkung, allerdings hatte Jewgeni ihm wohl nichts von ihrer neuen Tätigkeit erzählt. »Ich bin in eigener Verantwortung hier. Sie unterstützen mich nur.«

Er blinzelte verwundert. »Meine Güte. Du hast für ihn gearbeitet?«

»Wenn du mit *ihn* unseren Vater meinst, dann ja. Und jetzt raus mit der Sprache.«

Unbeholfen rieb sich Milo über die Stirn. »Er war dort – in Brooklyn –, um sich um meine Familie zu kümmern.«

Mann, war der Kerl begriffsstutzig. »Das *weiß* ich, Milo. Vergiss nicht, ich habe mit Erika Schwartz gesprochen.«

»Keine *Namen*«, warf Oskar gereizt ein.

Sie achteten nicht auf ihn. Milo überlegte kurz und nickte. »Ach so. Mir war nicht klar, dass *er* sie eingeschaltet hat.«

»Anscheinend ist dir ziemlich viel nicht klar.«

Wieder bekundete er nickend seine Zustimmung, dann legte er die Stirn in nachdenkliche Falten. »Es geht um Alan Drummond.«

»O Gott«, entfuhr es Oskar.

»Und Xin Zhu«, ergänzte sie. »Aber im Mittelpunkt steht eigentlich deine geliebte CIA, oder? Hör zu, Milo, vielleicht hast du noch nicht ganz kapiert, was Sache ist. Darum helfe ich dir auf die Sprünge: Du erklärst uns jetzt genau, was sie vorhaben.«

»Ich kann dir sagen, was ich gesehen habe, aber ich habe keine Ahnung, was dahintersteckt.«

»Sie wollen sich an den Chinesen rächen.«

»Anscheinend nicht.« Milo schielte auf seine Uhr. »Wir müssen uns beeilen.«

»Dann sprich.«

Er setzte sich auf den Bettrand, wo Oskar sich zuvor niedergelassen hatte, und berichtete ihr knapp und übersichtlich, was er wusste und woher er es wusste. Es war eine Geschichte, die er offenbar endlos hin und her gewälzt und um alle nebensächlichen Details bereinigt hatte, wahrscheinlich um sie selber besser zu begreifen. Hatte sie mehr Sympathie für ihn, nun da sie wusste, dass ihn Xin Zhu bedroht hatte? Eigentlich nicht. Als er fertig war, sagte sie: »Du musst dir doch inzwischen eine Meinung gebildet haben.«

»Der einzige Anhaltspunkt dafür, dass es sich nicht um eine Racheoperation handelt, ist das, was ich bei dem Gespräch mit Irwin und Collingwood erfahren habe. Vielleicht war das nur für meine Ohren bestimmt. Vielleicht wissen sie, dass ich von den Chinesen geführt werde, oder vielleicht hatten sie den Verdacht, dass das sichere Haus verwanzt war. Sicher ist nur, dass meine Aktion mit Leticia eine List ist, die dazu dient, die Chinesen von irgendwas abzulenken. Leticia meint, dass es ein Angriff ist; aber sie ist auch nicht eingeweiht.«

»Wo ist Alan Drummond?«

In diesem Moment klingelte Oskars Telefon, und er ging hin.

»Das weiß niemand«, antwortete Milo. »Zumindest ist das die Auskunft, die ich bekommen habe.«

»Jones ist auf dem Weg zum Aufzug«, sagte Oskar.

Milo stand auf, ging aber nicht. Anscheinend wartete er auf etwas.

»Ich habe mit Drummond geredet.« Sie fragte sich, ob dieses Bekenntnis ein Fehler war.

Milo runzelte wieder die Stirn.

»Kurz vor seinem Verschwinden«, erklärte sie. »Er hat mir fast nichts gesagt, nur dass deine Familie in Sicherheit sein wird. Dass er dafür gesorgt hat.«

Milo machte große Augen, doch dann erlosch der Glanz in ihnen. »Jeder macht Fehler.« Er ging zur Tür. Kurz davor wandte er sich noch einmal an Oskar. »Ein Mordversuch. Ein Anschlag gegen mich. Dann hätte ich Jones vom Hals. Und wenn Sie abrutschen und mich aus Versehen hier erwischen …«, er tippte sich an die Stirn, »… dann nehme ich es Ihnen auch nicht krumm.«

Bevor einer von ihnen antworten konnte, war Milo verschwunden.

»Was meinen Sie?« Alexandra sah Oskar an.

Oskar zog seine Tragetasche unter dem Bett hervor und schlang sie sich über die Schulter. »Ich glaube ihm kein Wort.«

»Für mich klang er ziemlich überzeugend.«

»Das ist immer so bei ihm. Wenn man nicht genau weiß, worauf es ihm ankommt, schaut man nicht hinter die Fassade von Milo Weaver. Und selbst dann kann man sich nicht sicher sein.«

Das war das größte Kompliment, das sie je über Milo gehört hatte, größer noch als Jewgenis Eingeständnis, dass Milo als Teenager sein korrumpiertes Wesen richtig eingeschätzt hatte. Vielleicht steckte wirklich mehr in ihm, als auf den ersten Blick zu erkennen war.

Oskar hing wieder am Telefon. Dann schaltete er ab. »Sie nehmen ein Taxi zum Flughafen.«

Francisco wartete bereits am King Abdulaziz International Airport und rief Alexandra an, während sie mit Oskar dorthin unterwegs war. »Sie haben Tickets nach Hongkong gekauft«, berichtete er. »Ein Zwischenstopp in Dubai.«

»Sind sie schon am Gate?«

»Noch nicht.«

»Ruf wieder an, wenn sie dort sind.«

Als Alexandra den Flughafen betrat, bestätigte Francisco, dass sie am Flugsteig für die Maschine nach Hongkong warteten, doch wie sich herausstellte, war der Flug 746 von Cathay Pacific bereits voll. Sie und Oskar buchten für eine Maschine von Qatar Airways, die vier Stunden später abhob. Oscar telefonierte, damit in Dubai jemand aufpasste, falls Milo und Leticia sich bei der Zwischenlandung absetzten. Alexandra hatte zwei Agenten in Hongkong, die sie zum Flughafen beorderte. Oskar bestand darauf, auch noch zwei von seinen Leuten hinzuschicken. »Das ist Overkill«, protestierte Alexandra. »Jones wird es sofort sehen.« Sie einigten sich auf je einen von ihr und ihm.

Vor und nach der Sicherheitskontrolle blieb sie in telefonischem Kontakt zu Francisco. Schließlich meldete er, dass Milo und Leticia die Passagierbrücke zum Flug 746 betreten hatten. »Sie steigen tatsächlich ein, aber sicherheitshalber warte ich noch.«

Als Alexandra und Oskar in der Luft waren, erreichte sie ein Anruf aus Dubai: Flug 746 war gelandet und wieder gestartet. Einer von Oskars Leuten, ein Schwede namens Gunnar, schaffte es an Bord und bestätigte kurz darauf, dass Milo und Leticia nebeneinander in der Economy-Klasse über dem Flügel saßen.

Während ihres kurzen Zwischenhalts in Doha, der Hauptstadt von Katar, befand sich Flug 746 über Indien, und als Alexandra und Oskar am Sonntagmorgen um sechs Uhr den indischen Luftraum fast hinter sich hatten, landete Flug 746 gerade in Hongkong. Oskar verfolgte Gunnars Bericht über ihren Weg zu den Taxischlangen, während auf Alexandras Telefon SMS von einem Agenten namens Dachshund piepten, der ihre Fahrt Richtung Innenstadt beschrieb. Bald darauf beugte sich eine stark geschminkte Stewardess über Alexandra und Oskar und mahnte sie flüsternd, ihre Handys auszuschalten. Sie deutete auf die Rückseite der Sitzlehnen vor ihnen, in deren Kopfstützen Funktelefone eingelassen waren. »Benutzen Sie bitte diese Geräte.« Aber weder Alexandra noch Oskar wollten mit Kreditkarte zahlen. Nicht auf dieser Reise.

Schließlich fanden sie eine Lösung. Immer abwechselnd, um keinen Verdacht zu erregen, schlichen sie nach hinten zu den Toiletten, wo sie Nachrichten tippten und Antworten lasen. Als sie sich schließlich dem Flughafen von Hongkong näherten, hatten sie bereits genug Material für erste Spekulationen.

Nach ihrem elfstündigen Flug hatten Milo und Leticia ein Taxi direkt zum großen Peninsula Hotel genommen. Leticia bezahlte den Fahrer – nur sie hatte eine Tasche dabei. Als sie das Hotel betraten, war ihnen einer von Oskars Leuten auf den

Fersen. Er meldete, dass sie schon kurz vor den Aufzügen waren, als Milo Leticia die Hand auf den Arm legte und ihr etwas zuflüsterte. Anscheinend waren sie verschiedener Meinung, denn Leticia drängte weiter zum Lift, während Milo ihren Arm umklammerte, um sie zurückzuhalten. Am Ende gab Leticia nach, und sie verließen gemeinsam das Hotel. Draußen (von dort berichtete Alexandras Agent Dachshund) winkten sie nicht nach einem Taxi, sondern liefen zu Fuß zur Nathan Road und dann zum nächsten Hotel an der Kreuzung mit der Middle Road, dem Kowloon, um sich dort unter den Namen Gwendolyn Davis und John Nadler ein Zimmer zu nehmen.

»Sie haben was gesehen, das ihnen nicht gefallen hat«, stellte Alexandra fest, als ihre Maschine sich der Insel näherte.

»Sie meinen, Ihr Bruder hat was gesehen. Jones war sich nicht sicher. In der Lobby war es voll – irgendwas hat Milo erschreckt.«

»Vielleicht Ihr Mann.«

»Unmöglich.« Oskar kaute an der Oberlippe und spannte dabei seinen dünnen Schnurrbart.

Sie überlegte kurz. »Sie haben sich nicht angemeldet. Also wollten sie jemanden besuchen. Aber wen? Alan Drummond?«

»Vielleicht Xin Zhu.«

»Können sich Ihre Leute Zugang zu den Hoteldaten verschaffen?«

Augenzwinkernd kramte Oskar wieder sein Handy heraus.

Und tatsächlich, als sie im Taxi saßen und auf der Autobahn um den grünen, gebirgigen Saum von Lantau Island die aus dem Wasser ragenden buckligen, grünen Inseln betrachteten, zirpte Oskars Telefon und informierte ihn, dass am Vortag ein gewisser Sebastian Hall Zimmer 212 bezogen hatte.

Sie überquerten den Lantau Link und fuhren Richtung Süden weiter zu den farbigen Containerwänden auf Stonecutters Island und den übereinandergestapelten Autobahnen, bevor sie tief in das großstädtische Gestrüpp der Wolkenkratzer und Häfen von Kowloon eintauchten. Chinesische und englische Schilder zeigten ihnen den Weg zum Victoria Harbor, und angesichts der vielen Eindrücke wechselten sie kein Wort mehr über den Zweck ihrer Reise. Doch der Grund war nicht paranoide Furcht vor Xin Zhu oder Milo Weaver, sondern das sinnliche Vergnügen an einem Meer von Farben.

Als sie vor der klassischen europäischen Fassade des Peninsula Hotel an der Salisbury Road eintrafen und ihr ein Portier mit weißen Handschuhen die Wagentür öffnete, erspähte Alexandra sofort Dachshund, einen groß gewachsenen Malaysier mit Schnurrbart. Er warf ihr einen flüchtigen Blick zu, um zu signalisieren, dass alles normal war. Oskar wiederum machte sie auf seine Agentin aufmerksam, eine kleine, gedrungene Person, die sich laut mit einem Sicherheitsbediensteten in Zivil unterhielt, um ihn von Alexandras und Oskars Ankunft abzulenken.

In der Lobby reichte sie ihm ihren Pass. »Melden Sie uns beide an, ich gehe rauf.«

»Ich komme mit.« Oskars Lächeln verschwand.

»Ich habe schon mal mit ihm geredet. Wir kennen uns. Rufen Sie mich an, sobald Sie das Zimmer haben.«

Einen Moment lang musterte er sie scharf, dann steuerte er auf den Empfang zu.

Sie teilte sich den Lift mit einer älteren Chinesin, die im zweiten Stock ausstieg, und auf diese Weise konnte Alexandra erkennen, dass diese Etage nicht von Sicherheitskräften überwacht wurde. Gleiches galt für den dritten Stock. Es war nach neun Uhr am Morgen, und vor einigen Türen lagen Zeitungen wie Fußmatten, vor anderen standen benutzte Tabletts. Über die Treppe gelangte sie wieder hinunter in die zweite Etage. Die ältere Dame war bereits in ihrem Zimmer verschwunden, und Alexandra befand sich allein im Gang. Schnell hatte sie

Nummer 212 gefunden und atmete tief durch. Sie pochte an die Tür. Schweigen. Wieder klopfte sie, etwas lauter, und rief wie schon einmal in breitem Yorkshire-Akzent: »Charlie? Ich weiß, dass du da drin bist!« Stille. Nichts. Eigentlich hatte sie angesichts der schon bestehenden Verbindung zu ihm wenigstens eine Bemerkung erwartet. Nun schlug sie dreimal mit der Seite ihrer Faust dagegen. »Charlie, ich geh hier nicht weg! Ich …«

Die Tür 212 klickte und schwang fast gleichzeitig nach innen. Das Licht aus dem Korridor drang nur schwach in das Dunkel im Zimmer vor, in dem alle Jalousien nach unten gezogen waren. Sie konnte den Mann hinter dem Türrahmen nur schemenhaft erkennen. Die Spitze eines Lacklederschuhs. Eine graue Hand, die mit einer SIG Sauer auf sie zielte. Ein halbes Gesicht.

»Oh«, machte sie. »Sie sind gar nicht Charlie.«

»Nein«, entgegnete der Mann. »Und jetzt verschwinden Sie. *Sofort.*«

TEIL 4

Permanente Revolution

Montag, 2. Juni bis Dienstag, 1. Juli 2008

1

Von den Überraschungen, die Xin Zhu in diesen Wochen erlebte, war Liu Xiuxius herausragende Arbeit die wohl größte. Er hatte sie voller Zuversicht rekrutiert, weil er in ihr eine geborene Agentin witterte, doch er hatte sie nur so kurz kennengelernt, dass er schon bald nach ihrer Abreise mit He Qiang nach Amerika von Zweifeln geplagt wurde. Aber im Grunde war es nicht anders als bei der Liquidierung der Touristen: Nachdem die Aktion angelaufen war, konnten ihn Zweifel nur von seiner Aufgabe ablenken. Daher schob er sie beiseite und wandte sich dringenderen Dingen zu.

Die Zeit zum Beispiel. Man hatte ihm zwei Wochen eingeräumt, um das amerikanische Problem aus der Welt zu schaffen, doch als sich der Ausschuss am 2. Juni, drei Wochen vor Jewgeni Primakows Tod, zum zweiten Mal zusammensetzte, hatte er gerade einmal Alan Drummond unter seine Kontrolle gebracht, und die Verführung Stuart Jacksons durch Liu Xiuxiu befand sich erst im Anfangsstadium. Auf die Frage, wie viel Zeit er noch benötigte, gab sich Zhu den Anschein, sorgfältig nachzudenken. »Um Fortschritte zu erzielen? Zwei weitere Wochen. Für eine endgültige Lösung? Einen Monat, wenn alles gut geht. Vielleicht auch eineinhalb.«

Mehrere Sekunden lang schwiegen alle. Sie starrten auf ihren Schoß, die Wände, den Boden. Nur Sun Bingjun beobachtete Zhu mit einem leisen Lächeln um die Mundwinkel, wie in freudiger Erinnerung an einen Morgen mit der Flasche. Diese Möglichkeit jagte Zhu tiefen Schrecken ein, denn bisher hatte sich Sun Bingjun als sein wichtigster Verbündeter erwiesen.

In gespielter Erbitterung riss Wu Liang die Hände hoch. »Ich denke, es ist Zeit für eine Abstimmung, doch zuvor möchte ich den Ausschuss daran erinnern, was Xin Zhu getan hat, als ihm keinerlei Zügel angelegt wurden. Er hat zahlreiche Menschen ermorden lassen, und er hat in einer Weise Misstrauen gegen angesehene Männer geschürt, dass einer von ihnen keinen anderen Ausweg mehr sah, als seinem Leben ein Ende zu setzen. Da drängt sich mir einfach die Frage auf, wie viele weitere Leichen sich in einem Monat auftürmen werden.«

Sun Bingjun setzte sich aufrecht hin. »Mir hingegen drängt sich die Frage auf, wie viele chinesische Bürger zu Leichen werden müssen, wenn Xin Zhu *nicht* die Erlaubnis zur Fortsetzung seiner Nachforschungen erhält. Die Sicherheit von Millionen Olympiabesuchern ist mir wichtiger als das Leben von ein paar Amerikanern.« Er legte eine Pause ein, um diese selbstverständliche Wahrheit wirken zu lassen. »Wir wissen doch alle, wie es im Geheimdienst zugeht. Xin Zhu kann drei Wochen lang mit leeren Händen dastehen, und am nächsten Tag bricht vielleicht eine Flut über ihn herein. Wir dürfen Xin Zhu nicht in Fesseln legen.«

Das Abstimmungsergebnis war vorhersehbar: Zwei Ausschussmitglieder sprachen sich dagegen und drei dafür aus, dass Xin Zhu die erforderliche Zeit erhielt, um seine Arbeit ungehindert zu beenden.

Dieser Erfolg erfüllte ihn mit Zufriedenheit, doch dieses Gefühl war nicht von langer Dauer. Hector Garza alias José Santiago wurde in Moskau gesichtet, und zur gleichen Zeit reiste ein Tourist namens Tran Hoang in Südkorea ein – zumindest sein Pass überquerte die Grenze –, um sich danach in Luft aufzulösen. Und dann ließ Alan Drummond am Montag, den 9. Juni auf dem Weg nach Kambodscha, wo er sich mit Exiluiguren treffen und die von Leticia Jones in Peking begonnenen Gespräche fortsetzen sollte, den Anschlussflug in

Seattle aus und tauchte mit einem Leihwagen unter. Fluchend versuchte Zhu den ganzen Tag über, Drummond zu erreichen, denn er musste einsehen, dass er einfach machtlos war, falls der Mann wirklich *verschwunden* war. Jemand, den man nicht findet, kann man auch nicht bedrohen. Umso erstaunlicher war es, als sich Alan Drummond am nächsten Tag am Telefon meldete. »Was ist?«

»Wo sind Sie?«

»In Tokio. Ich muss schon in einer knappen Stunde wieder los.«

»Was machen Sie in Tokio?«

»Es gab eine Planänderung. Weiterreise von Vancouver aus. Ich soll nach London fliegen, um mich mit ein paar Tibetern zu treffen.«

»Sie hätten mich informieren müssen.«

»Tut mir leid, Genosse.« Drummond klang ein wenig selbstzufrieden. »Ich hab Ihnen ja gesagt, dass diese Leute trickreich sind. Die lassen mich im Dunkeln tappen, bis sie Ihren Kopf haben. Und selbst dann erzählen sie mir wahrscheinlich nicht, was passiert ist.«

In London dann tat er genau das, was Zhu befürchtet hatte: Er verschwand tatsächlich und hinterließ nur einen Hinweis – den Namen Sebastian Hall. Eine Katastrophe. Er brauchte gute Nachrichten, und er brauchte sie schnell, denn Wu Liang und der Ausschuss warteten auf seine Erfolgsmeldungen.

Am Tag nach Zhus erstem Gespräch mit Milo Weaver glomm endlich der ersehnte Hoffnungsschimmer auf.

Gemäß seinen Instruktionen hatte Liu Xiuxiu nach ihrer Ankunft in Washington alle vier Tage einen Bericht geschickt. Vielleicht aus Gefälligkeit schrieb sie sehr ausführlich und schilderte nicht nur Fakten, sondern auch ihre Überlegungen dazu, die ihm einen Einblick in ihre innere Welt verschafften. Anhand dieser Berichte konnte er verfolgen, dass sie stetige

Fortschritte machte und, wichtiger noch, allmählich in ihre neue Umgebung hineinwuchs. Liu Xiuxiu war am 20. Mai mit He Qiang eingetroffen, und zusammen hatten sie den Botschaftsangehörigen Sam Kuo in einem Club in der Gegend des Dupont Circle aufgesucht. Dieser übergab ihnen die Schlüssel zu einer nahe gelegenen Wohnung und eine Liste bevorstehender Veranstaltungen – Wohltätigkeitsdiners, Kundgebungen und Kulturabende –, bei denen mit einem hohen Aufkommen Washingtoner Prominenz zu rechnen war: Leute wie der Senator Nathan Irwin und der pensionierte CIA-Beamte Stuart Jackson, der nach wie vor in der Politik mitmischte. Nachdem sie sich auf mehrere Termine verständigt hatten, besorgte Sam Kuo Einladungen für Liu.

Ihren ersten öffentlichen Auftritt hatte sie als Gast des Botschaftsarztes bei einem Diner für eine Wohlfahrtseinrichtung zur Finanzierung der Leukämieforschung. Da keine der beiden Zielpersonen erschienen war, nutzte sie die Gelegenheit einfach, um Gespräche anzuknüpfen. Doch zwei Abende später, am 27. Mai, als sie in Sam Kuos Begleitung eine Aufführung der Oper *Elektra* im Kennedy Center besuchte, stellten beide erfreut fest, dass Stuart Jackson zugegen war – ohne seine Frau. Jackson war der einzige der drei Verschwörer, den Kuo persönlich kannte. »Das Glück ist auf unserer Seite«, schrieb Liu Xiuxiu. »Er ist ein großer Mann, steif und weißhaarig, aber stolz darauf. Außerdem sehr religiös. Ohne zu viel versprechen zu wollen, denke ich, dass es nicht schwierig sein sollte. Die Menschen mit den größten Barrieren lassen sie nicht stückweise fallen; wenn sie schwach werden, stürzen die Mauern komplett ein.«

Zuerst machte sich Xin Zhu Sorgen, dass Liu Xiuxius Zuversicht übertrieben sein könnte. Schließlich hatte sie ihre Erfahrungen innerhalb der Grenzen des chinesischen Festlands gesammelt. Nur jemand mit außergewöhnlichen Fähigkeiten war in der Lage, sich in so kurzer Zeit die feinen Nuancen einer fremden Umgebung anzueignen. Allerdings musste er auch berücksichtigen, dass sie bei ihrer Arbeit vorwiegend mit Ausländern zu tun gehabt hatte und dass sie wie der Rest der Welt aus dem Kino bereits viel über amerikanische Lust und Liebe wusste. In einem besonders philosophischen Bericht notierte sie: »Das Bild amerikanischer Beziehungen in Hollywood ist bestimmt genauso wenig perfekt wie das Bild des Arbeiterlebens in unseren Filmen. Aber das amerikanische Publikum erkennt darin eine Art angemessenes romantisches Verhalten und passt sich emotional an. Das weiß ich von meinen Kunden; sie stellen sich unter erfüllendem Sex etwas vor, das sie in einem Pornofilm gesehen haben und das ihnen – und zwar nur ihnen – bisher vorenthalten wurde. Dazu sind Amerikaner sogar enttäuscht, wenn ihre Beziehungen nicht von glücklichen Fügungen und kleinen Wundern wie im Kino bestimmt werden. Das ist sicherlich auch einer der Gründe für die hohe Scheidungsquote in diesem Land.«

Offenbar hatte sie gründlich über diese Dinge nachgedacht, und jetzt hatte sie die Gelegenheit, ihre Theorien in der Praxis zu erproben. Um Jackson die Sache möglichst leicht zu machen, hatte sie sich ihm mit dem westlichen Namen Sue vorgestellt. Und um seine Neugier zu wecken, gab sie sich als Malerin aus und füllte ihre Wohnung mit großen abstrakten Bildern, die nicht signiert waren und die Sam Kuo von einem ihm bekannten Künstler gemietet hatte.

Zwei Tage nach der Oper im Kennedy Center traf sie Jackson »zufällig« in einem Café in der Nähe seines Hauses in Georgetown. Ein Lächeln, ein bescheidenes Lachen und während der kurzen Unterhaltung eine flüchtige Berührung am Arm. Ein herausgerutschtes Bekenntnis: »In Gegenwart mächtiger Männer werde ich schwach.« Eine Anregung für die Zukunft: »Meine Freundin und ich gehen nächste Woche ins

Flashpoint zu einem Theaterstück – was es ist, weiß ich gar nicht, aber sie schwört, dass es interessant wird.« Dann beim Abschied: »Entschuldigen Sie bitte mein albernes Geplapper.« Diese Bemerkung forderte ihn zum Widerspruch heraus, doch bevor er antworten konnte, floh sie aus dem Café und ließ ihn mit dem Wunsch zurück, sie wiederzusehen und ihr zu versichern, dass er ihre Konversation keineswegs albern fand.

Dass er am Mittwoch, den 4. Juni tatsächlich in dem kleinen Theater auftauchte, war fast zu schön, um wahr zu sein. Liu Xiuxiu war mit einer chinesisch-amerikanischen Tänzerin erschienen, Sam Kuos Geliebter, und in der Eingangshalle nahm sie keine Notiz von Stuart Jackson, bis er direkt neben ihr stand. Lächelnd streckte er ihr die Hand hin. Sie reichte sie ihm und beugte sich dann vor, um sich von ihm auf die Wangen küssen zu lassen – was er zwar nicht vorgehabt hatte, ihr in dieser Situation aber nicht verweigern konnte. Sie stellte ihre Freundin vor, die sich lächelnd im Hintergrund hielt, nach einer Weile jedoch vorschlug, später noch auf einen Drink zu gehen. »Nach allem, was ich über das Stück gehört habe, werden wir es nötig haben.«

Nachdenklich spitzte Jackson die Lippen. »Mal sehen … ich müsste wohl was verschieben.«

»O *bitte*«, rief Liu Xiuxiu mit kindlicher Begeisterung.

The Bridge of Bodies erwies sich als Einpersonenstück über die Rückkehr einer Einwanderin in ihre Heimat Haiti, und es war wie angekündigt: Die zahlreichen Kostümwechsel, politischen Kommentare und Momente von magischem Realismus erforderten den einen oder anderen Drink im Anschluss, um das Dargebotene richtig zu verarbeiten. Auf dem Weg zur Bar klingelte das Telefon der Freundin, und sie musste sich verabschieden, weil ihr Freund früher als geplant aus Kanada zurückgekehrt war und sie zu sich zitiert hatte. »Sagen Sie ihm doch, er soll herkommen«, meinte Stuart Jackson, vielleicht aus Sorge darüber, wie die Sache enden könnte.

brachten den größten Teil des Samstags miteinander, bis er aufbrechen musste, um ins ländliche Pennsylvania zu seiner Familie zu fahren. Genau an diesem Tag tauchte Alan Drummond in London unter.

Die ganze Aktion lief erstaunlich gut. Liu Xiuxiu hatte die Zielthemen noch nicht zur Sprache gebracht, doch Zhu vertraute ihr, denn auf diesem Gebiet war sie sicher beschlagener, als er es je sein würde. Allerdings hatte Jackson von sich aus über Projekte geredet, an denen er mit verschiedenen Politikern und Kongressausschüssen arbeitete. Er war als Berater tätig, erzählte er, denn er besaß einen Grad an Erfahrung, »den diese jungen Burschen gar nicht ermessen können. Manchmal denke ich mir, die würden glatt untergehen, wenn ich nicht da wäre, um die Löcher in ihrem Boot zu stopfen.« Dann erwähnte er, dass er aufgrund seiner großen Erfahrung auch an einem Projekt mitwirkte, »bei dem es um Fragen im Zusammenhang mit China geht«.

Statt sofort nachzuhaken, neckte sie ihn. »Du bist also ein Chinaexperte?«

»Das eine oder andere weiß ich.«

»Tatsächlich?« Sie streifte das Höschen ab, in das sie sich gerade gezwängt hatte.

Am Dienstag kehrten Jackson und seine Familie aus Pennsylvania zurück, und als er sie am folgenden Tag anrief, klang er aufgeregt. »Ich muss die ganze Zeit an dich denken. Wann können wir uns treffen?«

Diesmal hielt sie ihn hin. Ihr Onkel sei in der Stadt und wolle erst am Freitag wieder abreisen. Dieser Onkel war natürlich He Qiang, der nur für einen Tag gekommen war, um sich mit ihr abzustimmen und Kontakt zu Sam Kuo aufzunehmen. Am Samstag, den 21. Juni, als Milo Weaver seinen Geburtstag feierte, erschien Jackson in wilder sexueller Erregung, und das Bett blieb unbeachtet, denn sie fielen gleich auf dem Parkett übereinander her und zerfetzten bei dem Gerangel sogar ein Gemälde. Danach fing er an zu reden. Er stand unter unglaublichem Stress, erklärte er. Die Familie? »Ja. Nein, eigentlich nicht. Die Arbeit.« In dem Projekt, das er schon mal erwähnt hatte, hatte sich eine äußerst schwierige Zuspitzung ergeben.

»Das mit China?« Am liebsten hätte sie sich für ihre Direktheit geohrfeigt.

Doch er zögerte keine Sekunde. »Ja. Es ist ... Weißt du, ich bin nicht mehr jung – das siehst du ja. Früher bin ich mit solchen Situationen locker zurechtgekommen, aber das ist lange her. Inzwischen bin ich eher eine Art Politiker. Ich kann bezaubern, ich kann lügen, ich kann Leute durchschauen. Aber wenn dann so was passiert, merkt man auf einmal, wie wenig Einfluss man eigentlich auf die eigene Welt hat.«

»Das versteh ich nicht.«

Schweigend streichelte er ihren Arm. Vielleicht überlegte er, wie viel er sagen konnte. »Ich bin kein Spion, zumindest nicht mehr.«

Sie setzte sich auf, weil es die einzige naheliegende Reaktion war. »Wer behauptet denn, dass du ein Spion bist?«

»Niemand, niemand.« Er winkte ab. »Vergiss es.«

Sie tat, als hätte sie es vergessen, und überschüttete ihn mit gesteigerter Zärtlichkeit, als er am Montagnachmittag für zwei Stunden vorbeischaute, und dann wieder am Mittwoch, den 25. Juni, an dem Milo Weaver nach Washington reiste, um sich mit Nathan Irwin und Dorothy Collingwood zu treffen. Liu Xiuxiu wusste nicht, dass Jackson beschlossen hatte, den Nachmittag mit ihr zu verbringen statt mit seinen Mitverschwörern, die Weaver auf den Zahn fühlten. Xin Zhu hingegen hatte keine Mühe, eins und eins zusammenzuzählen. Sicherlich war diese Entscheidung bedeutsam, doch noch bedeutsamer war, was er ihr erzählte. Erneut kam er auf seinen arbeitsbedingten Stress zu sprechen, und Liu Xiuxiu fragte: »Aber warum fühlst

2

Um fünf Uhr morgens war Xin Zhu ins Büro gekommen, um Liu Xiuxius neusten Bericht zu entschlüsseln und zu lesen, und er hatte das Gefühl, dass er die ganze Tragweite erst mit etwas mehr Schlaf einschätzen konnte. Trotzdem bestellte er sich ein Frühstück.

Gerade hatte er nach einer Schüssel Congee mit Gänseeiern geschickt, als ihm sein piependes Handy eingehende Nachrichten meldete. Sie stammten von He Qiang, doch es handelte sich um weitergeleitete Meldungen seines Lieblingsagenten Xu Guanzhong, der die Aufgabe hatte, das Haus der Weavers zu überwachen.

Xu Guanzhong hatte ein Zimmer gegenüber dem Apartment gemietet, direkt über dem Garfield Farm Market, und verfolgte alles über die installierten Mikrofone. Er hörte, wie Tina Weaver chinesisches Essen bestellte, es von einem Lieferanten in Empfang nahm und gegen fünf mit ihrem Mann telefonierte. Munter, unbeschwert.

Nach dem Anruf wurde der Fernseher eingeschaltet, in dem eine Komödie lief. Einige Minuten später klopfte es an der Tür. »Mach's nicht kaputt«, sagte Tina Weaver zu ihrer Tochter, als sie sich der Grenze des Mikrofonbereichs näherte und die Tür öffnete. *»Hey«* war ihr letztes Wort. Unmittelbar darauf der weiche Aufprall eines Körpers auf dem Boden. Stephanie Weavers Stimme: »Mom? Wer ist es?« Ein Ächzen.

Rumoren. Schwere Schritte zur Wohnungstür hinaus. Stille. Die Schritte kehrten zurück, stoppten und verschwanden wieder. Stille. Schritte durchs Wohnzimmer, dann wurde der Fernseher ausgeschaltet. Zurück zur Eingangstür, die klickend einschnappte.

He Qiang rief an, um die sonderbaren Geräusche zu melden, und sie besprachen die Optionen. He Qiang sah die einzige Möglichkeit darin, Xu Guanzhong hinüber in das Apartment zu schicken, aber Zhu war sich nicht sicher. In diesem Moment sagte He Qiang: »Warte. Gerade kommt eine Nachricht von ihm – jemand geht rein. Und gleich das Bild dazu. Es ist Milo Weavers Vater.«

Zhu bekam alles live mit, denn inzwischen hatte Xu Guanzhong die Mikrofone mit He Qiangs Notebook kurzgeschlossen, und He Qiang hielt das Telefon so, dass Zhu mithören konnte. Jewgeni Primakow klopfte bei den Weavers und rief: »Hallo, die Damen?« Nichts. Er probierte es an der Tür, stellte fest, dass sie unverschlossen war, und ging wieder. Nach einigen Sekunden kehrte er mit vermutlich zwei anderen Männern zurück. Leise traten sie ein und durchstreiften die ganze Wohnung. Ein deftiger russischer Fluch – »sukin sin« – und dann auf Englisch. »Irgendwas, eine Spur.«

Nach einer Minute eine Stimme mit südamerikanischem Akzent: »Ging ganz schnell. Kein Kampf.«

»Hier ist eine Nachricht.« Die Worte klangen osteuropäisch.

Ein weiterer russischer Fluch von Primakow folgte. Sie verließen die Wohnung, und Xu Guanzhong beobachtete, wie der Alte mit zwei jüngeren Männern aus dem Haus kam. Dann stoppte am Bordstein ein Chevrolet Malibu, in den Primakow und die anderen einstiegen. Zugleich gingen draußen ein Mann und eine Frau in Position, wie um Wache zu halten. Nach zehn Minuten war der ganze Spuk vorbei. Der Russe und seine Leute stiegen aus, und der Wagen fuhr weg, dann entfernten sich Primakows Helfer in verschiedenen Richtungen, der Mann und die Frau ebenso. Jewgeni Primakow dagegen kehrte ins Haus zurück.

Die Mikrofone zeichneten seine inneren Qualen auf. Er schenkte sich einen Drink aus dem Kühlschrank ein, dann lief er undeutliches Zeug murmelnd von Zimmer zu Zimmer. Er klang wie ein verwirrter alter Mann, der er wohl auch war. Schritte, stehen bleiben, Schritte. Schließlich verharrte er länger auf der Stelle, und sein russisches Genuschel wurde lauter. Trotzdem konnte Zhu nur ein Bruchstück verstehen: »… wenn sie nicht hier sind …«

Ein Glas wurde abgestellt. Schwere Schritte zur Wohnungstür hinaus und in der Ferne Pochen. Offenbar an der Tür des Nachbarn. Rufe: »Ihr seid da drin! Ich weiß, ihr seid da drin!« Erneut heftiges Pochen, dann Stille.

Als Jewgeni Primakow ins Apartment zurückkehrte und die Tür hinter sich zuzog, waren seine russischen Worte deutlich zu vernehmen. »Idiot. Verdammter alter Idiot.« Er war wütend auf sich und beschämt. Er trat ins Bad und drehte den Wasserhahn auf. Plätschern.

Über die Mikrofone konnten Zhu, He Qiang und Xu Guanzhong nun etwas hören, das Jewgeni Primakow nicht mitbekam. Die Wohnungstür öffnete und schloss sich wieder.

Das Wasser wurde abgestellt, und Primakow gab ein gedämpftes Ächzen von sich – anscheinend trocknete er sich mit einem dicken Handtuch das Gesicht ab, während er ins Wohnzimmer trat.

Dann das unverkennbare *Schk-schk* einer Pistole mit Schalldämpfer. Der dumpfe Aufprall eines Körpers auf dem Boden. Kurz darauf erneut das Öffnen und Schließen der Eingangstür.

Sobald Stille eingekehrt war, traf Zhu seine Anordnungen. »Xu Guanzhong bleibt, wo er ist. Dort drüben ist jemand, der genau weiß, was er tut. Ich möchte nicht das Leben meiner Leute aufs Spiel setzen.«

Also warteten sie ab, und in dieser Zeit musste Zhu an Jewgeni Primakow denken. Ähnlich wie Erika Schwartz erfüllte ihn tiefe

Trauer darüber, dass dieser Mann in einem Brooklyner Apartment sein Ende gefunden hatte. Doch im Gegensatz zu Schwartz' Gefühlen galt Zhus Trauer weniger Jewgeni Primakow persönlich – schließlich kannte er ihn kaum – als sich selbst. Würde auch er eines Tages irgendwo tot im Ausland liegen? Oder erwartete ihn ein noch unwürdigeres Ende – ein langsamer Niedergang durch politische Intrigen oder gar der leichte Ausweg, für den sich Bo Gaoli entschieden hatte?

Xu Guanzhong meldete Milo Weavers Ankunft um 19.40 Uhr, kurz nachdem Zhus dampfende Schüssel Congee serviert worden war. Zusammen verfolgten sie, wie sich Weaver durch die Wohnung bewegte. Zhu hatte keine Ahnung, wer Weavers Familie entführt und seinen Vater getötet hatte, aber ihm war klar, dass ihm jetzt nur noch eine Möglichkeit blieb, wenn er nicht enden wollte wie Jewgeni Primakow – tot oder zumindest völlig entmachtet. Er griff nach dem Telefon und wählte.

Milo Weaver meldete sich sofort mit einer Frage: »Wo sind sie?«

Das machte es für Zhu leicht, denn er musste nicht einmal lügen. »Aus dem Weg.«

Kurz nach acht tauchte Shen An-ling auf, und Zhu teilte ihm zunächst Liu Xiuxius Neuigkeiten mit. »Unser verliebter Verschwörer hat zugegeben, dass es einen Maulwurf gibt.«

Shen An-ling kniff die Augen zusammen. Er sah aus, als hätte auch er nicht viel Schlaf bekommen. Sein Haar war zerdrückt und ungewaschen, und er fuhr sich – vielleicht aus Verlegenheit – durch die fettigen Strähnen. »Einfach so?«

»Einfach so.«

»Ich weiß nicht.«

»Was?«

Shen An-ling hob den Blick vom Schreibtisch. »Glaubst du ihm?«

»Auf jeden Fall passt es zu unserer Theorie. Außerdem hat

Jackson so eine Bemerkung fallen lassen. Er hat die Frau des Maulwurfs erwähnt und zwar auf eine Weise – Moment …« Er kramte einen Zettel aus einem Wust von Papieren. »Hier. Er hat sie als eine ›von Ehrgeiz zerfressene Zicke‹ bezeichnet.«

Wieder kniff Shen An-ling die Augen zusammen. Von den fünf Ausschussmitgliedern, die ihnen das Leben schwer machten, hatte nur Wu Liang eine Frau, der diese Beschreibung gerecht wurde. Chu Liawa war noch berühmter für ihren Ehrgeiz als für ihren mächtigen Mann. Doch ausnahmsweise war sich Shen An-ling nicht zu schade, einen naheliegenden Einwand vorzubringen. »Ist sie wirklich so gut?«

»Liu Xiuxiu? Ich glaube schon.«

»So *verdammt* gut, dass ein CIA-Mann streng vertrauliche Informationen ausplaudert, obwohl sie Chinesin ist?«

»Ich weiß es nicht«, bekannte Zhu. Um das Thema zu wechseln, erzählte er ihm den Rest. Milo Weavers Treffen mit den Verschwörern, dann das Verschwinden seiner Familie und die Ermordung seines Vaters.

Shen An-ling war sprachlos. Auch das war nicht unbedingt typisch für ihn.

»Damit ändert sich viel«, fügte Zhu hinzu.

»Es gibt einen anderen Akteur.«

»Zwei andere Akteure«, korrigierte Zhu. »Jewgeni Primakow ist mit Leuten angerückt, wahrscheinlich seine UN-Agenten, mit denen er wohl die Familie wegbringen wollte. Aber dann ist ein Dritter aufgetaucht, der die Frau und Tochter entführt und anschließend Primakow getötet hat. Eine äußerst unübersichtliche Situation.«

Inzwischen waren per E-Mail Xu Guanzhongs Fotos eingetroffen, unter anderem scharfe Aufnahmen von den drei Männern und der Frau, die Jewgeni Primakow in Brooklyn unterstützt hatten. Sie ließen die Gesichter durch ihre Datenbank laufen und erhielten drei Treffer. Einer, vermutlich der Mann mit dem südamerikanischen Akzent, den sie übers Mikrofon gehört hatten, war der Chilene Francisco Soto González, der drei Monate in Primakows Finanzabteilung beim Generalstabsausschuss des Sicherheitsrats gearbeitet hatte, aber vor zwei Jahren ohne Nennung von Gründen entlassen worden war und seitdem nicht mehr in den Akten geführt wurde. Die Frau und der Mann, die auf der Straße in Stellung gegangen waren, waren bekannte Außendienstagenten des deutschen Bundesnachrichtendienstes.

Um sieben Uhr abends – Donnerstag, sieben Uhr morgens nach New Yorker Zeit – berichtete He Qiang, dass Milo Weaver zu seinem Treffen mit Leticia Jones aufgebrochen war. He Qiang bat um Erlaubnis, das Apartment zu betreten, doch Zhu verbot es ihm. »Die Wohnung ist praktisch radioaktiv verstrahlt. Wir wissen nicht, wer sie überwacht.«

Trotz des Ablenkungsmanövers mit Mexiko-Stadt blieben sie Jones und Weaver auf den Fersen, und am nächsten Morgen nach dem Eintreffen im Büro erfuhr Zhu von Milo Weavers Angriff auf Dennis Chaudhury. Trotz seiner wachsenden Anspannung musste Zhu einfach lachen. »Wie geht es dem Therapeuten?«

»Sein Ego hat eine dicke Beule abgekriegt«, antwortete He Qiang. »Er denkt, dass wir Weavers Familie entführt haben, und ist sauer, weil er nicht gewarnt wurde.«

»Lassen wir ihn in dem Glauben. Wir brauchen jemand in Frankfurt und dann noch jemand in Dschidda. Und du fährst bitte nach Washington zu Liu Xiuxiu und packst deine Sachen.«

»Wir können wieder nach Hause?«

»Sie bleibt noch eine Woche. Ihre Tarnung sollte nicht zu schnell auffliegen.«

»Ein kleiner Urlaub.«

»Sie hat es sich verdient.«

»Und der Therapeut?«

»Gib ihm die versprochene Prämie und sag ihm, er soll froh sein, dass Weaver noch was von ihm übrig gelassen hat. Wir brauchen ihn nicht mehr.«

He Qiangs Schweigen zog sich in die Länge.

»Was ist?«

»Wenn wir nur wüssten, wer Weavers Familie abgeholt hat.«

Es war Samstagmittag, als der Anruf kam. Er war zu Hause und hatte ein spätes Frühstück mit Sung Hui genossen, die gerade den Fernseher einschaltete. Seit Tagen hatte er den Blick ausschließlich nach Westen gerichtet, und so dachte er automatisch an Deutschland oder Saudi-Arabien, als der Sachbearbeiter im für die Territorien Hongkong, Macao und Taiwan zuständigen Dritten Büro sagte: »Genosse Oberst, wir sind auf einen Ihrer Ausländer gestoßen.« Doch vielleicht lag es nicht einmal an seiner Aufmerksamkeit für den Westen, sondern daran, dass er den ganzen Vormittag Sung Hui beobachtet und dabei an Milo Weavers verschwundene Frau in Amerika gedacht hatte. Wie auch immer, jedenfalls überraschte ihn die Meldung des Sachbearbeiters. »Sie haben einen Amerikaner namens Sebastian Hall auf die Liste gesetzt. Dieser Mann sitzt in einer Maschine, die gleich in Hongkong landet. Sollen wir ihn festnehmen?«

Ein Geschenk des Himmels. Alan Drummond kam zu ihm.

»Lassen Sie ihn passieren, aber setzen Sie mindestens sechs Leute auf ihn an. Sie dürfen ihn nicht aus den Augen verlieren.«

»Verstanden.«

Zwei Stunden später erfuhr er, dass Sebastian Hall – ein Weißer, auf den Alan Drummonds Beschreibung zutraf – Zimmer 212 im Peninsula Hotel bezogen hatte. Er schwelgte noch in seiner Freude, als er erneut einen Anruf erhielt, diesmal von Sun Bingjun. »Xin Zhu.« Er sprach schleppend, als hätte er schon ein paar Gläser getrunken. »Wu Liang hat mir soeben eine interessante Neuigkeit mitgeteilt.«

»Ja?«

»Angeblich ist Alan Drummond in Hongkong.«

Wie sich die Nachrichten herumsprachen. »Das ist richtig, Genosse Generalleutnant. Er wohnt in einem Zimmer im Peninsula.«

»Sie werden ihn also verhaften.«

»Das weiß ich noch nicht.«

»Gut. Ich möchte nämlich vorschlagen, dass wir das auf unauffälligere Weise erledigen.«

»Lieber nicht.« Zhu wollte nicht, dass Alan Drummond starb. Zumindest nicht zu diesem Zeitpunkt.

»Was planen Sie stattdessen, Xin Zhu?«

Er richtete den Blick auf seine Frau, die über etwas im Fernsehen lächelte, und überlegte kurz. Er hasste es, auf diese Weise Entscheidungen treffen zu müssen, doch Sun Bingjun wartete. »Alan Drummond rechnet damit, dass wir ihn festnehmen oder angreifen. Deshalb werden wir beides unterlassen.«

»Sind Sie sich Ihrer Sache sicher, Xin Zhu? Das könnte Ihre einzige Chance sein, sich aus diesem Schlamassel zu befreien.«

»Das ist mir klar, Genosse, aber wenn wir ihn töten, wird sich nichts aufklären. Und wenn wir ihn verhaften, spielen wir ihm in die Hände. Nein. Die einzige Lösung ist Warten und Beobachten.«

»Vielleicht will er reden.«

»In diesem Fall kann er zum Telefon greifen. Er weiß, wie er mich erreicht.«

Sun Bingjun blieb stumm.

»Ich habe bereits mehrere Agenten aus Amerika zurückbeordert. Sie sind mit der Situation vertraut. Und inzwischen ist Shen An-ling mit einigen Männern abgestellt, um das Dritte Büro bei der Überwachung zu unterstützen.«

»Ich hoffe, Sie wissen, was Sie tun, Xin Zhu.«

»Das hoffe ich auch, Sun Bingjun.«

»Und falls Sie irgendwas brauchen, zögern Sie nicht, mich anzurufen.«

»Vielen Dank, Genosse Generalleutnant.« In Zhu wuchs die Überzeugung, dass sich das Blatt endlich zu seinen Gunsten wendete. »Wenn alles gut geht, werde ich Ihre Hilfe nicht benötigen.«

3

Mit den Pässen vom Hotel nahmen Milo und Leticia eine Cathay-Pacific-Maschine, die Dschidda um zehn nach zwei verließ und zu einem Zwischenstopp in Dubai landete, um dann den Zielflughafen Hongkong anzufliegen. Auf der Rollbahn in Dubai warf Leticia einen Blick auf ihr Telefon und strebte nach dem Lesen einer SMS in den hinteren Teil des Flugzeugs, um zu telefonieren. Bei ihrer Rückkehr hatte sie die Abaya abgenommen, und Milo hatte das Gefühl, dass sich auch etwas anderes verändert hatte.

Erst als sie schon neun Stunden unterwegs und nur noch zwei Stunden von Hongkong entfernt waren, sagte sie: »Übrigens, Milo, dein Vater ist tot.«

Sie hatte gewartet, bis er halb eingedöst war, doch er benutzte seine geschlossenen Augen, um mit einem benommenen Ächzen Zeit zu gewinnen. »Häh?«

»Dein Vater«, wiederholte sie. »Jewgeni Alexandrowitsch Primakow.«

Er riss die Augen auf und fuhr zurück. Etwas anderes fiel ihm nicht ein. »Was redest du da für Zeug?«

Sie beobachtete ihn genau. »Milo, ich weiß nicht, wie ich es sonst noch ausdrücken soll.«

»Wer sagt das?«

»Dorothy Collingwood höchstpersönlich. Der Heimatschutz hat am Donnerstagabend deine Tür eingetreten und die Leiche deines Vaters entdeckt. Er wurde erschossen.«

Er blinzelte. »Was? In meiner … Moment. Was ist mit Tina und Stephanie? Waren sie dabei, als das passiert ist?« Er versuchte, die Hysterie in seiner Stimme richtig zu dosieren. »Haben sie es gesehen?«

Schnell schüttelte Leticia den Kopf. »Nein, es geht ihnen gut, keine Sorge. Sie waren im Restaurant.«

Erleichterung – nur ein Hauch – dann Verwirrung. »Das kapier ich nicht. Der Heimatschutz war da? Warum?«

»Vielleicht kannst du mir das erklären.«

»Und wer hat Jewgeni umgebracht? Warum war er überhaupt in der Wohnung?«

»Woher soll ich das wissen?«

Er setzte eine nachdenkliche Miene auf. »Ruf sie noch mal an. Sie muss unbedingt meine Familie schützen.«

»Schon passiert, Milo.«

»Was heißt das?«

»Sie hat mir gesagt, dass sie deine Damen in ein sicheres Haus im Norden der Stadt gebracht haben. Sie sind wohlauf.« Mit bewundernswerter Leichtigkeit kam ihr die Lüge über die Lippen. »Aber sie haben keine Ahnung, wer deinen Dad umgelegt hat. Kannst du dir einen Reim darauf machen?«

»Lass mich raus.«

»Was?«

Er zog sich vom Stuhl hoch. »Ich will raus. Sofort.«

Sie stand auf, damit er zum Gang gelangen konnte, und ließ sich wieder nieder, den Blick forschend auf ihn gerichtet. Er spielte seine Aufgewühltheit aus, denn es war die einzige Emotion, die er nicht verbergen musste. »Das habe ich alles Alan Drummond zu verdanken. Alan Drummond, Dorothy Collingwood und Nathan Irwin, diesem Kotzbrocken. Und dir, Leticia.«

»War keiner von uns, der abgedrückt hat.« Eine Spur von Kränkung schwang in ihrer Stimme mit.

»Wir beide wissen doch genau, wer abgedrückt hat«, zischte Milo, »und er hätte es nicht getan, wenn ihr nicht gewesen wärt.« Er starrte sie an, als wollte er sie gleich anspucken, und als beim Reden die Gefühle wieder in ihm hochkamen, hätte er sie tatsächlich fast angespuckt. Doch er bremste sich und nutzte lieber die Gelegenheit, um sie in die Enge zu treiben. »Ruf an. Ich will mit ihnen reden.«

»Mit deiner Familie?«

»Sie möchten bestimmt von mir hören.«

Leticia zuckte die Achseln. »Ich rufe an, mal sehen, was ich machen kann.« Doch solange sie in der Luft waren, zog sie das Handy nicht mehr heraus.

Es war sechs Uhr morgens, als sie nach elf Stunden in Hongkong landeten. Milo hatte eine Adderall von Leticia genommen – sie hatte in Dschidda ihre Bestände aufgefüllt –, und war hellwach, als er einem Uniformierten mit schnellen, gewandten Bewegungen seinen Pass vorlegte. Leticia hatte sich in eine andere Schlange eingereiht, und als Milo tief in Gedanken allein durch die glitzernde Flughafenhalle schritt, bemerkte er einen kleinen Mann in billiger Zivilkleidung, der beim Entgegenkommen seinen Blick auffing. Als er sich näherte, drehte der Mann die linke Hand nach vorn, um das darin liegende Handy zu zeigen. Milo öffnete seine rechte Hand, und als sich ihre Wege kreuzten, griff er nach dem Telefon und ließ es in die Jackentasche gleiten.

Das Handy klingelte nicht. Als er Leticia unter der futuristischen Markise über dem Taxistand traf, wo eine stetige Brise vom Südchinesischen Meer den Zigarettenrauch vertrieb, spürte er vor Anspannung einen starken Druck in der Brust. Leticia stieg in eins der roten Taxis, die Richtung Stadtzentrum fuhren, und er kletterte nach ihr auf die Rückbank. »Peninsula Hotel«, wies sie den Fahrer an. Er konnte nur hoffen, dass sie beobachtet wurden, denn ein Anruf von Zhu, während er neben Leticia Jones saß, hätte schlimme Folgen nach sich gezogen.

Das Telefon blieb stumm. Während sie Brücken überquerten, ausgedehnte Wasserflächen passierten und allmählich in das Gewirr von klaustrophobischen Wolkenkratzern eintauchten, verschaffte er sich in Gedanken noch einmal einen Überblick über die verschiedenen Akteure. Zhu, der aus der Ferne zuschaute. Leticia, die im Auftrag von Collingwood, Irwin und Jackson handelte, saß direkt neben ihm. Und irgendwo arbeiteten Erika Schwartz' Agenten mit Alexandra und ihren UN-Leuten zusammen. Viele Beteiligte also, die jeweils in eine andere Richtung drängten. Das konnte in einer belebten Stadt wie Hongkong gewaltig ins Auge gehen.

Er spekulierte, was Leticia tatsächlich wusste. Hatte ihr Collingwood verraten, dass seine Familie entführt worden war, oder hatte sie Leticia belogen? War es möglich, dass Leticia glaubte, was sie ihm erzählt hatte?

Dann fiel ihm seine Schwester ein. Seine *Schwester.* Eigentlich konnte er noch immer nicht fassen, dass er Alexandra begegnet war und dass Jewgeni sie schamloserweise für seinen Dienst rekrutiert hatte. Bestimmt war sie die Assistentin, die keine Lust darauf hatte, seine Nachfolge anzutreten. Aber wer wäre schon scharf auf so einen Job gewesen?

Und schließlich erwachte in ihm der winzige, verzweifelte Sterbliche, der in uns allen lebt, auch in Touristen, und fragte sich, was wohl wäre, wenn Leticia doch zu den Guten gehörte. Wenn ihr Telefon klingeln und sie es ihm in die Hand drücken würde mit den Worten: »Hier, Milo – deine Frau ist am Apparat.«

Um das Peninsula Hotel mit seiner ausladenden Auffahrt, die auf dieser dicht bewohnten Insel wie ein unerhörter Luxus wirkte, herrschte reges Treiben, als sie aus dem Taxi stiegen. Leticia bedachte den Portier, der sie einließ, mit einem Lächeln. Erst in der cremefarbenen Lobby im Kolonialstil beugte sie sich zu Milos Ohr und sagte: »Alan ist in Zimmer 212. Wir sind hier, um ihn zu holen.«

»Du willst ihn entführen?« Milo sah sich in der Halle um. Ein wogendes Meer von Gesichtern in verschiedenen Tönungen.

»Wenn es sein muss. Er geht uns schon viel zu lange auf die Nerven.« Sie steuerte auf die Fahrstühle zu.

Milo fühlte sich überfordert von ihrer Eile und dem Gewirr von Nationalitäten. Aber was hatte er denn hier in der Lobby erwartet? Männer, die sich hinter Zeitungen verschanzten? Frauen, die bei einer Verabredung versetzt worden waren? Letztlich egal: Vor einem unbekannten Eingang war man auf jeden Fall gut beraten, wenn man allem und jedem mit Misstrauen begegnete. Dann fiel sein Blick auf eine der vielen rechteckigen Säulen.

Milo packte sie am Arm. »Warte.«

»Was ist?«

Dort, ein großer, grobknochiger Chinese mit einem Muttermal auf der Wange, der in einem der zahlreichen thronartigen Sessel in der Lobby lehnte und tatsächlich in einer Zeitung blätterte. »Jetzt nicht«, zischte er ihr zu. »Wir werden beobachtet.«

»Wir werden immer beobachtet.« Sie löste sich aus seinem Griff und ging weiter.

Er trabte ihr nach und fasste sie am Ellbogen. »Brooklyn«, flüsterte er. »Ich erkenne einen von ihnen aus Brooklyn wieder. Vor der Schule meiner Tochter.«

Zumindest blieb sie jetzt stehen. »Ist eben ein beliebtes Hotel.«

»Nein. Der Typ war nur zwei Tage dort. Hat sich als Vater ausgegeben, aber niemand hat ihn mit einem Kind gesehen.«

Leticia starrte Milo in die Augen, dann entspannte sie sich. Wenn die Chinesen jemanden aus Amerika herschickten, der Milo dort bereits überwacht hatte, dann sahen sie wahrscheinlich auch bei Alans Entführung nicht tatenlos zu. »Okay, Baby. Gehen wir woandershin.«

Das moderne Kowloon Hotel stand an einem belebten Abschnitt der Middle Road gegenüber der Rückseite des Peninsula. Sie bezogen ein Zimmer im siebten Stock, dann führte ihn Leticia ins Bad und drehte die Dusche auf. Leise forderte sie ihn zu einer genaueren Erklärung auf. Warum erinnerte er sich überhaupt an das Gesicht des Mannes? »Er hat sich auffällig benommen.« Glaubte er, dass der Mann etwas mit der Ermordung seines Vaters zu tun hatte? »Und ob«, antwortete Milo kalt, ohne zu erwähnen, was er von Chaudhury wusste: dass der Mann He Qiang hieß und seine Familie entführt hatte, die laut Leticia angeblich in Sicherheit war. »Willst du Alan umbringen?«

Sie atmete ein, und im Dampf der Dusche glänzte ihre Haut. »Vor ein paar Tagen wurde er nördlich von New York gesehen. Konnte abhauen, aber er führt auf jeden Fall was im Schilde. Wir sollen rausfinden, was und für wen.«

»Gibt es keinen konkreten Verdacht?«

»Na ja. Seine Frau ist auch verschwunden.«

»Wir haben vor meiner Abreise nach Penelope gesucht.«

»Mit *wir* meinst du dich und deine Frau.«

»Ja. Collingwood kann ja Tina fragen.«

Sie nickte, dann biss sie sich auf die Unterlippe. Das war bestimmt ein Zeichen für … wofür? Was wusste sie über Tina und Stephanie?

»Und wenn du schon dabei bist, richte ihr bitte aus, dass ich mit ihnen reden will.«

»Vielleicht möchtest du dich ein bisschen ausruhen«, meinte Leticia nach einer Weile. »Ich muss mich mit jemandem treffen. Wir kriegen Besuch.«

»Von wem?«

Sie stellte die Dusche ab und tupfte sich mit einem Handtuch das Gesicht trocken.

Sieben Minuten nach ihrem Aufbruch klingelte das Telefon, das man ihm am Flughafen zugesteckt hatte.

»Ja?«

Xin Zhu meldete sich. »Was machen Sie und Leticia Jones in Hongkong?«

»Ich habe schon mehrfach betont, dass ich mit Tina sprechen will. Ist sie bei Ihnen?«

»Ich erinnere mich an Ihre Forderungen, aber ich lasse mich nicht drängen und in diesem Punkt schon gar nicht. Sie werden sich mit der Versicherung begnügen müssen, dass sie wohlauf sind, was allerdings nicht so bleiben wird, wenn Sie nicht hundertprozentig mit mir zusammenarbeiten.«

»Dann eben ein Foto.«

»Mr. Weaver, sie sind erst seit drei Tagen weg – für Sie vier, wegen der Zeitzonen. Kein Grund zum Zusammenbruch. Stellen Sie sich einfach vor, dass sie zu ihren Verwandten gefahren sind in … Austin, richtig?«

Milo antwortete nicht.

»Damit fühlen Sie sich bestimmt besser, glauben Sie mir.«

Er fühlte sich keinen Deut besser, aber es hatte keinen Sinn darüber zu diskutieren. »Wir sind hier, um Alan Drummond zu treffen.«

»Mit welchem Ziel?«

»Um ihn rauszuschaffen.«

»Warum?«

»Weil er sein eigenes Süppchen kocht.«

»Merkwürdige Redensart.«

»Aber zutreffend«, erwiderte Milo.

»Ist bekannt, dass er mein Agent war?«

»Ich würde ihn genauso wenig als Ihren Agenten bezeichnen wie mich.«

»Das ist keine Antwort auf meine Frage.«

»Nein, es ist nicht bekannt.«

»Warum ist Alan in Hongkong?«

»Das sollen wir rausfinden. Seine Frau ist verschwunden. Wenn Sie sie nicht in Ihrer Gewalt haben, hat er sie an einen sicheren Ort gebracht. Ich schätze, dass er hier ist, um Sie zu töten.«

»Das wäre eine Leistung«, meinte Zhu.

»Genau wie zwei Wochen lang in der ganzen Welt herumzugondeln, ohne dass man von Guoanbu und CIA gefasst wird.«

»Ich verstehe, was Sie meinen, Mr. Weaver. Bitte entsorgen Sie das Telefon, ich melde mich später wieder. Ihre Freundin ist schon auf dem Rückweg.«

Gehorsam zerlegte Milo das Telefon und versteckte die Teile unter der Matratze. Als er sich gerade wieder hingelegt und die Augen geschlossen hatte, öffnete sich die Tür. Mit unbewegtem Gesicht trat Leticia ein, gefolgt von einem Mann Anfang dreißig, dessen langes, lateinamerikanisches Gesicht ein dünner Schnurrbart zierte. Seine Augen lagen verborgen hinter einer Sonnenbrille. Bevor Leticia den Mund aufmachen konnte, sagte der Mann: »Kein besonders harter Hund, oder?«

»Bitte?« Milo setzte sich auf.

»Der berühmte Charles Alexander.«

Es war nicht der erste Tourist, der Milos schillernde Vergangenheit für etwas Glorreiches hielt. Es hatte keinen Zweck, sich mit dem Typen zu streiten. Er begnügte sich mit: »Hector Garza. Alias José Santiago.«

»Zu Diensten.«

»Jetzt fehlt bloß noch Tran Hoang, dann sind wir vollzählig. Ist er noch immer abgängig?«

»Ich kenne einen Witz«, meinte Leticia ungeduldig, »über zwei Touristen in Hongkong, die sich nicht an Sicherheitsregeln halten, aber ich hab die Pointe vergessen. Ah, jetzt fällt's mir wieder ein. Am Schluss sind sie beide *tot*.« Sie machte auf dem Absatz kehrt und stolzierte aus dem Zimmer.

»Da sind wir wohl ins Fettnäpfchen getreten.« Garza folgte ihr.

Rasch schnappte sich Milo seine Schuhe und lief ihnen nach. Zusammen verließen sie das Hotel und liefen die Nathan Road hinauf bis zu den Bäumen vor dem Space Museum gegenüber dem Peninsula. Vor ihnen bewegte sich ein ununterbrochener Strom von Autos, und sie starrten hinauf zu der hohen Hotelfassade.

»Was macht der Kerl bloß?«, fragte Leticia.

Garza hatte anscheinend die Gewohnheit, an der Seite der Oberlippe zu saugen, als würde er nach verirrten Krümeln graben. »Bleibt wohl die ganze Zeit drin. Wir haben nur die Hoteldaten. Ist gestern angekommen und hat das Zimmer seitdem nicht verlassen. Genau wie in London.«

»Er präsentiert sich«, sagte Milo.

»Natürlich«, antwortete Garza, »aber für uns oder für sie? Oder für jemand anders?«

»Spielt keine Rolle«, konstatierte Leticia. »Auf jeden Fall müssen wir seinen Arsch da rausschleifen.«

»Lasst mich zuerst mit ihm reden«, drängte Milo.

Leticia fixierte ihn. »Und was ist mit Xin Zhus Leuten?«

»Was?« Garza bekam große Augen.

»Das ist nicht mehr wichtig«, erklärte Milo. »Wir sind schon mit dem Betreten der Lobby aufgefallen und wahrscheinlich sogar schon früher. Ich rede einfach mit ihm, und wenn Zhu meint, er muss mich mitnehmen, dann ist das auch egal – ich habe keine Ahnung, was wir hier eigentlich treiben, weil mich niemand eingeweiht hat.«

»Wir sind nicht hier, um uns zu unterhalten.« Trotz der Sonnenbrille war zu erkennen, dass Garza ihn giftig anfunkelte.

»Ihr habt ihn wochenlang nicht zu fassen gekriegt«, erwiderte Milo, »und jetzt zeigt er sich in aller Öffentlichkeit. Der Mann ist doch nicht blöd.«

»Du riskierst vielleicht dein Leben«, warf Leticia ein.

»Also schön. Ihr zwei könnt hier rumstehen und euch den Kopf darüber zerbrechen, wie ihr ihn entführt, ohne dass jemand was merkt, oder wie ihr ihn erschießt, ohne dass ihr erwischt werdet. Aber das ist Alan doch auch klar. Er hat genau gewusst, wenn er nach Hongkong kommt, sitzt er in der Falle. Und er weiß, dass ihr ihn da nicht rausholen könnt. Bleibt nur die Möglichkeit, dass er sich unterhalten will. Und ich bin hier der Unwissende – das geringste Risiko für die Operation.«

Garza wandte sich Leticia zu, als würde er eine Entscheidung erwarten, doch sie zuckte nur die Achseln. Dann sah er Milo an. »Wenn du versuchst, ihn rauszuschmuggeln, seid ihr beide fällig.«

»Hier.« Leticia nahm eine kleine Browning-Pistole Kaliber .25 aus ihrer Handtasche und drückte sie ihm in die Hand. »Eine klassische Damenwaffe, aber sie erfüllt ihren Zweck.«

»Ich bringe ihn nicht um.«

»Das weiß ich, Milo. Aber vielleicht musst du jemanden umbringen, um lebend wieder rauszukommen.«

Drei Minuten später durchquerte er die Lobby. Die kleine Waffe in seiner Tasche war schwerer, als sie aussah. Er versuchte erst gar nicht, die Beobachter zu erkennen, denn sie waren sicher überall. Er wusste nur, dass He Qiang im Moment nicht hier war. Er steuerte auf die Treppe zum zweiten Stock zu.

Auf halber Höhe des Gangs stand eine Tür offen, davor der Wagen einer Hotelbediensteten. Zimmer 212 lag dahinter am Ende des Korridors. Er ging langsam, ganz locker, und als er an der offenen Tür vorbeikam, warf er einen Blick hinein. Auf der anderen Seite des Wagens hatte sich der Mann postiert, den er für He Qiang hielt, und starrte ihn an. Milo stoppte, und seine Hand krampfte sich um die Pistole, doch der Chinese schüttelte den Kopf und winkte ihn weiter. Milo war sich nicht sicher, was er tun sollte. Man hatte ihn zu dem Zimmer dirigiert, und er spürte den instinktiven Drang, das Hotel wieder zu verlassen, egal, welche Antworten hinter dieser Tür warteten. Trotzdem setzte er seinen Weg fort. Die Antworten waren einfach zu verlockend. Schließlich stand er vor der Tür mit der Nummer 212 und klopfte. »Alan? Ich bin's, Milo.«

Aus dem Zimmer drang nur Stille. Er überlegte, ob er sich wiederholen sollte, doch er war bestimmt gehört worden. Er wartete. Zwei Minuten verstrichen, und in dieser Zeit nahm er ein Flüstern hinter der Tür wahr. Eine Unterhaltung, aber nur eine Stimme. Er war also am Telefon. Milo tastete nach der Browning. Dann hörte er das Piepen eines Handys wie beim Beenden eines Gesprächs, und die Tür öffnete sich. Es war nicht Alan Drummond, sondern ein Asiate mit niedriger Stirn und Gesichtszügen, die eindeutig nicht chinesisch waren. Der Mann war Kambodschaner.

Dennoch war Milo nicht überrascht. »Ist er tot?«

»Kommen Sie rein.« Tran Hoang trat beiseite, um ihn in das dunkle Zimmer zu lassen.

4

Am Sonntagmorgen wusch sich Sung Hui gerade im Bad, als Zhus Telefon klingelte. Die Nummer kannte er nicht, doch er rechnete damit, dass sich Shen An-ling melden würde. Das Letzte, was er erwartet hätte, war die Stimme von Hua Yuan, der Frau des Selbstmörders Bo Gaoli. Seit dem Besuch in ihrem Heim im Reichenviertel Purpurjadevillen hatte er nicht mehr mit ihr gesprochen, und er hatte sie völlig vergessen, weil er so viel um die Ohren hatte. Selbst für ihre Verhältnisse klang sie merkwürdig, so als hätte sie nach über einem Monat zum ersten Mal das Haus verlassen und entdeckt, dass die Welt während ihrer Abwesenheit ausgelöscht worden war. »Genosse Oberst, ich muss unbedingt mit Ihnen reden. Können Sie zu mir kommen?«

»Heute noch?« Vorsichtig hielt er nach Sung Hui Ausschau, die wahrscheinlich in die Küche hinübergegangen war.

»Ja, heute noch. Jetzt gleich. Es muss jetzt gleich sein.«

Irgendetwas an ihrem Ton weckte den Eindruck in ihm, dass das nicht stimmte, dass es nicht gleich sein musste, obwohl er nicht genau erklären konnte, was ihn auf diesen Gedanken brachte. »Können Sie mir vielleicht sagen, worum es geht?«

»Ich habe seine Sachen sauber gemacht. Die Sachen von meinem Mann. Und dabei bin ich auf einen Brief gestoßen, den er Ihnen geschrieben hat. Es ist sehr wichtig, Sie müssen ihn lesen.«

»Ich habe heute Vormittag leider zu tun«, antwortete er.

»Sie kommen sofort, sonst werden Sie mich kennenlernen!«, zischte sie.

Dass er zu tun hatte, war nur eine Lüge gewesen, um zu

sehen, wie sie reagieren würde, doch jetzt war er nicht sicher, wie er ihre Reaktion deuten sollte. »Natürlich. Ich mache mich gleich auf den Weg.« Er senkte die Stimme. »Hua Yuan, Sie haben Angst. Warum?«

Zuerst antwortete sie nicht, und er hörte Geräusche im Hintergrund. Papierrascheln, vielleicht der Brief, den ihm Bo Gaoli geschrieben hatte. Dann hörte er etwas Unverkennbares: Weinen. »Bitte«, schluchzte sie. »Wenn Sie den Brief lesen, werden Sie begreifen. Beeilen Sie sich.« Sie legte auf.

Nachdem er sich angezogen hatte, fand er Sung Hui in der Küche; sie hatte Teewasser aufgesetzt. In der vergangenen Nacht hatten sie sich geliebt, und er konnte noch immer die Verbundenheit zwischen ihnen spüren. Er küsste sie auf die Stirn. »Ich muss los. Bin bald wieder zurück.«

»Lass uns heute Abend essen gehen.«

»Wenn du magst.«

Sie runzelte die Stirn.

»Was ist?«

»Was magst *du* denn, Zhu?«

Ihm lag auf der Zunge zu sagen: *Ich mag, was du magst* oder *Ich bin glücklich, wenn du glücklich bist*. Doch er wusste, wie albern solche Phrasen waren. »Ich mag *dich*. Hier zu Hause, im Restaurant oder in der Wüste. Mit dir ist alles besser.«

Ihr Stirnrunzeln war wie weggewischt.

Als er auf der Ring Road Richtung Norden fuhr, läutete sein Handy erneut, und diesmal war es tatsächlich Shen An-ling, der aus Hongkong anrief. Zwar war He Qiang eingetroffen, um die Operation zu leiten, doch Zhu wollte noch jemand anders dabeihaben, der Verantwortung übernehmen konnte.

»Hat er das Zimmer schon verlassen?«, erkundigte sich Zhu.

»Nein, aber Leticia Jones und Milo Weaver sind jetzt in der Stadt. Sie haben kurz das Hotel betreten, es sich dann anders überlegt und sind im Kowloon abgestiegen.«

»Sie haben dich also bemerkt?«

»Ich war in der Lobby, aber sie haben He Qiang erkannt. Weaver hat ihn in New York gesehen.«

»Schlampig.«

»Ja«, pflichtete Shen An-ling ihm bei. »Immerhin konnten wir ihm am Flughafen ein Telefon übergeben. Wenn du willst, kann ich dich zu ihm durchstellen, sobald er allein ist.«

»Ja, das wäre gut.«

»Vor dem Zimmer ist eine Frau aufgetaucht.«

»Vor Drummonds Zimmer?«

»Sie hat nach einem Charlie gesucht. Drummond hat die Tür einen Spalt geöffnet und ein paar Worte zu ihr gesagt, dann ist sie abgezogen. Hat sich anscheinend in der Tür geirrt.«

»Ist sie Gast im Hotel?«

»Ja. Jennifer Paulson.«

»Sag Bescheid, wenn sie den gleichen Fehler noch mal macht.«

Kurz nach neun erreichte er die Purpurjadevillen. Offenbar hatte Hua Yuan die Wachen von seinem Kommen verständigt, denn sie warfen nur einen flüchtigen Blick auf seinen Guoanbu-Ausweis, ehe sie ihn durchwinkten. Von seinem ersten Besuch hatte er die Auffahrt noch frisch im Gedächtnis, doch obwohl alles genauso aussah, war die Atmosphäre irgendwie anders. Vielleicht war es der Anblick eines Arbeiters mit einem Rasenmäher auf einem fernen Hügel, der ihn daran erinnerte, dass es große Anstrengungen kostete, all diese Schönheit zu erhalten.

Hua Yuan kam ihm nicht entgegen, also parkte er und steuerte allein auf die Tür zu. Im Vorbeigehen fiel ihm das Fehlen von Autos vor den Villen zu beiden Seiten auf. Die Luft war feucht, das Gras ebenfalls, und auf seinen Lederschuhen zeichneten sich dunkle Flecken ab. Erst als er an die Tür klopfte, beschlich ihn das Gefühl, dass auch dieses Haus leer war. Als hätte die Verwaltung des Areals rechtzeitig vor seinem Eintreffen noch schnell die Straße evakuiert.

Sein Pochen blieb unbeantwortet, genauso sein zweimaliges Klingeln an der Türglocke. Unsicher fixierte er die schwere Tür, und schließlich probierte er vorsichtig die Klinke. Es war nicht abgesperrt, und sie ließ sich leicht bewegen.

Er trat ein und schlüpfte instinktiv aus den Schuhen, um in Socken herumzutappen. Im Wohnzimmer blickte er durch das große, efeuumrankte Fenster hinaus auf sein Auto und die Wiesen dahinter. »Hua Yuan? Ich bin's, Xin Zhu.« Keine Reaktion.

Weiter hinten fand er ein Speisezimmer und nach einer Doppeltür eine lange, weiß geflieste Küche mit einem ausgedehnten Tresen in der Mitte. Es roch nach Rost. Die Neonlampen in der Decke brannten, und ihr Licht spiegelte sich hell in der Blutlache, die sich von der Schusswunde in der Stirn der Toten ausbreitete. Ihre Arme und Beine waren angewinkelt, als würde sie laufen.

Sie trug ein bis zum Boden reichendes Kleid – ein anderes als bei seinem ersten Besuch –, das sich hinter ihr bauschte und ihre krampfadrigen Beine entblößte. Der Eindruck, dass sie lief und der Wind ihr Gewand hochwehte, wurde dadurch noch verstärkt. An ihrem linken Fuß hing ein blutbefleckter Pantoffel; der andere war völlig sauber und lag schräg vor dem Herd.

Seit ihrem Anruf war ungefähr eine Stunde vergangen. Das bedeutete, dass sich der Mörder noch hier befinden konnte. Rasch durchwühlte er die Schubladen, bis er ein schweres Fleischerbeil von Hattori entdeckte. Dann streifte er langsam von unten bis oben durch das ganze Haus. Bei seinem bedächtigen Vorgehen dauerte es zwanzig Minuten, bis er alle Zimmer durchsucht hatte, und unterwegs fragte er sich mehrmals, warum er nicht einfach in der Küche geblieben war und Shen An-ling, die Polizei oder auch den Sicherheitsdienst der Purpurjadevillen verständigt hatte. Doch natürlich kannte er den

Grund. Im Moment war er von Stille und Einsamkeit umgeben. Hätte er telefoniert, wäre es damit vorbei gewesen, und er brauchte Zeit, um zu überlegen, was geschehen war und an wen sich sein erster Anruf richten sollte.

Zurück in der Küche, legte er das Beil wieder in die Schublade. Dann kauerte er sich ächzend neben Hua Yuan nieder und zog an einem Zipfel des Kleids, um ihre laufenden Beine zu bedecken. Er fasste in die Tasche – leer. Zwischen der Leiche und dem Boden musste es noch eine zweite Tasche geben, aber er wollte sie nicht bewegen.

Da klingelte sein Telefon.

»Ja?«

Shen An-ling meldete sich. »Wenn du möchtest, verbinde ich dich jetzt mit Milo Weaver.«

»Nur zu.«

Während er Milo Weaver mit Konsequenzen für seine Frau und Tochter drohte, strebte er wieder ins Wohnzimmer, um nach dem Brief zu suchen. Wenn ihn Hua Yuan erwartet hatte, dann hatte sie den Brief sicher herausgeholt und ihn vielleicht sogar irgendwo offen hingelegt. Doch da war nichts. Vorsichtig die Blutlache vermeidend, durchstöberte er die Schubladen in der Küche. Als ihm Milo Weaver eröffnete, dass Alan Drummond wahrscheinlich vorhatte, ihn zu töten, überprüfte er gerade die Tische im Flur, und als ihm Shen An-ling in einer SMS mitteilte, dass Leticia Jones auf dem Rückweg zu Weavers Hotelzimmer war, schaute er sich im Speisezimmer um. Nach Beendigung des Gesprächs stieg er hinauf in Hua Yuans Schlafzimmer. Dort fand er zwar kleine Zeugnisse ihres Lebens – Quittungen, Briefe von Freundinnen und Verwandten, Rechnungen –, doch mit jedem vergeblichen Griff wuchs in ihm die Überzeugung, dass er die Tote umdrehen musste.

Also trat er wieder in die Küche und versuchte zuerst, das Kleid unter ihr herauszuzupfen, doch als er anfing, daran zu zerren, rutschte sie mit. Er stand auf und hob den Saum des Kleids hoch. Hua Yuan schaukelte leicht und rollte mit einem lauten Furz in die Ausgangslage zurück. Die Faust um den Stoff des Kleids gekrampft, schloss Zhu die Augen und griff in die verborgene Tasche. Seine Hand stieß auf mehrere feuchte, gefaltete Blätter, die er mithilfe von Zeige- und Mittelfinger herauszog. Schnell trat er zurück und ließ das Kleid fallen, als erneut Gase aus der Leiche entwichen. Dann floh er ins Bad und legte die Seiten auf den Toilettendeckel. Als er sich mit heißem Wasser und Seife die Hände wusch, musste er sich mit aller Kraft darauf konzentrieren, sich nicht zu übergeben.

Die Feuchtigkeit des Briefs stammte nicht vom Blut, sondern vom Urin. Vorsichtig trug Xin Zhu die Blätter ins Esszimmer, um sie nebeneinander auf den langen Tisch zu legen. Bo Gaoli hatte jeweils nur eine Seite der fünf Bogen beschrieben, und als sie allmählich trockneten, konnte Zhu am Tisch entlanggehen und den gesamten Brief lesen. Sobald er fertig war, machte er kehrt und begann wieder von vorn. Schließlich zog er einen Stuhl heraus und setzte sich. Dann rief er Sun Bingjun an.

»Verzeihen Sie«, begrüßte er den alten Mann, »Sie sind bestimmt beschäftigt.«

»Ich bin immer beschäftigt, Xin Zhu, zumindest behaupte ich das. Was ist los?«

»Wie gut kannten Sie Bo Gaoli, Genosse Generalleutnant?«

Zögern. »Wir haben gelegentlich zusammengearbeitet. Doch wir standen uns nicht besonders nah.«

»Und seine Frau?«

»Hua Yuan? Ich habe sie erst nach dem Tod ihres Mannes kennengelernt. Bei einem Kondolenzbesuch. Sie wirkte sehr gefasst.«

»Genosse Generalleutnant, wäre es möglich, dass Sie sich mit mir treffen? Ich befinde mich gerade in Hua Yuans Villa.«

»Um sie zu befragen?«

»Könnten Sie bitte kommen?« Er merkte, dass sich etwas Flehendes in seine Stimme stahl.

»Ist es etwas Ernstes, Xin Zhu?«

»Ernst ist untertrieben.«

Vierzig Minuten verstrichen, ehe Sun Bingjuns Mercedes hinter Xin Zhus Audi parkte. Inzwischen war es Viertel vor elf. Durch das große Fenster beobachtete Zhu, wie ein baumlanger, kräftiger Chauffeur ausstieg und dem Alten die Tür öffnete, der allein und mit grimmigem Gesicht auf das Haus zusteuerte. Sun Bingjun war noch nie ein großer Lächler gewesen, doch als er näher kam, gelangte Zhu zu der Einsicht, dass er im Lauf seiner Karriere ohnehin nur wenige lächelnde Männer gekannt hatte, denn das waren die, die unweigerlich in der Versenkung verschwanden und deren verbindliches Grinsen erst im letzten Moment vor ihrem Abgang ins Beben geriet. Lächeln gehörte nicht zu Sun Bingjuns Repertoire, im Gegensatz zum Trinken, doch selbst wenn er sich dem Alkohol hingab, ging er nie zu weit. Er hatte mehr Selbstbeherrschung, als es den meisten lieb war.

Zhu kam ihm bis zur Tür entgegen und führte ihn ins Wohnzimmer.

Mit deutlichen Anzeichen von Ungeduld schaute sich der Alte um. »Wo ist Hua Yuan?«

»In der Küche. Sie ist tot.«

Sun Bingjuns Haut zog sich knotig um die Augen zusammen. »Haben Sie sie umgebracht, Xin Zhu?«

»Sie hat mich heute Morgen angerufen, weil sie in den Sachen ihres Mannes einen Brief gefunden hatte. Er war an mich gerichtet. Anscheinend hatte sie Angst, wollte sich aber nicht näher äußern. Ich bin so schnell gekommen wie möglich.«

»Aber wohl nicht schnell genug«, konstatierte Sun Bingjun.

»Offensichtlich. Ich musste ihre Leiche bewegen, um an den Brief in ihrer Tasche zu gelangen.«

»Sie haben also den Tatort verändert. Hoffentlich hat sich das gelohnt für diesen Brief. Ach …« Der Alte warf einen Blick durchs Fenster. »Und nächstes Mal sollten Sie mir vielleicht vorschlagen, selbst zu fahren.« Mit diesen Worten wollte Sun Bingjun offenbar die Grenzen von Zhus Dummheit darlegen, denn durch sein Erscheinen war er jetzt in die Angelegenheit verwickelt, und sein Chauffeur war Zeuge.

»Kommen Sie.« Zhu führte ihn ins Speisezimmer. Er zog sich in eine Ecke zurück und wartete, bis Sun Bingjun die Seiten ein erstes Mal und dann wie Zhu vorhin noch ein zweites Mal gelesen hatte.

»Nun.« Der Alte zögerte.

»Sie verstehen jetzt sicher, warum ich Sie hergebeten habe.«

Sun Bingjun hob den Kopf, um Zhu direkt zu fixieren. »Sie wollten, dass Ihnen jemand Ihre verzweifelte Lüge abnimmt.«

Vielleicht war es ein Fehler gewesen, den alten Veteranen anzurufen. »Das stimmt nicht.«

Sun Bingjun trat zur ersten Seite und las vor: »*Genosse Oberst Xin Zhu, ich schreibe Ihnen, um Ihre Aufmerksamkeit auf eine Verschwörung zu lenken, die die Grundfesten unserer Republik bedroht.* Wo haben Sie das her? Aus einem dieser Schundromane, für die sich die heutige Jugend so begeistert? Seite zwei.« Er machte einen kleinen Schritt in Zhus Richtung. *»Ich wende mich an Sie in der Annahme, dass Sie aufgrund Ihrer früheren Auseinandersetzungen mit Wu Liang in der Lage sein werden, meine Beweise mit klarem Blick zu betrachten.«* Sun Bingjun setzte ein verkniffenes Lächeln auf. »Sehr elegant. Sie verkehren Ihre Vorurteile in eine Tugend. Und hier …« Er senkte den Finger, um auf eine Passage auf Seite drei zu deuten. *»Ich wurde gewarnt, dass Wu Liang Verdacht gegen mich geschöpft hat und mich schon in wenigen Tagen einbestellen könnte, um mich mit genau jenen Anschuldigungen zu konfrontieren, die ich gegen ihn erheben wollte. Deshalb werde ich diesen Brief so schnell wie mög-*

lich mit Kurier losschicken.« Sun Bingjun breitete die Hände aus und drehte sie hin und her. »Ziemlich trickreich. Sie zeigen, dass er sich geirrt hat, denn laut Datum – 21. April – hat ihn Wu Liang noch am selben Tag abholen lassen. Das ist natürlich tragisch, weil der Ärmste dachte, noch etwas Zeit zu haben, ehe ihn das Schicksal ereilt. Deshalb konnte er den Brief auch nicht mehr absenden. Und deshalb blieb er unentdeckt, bis die arme Hua Yuan darauf gestoßen ist und als gute Ehefrau und Bürgerin sofort bei Ihnen angerufen hat. Aber hier …« Er hob den Zeigefinger. »Das ist die Krönung, finde ich.« Der Alte wandte sich einer Stelle auf der vorletzten Seite zu. »*Mir ist klar, dass es für Sie nicht leicht sein wird, diese Vorwürfe bekannt zu machen, sollte ich tatsächlich nicht mehr dazu in der Lage sein. Aus diesem Grund schlage ich vor, dass Sie sich an den Genossen Sun Bingjun wenden, der bald in den Ruhestand geht und daher auch weniger Sorgen um seine Position haben muss. Er weiß, dass er keinen Spott zu befürchten hat.* Großartig! Sie machen sich die Hände schmutzig, und dann haben Sie die Stirn, sich auf die Anweisungen in diesem Brief zu berufen, um mich in diese Schweinerei hineinzuziehen.«

»Genosse Generalleutnant …«, begann Zhu.

Doch der Alte brachte ihn mit einem Wink zum Schweigen. »Ich kenne den Klatsch. Angeblich bin ich ein alter Säufer, der im Ruhestand in aller Stille verrotten wird. Das ist mir egal. Wenn ich tot bin, muss ich mich nicht mehr um meinen Ruf sorgen. Aber es macht mir was aus, wenn Jüngere diesen Klatsch glauben und meinen, dass ich mich leicht manipulieren und für ihre Zwecke einspannen lasse. Tatsache ist, dass ich etwas geschafft habe, das keiner von euch Jungen geschafft hat: Ich habe mich bis an meinen Lebensabend in der Schlangengrube der Pekinger Politik behauptet.«

Stumm legte Xin Zhu die Hände auf die Schenkel. Er wusste nicht, was er sagen sollte. Das Blut, die Leiche, der Urin und der Brief – all diese Dinge hatten ihn benebelt. Er hätte wissen müssen, dass Sun Bingjun nicht im Traum daran dachte, sich einzusetzen für … für wen eigentlich? Für einen Mann, der ein Stachel im Fleisch des chinesischen Geheimdienstes war? Für eine Frau, die unter mysteriösen Umständen ums Leben gekommen war? Wie hatte er nur annehmen können, dass ihm der Alte Glauben schenken würde!

Mit einem lauten Seufzen zog Sun Bingjun einen Stuhl heraus und ließ sich vor der letzten Seite des Briefs nieder. Doch statt zu lesen, musterte er Zhu. »So sieht es aus. Sie befinden sich in einer unhaltbaren Lage, Xin Zhu. Wu Liang könnte den Spieß mühelos umkehren und Ihnen alles ins Gesicht schleudern, was Sie ihm vorhalten. Alle Anschuldigungen beruhen auf einer Geschichte, daher sollten Sie zumindest alle Einzelheiten auswendig lernen, bevor Sie mit irgendjemandem reden.« Er lachte knurrend auf. »Warum erzähle ich Ihnen das? Sie sind doch Xin Zhu, der Meister des Geschichtenerfindens. Mit dieser Methode haben Sie die Amerikaner in eine wunderbare Falle gelockt. Doch in diese Geschichte hier sind Sie völlig unvorbereitet hineingetappt. Wer hat den Mord in der Küche begangen? Wo sind die Akten, von denen Bo Gaoli redet und die beweisen sollen, dass Wu Liang seit zwanzig Jahren ein Informant der CIA ist? Ich hoffe wirklich sehr, dass es sich nicht bloß wieder um eine Sammlung von E-Mails handelt wie neulich. Und woher soll ich wissen, dass dieser Brief tatsächlich von Bo Gaolis Hand stammt?«

Sun Bingjun hatte recht. Er hatte überstürzt gehandelt. Doch angesichts einer Leiche und eines urinfleckigen Briefs war es auch nicht mehr so, dass die Zeit für ihn arbeitete. »Ich war voreilig«, bekannte er.

»Dabei haben Sie sowieso schon so viele Scherereien am Hals. Was konnten Sie über den großen Rachefeldzug der Amerikaner in Erfahrung bringen?«

»Wir überwachen noch immer Alan Drummonds Zimmer.«

»Schluss damit, Xin Zhu. Dieser Mann müsste schon längst tot sein. Wenn Sie noch länger abwarten, machen Sie sich verdächtig, sein Helfer zu sein.«

»Wenn ich ihn töte, ändern die Amerikaner nur ihre Pläne.«

»Sie kennen diese Pläne doch ohnehin nicht, Xin Zhu. Es spielt also keine Rolle, wenn sie sich ändern.«

Unwillkürlich rieb sich Zhu über die Wange, dann erzählte er Sun Bingjun von Liu Xiuxius Bericht über Stuart Jackson und die *vom Ehrgeiz zerfressene* Ehefrau des Maulwurfs.

»Nichts weiter als Gerüchte.« Trotz seiner kategorischen Äußerung machte der Alte allerdings einen bestürzten Eindruck. »Ausgezeichnete Gerüchte, aber trotzdem bloß Gerüchte.«

»Und ich habe noch ein Eisen im Feuer«, fügte Zhu hinzu. »Milo Weaver. Er arbeitet mit ihnen zusammen, aber ich habe ihn unter Kontrolle.«

»Das haben Sie dem Ausschuss nicht gemeldet.«

»Angesichts der Hinweise, die wir inzwischen bekommen haben, bin ich überzeugt, die richtige Entscheidung getroffen zu haben.«

Sun Bingjun schien kurz aus dem Konzept zu geraten. Dann fragte er: »Haben Sie auch Informationen über den Mord an Jewgeni Primakow zurückgehalten? Haben Sie ihn liquidiert?«

»Nein.«

»Wer dann?«

»Das weiß ich nicht.«

Sun Bingjun zog die Augenbraue hoch, vielleicht um seine Skepsis zu signalisieren. »Machen Sie sich keine Sorgen wegen Hua Yuan. Mein Chauffeur ist zum Glück loyal, und er wird sich hüten, etwas verlauten zu lassen. Ich rede mit den Wachen des Jade-Areals, um rauszufinden, ob es heute Morgen noch andere Besucher gab.«

»Das ist wirklich großzügig von Ihnen.«

Nachdenklich spitzte Sun Bingjun die Lippen, dann schüttelte er den Kopf. »Nein, es ist pragmatisch, Xin Zhu. Ich gehe davon aus, dass Sie sich hier keinen ausgeklügelten Schwindel zurechtgelegt haben, um sich zu schützen. Und in diesem Fall ist Wu Liang tatsächlich gefährlich und muss entlarvt werden. Wenn Sie mithelfen, die Anschuldigungen gegen ihn stichhaltig zu machen, wird mein Stern kurz vor dem Ruhestand noch mal aufsteigen, aber wenn es schiefgeht, trete ich gedemütigt ab. Aus diesem Grund kann ich die Sache nicht Ihnen überlassen. Sehen Sie sich doch bloß an. Offenbar haben Sie in letzter Zeit zu wenig Schlaf bekommen, und das liegt bestimmt nicht nur an Ihrer jungen Frau. Sie versuchen, einen Maulwurf aufzuspüren, und gleichzeitig müssen sie sich gegen eine amerikanische Vergeltungsaktion stemmen. Das übersteigt einfach die Kräfte eines Einzelnen.«

»Wie auch immer«, erklärte Zhu, »jedenfalls bin ich dankbar für Ihre Hilfe.«

»Dann wollen wir aber auch dafür sorgen, dass ich meine Entscheidung nicht eines Tages bereuen muss. Morgen haben Sie Gelegenheit, diese ganze Geschichte dem Ausschuss vorzutragen. Also sehen Sie zu, dass sie auch wasserdicht ist. Und ich kümmere mich darum, dass Wu Liang an dem Treffen teilnimmt.«

Zhu nickte.

»Und erledigen Sie diese Leute in Hongkong. Sie wollen doch nicht, dass ihre Anwesenheit bei dem Treffen gegen Sie verwendet wird.«

Erneut nickte Zhu.

»Und jetzt fahren Sie, Xin Zhu. Ich erledige alles hier.«

Schweigend zog sich Zhu zurück. Er überquerte den Rasen und steuerte auf seinen Wagen zu. Im Mercedes saß Sun Bingjuns hünenhafter Chauffeur mit einem jener lehmartigen Gesichter, die man so leicht vergaß, und beobachtete ihn. Zhu fiel auf, dass zu beiden Seiten des Anwesens Nachbarn heimgekehrt waren.

Während der Rückfahrt rief erneut Shen An-ling an, um Milo Weavers zwanzigminütigen Besuch in Zimmer 212 des Peninsula Hotel zu besprechen. Die Mikrofone hatten nur einige Wortfetzen, Geräusche eines Faustkampfs und dann Schweigen aufgezeichnet. Anscheinend hatten sie den Rest der Unterhaltung schriftlich geführt. »Nachdem Weaver das Zimmer verlassen hatte, wollte ihm He Qiang wieder ein Telefon geben.«

»Wollte?«

»Milo Weaver hat sich geweigert. Hat He Qiang aufgefordert, ihn am Arsch zu lecken. Wortwörtlich. Anscheinend wird ihm der Druck zu viel.«

»Oder er weiß inzwischen, dass seine Familie nicht in unserer Gewalt ist«, gab Zhu zu bedenken. Doch auch das spielte jetzt keine Rolle mehr. Morgen musste Wu Liang Rechenschaft ablegen über seine Zusammenarbeit mit den Amerikanern, und vielleicht ließen sich dabei auch einige der noch offenen Fragen klären. »Es reicht jetzt, Shen An-ling.«

»Was reicht?«

»Alles. Ich will, dass sie liquidiert werden.«

Ein Seufzen. »Danke, Genosse Oberst.«

Eine Stunde später stand er im Büro über einen Computer und ein Telefon mit Shen An-ling in Verbindung, der in der Lobby des Peninsula Posten bezogen hatte. Da sie nur neun Leute zur Verfügung hatten, hatten sie beschlossen, sich zunächst Alan Drummond zu schnappen und dann die anderen Touristen im Kowloon aufzusammeln. Nach Milo Weavers Aufbruch hatte He Qiang keine weiteren Geräusche mehr aus Zimmer 212 gemeldet, doch kurz vor dem geplanten Anmarsch zeigte Alan Drummonds Handy mit einem Piepen den Eingang einer SMS an. Danach war Bewegung zu hören, Kleider wurden angezogen und Gepäckstücke verschoben. Dann ging eine Tür. Kurz darauf beobachtete He Qiang durch das Guckloch seiner Tür einen Asiaten, vielleicht einen Vietnamesen, der mit leeren Händen vorbeiging.

»Das ist er nicht«, informierte He Qiang die anderen und auch Peking und gab eine kurze Beschreibung durch. »Aber er ist aus dem Zimmer gekommen. Und steuert jetzt auf die Treppe zu.«

»Bleiben Sie ihm auf den Fersen.« Xin Zhu überlegte fieberhaft, wer das sein konnte.

He Qiang befand sich oben im gleichen Stockwerk, und zwei Männer – Xu Guanzhong und Wei Chi-tao – hatten sich in verschiedenen Ecken der Lobby postiert, während Shen An-ling die Aktion vom Empfang aus mit zwei Smartphones koordinierte – eins, um Kontakt zu halten, das andere, um die Bewegungen seiner Agenten zu verfolgen. Fünf weitere Männer wachten draußen vor Hintereingängen an der Middle Road, Seiteneingängen an der Nathan Road und dem bombastischen Haupteingang an der Salisbury Road. Ein weiterer behielt die Lobby des Kowloon im Auge. Doch nach drei Minuten war noch immer keine Meldung eingegangen, dass jemand das Treppenhaus des Peninsula verlassen hatte. Shen An-ling rief He Qiang an, dessen Telefon sieben Mal klingelte. Keine Antwort. Daraufhin steuerte Xu Guanzhong aus der Lobby auf die Treppe zu, und in seinem kleinen Pekinger Büro konnte Zhu mithören, wie der Agent laut atmend durch das Treppenhaus lief, bis seine Schritte plötzlich mit einem überraschten »Oh« abbrachen.

»Was ist?«, fragte Shen An-ling.

»Ich glaube, er ist tot. Ja. Er ist tot.«

»He Qiang?«

»Erdrosselt«, kam die bestürzte Antwort. »Sein Kopf ist fast …«

Zhu zupfte an seiner Unterlippe. He Qiang tot? Ein schwerer

Schlag. Ursprünglich hatte das Peninsula nur fünf Etagen gehabt, doch mit dem Ausbau zu einem modernen Hochhaus Mitte der Neunzigerjahre waren dreißig weitere hinzugekommen. Die Suche konnte ewig dauern. »Die Treppe rauf«, befahl Zhu. »Wei Chi-tao, du auch. Alle anderen rein ins Hotel.«

Auf seinem Computer hatte Zhu eine Karte der beiden Blocks, die die Hotels Peninsula und Kowloon umfassten. Dort konnte er die Handys seiner Agenten beobachten. Rote Punkte auf dem Bildschirm, alles in Bewegung. Drei rote Punkte im Treppenhaus des Peninsula und fünf, die sich näherten. In der Lobby erteilte Shen An-ling jetzt persönlich Anordnungen, und zwei weitere rote Punkte drangen ins Treppenhaus vor.

Erneut hatte Xu Guanzhong schlechte Nachrichten. »Er ist nicht wieder in sein Zimmer gegangen, und die anderen Korridore sind leer. Wir überprüfen jetzt die Wäschekammern.«

»Das habt ihr noch nicht gemacht?«, fragte Shen An-ling gereizt.

Xu Guanzhong schenkte sich die Antwort. Zhu dämmerte allmählich, dass sich Alan Drummond zwar im Hotel angemeldet, aber sein Zimmer wohl nie bezogen hatte. Aus Erfahrung wusste er, dass dieses Manöver ganz leicht durchzuführen war.

Auf der Karte des Peninsula bewegten sich die roten Punkte durch die Korridore, und nur einer blieb im Treppenhaus zurück – der reglose He Qiang. Aus dem Lautsprecher drang das schwere Atmen von Xu Guanzhong, das plötzlich von einem lauten zweitönigen Kreischen durchbrochen wurde. »Feueralarm. Er hat den Feueralarm ausgelöst. Die Sprinkler sind angesprungen.« Geräusche, Stimmen. »Evakuierung.«

»Sucht weiter«, befahl Zhu. Shen An-ling hatte drei Agenten im Foyer gelassen. »Passt auf die Leute in der Lobby auf.«

Der Schrei einer Frau, und Xu Guanzhong lieferte die fast schon überflüssige Erklärung: »Jemand hat He Qiang auf der Treppe entdeckt.«

Kurz darauf fragte Xu Guanzhong: »Wei Chi-tao?«

Keine Antwort.

»Wei Chi-tao, wo bist du?«

»Er ist im vierten Stock.« Allerdings war Xin Zhu nicht entgangen, dass Wei Chi-taos Telefon genauso reglos war wie das He Qiangs.

Dann hörte er ein dumpfes »Ahh«, als wäre mit einem Schlag die ganze Luft aus Xu Guanzhongs Lunge entwichen.

»Xu Guanzhong«, rief Zhu. Nun bewegte sich auch Xu Guanzhongs Handy in der dritten Etage nicht mehr. »Sofort melden, Xu Guanzhong.«

Unmittelbar darauf sprach ihn eine Stimme auf Englisch an. »Er ist unterwegs zu dir, Xin Zhu, und dann geht es dir an den Kragen.«

»Wer ist das?«, brüllte Shen An-ling.

Auf dem Computermonitor bewegte sich Xu Guanzhongs Handy schnell durch ein Fenster im Korridor.

Shen An-ling rief: »Alle in den dritten Stock!«

Die anderen Punkte im Peninsula drängten zum Treppenhaus, kamen aber nur langsam voran, weil sie gegen die Menge der Evakuierten ankämpfen mussten. Doch Zhu war klar, dass das ohnehin keine Rolle mehr spielte. Diesen Sebastian Hall würden sie nicht aufspüren. Er war ein Tourist.

»Abbruch«, befahl Zhu mit tonloser Stimme.

Shen An-ling wollte es nicht wahrhaben. »Was?«

»Aktion abbrechen. Wenn er noch da ist, bringt er unsere Leute einen nach dem anderen um. Schick alle rüber ins Kowloon, vielleicht haben wir dort mehr Erfolg.«

»Aber …«

»*Sofort*, Shen An-ling.«

5

Wie schon vorhin hatte er Mühe, irgendwelche Beobachter zu erkennen – *Steingärten*, wie sein Vater sie bezeichnet hätte –, doch diesmal waren es die Gefühle, die seinen Blick trübten. *Sie sind in Sicherheit*, jubelte eine Stimme in ihm, genau wie es auf dem Zettel in Jewgenis Tasche gestanden hatte. Als sich vor zwanzig Minuten die Tür zu Zimmer 212 öffnete, hatte seine Verwirrung einen neuen Höhepunkt erreicht, doch diese hatte sich am Ende seines Gesprächs mit Tran Hoang gelegt und mit ihr auch der größte Teil seiner Sorge. Nach dem Verlassen des Zimmers war sie in immer größeren Stücken von ihm abgefallen, und als ihm der kräftige Chinese mit dem Namen He Qiang ein neues Telefon hinhielt, fiel ihm vor Freude gleich die richtige Antwort ein: »Leck mich am Arsch!« Er nahm die Treppe hinunter in die Lobby, geblendet von dem Wissen, dass seine Familie in Sicherheit war. Fast schon an der Tür, bemerkte er seine Schwester, die ihn anstarrte. Sie saß auf einem Sofa und hatte die Arme vor dem Bauch verschränkt. Bevor er durch den Ausgang schritt, bedachte er sie mit einem Lächeln und einem Augenzwinkern.

Draußen war sein Blick wieder klar genug, um zu erkennen, dass Leticia und Hector nicht mehr auf der anderen Seite der Salisbury Road warteten. Er zweifelte nicht daran, dass sie ihn finden würden, also bog er um die Ecke und schob sich durch das Gedränge auf dem Gehsteig an der Nathan Road, um an der Kreuzung mit der Middle Road das Kowloon zu betreten. Hier fiel ihm schließlich ein Mann auf, der sein Eintreten mit Sicherheit registriert hatte, auch wenn er sich keine Reaktion anmerken ließ. Dieser Verfolger konnte wichtig sein oder auch nicht, doch letzten Endes hatten alle Verfolger dieser Welt ihre Wichtigkeit verloren. Im Grunde war ihm das alles inzwischen völlig egal.

Er nahm den Aufzug hinauf in den siebten Stock und sperrte das Zimmer mit seinem Schlüssel auf. Als er die Tür hinter sich zuzog, trat Hector Garza mit entschlossenen Schritten aus dem Bad und zielte mit einer Heckler & Koch USP auf Milos Kopf. Im Gesicht des Touristen arbeitete es. »Aufs Bett«, zischte Garza.

Milo setzte sich und hob langsam die Hände. »Linke Tasche.«

Garza griff in Milos Jacke und zog die Damenwaffe heraus. Ohne dass sich seine eigene Pistole bewegte, hielt er sich die Browning an die Nase und roch daran. Aber er nahm nur Waffenöl wahr. Dann öffnete sich die Tür, und Leticia kam herein. Das eigentlich Beängstigende für Milo war nicht Garzas Pistole, sondern Leticias Gesichtsausdruck. Es war die Miene einer Touristin, die sich vollkommen von der emotionalen Wirkung dessen abgekapselt hatte, was sie tun musste. Erst jetzt wurde ihm so richtig klar, dass sein Überleben seit Beginn dieses Irrsinns von ihrer guten Laune abhing.

Sie nahm die Browning, die ihr Garza reichte, dann machte sie ein paar Schritte, um den Fernseher einzuschalten – CNN zeigte Rauch und Zerstörung durch eine Bombenexplosion an einem Ort namens Kumarikata in Indien – und drehte die Lautstärke hoch. Ohne ihn eines Blickes zu würdigen, setzte sie sich zu Milo aufs Bett. »Wie lange arbeitest du schon für ihn?«

Das war es also. »Heute ist der sechste Tag.«

»Du weißt, was jetzt fällig ist, oder?«

Milo schwieg. Er spannte den Beckenboden an, um sich nicht in die Hose zu machen.

»Es hätte nicht so enden müssen.«

Leticia schien eine Erwiderung zu erwarten.

Also sagte er: »Das finde ich auch.« Das entsprach der Wahrheit. Wenn sie es vor einer Stunde herausgefunden hätte, hätte er sich vielleicht sogar gefreut, denn ein stiller Tod schien zu dem Zeitpunkt die einzige echte Lösung für seine Probleme. Doch jetzt war sein Tod sinnlos geworden. »Woher weißt du es? Habe ich mich verraten?«

»Wahrscheinlich«, antwortete sie, »aber ich hab nichts gemerkt. Ich wurde angerufen.«

»Collingwood?«

»Ja.«

»Und du glaubst, sie hatte vorher keine Ahnung?«

»Was soll das heißen?«

»Weiß ich selber nicht so genau. Hat sie dir befohlen, mich zu liquidieren?«

Ihr Schweigen genügte als Antwort. Schließlich neigte sie den Kopf, um ihn zu fixieren. »Wie hat er dich rumgekriegt?«

»Na, wie wohl? Meine Familie. Genau das Gleiche wie bei Alan.«

Garza wechselte das Standbein.

Leticia zuckte leicht und wandte sich Milo voll zu. »Erzähl mir von Alan.«

»Xin Zhu hat seine Frau bedroht. Er hatte Alan seit Ende Mai unter Kontrolle.«

»Penelope Drummond wird vermisst.«

»Natürlich. Genau wie meine Frau und Tochter, doch inzwischen weiß ich, dass sie nicht bei Xin Zhu sind. Und auch nicht bei Dorothy Collingwood.«

»Wo sonst?«

»Sie sind in Sicherheit.«

Stirnrunzelnd versuchte sie, das Gehörte zu verarbeiten. »Hättest du mir das mit Xin Zhu nicht einfach sagen können?«

»Was hättest du mit dieser Information angefangen?«

»Nun, vielleicht hätte ich dir geholfen.«

»Aber ihnen nicht. Ihnen hättest du nicht geholfen.«

Sie zog die Augen fast zu Schlitzen zusammen. »Alan sagt also, dass sie in Sicherheit sind?«

»In dem Hotelzimmer ist nicht Alan, sondern Tran Hoang.«

Erstaunlicherweise ließ Hector Garza die Waffe sinken. »Tran Hoang ist tot.«

Leticia rieb sich übers Gesicht. Anscheinend war sie dabei, das Puzzle zusammenzusetzen. Milos Überleben hing auch von ihrer Intelligenz ab. »Nein, Hector. Man hat uns nur *gesagt*, dass er tot ist.«

»Wer?«, fragte Milo.

»Collingwood«, antwortete Garza und sah Leticia an. »Spielt das eine Rolle?«

Sie machte ein grimmiges Gesicht. »Lass mich kurz nachdenken. Vielleicht spielt es tatsächlich eine Rolle.« Dann fragte sie Milo: »Was erzählt Tran Hoang?«

Tran Hoang hatte viel erzählt, aber Milo erwähnte nur das, was ihm am dringendsten erschien. »Er sagt, wir sollen abhauen. Die Chinesen können jederzeit anrücken.«

»Natürlich sagt er das.«

»Er ist nur ein Ablenkungsmanöver. Inzwischen sollte Alan drin sein.«

»Wo drin?«

»Im chinesischen Festland. Hoang bricht auch gleich auf.«

Leticia schloss die Augen und stieß einen leisen Fluch aus. Dann öffnete sie sie und wandte sich an Garza. »Unten in der Lobby war jemand.«

»Den hab ich auch gesehen«, warf Milo ein.

»Mit einem werden wir locker fertig«, meinte Garza.

»Moment«, sagte Leticia. »Was hat Tran Hoang sonst noch erzählt?«

»Nicht viel«, antwortete Milo.

»Du warst fast eine halbe Stunde bei ihm.«

»Wir mussten aufräumen.«

Garza schien kurz davor, die Pistole wieder auf ihn zu richten. »Aufräumen?«

»Ich habe versucht, ihn umzubringen.«

Beide starrten ihn an.

»Er hat zugegeben, dass er meinen Vater ermordet hat. Ich war wütend.«

»Verdammt«, knurrte Leticia.

Garza verstaute die Pistole wieder im Gürtel unter der Jacke und begegnete trotzig Letitias Blick. »Wie es aussieht, liquidieren wir ihn doch nicht, oder? Und vor allem muss jemand mal nachschauen, was da unten los ist.«

Sie nickte. »Also hauen wir ab.«

»Die einzige Möglichkeit.«

»Das sehe ich auch so.« Ein Blick von Leticia belehrte Milo, dass seine Meinung nicht gefragt war.

Sie wandte sich an Garza. »Fünf Minuten. Bei Widerstand rufst du an, ansonsten gibst du uns Deckung, wenn wir runtergehen.«

Mit einem Augenzwinkern verschwand der Tourist durch die Tür.

»Du machst dir Sorgen«, stellte Milo fest.

»Klar mach ich mir Sorgen. Glaubst du, ich bin eine Maschine?«

»Aber eine Idiotin bist du auch nicht, Leticia. Alan hat Tran Hoang auf seine Seite gezogen, und um das zu kaschieren, hat Collingwood behauptet, dass er ins Gras gebissen hat. Sie hat dir viel erzählt. Aber bild dir bloß nicht ein, dass du auch nur einen Schimmer davon hast, worum es hier tatsächlich geht.«

Ihr Stirnrunzeln wurde deutlich stärker. »Was hat dir Tran in Wirklichkeit gesagt?«

»Das Einzige, was für mich wichtig ist.«

»Diese verdammte Familie.«

Als er gerade den Mund aufmachte, um zu antworten, hörten sie das laute, von den Wänden gedämpfte *Domp-domp* von zwei Schüssen, dann als Erwiderung das *Tack-tack* von automatischen Waffen. Die Browning ausgestreckt, huschte Leticia zur Tür. Sie spähte durch den Spion, dann öffnete sie und streckte kurz den Kopf hinaus, um ihn im nächsten Moment wieder einzuziehen. Krachend platzte ein Stück vom Rahmen. Sofort knallte sie die Tür zu, doch die prallte wieder zurück, und der Lärm von zwei weiteren Pistolenschüssen und chinesischen Rufen drang herein. Kurz entschlossen packte sie einen Schreibtischstuhl und klemmte ihn unter die Klinke, damit die Tür zublieb.

Milo war bereits am Fenster, um es aufzuzerren, doch die glatte Fassade bot keinen brauchbaren Fluchtweg aus dem siebten Stock. »Nein, Baby!« Leticias Ruf übertönte den Fernseher und das Knallen im Gang. »Duck dich!« Sie legte auf ihn an, und er ließ sich zu Boden fallen. Zwei Schüsse, und über seinem Kopf zerbarst die Fensterscheibe. Noch während er sich hochrappelte, stürzte sie ins Bad. Er hörte Wasser laufen, dann sah er, wie sie beim Spiegel einen Föhn einsteckte, während sich die Wanne langsam mit Wasser füllte. Zwei weitere Schüsse krachten, und Milo riss den Kopf herum. Direkt über dem Schreibtischstuhl klafften zwei schartige Löcher in der Tür. »So ist es gut«, meinte Leticia zufrieden und drehte das Wasser ab. Dann stellte sie den Föhn an und warf ihn in die Wanne. Ein Regen zischender Funken. Die Lichter erloschen, und sie waren im Dunkeln. Der Fernseher und auch die Rufe draußen im Korridor verstummten, und für einen kurzen Moment herrschte Stille. »Siehst du?«, flüsterte sie. »Man muss nur …«

Dann erwachten die Lichter flackernd wieder zum Leben, da das Notsystem des Hotels angesprungen war. Niedergeschlagen stand sie mit der Pistole in der Hand bei der Wanne. »O Mann, das war mein einziger Trick.«

Am liebsten hätte er gelacht.

»Was grinst du so, Milo? Wir sind im Arsch.«

Immer noch lächelnd schüttelte er den Kopf. »Wirf die Waffe weg, Leticia. Gehen wir raus.«

»Auf Selbstmord hab ich keine Lust. Nicht wegen so einem Scheiß.«

»Soll ich vorausgehen?«

»Wenn du unbedingt meinst.«

Er wandte sich um, zögerte aber dann. »Kannst du ihnen wenigstens ankündigen, was ich vorhabe?«

Leticia stieß ein lautes Seufzen aus. In diesem Augenblick riss der nächste Schuss ein Loch in die Tür. »Dengdai!« Nach ihrem Ruf trat Stille ein, dann kam ein kurzer Strom Mandarin aus ihrem Mund, der ihm hoffentlich das Leben retten würde. »Wir sehen uns im Jenseits.« Mit diesen Worten drückte sie ihm einen trockenen Kuss auf die Lippen.

Langsam näherte er sich der Tür und schob den Stuhl beiseite. Ohne Stütze schwang die Tür nach innen und gab den Blick auf ein Stück leeren Korridor frei. Er legte die Hände in den Nacken. Nach einigen Schritten erkannte er drei Chinesen links und zwei rechts, die sich an die Wand drückten, um sich bei gleichzeitigem Feuer nicht gegenseitig zu treffen. Zwei von ihnen knieten auf einem Bein. Alle fünf zielten auf ihn. Drei mit Pistolen, zwei mit kleinen Maschinenpistolen.

Da sie ihm kein Zeichen gaben, entschied er sich für die linke Seite und näherte sich den Männern dort mit bedächtigen Schritten. Als er fast bei ihnen war, rief Leticia wieder etwas, und einer der Kauernden bedeutete Milo mit einem Wink, zur Seite zu treten. Er folgte der Anweisung. Ein anderer senkte die Waffe und riss Milos Arme nach unten, um sie ihm mit Plastikhandschellen hinter den Rücken zu fesseln.

Milo spürte den Stich einer Nadel im Unterarm, doch er wehrte sich nicht.

Dann kam Leticia heraus, die Hände im Rücken. Als sie die Tür passiert hatte, bemerkten Milo und der Mann hinter ihm die Browning in ihrer Rechten. Es war wie eine kreischende Detonation heißer Luft, als der Mann direkt neben seinem Ohr etwas brüllte. Fast gleichzeitig riss Leticia die Pistole nach vorn und konnte einen Schuss abfeuern, dann wurde sie von drei Kugeln getroffen. Sie stürzte, und ihre leere Waffenhand zuckte, als sie einen Schwall wüster Beschimpfungen ausstieß. Brennend und wogend setzte in Milos Kopf die Wirkung der Droge ein. Aus Leticias nackter Schulter strömte Blut über ihr schwarzes Kleid und den beigen Teppichboden; dann verschwand sie unter einem Haufen von Xin Zhus Männern. Milos eigenes Blut schien sich zu verdicken und anzuschwellen. Seine Ohren funktionierten nicht mehr richtig. Die Klänge verwischten zu undurchdringlicher Schmiere.

Treppe.

Lobby. Gesichter.

Straße.

Rücksitz eines schwarzen BMWs, eingekeilt zwischen zwei bulligen Männern mit schlechtem Atem.

Die Stadt.

Autobahn. Kribbelnde Füße. Draußen das Meer.

Flughafen, aber nicht die Abflughalle. Eine Zugangsstraße um das Gebäude, unter Laufstegen, vorbei an Fahrzeugen mit Treppen ins Nichts, zu einer zweimotorigen Propellermaschine mit schepperndem Getriebe.

Hände. Atem.

Kalter Wind auf der Rollbahn. Zwei sprechende Männer am Fuß der Treppe, einer in Pilotenuniform.

Hinauf. Von Händen hochgehoben, weil die Beine nicht mehr funktionieren.

Durch das Loch. Keine lächelnde Stewardess. Kein »Darf ich Ihre Bordkarte sehen?«. Zwei Reihen schmuddelige Polstersitze. Nur ein anderer Passagier. Ein Chinese mit teigigem Gesicht und dicker Brille, der auf sein Telefon starrt.

Hinunter auf den Sitz.

Gurte. *Bitte nicht zu eng.*

»Hallo, Mr. Weaver.« Der Typ mit dem teigigen Gesicht hat sein Telefon weggelegt.

Sie hocken nebeneinander, nur getrennt durch den Gang.

Hände bleischwer, aber nicht wegen der Gurte.

»In drei Stunden sind wir da. Ungefähr.«

Wo? Nichts kommt über seine Lippen.

Aber was kann der Mann schon meinen?

Und spielt es eine Rolle?

Der Motor dröhnt.

Der Mann ist jetzt ganz nah, sein Atem riecht minzig und sauber. »Nein, nein«, meint er. »Keine Sorge, wir haben Zeit zum Reden. Später.«

Der Mann lässt sich nieder und schnallt sich an.

Die Maschine setzt sich in Bewegung.

Ja, es spielt eine Rolle.

6

An diesem Montagmorgen brachte der *People's Daily* eine kurze Meldung über Hua Yuans Tod nach einem Schlaganfall und erinnerte die Leser daran, dass sie die Witwe des angesehenen Bo Gaoli gewesen war, der im April auf tragische Weise den Folgen eines Herzinfarkts erlegen war. Zhu fiel ein, mit welchem Misstrauen Hua Yuan alle Berichte über Beamten betrachtet hatte, die an einem Herzinfarkt gestorben waren. Er fand, dass der Begriff Ironie des Schicksals in diesem Fall wirklich berechtigt war.

Sie war nicht die Einzige, die in den letzten vierundzwanzig Stunden ihr Leben verloren hatte. Xu Guanzhong, Wei Chitao und He Qiang waren gestorben, dazu Hector Garza im Kowloon, der allerdings davor noch He Peng getötet hatte, den Zhu eigens für diese Aufgabe nach Peking beordert hatte. Am Abend war Shen An-ling mit der angesichts dieses Blutzolls ziemlich mageren Ausbeute eingetroffen: Milo Weaver und Leticia Jones. Zwei Feinde befanden sich in Haft, die Festnahme eines Dritten war nur eine Frage der Zeit. Die Lage war also, wie sie sein musste, doch der dafür bezahlte Preis war zu hoch.

Zhu hatte Shen An-ling die Ereignisse vom Sonntagmorgen verschwiegen. Damit wollte er in erster Linie verhindern, dass sein Assistent vom Wesentlichen abgelenkt wurde. Außerdem war eine ganz neue Beziehung zu Sun Bingjun entstanden, die ein hohes Maß an Sensibilität erforderte. Durch die Hilfe für Zhu setzte der Generalleutnant seine ganze Existenz aufs Spiel, und diese Information sollte sich nicht weiter verbreiten als unbedingt nötig. Sun Bingjun hatte ihn aufgefordert, um neun in der Großen Halle des Volkes zu erscheinen und die Geschichte zu präsentieren, mit deren Ausgestaltung er fast die ganze Nacht in seinem heimischen Büro zugebracht hatte. Sie musste vollständig sein, auch wenn einzelne Fakten nicht bekannt waren, daher schloss er die Lücken mit gut begründeten Spekulationen. Um acht schlüpfte er in seine Jacke. Den Kuss, den Sung Hui ihm gab, spürte er kaum.

Nach dem Regen am Wochenende war der Himmel angenehm klar, als er die Große Halle erreichte, und auf den feuchten Stufen drängten sich keine Schulkinder. Oben hatten mehr Wachen mit Gewehren Posten bezogen als üblich, und er fragte sich, ob er irgendeine Bekanntmachung versäumt hatte. Oder ob sie vielleicht auf ihn warteten.

In der Peking-Halle traf er auf Zhang Guo und Feng Yi, die beide eine Zigarette rauchten. Ein paar Schritte vor ihnen blieb er stehen.

Zhang Guo wandte sich an ihn. »Ich nehme an, Sie können einen Durchbruch vermelden, Xin Zhu?«

Er schüttelte den Kopf.

»Vielleicht hat Sun Bingjun Neuigkeiten.« Feng Yi machte eine Geste mit der Zigarette. »Er hat die Besprechung einberufen.«

Wie aufs Stichwort schlenderte Sun Bingjun mit einer gelben Mappe unter dem Arm herein und zog die Augenbrauen hoch, als er die drei Anwesenden bemerkte. »Keine Notizen?«, fragte er Zhu.

Zhu tippte sich an den Schädel.

»Gefährlich.« Sun Bingjun setzte sich auf einen Stuhl.

Zhang Guo und Feng Yi bedachten sie mit fragenden Blicken.

Wu Liang erschien wieder in Begleitung seines Assistenten Yang Qing-Nian, doch heute machten beide einen verunsicherten Eindruck. »Fast hätte ich es nicht geschafft«, teilte Wu Liang mit. »Manche Leute können es nicht ohne Weiteres einrichten, zu kurzfristig anberaumten Sitzungen zu eilen.«

»Entschuldigung«, erwiderte Sun Bingjun. »Sie hätten ja nicht kommen müssen.«

Wu Liang war nicht entgangen, wie kühl Sun Bingjuns Stimme klang. Er schüttelte den Kopf. »Ich habe zu wenig geschlafen, verzeihen Sie.«

Sie nahmen ihre Plätze ein, und Zhu ließ sich wieder gegenüber von den anderen nieder. Nachdem er seinen eigenen Digitalrekorder im Zentrum des Raums aufgestellt hatte, kehrte Sun Bingjun zu seinem Sitz zurück und eröffnete die Versammlung mit schlichten Worten. »Danke für Ihr Kommen. Wahrscheinlich haben Sie schon von dem tragischen Tod Hua Yuans an diesem Wochenende gehört, der Witwe Bo Gaolis. Dies ist der Grund unserer Zusammenkunft. Denn vielleicht wissen Sie noch nicht, dass sie in ihrer Küche brutal ermordet wurde und dass der Täter noch nicht identifiziert ist.«

Niemand sprach ein Wort, doch alle rutschten unruhig auf ihren Stühlen herum.

Sun Bingjun öffnete die Mappe auf seinem Schoß. »Die Frage nach der Identität ihres Mörders können wir vorerst zurückstellen. Zunächst haben wir uns mit einem Schriftstück zu befassen, das sie zum Zeitpunkt ihres Todes bei sich trug.« Er nahm den inzwischen getrockneten, in einer Plastikhülle verwahrten Brief aus der Mappe und hielt ihn hoch, um ihn allen zu zeigen. »Diesen Brief hat Bo Gaoli nur wenige Tage vor seinem Tod geschrieben. Darin benennt er einen amerikanischen Maulwurf innerhalb der chinesischen Staatssicherheit.«

Erneut allgemeines Geraschel. Ohne darauf zu achten, reichte Sun Bingjun zusammengeklammerte Fotokopien des

Briefes herum. Zhu stand auf, um sein Exemplar in Empfang zu nehmen.

»Lesen Sie es sich in Ruhe durch.« Sun Bingjun klappte seine Mappe zu. Während sich die anderen in das Dokument vertieften, fixierte er Zhu, der den Brief ignorierte und seinerseits versuchte, in Sun Bingjuns Gesicht zu lesen. Doch es blieb völlig undurchdringlich.

»Wo haben Sie das gleich wieder entdeckt?«, fragte Feng Yi.

»Bei Hua Yuans Leiche«, erwiderte Sun Bingjun. »Die Verfärbung, die Sie erkennen können, stammt von ihrem Urin.«

Yang Qing-Nian meldete sich zu Wort. »Ein Brief. Ein einziger Brief?« Seine Stimme wurde lauter. »Wer weiß, wer das geschrieben hat!«

Wu Liang wusste, wann es besser war, den Mund zu halten.

Zhang Guo schaltete sich ein. »Ich denke, Sun Bingjun, dass Sie uns genau erklären sollten, unter welchen Umständen Sie den Brief entdeckt haben.«

Zhu hörte zu, als Sun Bingjun ruhig und bedächtig seine Geschichte erzählte. Er begann damit, dass Bo Gaolis Witwe Xin Zhu wegen eines Briefes angerufen hatte. Dann wich sein Bericht von der Wahrheit ab. »Hua Yuan hat ihm mitgeteilt, dass der Brief mit Wu Liang zu tun hat. Zhu ging zu Recht davon aus, dass man sein Eingreifen mit Misstrauen betrachten würde. Deshalb hat er zunächst mich verständigt. Ich habe ihm versprochen, sofort zu kommen. Er hat vor dem Haus auf mich gewartet, und wir sind zusammen eingetreten.«

Zhu wäre lieber gewesen, wenn der Alte angegeben hätte, dass er als Erster eingetroffen war, aber vielleicht waren die mürrischen Purpurjade-Wachen nicht bereit gewesen, ihre Aufzeichnungen über Zhus Ankunft abzuändern.

»Wir haben die Tote in der Küche gefunden«, fuhr Sun Bingjun fort, »und kurz darauf habe ich in ihrer Tasche diesen

Brief bemerkt. Auf meine Bitte hin hat Xin Zhu ihn herausgezogen. Zusammen haben wir ihn im Speisezimmer gelesen. Darauf habe ich Xin Zhu befohlen, das Anwesen zu verlassen, weil mir wichtig erschien, dass er so wenig wie möglich beteiligt ist. Dann habe ich meine Leute hinbestellt, um aufzuräumen und alle Spuren der Gewalttat zu beseitigen. Ich habe die Situation mit Yang Xiaoming erörtert, der darum gebeten hat, dass wir eine vorläufige Untersuchung durchführen, ehe wir ihn hinzuziehen.«

Für Zhu war das keine Überraschung. Yang Xiaoming, der Leiter des Aufsichts- und Verbindungsausschusses, wollte sich natürlich erst mit dieser Sache befassen, wenn alles in Stein gemeißelt war.

»Bedauerlicherweise«, fuhr Sun Bingjun fort, »ist es unter den gegebenen Umständen unmöglich, Xin Zhu völlig aus dem Spiel zu lassen. Er ist derjenige, der ursprünglich die Sorge über einen amerikanischen Agenten in unserer Mitte geäußert hat; er ist es, der seit Monaten versucht, uns aus unserer Lethargie zu rütteln. Und wie haben wir ihm seine Anstrengungen vergolten? Vor allem mit Unannehmlichkeiten. Sicherlich waren wir von der Richtigkeit unserer Einschätzung überzeugt, doch das ändert nichts an der Tatsache, dass Xin Zhu als Einziger auf qualifizierte Weise darlegen kann, ob und wie die Theorie über Genosse Wu Liang zutreffen könnte, an die Bo Gaoli offensichtlich fest geglaubt hat, bevor er von Wu Liang festgenommen wurde und starb.«

Als Sun Bingjun eine Pause einlegte, machte Wu Liang einen kranken Eindruck. Er schielte beinahe vor Anstrengung, so konzentriert starrte er zuerst Sun Bingjun an, dann Zhu. Ungerührt und schweigend erwiderte Zhu seinen Blick.

»Angesichts der neuen Beweise«, schloss Sun Bingjun, »schlage ich vor, Xin Zhu um einen Bericht über seine Erkenntnisse zu bitten. Sofort. Sind alle damit einverstanden?«

Niemand sagte ein Wort.

Der Alte war noch nicht fertig. »Um ein Wort Wu Liangs bei seinem ersten Versuch zur Behinderung von Xin Zhus Nachforschungen aufzugreifen: Es ist nicht an mir, dieses Boot zu lenken. Lassen Sie uns bitte abstimmen.«

Natürlich wollten alle Zhus Darstellung hören, selbst Yang Qing-Nian. Wu Liang enthielt sich, fragte aber nach der Abstimmung: »Darf ich etwas sagen?«

»Selbstverständlich«, antwortete Sun Bingjun.

Wu Liang setzte sich zurecht. Er hatte den fotokopierten Brief in der Mitte zusammengelegt und fuhr nun mit den Fingernägeln über die Falte. »Diese Farce wird weitergehen, egal, wie ich mich äußere. Das ist mir klar. Doch ich möchte hiermit zu Protokoll geben, dass ich der Volksrepublik treu ergeben war und bin. Wie Xin Zhu hat mich die mögliche Existenz eines amerikanischen Agenten mit Sorge erfüllt, und erst nach sorgfältiger Überlegung kam ich zu der Auffassung, dass die Maulwurftheorie ein subversiver Akt Xin Zhus war, der sich hauptsächlich gegen mich richtete. Wir haben ja gesehen, wie heftig er auf persönliche Angriffe reagiert – der Tod seines Sohns führte zur Liquidierung von dreiunddreißig Amerikanern. Sein unersättlicher Rachedurst ist also bekannt. Und auch wenn Genosse Sun Bingjun die Sache noch so effektvoll hindreht, wir wissen alle, dass Xin Zhu hinter diesem Manöver steckt. Entweder weil er nachtragend ist oder weil er selbst eine amerikanische Marionette ist und den Verdacht auf seine Feinde lenken will. Ich behaupte nicht zu wissen, welche der beiden Möglichkeiten zutrifft, aber ich werde es herausfinden.« Als er sich schließlich mit einem Seufzer den gefalteten Brief aufs Knie legte, wussten alle, dass er zu Ende war.

Sun Bingjun ging nur kurz darauf ein. »Wir haben Ihre Äußerungen zur Kenntnis genommen, aber Sie täuschen sich in der Annahme, dass ich hier etwas hindrehe. Ich bin zu alt, um für jemanden den Kopf zu riskieren, dem ich nicht rückhaltlos vertraue.«

Wu Liang ließ sich keine Regung anmerken.

»Das Wort hat Xin Zhu.« Sun Bingjun nickte.

Zhu rieb sich über die Nase und setzte sich aufrecht hin. »Genossen, ich wäre lieber unter erfreulicheren Umständen und mit besseren Nachrichten hier, doch wir leben in schweren Zeiten. Ich bin noch immer dabei, mir einen Reim auf die Tatsachen zu machen, allerdings kann ich auf jeden Fall sagen, dass sie ein bedrückendes Bild zeichnen.«

Er begann mit einer Wiederholung der Verdachtsmomente, die sich aus der Auswertung der Akten der Abteilung Tourismus ergeben hatten: eine lose Ansammlung nachrichtendienstlicher Informationen, die in der Summe auf einen Maulwurf in der Verwaltung deuteten. »Allerdings war auch nicht auszuschließen«, bekannte er, »dass wir es nicht nur mit einem einzigen höherrangigen Spion zu tun haben, sondern mit mehreren – mindestens fünf – Informanten gleichzeitig. Diese Möglichkeit besteht nach wie vor, aber angesichts der neuen Erkenntnisse tritt sie wohl eher in den Hintergrund.

Kommen wir kurz auf unsere erste Sitzung in diesem Raum zurück. Sie erinnern sich an Wu Liangs traurigen Bericht über Bo Gaolis Selbstmord in einer Zelle an der East Chang'an Avenue. Ich denke, wir waren alle bestürzt von dieser Schilderung, und ich ganz besonders, weil ich mich verantwortlich fühlte. Also habe ich Hua Yuan besucht, um mehr darüber herauszufinden. In einer kurzen Unterredung erfuhr ich drei Dinge: Erstens hätte Bo Gaoli nie Selbstmord begangen. Hua Yuan hat mir unzweideutig zu verstehen gegeben, dass ihn nichts auf der Welt dazu hätte bringen können – schon gar nicht eine kleine Indiskretion oder die Scham über eine falsche Anschuldigung. Das hat sie nicht voller Respekt gesagt, müssen Sie wissen, sondern voller Abscheu. Sie hat diese Eigenschaft an ihm nicht bewundert. Zweitens hat sie mir erzählt, dass sie beim Ausräumen der Habseligkeiten ihres Mannes in einem Schrank eine Schatulle mit Bargeld entdeckt hat. Ungefähr dreihunderttausend Yuan. Sie hatte keine Ahnung, woher das viele Geld stammt und warum er es versteckt hat. Der dritte wichtige Punkt ist, dass Bo Gaoli am 20. April, also am Tag vor seiner Festnahme durch Wu Liang, versucht hat, mich persönlich zu erreichen. Das habe ich anhand der Telefondaten überprüft.«

Die allgemeine Unruhe erfasste nun selbst Sun Bingjun.

»Ich habe nie behauptet, mit Bo Gaoli befreundet gewesen zu sein. Wir waren nur Bekannte. Warum also, so meine Überlegung, wollte er sich an mich wenden? Mir fällt nur eine Möglichkeit ein, wie er auf mich gekommen ist: Er wusste, dass ich fünf Tage zuvor in einem Rundschreiben den Verdacht geäußert hatte, dass es im Ministerium für Öffentliche Sicherheit einen Maulwurf gibt. Einen anderen Grund kann ich mir nicht denken.«

Zhu legte eine Pause ein und ließ den Blick über die leeren, passiven Gesichter der Anwesenden wandern. Nur Wu Liang fixierte nicht ihn, sondern die verblichene grüne Wandfarbe.

»Was dann kam, wissen wir alle aus Wu Liangs eigener Aussage. Wu Liang hat Bo Gaoli festgenommen, und am 23. wurde er tot aufgefunden. Davor hatte er drei Tage abgeschnitten von der Außenwelt in einer Zelle verbracht und dann trotz angeblicher Bewachung rund um die Uhr Selbstmord begangen. Ich möchte hier nicht näher auf das Unwahrscheinliche dieses Ablaufs eingehen, sondern Sie nur bitten, es im Kopf zu behalten.

Wie bereits erwähnt kann ich nicht behaupten, Bo Gaoli wirklich gekannt zu haben, doch ich habe allen Grund zu der Annahme, dass er zum Wohle Chinas gehandelt hat. Dies vorausgesetzt, möchte ich einen anderen Ablauf dieser Woche im April skizzieren. Am Dienstag, den 15. verschickte ich den

Rundbrief über den Spion im Ministerium. Bo Gaoli hegte schon länger einen Verdacht gegen Wu Liang, konnte sich damit aber an niemanden wenden. Wir wissen alle, dass kaum ein Verwaltungsbeamter mit unbeweisbaren Anschuldigungen seine Karriere aufs Spiel setzen würde. Am Freitag, den 18. gab ich meine zwölfseitige Liste mit chinesischen Informationen aus der Abteilung Tourismus frei. Ausgehend von dieser Liste schrieb Bo Gaoli den Brief, der Ihnen vorliegt, und stellte eine Verbindung zwischen seinem Verdacht gegen Wu Liang und einer Reihe von diesen Informationen her. Bo Gaoli hat erkannt, dass er in mir einen potenziellen Verbündeten hatte. Leider war ich am Sonntag, den 20. nicht erreichbar, als er mich anrufen wollte.«

»Was haben Sie an diesem Sonntag gemacht, Xin Zhu?«, warf Yang Qing-Nian ein.

»Ich war mit meiner Frau zusammen und habe, abgelenkt von meinem Eheleben, den Akku meines Telefons nicht rechtzeitig aufgeladen. Damit werde ich leben müssen.«

Yang Qing-Nian nickte mit ausdruckslosem Gesicht.

Zhu fuhr fort. »In dem Wissen, dass sich die Lage immer mehr zuspitzte, hat Bo Gaoli seine Frau zu Verwandten aufs Land geschickt, aber das hat ihm nicht geholfen. Noch bevor er den Brief am Montag abschicken konnte, hatte ihn Wu Liang festgenommen.«

Stirnrunzelnd musterte Zhu die Anwesenden, doch niemand zeigte die leiseste Regung.

»Auf eine wichtige Frage habe ich keine Antwort: Was hat Bo Gaoli während der Haft in Wu Liangs Zelle gestanden? Hat er gestanden, dass dieser Brief existiert? Das kann ich mir nicht vorstellen, denn dann wäre es für Wu Liang am zweckmäßigsten gewesen, Bo Gaolis Haus niederzubrennen, um den Brief zu vernichten. Jedenfalls hätte ich das in dieser Situation getan. Allerdings hat Bo Gaoli vermutlich zugegeben, dass er einen

Zusammenhang zwischen Wu Liang und bestimmten Punkten auf meiner Liste herstellen konnte, denn erst nach seiner Verhaftung ist Wu Liang in meinem Büro aufgetaucht, um alles infrage zu stellen, was ich aufgezählt hatte. Und nachdem er Bo Gaoli beseitigt hatte, hat er sich darangemacht, meine Karriere zu ruinieren, vielleicht sogar mein Leben. Dass ich noch hier bin, ist nicht etwa, wie Wu Liang meint, ein Beweis für mein politisches Stehvermögen, sondern ein Beweis für die Unbestechlichkeit unseres Systems, das manchmal langsam arbeitet, aber immer Gerechtigkeit fordert.«

Der letzte Satz war ein wenig Agitprop für das Aufnahmegerät, denn allen Anwesenden war klar, dass es in diesen Hallen nur selten Gerechtigkeit gab. Überleben – so lautete das einzige Motto.

»Sie haben Geld erwähnt«, bemerkte Zhang Guo. »Dreihunderttausend. Gibt es dafür eine Erklärung?«

»Bis jetzt noch nicht«, bekannte Zhu. »Welche Rolle es in dem gesamten Hergang spielt, ist nicht geklärt, allerdings geht mein Verdacht in eine bestimmte Richtung.«

»Vielleicht möchten Sie uns diesen Verdacht mitteilen.« Sun Bingjuns Gesicht war erfüllt von tiefem Ernst.

Zhu holte Luft. Er war wütend auf sich, weil er nicht den Mund gehalten hatte, und jetzt fehlten ihm die Notizen. Doch er hatte den Eindruck vermeiden wollen, dass er einfach nur etwas Vorbereitetes vom Blatt ablas. »Wenn ich zu einer Stellungnahme gezwungen wäre, würde ich auf den Ertrag von Erpressung tippen.«

»Pardon?« Yang Qing-Nian klang ungeduldig.

»Der von mir skizzierte Ablauf bleibt mehr oder weniger unverändert«, erwiderte Zhu, »nur dass Bo Gaoli den Verrat Wu Liangs womöglich schon viel früher entdeckt und ihn nicht angezeigt hat, wie es richtig gewesen wäre, sondern sich für sein Schweigen bezahlen ließ.«

Ohne den Blick von der Wand zu nehmen, ergriff Wu Liang das Wort. »Warum sollte er sich dann an Sie wenden, Xin Zhu, und damit diese Einnahmequelle aufs Spiel setzen?«

»Weil er erkannt hat, dass es vorbei ist. Er hat gesehen, dass ich Beweise gegen den Maulwurf zusammentrage, und ihm war klar, dass der Wert dieser Zahlungen verblasst im Vergleich zu den politischen Vorteilen, die er erwarten konnte, wenn er an der Entlarvung eines hochrangigen Spions mitgewirkt hätte. Hätte er mir geholfen, wäre er auch bei einer Aufdeckung der Erpressung viel glimpflicher davongekommen. Doch er hat nicht damit gerechnet, dass Sie sich mein Rundschreiben zunutze machen, um ihn festzunehmen und aus dem Weg zu räumen.«

»Lächerlich«, antwortete Wu Liang der Wand, doch seine Wangen waren gerötet.

»Ist das alles auch stichhaltig?«, gab Feng Yi zu bedenken. »Was hier vorgetragen wurde, beruht weitgehend auf einem Brief, der bei einer Toten gefunden wurde. Sun Bingjun, haben Sie auch überprüft, ob er tatsächlich von Bo Gaoli geschrieben wurde?«

Sun Bingjun zögerte keine Sekunde. »Seine Fingerabdrücke wurden auf der ersten und der letzten Seite gefunden.«

»Aber nicht auf denen dazwischen?« Yang Qing-Nian schien sich darauf zu besinnen, dass er seinen Mentor unterstützen sollte.

»Vielleicht hatte er Handschuhe an«, bemerkte Feng Yi albernerweise.

Schweigen trat ein, und schließlich wandte sich Wu Liang von der Wand ab. »Ist das wirklich alles, was Sie gegen mich anführen können?«

Zhu schüttelte den Kopf. »Wir können noch einmal die Liste mit dem weitergeleiteten Material durchgehen. Alles Dinge, die Ihnen zugänglich waren.«

»Und Ihnen, Xin Zhu. Sie hatten doch auch Zugang zu diesem Material.«

»Wie wir alle«, unterbrach ihn Sun Bingjun, »doch keiner von uns wird in dem Brief eines Toten erwähnt. Bo Gaoli ist auch nicht in unserem Gewahrsam ums Leben gekommen. Und wie ich hinzufügen darf, hat auch keiner von uns eine Kampagne angezettelt, um Xin Zhus Suche nach der Identität eines amerikanischen Maulwurfs zu hintertreiben.«

Wu Liang ließ sich nicht aus der Ruhe bringen. »Damit kommen wir wieder zu einigen grundlegenden Fragen im Hinblick auf die Amerikaner. Wenn ich, wie Sie behaupten, ein Maulwurf bin – oder wenn irgendjemand hier für die Amerikaner arbeitet –, warum schicken sie dann Agenten nach China, um sich einfache Informationen über Xin Zhus Privatleben zu verschaffen? Warum treffen sie sich direkt vor unserer Nase mit uigurischen Fanatikern? Da ist etwas im Gange, und die hier erhobenen Anschuldigungen geben keinerlei Aufschluss in diesem Punkt. Nur zu, verhaften Sie mich, wenn Sie es für nötig halten, aber bilden Sie sich nicht ein, dass Sie damit auch nur eine bedeutsame Frage geklärt haben. Was haben die Amerikaner vor, und in welcher Weise benutzen sie Xin Zhu für ihre Zwecke?«

»Möchten Sie eine Antwort darauf?« Zhu schaute ihn direkt an.

»Ach, Sie haben also eine Antwort?«

»Inzwischen bin ich davon überzeugt, und ich hoffe, noch heute Nachmittag die Bestätigung zu bekommen. Schon seit einiger Zeit ist uns bekannt, dass die Amerikaner eine komplizierte Vernebelungstaktik verfolgen. Sie lenken unseren Blick in andere Richtungen und spielen mit unseren Ängsten, um uns zu verwirren und mich zu kompromittieren. Unser Fehler war die Annahme, dass sie uns von einem geplanten Angriff ablenken wollen. Ich bin sogar bereit, diesen Fehler auf meine Kappe zu nehmen. In Wirklichkeit aber hatten all diese Anstrengungen nur den einen Zweck, ihren Agenten in unserer Mitte zu decken. Sie zu decken, Wu Liang. Solange wir uns von diesem Zirkus ablenken lassen, sind Sie geschützt. Bloß was passiert dann? Verraten Sie uns bitte: Ist Ihr Fluchtplan bereits angelaufen? Hat man Ihnen schon ein schönes Haus an der kalifornischen Küste reserviert? Wird Chu Liawa mitkommen, oder hat ihre politische Nützlichkeit ein Ende gefunden?«

»Das saugen Sie sich doch alles bloß aus den Fingern, Xin Zhu. Sie sind hier der Meister der Ablenkung.«

Zhu schenkte sich die Antwort. Wu Liang war erledigt. Selbst Yang Qing-Nian brachte kein Wort mehr heraus, weil es inzwischen zu gefährlich geworden war, sich für seinen Mentor einzusetzen. Zhang Guo fing Zhus Blick auf und nickte anerkennend.

Sun Bingjuns Gesicht brachte nur die Leere zum Ausdruck, mit der man sich gegen ein ganzes Regime behaupten konnte. »Wu Liang, die Untersuchung ist noch längst nicht abgeschlossen. Allerdings halte ich es für angemessen, Sie vorerst in Gewahrsam zu nehmen. Ist jemand anderer Meinung?«

Niemand sagte ein Wort.

Langsam schob sich Sun Bingjun aus seinem Stuhl und steuerte auf die Tür zu. Er öffnete sie und sprach kurz mit dem dort postierten Wachmann. Dieser verschwand, und Sun Bingjun zog die Tür zu, ehe er wieder an seinen Platz zurückkehrte. »Wu Liang, sollen wir Yang Qing-Nian als Ihren Betreuer in diesem Fall benennen? Ich möchte nicht, dass Sie in Ihrer Zelle völlig abgeschnitten sind wie Bo Gaoli damals. Er kann Ihre Interessen nach außen vertreten.«

»Wenn es Yang Qing-Nian recht ist«, antwortete Wu Liang. Sein Gesicht war vom Kinn bis zu den Augen tiefrot angelaufen. Zhu fürchtete, dass er jeden Moment in Ohnmacht fallen könnte.

Yang Qing-Nian nickte, doch eher notgedrungen als begeistert.

Als der Wachmann mit zwei weiteren Uniformierten wiederkehrte, ließ sich Wu Liang ohne Gegenwehr abführen. Er wirkte, als würde er nichts mehr von der Welt um sich herum wahrnehmen. Yang Qing-Nian folgte ihm hinaus. Feng Yi schüttelte Sun Bingjun die Hand, während Zhang Guo zu Zhu ging und flüserte: »Ich bin ehrlich beeindruckt. Glückwunsch.«

»Danke.« Kaum war ihm das Wort über die Lippen bekommen, beschlich Zhu ein unbehagliches Gefühl. Es war nicht richtig, dass man ihm zur Erfüllung seiner Pflicht gratulierte. Doch das hatte Zhang Guo auch gar nicht gemeint. Für ihn zählte vor allem der Sieg über einen politischen Gegner.

»Erwartest du auch bald Ergebnisse an der anderen Front? Bei den Amerikanern?«

»Zwei von ihnen schmoren seit gestern in einer Zelle. Ich wollte erst mit ihnen reden, nachdem das hier erledigt ist. Möchtest du an der Unterhaltung teilnehmen?«

Lachend schüttelte Zhang Guo den Kopf. »Das würde mein Magen nicht aushalten.«

Nachdem sie sich die Hand gereicht hatten, verließ Zhang Guo mit Feng Yi den Raum.

Sun Bingjun klemmte sich die Mappe unter den Arm und trat zu Zhu. Sie waren jetzt allein. »Wie geht es Ihnen?«, fragte der Alte.

»Wie es mir geht?«

»Sie müssen doch etwas fühlen.«

»Ich fühle mich nicht gut, falls Sie das meinen. Ich wusste schon immer, dass Wu Liang ein egoistischer Schwachkopf ist, aber solche wie ihn gibt es viele auf der Welt. Um ehrlich zu sein, bin ich immer noch erschüttert darüber, dass er tatsächlich für die Amerikaner gearbeitet hat.«

»Sie glauben es nicht?«

»Ich glaube den Beweisen. Die Beweise sind stichhaltig.«

»Ja, und Sie haben diesen Brief doch selbst entdeckt. Außer Sie haben ihn gefälscht. Haben Sie das getan?« Sun Bingjun sprach mit großem Ernst.

»Nein«, antwortet Zhu.

»Gut. Dann habe ich nicht dem Falschen vertraut.«

7

Er erwachte in einer weiß gestrichenen, feuchten Zelle, frierend und elend von den Nachwirkungen der Spritze.

Er hatte keine Ahnung, wie spät es war. Im Flugzeug war er eingeschlafen von den Vibrationen, die ein falsches Gefühl von Frieden in ihm erzeugten, und er war erst hier wieder aufgewacht, mit urinnasser Hose und schmerzenden Armen. Jemand hatte die Schnürsenkel aus seinen Schuhen entfernt.

Irgendwann öffnete sich quiekend ein Schlitz in der niedrigen Stahltür, und ein Tablett wurde hereingeschoben. Lauwarmer Tee. Geschmackloser Reis und Hühnerstücke. Er trank den Tee und aß den Reis, doch das versalzene Fleisch ließ er unberührt, weil er nicht wusste, wann und ob er wieder Tee bekam.

Er hatte nichts anderes zu tun, als nachzudenken, doch die einzige Sache, die zählte, war schon geklärt. Sie waren in Sicherheit. Damit war Alan Drummond allerdings noch nicht aus dem Schneider, denn er war es schließlich, der sie in Gefahr gebracht hatte. Wichtiger noch, Alans schlampiger Plan zur Entführung Tinas und Stephanies hatte zur Ermordung seines Vaters geführt. Nein, aus dem Schneider war Alan beileibe nicht.

Endlich ging die Tür auf, und er erblickte einen unglaublich dicken Mann, der dem Wachmann folgte.

»Sie sind wach«, sagte die inzwischen bekannte Stimme. »Wie geht es Ihrem Kopf?«

Milo schob sich nach hinten an die Wand und rappelte sich

mühsam vom Boden hoch. Sein Kopf dröhnte wie eine Glocke. »Sie wirken sehr zufrieden mit sich.«

Xin Zhu grinste. »Tatsächlich? Vielleicht, aber das hat nichts mit Ihnen zu tun. Wichtigere Dinge haben sich zu meinen Gunsten entschieden.«

»Glückwunsch.«

Xin Zhu sprach kurz mit dem Posten, der nach draußen trat, aber die Tür offen ließ. Durch den Schlitz erkannte Milo grob behauenen Stein. Offenbar befand er sich in einem Keller. Der Wachmann kehrte mit zwei niedrigen Holzhockern zurück und stellte sie in die Zelle. Dann verließ er die Zelle und zog die Tür zu, ohne abzuschließen.

Ächzend ließ sich Xin Zhu auf einen Hocker nieder. Milo nahm den anderen, weil Aufsässigkeit in dieser Situation keinen Sinn hatte.

»Leticia Jones wird durchkommen«, erklärte der Chinese.

»Und Hector Garza?«

»Leider hat er das Feuergefecht im Treppenhaus nicht überlebt. Dem Mann im Zimmer von Sebastian Hall geht es wahrscheinlich gut.«

»Er ist entkommen?«

Eine gewölbte Augenbraue blieb die einzige Antwort.

Das war nicht der Mann, den Milo erwartet hatte. Zwar entsprach er der Beschreibung – übergewichtig, selbstsicher, gewandt im Gespräch –, doch irgendetwas fehlte. Wo war die moralische Empörung, die Xin Zhu in seinen Augen geprägt hatte? Der biblische Zorn, mit dem er Vergeltung geübt hatte für den Tod seines Sohnes? Der Mann, der ihn da so zufrieden musterte, sah aus wie viele andere Verwaltungskräfte, die er im Lauf seines Berufslebens kennengelernt hatte: gelassen und distanziert, als wäre das alles nur ein Spiel.

Milo war extrem enttäuscht. »Sie haben Fragen. Also stellen Sie sie.«

»Ich weiß nicht so recht.« Xin Zhu wiegte den Kopf. »Vor allem möchte ich ein paar Dinge sagen. Zum Beispiel dass mir diese Geschichte mit Andrei Stanescu leidtut. Ihn bei diesem Anschlag auf Ihr Leben zu unterstützen war nicht gerade … *professionell.* Ich habe mich von meinem Mitgefühl leiten lassen, und das ist ein Fehler, den ich in Zukunft nach Kräften vermeiden werde.«

Milo starrte ihn an.

»Ich bedaure auch, dass ich Sie hinsichtlich Ihrer Familie hinters Licht führen musste. Sie wissen wohl inzwischen, dass ich nichts mit ihrem Verschwinden zu tun hatte. Auch mit dem Tod Ihres Vaters nicht. Nach allem, was ich höre, war Jewgeni Primakow ein feiner Kerl.«

Milo spürte den Drang, ihm die Faust ins Gesicht zu rammen.

»Wie ich annehme, trägt Alan Drummond für all das die Verantwortung, ebenso wie für das Verschwinden seiner Frau. Ist wohl seine Art, Menschen in Sicherheit zu bringen, damit er ohne Fesseln in die Welt hinausmarschieren kann. Wie hätte er auch ahnen können, dass der Mann, den er damit beauftragt hat, Ihre Familie abzuholen, so schießwütig ist?« Zhu stützte zwei feiste Hände auf die Knie. »Wissen Sie, wo sie sich momentan aufhalten?«

Milo schwieg.

»Natürlich. Wenn Sie es wissen, werden Sie es mir nicht verraten. Und wenn nicht, wollen Sie mir diese Genugtuung nicht geben. Aber ganz ehrlich, ich empfinde keinerlei Genugtuung in dieser Angelegenheit.«

»Es fällt mir schwer, das zu glauben.« Auf Milo wirkte dieser Mann wie der Inbegriff von Selbstgefälligkeit.

»Wie schon erwähnt, meine Zufriedenheit betrifft etwas anderes.« Sein Lächeln erlosch. »Mit allen anderen Dingen, in die Sie verwickelt wurden, verhält es sich genauso, wie ich es

Ihnen bereits am Telefon erklärt habe. Ich habe erfahren, dass jemand vorhatte, nicht nur mir, sondern meinem Land Schaden zuzufügen. Und ich habe reagiert, so gut ich es vermochte. Inzwischen ist es mir wohl gelungen, die Bedrohung zu neutralisieren.«

»Aber Sie haben nie erfahren, was für eine Bedrohung das eigentlich war.«

»Es gab keine, Milo Weaver. Das war der große Zaubertrick. Ein kunstvolles Feuerwerk, um etwas Kleines zu verhüllen: die Bewegungen eines Verräters. Sobald man die Ablenkungsmanöver ausklammert, wird alles klar. Selbst Sie und Ihre Touristen wurden belogen.«

Auch Irwin und Collingwood hatten keinen Zweifel daran gelassen, dass es nie um Rache gegangen war.

Xin Zhu griff in seine Tasche und zog eine Schachtel Zigarillos mit Filtern heraus. Die Marke Hamlet. Einer der wenigen bekannten Fakten, die in der CIA-Akte über ihn aufgelistet waren.

Als er Milos Blick bemerkte, hielt er ihm die Schachtel hin. »Möchten Sie?«

»Nein danke.«

Er nahm einen heraus und klopfte ihn gegen den Knöchel. »Also: Wissen Sie, wo Alan ist?«

Milo schüttelte den Kopf und beobachtete, wie Xin Zhu den Zigarillo anzündete und in die Flamme paffte. »Er will Sie umbringen.«

»Alan Drummond?« Xin Zhu lachte, und Rauch flatterte aus seinem Mund. »Wirklich? Da bin ich ja gespannt.«

»Und wenn er das nicht schafft, nimmt er sich Ihre junge Frau vor.«

Jeder Ausdruck wich aus Xin Zhus Gesicht. »Was haben Sie gesagt?«

»Er meint es ernst. Unterschätzen Sie ihn nicht.«

Er musterte Milo und paffte an seinem Zigarillo. Dann stand er auf, was ihm offensichtlich nicht leichtfiel. »Na schön, Milo Weaver. Wir reden später weiter.«

»Wie lange wollen Sie mich festhalten?«

»Nicht so lange«, antwortete er. »Wir nehmen Kontakt zu Ihren Leuten auf und arrangieren einen Austausch. Bevor Sie sich umschauen, sind Sie wieder zu Hause. Auf Wiedersehen, Milo.«

»Auf Wiedersehen, Zhu.« Milo blickte dem Koloss nach, der ein paar Rauchschwaden in der Zelle zurückließ.

Sie erschienen schon fünf Stunden später, allerdings kam es Milo eher vor wie zehn. Er hatte wieder Reis gegessen und eine Kanne Tee getrunken, doch sein Magen war total verkrampft, und auf dem kühlen, feuchten Boden konnte er kein Auge zutun. Er hörte Schritte und einen kurzen Wortwechsel, dann das laute Knarren der rostigen Türangeln. Zwei uniformierte Soldaten mit Gewehren über der Schulter traten ein, und einer schrie ihn auf Chinesisch an. Er vermutete, dass er aufstehen sollte.

Die Soldaten packten ihn an den Oberarmen und drängten ihn durch den steinernen Gang, vorbei an vielen Stahltüren, bis zu einer unebenen Treppe. Dort hielten sie an und stülpten ihm einen Sack aus weichem schwarzem Stoff über den Kopf. Taumelnd kletterte er zwischen ihnen die Treppe hinauf und passierte eine Doppeltür. Stopp. Ein Gespräch in kehligen Halbworten, dann weiter. Er stolperte über etwas am Boden, und die Soldaten fingen ihn auf. Türen öffneten sich. Kälte – sie waren draußen. Wind schüttelte ihn, dann sagte eine Stimme mit breitem Akzent: »Aufsteigen.« Blind streckte er den Arm aus und fand die Ladefläche eines Pick-ups. Er kletterte hinauf und wollte wieder aufstehen. »Hinlegen«, kam das Kommando. Der Motor sprang an, und der Pick-up rollte los.

Vierzig Minuten, eine Stunde. Ihr Weg führte sie durch eine Kakofonie von Autohupen, Motoren und chinesischen Stimmen. Essensgerüche vermischten sich mit Benzindämpfen. Schließlich ebbte der Stadtlärm ab. Nach dem Verlassen geteerter Straßen wurde er auf der Ladefläche des Wagens erbärmlich durchgerüttelt. Nach einer Weile wurde der Pick-up langsamer, dann stoppte er, und das Motorengeräusch erstarb. In der Stille wartete er darauf, dass er abgeholt wurde, doch alles, was passierte, war, dass jemand mit knirschenden Schritten über den Kies zu ihm kam und neben seinem Kopf stehen blieb. Eine neue Stimme, auch sie mit starkem Akzent, fragte: »Tom Grainger war ein Freund von Ihnen?«

Er war nicht sicher, was er darauf antworten sollte. Tom war mehr als nur ein Freund gewesen, doch er war seit fast einem Jahr tot. »Ja.«

Die Stimme sprach weiter. »Wir haben hier gehört, dass Sie ihn umgebracht haben. Stimmt das?«

»Nein.«

»Wissen Sie, wer ihn umgebracht hat?«

»Ja. Der Mann ist inzwischen auch tot.«

»Ein Tourist?«

Zögern. »Ja.«

»Wurde er von Xin Zhu getötet?«

»Nein«, antwortete Milo. »Von mir.«

Nach einem Seufzen enfernten sich die knirschenden Schritte wieder. Der Wagen wurde angelassen. Die nächste Stimme hörte er erst, als die Straße nach einer Weile wieder glatter geworden war und der Pick-up mit laufendem Motor anhielt. Die ursprüngliche Stimme, die ihm nach dem Verlassen des Gefängnisses Befehle erteilt hatte, war zurück. »Abnehmen. Wir sind da.«

Mit schmerzenden Gliedern setzte sich Milo auf und zerrte sich die Kapuze herunter. Doch statt heranflutendem Licht, das er eigentlich erwartet hatte, fand er sich auf einem nächtlichen Feld wieder, das nur von zwei regelmäßigen, bis in die Ferne reichenden Lampenreihen unterbrochen wurde. Hinter ihm auf dem Wagen stand ein chinesischer Soldat mit leerem Ausdruck, der ihn mit einem Nicken zum Absteigen aufforderte.

Er kletterte hinunter auf die Piste. Als der Pick-up davonfuhr, bemerkte er wieder ein zweimotoriges Flugzeug, in dem nur wenige Innenlichter brannten. Die Treppe war aufgestellt, aber niemand kam heraus. Milo sah den verblassenden roten Rückleuchten des Wagens nach, bis ihn Dunkelheit umfing, die, wie er nun erkannte, von den Bäumen zu beiden Seiten der langen Rollbahn vertieft wurde. Er näherte sich der Maschine und wartete unschlüssig vor der Treppe, bis in der Luke oben eine schattenhafte Gestalt erschien. Eine Frauenstimme: »Komm schon, Milo. Oder willst du die ganze Nacht da draußen rumstehen?« Es war Alexandra.

Als er die Treppe hinaufkletterte, kochte die Angst in ihm hoch, doch es war die Angst, die er im Gefängnis in den hintersten Winkel seines Bewusstseins verbannt hatte. Seine Beine waren taub vor Kälte, die Gelenke steif, und er fühlte sich wie der viel zu schnell einrostende Blechmann aus *Der Zauberer von Oz*.

Lächelnd trat sie ihm mit einer Decke entgegen, die sie ihm um die Schultern schlang, als sie ihn zu den leeren Sitzen führte. Mit zitternden Beinen ließ er sich nieder.

»Du stinkst, Milo«, sagte sie.

»Ich hab mir in die Hose gepinkelt.«

»Ich glaube, wir haben was zum Umziehen.«

Sie wollte nach hinten verschwinden, aber er packte sie am Unterarm. »Was läuft hier eigentlich?«

»Du fliegst nach Hause.«

»Bitte.« Wieder zog er. »Erklär's mir.«

Sie gab nach und nahm ihm gegenüber Platz. In der schummrigen Beleuchtung wirkte sie jünger als zweiunddreißig, frisch und unschuldig. »In Hongkong konnten wir nichts unternehmen. Wir waren natürlich dort, und ich wusste auch, dass Alan Drummond nicht in diesem Zimmer war, aber als die Chinesen mit den Schießeisen angerückt sind, musste ich abhauen. Das verstehst du hoffentlich.«

Stirnrunzelnd musterte er sie, weil er ihr nicht ganz folgen konnte. Wofür entschuldigte sie sich eigentlich?

»Jedenfalls«, fuhr sie fort. »Erika hat mit einem chinesischen Bekannten gesprochen, aber das hat nichts gebracht. Er wollte eine Gegenleistung von den Amerikanern – ein einfacher Austausch hätte gereicht –, aber Amerika war noch nicht bereit für Verhandlungen. Allerdings hatten wir inzwischen so viel über die Sache rausgefunden, dass wir deinem Senator eine Scheißangst einjagen konnten. Also hab ich ein paar Anrufe gemacht. Man glaubt gar nicht, wie viel man mit Bluffen erreichen kann.«

»Leticia?«

Sie zuckte die Achseln und schaute auf eine kleine Armbanduhr. »Mal sehen. Wir haben noch bis halb vier, bevor wir hier verschwinden.«

»Wie spät ist es jetzt?«

»Fünf vor zwei.«

Milo wandte sich dem blasenartigen Fenster zu, doch draußen war nur Schwärze zu erkennen. »Auf der Fahrt hierher hat mich jemand nach Tom Grainger gefragt.«

Sie neigte den Kopf. »Tom Grainger?«

»Mein früherer Chef. Der Mann wollte wissen, ob ich Tom umgebracht habe. Ich habe ihm erklärt, dass ich es nicht war und dass sein Mörder inzwischen tot ist.«

»Gute Antwort.« Sie verzichtete auf weitergehende Spekulationen über die Hintergründe.

Am äußersten Ende der Rollbahn erschien plötzlich ein Licht, das allmählich wuchs, bis es zu zwei Scheinwerfern wurde. Es war wieder ein Militär-Pick-up. Als er stoppte, standen sie bereits in der offenen Luke.

»Nicht rausgehen«, warnte Alexandra. »Das ist Teil der Vereinbarung – wir bleiben im Flugzeug. In den Wäldern ist ein Scharfschütze postiert, der aufpasst.«

Zwei Soldaten sprangen von der Ladefläche. Sie halfen Leticia herunter und begleiteten sie zur Treppe. Sie trug noch immer ihr schwarzes Kleid und darüber einen schweren grünen Soldatenmantel, der ihre bandagierte Schulter verdeckte. Als sie sie losließen, wollte sie den Mantel abstreifen, doch einer der Soldaten schüttelte den Kopf und sagte mit einer leichten Verneigung etwas zu ihr. Leticia untermalte ihre Antwort mit einem charakteristischen Lächeln und küsste ihn auf die Wange, ehe sie sich der Treppe zuwandte.

»Na, die lässt sich wirklich nicht unterkriegen«, meinte Alexandra.

Nach drei Stunden landeten sie in Hongkong, wo sie Zimmer im Regal Airport Hotel bezogen, um dort auf ihren Flug um acht Uhr nach Tokio zu warten. Milo schlief sofort ein und wachte erst von Alexandras lautem Pochen an der Tür wieder auf. Sie gab ihm frische Kleidung, die eine Nummer zu groß war. Dann fragte sie, ob er wusste, wo Leticia steckte.

»Ich hab geschlafen«, erwiderte er.

»Auf jeden Fall ist sie nicht da.«

»Vielleicht will sie sich am Gate mit uns treffen.«

Doch auch dort war nichts von ihr zu sehen, und so flogen sie ohne sie los.

In Tokio wartete Alexandra mit Milo auf seine Maschine nach Seattle mit Anschluss nach Denver. »Du solltest mitkommen«, meinte er.

Sie schüttelte den Kopf. »Ich mach's lieber wie Leticia

Jones.« Nach kurzem Zögern: »Die warten bestimmt schon auf dich.«

»Ich hab keine andere Wahl.«

Lächelnd hakte sich Alexandra bei ihm unter. »Wenn mir Vater was beigebracht hat, dann das, dass wir immer eine Wahl haben.«

8

Er konnte Milo Weavers Äußerung einfach nicht aus seinen Gedanken verscheuchen. Während er im Büro saß und sich bemühte, Freude über seine frisch errungene Sicherheit zu empfinden, auch als er nach Hause fuhr und die unendliche Aufzugfahrt in den dreißigsten Stock zurücklegte, ja selbst als er Sung Hui verkündete, sie in ein Restaurant ihrer Wahl auszuführen, nagte unentwegt die Befürchtung an ihm, dass es wahr war. Alan Drummond hatte tatsächlich vor, ihn oder, falls ihm das nicht gelang, Sung Hui zu töten. Das war der Lauf der Welt. Die Dinge verändern sich. Nichts bleibt, wie es ist. Was wir nicht verdienen, wird uns wieder genommen.

Bei köstlichen Teigtaschen Dim Sum im Sampan redeten sie über die bevorstehende Hochzeit einer Freundin und den Wunsch des Bräutigams nach einer untraditionellen Feier. »Ihre Eltern werden vor Empörung platzen!«, rief sie lachend. Zhu schoss durch den Kopf, dass er so lachen können müsste, so vergnügt und unbeschwert, um vielleicht einen echten Anspruch auf sie zu erwerben. Er versuchte es, doch es misslang.

Als sie um halb zwölf nach Hause kamen, bemerkte Zhu vor dem Haus einen Audi des Ministeriums für Öffentliche Sicherheit. Im Foyer warteten zwei junge Männer mit Ausweisen des Ministeriums und forderten ihn auf mitzukommen. Ein verärgerter Ausdruck huschte über Sung Huis Gesicht, der unausgesprochene Vorwurf, dass er von dieser Störung gewusst hatte. Als er sie zum Aufzug begleitete, beteuerte er seine Ahnungslosigkeit und küsste sie noch einmal.

Es waren nur Boten. Das Wissen um ihre Aufgabe beschränkte

sich darauf, dass sie einen Mann zur Zentrale des Ministeriums an der East Chang'an Avenue zu bringen hatten. Allerdings nicht zum Hauptportal. Nein, zum stillen Eingang auf der Rückseite, wo nur die Wachposten etwas beobachten konnten. Erst da stieg echte Sorge in Xin Zhu auf. Die jungen Männer begleiteten ihn zu einer kleinen Tür, klopften und warteten, bis sie von innen von zwei uniformierten Soldaten des Ministeriums geöffnet wurde. Dann überließen sie Xin Zhu seinem Schicksal, ohne auch nur ein Übergabeformular zu unterzeichnen. Das war vielleicht das erschreckendste Detail. Wenn sich ein chinesischer Soldat über offizielle Vorschriften hinwegsetzte, war das ein denkbar schlechtes Zeichen.

Nachdem man ihm sein Handy abgenommen hatte, blickte er in die Gesichter der Soldaten, von denen ihm eines bekannt vorkam. Ein hünenhafter Kerl mit einem Gesicht wie aus Lehm. »Kenne ich Sie?« Ohne auf seine Frage zu antworten, lenkte ihn der Soldat durch einen Korridor mit leeren Büros zu einer Treppe, die tief in den Untergrund führte. Bei einem Metalldetektor neben einem verglasten Schalter machten sie kurz halt. Ein Wachposten blickte flüchtig von irgendwelchen Papieren auf und forderte sie mit einem Wink zum Weitergehen auf. Sie passierten eine Stahltür und gelangten schließlich hinunter in den alten Steinkeller des Ministeriumsgebäudes, wo die Zellen lagen.

Nachdem man ihn eingeschlossen hatte, ließ er sich auf dem Boden nieder und dachte kurz an das Jahr 1969, da er als achtzehnjähriger Bursche, der an das Leben im Qin-Ling-Gebirge gewöhnt war, zum ersten Mal eine Gefängniszelle betreten hatte, bedrängt von Gleichaltrigen, die darauf aus waren, ihn für seine Mittelschulbildung büßen zu lassen. Sie waren schon früh gekommen, Dorfjugendliche, die er kannte, um ihn mit Rotgardistensprüchen auf den Lippen aus dem Bett zu zerren. Zuerst hatte er sich die Zelle nur mit zwei anderen geteilt, doch am Nachmittag waren es schon zwanzig. Tuan Gang, der asthmatische Lehrer, dessen Ausbildung Xin Zhu diese Scherereien eingetragen hatte, überlebte die Nacht nicht, was für den Alten vielleicht sogar ein Segen war, denn die gnadenlos harte Bauernarbeit der nächsten fünf Jahre in der Inneren Mongolei hätte er bestimmt nicht überstanden. Und im Gegensatz zu Zhu wäre er auch nicht in der Lage gewesen, Neues zu lernen. Wie zum Beispiel das angemessene Auftreten in der Öffentlichkeit, während man sich heimlich eine ausgefeilte Architektur der Täuschung erschuf, die es einem ermöglichte, die eigene Individualität zu wahren und zugleich nach außen die Rolle eines Menschen zu spielen, der voll und ganz im Kollektiv aufging. Sicher hätte sein Lehrer nicht nach fünf Jahren Besuch von den Anwerbern des Guoanbu mit der Verheißung eines neuen Lebens erhalten. Nein, Tuan Gang wäre in diesen öden Feldern spätestens nach drei Monaten zusammengebrochen und hätte so oder so nicht erlebt, was aus seinem Lieblingsschüler wurde.

Man hatte ihm seine Uhr gelassen, und so konnte er erkennen, dass vier Stunden verstrichen waren, als sich die Tür endlich öffnete. Es war kurz vor halb fünf. Er war nicht in Panik geraten, denn er wusste, was ihn erwartete. Gleich würde Yang Qing-Nian hereinmarschieren und ihm Drohungen an den Kopf werfen. Worin konnten diese Drohungen bestehen? Yang Qing-Nian war jung und dreist, aber er war kein Idiot. Wenn er es wagte, Xin Zhu zu Hause abzuholen, musste er etwas Entscheidendes in der Hand haben. Doch worum es sich dabei handeln konnte, blieb Zhu ein Rätsel.

Daher war er erstaunt, als Sun Bingjun durch die Tür trat und – so wie Zhu es bei Milo Weaver gemacht hatte – einen Posten mitbrachte, der zwei abgenutzte Bänke hereintrug. Langsam rappelte sich Zhu hoch. Sun Bingjun ließ sich auf einer Bank nieder und faltete die Hände vor dem Bauch. Zhu nahm ebenfalls Platz.

Als der Wachmann verschwunden war, fragte Sun Bingjun: »Wie fühlen Sie sich, Xin Zhu?«

»Nicht gut.«

»Ich habe Sung Hui besucht, um sie zu beruhigen.«

Zhu versuchte irgendwelche Absichten im Gesicht seines Gegenübers zu erkennen, doch Sun Bingjun war ein Meister der Ausdruckslosigkeit. »Wie geht es ihr?«

»Sie macht sich natürlich Sorgen. Ich habe ihr versichert, dass Sie morgen wieder zu Hause sind.« Sun Bingjun breitete die Hände aus. »Hoffentlich habe ich ihr keine Lüge erzählt.«

Eine seltsame Bemerkung und auch beunruhigend, doch als Zhu ihn ansah und innerlich mit der Hoffnung rang, dass sich Sun Bingjuns Versprechen bewahrheiten könnte, dämmerte ihm etwas. Es war mehr Instinkt als Logik, denn erst nachdem ihn eine Ahnung gestreift hatte, ging er die Abfolge der Ereignisse Schritt für Schritt in umgekehrter Richtung durch, um zu sehen, ob er recht hatte. Die Besuche von Touristen, Stuart Jacksons nahezu unfassbares Bekenntnis gegenüber Liu Xiuxiu, die Tatsache, dass Sun Bingjun offenbar nicht der verkrachte Säufer war, den er so lange gemimt hatte, und der zu einem ausgesprochen günstigen Zeitpunkt aufgetauchte Brief von Bo Gaoli zusammen mit der Ermordung seiner Frau.

Und dann fiel ihm das Gesicht des Soldaten ein, der ihn zur Zelle gebracht hatte: Sun Bingjuns Chauffeur war ein Soldat, der Zugang zu den Zellen des Ministeriums hatte.

Mit schmerzenden Beinen setzte er sich zurecht und stützte die Hände auf die Knie. »Sie sind gekommen, um mir ein Angebot zu machen.«

Wortlos starrte ihn Sun Bingjun an.

»Sie haben mir geholfen, Wu Liang in die Enge zu treiben, damit der Verdacht nicht auf Sie fällt.«

»Gar nichts habe ich«, erwiderte Sun Bingjun. »Sie haben

Beweise gesammelt. Hua Yuan hat Sie angerufen, bevor sie ermordet wurde. Ich habe nichts mit dieser Sache zu tun.«

»Hat Ihr Chauffeur neben ihr gesessen, als sie mit mir telefoniert hat?«

Sun Bingjuns Miene blieb unbewegt.

»Schlau.« Zhu war wirklich beeindruckt. Sun Bingjun hatte einen Ministeriumssoldaten bestochen, der in der Lage war, Bo Gaoli zu beseitigen. Bo Gaoli, der Sun Bingjuns Geheimnis kannte. »Warum hat Bo Gaoli Sie nicht gleich bei Wu Liang verraten, als er hier eingesperrt war?«

Sun Bingjun blinzelte nur.

»Vielleicht weil er wusste, dass Wu Liang mein Feind ist, und weil er Angst hatte, dass Wu Liang das Ganze verheimlichen würde, um mir Knüppel zwischen die Beine zu werfen. Möglicherweise ging er davon aus, dass ihn Wu Liang wegen Erpressung verhaften würde, denn natürlich waren Sie es, den er erpresst hat. Oder er dachte, Sie retten ihn, um sich selbst zu retten. Was auch immer der Grund war, auf jeden Fall haben Sie dafür gesorgt, dass er es sich nicht mehr anders überlegen konnte.«

Sun Bingjuns Beherrschung war wirklich bewundernswert. Nichts brachte ihn aus der Fassung. Natürlich – nur so konnte man jahre- oder gar jahrzehntelang als Agent kapitalistischer Aggression überleben. Und fügte man noch den Ruf eines Alkoholikers hinzu, war man über jeden Verdacht erhaben.

Zhu wartete auf etwas, doch Sun Bingjun hatte offenbar keine Lust auf Erklärungen. Aber er traf auch keine Anstalten zum Aufbruch. »Was war mit diesem Brief?«, fragte Zhu schließlich, denn der Brief war das letzte, entscheidende Beweisstück gewesen, das im Nachhinein zeigte, wie verzweifelt Sun Bingjun zu diesem Zeitpunkt bereits war. »Auf der ersten und letzten Seite waren Bo Gaolis Fingerabdrücke – heißt das, dass diese Seiten der echte Brief waren, den er mir geschrieben hat? Dass alles dazwischen, wo Wu Liang als Maulwurf genannt wird, gefälscht war? Ziemlich schlampig, Sun Bingjun. Das ist der gesprungene Ziegel, der das ganze Lügengebäude zum Einsturz bringen wird.«

Sun Bingjun nickte, als würde er einen triftigen Einwand gelten lassen. »Sehr wahr, Xin Zhu. Man muss nur einen genaueren Blick auf diesen Brief werfen – auf den Brief, von dem ich durch Sie erfahren habe. In der Ausschusssitzung habe ich angegeben, dass Sie bei meiner Ankunft vor dem Haus auf mich gewartet haben, und Sie haben mich nicht korrigiert. Das Gerät hat alles aufgenommen. Woher soll ich wissen, was Sie vor meinem Eintreffen getan haben?«

Zhu dachte zurück und verharrte kurz bei einzelnen Stationen. Die Ermordung von Bo Gaoli und Hua Yuan. Die Ausschusssitzungen, in denen sich Sun Bingjun dafür eingesetzt hatte, dass Zhu Zeit für weitere Nachforschungen erhielt. Seine Aufforderung an Zhu, die amerikanischen Agenten in Hongkong zu töten. »Sie wissen etwas.«

Sun Bingjun musterte ihn fragend.

»Milo Weaver und Leticia Jones. Einer von ihnen weiß was. Oder beide. Sie wollten, dass ich sie liquidiere, um sie zum Schweigen zu bringen.«

Endlich gab Sun Bingjun seine Zurückhaltung auf und lächelte. Er beugte sich vor und tätschelte Xin Zhus Schenkel. »Solange Sie davon überzeugt sind, bin ich zufrieden.«

»Wo sind die beiden jetzt?«

»In einem Flugzeug. Auf dem Weg nach Hause.« Mit offenen Handflächen hob Sun Bingjun die Arme. »Darum haben Sie mich doch gebeten, oder?«

Zhu atmete aus. Allmählich fand jedes Steinchen seinen Platz im Mosaik. Von Anfang an hatte es einen Angriffsplan gegen Xin Zhu gegeben, aber nicht als Vergeltung für die Touristen. Seine Jagd auf Sun Bingjun sollte unterbunden werden. Mit der Orchestrierung einer Scheinattacke gaben sie Wu Liang Munition für den Versuch, Zhu kaltzustellen, und Zhu blieb nur die Möglichkeit zurückzuschlagen. Selbst die Verschwörer hatten in das Spiel eingegriffen: Stuart Jackson hatte sich verführen lassen und Liu Xiuxiu ein paar entscheidende Worte zugeflüstert. Doch der Alte vor ihm hatte sich ganz besonders angestrengt, um seine Haut zu retten: zwei Morde und das jahrelange Tragen einer Maske gegenüber der ganzen Welt. »Anscheinend wissen Weaver und Jones also doch nichts.«

»Und sie werden auch nie was wissen«, antwortete Sun Bingjun. »Da können Sie ganz sicher sein.«

»Das interessiert mich sowieso nicht.«

»Bald wird es Sie interessieren.«

»Was ist mit Alan Drummond?«

»Ja, merkwürdig.« Sun Bingjun hob den Zeigefinger. »Ich habe die Amerikaner informiert, dass Sie ihn kontrollieren, doch da hatte er es ihnen schon gebeichtet. Sein Verschwinden in London war nicht geplant. Das Gleiche gilt für sein Auftauchen und Verschwinden in Hongkong. Vermutlich ist er vor den Amerikanern geflohen, nicht vor Ihnen.«

»Warum?«

Sun Bingjuns Gesicht wurde wieder zur Maske. »Weil Alan Drummond von Anfang an nur auf Ihren Tod aus war, und diesen Traum haben seine Mitverschwörer zerstört. Man darf einem Mann nie seine Träume wegnehmen, wenn man nicht auf die Folgen vorbereitet ist. Natürlich hat man ihm nie gesagt, warum Sie nicht getötet werden dürfen.«

Er will Sie umbringen. Und wenn er das nicht schafft, nimmt er sich Ihre junge Frau vor.

»In Hongkong habe ich vier Leute verloren. Gute Leute.«

»Sind sie das nicht alle?«, bemerkte Sun Bingjun. »Aber leider ist das noch nicht alles. Die hübsche junge Frau, die Sie nach Washington geschickt haben, wurde tot aus dem Potomac gefischt. Anscheinend Selbstmord.«

Zhu rieb sich übers Gesicht. Er hatte keine Lust mehr, über die tristen Einzelheiten der Intrige nachzudenken. Hier in der Zelle zählten diese Dinge nicht mehr. Was zählte, war, dass all diese Menschen ihr Leben verloren hatten, um einen alten Säufer zu schützen, der jetzt nur noch beweisen wollte, dass Zhus Zukunft in seiner Hand lag. Dafür konnte es lediglich einen Grund geben: Er wollte etwas von ihm. »Sie möchten, dass ich mitspiele, ist es das? Damit Wu Liang verurteilt wird.«

»Sie haben bereits mitgespielt, Xin Zhu. Noch zwei Tage, und Sie hätten zufrieden Wu Liangs Hinrichtung gefordert.« Er schüttelte den Kopf. »Wissen Sie, es mag sein, dass ich nicht so hilflos bin, wie ich aussehe.« Er breitete die Hände aus, um den mageren Körper in dem locker sitzenden Anzug zu zeigen. »Aber das hier ist keine Lüge. Ich bin müde. Ich stehe kurz vor dem Ruhestand, und ich habe einen Anspruch darauf. Ich habe dem Volk lang genug gedient. Deshalb möchte ich, dass Sie meine Position übernehmen.«

Eine seltsame Äußerung. Eine Berufung ins Politbüro? Zhu unterbrach seinen Gedankengang. Nein, das hatte Sun Bingjun wohl nicht gemeint.

Sun Bingjun wartete geduldig, bis er begriffen hatte.

Wie lange arbeitete der Alte schon für die Amerikaner? Hatte es irgendwelche Anzeichen dafür gegeben, die allen entgangen waren?

Existierte vielleicht ein überquellendes Bankkonto in der Schweiz, dessen Vorteile er nach seinem Berufsende im Ausland zu genießen dachte? Zhu stellte sich diese Fragen, um nicht über das anstehende Thema nachdenken zu müssen. »Sie haben dem Volk doch nie wirklich gedient.«

Ein ungeduldiges Seufzen. »Bitte keine Moralvorträge, Xin Zhu. Das verbietet schon Ihre Vergangenheit.«

»Ich habe mich in meiner Vergangenheit immer von meiner Ideologie leiten lassen.«

»In der jüngsten Vergangenheit haben Sie sich nur von Ihren Schuldgefühlen leiten lassen, Xin Zhu. Dieses Massaker an den Touristen. Wer hat Delun denn nach Afrika geschickt, um im Sand zu spielen? Hatten Sie da schon mit ihr geschlafen, oder wollten Sie ihn loswerden, damit Sie sie endlich verführen können? Und was ist nach seinem Tod in Ihnen vorgegangen? Erzählen Sie mir nicht, dass Sie ein vom Mord an seinem Sohn erzürnter Vater waren, denn das ist nur ein Teil der Wahrheit. Sie waren auch erleichtert darüber, dass Ihr Sohn nie zurückkehren und von Ihrem Betrug erfahren wird.«

Zhu spürte, wie tief aus seinen Eingeweiden die Übelkeit in ihm hochkroch. Den Blick getrübt von Tränen und geplatzten Blutgefäßen, konnte er Sun Bingjun nicht mehr deutlich erkennen. »Ist das Ihre Einschätzung? Oder die der Amerikaner?«

Sun Bingjun atmete schwer. »Die Amerikaner verfügen über ausgezeichnete Psychologen. Sie haben so viele Informationen über Sie zusammengetragen wie nur möglich und dann alles analysiert. Zuerst war ich der Meinung, dass sie verrückt sind – ich habe nie viel von dieser Pseudowissenschaft gehalten –, aber dann habe ich mir die Daten angesehen.« Pause. »Ziemlich enttäuschend, vorsichtig ausgedrückt.«

Und natürlich war es die Wahrheit. Die Entsendung seines Sohnes nach Afrika war der Anfang einer Verführung gewesen, die er Schritt für Schritt verpfuscht und die erst dann Fortschritte gemacht hatte, als Sung Hui von der Trauer um Delun geschwächt war. Bedeutete das, dass ihre Ehe auf Lügen beruhte?

Ja, aber bei wem war das nicht so?

»Wissen Sie, ich habe keine Angst vor dem Tod«, erklärte Zhu.

»Das habe ich den Amerikanern auch gesagt. Die Antwort

war, dass Ihre Liebe zu Sung Hui trotz allem ein motivierender Faktor bleibt.«

»Jetzt stoßen Sie also auch noch Drohungen aus. Sie sind tief gesunken.«

»So wie Sie des Öfteren in der Vergangenheit, Xin Zhu. Doch im Gegensatz zu Ihnen bieten die Amerikaner eine Gegenleistung. Vergütung. Sicherheit.«

»Glauben Sie wirklich, die Amerikaner lassen Sie frei herumlaufen?«

»Warum denn nicht?«, fragte Sun Bingjun. »Schließlich habe ich ihnen den größten Teil meines Erwachsenenlebens geopfert, und jetzt präsentiere ich ihnen auch noch meinen Nachfolger. Diese Leute sind nicht so irrational, wie Sie immer denken.«

»Natürlich sind sie das. Ich bin es, Sie auch, Sun Bingjun. Alle Menschen. Das auf der anderen Seite des Ozeans ist nur eine Ansammlung irrationaler Individuen, genau wie wir.«

»Was war noch mal Ihre Lieblingslehre des Vorsitzenden Mao?«

Zhu versuchte angestrengt sein Gegenüber ins Auge zu fassen.

»Ach, jetzt fällt es mir wieder ein«, setzte Sun Bingjun hinzu. »Die permanente Revolution.«

Zhu schwieg.

»Sie müssen eine Entscheidung treffen, Xin Zhu.«

TEIL 5

American Express

Freitag, 4. April bis Samstag, 9. August 2008

1

In einem fensterlosen Raum im Bauch von Langley saß er George Erasmus Butler gegenüber, der eisernen rechten Hand des Direktors. Irwin hatte ihm eingeschärft: *Denken Sie daran, dass die operativen Schwächen schon installiert waren, bevor Sie die Leitung übernommen haben. Erinnern Sie sie daran.* Aber ihm war sofort klar, dass solche Argumente bei jemandem wie Butler verschwendet waren.

Also starrte er über den Tisch und versuchte sich zu sammeln. Ab welcher Ebene in der Hierarchie einer Organisation wirkte sich die Position eines Mitglieds wohl auf sein Äußeres aus? Dergleichen erwartete man bei Butlers Chef, dem CIA-Direktor Quentin Ascot, doch im Schein der Neonleuchten glaubte er auch auf Butlers Haut einen Film wahrzunehmen, als würde er allmählich in Klarsichtfolie eingeschweißt für die Kameras. Die Politisierung der Seele.

Seine Gedanken waren wieder abgeschweift. *Konzentration!*

Butler lehnte sich in seinem Stuhl zurück und tippte mit einem langen, knotigen Finger auf eine aufgeschlagene Akte. »Also, Drummond. Normalerweise verläuft bei solchen Vorgängen die Nachbesprechung ganz freundschaftlich. Fehler passieren, weil die Abläufe nicht richtig abgestimmt wurden, und das Ziel ist, diese Abläufe zu korrigieren. Aber hier …« Er senkte den Blick und schüttelte in gespielter Erbitterung den Kopf. »Hier sieht es so aus, als hätten wir den falschen Mann ans Ruder gesetzt. Schlampige Sicherheitsmaßnahmen. Das Öffnen von Akten für einen verdammten *Maulwurf*. Kontaktverfahren, die so starr waren, dass Sie nicht mehr eingreifen konnten, obwohl Sie schon wussten, dass jeder einzelne Ihrer Agenten von den Chinesen gesteuert wird. Ich meine … schauen Sie mich an. Ich bin nicht Ihr Feind. Sie selbst sind Ihr Feind. Zwei Monate am Ruder eines Schiffs, das sechzig Jahre unfallfrei gesegelt ist, und Sie rammen ein Riff. Sie haben das Schiff versenkt, Mann. Haben Sie überhaupt eine Ahnung, wie viel Geld wir für Ihre komische kleine Abteilung im Lauf der Jahre rausgeschmissen haben? Haarsträubend. Die Anreize – grenzenlose Kreditkarten, Flüge erster Klasse, die *Kleidung*, verdammt noch mal. Der reinste Wahnsinn, was ihr verbraucht habt. Und das da?« Er hob ein Blatt Papier. »Ein Kunstraub, um die Kasse der Abteilung aufzubessern!«

»Das war vor meiner Zeit.«

»Klar, das passt Ihnen jetzt in den Kram. Trotzdem veranschaulicht es ziemlich gut, was für ein Betrieb das in der West Thirty-first Street war. Ich meine, hier in Langley müssen wir in dreifacher Ausfertigung unterschreiben, wenn wir bloß ein paar neue Kugelschreiber brauchen. Verstehen Sie? Ihr Cowboyquatsch ist bei uns schlichten Schreibtischtätern sowieso nie besonders gut angekommen. Wir verdienen unseren Lebensunterhalt mit dieser Arbeit. Wir fliegen nur, wenn es sein muss. Und wenn ich dann so was sehe …« Ein Lächeln huschte über Butlers Lippen, als er einen anderen Zettel hochhielt, die Kopie eines Kreditkartenauszugs über eine Summe von 22.927,58 Dollar. Er las: »Nachmittagseinkauf in Paris: Dior, Prada, Louis Vuitton. Ich meine, bin ich da ein bisschen altmodisch? Oder haben Ihre Leute mit dem Geld der Company in Saus und Braus gelebt?«

Wie Plastik, dachte er. *Ich kann mich schon fast spiegeln in seiner Wange.*

Funkelnde Computerlichter. Rot verebbt zu Blau. Mit jeder Veränderung ein stärker werdendes Rumoren in seinem Bauch.

Vier Lichter, und es ist wie die Spitze eines Bleistifts, die sich hinausbohren will. Zehn, und es ist eine Spitzhacke.

»Was ist denn?«, fragte Penelope, als er aufwachte.

»Nichts.«

»Erzähl mir nicht, dass es nichts ist. Ich bin keins von deinen hohlköpfigen Püppchen.«

Sein Lächeln brachte weniger Humor zum Ausdruck als Anerkennung für Humor. Das war das Mindeste, was sie verdiente. Eigentlich hätte sie viel mehr verdient, und er kam unwillkürlich zu der Einsicht, dass ihr die Ehe mit ihm letztlich nicht das geboten hatte, was sie sich vielleicht erhofft hatte.

Da sie den katastrophalen Verlauf seines Besuchs in Langley vorausgeahnt hatte, hatte sie schon vorher vier Nächte in einem Cottage in Croton-on-Hudson gebucht, nahe beim Fluss, und sie verbrachten die Tage mit Lesen und die Abende in teuren Restaurants. Doch er war nicht in Stimmung. Sie hütete sich davor, ihn nach Einzelheiten zu fragen, aber allmählich verlor sie die Geduld.

»Sie haben dich rausgeschmissen, Alan. Du schuldest ihnen nichts mehr.«

»Ich schulde ihnen alles.« Das machte er manchmal. Er nahm eine scheinbar vernünftige Aussage und verdrehte sie ins völlige Gegenteil, um ihre Stichhaltigkeit zu prüfen. Und das Erstaunliche war, dass es nicht selten funktionierte. »Sie haben mir etwas Wichtiges anvertraut. Vielleicht war es nicht mein Fehler, dass es schiefgegangen ist, aber wenn ich besser aufgepasst hätte, hätte ich das Desaster vielleicht vermeiden können.«

»Was meinst du mit Desaster?«

In der Aufregung war ihm zu viel herausgerutscht, und er versuchte, es mit einem Kuss zu überspielen.

Sie wich zurück. »Komm schon, raus damit.« Sie war wirklich hinreißend, und die Intensität ihres Blicks unterstrich nur die außerordentliche Schönheit ihrer Züge.

»Gib mir einen Rat.«

»Du nimmst ihn ja sowieso nicht an.«

»Doch. Wirklich, ich nehme ihn an.«

»Also gut.«

Er brauchte ein paar Sekunden, um sich eine Formulierung zurechtzulegen. »In meiner Arbeit bin ich auf eine Gefahr für Amerika gestoßen, und …«

»Für Amerika?«

»Ja. Keine *potenzielle* Gefahr, sondern eine *reale* Gefahr. Sie hat bereits zu Zerstörung geführt … zu einem *Desaster.*«

»Okay. Weiter.«

»Es ist zwar nicht mehr meine Aufgabe, aber ich glaube, ich weiß einen Weg, um diese Gefahr zu neutralisieren. Ich müsste mich ziemlich anstrengen und auch ein paar gemeine Tricks anwenden, doch es wäre wahrscheinlich machbar – mit der richtigen Planung.«

Sie wartete.

»Und?«

»Ach so! Ich soll dir sagen, ob du es machen sollst oder nicht.«

»Genau.«

»Ist es gefährlich? Für dich, meine ich.«

»Nein.« Die Lüge kam ihm über die Lippen, bevor er damit ringen konnte.

»Dann ja. Ich meine, wenn es darum geht, Amerika zu retten, bin ich natürlich dafür.« Sie grinste. »Reicht dir das als Antwort?«

Wieder beugte er sich vor, um sie zu küssen, und diesmal wich sie nicht zurück.

Er hatte Dorothy Collingwood vor drei Jahren über seine Schwiegereltern kennengelernt. Penelopes Familie war schon immer scharf auf den persönlichen Umgang mit Mächtigen gewesen, und diese Voraussetzungen erfüllte auch der Collingwood-Clan dank seiner demokratischen Mitglieder im Senat und Repräsentantenhaus. Dorothy hatte sich allerdings für eine andere Karriere entschieden als ihre Verwandten und sich mit deren Verbindungen eine Position im Nachrichtendienst gesichert. Bei ihrer ersten Begegnung arbeitete sie im Unterstützungsstab des National Clandestine Service. Doch sie hatte höhere Ambitionen, und nachdem sie erkannt hatte, dass sie Alan vertrauen konnte, versprach sie ihm, ihn auf ihrem Weg nach oben mitzunehmen. »Du bist intelligent, Alan. Solide. Und du redest nicht lange um den heißen Brei herum. Außerdem macht deine Frau eine gute Figur bei gesellschaftlichen Anlässen.« Als sie dann in die Position einer Stabsleiterin beim NCS aufstieg und die Verantwortung für die Planung und Durchführung weltweiter Spionageabwehraktionen und für Operationen zur Gewinnung nachrichtendienstlicher Erkenntnisse übernahm, fand sie sich in einer neuen Welt wieder, einem »Paralleluniversum«, wie sie es bei einem Drink nannte. »Du würdest es nicht glauben, Alan.«

»Natürlich würde ich es glauben«, antwortete er, weil er ihr gegenüber immer den unerschütterlichen Kriegsveteranen spielte. Als sie ihm erzählte, dass die Position des Leiters einer Geheimabteilung an der äußersten Peripherie von Langley frei war, ließ er sich nichts von seiner Aufregung anmerken. »Was ist mit dem früheren Leiter passiert?«

»Im Moment hat Senator Nathan Irwin eine seiner Marionetten installiert, aber damit kommt er auf Dauer nicht durch.«

»Und mit dem davor?«

»Er wurde von einem seiner Agenten getötet.« Sie hob eine Braue. »Interessiert?«

Sie war nicht dabei gewesen, als ihn Butler durch die Mangel drehte, und hatte sich auch nicht schützend vor ihn gestellt. Als er ihr mitteilte, dass er eine Vergeltungsaktion gegen Xin Zhu durchführen wollte, wies er gleichzeitig darauf hin, dass sie ihm das schuldig war. Sie gab zu, dass sie ihm *etwas* schuldig war, fügte jedoch hinzu: »Es darf nicht der Eindruck entstehen, dass das von mir ausgeht. Am besten, du wendest dich an Irwin. Wir wissen beide, dass er persönlich betroffen ist, also wird er darauf eingehen. Sag ihm, er soll Stuart Jackson dazuholen.«

»Wen?«

»Meinen Vorgänger. Im Ruhestand, aber noch voll auf der Höhe. China ist sein Spezialgebiet, ohne ihn kommst du nicht weit. Und er weiß Bescheid über das Fiasko mit der Abteilung Tourismus. Sobald die beiden an Bord sind, sollen sie sich an meinen Chef wenden. Dann kann ich mich dafür einsetzen.«

Er wunderte sich, wie schnell sie sich diesen Plan zurechtgelegt hatte. »Und das ist alles?«

»Im Grunde ja. Aber Stuart Jackson muss mit von der Partie sein. Er weiß, dass wir auf verschiedenen Ebenen arbeiten können und dass ich in meiner Position über nützliche Verbindungen verfüge. Schließlich hat er diese Verbindungen selber aufgebaut. Wenn ich recht habe – und du weißt ja, dass ich immer recht habe –, wird es am Ende ein Gemeinschaftsprojekt von mir, Stuart und Nathan.«

»Was sind das für verschiedene Ebenen, die du erwähnt hast?«

Sie legte ihm die Hand auf den Arm. »Du kümmerst dich um deine Ebene und ich mich um meine.«

Dorothy irrte sich tatsächlich selten, und so war es keine Überraschung, dass er sich zu einer Besprechung mit ihr, Nathan und Stuart Jackson traf. Überraschend war nur, dass sie in einem verstaubten sicheren Haus saßen statt in einem sauberen Büro in Langley. Dann erfuhr er den Grund. Dorothys Vorgesetzter hatte die Operation abgelehnt. »Was machen wir dann hier?« Er bemerkte, dass keiner von den dreien besonders angespannt wirkte.

»Wir ziehen die Sache trotzdem durch«, antwortete Irwin.

Dorothy ergänzte: »Die Finanzierung ist gesichert, du kannst also deine verbliebenen Touristen kontaktieren. Ich habe Zugang zu aktuellen nachrichtendienstlichen Informationen.«

Betroffen fragte Alan: »Und niemand hier hat Angst, wegen dieser Geschichte den Job zu verlieren?«

»Ich bin Freiberufler«, meinte Stuart Jackson.

Nathan wiegte unverbindlich den Kopf, und Dorothy sagte: »Du kennst meinen Ehrgeiz, bloß ist Ehrgeiz ohne Risikobereitschaft nutzlos. Das Risiko ist groß, aber dafür winkt ein enormer Ertrag.«

»Das verstehe ich nicht.« Alan schüttelte den Kopf. Für eine Racheaktion wurde man doch nicht mit einer Beförderung belohnt!

»Denk daran, was ich gesagt habe, Alan. Jeder hält sich an seine Ebene, dann läuft alles reibungslos.«

Was seine Ablenkungstaktik anging, stimmten sie ihm weitgehend zu, doch als die Rede auf den realen Angriff kam, kam es zu einer Diskussion. Nachdem er die Idee psychologischer Kriegsführung verworfen hatte, gelangte Alan zu dem Schluss, dass ein Attentat gegen Xin Zhu die beste Lösung war. »Wir wissen, wo er wohnt. Und wir wissen sogar, wo er sein Büro hat. Wir können das Gebäude verkabeln und zum Einsturz bringen. Ein Raketenwerfer würde sicher auch funktionieren. Die Schuld kann man den uigurischen Revolutionären in die Schuhe schieben – sie haben sowieso bereits offene Drohungen ausgestoßen. Im Idealfall sollte die Aktion während der Olympischen Spiele steigen, wenn sich die Sicherheitsmaßnahmen auf die Veranstaltungsorte konzentrieren. Zhu wird liquidiert, wir stören die Spiele, und wir zeigen dem chinesischen Zentralkomitee, was Sache ist.«

Eine Woche später fuhr Alan in einem sauberen, modernen Zug von Ljubljana nach Sevnica und beäugte die modisch coolen Slowenier um ihn herum. Eigentlich hatte er mit einem Spaziergang gerechnet. Schließlich hatte er in Afghanistan gekämpft, und wenn man Afghanistan verließ, dann mit der Zuversicht, dass der Rest der Welt ein Spaziergang war. Aber die Schwierigkeiten an bestimmten Orten hatten weniger mit diesen selbst zu tun als mit dem, was man mit sich herumschleppte, mit dem Ausmaß der eigenen Schuldgefühle. Die Schuldgefühle, die er früher mit einem Meterstab hätte messen können, riefen inzwischen eher nach einem Kilometerstab. Genauer gesagt, nach dreiunddreißig Kilometerstäben.

Doch eigentlich gab es keinen Grund zur Sorge. Die SOVA interessierte sich nicht für jemanden, der nicht mehr im Dienst des amerikanischen Staats stand, und Tran Hoang hatte es ohne Probleme geschafft, die Maschine von Budapest aus im Tiefflug über die nächtliche Grenze zum Landeplatz in Cerklje ob Krki zu manövrieren. Danach hatte er sein Gepäck mit menschlichem Inhalt in ein wartendes Auto verfrachtet und war in nördlicher Richtung am Fluss Save entlanggefahren bis über Sevnica hinaus zu einer Hütte in den Ausläufern der Gavžna Gora.

Nach seiner Ankunft an dem kleinen, provinziellen Bahnhof von Sevnica ging Alan durch die Halle und überquerte die morgendlich belebte Straße, um auf eine kleine Apotheke gleich an der Ecke zuzusteuern. Am Bordstein lief Tran Hoangs zehn Jahre alter Yugo im Leerlauf, und es sprach für die Fähigkeiten des Mannes, dass die Fußgänger keinerlei Notiz von diesem Kambodschaner in ihrer Mitte nahmen, der in Sri Lanka aufgewachsen und später von der Abteilung Tourismus rekrutiert worden war. Alan stieg auf der Beifahrerseite ein, und Hoang legte den Gang ein. Er fuhr nach Westen zu der Brücke über die Save.

»Wie geht's unserem Gast?«, fragte Alan.

Hoang wiegte den Kopf. Seine Zähne bearbeiteten einen Kaugummi.

»Das soll wohl heißen, dass er noch lebt?«

»Klar.«

Von allen Touristen, die Alan begegnet waren, war Hoang der schweigsamste. Eine Unterhaltung mit ihm war wie der Umgang mit einem Menschen, dem nur zehn Worte geblieben sind und der diese lieber für wichtigere Dinge als für banale Kommunikation einsetzt. »Hast du schon mit den Fragen angefangen?«

Hoang schüttelte den Kopf.

»Warum nicht?«

»Wir sind erst letzte Nacht angekommen.« Hoang machte keinen Hehl aus seiner Gereiztheit.

»Stimmt was nicht?«

Sein Kiefer kaute heftig. Er schüttelte den Kopf.

Nach einer halben Stunde gelangten sie zu einer gewundenen Schotterstraße durch den Wald, und mit der zunehmenden Höhe sank die Temperatur. Hector Garza alias José Santiago hatte die an einen Fels geschmiegte und von Bäumen umgebene Hütte mit zwei Zimmern ausfindig gemacht. Aus einem Blechkamin stieg eine dünne Rauchfahne auf. Hoang parkte und führte ihn in einen leeren Raum mit einer schmutzigen Kochnische. Die Luft war muffig – jemand hatte geraucht. Sie zogen ihre Jacken aus. Neben einer Sammlung verblichener und verwellter pornografischer Zeitschriftenbilder an der hinteren Wand entdeckte Alan eine Tür.

»Da drin?«

Hoang nickte.

Nach einem tiefen Atemzug öffnete Alan die Tür, hinter der ein weiterer leerer Raum lag. Der einzige Einrichtungsgegenstand war eine niedrige Pritsche. Auf dieser schlief der in Ungarn lebende amerikanische Journalist Henry Gray, dessen rechtes Handgelenk an das Gestell der Liege gefesselt war. Auf der linken Gesichtshälfte zeichnete sich eine bläuliche Verfärbung ab. Alan ging wieder zurück zu Hoang, der gerade Scheite nachlegte. »Warum hast du ihn geschlagen?«

»Hat sich gewehrt.«

»Hast du ihm gesagt, dass du ihm nur ein paar Fragen stellen willst?«

Keine Antwort.

»Natürlich hat er sich gewehrt, du Idiot. Er hat Angst. Hast du seine Akte gelesen?«

Hoang warf ihm einen kurzen Blick zu, doch das reichte, um seine Beschwerden abzuwürgen.

Zwei Stunden später erwachte Henry Gray, und Alan reichte ihm einen angestoßenen Becher Kaffee. Gray nahm ihn zögernd an.

»Das mit Ihrem Gesicht tut mir leid«, erklärte Alan. »Er sagt, Sie haben sich gewehrt.«

»Ich wollte weg.« Grays Stimme war brüchig vor Dehydrierung.

»Trotzdem, es tut mir leid. Ich muss nur mit Ihnen reden, und es ist wichtig, dass niemand weiß, wo Sie sind.«

»Wen meinen Sie mit niemand? Die Ungarn?«

»Nein, Henry. Ich meine die Chinesen.«

Gray nickte langsam.

»Ich bin hier, um mit Ihnen über Rick zu reden.«

»Rick.«

»Sie haben einen ganzen Monat mit dem Mann verbracht, und ich würde gern alles über ihn erfahren, was Sie wissen.«

»Ich dachte, die Sache ist vorbei.«

»Das haben Sie wirklich geglaubt? Ein Journalist von Ihrem Format?«

Henry Gray machte ein gequältes Gesicht, und Alan fragte sich, ob er diese Äußerung als Sarkasmus verstanden hatte. Format besaß Gray allenfalls in den Augen der Anhänger von Verschwörungstheorien, und Alan war schon gefasst auf eine

Tirade gegen multinationale Konzerne und die CIA, unter großzügiger Berücksichtigung des militärisch-industriellen Komplexes. Andererseits hatte Gray tatsächlich schon mehr durchgestanden, als die meisten Menschen ausgehalten hätten. Er hatte sich verändert.

»Ich will nur nach Hause«, meinte er schließlich. »Also los, stellen Sie Ihre verdammten Fragen.«

»Sie machen sich zu viele Sorgen«, bemerkte Leticia. »Ich komme rein und geh ein bisschen shoppen, dann bin ich wieder weg.«

»Aber man wird Sie bemerken. Früher oder später wird man Sie bemerken.«

»Ich sorge dafür, dass es später sein wird. Wirklich, Alan, Sie sollten sich mal ausschlafen. Der Plan ist gut.«

Sie saßen in einem mexikanischen Restaurant in North Bergen. Sie hatte ihre erste Margarita ausgetrunken, während Alan seine nicht berührt hatte. Allmählich drängten die ersten Mittagsgäste herein. Er beugte sich vor. »Was hat Ihnen Collingwood erzählt?«

Auch sie neigte sich zu ihm. »Wovon reden Sie?«

»Bin mir nicht sicher.«

»Auch sie ist der Meinung, dass der Plan gut ist. Die anderen genauso.« Leticia fasste nach seiner Hand, und in ihren leuchtend roten Fingernägeln spiegelte sich das Licht der Deckenlampen. »Sie sind ein Meister der Täuschung. Dem fetten Chinesen wird ganz schwindlig werden bei dem Versuch, das Ganze zu durchschauen. Und genau da setzen wir an. Ich gehe rein und schüre seine Angst.«

Sein Stirnrunzeln wurde stärker, obwohl sie recht hatte. Der Plan war gut. Eine Reihe von Ablenkungsmanövern, um Zhu aus der Fassung zu bringen, während gleichzeitig der staatliche Druck von innen auf ihn wuchs. Entweder geriet er in Panik und beging einen Fehler, der ihn noch mehr schwächte, oder er folgte den Anhaltspunkten, bis er in der richtigen Ecke des Zimmers stand, wenn sie hereinstürmten, um ihn zu töten.

Leticias Ausdruck wurde ernst. »Die Sache liegt Ihnen wirklich am Herzen.«

»Es ist das Einzige, was ich noch habe.«

»Das stimmt nicht. Sie haben Ihre Ehe.«

»Nicht mehr lange, wenn ich das nicht hinkriege. Dann geht alles in die Binsen.«

Sie schob die Lippen vor. »Es war nicht Ihre Schuld, wissen Sie. Wirklich nicht.«

»Das sagt Milo auch immer.«

»Haben Sie ihn überreden können, sich der großen Sache anzuschließen?«

Alan schüttelte den Kopf.

»Sehen Sie? Er kennt seine Prioritäten. Nur Leute wie Sie und ich wissen nicht, wo's langgeht.«

»Du hörst mir nicht zu, Alan, das seh ich dir doch an. Jetzt atme mal durch, damit du wieder ein bisschen zur Besinnung kommst.«

»Ich hab alles mitgekriegt«, antwortete er.

Sie saßen in dem sicheren Haus in Georgetown – komische Bezeichnung für ein Haus, das vom Guoanbu observiert wurde –, und er hatte schon die zweite Zigarette geraucht. Dorothy war allein gekommen, weil die anderen angeblich keine Zeit hatten, doch ihm war klar, dass sie bloß keine Szene wollte. Die anderen sollten nicht den Eindruck gewinnen, dass sie ihn nicht unter Kontrolle hatte.

»Denk an die Ebenen«, fuhr sie fort. »Auf deiner Ebene ergibt das keinen Sinn. Aber auf meiner ist es die einzige Möglichkeit. Die Ausgangslage ist nicht mehr die gleiche.«

»Das Ziel der Operation war doch, ihn zu Fall zu bringen. Oder hab ich da was verpasst?«

»Du weißt es doch besser, Alan. Wir unternehmen nie etwas, nur um jemanden zu Fall zu bringen. In der Politik nicht, und im Geheimdienst auch nicht. Alles dient dazu, unsere Position zu stärken. Bis vor Kurzem sah es so aus, als wäre es dafür das Beste, Xin Zhu abzuschießen. Wenn wir ihn in eine Falle locken und ihn liquidieren. Doch das hat sich inzwischen geändert.«

»Da musst du schon überzeugendere Argumente bringen, Dorothy. Du weißt doch genau, wie viel ich in dieses Projekt reingesteckt habe. Und wie viel es mir bedeutet.«

»Das geht nicht«, antwortete sie. »Frag nicht nach Dingen, die ich dir nicht sagen kann. Du gehörst nicht mehr zum inneren Zirkel. Du bist jetzt ein selbstständiger Auftragnehmer. Und ich bin deine Kundin.« Sie lehnte sich zurück und griff nach ihrem Evian. »Kannst du mir folgen?«

»Dann gebe ich den Auftrag zurück.«

»Um die wenigen Touristen zu verlieren, die du noch hast? Dann steckst du fest und kannst überhaupt nichts mehr unternehmen.«

»Ich hole Milo Weaver ins Boot.«

»Weaver?« Sie lachte. »Der ist doch jenseits von gut und böse. Hat eine Kugel im Darm. Vollkommen unbrauchbar. Außerdem würde er so was wie das hier nicht mal mit der Zange anfassen.«

»Es wäre leicht, ihn einzubinden.«

Sie starrte ihn eine Weile an und stellte schließlich ihre Flasche ab. »Das ist eine müßige Diskussion. Du wirst das nicht allein durchziehen, denn im Grunde bist du ein Patriot. Lass Milo Weaver in Ruhe. Am Ende verliert er noch sein Leben.«

Natürlich hatte sie recht, doch ab diesem Zeitpunkt spukte ihm die Frage durch den Kopf, ob es nicht doch möglich war,

Milo zu gewinnen. Und wenn ja, konnte er ihn schützen? Wahrscheinlich nicht, aber zumindest Tina und Stephanie konnte er schützen, und das war letztlich das Wichtigste für Milo.

»Die Pläne haben sich also geändert«, sagte er schließlich, weil er keine andere Wahl hatte. »Wir reiten diesen anderen rein … wie heißt er gleich wieder?«

»Ich habe seinen Namen nicht genannt.«

»Und du kannst mir auch nicht verraten, wie wir dadurch Xin Zhu drankriegen.«

»Tut mir leid, Alan.« Sie zögerte kurz. »So läuft das eben, wenn man Politiker in Verschwörungen einweiht; sie reißen die Sache an sich.«

»Also steckt Irwin dahinter?«

»Wir sind alle Politiker, Alan.«

Er musterte ihr teilnahmsloses Politikergesicht. »Wenn ihr glaubt, ihr könnt einen Deal mit Xin Zhu machen, wird er euch am Ende an die Wand nageln.«

»Bitte, Alan. Es geht hier nicht um irgendwelche Deals, und Xin Zhu wird auch nicht ungeschoren davonkommen. Er wird untergehen, bloß auf andere Weise als ursprünglich geplant.«

Alan durchzuckte die Erinnerung an Lichter, rote Lichter, die zu Blau erstarrten. »So einen Mann kann man nur auf eine Weise erledigen.«

Stirnrunzelnd lehnte sie sich zurück. »Wenn du nicht mitziehen oder die ganze Zeit nur rumjammern willst, dann sag es lieber gleich. Das erspart uns später eine Menge Ärger.«

»Nein.« Erst hinterher wurde ihm klar, dass er da bereits log. »Ich musste mich bloß irgendwie abreagieren. Ich bin dabei.«

Sie war beim Einkaufen. Das Videobild war körnig und ein wenig wacklig, doch er konnte die reich bestückten Regale von

Dean & Deluca in SoHo erkennen. Auch die schlechte Bildqualität konnte nicht verbergen, dass sie unglücklich aussah. Am Morgen hatten sie sich gestritten über … er wusste nicht einmal mehr, worum es gegangen war. Und es spielte sowieso keine Rolle. Der Grund für all ihre Streitigkeiten in den letzten Wochen waren er und die Scheißlaune, die er mit nach Hause brachte und mit der er sich ins Bad verzog, wenn er einen Ausbruch oder Schlimmeres befürchtete. Sie witterte förmlich, dass sein Leben von Elend, Geheimniskrämerei und nacktem Hass bestimmt wurde. Dass er ein anderer Alan Drummond war und inzwischen wieder viel mehr Ähnlichkeit mit dem bekloppt heldenhaften Elitesoldaten in Afghanistan hatte, den sie nie gekannt hatte.

Den Blick auf den Monitor gerichtet, saß er zu Hause in seinem Büro und hörte am Telefon Xin Zhus Stimme. »Ich bin kein unvernünftiger Mensch, Mr. Drummond. Ganz und gar nicht. Wie Sie versuche ich nur, mich und meine Familie zu schützen. Leute wie Sie und ich, wir verstehen, dass die Sicherheit unserer Länder verblasst im Vergleich zur Sicherheit unserer Frau und Kinder.«

»Sie sprechen von Ihrem toten Sohn«, erwiderte Alan.

»Genau. Was ich verlange, ist nichts Besonderes. Sie werden mir den Inhalt der Verschwörung schildern und mich in regelmäßigen Abständen informieren. Ich fordere Sie nicht zu einem Sabotageakt auf, zumindest noch nicht. Ich möchte einfach nur Bescheid wissen.«

Er begriff, dass das seine Chance war. Er konnte den Plan der anderen untergraben, damit als einzige Alternative der bedingungslose Krieg blieb, den er von Anfang an gesucht hatte. *Aber da ist Pen, direkt vor meiner Nase.* Oder er konnte den anderen im Gegenteil mit einer Lüge helfen. Er konnte Xin Zhu erzählen, was er selbst zu tun beabsichtigt hatte – ein Sprengsatz, um ihm Knochen und Organe zu zerfetzen –, und den anderen

Gelegenheit geben, ihre eigenen Pläne voranzutreiben. *So nah, dass sie sie berühren könnten.* Doch weil Penelope unmittelbar vor einem von Xin Zhus Agenten stand, entschied er sich für die Wahrheit. »Ich bin nicht eingeweiht.«

»*Sie* sind nicht eingeweiht?«

»Richtig. Ich bin nur ein Befehlsempfänger.«

»Klingt nach Abstieg, Mr. Drummond. Ich hoffe, dass mein Vorgehen gegen Ihre frühere Abteilung keinen Beitrag zu Ihrem Niedergang geleistet hat. Sie konnten ja nichts dafür.«

Das war also die chinesische Version von Schadenfreude.

»Ist das dein Ernst?« Dorothy schaute ihn an.

»Mein voller Ernst. Damit ändert sich alles.«

»Warum?« Sie stellte die Frage mit unschuldiger Miene, die Evian-Flasche hing auf halbem Weg zum Mund in der Luft.

»Er hat den Braten gerochen.« Geduldig wie einem Kind erklärte er es ihr. »Es ist eine Sache, wenn er auf Leticia aufmerksam wird, aber das hier ist eine ganz andere Qualität.«

»Wir wussten, dass das kommt, Alan. Es war doch klar, dass er sie nach ihrer Abreise aus China bis zum sicheren Haus verfolgen wird.«

»Aber jetzt bedroht er meine Frau.«

»Glaub nicht, dass ich dich nicht verstehe, Alan. Ich mache mir große Sorgen – schließlich kenne ich Pen schon länger als du. Aber jetzt mal langsam. Hier geht es um mehr als um dich oder mich.«

»Was soll das denn überhaupt heißen?«

Kopfschüttelnd stellte sie das Wasser ab und rieb sich in einer Weise die Stirn, die darauf schließen ließ, dass sie für eine versteckte Kamera in diesem sicheren Haus posierte. »Es heißt, dass die Sache schon angelaufen ist. Wir brechen die Aktion nicht ab. Das geht einfach nicht. Wir müssen weitermachen, um keine Menschenleben aufs Spiel zu setzen.«

»Menschenleben?« Sein Mund war trocken. Seine Erbitterung setzte ihm so zu, dass ihm selbst die unausgegorene Argumentation entglitt, mit der er hier anmarschiert war. »Das Leben meiner Frau ist bedroht, wenn nicht für ihre Sicherheit gesorgt wird.«

»Dann schick sie doch weg, Alan. Wir können dir dabei helfen.«

Wenn sie ihm diesen Vorschlag sofort gemacht hätte, ohne langes Hin und Her, hätte er ihn vielleicht angenommen. Doch er glaubte nicht mehr daran, dass diese Leute Penelopes Sicherheit garantieren konnten, wenn es hart auf hart kam. Warum sollten sie sich überhaupt die Mühe machen? Hätte er sich an ihrer Stelle die Mühe gemacht?

Er schüttelte den Kopf. »Darum kümmere ich mich schon selbst.«

»Gut.« Sie verschränkte die Unterarme auf dem Tisch und umfasste die Ellbogen, als sie sich nach vorn lehnte. »Und jetzt zu dir. Dir ist doch klar, dass das ein Glücksfall ist.«

»Ihr habt ihn durch mich an der Angel«, sagte er mit monotoner Stimme.

»Ein Riesenfehler, er läuft uns voll ins Messer. Wie er darauf kommt, dass du dich nicht an uns wenden wirst, ist mir schleierhaft.«

»Weil *er* sich nicht an seine Vorgesetzten wenden würde. Dazu ist er zu schlau.«

Lächelnd nickte sie. »Es muss schrecklich sein, in so einem System zu arbeiten.«

»Allerdings.«

Zwei Tage später nahm er Verbindung auf. Er war zwar nicht dabei gewesen, als die Company in regelmäßigem Austausch mit der Jugendliga gestanden hatte, doch in seiner Zeit als Leiter der Abteilung Tourismus war er in den Akten auf das alte Kontaktverfahren gestoßen. Eine Anzeige in der *New York Post*, die von einem Exilchinesen in der Bronx studiert wurde, dann ein Treffen auf der Fähre um 9.15 Uhr von Whitehall nach Staten Island mit einem Gedichtband von Charles Bukowski in der Hand.

Bukowski?

Was tat man nicht alles, um nicht belauscht zu werden.

2

Als er auf dem Flug nach Seattle den Ehering vom Finger zog, suchte ihn die Furcht vor dem Scheitern zum ersten Mal heim. Das zweite Mal auf der Fahrt nach Norden zur kanadischen Grenze. Ihm graute nicht nur vor dem Scheitern der Operation, sondern vor dem Scheitern seines ganzen Lebens. Eine Woche zuvor hatte er seine Frau geschlagen. Während er sich auf dem Boden wand und echte Tränen vergoss, stand sie nur vor ihm, die Hand am Gesicht, und starrte ihn merkwürdig ausdruckslos an. Er hatte mit Wut und Hass gerechnet, doch allem Anschein nach empfand sie überhaupt nichts.

Auch Milo blieb stur und blockte jeden Versuch ab, ihn ins Boot zu holen, also hatte er sich darauf beschränkt, den Namen des Ortes fallen zu lassen, wo er seine Familie finden konnte, wenn es so weit war.

In Ferndale, einem ländlichen Ort nördlich von Seattle, traf er sich mit Tran Hoang auf der langen Main Street. Der Tourist hockte in einem Mazda, der vor einem Friseursalon mit dem Namen Hair to Dye For parkte, und schlürfte Kaffee aus einem neutralen weißen Becher. Alan stellte den Wagen, den ihm Hoang am Flughafen in Seattle hinterlassen hatte, zwei Autos vor ihm ab. Hoang ließ volle fünf Minuten verstreichen, ehe er ausstieg und sich neben Alan setzte. Er sagte nichts.

»Der Ablauf sieht so aus«, erklärte Alan. »Wenn du in Korea fertig bist, musst du von der Bildfläche verschwinden. Du fährst zurück nach Manhattan und behältst meine Frau Penelope im Auge. Du wirst nicht der Einzige sein, der sie überwacht.«

»Wer noch?«

»Die Chinesen.«

Hoang nickte.

»Such dir einen geeigneten Zeitpunkt aus, um sie rauszuholen. Erklär ihr, dass ich dich geschickt habe, und gib ihr das.« Er nahm den Ehering aus der Tasche und reichte ihn Hoang. »Wenn sie den Ring sieht, kooperiert sie bestimmt. Falls nicht, rufst du mich sofort an, dann rede ich selber mit ihr. Du bringst sie an diesen Ort.« Er überreichte ihm einen unbeschrifteten Umschlag. »Und pass auf sie auf.«

»Wie lange?«

»Bis du was anderes von mir hörst.«

Hoang öffnete den Umschlag und las die Adresse am Ufer des Grand Lake in Colorado. Darunter stand eine Anschrift in Brooklyn. Hoang seufzte und starrte durch die Windschutzscheibe. Im Profil hatte er Ähnlichkeit mit einer Statue. »Du änderst die Taktik.«

»*Ich* ändere gar nichts«, log Alan. »Die anderen versuchen, sie zu ändern.«

»Sie haben bestimmt ihre Gründe.«

»Sie haben Schiss gekriegt.«

»Vielleicht haben sie Informationen, die du nicht hast.«

Alan rieb am Lenkrad herum. Er war sich nicht mehr sicher, weshalb er erwartet hatte, dass Hoang mitmachen würde. Er hatte wohl den unwichtigen Umstand übersehen, dass er nicht mehr der Chef war. Aber er saß in der Klemme und konnte nur nach vorn drängen. »Sobald sie in Sicherheit ist, kehrst du zurück nach New York und beobachtest Milo Weaver. Er wohnt dort, in Brooklyn. Wir bleiben in Kontakt, und irgendwann musst du dann auch seine Frau und seine Tochter wegbringen.«

»Nach Colorado?«

»Ja. Sie sind mit Penelope befreundet, du kannst dich also wahrscheinlich zurückziehen, sobald sie zusammen sind. Wie es weitergeht, besprechen wir danach.«

Hoang schwieg.

»Kann ich mit dir rechnen? Wenn nicht, dann sag es jetzt.«

Hoang betrachtete zwei Schulkinder mit Rucksäcken, die viel zu groß für ihre zierliche Gestalt wirkten. »Erinnerst du dich noch an Henry Gray?«

»Natürlich.«

»Ich war ein paar Tage in Budapest und hab ihn beobachtet, nachdem wir ihn zurückgebracht hatten. Ich war überzeugt, dass er zu den Chinesen geht oder zur Polizei, und wenn es danach ausgesehen hätte, hätte ich ihn getötet. Doch ich hatte mich getäuscht. Er war so froh, dass er wieder zu Hause war und nicht mehr von uns gepiesackt wurde, dass er mit seiner Freundin einen Ausflug nach Lillafüred gemacht hat, einen ungarischen Urlaubsort in den Bergen. Sehr malerisch. Sie hatten viel Sex, haben gegessen und sind gewandert. Ich kam mir vor wie in einem schnulzigen Liebesfilm.«

Alan wusste nicht, wie er reagieren sollte.

Schließlich wandte sich Hoang zu ihm um. »Ist es bei dir und deiner Frau auch so?«

Alan dachte an den Schlag in Penelopes Gesicht, an seine tränenreiche Entschuldigung und an ihren harten, apathischen Blick. Er spürte, wie seine Augen feucht wurden, und musste den Drang unterdrücken, sie abzuwischen.

»Okay«, meinte Hoang. »Ich helfe dir.«

Mit dem für sie typischen strahlenden Lächeln steuerte sie in Heathrow auf ihn zu und rieb sich die dekorierten Hände, als wollte sie gleich in ein saftiges Steak beißen. »Baby, wie schön, dich wiederzusehen!« Umarmung, Kuss. Dann führte sie ihn zum Taxistand und flüsterte: »Dorothys Idee. Tut mir leid, wenn das nicht ganz Ihrem Stil entspricht.«

»Wollten Sie nicht mit dem Sudan reden?«

»Verschoben. Die haben kalte Füße gekriegt. Deswegen

treibe ich mich erst mal mit Ihnen rum, damit es besser aussieht.«

»Nein, Leticia.«

»Gwen, Baby.«

»*Gwendolyn.* Ich brauche keine Babysitterin, verstanden?«

»Dorothy ist anderer Meinung.«

»Dorothy kann mich mal.«

Das veranlasste sie natürlich erst recht zum Bleiben und stellte ihn vor eine, wie ihm schien, uralte Frage: Wie soll man einen Plan aushecken, wenn man den Atem eines Touristen im Nacken spürt? Dann am frühen Samstagmorgen klopfte es an seiner Tür. »Charlie! Ich weiß, dass du da drin bist!«

Zunächst war er von ihrer Schönheit beeindruckt, dann von der Tatsache, dass sie Milos Schwester war. Die Welt war wirklich klein. Im Verlauf ihres Gesprächs kam er schließlich darauf, was für eine elegante Lösung es war, einfach aus dem Hotel zu spazieren. Eigentlich hatte er beabsichtigt, erst später zu verschwinden, doch da erschien sie und bot ihm einen bequemen Ausweg. Seine einzige Sorge galt Penelope, aber nachdem Alexandra gegangen war, begriff er auf einmal, dass Xin Zhu nichts gegen Penelope unternehmen würde, wenn er ihren Mann nicht finden konnte.

Es war, als hätte Gott ihm einen Engel zur Rettung gesandt, um ihn in seinem Vorhaben zu unterstützen.

»Ihnen muss klar sein, dass es nicht mehr leicht ist.« Der Mann, den ihm der Vermittler aus Staten Island geschickt hatte, war noch jung, vielleicht Mitte zwanzig, aber er hatte die Bewegungen und die überlegte Sprechweise eines viel älteren Menschen. So erging es einem wohl im politischen Exil. »Vor zwei Jahren war die Jugendliga auf dem aufsteigenden Ast und dann … na ja, Sie wissen ja, was dann passiert ist.«

Alan wusste es, wie die meisten seiner politisch informierten

Landsleute. Ein Kongressausschuss hatte eine CIA-Überweisung von zehn Millionen Dollar an die aufstrebende Demokratiegruppierung in der Provinz Guizhou aufgedeckt. Wäre die Jugendliga Teil der Demokratiebewegung gewesen, die mit Gedichten, Literaturzeitschriften und Hungerstreiks an die Öffentlichkeit trat, hätte wohl niemand daran Anstoß genommen. Doch die Jugendliga hatte zwei Jahrzehnte lang mit angesehen, dass sich nach dem Zwischenfall auf dem Tian'anmen-Platz nicht das Geringste änderte, und wie bei vielen bewaffneten Gruppierungen dieser Art gehörte Geduld nicht mehr zu ihrem Wortschatz. Die CIA wurde für ihre Unterstützung von Terroristen an den Pranger gestellt – zuerst von empörten chinesischen Diplomaten und dann von weiteren Untersuchungsausschüssen, die es sich zur Aufgabe gemacht hatten, die Finanzen der Company nach Kräften zu beschneiden.

»Inzwischen sind sie auf der Flucht«, erklärte der Mann. »Leben in den Wäldern. Sie sind immer noch hungrig, verstehen Sie. Ihr Wille ist ungebrochen. Aber sie stehen kurz vor dem Aussterben, und das wissen sie auch.«

Alan war darauf vorbereitet. Wenn sich der Mann gar nicht gesträubt hätte, wäre er nicht vertrauenswürdig gewesen. »In dieser Situation könnte ein einziger Sieg die entscheidende Wende bringen.«

»Oder den Todesstoß für die gesamte Bewegung.« Die Antwort kam postwendend, als hätte sie ihm schon die ganze Zeit auf der Zunge gelegen.

»Ich habe Ihnen alles erklärt«, sagte Alan. »Sie kennen die Details.«

»Wie lange werden Sie in Rom sein?«

»Zwei Nächte.«

»Also.« Der Mann lächelte vage. »Dann wollen wir hoffen, dass bis dahin alles zur maximalen Zufriedenheit geklärt ist.«

Alan schüttelte ihm die Hand und ging.

Er wohnte in einer kleinen Pension im Arbeiterviertel Testaccio, wo Vespas ratterten und die Sonne den Beton und die Steine aufheizte und seine Nachbarn dazu anstachelte, sich immer lauter anzuschreien, bis sie zur Nachmittagssiesta in ihre schweißgetränkten Betten fielen, um sich zu lieben oder zu schlafen. In dieser ruhigen Zeit ging er hinunter zum Kiosk und kaufte sich eine Telefonkarte, um im nahe gelegenen Postamt seinen Anruf zu erledigen.

Nach zwei Klingeltönen meldete sich Hoang. »Hotel Manhattan.«

»Zimmer 9612 bitte.«

Hoang machte sich nicht die Mühe, ihn zu verbinden.

»Alles in Ordnung?«, fragte Alan.

»Natürlich. Sie ist nebenan. Willst du mit ihr reden?«

»Bitte.«

Er hörte leises Rumoren, das Knarren einer Tür, dann Hoangs montone Stimme aus dem Hintergrund: *Er ist dran.*

Dann Penelope: »*O Gott!* Alan? Alan!«

»Hi. Hi, Pen. Geht's dir gut?«

»Ich … natürlich geht es mir *nicht* gut! Ich bin ganz durcheinander. Was ist das für ein Typ? Und wo bist du?«

»Er ist ein Freund, und ich bin momentan nicht im Land. Aber keine Sorge, du bist in diesem Haus, weil es dort sicher ist.«

»Was meinst du mit *sicher?* Geht es hier vielleicht um das Apartment?«

»Was?«

»Die Company hat unsere Wohnung auseinandergenommen, anscheinend haben sie nach was gesucht.«

»Bist du sicher, dass es die Company war?«

»Nein, ich weiß gar nichts mehr. Wo *bist* du?«

»Ich bin noch eine Weile weg. Bitte hab Geduld.«

»Ich hab ja wohl kaum eine andere Wahl.«

»Man hat immer eine Wahl. Aber ich bitte dich – bleib dort, bis ich zurückkomme. Es ist nur zu deinem Besten.«

»Wieso hat er deinen Ehering?«

»Was …« Erst jetzt fiel es ihm wieder ein, und er strich sich über die kahle Stelle an seinem Finger. »Ich wollte, dass du ihm glaubst. Was anderes ist mir nicht eingefallen. Und hör zu, Pen. Ich möchte mich entschuldigen.«

Schweigen, dann: »Er hat mir von den dreiunddreißig Leuten erzählt.«

»Er?«

»Milo. Ich hatte ja keine Ahnung, Alan.«

»Lassen wir das.«

Mühsam und brüchig atmete sie ein, und er fürchtete, dass sie gleich in Tränen ausbrechen würde. Doch sie sagte nur: »Komm einfach nach Hause, okay?«

»Sobald ich kann.«

»Wann wird das sein?«

»Das liegt nicht in meiner Hand.«

Schweigen.

»Pen?«

»Ich bin noch dran.«

»Was macht Milo?«

»Er versucht, dich zu finden, glaub ich.«

»Hat jemand mit ihm Kontakt aufgenommen?«

»Die CIA. Die suchen dich auch.«

Er konnte sich nicht vorstellen, dass sich die Company dafür interessierte, wo er war. »Okay, hör zu. Du darfst dein Telefon nicht benutzen.«

»Das hat er mir schon abgenommen.«

»Sei nicht beleidigt, wenn er es dir nicht zurückgibt – er ist ein misstrauischer Mensch. Aber er muss dich ein paar Tage allein lassen. Fahr mit ihm zum Einkaufen – nur Bargeld –, damit du ungefähr für eine Woche Vorräte hast. In Ordnung?«

»Alles klar.«

»Wenn er wiederkommt, bringt er Tina und Stephanie mit.«

»Was?«

»Hör bitte zu. Sie sind bestimmt verschreckt, und du musst sie beruhigen. Sie sollen sich an die gleichen Regeln halten wie du – kein Handy, keine Kreditkarte –, aber es kommt alles wieder in Ordnung. Und es dauert sicher nicht so lange.«

»Meine Güte, das ist ja das reinste Mysterienspiel.« Allmählich klang sie wieder wie die Frau, die er geheiratet hatte.

Es war ein unverzeihliches Risiko, da alles geregelt und der Start zum Greifen nah war, doch Hoang blieb unerbittlich. »Du musst kommen – wenn du nicht willst, dass ich sie auch noch umbringe.«

»Rühr sie nicht an, Hoang. Ich komme.« Erst jetzt ging ihm auf, was der Tourist gesagt hatte. »Moment, was soll das heißen, dass du sie *auch noch* umbringst?«

»Da war so ein alter Typ. Er hat gemerkt, wo ich sie hingebracht hatte.«

»Was für ein alter Typ?«

»Ein Russe. Hatte zumindest so einen Akzent. Er war in der Wohnung der Weavers, aber dann kam er rüber und hat beim Nachbarn geklopft, wo wir waren. Hat gerufen, dass er genau weiß, dass sie dort sind.«

»O Gott.« Alan drehte es den Magen um.

»Was ist?«

»Du hast Milos Vater getötet.«

Schweigen. Dann, nach einer Weile: »Ich hatte keine andere Wahl.«

»Natürlich hattest du eine andere Wahl, du blutrünstiger Scheißkerl.«

Erneut Schweigen.

Alan schloss die Augen.

Als er am nächsten Tag hinunterschwebte zum Flughafen von Denver, dämmerte ihm allmählich, dass Milo Weaver von nun an Jagd auf ihn machen würde, bis er ihn zur Strecke gebracht hatte.

Für die Flüge benutzte er den Namen Edward Leary, dann mietete er als George Miller einen Wagen. Insgesamt dauerte die Reise zum Grand Lake einen ganzen Tag. Er fühlte sich überfordert, doch ihm blieb nichts anderes übrig. Die Zeit lief ihm davon, und wenn er noch einen Tag verstreichen ließ, musste er damit rechnen, dass Tran Hoang alle erschoss.

Er parkte neben Hoangs Mietauto und lief den Weg hinauf zu der zweistöckigen Hütte am See. Eine kühle Brise schüttelte die Bäume durch.

Hoang trat auf die Veranda, ohne ihm die Hand zu reichen. »Keine Sorge, alle atmen noch.«

Alan drängte an ihm vorbei und stieß gleich auf Penelope. Sie drückte ihn verzweifelt an sich und schluchzte laut. Zuerst dachte er, dass Hoang gelogen hatte und dass sie um zwei Tote im Obergeschoss weinte, doch als sie anfing, ihn wild zu küssen, wurde ihm klar, dass die Tränen ihm galten. Sie überschüttete ihn mit Fragen, doch er wehrte ab. »Wo sind sie?«

Sie führte ihn an der Hand nach oben, und in einem der Schlafzimmer entdeckte er Tina Weaver, die auf dem Bett saß und noch wütender dreinschaute als vor einigen Monaten im New York Methodist Hospital, nachdem ihr Mann angeschossen worden war.

Auch diesmal lehnte Stephanie halb schlafend in ihrem Arm. Doch dann wachte sie blinzelnd auf. »Hi, Alan.«

»Hi, Stef. Hi, Tina.«

Tina gab ihrer Tochter einen Kuss. »Warte hier, kleine Miss. Ich muss mal kurz was mit Alan besprechen.«

Stephanie sträubte sich nicht, und als sie sich der Treppe näherten, zischte Tina: »Am liebsten würde ich dich erwürgen.«

Penelope versuchte zu vermitteln. »Er will uns doch nur helfen, Tina.«

Dann schwiegen alle, bis sie unten waren. Hoang war nach draußen gegangen. Im Wohnzimmer fiel Tina über ihn her wie eine Furie. »Er hat mir gesagt, dass du verrückt bist. Er hat es mir gesagt, aber ich wollte es nicht wahrhaben.« Sie bohrte ihm den Finger in die Brust. »*Du* hast ihn da reingezogen. *Du* bist dafür verantwortlich, dass wir hier in der Pampa festsitzen.«

Am liebsten hätte er sie aufgefordert, den Mund zu halten, aber das wäre in dieser Situation sicher nicht das Richtige gewesen. Also sagte er: »Ja, es ist meine Schuld. Alles.« Erst als er die Worte ausgesprochen hatte, fiel ihm ein, dass die beiden noch gar nichts von Jewgeni Primakow wussten. »Und jetzt versuche ich, das wieder in Ordnung zu bringen. Milo steckt in Schwierigkeiten. Die Chinesen bedrohen dich und Stephanie, um Milo zu erpressen.«

»Woher willst du das wissen?«

»Weil sie es bei mir genauso gemacht haben.« Er bemerkte Penelopes Bestürzung. »Deswegen hab ich euch alle aus der Schusslinie genommen. Und jetzt muss ich das Gleiche bei Milo machen.« Das war gelogen, aber wenn man eine Lüge von einer Wahrheit ableitet, ist das schwer zu erkennen.

Doch Tina hatte anscheinend ein feines Gespür für solche Unterschiede. »Ich glaube dir kein Wort. Ich glaube es erst, wenn ich es von Milo persönlich höre.«

»Du darfst ihn auf keinen Fall anrufen«, beschwor er sie. »Damit bringst du nur sein Leben in Gefahr. Dann wird der Anruf zurückverfolgt, und du und Stephanie seid als Nächste dran.«

»Ihr Agenten lügt doch alle wie gedruckt.«

Was sollte man darauf antworten? Nichts, außer: »Natürlich, aber das tun die anderen auch. Alle lügen, Tina, komm endlich zur Vernunft. Wenn du jetzt überstürzt handelst, setzt du das Leben deiner Tochter aufs Spiel.«

Das nahm ihr den Wind aus den Segeln, aber nur ein wenig. »Also schön, und wie sieht dein glorreicher Plan aus?«

»Ich will dir deinen Mann zurückbringen.« Auch das eine Lüge.

Sie atmete laut durch die Nase und fuchtelte mit einem Arm. »Wir werden *entführt*, und das ist alles, was du mir erzählst?«

»Ja, Tina. Das ist alles, was ich dir erzähle.«

Sie verschränkte die Arme vor dem Bauch und wandte sich kopfschüttelnd ab.

»Ihr werdet ein paar Tage allein sein, aber bleibt bitte unter euch. Entweder ich oder Milo, einer von uns beiden wird euch abholen, aber dann sollte schon alles geregelt sein.«

Es war eine Art Erklärung, eine Art Plan für die Zukunft, doch als Penelope mit ihm nach draußen ging, legte sie gleich den Finger auf den wunden Punkt: »Was heißt es, wenn statt dir Milo kommt?«

Er wusste, worauf sie hinauswollte. »Es heißt, dass meine Aufgabe noch nicht erledigt ist.«

»Oder dass du tot bist.«

»Das glaub ich nicht.« Er küsste sie auf die kleine Stupsnase.

Für Notfälle ließen sie Hoangs Mietauto zurück, und auf dem Weg nach Denver erklärte Alan: »Wir müssen nach Hongkong.«

Hoang schien das nicht weiter zu stören.

»Ich melde mich in einem Hotel an, aber ich gehe nicht rauf ins Zimmer. Du ziehst ein.«

»Wie lange dauert es, bis mir die Chinesen auf die Pelle rücken?«

»Nicht lang, du musst dich also auf die Flucht vorbereiten.«

»Und du?«

»Ich bin woanders. Hauptsache, die denken, dass ich in dem Zimmer sitze.«

Nach zwei Kilometern Schweigen sagte Hoang: »Du hast also eine Vereinbarung mit der Jugendliga?«

Um ein Haar hätte Alan die Kontrolle über das Steuer verloren. Er hatte weder Hoang noch jemand anders von der Jugendliga erzählt. Der Name war zwar in der ersten Planungsphase gefallen, aber dann gestrichen worden, weil die Gruppe einfach zu unberechenbar war. Alan überlegte, ob er sich ahnungslos stellen sollte, doch Hoang hatte seinen Atem noch nie auf müßige Spekulationen verschwendet. »Woher weißt du das?«

»Das sind die Einzigen, die noch übrig sind. Zumindest die Einzigen, die verzweifelt genug sind für einen bewaffneten Kampf. Da kommst du daher, einer ihrer früheren Geldgeber, und sagst ihnen, dass die Zeit reif ist für einen Aufstand gegen Peking.« Er verstummte und starrte auf die vorbeiwischenden Laubbäume. »Für solche Leute ist das berauschend, auch wenn sie genau wissen, dass sie zum Scheitern verurteilt sind.«

»Zum Scheitern sind nur die verurteilt, die nichts riskieren.«

»Mann, hast du das in einem Buch gelesen?« Zum ersten Mal, seit Alan ihn kannte, klang Hoang aufgebracht. »Glaubst du, einer von denen hat auch nur fünf Minuten über die Revolution hinausgedacht? Das sind doch alles Selbstmörder. Vielleicht streben sie nach Freiheit, vielleicht auch nicht, aber was sie miteinander verbindet, ist, dass sie an einer großen Sache beteiligt sein wollen, um ihrem erbärmlichen Leben einen Sinn zu geben. Wenn man denen ein Land überlässt, erschießen sie sich wahrscheinlich. Im Grunde haben diese Leute nur ein Ziel, Alan: *den Märtyrertod.* Und genau den wirst du ihnen bringen, weil das Ganze voll in die Hosen gehen wird.«

Überwältigt von dem ungewohnten Wortschwall brauchte Alan eine Weile, um sich zu besinnen. »Warum hilfst du mir dann?«

Auf Tran Hoangs Gesicht erstrahlte ein äußerst seltener Ausdruck: ein breites, offenes Lächeln, das eine Reihe großer, zum Teil schiefer Zähne zum Vorschein brachte. »Wer sagt, dass ich nicht auch den Märtyrertod suche?«

Mit zusammengekniffenen Augen spähte Alan auf die unter der sinkenden Sonne dunkler werdende Straße. Auch zwei Tage später, nach der Ankunft in Hongkong, nach der Anmeldung und dem Kleidertausch mit dem Touristen im Treppenhaus des Peninsula, nach seinem Treffen mit einer Chinesin, die sich als Hu vorstellte, und nach dem Warten auf den Einbruch der Dunkelheit, um an Bord eines Fischerboots nach Xiayong zu gehen, wurde er den Gedanken nicht los, dass Tran Hoang vielleicht noch verrückter war als er.

3

Über einen Monat lebte er mit ihnen zusammen. Das war vielleicht ein Fehler. Er schlief in ihrer Mitte, er aß und putzte und machte mithilfe eines Dolmetschers sogar Witze mit ihnen. Er hatte ihre Frauen und Babys kennengelernt, die in den Wäldern hausten, und Geschichten über Ungerechtigkeiten gehört, die so himmelschreiend waren in ihrer Menschenverachtung, dass er sich nicht dazu überwinden konnte, seine eigenen Erzählungen beizutragen. Verglichen mit ihrem Schicksal war er ein Zwerg, und bisweilen schämte er sich für das Selbstmitleid, das ihn hierhergetrieben hatte. Doch jetzt gab es keinen Ausweg mehr. Nach seiner Ankunft hatte er den Anführer Li Qide wissen lassen, dass es bald geschehen musste, nur hatte *bald* in den Wäldern eine völlig andere Bedeutung. Außerdem hielten sie es für sinnlos, vor den Spielen etwas zu unternehmen, die jeder Aktion, auch einer gescheiterten, eine viel breitere Wirkung ermöglichen würden. Er versuchte, Li Qide umzustimmen, doch wie konnte er angesichts ihres Leids darauf verweisen, dass er einfach nur zu seiner Frau zurückwollte?

Einen Monat lang hatte er mit niemandem außerhalb des Lagers Kontakt, und mit der Zeit wurde sein eigener Zorn von ihrem verdrängt. Er übte nicht mehr Rache für seine eigene Schmach, sondern für die Demütigung der Menschen, denen er sich angeschlossen hatte. Inzwischen war er vertraut mit ihren Gerüchen: das beißende Bratöl, der Pferdemist und die schäbigen Klohäuschen, menschlicher Schweiß vermischt mit dem Aroma von Kiefern und Fichten, der Gestank von sauer eingelegtem Gemüse und verkohltem Huhn.

Und dann kam endlich der 8. August. Eine fast dreitägige Reise lag hinter ihm. Mit dem Pferd nach Leishan, dann per Anhalter nach Guiyang, wo er einem Führer vorgestellt wurde, der ihn bis nach Zhengzhou brachte. Dort stieg er in einen klapprigen, alten Mercedes und fuhr dank einer Landkarte mit englischen Anmerkungen allein weiter. Er stieß auf drei mit nervösen Soldaten besetzte Straßensperren, doch mit seinem amerikanischen Pass auf den Namen George Miller und dem großzügigen Verteilen von Marlboro-Schachteln kam er reibungslos durch.

Dafür waren die Straßen übersät mit Schlaglöchern und zerfurcht wie Gebirgszüge, sodass er Angst um seine Reifen haben musste. Doch sie hielten durch, und sein Weg führte ihn unaufhaltsam Richtung Hauptstadt.

»Ich Journalist!«, rief er einem Soldaten an der letzten Absperrung vor der äußeren Ringstraße Pekings zu und zeigte seinen Pass vor. Der kleine Mann mit breitem Gesicht wirkte verwirrt, als er das Dokument prüfte. Alan deutete auf die eigene Brust. Er hatte den Anzug an, mit dem er ins Land eingereist war und den er bis gestern nicht mehr getragen hatte. Ihm war schmerzlich bewusst, wie lose die frisch gereinigten und gebügelten Kleidungsstücke an ihm hingen. »Journalist! *New York Times!*«

Auch dafür hatte er einen Presseausweis und eine gefälschte Akkreditierung des Außenministeriums, beides auf den Namen George Miller. Außerdem befanden sich in einem ausgehöhlten, mit zwei Schrauben an der Unterseite des Wagens befestigten Katalysator die zerlegten Teile eines chinesischen Scharfschützengewehrs mit Zielfernrohr vom Typ M-99B, das auf eine Distanz von bis zu sechshundert Metern eingesetzt werden konnte. Allerdings brauchte er diese Reichweite gar nicht.

Immer noch verwirrt entfernte sich der Soldat, um sich mit einem seiner Kameraden zu beraten.

An der Absperrung wartete eine Schlange mit Lastwagen, die mit Spiegeln auf Rädern und eifrigen Kumming-Wolfshunden überprüft wurden. Plötzlich wurde er durch lautes Schreien auf einen Mann aufmerksam, der aus einem Lastwagen gezerrt und überwältigt wurde. Die Planenwände des Fahrzeugs waren so rußverschmiert, dass die Beschriftung nicht erkennbar war. Der junge Mann wehrte sich stumm gegen die zwei Soldaten, die ihn festhielten. Sie waren es, die riefen, möglicherweise nach Verstärkung. Dann taumelte einer der Soldaten zurück und fiel auf den Hintern. Der Lastwagenfahrer konnte sich losreißen und stürmte wie ein Besessener Richtung Peking davon. Gewehre wurden abgeschnallt und Warnrufe ausgestoßen. Als der Fahrer ungefähr hundert Meter Abstand hatte, eröffneten die Soldaten das Feuer. Der Flüchtende lief in Zickzacklinien, doch im Gegensatz zu Alan war ihm nicht klar, dass Soldaten auf der ganzen Welt schlechte Schützen sind. Es hatte keinen Sinn, auf Kosten der Geschwindigkeit Ausweichbewegungen zu machen, denn bei einer gewundenen Fluchtlinie war genauso mit Zufallstreffern zu rechnen wie bei einer geraden.

Nach ungefähr zehn Sekunden stürzte der Fahrer aufs Gesicht, als wollte er in die Straße eintauchen, und sein linker Arm flatterte noch fünf Sekunden in der Luft, ehe er ebenfalls nach unten sank.

Alans Soldat kehrte zu ihm zurück, um ihm schwer schnaufend seine Papiere zu überreichen, und fing an zu brüllen. Alan starrte ihn an. Der Soldat klatschte mit der flachen Hand aufs Autodach und deutete nach vorn. »Fahren! Fahren!«

Hastig warf Alan den Motor an und steuerte kurz darauf an dem von fünf ratlos wirkenden Soldaten umringten Toten vorbei.

Ein hochgewachsenes nigerianisches Paar in farbenprächtiger Wüstenkluft. Singende Russen in Trainingsanzügen. Gaffende alte Jungfern aus Australien. Betrunkene Argentinier, die mit Fußballschals winkten. Österreicherinnen mit blonden Heidizöpfen in traditioneller Tracht, gefolgt von kleinen, stumm marschierenden Sri Lankern in makelloser Kleidung. Amerikanische Shopper in belebten Hutongs. Überfordert wirkende Rotgardisten zwischen Horden von Ausländern auf dem Tian'anmen-Platz. Das Vogelneststadion mit seiner gotisch versponnenen Architektur inmitten einer Stadt der Würfel. Bemalte Autos, trötende Hupen, Verkehrspolizisten mit verzweifelt wedelnden weißen Handschuhen. Und Fahrräder, Tausende von Fahrrädern.

Trotzdem musste er immer wieder an einen Lastwagenfahrer und einen zuckenden linken Arm denken.

Er kannte sein Ziel, doch es war erst Mittag. Er fuhr vorsichtig und prägte sich so viel wie möglich ein für später, wenn er nach Einbruch der Dunkelheit fliehen würde, um nie zurückzukehren.

Das Problem an Verschwörungen – zumindest an solchen, die in konkrete Aktionen mündeten – ist, dass jeder Einzelne nur für einen kleinen Teil des Gesamtplans verantwortlich ist. Gegenseitiges Vertrauen ist unverzichtbar. Er hatte gelernt, der Jugendliga hundertprozentig zu vertrauen, auch wenn ihr Vertrauen in ihn unangebracht war. Aber auch Vertrauen bot keine Gewähr dafür, dass der Junge, der den Lastwagen voller Sprengstoff in die Stadt bringen sollte, seinen Auftrag erfolgreich ausgeführt hatte. Möglicherweise war er der Fahrer gewesen, den es vor seinen Augen erwischt hatte. Daher war nicht nur Vertrauen nötig, sondern Glaube. Der feste Glaube daran, dass alles nach Plan lief und menschliches Versagen keine Rolle spielte.

Natürlich gab es nicht nur einen Lastwagen, sondern vier. Jeder kam aus einer anderen Himmelsrichtung, und selbst wenn nur einer die Kontrollen passierte, reichte der Sprengstoff für die vier Objekte, die gleichzeitig in die Luft gehen sollten. Keine Prachtbauten wie das Vogelnest oder die Große Halle, aber trotzdem wichtige Gebäude, die nur leicht bewacht wurden. Entscheidend war die Gleichzeitigkeit. »Wie Al Kaida«, hatte Li Qide betont, um sein Wissen zu demonstrieren – als hätte Osama bin Laden das Konzept paralleler Angriffe erfunden.

Neben Alan waren mindestens noch drei andere Kämpfer mit Präzisionsgewehren eingetroffen, die wie er in angemieteten Wohnungen gegenüber von den Hauptzielen Stellung beziehen sollten, um die anrückenden Ordnungskräfte abzufangen. Darauf hatte Alan bestanden. »Bomben sind passiv. Damit beweisen wir, dass die Jugendliga keine Angst davor hat, sich zu zeigen und zu kämpfen. Damit rechnen sie bestimmt nicht.«

Nach einer Stunde im dichten Verkehr hatte er das Gefühl, das neue Gesicht Pekings ausreichend erforscht zu haben, und machte sich auf den Weg hinüber in den Bezirk Haidian.

Selbst mit Li Qides englischen Anmerkungen hatte er Mühe, die Straße zu finden, doch schließlich stieß er auf das Haidian-Theater mit seiner breiten, flachen Fassade und den chinesischen Schriftzeichen an der Seite. Er durchquerte das Viertel Zhongguancun in nördlicher Richtung, vorbei an der Ring Road, bis zu einer schattigen Straße, deren Schild dem Piktogramm auf seiner Karte entsprach. Wie angekündigt war das Apartment grün gestrichen, und ein offener Torbogen führte zu einem Hof, wo er zwischen mehreren rostigen Wagen parkte. Eine alte Frau mit einer ölig schwarzen Papiertüte überquerte den Hof. Er wartete, bis sie verschwunden war, dann griff er nach dem Schraubenschlüssel unter seinem Sitz. Verstohlen schlüpfte er hinaus und ließ sich mit schmerzhaft verkrampften Beinmuskeln so weit wie möglich unter das schmutzige Auto gleiten. Er drehte an den Schrauben, und kurz darauf hatte er die rußige Katalysatorhülle in der Hand. Er zog sie heraus, stand auf, klopfte sich die Kleider ab und verriegelte die Wagentür. Wie ein Architekt seine Pläne trug er den langen Zylinder die eiserne Treppe zum vierten Stock hinauf und schloss die Tür mit der Nummer 41 auf.

Schnell schaute er sich in dem kleinen, staubigen Apartment um: eine Küche mit zerbrochenen Fliesen, zusammengerollte Teppiche vor wasserfleckigen Wänden, ein jahrzehntealter Fernseher und Fenster, die auf eine enge Straße blickten. Gegenüber stand ein anderes Wohnhaus, das Li Qide voller Entsetzen auf Alans Zielliste entdeckt hatte. »Was ist das?«

»Ein Büro.«

»Nein, du hast schlechte CIA-Karten wie damals, als ihr unsere Botschaft in Belgrad bombardiert habt. Das ist ein Wohnhaus.«

»Das stammt nicht von einer Straßenkarte, Li Qide.« Dann benutzte Alan eine kleine Notlüge. »Das ist aus einer Überwachungsaktion. Im Keller befindet sich eine Spezialeinheit des Guoanbu.«

»Aber das darüber sind Wohnungen.«

»Warum wurde die Abteilung wohl dort installiert? Weil sie so wichtig ist.«

»Was macht diese Spezialeinheit?«

»Sie plant Morde auf der ganzen Welt.«

»Zum Beispiel?«

»Ich weiß von dreiunddreißig.«

»Willst du mir keine Einzelheiten verraten?«

»Doch, gern.« Dann zählte er die Namen und den Ort ihrer Ermordung auf. »Sandra Harrison in Tallinn, Pak Eun in Seoul, Lorenzo Pelligrini in Kairo, Andy Geriev in Moskau, Mia Salazar in Brasília …«

Li Qide akzeptierte seine Begründung, genauso wie er die anderen Ziele auf der Liste akzeptiert hatte: die von Koolhaas entworfene Hauptverwaltung des Fernsehsenders Central Television an der Guanghua Road, das Büro für Öffentliche Sicherheit in der Daxing Hutong, und als einziger olympischer Austragungsort das Hauptgebäude des Ruderparks in Shunyi.

Es war halb zwei, eine Stunde vor dem großen Moment. Er schraubte das Rohr auseinander und breitete die Gewehrteile vor sich aus. Draußen schwärmten scharenweise Leute auf Fahrrädern zu letzten Einkäufen aus, ehe sie nach Hause oder in Kneipen eilten, um die Spiele im Fernsehen zu verfolgen.

»Es muss vor den Spielen sein«, hatte Li Qide gemahnt.

»Ich dachte, es geht darum, die Führung vor der ganzen Welt zu blamieren?«

»Da haben wir noch nicht gewusst, dass du ein Wohnhaus in die Luft jagen willst. Nein, wir machen es ein paar Stunden vor Eröffnung der Spiele, damit möglichst wenige Zivilisten ums Leben kommen.«

Die Vorverlegung hatte ihre Vorteile. Nicht nur waren um diese Zeit fast alle Wohnungen leer, die Menschenmenge auf den Straßen war auch eine ideale Deckung für die jungen Männer und Frauen, die ihre Rucksäcke mit C4 an genau festgelegten Punkten der Hausmauer deponieren mussten. Selbst Alan, der mit dem Zielfernrohr die Umgebung des Gebäudes absuchte, um es zu testen, konnte niemanden entdecken. Auch von den verräterischen Rucksäcken an den Hausecken war nichts zu erkennen. Doch er geriet nicht in Panik, denn noch war eine Stunde Zeit.

Als er gerade das Gewehr zusammengesetzt hatte, hörte er an der Tür ein dreifaches Klopfen und die Stimme einer alten Frau, die zögernd eine Frage stellte. Er achtete nicht weiter darauf und überprüfte noch einmal das Zielfernrohr, doch die unaufhörlich plappernde Alte klopfte erneut, pochte mit der Faust und probierte schließlich sogar die Türklinke. Er erschrak, denn er konnte sich nicht erinnern, ob er abgeschlossen hatte. Er hatte.

Stille entstand, vielleicht weil sie nachdachte, was zu tun war, dann pochte sie erneut, gefolgt von grellem chinesischem Singsang – offenbar eine dringende Aufforderung. Dem unverständlichen Gegreine war ein deutlicher Anspruch anzumerken.

Er stand auf und stellte das Gewehr in einen knarrenden Schrank. Dann trat er neben die Tür. Er unterbrach den Redeschwall mit »Wo tin bu dong« – *Ich verstehe nicht.*

Schweigen.

Er gab sein Schulbuch-Mandarin auf. »Tut mir leid, ich spreche nicht Chinesisch. Sprechen Sie Englisch?«

Nach einem erstaunten »Uuh« fing sie wieder von vorn an, lauter, wütender. Er entriegelte die Tür und zog sie ein wenig auf, und gerade als er das Gesicht vor den Spalt schob, krachte sie gegen ihn. Doch nicht von dem schwachen Stoß einer alten Frau, sondern vom Stiefeltritt eines jungen Mannes. Die Klinke traf ihn direkt unter dem Brustbein, und er taumelte um Luft ringend zu Boden. Unmittelbar darauf stürmten vier Soldaten herein und brüllten in breiigem Kauderwelsch: »Da bleiben!« Hinter den Uniformierten, am Geländer vor der Tür stand mit fest verschränkten Armen, als müsste sie ihren schweren Körper zusammenhalten, die Alte und starrte ihn voller Hass an.

Dann wurde ihm ein Sack über den Kopf gestülpt, und sie schafften ihn weg.

Sie zerrten ihn über Beton und Erde, warfen ihn in einen Wagen und fuhren ihn durch Straßen voller Stimmen und Autohupen. Essensdünste, Auspuffgase und der Gestank von verbranntem Gummi stachen ihm in die Nase, dann roch er auf einmal frisches Gras und später Betonstaub. Wieder wurde er irgendwo entlanggeschleppt, diesmal in ein Haus und eine Treppe hinauf, bevor man ihn auf den Boden warf. Die Kapuze wurde entfernt, und er kniff die Augen zusammen im plötzlichen Licht einer Glühbirne, bis sie allmählich den kleinen, schmutzigen Raum ohne Fenster erfassten. Wände, Boden, Decke – alles Beton. Die Soldaten marschierten hinaus und sperrten die schlichte Holztür ab.

Nach ungefähr fünfzehn Minuten hatte er seine verkrampfte Position am Boden immer noch nicht verändert, und er fing an zu lachen. Sein ganzes Leben war auf dieses Apartmentfenster und das Gewehr zugelaufen. Und es war einfach komisch, wie wenig es brauchte, damit die Arbeit eines ganzen Lebens ihren Sinn verlor.

Auch die Tränen kamen ihm, und da begriff er, dass er sich zu lange mit diesen Amateuren in den Wäldern abgegeben hatte. Immer das gleiche Lied. Einer von ihnen, vielleicht auch mehrere, hatte der Polizei alles verraten, und sie hatten die lange Reise nach Peking nur auf sich genommen, um in einen Hinterhalt zu geraten. Keiner hatte es geschafft. Es war nicht ihr Fehler, denn im Grunde war damit zu rechnen. Es war sein Fehler, weil er ihnen eine Operation anvertraut hatte, für die sie nicht gerüstet waren. Der ganze Wahnsinn war die Folge seiner Verzweiflung. Und er war nur deshalb noch am Leben, weil Xin Zhu Informationen von ihm wollte. Die anderen, die vier in ihren Lastwagen, die drei weiteren Gewehrschützen – sie waren sicher alle tot. Und auch die, deren Aufgabe es war, die Operation zu unterstützen, waren wahrscheinlich tot oder hatten nicht mehr lang zu leben. Zwanzig? Dreißig? Dreiunddreißig?

Seine Hysterie war wieder etwas abgeebbt, als ein Soldat die Tür aufschloss. Xin Zhu trat ein und wies den Soldaten an, sie allein zu lassen.

Der Mann war wirklich ein Koloss. Alle Quellen hatten das erwähnt – Henry Gray hatte immer wieder davon angefangen, und Andrei Stanescu hatte geradezu ehrfürchtig darüber gesprochen –, dennoch war er nicht vorbereitet darauf, wie der Chinese den kleinen Raum mit seiner Präsenz füllte. Alan hatte das Gefühl, sich an die Wand drücken zu müssen. Doch sein

Zorn war so groß, dass er sich keine Regung anmerken ließ. Dreiunddreißig blau erstarrte Punkte trieben ihn dazu an, sich hochzurappeln und einen Schritt nach vorn zu machen. Er überlegte, ob er sein Gegenüber mit bloßen Händen erwürgen sollte. Möglich war es. In einem Granatapfelhain westlich von Kandahar im Bezirk Arghandab hatte er so etwas schon einmal getan. Es war schwer und langwierig und brutal, aber er hatte es getan, und nachdem er sich übergeben hatte, hatte er in der Nacht traumlos geschlafen. Alles war möglich.

Vielleicht spürte er etwas von Alans innerem Aufruhr, denn Xin Zhu kam nicht näher. Er blieb an der Tür stehen und musterte ihn resigniert. Schließlich sagte er: »Sie sind ein Glückspilz.«

»Anscheinend nicht so einer wie Sie.«

Xin Zhu ging nicht auf diese Bemerkung ein. »Die Bomben wurden gefunden und entschärft. Ihre Kameraden sind gefasst. Ihre lächerliche Operation ist komplett gescheitert.«

»Trotzdem sind Sie hier. Sehr gewagt.«

»Ach, um mein Wohlergehen bin ich nicht besorgt. Zumindest nicht, was Sie betrifft. Die Soldaten hinter der Tür sind zur Stelle, bevor Sie mir ein Haar krümmen können. Die Folgen hätten Sie sich selbst zuzuschreiben.«

Es klang nicht nach einem Bluff.

Xin Zhu fuhr fort: »Ich wollte Sie kennenlernen, bevor Sie uns verlassen. Ich würde mich gern entschuldigen, doch wir wissen beide, dass das unaufrichtig wäre. Ich habe in einem bestimmten Augenblick getan, was ich für das Beste hielt, und es liegt in der Natur der Dinge, dass wir mit den Konsequenzen unserer Handlungen leben müssen. Bei mir wird das noch jahrelang der Fall sein. Und bei Ihnen wahrscheinlich auch.«

Philosophie in der Zelle, dachte Alan. »Schluss jetzt. Wir sind nicht zu einem freundlichen Plausch hier. Bringen Sie es einfach hinter sich.«

Xin Zhu nickte und betrachtete einen Moment seine dicken Finger. »Es ist vorbei mit den Gefälligkeiten. Ich werde nicht mein Leben damit zubringen, ihm Dinge zu schenken.«

»Wem?«

»Er hat es nicht verdient.«

»Wer?«

Xin Zhu hatte anscheinend kein Interesse daran, irgendetwas zu erklären. Ohne ein weiteres Wort wandte er sich ab und ging langsam hinaus. Als er die Tür schloss, bemerkte Alan, dass der Korridor völlig leer war. Xin Zhu hatte also doch geblufft.

Als sie kamen, hatte er stundenlang über alles nachgegrübelt. Er kannte seine Fehler und sah ein, dass er sich von seinen Emotionen hatte hinreißen lassen. Letztlich war es seine militärische Ausbildung, die ihn davon überzeugte, dass Jammern keinen Sinn hatte. Was geschehen war, war geschehen. Noch mehr Philosophie in der Zelle. Er dachte nicht daran, was als Nächstes auf ihn wartete, denn auch das ließ sich nicht ändern. Xin Zhu hatte seine Entscheidung getroffen, und alles andere war nebensächlich.

Doch eins nagte an ihm: die Befürchtung, dass Penelope schrecklich leiden würde, wenn er irgendwann – mit oder ohne Vorweisen einer Leiche – für tot erklärt wurde. Er hätte ihr gern eine Nachricht geschickt. Zumindest darum hätte er Xin Zhu bitten können.

Drei Männer in Zivilkleidung holten ihn ab. Zwei waren mit Pistolen bewaffnet, während der Dritte nur voranschritt durch kahle Betongänge. Draußen empfingen ihn ein nächtliches Feld und etwas weiter weg neue, wie zerbrochene Zähne aufragende Gebäude. Jetzt erkannte er, dass er sich in einem zehnstöckigen Rohbau aufgehalten hatte. In der Ferne erblühte über der Stadt das Feuerwerk zur Eröffnung der Olympischen Spiele.

Sie fuhren ihn durch spärlichen Verkehr. Weil ihm inzwischen alles egal war, fragte Alan die Leute, ob jemand die Übertragung der Spiele für sie aufnahm. Er formulierte die Frage auf Englisch, Französisch, Deutsch und Arabisch, aber er erhielt keine Antwort.

Wieder ein Feld, eine löchrige Schotterstraße, und eine weiße zweimotorige Maschine auf einer verborgenen Rollbahn. Seine drei Begleiter ließen ihn am Fuß der Treppe stehen und fuhren weg. Erst als er zur Luke hinaufstieg, begriff er, dass er nicht sterben würde. Ein großer, muskelbepackter Schwarzer wartete auf ihn.

Der Mann stellte sich nicht vor, aber er war freundlich. Er bot Alan etwas zu trinken an und brachte ihm mit bescheidenem Lächeln das erbetene Wasser. Er hatte einen afrikanischen Akzent, den Alan nicht zuordnen konnte, und als er fragte, war die Antwort: »Ich komme vom Schwarzen Kontinent. Mehr müssen Sie nicht wissen.«

»Ist das unser Ziel?«

Der Mann setzte ein ansteckendes Grinsen auf. »Schnallen Sie sich an.«

In der Luft wusch er sich, so gut es ging, in dem kleinen Bad und zog einen anthrazitgrauen Anzug mit rosa Krawatte an, der ihm erstaunlich gut passte.

Die Piloten bekam er nicht zu Gesicht, auch nach der Landung in Hongkong blieb die Cockpittür geschlossen. Der muskelbepackte Mann führte ihn hinunter zur Rollbahn, und sie steuerten auf ein weiteres zweimotoriges Flugzeug zu, eine graue Lockheed Martin mit französischer Markierung. Das Prozedere war das Gleiche – diesmal bot man ihm einen Teller mit Lachs und gemischtem Gemüse an –, und auch hier blieben die Piloten unsichtbar.

Inzwischen war die Sonne aufgegangen, und er konnte die Bewegung des Flugzeugs über Wasser und Berge mitverfolgen. Als sie wieder ausstiegen, wartete eine von rotem Sand halb verdeckte Piste auf sie. Dank seiner vagen Navigation vermutete er, dass sie in Pakistan waren. Als er Genaueres wissen wollte, lächelte sein Begleiter. »Wissen Sie, ich bin mir auch nicht ganz sicher. Aber ich glaube, wir sollten uns lieber beeilen, sonst verpassen wir noch unseren Anschlussflug.«

Die nächste Maschine war erheblich größer, ein Airbus A320 mit über hundert Plätzen, doch auch hier waren sie die einzigen Passagiere. Diesmal schlief Alan einige Stunden, ehe ihn der Schwarze mit sanftem Schütteln an der Schulter weckte. »Wir sind da.«

Als er durchs Fenster blickte, erkannte er, dass sie bereits auf einer alten, von Felsbrocken und wucherndem Gras gesäumten Rollbahn gelandet waren. Um sie herum erhoben sich Berge. Statt eines Flugzeugs wartete ein roter Kleintransporter mit italienischem Kennzeichen auf sie. Vorn saßen zwei schmierige Typen bei laufendem Motor, und er stieg mit seinem Begleiter durch eine Schiebetür an der Seite ein. Links und rechts gab es je eine Bank, und zwischen ihnen und den Männern vorn erhob sich eine Wand. Als der Beifahrer die Tür schloss, wurde es dunkel. Die Dunkelheit setzte sich in Bewegung.

»Das wird eine lange Fahrt«, erklärte der Afrikaner. »Bleiben Sie einfach gelassen, okay?«

»Wollen Sie mir noch immer nicht verraten, wohin wir fahren?«

»Für ihn geht Sicherheit vor Komfort.«

»Für ihn?« Alan musste an den *er* denken, dem Xin Zhu keine Gefälligkeiten mehr erweisen wollte.

»Nur ein paar Stunden noch.« Plötzlich leuchtete ein kleines Licht auf, als der Mann sein Telefon einschaltete. Er wählte eine Nummer und sagte auf Französisch: »Wir sind unterwegs.« Pause. »Ja, alles.« Pause. »Okay.« Er schaltete ab, und es wurde wieder still. »Ich soll Ihnen ausrichten, dass alles in Ordnung ist. Er will, dass Sie das wissen. Keine Angst.«

»Warum interessiert er sich dafür, wie ich mich fühle?«, fragte Alan nach einer Weile.

»Keine Ahnung, ob das so ist, aber er ist wohl der Meinung, dass Sie ziemlich viel davon verstehen, wie man abhaut.« Pause. »Stimmt das?«

»Wahrscheinlich das Einzige, was ich beherrsche.«

Wie angekündigt dauerte die Fahrt lange – über vier Stunden –, und er spürte jede Erschütterung, wenn der Transporter über Bodenwellen oder Schlaglöcher rollte. Zum Teil jagten sie über Autobahnen, zum Teil, vielleicht in Städten, mussten sie das Tempo verkehrsbedingt drosseln. Als sie endlich stoppten, waren ihm die Beine eingeschlafen.

Der Mann fragte: »Bereit?«

Alan klopfte sich auf die kribbelnden Schenkel. »Klar.«

Der Afrikaner zog die Seitentür auf und stieg aus. Gequält kniff Alan die Augen zusammen und hob die Hand, um sich vor dem grellen Licht zu schützen. Einen Moment lang war alles weiß, dann drangen die Fassade einer Bank namens BHI und ein Gehsteig mit Steinplatten zu ihm durch.

»Kommen Sie bitte.« Der Mann streckte ihm den Arm entgegen.

Alan wollte niemanden berühren, also kletterte er allein hinunter. Er roch Wasser in der Luft. Rechts und links erstreckte sich uneben eine alte europäische Straße an einem Hafen, doch erst als ihn sein Begleiter zu einer Tür mit Schnitzereien neben der Bank führte und hinter dem sich entfernenden Kleintransporter die Gebäude auf der anderen Seite des Wassers zum Vorschein kamen, wurde ihm klar, dass er in Genf war.

Der Afrikaner klingelte und wartete, bis es summte, dann drückte er und führte Alan eine enge Stiege hinauf. Ein Absatz mit zwei Türen, dann wieder Stufen. Sie erklommen fünf Treppenfluchten bis hinauf zum obersten Stockwerk, und unterwegs kam eine Gestalt auf dem Weg nach unten an ihm vorbei. Mühsam spähte er im Halbdunkel nach dem Gesicht, und als er es erkannte, spürte er einen Stich in der Brust.

»Hallo, Alan«, sagte der Mann.

»Hoang.« Alan hielt den Atem an. »Was machst du denn hier?«

Tran Hoang legte ihm eine Hand auf die Schulter, und Alan erinnerte sich an die sentimentale Frage des Touristen in Ferndale: *Ist es bei dir und deiner Frau auch so?* Dann war er verschwunden, und der Schmerz in Alans Brust breitete sich aus wie bei einem Herzstillstand, ehe er wieder verging. Vermutlich hatte Hoang dafür gesorgt, dass Zhu auf ihn vorbereitet gewesen war.

In der obersten Etage gab es nur eine Tür. Der Afrikaner klopfte, und von drinnen kam die Antwort: »Herein.«

Obwohl er die Stimme sofort erkannte, war er wie vom Donner gerührt, als er vor Milo Weaver trat, der hinter einem engen Flur in einem von Sonnenlicht durchfluteten Wohnzimmer stand. Um ihn herum auf dem Boden waren Kisten voller Akten, und weitere Papiere bedeckten in wildem Durcheinander einen Tisch, ein Sofa, zwei Sessel und sogar einen kleinen Fernseher. In einem Radio in der Ecke lief leise französische Popmusik. Milo schien sich in keinster Weise der Befremdlichkeit der Szenerie bewusst, als er nach vorn trat. »Danke, Dalmatiner.« Dann nahm er Alans Hand und schüttelte sie. »Schön, dich heil wiederzusehen.«

Der Afrikaner mit dem merkwürdigen Namen Dalmatiner zog sich zur Tür zurück. »Die Straße ist gesichert.«

»Gut«, antwortete Milo über Alans Schulter. »Bis Mitternacht ist hier alles aufgeräumt.«

Dalmatiner verließ das Apartment.

»Komm.« Milo zog Alan ins Zimmer. »Entschuldige bitte die Unordnung.« Er machte einen Sessel für ihn frei.

Nach vierundzwanzig Stunden, in denen er nur den Anweisungen anderer gehorcht hatte, kam sich Alan vor wie ein Automat.

»Was zu trinken?«

Alan nickte.

Milo ging zu einem Schrank, der ebenfalls mit Akten übersät war. Als er ihn öffnete, blinkten Gläser und eine üppige Sammlung Alkoholika. Nach einem Monat in den Wäldern von Guizhou betrachtete Alan diese Batterie fast mit Schuldgefühlen. Milo griff nach einem Macallan Limited Edition und blies zwei Gläser aus, die kurz darauf einen Fingerbreit bernsteinfarbene Flüssigkeit enthielten. »Auf …« Nach kurzem Zögern zuckte Milo die Achseln. »Auf.« Er stieß mit Alan an und nippte leicht.

Alan trank sein Glas in einem Zug leer. An der hinteren Wand umrahmten breite Fenster die nicht so fernen Berge.

»Okay.« Milo nahm die Flasche und schenkte Alan nach. Dann stellte er sie auf den Boden und schob mehrere Mappen auf dem Sofa beiseite, um sich hinsetzen zu können. »Bitte hab noch einen Moment Geduld, Alan. Sag nichts. Ich erzähl dir einfach so viel, wie ich kann, dann darfst du mir deine Fragen stellen.«

Alan nickte mechanisch.

»Das Einzige, was du wirklich wissen musst, ist, dass er auf dich gefasst war. Das war notwendig. Wenn nicht, wärst du jetzt tot. Ich hoffe, das ist dir klar.«

»Wer hat es ihm verraten?«

»Moment.« Milo deutete. »Wie du mit mir und meiner Familie umgesprungen bist, ist unverzeihlich, aber Hoang hat sich für dich eingesetzt. Zum Teil hatte er Erfolg damit. Ich verstehe jetzt, warum du deine Fehler gemacht hast. Irwin, Collingwood und Jackson haben dich im Dunkeln gelassen, und aus deiner Sicht gab es nur eine Möglichkeit, die Sache abzuschließen. Aber du musst mir glauben: Das war ein Irrtum. Wenn du Zhu getötet hättest, wäre er nicht so schlecht dran wie jetzt.«

»Auf mich hat er einen ziemlich munteren Eindruck gemacht.«

»Aber das ist er nicht.« Jedes Anzeichen von Freude war aus Milos Zügen gewichen. »Er hat nichts mehr unter Kontrolle, am wenigsten sich selbst. Und wenn der richtige Zeitpunkt kommt, falls er kommt, reicht eine kleine Indiskretion, um ihn zu erledigen. Doch so weit ist es im Moment noch nicht.«

In Alans Magen mischte sich Zorn mit dem warmen Whisky. »Es sind Leute gestorben, Milo. Dutzende wahrscheinlich. Weil du es ihm verraten hast. Macht dir das gar nichts aus?«

»Niemand wird getötet.« Milo schüttelte den Kopf. »Das wurde mir garantiert.«

»Garantiert? *Garantiert?* Bist du wirklich so naiv?«

»Beruhige dich, Alan.«

Doch Alan hatte sich schon viel zu lange zusammengerissen. Man hatte ihn von einem Ende des Planeten zum anderen gekarrt, man hatte seinen Traum zerstört, den Traum, für den er so viele Menschen hintergangen hatte, und die Welt, die er kannte, existierte nicht mehr. Jetzt sah er sich diesem eingebildeten Kerl gegenüber, der alles zu verstehen glaubte mit diesen Bergen von Akten. Doch da täuschte er sich. Milo Weaver begriff nicht einmal einen Bruchteil dessen, was er im Augenblick empfand. »Du hast keine Ahnung, was du angerichtet hast! Du sagst, du kannst ihn mit Informationen zu Fall bringen. Was für Informationen denn? Diese Akten vielleicht?« Sein Blick fiel auf eine Mappe mit der Aufschrift AHMADINEDSCHAD, MAHMUD.

»Nein, das sind alles alte Dokumente. Ich verschaffe mir nur einen Überblick.«

»Einen Überblick worüber? Und warum bist du so verdammt gut gelaunt?«

Milo zuckte die Achseln auf eine Weise, die ihn noch mehr erbitterte. »Penelope ist in Paris.«

Alans Zorn verflog. Mit einem Schlag war ihm kalt, und er spürte den Whisky kaum noch. »Was? Wieso?«

»Ich hab sie darum gebeten.«

»Geht es ihr gut?«

»Natürlich«, antwortete Milo. »Tina und Stephanie sind auch dort.«

Alan stellte sein Glas auf Mahmud Ahmadinedschad ab und rieb sich übers Gesicht, bis er Sterne sah.

»Ganz ruhig«, sagte Milo. »Alles in Ordnung. Alex ist bei ihnen.«

»Alex?« Dann kam er darauf. »Alexandra.«

»Wir können morgen zu ihnen fahren«, erklärte Milo. »Außer du willst nicht. Ich kann natürlich nicht wissen, was in dir vorgeht. Die Entscheidung liegt ganz bei dir. Wenn du sie nicht sehen willst, lassen wir uns eine Ausrede einfallen.«

»Selbstverständlich will ich sie sehen.«

»Gut.«

»Aber … *warum?*« Alan dämmerte allmählich der wahre Grund seiner Verwirrung. »Warum hilfst du mir?«

»Wir sind doch Freunde.«

Alan blinzelte. »Da war ich mir nicht mehr sicher.«

Nach einem tiefen Atemzug kniff Milo die Lippen zusammen. »Ich habe nichts vergessen, falls du das meinst. Aber im Augenblick habe ich unglaublich viel um die Ohren, und ich glaube nicht, dass ich das alles alleine schaffe. Wenn du mir hilfst, kannst du viel von dem Schaden wiedergutmachen, den du angerichtet hast.«

»Wenn ich dir helfe?«

»Wenn du mir hilfst«, wiederholte Milo. »Die Frage ist: Bist du dabei oder nicht?«

Alan starrte ihn an.

»Keine Angst, es ist nur eine einfache Frage.«

»Wobei?«

Milo lächelte, und seine schwerlidrigen Augen leuchteten kurz auf. »Ich frage dich, ob du einen Job haben willst.«

Obwohl er grinste, hatte Milo offenbar keinen Scherz gemacht. Alan lehnte sich in seinem Sessel zurück und wandte den Blick den Bergen zu. Wolken zogen heran. Im Radio sang eine Frau einen Hit von 1965. Mann, er war wirklich hundemüde.

Personenverzeichnis

Alexandra	Jewgeni Primakows Tochter, Milos Halbschwester
Ascot, Quentin	CIA-Direktor
Bo Gaoli	Beamter im Ministerium für Öffentliche Sicherheit; Selbstmörder
Butler, George Erasmus	Ascots Assistent
Caul, Mary	Amerikanische Konsulatsangestellte in Guangzhou
Chaudhury, Dennis	Vermeintlicher Heimatschutzagent
Chi Shanshan	Zhang Guos Geliebte
Chu Liawa	Wu Liangs Frau
Collingwood, Dorothy	Hochrangige Beamtin vom National Clandestine Service
Davis, Gwendolyn	siehe Jones, Leticia
Delun	Xin Zhus verstorbener Sohn
Dongfan Beisan	Rockmusiker
Drummond, Alan	Leiter der Abteilung Tourismus
Drummond, Penelope	Alan Drummonds Frau
Ekaterina	Jewgeni Primakows verstorbene Frau
Fekry, Ibrahim	Ägyptischer CIA-Helfer
Feng Yi	Mitglied des Aufsichts- und Verbindungsausschusses
Francisco	Mitarbeiter Jewgeni Primakows
Freddy	Alexandras Geliebter
Garza, Hector	siehe Santiago, José
Gilen	BND-Agent
Gray, Henry	Amerikanischer Journalist

Gunnar	Schwedischer BND-Agent
Hardemann, Patrick	Stephanies leiblicher Vater
He Peng	Chinesischer Geheimagent, Mitarbeiter Xin Zhus
He Qiang	Chinesischer Geheimagent, Mitarbeiter Xin Zhus
Hu Jintao	Chinesischer Staatschef
Hua Yuan	Bo Gaolis Witwe
Irwin, Nathan	Senator von Minnesota
Jackson, Stuart	Pensionierter CIA-Beamter
Jan	Mitarbeiter Jewgeni Primakows
Jia Chunwang	Ehemaliger chinesischer Minister für Staatssicherheit
Jiang Luoke	Chinesischer Bevollmächtigter bei Verhandlungen mit Al Kaida
Jones, Leticia	Amerikanische Agentin der CIA-Geheimabteilung Tourismus
Kaye, Meredith	Stellvertretende Präsidentin der Metropolitan Police London
Khalik, Abdul	Islamischer Separatistenführer
Khama, Unity	Stephanies botsuanische Freundin
Klein, Zachary	Amerikanischer Agent der CIA-Geheimabteilung Tourismus
Lambert, Adrien	Französischer Geheimagent
Lawton, Sarah	Stephanies Klassenkameradin
Leintz, Oskar	Assistent von Erika Schwartz
Lester	BND-Agent
Li	siehe Sam Kuo
Liang Jia	Chinesische Geheimagentin, Mitarbeiterin Xin Zhus
Li Qide	Anführer der Jugendliga
Lister, Raymond	Milos Nachbar
Liu Xiuxiu	Agentin Xin Zhus

Marpa, Gephel	Mitglied der Organisation Free Tibet
Morales, William (Billy)	Personalsachbearbeiter von Redman Transcontinental
Munu, Rosa	siehe Jones, Leticia
Natalia	Jewgeni Primakows Tochter, Milos jüngere Halbschwester
Papp, Zsuzsa	Ungarische Journalistin
Primakow, Jewgeni	Leiter eines geheimen Nachrichtendienstes in der UN; Milo Weavers Vater
Raymond	siehe Lister
Rick	siehe Xin Zhu
Sam Kuo	Chinesischer Botschaftsangehöriger und Geheimagent
Santiago, José	Agent der CIA-Geheimabteilung Tourismus
Schwartz, Erika	Leiterin der BND-Dienststelle Pullach
Shen An-ling	Xin Zhus Assistent
Simmons, Janet	Agentin beim Heimatschutz
Soto González, Francisco	siehe Francisco
Stanescu, Adriana	Ermordete Tochter Andrei Stanescus
Stanescu, Andrei	Berliner Taxifahrer, moldawischer Einwanderer
Stephanie	Tinas Tochter
Sun Bingjun	Mitglied des Politbüros
Sung Hui	Xin Zhus Frau
Thüringer, Johann	Deutscher Journalist, Informant des MAD
Tran Hoang	Agent der CIA-Geheimabteilung Tourismus
Tuan Gang	Xin Zhus alter Schullehrer
Wang Shi	Verstorbener chinesischer Agent

Weaver, Milo	Amerikanischer Agent der CIA-Geheimabteilung Tourismus
Weaver, Tina	Milo Weavers Frau
Wei Chi-tao	Chinesischer Geheimagent, Mitarbeiter Xin Zhus
Wertmüller, Teddy	Ehemaliger Leiter der BND-Dienststelle Pullach
Wu Liang	Hoher Beamter des Ministeriums für Öffentliche Sicherheit, stellvertretender Sekretär des Aufsichts- und Verbindungsausschusses
Xin Zhu	Leiter einer Geheimdienstabteilung im Sechsten Büro
Xu Guanzhong	Chinesischer Geheimagent, Mitarbeiter Xin Zhus
Yang Qing-Nian	Wu Liangs Assistent
Yang Xiaoming	Sekretär (Leiter) des Aufsichts- und Verbindungsausschusses
Zhang Guo	Hoher Beamter der Obersten Volksstaatsanwaltschaft

Ein US-amerikanischer Diplomat wird in einem Budapester Restaurant vor den Augen seiner Frau Sophie erschossen. Sie vermutet die Drahtzieher des kaltblütigen Mordes an ihrem Mann in Kairo und will sie ausfindig machen. Währenddessen arbeitet man bei der CIA fieberhaft daran, eine außer Kontrolle geratene Operation zu vertuschen, die libysche Rebellentruppen genauso einschließt wie ägyptische Nachrichtendienste und vom Radar verschwundene amerikanische Informanten. Und Sophie findet sich plötzlich im Auge eines Sturms aus Gewalt und Verrat wider.

Die Kairo-Affäre ist ein Politthriller, mit dem Olen Steinhauer seinen Ruf als Meister des temporeichen wie anspruchsvollen, hoch aktuellen wie zeitlosen Spionageromans untermauert.

> ÜBER DAS BUCH

Sammelstrategien

Die erste Entführung ereignete sich am 19. Februar 2011 in London, zwei Tage nach dem »Tag der Revolte«, und im Lauf der folgenden zweiundsiebzig Stunden kam es zu ähnlichen Vorfällen in Brüssel, Paris und New York. Ganze drei Tage, und fünf politisch aktive Libyer waren vom Angesicht der Erde verschwunden: Yousef al-Juwali, Abdurrahim Zargoun, Waled Belhadj, Abdel Jalil und Mohammed el-Keib.

In Langley erfuhr man von all diesen Entführungen auf den üblichen Wegen – Updates von den anderen Diensten, abgefangene E-Mails, RSS-Feeds und besorgte Berichte von Freunden und Kollegen –, doch irgendwie entging den Computer-Algorithmen, dass es sich vermutlich um eine konzertierte Aktion handelte. Erst ein Rechercheur im Office of Collection Strategies and Analysis, Jibril Aziz, erkannte den Zusammenhang. Selbst gebürtiger Libyer, war er darauf trainiert, Zusammenhänge zu entdecken, wo andere nicht hinsahen, und sein Eifer führte dazu, dass er manchmal Zusammenhänge vermutete, wo es keine gab.

Jibril arbeitete im Original Headquarters Building der CIA in einem Büro, das die Größe von dreien hatte, denn 1991 war ein Kontraktor engagiert worden, der die an ein Zuchthaus der 1950er-Jahre erinnernde Raumaufteilung geändert hatte: Er hatte zwei Mauern eingerissen, wodurch schließlich alle Angehörigen der Nordafrika-Abteilung der Collection Strategies zusammengebracht wurden. Jibril war einer von fünfzehn Analysten in diesem lang gestreckten Raum, von denen jeder halb hinter Raumteilern verborgen war. Manchmal versammelten sie sich allerdings an der jahrzehntealten Kaffeemaschine, um Probleme zu erörtern und Witze über den Blick aus ihren Fenstern zu machen, der weitgehend von geometrisch beschnittenen Rhododendronbüschen verstellt war, obwohl sie, wenn sie sich auf die Zehenspitzen stellten, einen Blick auf den belebten Parkplatz erhaschen konnten. Mit dreiunddreißig Jahren war Aziz der jüngste Analyst in den Collection Strategies.

Bevor er am 22. Februar auf den Fall der verschwundenen Libyer gestoßen war, hatte Aziz in der Mittagspause verzehrt, was seine Frau Inaya ihm mitgegeben hatte, und die Übersetzung einer gerade im Radio übertragenen Rede Muammar Gaddafis überprüft, in der er über eine Stunde lang über »Ratten und Agenten«, »Ratten und Katzen« und »diese Ratten, die die Tabletten genommen haben« hergezogen war.

Wenn sie nicht Gaddafi folgen, wem würden sie dann folgen? Jemandem mit Bart? Unmöglich. Das Volk ist auf unserer Seite, unterstützt uns, das ist unser Volk. Ich habe es nach oben gebracht. Überall rufen sie Parolen zur Unterstützung Muammar Gaddafis.

Nach dieser deprimierenden Arbeit versuchte er, sich mit den auf Libyen bezogenen Berichten abzulenken, die überraschend eingegangen waren, und hatte darin nach etwas Positivem gesucht, das seine Stimmung hätte heben können. Dabei stieß er auf die verschwundenen Libyer, und beim Lesen war ihm, als sei ein Licht angeschaltet worden. Das war etwas greifbar Reales nach dem wahnhaften Geschwafel eines Diktators, und er empfand die ästhetische Begeisterung, die jeden Forscher überkommt, wenn er Zusammenhänge entdeckt, wo vorher nichts dergleichen zu erkennen war.

Aber da war noch mehr: Stumbler.

Um mit seinem direkten Vorgesetzten zu sprechen, musste Aziz den Flur entlanggehen, sich gegen den scharfen Geruch des Desinfektionsmittels wappnen und eine laute Treppe hinaufsteigen, dann in Jake Copelands Vorzimmer warten, wo er oft mit Rechercheuren aus Europa und Südamerika plauderte, die alle darauf warteten, ein paar Worte mit dem Boss zu wechseln. Wegen des Zustands der Welt berichtete die Asien-Abteilung seit Kurzem direkt an Copelands Vorgesetzten, sodass abgesehen von den wöchentlichen Berichten niemand wirklich wusste, was in diesem Teil der Welt vor sich ging.

»Sie machen es«, sagte Aziz und breitete fünf Seiten auf Copelands Schreibtisch aus, jede mit einem Foto, zehn Zeilen Biografie und den Umständen des Verschwindens.

»Es?«, fragte Copeland.

»Stumbler, Jake. Es *läuft.*«

»Jetzt beruhigen Sie sich erst mal.«

Aziz setzte sich schließlich und zeigte mit einem langen braunen Finger der Reihe nach auf jedes der Gesichter. »Eins, zwei, drei, vier, fünf. Alle verschwunden, genau wie es in dem Plan steht. Das ist Stufe eins, exakt.«

Copeland runzelte die Stirn und rieb sich mit dem Handballen ein Auge.

»Schauen Sie in Ihre Mailbox«, sagte Aziz. »Ich habe Ihnen den Bericht geschickt.«

Copeland lehnte sich zurück und rief seine E-Mails auf. Er

scrollte sich zu Aziz' Bericht durch. »Ziemlich langatmig, oder?«

»Ich warte.«

Seufzend fing Copeland an zu lesen.

22. Februar 2011
AKTENNOTIZ

BETREFF:
Unerwartete Entwicklungen im Verhalten libyscher Exilanten

LONDON:
Am Nachmittag des 19. November, nach einem Mittagessen mit anderen Mitgliedern der Demokratischen Front Libyens (DFL) im Momo (Heddon Street), fuhr Yousef al-Juwali mit der Piccadilly Line in südlicher Richtung, vermutlich auf dem Weg zu seiner Wohnung in Clapham. Berichten des MI-5 zufolge ist auf Überwachungsaufnahmen zu sehen, dass al-Juwali in der U-Bahn von einem etwa einen Meter achtzig großen Mann in einem dick wattierten Mantel angesprochen wurde. Arabischer Typ, Nationalität unbekannt. Nach einem kurzen Gespräch stiegen beide Männer an der Waterloo Station aus und gingen zu Fuß zur York Road, wo ein schwarzer Ford Explorer vorfuhr. Oberirdische Überwachungskameras registrierten, dass al-Juwali zögerte – der Explorer, so wird angenommen, kam unerwartet –, doch nach einem weiteren kurzen Wortwechsel stiegen beide Männer ein. Yousef al-Juwali ist seitdem verschwunden. Nachforschungen ergaben, dass der Explorer am Abend zuvor gestohlen worden war. Er wurde zwei Tage danach in South Croydon gefunden, verlassen und gründlich gereinigt.

BRÜSSEL:

Bei einem ähnlichen Vorfall bestieg Abdurrahim Zargoun (Vereinigtes Libyen) am 20. Februar an der Place du Petit Sablon mit einem kleineren, dunkelhäutigen Mann einen Bus. Zargoun ist seitdem ebenfalls verschwunden.

PARIS:

Waled Belhadj, Gründungsmitglied der DFL, der Gerüchten zufolge ein bislang namenloses Exilanten-Netzwerk aufbaute, verschwand am 20. Februar. Es gibt keinerlei Erkenntnisse über die Umstände, die zu seinem Verschwinden führten.

MANHATTAN:

Gestern (21. Februar) wurden zwei Männer – Abdel Jalil und Mohammed el-Keib von der Organisation Freies Libyen (OFL) – bei einer Hochzeitsfeier auf Long Island gesehen. Gemeinsam fuhren sie mit dem Zug nach Manhattan zurück, wo sie zu el-Keibs Wohnung in der Ecke Lexington Avenue und 89th Street weitergingen. Als sie eine Stunde später wieder herauskamen, befanden sie sich in Begleitung eines Mannes, dessen Körpergröße den Schluss zulässt, dass es derselbe war, der in London Yousef al-Juwali angesprochen hatte. Etwa einen Meter achtzig, nordafrikanischer Typ, mit einem Mantel bekleidet. Zusammen nahmen sie die U-Bahn in nördlicher Richtung in die Bronx und bestiegen dann den BX32-Bus nach Kingsbridge Heights. Vermutlich sind sie an einer von vier unbeobachteten Haltestellen ausgestiegen, bevor der Bus die Endhaltestelle erreichte. Sie sind seit sechzehn Stunden verschwunden.

EINSCHÄTZUNG:

Um diese Ereignisse in die richtige Perspektive zu setzen, sollte man berücksichtigen, dass der Aufstand in Libyen einen seiner (mutmaßlich) zahlreichen Höhepunkte erreicht hat. Achtundvierzig Stunden vor dem ersten Verschwinden, in Bengasi, gingen Libyer zu einem »Tag der Revolte« auf die Straße, um ihrer Verachtung für das Regime Muammar Gaddafis Ausdruck zu verleihen. Die Reaktion der libyschen Regierung bestand darin, den Aufstand mit brutaler Gewalt niederzuschlagen. Die libysche Exilgemeinde (der ich angehöre) lebt in einem Zustand der Angst, seit nach und nach spärliche Nachrichten aus Nordafrika eingehen.

Die oben aufgeführten Männer bilden das Rückgrat der internationalen Anti-Gaddafi-Bewegung. Jeder von ihnen ist namentlich in dem 2009 von mir erstellten vorläufigen Vorschlag für einen Regimewechsel erwähnt (AE/Stumbler). Wenn diese fünf Männer mobilisiert wurden, ist mit einer größeren Aktion zu rechnen.

Angesichts der oben angeführten spärlichen Erkenntnisse gibt es zwei Möglichkeiten:

a. Abkommen. Die verschiedenen Exilgruppen (OFL, DFL, VL) haben ein Geheimabkommen geschlossen und machen entweder für eine vereinigte Public-Relations-Initiative mobil oder bereiten sich für eine Invasion Libyens vor.

b. CIA-Präsenz. Stumbler wurde offiziell zwar 2009 ad acta gelegt, doch ist denkbar, dass unsere eigene Agency oder eine unabhängig arbeitende Abteilung zu dem Schluss gekommen ist, angesichts der Tatsache, dass sich jetzt eine Erfolg versprechende Erhebung abzeichnet, sei der richtige Zeitpunkt gekommen, den Plan umzusetzen, beginnend mit der geheim gehaltenen Versammlung dieser führenden Exilpolitiker.

Wegen der historischen Animositäten zwischen den oben genannten Gruppen ist ein »Abkommen« unwahrscheinlich. Zwar teilen alle drei Gruppen den Wunsch nach einem Ende von Gaddafis Herrschaft, doch ihre Vorstellungen von einem Libyen nach dem Sturz Gaddafis gehen aufgrund ideologischer Diskrepanzen weit auseinander. Dennoch wäre dies das optimale Szenario.

»CIA-Präsenz« wäre zwar theoretisch wahrscheinlicher, hätte aber meiner Ansicht nach katastrophale Folgen. Stumbler wurde in diesem Büro aus der Taufe gehoben, doch es war das Produkt einer bestimmten Zeit, und diese gehört seit Beginn des Arabischen Frühlings der Vergangenheit an. Die praktischen Einwände, die gegen den ursprünglichen Plan erhoben wurden, bleiben gültig, und angesichts der Berichte über libysche Bürger in Bengasi, die beim Kampf gegen den Diktator ihr Leben verlieren, würde jede Intervention der Vereinigten Staaten (entweder durch amerikanische Soldaten oder durch von den USA handverlesene Vertreter der Exilpopulation) mit Recht als ein Hijacking der libyschen Revolution angesehen werden, was zu einer erhöhten Glaubwürdigkeit des Gaddafi-Regimes führen und jede spätere pro-westliche Regierung diskreditieren würde.

Jibril Aziz

OCSA

Jake Copeland lehnte sich zurück, um die Rückenschmerzen zu lindern, die ihn seit fast einer Woche plagten. Rückenschmerzen und Hämorrhoiden – so beschrieb er seinen Job auf Partys, wenn Freunde ihn mit hochgezogenen Augenbrauen fragten, wie denn das Leben im Geheimdienst so sei. Er saß jetzt seit zwei Jahren an diesem Schreibtisch, seit die neue Regierung im Amt war, und hatte in dieser Zeit oft genug erlebt, dass Rechercheure mit abenteuerlichen, unbewiesenen Theorien in sein Büro gestürmt kamen. Jibril war auch nicht besonnener als die anderen, aber er war intelligent und engagiert, und im Gegensatz zu den meisten seiner Kollegen hatte er Erfahrung im Außendienst für die CIA. Doch als Kind libyscher Einwanderer hatte er auch ein persönliches Interesse an der Region und konnte manchmal nicht von seinen Emotionen abstrahieren. Und nun das. »Stumbler, hm?«

»Was habe ich die ganze Zeit gesagt? Die setzen Stumbler jetzt doch um.«

»Und wen meinen Sie mit ›die‹ –«

»Ich meine *uns*. Und das ist moralisch verwerflich.«

»Es war Ihr Plan, Jibril.«

»Und vor zwei Jahren wäre das auch das Richtige gewesen. Aber jetzt nicht. Nicht mehr.«

Copeland sah ihn lange durchdringend an, bevor er antwortete. Er mochte Jibril. Der Mann war besessen; er war kurzsichtig. Doch seine Pläne und Entwürfe enthielten im Allgemeinen einen wertvollen Kern, einen winzigen Diamanten in der Asche, den auszugraben Copelands Aufgabe war. Die Zusammenarbeit mit Jibril Aziz war selten langweilig.

»Wenn da, wie Sie sagen, *wir* dahinterstecken, warum kommen Sie dann damit zu mir?«

»Sie können ihnen Einhalt gebieten. Uns Einhalt gebieten.«

»Sie glauben wirklich, dass ich so viel Einfluss habe?«

Der Jüngere zögerte. »Dann schicken Sie mich hin.«

»Nach Libyen? Kommt nicht in Frage. Keine Kriegsgebiete für Sie.«

Jibril war oft vorschnell, aber er war nicht dumm. Er wusste, dass man da nichts tun konnte. Schließlich nickte er. »Sie haben recht, Jake. Ich habe nichts in der Hand. Aber da ist irgend etwas. Meinen Sie nicht auch?«

»Natürlich ist da was. Das bestreite ich gar nicht. Aber wenn –«

»Also muss ich mal nachsehen«, sagte Jibril.

Copeland biss sich auf die Unterlippe und setzte sich anders hin, um einen plötzlich einsetzenden stechenden Schmerz zu unterdrücken. »Sprechen Sie weiter.«

»Ich brauche die Genehmigung für einen Flug.«

»Sie fliegen nicht nach Tripolis.«

»Budapest.«

»Budapest?«

Jibril nickte. »Nur ein Gespräch. Eine kurze Unterhaltung, und dann sage ich Ihnen Bescheid, so oder so.«

»Darf ich fragen, mit wem Sie da sprechen wollen?«

»Mit unserem Stellvertretenden Konsul, Emmett Kohl.«

»Ich wage nicht zu fragen, in welchem Zusammenhang er damit steht.«

»Vertrauen Sie mir nicht, Jake?«

Copeland vertraute ihm, also hörte er zu, als Jibril in die Vergangenheit zurückging, zu Stumbler und dem Weg, den der Plan durch die Botschaften und Regierungsstellen genommen hatte, bevor er mit dem Ablehnungsvermerk zu ihnen zurückgekommen war. Jibril suchte krampfhaft nach Verbindungen, aber er tat es Copeland zuliebe – um ihm bürokratische Argumente für seine Einwilligung zu liefern. Schließlich schrieb Copeland eine Aktennotiz, die Jibril Aziz ermächtigte, in zwei Tagen nach Ungarn zu fliegen, finanzierbar aus dem Forschungsbudget, und reichte sie Jibril zur Weitergabe an seine Sekretärin. »Danke, Sir«, sagte Aziz, und Copeland fragte sich, wann er zum letzten Mal – oder ob er überhaupt jemals – das Wort *Sir* aus Jibrils Mund gehört hatte.

Er sah Aziz an dem Nachmittag noch einmal, als er mit dem Mantel über dem Arm zum Parkplatz ging. Sie nickten einander nur knapp zu, aber er merkte, dass der Jüngere im siebten Himmel war. Er durfte wieder reisen. Nicht alle Rechercheure waren so, aber Aziz hatte den Dreck und die Plackerei der Arbeit vor Ort kennengelernt; anders als viele seiner Kollegen hatte er sich seine Sporen verdient, indem er Ausländer dazu verleitet hatte, ihr Vaterland zu verraten. Hatte man einmal gelernt, wie man Menschen so etwas antut, entwickelte man eine Neigung zum Betrug, und dann waren nüchterne Bürowände, mit Teppich bezogene Raumteiler und flimmernde Computerbildschirme nur noch ein schwacher Ersatz für das eigentliche Leben. Und die Aufrichtigkeit ebenso.

›LESEPROBE

Der neue Politthriller von Olen Steinhauer

Blessing Hardcover

978-3-89667-519-4

HEYNE‹

Tom Clancy

»Tom Clancy – die unbestrittene Nummer eins unter den Thrillerautoren.« *Die Welt*

»Realismus und Authentizität, bemerkenswerte Charaktere und messerscharfe Spannung sind Clancys Markenzeichen.« *Der Spiegel*

978-3-453-43719-7

Clancy bei Heyne – eine Auswahl:

Der Schattenkrieg
978-3-453-43675-6

Das Echo aller Furcht
978-3-453-43676-3

Im Sturm
978-3-453-43672-5

Befehl von oben
978-3-453-43679-4

Dead or Alive
978-3-453-43643-5

Gegen alle Feinde
978-3-453-43719-7